U0827009

中国现代文学馆青年批评家丛书

丛书主编 吴义勤

李丹梦 著

文学“乡土”的地方精神

北京大学出版社
PEKING UNIVERSITY PRESS

图书在版编目（CIP）数据

文学“乡土”的地方精神 / 李丹梦著 .—北京：北京大学出版社，2014.6

（中国现代文学馆青年批评家丛书）

ISBN 978-7-301-24420-3

I. ①文… II. ①李… III. ①中国文学—当代文学—乡土文学—文学研究 IV. ① I206.7

中国版本图书馆 CIP 数据核字（2014）第 136220 号

书　　　名：文学“乡土”的地方精神

著作责任者：李丹梦　著

责 任 编 辑：黄敏劼

标 准 书 号：ISBN 978-7-301-24420-3/I·2791

出 版 发 行：北京大学出版社

地　　　址：北京市海淀区成府路 205 号　100871

网　　　址：http://www.pup.cn　新浪官方微博：@ 北京大学出版社 @ 培文图书

电 子 信 箱：pw@pup.pku.edu.cn

电　　　话：邮购部 62752015　发行部 62750672　编辑部 62750112
出版部 62754962

印　刷　者：三河市腾飞印务有限公司

经　销　者：新华书店

650 毫米 ×980 毫米　16 开本　23.25 印张　333 千字

2014 年 6 月第 1 版　2014 年 6 月第 1 次印刷

定　　　价：50.00 元

未经许可，不得以任何方式复制或抄袭本书之部分或全部内容。

版权所有，侵权必究

举报电话：010-62752024　电子信箱：fd@pup.pku.edu.cn

目　录

中篇　综　论

下篇　作家论

丛书总序

中国现代文学馆是在巴金先生倡议和一大批著名作家的响应下，于1985年正式成立的国家级文学馆，也是目前世界上规模最大的文学博物馆。中国现代文学馆的主要任务是收集、保管、整理、研究中国现当代文学书籍、期刊以及中国现当代作家的著作、手稿、译本、书信、日记、录音、录像、照片、文物等文学档案资料，为文化的薪传和文学史的建构与研究提供服务。建馆二十多年以来，经过一代代文学馆人的共同努力，中国现代文学馆的事业不断发展壮大，现已成为集文学展览馆、文学图书馆、文学档案馆以及文学理论研究、文学交流功能于一身的综合性文学博物馆，并正朝着建成具有国际影响的中国现当代文学资料中心、展览中心、交流中心和研究中心的目标迈进。

为了加快中国现代文学馆学术中心建设的步伐，中国作家协会党组决定从2011年起在中国现代文学馆设立客座研究员制度，并希望把客座研究员制度与对青年批评家的培养结合起来。因为，青年批评家的成长问题不仅是批评界内部的问题，而且是一个对于整个青年作家队伍乃至整个文学的未来都具有方向性的问题。青年评论家成长滞后，特别是代际层面上“70后”“80后”批评家成长的滞后，曾经引起了文学界乃至全社会的普遍担忧甚至焦虑。因此，客座研究员的招聘主要面向“70后”“80后”批评家，我们希望通过中国现代文学馆这个学术平台为青年评论家的成长创造条件。经过自主申报、专家推荐和中国现代文学馆学术委员会的严格评审，中国现代文学馆已经招聘了两期共19名青年评论家作为客座研究员。第三批客座研究员的招聘工作也即将完成。

两年多来的实践表明，客座研究员制度行之有效，令人满意。正如中国作协党组书记李冰同志在中国现代文学馆第二批客座研究员聘任仪式上的讲话中所指出的那样，青年评论家在学术上、思想上的成长和进步非常迅速。借助客座研究员这个平台，通过参加高水平的学术例会和学术会议，他们以鲜明的学术风格和学术姿态快速进入中国当代文学批评现场，关注最新的文学现象、重视同代际作家的创作，对于网络文学、类型小说、青春文学等最有活力的文学创作进行即时研究，有力地介入和参与着中国当代文学的创作实践，在对青年作家的研究及引领方面发挥了不可替代的作用。作为“70后”“80后”批评家的代表，他们的“集体亮相”，改变了中国当代文学批评的格局和结构，带动了一批同代际优秀青年批评家的成长，标志着“70后”“80后”青年批评家群体的崛起。鉴于客座研究员工作的良好成效和巨大社会反响，李冰书记在第一批客座研究员到期离馆时曾专门作出了“这是一件功德无量的事情，要进一步扩大规模”的批示。

为了充分展示客座研究员这一青年批评家群体的成就与风采，中国作家协会和中国现代文学馆决定推出“中国现代文学馆青年评论家丛书”，为每一个客座研究员推出一本代表其风格与水平的评论集，我们希望这套书既能成为中国当代文学批评的重要收获，又能够成为青年批评家们个人成长道路的见证。丛书第一辑8本在2013年6月由北京大学出版社推出后引起了巨大反响，现在第二辑12本也即将付梓出版，我们对之同样充满期待。

是为序。

吴义勤

2014年春于文学馆

上篇

史　论

中国新文学史上的文学“乡土”(通称乡土文学) 并非一般认为的仅是农村题材或农民小说,“乡土”与农民、农村有关, 但本质上是个体认同的构造。在“乡土”中着力要解决的问题是: 我是谁? 我属于哪一类? 1990年代以来, 地方文化悄然兴起, 它填补了作为价值的“中国”在式微后所形成的个体认同的结构性空缺。这显示了全球化背景下, 人们对矛盾和不确定性的防卫式拒绝。地方文化的轮廓, 建立在个体释放各种不同层次的原始记忆、情感或依恋的基础上。追溯、皈依地方文化的过程与争取和描述自我的连续性, 互为表里。

引论　作为认同构造的现代文学“乡土”

一

在中国新文学的萌蘖、发展中，乡村生活与记忆一直是强韧而活跃的创作资源，这跟中国社会源远流长的农耕历史、小农经济有关（包括与之而俱的相对稳定的风俗伦理、交际人情等），而创作主体也或多或少跟农村、农民瓜葛着。“在土地提供的现实的知足感基础上，中国人达成高度的情感与知觉的认同；经由对土地生命周期的体认，进入到对乡土习尚礼俗的沿遵。”[①] 把“乡土中国”的称谓拆解开：乡，系具体、经验的乡村；而土，则指向本土、民族、国家的诉求。就构思、创作而言，它属于现代化的文学经营与想象范畴，不乏雄心与责任感。以 1940 年代的延安文学为例，这大概是将乡村生活与中国性质结合得最紧密、完整的典范。自然，这经历了一个过程。

如果定要从中国新文学中指认某种主潮或主流的话，当非乡土文学莫属。无论作者队伍的知名度、影响力，还是作品的数量与质量，乡土文学均独占鳌头。据庄汉新等人的统计：乡土小说作家占据了 20 世纪中国小说作家的大半以上。[②] 如此不约而同地奔赴、聚焦“乡土”，内中的心态与文化驱动殊堪回味。但让人困惑的是，为什么乡土社会、乡村生活在那么长的时期内没有得到文学应有的重视呢？钱锺书在《宋诗选·序》中提到，古代作品中很少有反映下层农民生活的，只在“街谈巷语”中偶

---

① 汪涌豪：《中国文化中的乡土意识与情怀》，载《文汇报》，2010 年 4 月 18 日。

② 庄汉新、邵明波主编：《中国 20 世纪乡土小说论评》，学苑出版社，2001 年，第 3 页。

见，而正统的文学体式（如五言诗、七言诗）与之几乎绝缘。茅盾也曾对“旧小说中农民典型之贫乏”[①]倍感不解。从钱锺书、茅盾的设问立场看，这似乎要归结到阶级意识对民众主体的遮蔽，但钱、茅二人的阶级敏感也过于强大了些。纵观中国历来丰富浩荡的诗词歌赋，其中实在不乏乡村意象：“开轩面场圃，把酒话桑麻”“借问酒家何处有，牧童遥指杏花村”“稻花香里说丰年，听取蛙声一片”……乡村的呈现与自然的描绘、体悟融为一体。很难想象，如果去除了夕阳古道、鸟鸣虫吟、山泉林石、溪岸舟楫的点缀，古典诗词的韵致和意境还剩下什么？作为一种独特的文类系统，中国古诗词和乡土一样奠基于农业文明，它的词汇和意象、安详与洁癖，连同天人合一的感悟方式，无不与农业文明息息相关。一个突出而有趣的反例是穆旦所作的《五月》：当作者在拟仿的七言诗行中插入“乞丐”“勃朗宁”“毛瑟”等语汇时，七言诗的韵味已全然走样，由此活现了身陷传统的现代诗人的叛逆与挣扎。对于古代文人、知识分子而言，“乡土”并非一个独立的文化空间，它与自然及农业文明浑然一道，共同构成了文学生于兹长于兹的世界。古人感觉不出有将其分离、特写的必要。可以说，我们的文学传统或传统文学，就是一个乡土的世界。所谓乡村生活不受文学的“重视”，其根由应该就在这里。

现代人意识中的“乡土”，背后往往有城市的挤兑和压抑，对“乡土”的怀恋与自卑亦由此而来。马克思曾把城市与乡村的分离视为“物质劳动与精神劳动的最大一次分工”，“城乡之间的对立是随着野蛮向文明过渡，部落制度向国家过渡，地方局限性向民族融合的过渡而开始的，它贯穿着全部文明的历史并一直延续到今天”。[②]但中国的情况有些特殊，虽然城市在商代就已出现，《战国策·赵策》中即有“千丈之城，万家之邑相望”的记载，但不知为何，在文学的视域中，城市一直无法构成对“乡土”足够的威胁与挑战。这或许跟古代城市的建造往往出于政治、军事的需要有关，不像现在主要是为了发展经济与交流。古代城市大多居于战略要地，

---

① 茅盾：《大题小解》，收入《茅盾全集》（第22卷），人民文学出版社，1993年，第218页。

②《马克思恩格斯选集》（第1卷），人民出版社，1972年，第56页。

与乡村一样封闭自守。在社会构成上，无论是总体的官民结构，还是人与人之间的血缘、伦理纽带，均可见出乡村宗法结构的投影。由于城乡对峙的模式始终没有确立起来，“乡土”在古人那里便停留于一种模糊的状态。它天然自足又没知没觉，即使如刘姥姥进大观园那样带有明显城乡对比意味的细节，其描述的重点亦不在“乡土”。姥姥事故的丢乖卖丑与女儿们的欢声笑语冲淡了因城乡差异、身份沟壑导致的沉重，它更像是大观园中上演的一出喜剧事件。联系最终的贾府败落以及姥姥救巧姐[①]，城乡比衬的故事预期便掩没在曹雪芹对“人生变幻、世事无常”的思索中了。

虽然古人并未形成对“乡土”的自觉，套用佛学用语，即“计名字相”，但思乡的传统却甚是发达，《诗经·采薇》里便录有征人思乡的句子：“昔我往矣，杨柳依依；今我来思，雨雪霏霏。”凄苦之情跃然纸上。乡思的冲动，可追溯到农业社会孕育的安土重迁的文化心理。幅员辽阔，交通落后，然而迫于兵役、考试、游宦制度等，人们每每要远离故土，于是便出现了“遥知兄弟登高处，遍插茱萸少一人”“何当共剪西窗烛，却话巴山夜雨时”之类的句子。其中涉及的“乡土”大致和“家乡”同义。最脍炙人口的，要数“举头望明月，低头思故乡”了。在头举、头低间，乡思的涌动几乎成了古人在孤独、怅惘情绪中的条件反射。这类敏感、自然的（审美）反应亦为现代作家所承继，“乡土”由是凝聚了深沉的集体归属感。另外，因道家独善无为及退隐思想在中国社会的广泛渗透，与自然交织、混同的“乡土”无形中又附上了抗衡权力的象征资本。文人在现世碰了壁，喜欢到田园、山川中寄托情愫，释解忧闷。“采菊东篱下，悠然见南山”“人生在世不称意，明朝散发弄扁舟”便是这种心态的写照。在此可见出一种广义的“原乡”情结与抒情范式，依王德威的诠释：“原乡”中的“乡”，较之本来的“故乡”，义涵已发生了变化，它“不仅只是一地理上的位置，更代表了作者所向往的生活意义的源头，以及作品叙事

---

① 在《红楼梦》第五回，巧姐的判词这样写道：“势败休云贵，家亡莫论亲。偶因济刘氏，巧得遇恩人。”由此推知巧姐在贾府势败后被“狠舅奸兄”所卖，后为刘姥姥所救。高鹗的续书与曹雪芹的原意不符。

力量的启动媒介”；[1] 这跟后来京派文人的乡土书写颇有会心之处。1930年代沈从文曾坦然自称“乡下人”，它让人想到陶渊明的归隐。任凭岁月荏苒，人心却又何其相似！在沈的从容与自信背后，“乡土”自古以来所附着的对抗权力的象征应该给了他不少底气吧。

由上所述，“乡土”在中国文学史上并非（本土）创作自觉的产物，这是一个现代的概念。简单地说，“乡土”从暧昧趋向明朗和尖锐，系由现代性的焦灼与想象激发而来。

二

该如何把握“乡土文学”？三好将夫在讨论现代日本文学时指出：“日本文学正像任何其他国家和区域的产品，只是当它与时空的界限相联系时，才有可能加以界定。它也许十分显而易见是‘日本’的；但它的构成并不存在本体论意义上的神圣与绝对的纯而又纯。”[2] 这一思路同样适用于中国的乡土文学，只需将引文中的“日本文学”换为“乡土文学”，“‘日本’的”换作“‘中国’的”即可。我们必须谨记一点：所谓“乡土”，乃是历史构造的产物，一个现代性的话语装置。最明显的，“乡土文学”系世界性的文学现象，这一创作的世界潮流是我们（后发的）“乡土文学”的生长语境中不容忽视的部分[3]；另外，美国乡土文论的核心概念 local

① 王德威：《原乡神话的追逐者》，收入《想象中国的方法》，生活·读书·新知三联书店，2003年，第225页。

② 三好将夫：《反对种族中心主义》，转引自罗岗：《危机时刻的文化想象》，江西教育出版社，2007年，第263页。引文中的着重号为笔者所加，下同。

③ 乡土文学是工业化、城市化历程中的产物。资本主义的发展侵入乡镇与农村的生活，人们的心灵受到追名逐利、唯利是图思想的腐蚀。一部分来自乡土的作家感受到乡土堕落的危机，开始用笔描写美好、自然的乡土生活，以寻找安放灵魂的精神家园，由此形成了乡土文学创作的世界潮流。现代意义的乡土文学萌芽于18世纪中期的法国启蒙运动，在浪漫主义文学运动中正式诞生。法国的卢梭、乔治·桑、英国的华兹华斯、哈代、意大利的莱奥帕尔蒂、美国的福克纳、俄国的肖洛霍夫、印度的普列姆昌德、哥伦比亚的马尔克斯、中国的鲁迅、沈从文等，是其中杰出的代表。就乡土文学的世界发展来看，它在中国形成较晚，大致在20世纪二三十年代，距其诞生已近百年。

colour（或 local colorism）[①] 直译过来便是“地方色彩”（或“地域色彩”），后者自周作人正式提出后，已成为国内“乡土文学”研究公认的关键词。丁帆的《中国乡土小说史》便以“三画四彩”[②] 对“乡土文学”进行概念阈定，认为浓郁的“地域色彩”和“风俗画面”是现代乡土小说赖以存在的底色。话语旅行中的挪用、误解与变异提示我们，中国的“乡土”并非如其表面呈现的那样封闭自足，背后实潜伏着“西方”的纠葛与参照。这一参照在 1990 年代以来发生了变化，虽然“西方”的渗透与影响依旧存在，但它对文学“乡土”构思的宰制已大大下降。包括乡土似乎不可或缺的风格标签——“地方色彩”亦疏淡了不少，市场的崛起在此起到了犹如戒条解构（或解放？）的作用，一个唯我独尊的文学时代。这在后文将有详细的论述，此处略提一笔。

我并不赞同杰姆逊教授所谓“第三世界的文学都是民族寓言”[③] 的判断，但就“乡土”在中国的“发现”和规划（文学意义上的）而言，这一观点却不无洞见。作为新的文学风景，“乡土”在中国的崛起并非工业化、城市化的自然产物（这与经典意义上的世界“乡土”很不相同），准确地说，工业化、城市化不是文学“乡土”起源的主要动力；我们所谓的“乡土”，其形象是随着国家、民族意识的自觉、炽热而逐步清晰的。不理解这一点，便无从解释为什么“乡土”在中国会突然从混沌中跃出，而此前

---

① ［美］赫姆林·加兰：《破碎的偶像》，刘保端译，收入《美国作家论文学》，生活·读书·新知三联书店，1984 年，第 84 页。原文如下：“艺术的地方色彩是文学的生命力的源泉，是文学一向独具的特点。地方色彩可以比作一个人无穷地、不断地涌现出来的魅力。”

② “三画”指风景画、风俗画和风情画，“四彩”指自然色彩、神性色彩、流寓色彩，悲情色彩。参见丁帆：《中国乡土小说史》，北京大学出版社，2007 年，第 21—28 页。

③ 杰姆逊的原话如下：“第三世界的本文，甚至那些看起来好象是关于个人和利比多趋力的本文，总是以民族寓言的形式来投射一种政治：关于个人命运的故事包含着第三世界的大众文化和社会受到冲击的寓言。”参见杰姆逊：《处于跨国资本主义时代中的第三世界文学》，收入张京媛主编：《新历史主义与文学批评》，北京大学出版社，1993 年，第 235 页。杰姆逊对第三世界的文化表述缺乏历史感，这是该观点的致命缺陷。他所说的第三世界文化，固着在被殖民、独裁和异化（阶段）的民族中，容易导致对象的同质化与切片化理解。说到底，“民族寓言”的提出，旨在拯救第一世界的人文贫困，而非为了呈现第三世界文化的细节或原貌。

它和城市并峙了几千年却懵懵懂懂、相安无事。在此，外来的刺激起了重要的催化作用：清末以来，中西对抗过程中“中国”一系列的挫败、屈辱以及暴露出的黑暗与负面性成为文学“乡土”最初的核心构造。这在20世纪二三十年代鲁迅领衔的乡土小说流派中不乏其例：母亲省吃节用，为死去多年的女儿菊英张罗“婚事”（冥婚）。她确信菊英“现在非常的需要一个丈夫了”，凡女子到了十七八岁，哪有不想老公的呢？强烈、本能的母爱与无可救药的愚昧交织一处。有意味的是，当初菊英夭折，跟拒看西医有关。用“西药”医治中国儿女的病痛，这无疑显露了“乡土”思维中的启蒙结构（王鲁彦的《菊英的出嫁》）；朋友在路边发现一个壮健的婴儿，有心抱回，却因雇不起奶妈而犹豫不决，结果婴儿在雨夜里挣扎啼哭，遭野狗撕扯而死（台静农的《弃婴》）；已有意中人的静姑被父亲逼迫嫁给一个跛脚的傻老，她绝食数日，仍无法改变婚约。勉强出嫁后，又被闯进洞房的大兵强奸，最终沉塘自尽，“喜期”变了忌日（彭家煌的《喜期》）……如是悲苦无告、压抑阴郁的情境在“乡土”中不嫌重复地繁衍着，成为“乡村”的主色调。用鲁迅《故乡》中的话来说：“苍黄的天底下，远近横着几个萧索的乡村，没有一丝活气。”——它既是具体的描述，又是抽象和概括，一笔两面地写出了对故乡的伤怀和对国家的忧思。在上述作品中，我们不难体会“乡土中国”称谓的逻辑来由或理路：从“中国”到“乡土”，既是隐喻的指涉，又不无因果的激活与推导。

中国的文学“乡土”绝不仅是写实主义的，那些对它客观化的理解与界定，如农村题材、农民小说、地方色彩等，仅道出了“乡土”表相的一面。孙犁在1980年代初说过一句相当惊人、彻底的话：“所谓‘乡土文学’，实不存在。”这让他的好友、当时高标“乡土”旗帜的刘绍棠多少有些失望。[①] 我以为，**“乡土”的本质乃是一种综合的认知与考量。在国人**

---

① 孙犁：《关于“乡土文学”》，载《北京文学》，1981年第5期。原文如下：“就我个人的认识来说，我以为绍棠其实是可以不必这样说，也可以不必这样标榜的。因为，就文学艺术来说，微观言之，则所有文学作品，皆可称为‘乡土文学’；而宏观言之，则所谓‘乡土文学’，实不存在。”

的意识中，故乡、大地、生命本源、传统、祖国，隶属一个修辞系统，它们之间有着极为自然的符码互涉、衍生的关联。乡土文学的抒写，本能上倾向于历史与宏大叙事，其根由就在于此。

列文森曾指出：“近代中国思想史的大部分时期，是一个使‘天下’成为‘国家’的过程。”[①]这也是他那部杰出的著作——《儒教中国及其现代命运》中的核心观点与论证线索。“天下”观是与儒家的道，亦即中国自身的传统结合在一起的。它是一个普世的概念，原则上涵盖全人类。作为一个道德共同体，“天下”中没有给出国家主权的界定，主权等同于皇帝的权力，这是儒学国家观与基督教国家观的最大不同。“当近代中国人被迫求助于外国的‘道’时，将国家置于文化亦即‘天下’之上，也就成了他们的策略之一……作为一个国家，它没有任何必须遵循的固定准则。但作为一种特定的文明，它就必须坚持某种价值观念，否则它就不成其为某种特定的文明了。但一个国家的选择是自由的，只要这种选择有助于其生存。”[②]简言之，近代中国的演进乃是一个文化衰、国家兴的过程。念及 1980 年代中期以来出现的各种文化热，其间的起伏、对比意味深长。它是国家感召力下降的标志么？（我在第一章会详述这一问题。）以此反观新文学史上的乡土文学，或许可将其视为**中国身份的探索性表达**（“乡土”兴盛的岁月亦是“中国”意志炽烈的时期）。除了显而易见的、对应国家实践及类似国民素质遴选的乡村建构、农民启蒙外，至为关键的还有知识分子的自我筹划。对他们来说，问题着重不是要解答“乡村是怎样的”？而是“如何通过文学‘乡土’的创造，让自身成为能与西方平等对峙的主体？”这意味着，对民众负面性或病态心理的洞察、识见愈是深刻，摆脱歧视、屈辱和自我提升的效果则愈发显著。二者实在是一个过程。按赵园的说法：“文学中的怀乡病，多半是一种知识分子病。”[③]此病与彼

① [美] 约瑟夫·列文森：《儒教中国及其现代命运》，郑大华、任菁译，广西师范大学出版社，2009 年，第 84 页。

② 同上书，第 84、85 页。

③ 赵园：《回归与漂泊——关于中国现当代作家的乡土意识》，载《文艺研究》，1989 年第 4 期。

病，当不无相通之处；一种将自我对象化后的扬弃过程。我在一篇论述鲁迅的乡土小说中曾详细阐释过。对创作主体鲁迅而言，

> 他愈有能力与人物建立起多元的联系，愈能保证其生存选择的开放性：每一次相逢或遭际，都衍生出一种重新开始生命的可能，一种自由的寻觅与伸展。这应该是文学“乡土”回馈给鲁迅最珍贵、最庄重的礼物。
>
> 鲁迅在“乡土”设计中给自己规定的任务是作为一个启蒙者去生活，一个相当素朴的信念。启蒙对鲁迅来说只是其行为（乡土书写）的框架，而他要在“乡土”里确定：一个名义上的启蒙战士是否最终必定得承认、经受精神上的异化与破产。
>
> 《故乡》结尾部分“路”的显现，乃是主体将自我迁移到多个他人的位置（“我”对中年闰土生存状态的理解与契合），并随后将这种迁移抽出的结果……这里没有启蒙式的高高在上或隔岸观火；首要和必须的，是关联或联系。在彼此的勾连、互涉中自我沉淀、梳理与协调……“乡土”的营构与生存之路的探寻是同一的。[①]

认为乡土写作中凸显的启蒙主体与民众格格不入的想法，显然忽略了上述关联与内部的统一。无论怎样，未庄、鲁镇那带有趋同性的民众的出场——虽然他们最初大多面目卑微——是件大事，它透露出强烈的寻求集体（认同）归宿的意志与需要。

“乡土”内涵、品质的吊诡亦在于此：尽管从根底上，文学“乡土”的出现乃是源于个体的危机意识和发展需求，但表现出的却是区域性的群体同盟的愿望。村庄的封闭、人与人之间的隔膜、冷漠便带有上述政治

---

① 李丹梦：《“侨民文学”与“异域情调”——关于鲁迅的乡土文论与乡土小说》，载《南方文坛》，2010 年第 5 期。

意味，它们从反面提示和询唤着一个团结奋发的现代“中国”，启蒙与批判的激情加剧了对“中国同盟”的希冀。在以阿Q、阿二（许钦文的《鼻涕阿二》）、吉顺（许杰的《赌徒吉顺》）为代表的灰色民众身上，连同那欧化的文白间杂、不无生涩的语言及文体，一个带有经验与物质性的“中国”雏形或名相，呼之欲出。

三

某种程度上，**我们可以把“国家”视为个体表达或自我言说中的一个崭新词汇或语法**。这亦算是乡土文学的重要贡献了。儒家传统里本没有直接用来书写个体（特别是欲望与权利）的语汇，凡涉及个人，则将其置于一系列的伦理关系中：任何人均能在父子、君臣、夫妇、兄弟、朋友五伦里找到自己的地位并课以相应的责任。于是，“一个人似不为其自己而存在，乃仿佛互为他人而存在者”[①]。乡土文学在反叛、挣脱传统对个人的伦理编制与压抑时，亦不自觉地沿用了“拟伦理”的自我认知与塑造。“中国”意识对个体的作用与伦理（网络）的功能相当，一个整体结构性的置换：二者都把自我放在某个“大我”的背景与框架中加以探讨，强调个人对他人的义务，要求自我必要的克制与牺牲。如果说传统总把个人当作“依存者”（dependent being），那么在新文学的乡土书写中，个体独立性的彰显依旧艰难。用国家来言说个人，不仅是知识分子介入历史或“为人生”的方式，亦是表述自我的（规定性）前提，一种近乎道德的惯性与必须：只有这样，自我的呈现才不会失于轻浮，它成为自我建构中激发体面、正当与高尚感的来源，不乏浪漫与激进。

左翼诗人殷夫有首诗名为《一九二九年的五月一日》，其中几句可视为上述自我营建中激情逻辑的袒露：“呵，响应，响应，响应，/ 满街上是我们的呼声！/ 我融入一个声音的洪流，/ 我们是一个伟大的心灵。”由此来看乡土文学后来发展中创作主体对国家意识形态的趋附，就不能简单归结于知识者的软弱或功利；被扯碎、抹去的传统依旧幽灵般地支配着人

---

① 梁漱溟：《中国文化要义》，上海人民出版社，2005年，第81页。

们的思维。成为带有统一意味的群体中的一员是个体至上的需要，即使是带来折磨和极端困难的那种最糟糕的群体，也不例外。

在中国，个体自主性的觉知或成为问题事实上是由集体权益被侵害所引发的。**文学“乡土”说到底是一个认同问题**，它源于对自我的思考：我是谁？我属于哪一类（哪一个社会或政治共同体）？这跟西方现代概念中的个体迥然不同。后者强调主动的选择，“个体面对所有可能的角色、身份，原则上可以随心所欲地接受、扮演或放弃任何一个……而中国的个体很大程度上被角色界定。他与目标和意愿的关系，较少取决于个人的选择”[①]。“现代”从伦理关系中释放了个人，却同时又把个人嵌入民族国家的结构中。国家本是在他者的逼迫下、基于个体保护与完善的认同构造——所谓“集合之假有”，“今之建国，由他国之外铄我耳”（章太炎语[②]）——结果却变成自我异化的新“名”与“纲常”，这当是文学“乡土”的创造者们没有料到的吧？借用佛家唯识的说法，即“一切法假名安立自性差别，乃至为令随起言说”[③]。“中国”“乡土”亦不例外。

纵观文学“乡土”的变迁，创作主体的认同一直在所谓个体（诸如人性、生命等）与“中国”之间游移，其间的迷惘、纠葛系乡土小说最耐人寻味的部分。1937年5月，朱光潜在京派重镇——《文学杂志》上发表《我对于本刊的希望》，认定理想的文学乃是“一个国家民族的完整生命的表现”。这貌似平和、中正的表述与其说显示了“生命”与“国家民族”的和谐，不如说透露了在“国家民族”的强势话语中，个体生命的隐忧与不适。其中的关键词是“完整”：个体的存在与发展是否还有“完整”的场域？它还能赢得自我的同一么？虽然在新文学的“乡土”构制中，个体与民族国家呈现出整体上的“利益”一致，但内里的运作却极不平静。

以老舍为例，这位旗人出身、在伦敦做过短暂停留，却被说成是最受

---

① Steven Lukes, “Conclusion”. Michael Carrithers, Steven Collins, Steven Lucks (eds), *The Category of the Person.* Cambridge University Press, 1985, pp. 283—300.

② 章太炎：《国家论》，见汤志钧编：《章太炎政论选集》（上册），中华书局，1977年，第362、368页。

③《解深密经》，玄奘译，中华书局，2010年，第59页。

欢迎的“乡土”作家之一[①]，在其代表作《骆驼祥子》中便表达了对农民个人奋斗——即“个人主义的末路鬼”——的惋惜与痛楚。祥子的身份通常被认定为城市贫民，但他对黄包车和金钱的特殊感情无疑是小农经济式的：那种热爱农具、对其怀有圣洁之感的反应惯性以及把储藏视为生产全部目的的思维模式。小说开头亦交代了祥子乃弃乡背井的“乡间小伙”：“失去了父母与几亩薄田，十八岁的时候就跑到城里来。”[②]这让人联想到1990年代后涌现的民工小说，尽管老舍叙写了洋车夫间朴素的关照与支持，然而它们并不能推导出“集体行动”的必要；老舍内心对洋车夫这一近于“无产阶级”的集团是持怀疑和抵制态度的，从祥子的命运走向上可以感觉到这点：祥子的集体归位或曰“泯然众人”的过程即是他堕落、毁灭的过程。祥子最终变得跟其他车夫一样赌博、滥交、破罐破摔，他成了所谓“体面的，要强的，好梦想的，利己的，个人的，健壮的，伟大的”[③]个性沦落的缩影，而他钟爱的北京则可视为处于蜕变中的、寻不见希望所在的“乡土—中国”的切片。

这种对集体态度的暧昧莫名，从文学的角度而言并非坏事。现代“乡土”的维系与生长，有赖于上述个、群（民众、阶层、国家）之间保持必要的张力，以留出不确定的空间供创作主体回旋、探索。因而，当安立的假名界定日渐清晰、固化，“中国”从模糊的民众一变而为层垒分明的阶级以至社会主义，且价值上不容置疑时，作为其隐喻的文学“乡土”经历震荡与脱胎换骨，也就在所难免。

四

1930年代，乡土文学出现了两种创作倾向：以沈从文、废名、师陀等为代表的京派乡土和以茅盾、叶紫、沙汀、吴组缃等为代表的左翼乡土。就后来的发展看，呈上升趋势的显然是左翼乡土的遗产。它预告了一个

---

① 李欧梵：《现代性的追求》，人民文学出版社，2010年，第280页。

② 老舍：《骆驼祥子·狗之晨》，文汇出版社，2008年，第4页。

③ 同上书，第259页。

乡土政治化书写时代的来临，随后的延安文学、十七年文学可看作左翼书写的“升级改造”版。较之20年代的乡土书写，一个显著的变化在于：左翼之后的乡土文学日渐等同于农村题材和农民小说。文学“乡土”的内涵从主动抉择的存在筹划窄化、坐实为农村，实与“中国”面目的清晰化诉求有关。促发这种变化的重要契机是1937年抗战全面爆发和新中国成立后的社会主义农村改造。迫在眉睫的存亡与发展要求拿出明确的“中国”方案，它排斥、封闭了乡土想象、认同的其他路径与可能。事实上，此种情势下的其他乡土想象不仅是不道德的，还是“非法”的。这在毛泽东的《在延安文艺座谈会上的讲话》中说得很明白：“至于所谓‘人类之爱’，自从人类分化为阶级后，就没有过这种统一的爱……阶级消灭以后，那时就有了整个人类之爱，但是现在还没有。我们不能爱敌人，不能爱社会的丑恶现象，我们的目的是消灭这些东西。这是人们的常识，难道我们的文艺工作者还有不懂得的吗？”倘若把其中的“爱”用广义的“认同”来诠释、替代的话，不难发觉，在“乡土”中文学主体游刃的余地愈来愈逼仄了。

这在茅盾身上已体现出来。茅盾的小说常因理性化太强而招致非议，殊不知这正是他介入历史的一种姿态调整。茅盾把社会学的想象与分析注入文学，并试图兼顾人们对作品“审美经验与创造力”的传统诉求。这位有着不俗文学感悟力的作家与评论者显然意识到了“乡土”的某种“不足”，他寡言“乡土文学”而多以“农村生活的小说”或“农民小说”代称，便是这一意识的流露。至于何谓“农村生活的小说”，在其《王鲁彦论》（1928）中我们可窥得一斑：

> 王鲁彦小说里最可爱的人物，在我看来，是一些乡村的小资产阶级……我总觉得他们和鲁迅作品里的人物有些差别：后者是本色的老中国的儿女，而前者却是多少已经感受着外来工业文明的波动。或者这正是我的偏见，但是我总觉得两者的色味有点不同；有一些本色中国人的天经地义的人生观念，曾是强烈的表现在鲁迅的乡村生活描写里的，我们在王鲁彦的作品里

> 就看见已经褪落了。原始的悲哀，和 humble 生活着而仍又是极泰然自得的鲁迅的人物为我们所热忱地同情而又忍痛地憎恨着的，在王鲁彦的作品里是没有的；他的是成了危疑扰乱的被物质欲支配着的人物，（虽然也只是浅浅的痕迹）似乎正是工业文明打碎了乡村经济时应有的人们的心理状况。①

字斟句酌的表述是要达到下述目的：以进化、发展的眼光，将鲁迅开创的乡土文学客气、委婉地 pass 掉。其中不无矛盾，那“热忱地同情而又忍痛地憎恨”即可视为作者态度的曲折流露（用词略嫌夸张）。茅盾对乡土文学的焦虑在于，启蒙思维仅提供了沉痛却模糊的希冀，中国于此找不到任何出路。他强调对“乡土”的把握，一种条理化的分层考察，不是为了有效地解释它或潜在的自我提振与抒情，而是预言性的；中国的前途与方向就寓含在对“乡土”的解构、分化中，所谓“旧胎长新质”也。“新”的发掘变得如此重要，茅盾欣赏王鲁彦笔下的乡村小资产阶级的原因就在这里（与他自己在“农村三部曲”中塑造多多头式的“异类”相仿）。寻找与老中国或旧式农民断裂、新异的形象，属于典型的现代思维，不仅如此，透过此类人物，茅盾把握到了呈现“中国”结构的钥匙：即经济的力量——不单局部、微观的人际关系、人群划分，还有中国的总体布局都将受其左右。这些在《子夜》（1933）里落实无遗。在茅盾看来，中国亦将由经济的突破、发展踏上“工业文明”的轨道吧？于是对乡村小资产阶级的态度也改变了。尽管他们有这样那样的缺陷（“被物质欲支配”），却因牵缀着历史的“正当性”而带上了积极、“应有的”意味，不得不让人“同情”了。

“乡土”的分化或曰对“乡土”的分层解析（如小资产阶级和农民）跟“中国”未来形象的落实是一个过程，就此而言，它延续了 20 年代乡土小说关于中国身份的探索，但客观上却是扯开、间离了“乡土”与“中国”的关联，二者不再具有整体、直接的映射同一性。**“乡土”本是良莠**

---

① 茅盾：《茅盾论创作》，上海文艺出版社，1980 年，第 149 页。

杂陈、混沌未开的“中国”对应物，但在分层考察中发生了意义的滑动与丢失，最终沉降、格化为“中国”的一部分（过去）、一片具有确定内涵的空间（农村）乃至“政治组织”（人民公社）。在茅盾的另一重要理论文献《关于乡土文学》（1936）中，能感觉到上述逻辑的指认：“关于‘乡土文学’……在特殊的风土人情而外，应当还有普遍性的与我们共同的对于运命的挣扎……必须是一个具有一定的世界观与人生观的作者方能把后者作为主要的一点而给与了我们。”[①] 茅盾对乡土风情描写的主张明显属于“事功”性（沈从文语[②]），带有工具理性的配置意味，乡土要展露其个性，须先在“普遍”中找准自己的位置。而就当时的社会语境而言，那“普遍性的与我们共同的对于运命的挣扎”不是指向将来的、希望的新“中国”，又是什么呢？

质言之，在茅盾的文学世界，乡土不再等同于中国，它服务于中国的（政治）前途，成为说明中国现代发展“方向”合理化的记忆与风景。

有论者指出茅盾把“农村与城市的结构性冲突”[③] 引入了乡土，这固然不错，但我以为尚未尽意。须说明，笔者要考察的不是社会实在，而是作品中呈现的主体如何体验其处境以及由这种体验所显现的身份协调。茅盾笔下的结构性冲突与我们熟知的、新时期以来涉及城乡对峙的小说——如路遥的《人生》、阎连科的《风雅颂》等——有本质的不同。茅盾的最终目的不是为了呈现或探讨城市对农村的挤迫，忧心农民的命运；无论农村或城市，在茅盾这里都非独立的客体，它们被“中国”牵动着。这跟茅盾对王鲁彦作品的赞赏道理相通：“在我身边这一堆美丽的或朴素的书本子里，藏着整个的中国社会在着；我们社会内的各‘文化代’的人

---

① 茅盾：《关于乡土文学》，载《文学》第6卷2期，1936年2月1日。

② 参见沈从文：《事功和有情》，收入《抽象的抒情》，江苏教育出版社，2005年，第13—17页。这是沈从文在1952年写的一封家书，信中将文学叙述的笔法分为“事功”和“有情”两种，以《史记》为例，年表诸书说隶属“事功”，“可因掌握材料完成”；而写人的列传则需“有情”，“即必由痛苦方能成熟积聚的情——这个情即深入的体会、深至的爱，以及透过事功以上的理解与认识”。

③ 南帆：《启蒙与大地崇拜：文学的乡村》，载《文学评论》，2005年第1期。

们都有一个两个代表站在这一大堆小说里面”。[①] **所谓“农村与城市的结构性冲突”，其实是作者探索“中国”前途或曰现代演进（史）的空间展现与铺排**，一种宏观的符指实践；换言之，**系进化的历史精神与逻辑创生了“农村与城市的结构性冲突”**。譬如《子夜》，这部探讨“中国社会向何处去”的巨著开篇：乡下的吴老太爷一到声光化电的上海便漫画式地猝死了。在此能感受到一个蓄谋已久的规划历史的“动作”：乡土被爽气地抛向“过去”，成为萦绕着《太上感应篇》、金童玉女等陈腐气息的凝滞所在，一个理应被历史跨越、克服的部分。于是，明明是共时性的中国各地与各阶层的（空间）鸟瞰与检视，却带上了历时的有关中国前途指向的进化意味。这种时空的辐辏、渗透与转化，当是理解茅盾史诗气质与抱负的关键。

《子夜》的空间是互不通融、此消彼长的。就主人公吴荪甫所处的上海而言，既有奢侈的吴公馆，又有贫穷的工人居住区；既有象征公债交易畸形繁荣、人头攒动的交易所，亦有亮着惨黄灯光、隐喻民族工业衰败的裕华丝厂。空间的物质外观打上了人物身份、阶层及精神的标记。而在吴公馆内部，又分为客厅与书房，前者承载着吴府社交集会或休闲聚会的功能，后者则是吴荪甫的避难所与“家园”。[②] 这种空间的对峙与细分化，系科学精神与进化的时间强迫症的综合征兆。茅盾试图在上海的呈现中将工业化的想象，一种世界范围的现代性逻辑，与无产阶级应运凸显（在民族资本家不堪重负、倒台崩溃的情况下）的革命诉求或曰“时代优选法”融合、打通。虽然并不成功，[③] 却让《子夜》中的上海带上了鲜明的中

---

① 茅盾：《王鲁彦论》，收入《茅盾论创作》，上海文艺出版社，1980 年，第 148 页。

② 杨天舒：《〈子夜〉中“自我分裂”的空间意象世界》，载《沈阳师范学院学报》，2002 年第 1 期。

③ 茅盾对无产阶级既不了解，也无甚好感。他出于道义与历史责任刻画的产业工人在丰满度和给人留下的印象方面，跟吴荪甫以及张素素之类的小资形象相去甚远。他们是《子夜》最薄弱、差劲的部分。茅盾无法让产业工人成为充斥着“色彩与声浪”的上海的主人，他们充当了硬性插入的前探历史的坐标。其文学效果的说服力与其预示和要抵达的未来方向的正当性，不能匹配。这让《子夜》内部的文本精神显出分裂的迹象。朱自清

国历史“元叙事”的意味。从“乡土—中国”到“城市—中国”，看似断裂，其实后者承接了乡土分层考察的思维模式：城市空间的细分与之前提到的、对乡土民众的经济与阶级考察，显示出相似的逻辑结构与敏感。

有些人喜欢强调上海在中国的“飞地”性，但这一理解潜伏着去历史化的弊病。从对上海的感悟与描述看：物质性、畸形堕落、工业化……均能在本来浑然的乡土/中国里找到相应的因子或萌芽，就此而言，与其说**城市（上海）天然是乡土的对立面，毋宁说“城市”乃是在“中国”现代方向的压力下从“乡土”（作为“中国”的对应物）整体内涵中分化、脱落的部分，它一度被“中国”选中、放大，如同王鲁彦笔下的小资产阶级从农民中游离出来一样。乡土孕育了自身的叛逆：城市。作为乡土脱落的结晶，城市开始与中国发生隐喻、互涉的关联。**所谓城市的细分，实则是又一轮乡土分化的开展与循环。把《子夜》与茅盾的农村小说（如《春蚕》《林家铺子》等）并置考察，感觉会更清楚些。二者都是写“中国”在西方资本（把吴荪甫逼上绝路的帝国势力，让老通宝、林先生痛恨的洋纱、洋货）入侵下的凋敝与蜕变，只是“中国”的称谓和“据点”不同：《子夜》里是城市上海，后者则是上海周边的江浙农村。从江浙农村的衰败与内部分化，到《子夜》中上海的空间与人群细分，是“乡土”逐级裂变、否定与筛选的过程。由是，表征中国“前途”的空间逻辑与集体特质，越来越明晰了。

早就指出，吴荪甫写得太具“英雄气概”，以致唤起了读者对他的“同情与偏爱”。然而，这恐怕亦是茅盾内心的立场。包括对那群一惊一乍的青年男女（在他早期的《蚀》三部曲中，这是重点描写对象），茅盾笔法的暧昧也让人疑虑寞生。作者不止一次坦言，他对资产阶级的了解要强于无产阶级，而他亦计划从“革命文学”的视角，呈现自己对这个腐朽阶级所持的现实主义与悲剧的看法。于是在《子夜》中的小资人物上，我们看到左右逢源、熟稔自如的精细描绘（尤其在涉及身体、欲望时），这多少缓解了茅盾的时间强迫症，显出意味深长的萦回、眷顾与自我放纵。另外，安排失意的吴荪甫在书房中强奸老妈子也是一次有意识的时间陷落与沉溺，不管主人公还是作者，都能在这一情节中享受到从“历史”脱轨的刺激与快感。而作者对进化的信仰和革命的承诺则通过对小资人物的扁平化、漫画处理与调侃，以及给吴荪甫设置一个没落的结局（一个功利化的口实）予以实现。藉此，作者给人物套上了“历史”（序列）的辔笼。

1940年代以后，中国的社会中心从上海转入内地，回到以乡土为中心的国家状态，赵树理的《小二黑结婚》《三里湾》，丁玲、周立波的土改小说以及柳青的《创业史》等，便是因应这一国家想象的乡土小说。这与茅盾对中国现代之路的文学设计完全不同，他此后很少写上海了。不管怎样，“城市”一词的出现及其意义的日渐显豁表明，“乡土”愈来愈被化约为一个本质化的、保守停滞的概念与空间。

与“乡土—中国”的分层、“优选”逻辑类似，把上海作为国家表述的对象，是以牺牲其中的多元性为代价的。如上海内里的日常性与小市民性，在很长时间内一直处在文学发掘、认同的盲区。据张鸿生考察，从1930年代一直到新时期，它们仅在张爱玲、苏青等人的笔下昙花一现。[①] 宣称中国的乡土文学系“城市文化”产物的观点，似乎仓促了些。那时的“城市文化”，其内涵是相当逼仄的。现代“中国”看中、认同的只是“城市”意义中的一角：工业化，一种具有普遍性的现代范式和路径；至于城市的历史积淀、生活常态，由城市表征的物质化及颓废奢靡的生活样式，则不在乡土 / 中国的视域之内。后来因中国选择了社会主义道路，上述容易引发资本主义联想、易跟资本主义现代化混淆的城市内涵（连同那似乎静态的、不能给现代［变动］实践提供坐标、参照的部分［如日常性］），更是被压抑忽略了。

城市获得“独立”、文学开始正视完整的城市，是1990年代消费文化盛行后的事情。王安忆在《长恨歌》中对上海民间记忆和生活的细致发掘，可谓踏准了历史的节拍。类似的情形亦发生在乡村。由于国家此时已从神圣的大我沦为一个工具性的存在，“中国”不再能吸引和收束“乡土”，而新的认同机制又迟迟无法建立，这让90年代的乡土文学尤其是农村小说陷入了自由、无序的多元格局，它说到底是价值与身份认同的紊乱与破碎。用简洁的公式来表达：即从“乡土—中国”到“乡土—X”，一种孤注一掷却注定了无结果的寻觅。看下刘震云的长篇《一句顶一万

---

① 张鸿生：《文学中的上海想象》，载《文学评论》，2005年第4期。

句》[1]便能明白：这部略嫌怪异、似乎找不到创作“家谱”的作品，倘若置于90年代以来“乡土”认同危机的语境中，实在很好理解，刘震云只是将上述危机或无归属感推向了极端。其叙述呈现出强烈的寓言与存在主义味道（多少有些枯涩）：没有可识别的风景，没有稳固的同伴或同盟关系，人物清一色为盲目活动的个体。所谓寻找认同，只是为了听到一句能对上心的话，它让两代人，吴摩西与牛爱国，浪掷了一生。转瞬即逝的一句话点亮了个人对类似大我的“乡土”认同的希冀，却又立马让这种希冀消泯于无形。

五

回到对文学“乡土”的现代梳理，与茅盾形成鲜明对比的是沈从文。后者虽然亦有类似“方向”的焦灼与压力，如同老水手满满反复叨念的“新生活”(《长河》)，却无意以此来整饬文学。“我这个工作的基础，并不建筑在‘一本合用的书’或‘一堆合用的书’上，因为它实在却只是建筑在‘水’上。”(《我的写作与水的关系》) 切勿以为这仅是关乎“格调”的夫子自道——沈从文珍视、看重个体感觉的“自由感受”并以此作为创作的归宿——其中亦酝酿着某种“历史观”，倘若这也称得上“观”的话。后者很难诉诸抽象、逻辑与分析的表达，这既是沈从文的短处，又是其特色与优长。他小心翼翼地将所谓“历史观”融化在生命的整体感受里：通过活泼、浑然的感觉来暗示，坚决不让它从“整体”中脱颖而出、发扬张厉；本来，这就是生命蠕动与试探世界的一部分。仍以《长河》为例，吕家坪村民对“新生活”的论议，刨去对未来的隔膜感及调侃的部分，大都掩没在惶恐、忧惧的情绪中。到“社戏”一节，“新生活”似乎被遗忘了，触目而来的是密实连绵的风俗铺陈。沈从文是想以此来延宕历史么？但惶惑感分明更沉重了，它提示着“新生活”那隐身的、不澄明的当下在场与威胁（参与）。这种因依、执著于感性与事相的叙述姿态让沈的创作带

---

① 该长篇写于2006至2008年间，2009年由长江文艺出版社出版发行，2011年获得了第八届茅盾文学奖。

上了稚子般憨朴、纯真与拙顽的气质——沈自称是“乡下人”，而他终其一生都未见改变或“长进”的迹象[①]。曾经的“空虚的作家”“缺乏思想”的指责便由此而来。

我不愿将沈从文的书写简单纳入“前现代”或“古旧中国”的类别。虽然这种书写的显现、自觉与坚持，有赖于“中国如何现代”的语境（一个巨大的显影液），但用新旧、前后之类的进化语汇来描述沈，总有疏漏隔阂之感，好比对水的把捉，孰前孰后？沈从文的历史感乃是“常与变的错综”，它渗透在每一瞬间。如果说茅盾着力于发掘生活中的差异并试图从中拼出带有等第关系的历史序列，那么沈从文念兹在兹的则是恒常与整体，每种细微的变化都让他怅惘和疼痛，宛若三三在水边的遐思：有人告诉她，这水是向城里流的。三三也想“流进城里去”，“但是如当真流去时，她倒愿意那碾坊、那些鱼、那些鸭子，以及那一匹花猫，和她一处流去”[②]（《三三》）。这恐怕也是沈从文最心仪、理想的“现代”方式吧？将城市化等同于生命完整（包括连带的生存方式）的并进与流淌，它只有借助少女思春这类特殊浪漫的、非理性化的设置才能实现，一种洞察历史的特别方式与“智力”。李健吾曾说沈似乎“生来具有一个少女的灵魂，观察的不是别人，而是自己”[③]。所讲极是。沈的文字秀媚劲爽，依稀有些自怜感伤的味道，不是在现实主义的层面，而是从灵魂的外化而言的。少女成了情绪勾勒、涂抹又赖以依凭的“有意味的形式”：不求新异，但能抒情和安顿灵魂，纵然模式化也无妨的。[④]沈笔下“乡土”的衍生构造，奉

---

① 在《〈沈从文小说选集〉题记》（1957）和《〈沈从文小说选〉题记》（1981）中有两句话可作为参照：作者自陈，由于长期“从‘习题’出发，进行写作……文字虽可望逐渐成熟，思想观念不免日益凝固”。“我生命中虽还充满了一种童心幻念，在某些方面，还近于婴儿状态，事实上人却快八十岁了。”参见《沈从文全集》（第16卷），北岳文艺出版社，2009年，第375、395页。

② 沈从文：《沈从文小说选》（上），凌宇编，人民文学出版社，1993年，第288页。

③ 李健吾：《咀华集·咀华二集》，复旦大学出版社，2005年，第28页。

④ 在沈从文的未完遗作《抽象的抒情》（大致写于1961年）中有段话可证明这点：“事实上如果把知识分子见于文字、形于语言的一部分表现，当作一种‘抒情’对待，问题就简单多了。因为其实质不过是一种抒情。特别是对……‘书呆子’式知识分子，这种抒

行相同的道理。

然而抹去了差异，历史该在哪里寄寓呢？通常仰仗情节（本质上亦是一种差异）来标识的故事又如何存身？这就触到沈在“乡土”中的文学作为了：

> 不拘谁个愿意花点钱，这人就可以傍了门前长案坐下来，抽出一双筷子捏到手上，那边一个眉毛扯得极细、脸上擦了白粉的妇人就走过来问……(《边城》)

类似的句子沈的作品里颇多。把通过动作、相貌牵带出的个别、具体的人（“变”的因子或曰符号），无顾忌地嵌入由副词“就”及无区别的指示代词（“这”“那”）所表征的类型与常态叙述，这类冒险沈从文做得轻松裕如。汉语本是缺乏时态、形态的语言，沈却硬是以此造出了一派鸿蒙洞开、如在目前、always 似的一般现在时或现在进行时的空间。他的小说鲜有结果意义上的结尾，《边城》末了翠翠的等待便是对结局和历史的推避，跟《长河》“社戏”一章的风俗铺叙异曲同工。(《长河》没有写完，沈从文仿佛成心如此。) 或者像《萧萧》的末节：12 岁的牛儿娶进一房童养媳，他的母亲、身为童养媳的萧萧“抱了自己新生的毛毛，在屋前榆蜡树篱笆间看热闹，同十年前抱丈夫一个样子”。惊人的相似引发了时空的恍惚与迷离感，它让此前叙述的萧萧的遭际（作为“变”之一例的故事）失去了独立性，写作又回到“常”的节奏与态势中。

虽然沈从文力避对历史去向的直接回答，却活现了“中国”在传统惯性中踽踽挣扎的图景：静止中蕴含变化；明明在变，又像是昔日重现。这

情气氛，从生理学或心理学说来，也是一种自我调整，和梦呓差不多少，对外实起不了什么作用。”参见《抽象的抒情》，江苏教育出版社，2005 年，第 10 页。另外，在《习作选集代序》(1936) 中，沈亦强调了其作品的抒情特质：“先生，你接近我这个作品，也许可以得到一点东西，不拘是什么；或一点忧愁，一点快乐，一点烦恼和惆怅，多少总得到一点点。你倘若毫无成见，还可慢慢的接触作品中人物的情绪，也接触到作者的情绪，那不会使你堕落的！……你们所要的‘思想’，我本人就完全不懂你说的是什么意义。”参见《沈从文全集》(第 9 卷)，北岳文艺出版社，2009 年，第 6 页。

阴差阳错、歪打正着的效果，研究者多从沈的湘西身份中寻找答案，如有人指出：“湘西是与其他文化圈几无交换的孤立世界，现代中国（由于其经济、政治的不平衡）近似地提供了这种现实，沈从文却把这种现实进一步绝对化了。”[①] 言下之意，沈对恒常的依恋，当来自对这片先天孤立、缺少变化的土地的认同，但这忽略了认同的原因及其内部的张力。人为什么一定要认同自己的故乡呢？90年代以来声称恨故乡的作家大有人在，如莫言、贾平凹、刘震云等，都是憎爱交织的态度，而沈从文对湘西却大体是一往情深的，这的确有点稀罕。张三丰从鸟蛇之争中悟出了太极拳，但太极拳并不等于鸟蛇之争。沈笔下的乡土与湘西间的关系与之相仿。

我以为，沈从文真正要表达的是自由、韧性又无常的生命（这是他文中频繁出现的一个关键词）意识，但在进入现实、历史的公共场域时却面临了沟通上无以赋形的尴尬与痛楚。这里的“形”意指现实的素材。除了直观的形象外，还包括价值、伦理、道德的赋值、建构。沈所执持的生命感本是生发社会所有伦理价值的源泉，但当他试图用后者来释解前者时，总抹不去“说即不中、动用即乖”的失语和惘然。包括他在为自己作品及湘西辩护时信誓旦旦道及的“美”，也是强说一种。[②] 我想沈从文决计说不清“美”的意涵，他只是借用了一个模糊的、有些滥调的、大众化的词或称谓，来指陈他内心那同样朦胧的生命意绪。而他之所以能够坦然悬置“思想”“深度”，在文体上孜孜以求、花样翻新，很大程度上基于对“赋形”的绝望。既然所有的“形”都无法承载生命，那就索性信马由缰地表达吧。或许还会有吉光片羽的“相遇”时刻？沈从文后来能相对顺畅地转行到古代服饰及文物研究并有相当成就，于此不无干系。对他而言，文物、服饰等，同样是“形式”。不妨看下面一段话：

---

① 赵园：《论小说十家》，生活·读书·新知三联书店，2011年，第122页。

② 沈从文对生命意识的称谓，相当混乱。其中用得较多的是“美”和“人性”，譬如，“我只想造希腊小庙……这神庙供奉的是‘人性’。”（《习作选集代序》），这让人容易把他的作品跟布尔乔亚的风格混淆起来，其实二者的出发点是迥然不同的。另外，沈的称谓还有“自然”“生命”等。我以为更贴切的是“生命”，它是浑然、自由的。

我正在发疯。为抽象而发疯。我看到一些符号，一片形，一把线，一种无声的音乐，无文字的诗歌。我看到生命一种最完整的形式，这一切都在抽象中好好存在，在事实前反而消灭。①

又出现了“生命”！它隐寓、封闭在“抽象”里，实际、现实的“形式”无法把捉、呈现它。这也是沈对“历史”耿耿于怀的原因：所有的伦理价值都有当下“事实”的功利性，而生命的道白却无法以特定的时空效应来裁决高低。说沈的创作显示了对现代的反思，也须植根于此；否则我们将错解了这位“乡下人”。那种认为沈的书写乃是基于城乡对峙互动中挤迫的结果，只能说似是而非。他们不明白，在写作中沈的心思、目光均停驻在别处。据说沈生前曾对家人说：“一个人或生或死，名字并不重要。”重要的是什么呢？沈没说。我想，那应该是对生命的守护与忠实，一种出自本能的良知。选择湘西作为载体在沈从文只是历史的权宜。毕竟，这里尚有几分“形似”。

前文曾说过：“‘乡土’的本质乃是一种综合的认知与考量。在国人的意识中，故乡、大地、生命本源、传统、祖国，隶属一个修辞系统，它们之间有着极为自然的符码互涉、衍生的关联。”沈的乡土作品是处于这一大的修辞系统中多方牵扯纠葛的典型，作者企图通过描述作为出生地的湘西来召唤、拼凑他心中那难以言表的关于生命完整、自由的栖居形式，并有意无意地由此辐射到国家②、传统与历史。

望着汤汤的河水，我心中好像忽然彻悟了一点人生……的的确确，这河水过去给我的是“知识”，如今给我的却是“智慧”。……

① 沈从文：《生命》（1940），收入《沈从文全集》（第12卷），北岳文艺出版社，2009年，第43页。

② 按沈从文的说法：“爱国也需要生命，生命力充溢者方能爱国。至如阉寺性的人，实无所爱，对国家，貌作赤诚，对事，马马虎虎，对人，毫无感情，对理想，异常吓怕。”参见《沈从文全集》（第12卷），北岳文艺出版社，2009年，第43页。

看到日夜不断千古长流的河水里石头和砂子，以及水面腐烂的草木，破碎的船板，使我触着了一个使人感觉惆怅的名词，我想起“历史”。一套用文字写成的历史，除了告给我们一些另一时代另一群人在这地面上相斫相杀的故事以外，我们决不会再多知道一些要知道的事情。但这条河流，却告给了我若干年来若干人类的哀乐！……石滩上走着脊梁略弯的拉船人。……他们那么忠实庄严的生活……不问所过的是如何贫贱艰难的日子，却从不逃避为了求生而应有的一切努力。……历史对于他们俨然毫无意义，然而提到他们这点千年不变无可记载的历史，却使人引起无言的哀戚。

我有点担心，地方一切虽没有什么变动，我或者变得太多了一点。[①]

以上段落常被研究者引用。沈从文的历史意识是与对生命意义的追溯融在一起的，它来于自然、特别是水的启示（且不忙将此框定为湘西）。那谜一般的墓志铭——“照我思索，能理解‘我’。照我思索，可认识‘人’。”——我以为正是假托水的口吻而言的[②]。绵绵流逝的水，本身就是活泼的“常与变”的复合体，流如恒常，逝即变动。沈后来将其归纳为：“生命在发展中，变化是常态，矛盾是常态，毁灭是常态。生命本身不能凝固，凝固即近于死亡或真正死亡。”只是在水——生命的理想范型中，“常”与“变”是平等一如的，而历史则唯“变”是宗。这让沈从文感到了生命的肢解与割裂。在对“变”的推崇上，“历史”与“现代”二词是重合的；那用“文字写成的历史”即是对“变革”“进步”等现代踪迹的记录。这注定沈的创作将游离于“现代”“历史”（包括在现代途中的“中

---

① 沈从文：《一九三四年一月十八》，收入《沈从文全集》（第 11 卷），北岳文艺出版社，2009 年，第 252、253 页。

② 此句最早出现在《抽象的抒情》中，对它的解释相当混乱。我以为，句中未加引号的“我”是指水，引号中的“我”才是指沈从文。“照”在此一语双关，兼具遵从和映照的意味。而用同一个代词“我”来指称自己与水，则表明沈是以水的精灵自喻的。

国”）之外了。

依沈的个性，他实不在乎什么标签或 title 的，但倘若生命的意义取决于是否进入历史，这就不得不让他痛苦了。沈必须接受一个残酷的事实：他奉若神明的生命意识在当下只是无益、无用的事业，犹如自说自话、自我呢喃。而他的痛苦与“哀戚”表明，他对“历史”或“现代”不能置若罔闻。痛苦作为情绪反应，即建立在比较甄别的“现代”思维上。真的如水那样，则无所谓意义、对错或历史了，又哪会痛苦呢？引文的最后一句证实了我们的推测：“我有点担心，地方一切虽没有什么变动，我或者变得太多了一点。”某种程度上，沈从文就像刚食了智慧果又回头是岸的亚当，一个半原始的人。他想返回生命原初的伊甸园，却略显羞赧，因为找不到一个回转去的、能说服他人的“现代”理由。毕竟，是站在“现代”的堤岸上了。

湘西对沈从文的意义由此凸显出来。就像是一棵救命稻草，一个确凿的理由，沈在湘西看到了他杳然幽深的生命意绪能够“**实现**”的一线生机——那片段的形似，部分的意趣相投，系沈从文认同湘西的前提。虽然它们严格讲只是自由生命感的幻象与投影，但既然选择了，就义无反顾地去琢磨它、维持它、爱护它。沈对张兆和的爱情亦有类似的意味。据张的姐姐允和回忆，1969 年沈从文下放前夕，在凌乱得难以下脚的屋中，沈从鼓鼓囊囊的口袋中掏出一封皱头皱脑的信，又像哭又像笑地对允和说，“这是三姐（指兆和）给我的第一封信。”他把信举起来，面色十分羞涩、温柔，接着就吸溜吸溜地哭起来，快七十岁的老头儿哭得居然像个孩子，又伤心又快乐。[①] 而此时张兆和对沈的态度只能算差强人意。沈曾声言张兆和是他笔下不少女性（如翠翠、三三等）的原型，焉知这不是他找到的另一个更生动、美丽的投影或理由？无论张怎样，他总是深情缱绻。这大概亦是他眺望、供奉内心那自由、庄严的生命形态并与之保持牵系的一种不自觉的仪式、方式吧。

① 张允和、叶稚珊：《张家旧事》，山东画报出版社，2000 年，第 136 页。

李健吾在评价《边城》时曾指出，沈“对于美的感觉叫他不忍心分析，因为他怕揭露人性的丑恶”[①]。殊不知真正的原因乃是沈从文要将他对理想生命的感悟与信仰在人间展现出来。如果说鲁迅的文学是主动将自身置于时代漩涡的中心，以考验生命的韧性，探勘存在的可能，那么沈从文的作品则是在梦想中生活，他做的是一件乌托邦移植、经营或绘图实践的工作，可惜供他使用的素材或颜料甚是有限。这一面是由于当时中国危机四伏的环境所致，能让健康、活泼的生命寄寓的资源着实匮乏；另一面要归结于沈的成长氛围与经历，特别是童年的记忆。在《从文自传》中他为我们活现了一个活跃、奔跑在凤凰山水之间、于风日中长养的自然之子，这也是他对自己写作支点及理路的回顾与梳理。于是以下的故事便顺理成章了：21 岁的沈怀揣“从文”的理想赴京，在拿起文笔的一刻，故乡的山水骤然在他脑海复活，并拥有了一个整体的名字：湘西。这就是了！

作为沈笔下的乡土世界，湘西的确难以找到现代的痕迹，沈试图于此描绘和敷展理想生命的形态，却未提出任何具体的方案——以现代人的眼光看去，这实有些不耐烦——而仅是凭着本能行事，譬如那备受争议的性爱描写，如《丈夫》《月下小景》《雨后》等。有人于此感觉到明显的男性中心意识，“女性作为现代意义上的‘人’的命运，完全不在作者的兴趣范围之内”[②]。但在沈从文，这却是一种对生命自由的直觉体悟，他的创作就在这体悟的层面氤氲展开。性爱中焕发的坦然、恣肆及生命力大概是最贴近自然状态下生命自由意志的吧？虽然这种视角、写法算不上新鲜，但在沈从文却自有种澄明、皈依的意味，他对女性的塑造与欣赏也是建基在“与自然妥协融合，尽其性命之理”的意义上的。

沈未始没有察觉性爱中潜伏的阴影：如暴力（《贵生》）、疯狂（《三个男子和一个女人》）与生命的浪掷（《柏子》），但他的做法却是“圆润”“开脱”，止于生命的忧伤与叹息。在《从文自传·清乡所见》中有个细节，一个年轻男子即将被处死，原因是他把病死的商会会长的女儿从坟墓

---

① 李健吾：《咀华集·咀华二集》，复旦大学出版社，2005 年，第 28 页。

② 赵园：《论小说十家》，生活·读书·新知三联书店，2011 年，第 134 页。

中挖出，背到山洞里睡了三天。沈问他为什么做此事，后者只是微笑，自言自语道：“美得很，美得很。”这骇异得近乎恐怖的细节后来被沈敷写成《三个男子和一个女人》，在挖坟者与死人睡觉之前，沈加入了一段刻骨铭心的暗恋，而且是三角式的。一切都在人情中净化、合理化了。他还有意把挖坟者写成一个向来懦弱、温和的人，其挖坟之举由此带上了英雄式的牺牲与浪漫味道。到了《湘西·沅水上游几个县份》，沈再次提到这个故事，只说：“这种生命洋溢的热情，到近来自然早消灭了。”曾经的骇然与惊恐似乎已被他全然放下、遗忘了。

或许有人认为这有美化、肤浅之嫌，但在沈从文一面，却是朝着实践生命梦想迈出了至为关键的一步。这里毫无疑问有着建构的因子，但不在沈刻画的湘西上，他无法提供这样一个光滑的、逻辑严密的客体；而恰恰在那显得“肤浅”的写作态度以及由这态度折射出的心灵结构上。那将优美与罪愆、热情与疯狂视为一体的，不正是生命平等一如的视角吗？如同水的流动中同时蕴含生机与死亡，恒常与变异一般，一切都是生命的绽现与奇迹，我们无法以现代的准则将其剥离开，究竟哪部分是进步的，哪部分是落后的？生命本来便是矛盾的统一体。在此意义上，沈的“肤浅”实乃“智慧”的表现，虽然他做得不尽洒脱，那抱朴守拙的圆融结果，显然经历了抵御现代思维（如批判、深刻、明晰化等）惯性与诱惑的阵痛；难掩的忧伤便是阵痛的“遗迹”。

想在沈的作品中欣赏纯粹怡人、美好的乌托邦图景，或寻觅通向乌托邦的现世改造途径，注定要失望了。因为沈从文乌托邦不属“事功性”，是无须建构、定义的。换言之，它来无所来，去无所去，本来自足；乌托邦不在缥缈的彼岸，却在当下对此不完满的、残缺世界——湘西的容让、呵护与一视同仁里（相对彼岸世界），这就是乌托邦的营造方案，类似沈在生活中和他的“三姐”的厮守。当沈把怪异、另类的人（如挖坟者）写得如此富有人情味并散发出人性的庄严时，那浑然、活泼的生命理想形态也就在人间绽放了。

某种程度上，沈的这种肯定性书写类似李泽厚所说的乐感文化。后者以情为本体，强调人的感性生命、生活与生存。人总得活着，即使认定这个世界了无意趣，本质空无，却仍然要去寻觅和肯定这个世界，并把这寻觅和肯定就归宿在这“空而有”即虚幻与实在的重叠交融里，于此中咀嚼、把握人生滋味。李对《论语》的解读亦可用来参照沈从文：“从‘逝者如斯夫’等处，可知儒学重视的是动、行、健、活、有，而非静、寂、默、空、无。如果说本体，则应是前者而决非后者。这才能与‘生生之谓易’的‘人活着’根本精神接头。默、寂、静、空、无只作为个体的某种体认境界和人生省悟来丰富这个动、健、活的‘本体’。”[①] 沈有句话颇耐人寻味：“美丽总令人忧愁，然而还受用。”这“受用”自非取悦读者，而是“对于生命的偶然，用文字所作的种种构图与设计”[②]。及此，忽然憬悟沈对文物的钟情了，不仅因为它是“形式”，那经出土发掘的、残损沧桑的物什亦是一种“偶然”和“奇迹”，沈在此可以尽情盛放、敷染他对完整生命的咏唱与依恋了。那对残缺的容纳与爱抚，亦是对生命神祇的凝视与召唤，一种拆去心灵篱障的不设防的虔诚祈请。就此而言，谁能说这不是另一个湘西、“乡土”？谁又能否认作为学术著作的《中国古代服饰研究》不是文学与诗呢？

一般人都晓得沈从文的湘西小说是乌托邦的书写，却忽略了乌托邦中的践行部分——它指向自身，致力于捕捉自我（写作）与世界间的生命牵系。后世受沈从文“影响”波及的乡土作者不在少数，但多把他的书写作为现成、上手的乌托邦模式或风格来模仿、回避或超越、鄙弃，能把立足点放在对生命的守护和无条件的爱之上的，实在凤毛麟角。就此而言，沈从文的确是孤独的。这应了他早先说过的话：“我作品能够在市场上流行，实际上等于买椟还珠，你们能欣赏我故事的清新，照例那作品背后蕴藏的热情却忽略了。”

值得一提的是，沈从文曾试图增强他文学生命观的现实影响与公共效力，那就是把“湘西”与“中国”牵扯起来。沈写过一系列杂文：如

---

① 李泽厚：《论语今读》，生活·读书·新知三联书店，2008年，第190页。

②《沈从文全集》（第16卷），北岳文艺出版社，2009年，第343页。

《中国人的病》《知识阶级与进步》《打头文学》《文学者的态度》《论“海派”》《新文人与新文学》，等等，多少有自我造势或表白的意味：即“我”并非“虚幻”的作家，而是有严正的中国立场的，但总体感觉偏激失度。沈本来不以分析、逻辑见长，一旦脱离了诗意含融的生命语境，这位较真的“乡下人”不免显得“傻头傻脑”。总的说来，沈的湘西书写显露了“乡土”元构思中两种进路——存在意义上的生命话语与现代意义上的中国话语——间的抵牾。无论沈再怎么妙笔生花，他也无法让当时的国人相信，他的“湘西”实际是具有中国“利益”的。就可见的、能够推计权衡的、“事功性”指标而言，沈的小说显然难以胜任。他在上述杂文中声嘶力竭、咄咄逼人的表现，恰恰暴露了奠基于生命伦理的“湘西”在面对“中国”时的失语和无力，一种因底气不足和边缘化的憋屈所导致的强力反弹与自卑掩饰。既然不能从文学“乡土”自然地引申到未来“中国”的路径，那就只好改换调门，以直截了当的杂文方式加入到关于“中国”的合唱与竞争性言说中。

但沈从文也并未放弃其文学跻身现代的努力。我们发现，愈到后来，沈小说里作为区域视角的湘西，它具有的异域特质和少数民族的文化色彩愈发淡薄，曾经铺张的性欲描写亦节制了不少。显然，沈在寻找湘西与中国的“交集”。以《边城》为例，这部建立在苗族文化背景上的小说，竟然找不到一处昭示其身份、族别的文字；带有苗族血统的翠翠，其名字也是汉化的。与之前沈在《龙珠》《月下小景》等作品中对苗族风情的大肆渲染迥然不同，《边城》就像一幕杰出的模糊化的技艺与表演。至于散文集《湘西》，则完全是一部“祛魅”的作品，用沈的话说：“我这本小书只能说是湘西沅水流域的杂记，书名用‘沅水流域识小录’，似乎还切题一点。”[①] 作者试图让湘西融入中国，“使湘西成为中国的湘西，来开发，来教育”（《苗民问题》）的意图十分明晰。但即便如此，“湘西”依然触目。在它与“中国”之间，始终存在某种理解的错位。譬如，沈在提及《边城》时曾说：“我要表现的本是一种‘人生的形式’，一种‘优美，健康，自然，

① 《沈从文全集》（第 11 卷），北岳文艺出版社，2009 年，第 327 页。

而又不悖乎人性的人生形式’…… 借重桃源上行七百里路酉水流域一个小城小市中几个愚夫俗子，被一件人事牵连在一起时，各人应有的一分哀乐，为人类‘爱’字作一度恰如其分的说明。”(《习作选集代序》)其中的困惑在于：倘若老船夫、翠翠等人代表的真是“优美，健康，自然，而又不悖乎人性的人生形式”，为什么仅得个悲剧的结局？这不是降低了这种“人生形式”或“爱”的说服力了吗？对此，我想沈是无从回答的。虽然他试图于此探讨“民族品德消失与重建”(《〈长河〉题记》)，但总觉含混模糊，内里的逻辑亦嫌“紊乱”。上述问题彰显了“湘西”与“中国”(利益)的分野与裂痕，前者所秉持的“生命”伦理让它决计成不了渴望现代的“中国”的“打头文学”了。

六

类似“湘西”式的地方视角在90年代后的乡土文学中亦存在，本文涉及的河南便是其中之一，但后者与“中国”间的联系、互动则完全是另一形态了。

沈从文在文学“乡土”的认同构造中表现出的对生命与世界的涵容、接纳，那如水般的一视同仁，在1990年代以来的河南文学（亦称“文学豫军”“中原突破”[①]）中不啻为稀缺的精神，以致笔者在论述沈从文时，时时想到的是“河南”。阎连科曾说：“中原农村的人们都生活在权力的阴影之下，在中原你根本找不到沈从文的湘西那样的世外桃源。”[②] 刘震云亦讲过一句意味深长的话：“从气质上讲，沈从文一定是比茅盾、巴金

---

① “文学豫军”与“中原突破”是1990年代文坛的重要收获，这两个概念是连在一起的。1999年春，由河南文学院主办，在新乡小冀镇温泉度假村召开了“文学豫军”研讨会。主要讨论的小说有李佩甫的《羊的门》、周大新的《第二十幕》、刘震云的《故乡面和花朵》、阎连科的《日光流年》、田中禾的《匪首》等。后来，有人在总结这次会议时，称之为“中原突破”。参见江胡、木耳：《中原突破：“文学豫军”长篇小说研讨会纪要》，载《小说评论》，2000年第2期。

② 阎连科、姚晓雷：《“写作是因为对生活的厌恶和恐惧”》，载《当代作家评论》，2004年第2期。

更加接近文学本质的人。可他反映到作品中的懦弱，竟也是他自身的弱点，这导致了他永远成为二流作家的悲剧。”[①] 如果说阎连科的观点反映了对沈从文乌托邦构造的普遍误解与隔膜，那么将沈的“爱与不舍”释解为“懦弱”，则具有一针见血的“深刻”了。相对沈从文，刘震云要智慧硬派得多，采用一种放逐情感、严防自身露怯的叙述。他由之也付出了不小的代价：即文本及心灵的干涩与扁平。说起来，刘的作品让人难忘的还是那无意闪露、敞现的内心的柔软与孤独。这不仅于我们（读者）一面存在“触动”“感动”的“利益”，就作者而言，亦是一种本能的自我调整与拯救（参见第十章）。

我并不认为沈从文是“河南”的反面，毋宁说他们是互补的。所谓一方水土养一方人，而心灵却一直息息相通。写沈从文，亦是在梳理、勾陈“河南”的背面或里子，那是被“河南”或忽略遗忘、或压抑遏制的、尚未焕发的一种可能。我在后文对河南作家的论述中还会提到沈从文，就激发各自创作的经历、动机和愿望而言，两种书写无疑都具有正当性，它们是平等的。不同的执著与追求呈现不同的“乡土”风貌与认同构造。笔者要做的，绝非成败优劣的比较与判定，而是要解开在“乡土”认同中那执著与追求的成因。它是地方的，亦是历史的，文化的。

① 刘震云：《读鲁迅小说有感：学习和贴近鲁迅》，载《中国现代文学研究丛刊》，1991年第3期。

第一章　地方性文化视角的兴起

第一节　引入“主体”

在引论里我们梳理了文学“乡土”的现代起源及其符指实践的历史。概括地说，“乡土”本质上是个体认同的构造，即寻找一个可依附、归属的“大我”集合。一般认为的农村题材、农民小说等仅是“乡土”的表相。既是表相，也就不会一成不变。“乡土”之所以会在中国凸显为“问题”，并成为新文学史上的关键词与主潮，实与“他国之外铄我”而导致的民族危机的刺激有关。一个现代中国，成为作家们在乡土文学中询唤与奔赴的鹄的。而究其实，这体现了个体对自我现代身份的自觉与想象，即通过在“乡土”中对“中国”的设计，来划定自我的边界。

沿着这一思路，我们进入 1990 年代以来的河南文学。它跟乡土文学有什么关系呢？这里要对乡土文学略做一个界定。它虽然不等同于农村题材、农民小说，但“关于农民或农村”却是“乡土”不可少的“收束”与特质。就 90 年代以来的河南文学而言，其绝大部分可纳入“农民小说”或“农村题材”的范畴，只是这么称呼实在别扭。“乡土”并非一个可以坐实的、对象化的概念，作为个体认同与想象的构造，它是动态开展的过程。而“农民小说”或“农村题材”的冠名则给人板上钉钉的感觉，它掩盖、抹杀了“乡土”认同中的选择与随顺，震荡与变化。我在前文尽量少用“乡土文学”，而多以“文学‘乡土’”或单独的“乡土”一词称呼之，即是想跟“农村题材”“农民小说”之类的本质化理解区分开来。我们姑且把后者视为乡土文学的狭义与传统界定，它们成为本文论述的起点。

笔者要探讨的是“乡土”认同的规律与趋向。既如此，便不能把目光局限于文本内部，将创作个体纳入考察视野是不可避免的，他们让认同有了始发的动力。乡土文学是作为创作者的个体现代实践衍生来的，包括对自我身份、风格及话语的琢磨、打造等。为了呈现这一过程，须引入“主体”的概念。此处言及的“主体”，与作者密切相关，但并不完全等同。它亦非指作品里某个具体的人物，而是一个作者在作品里不断追认的、希望与之趋同的形象。用尼采的话说，写作乃是一个“成为自己”的历程。所谓主体，是作者、叙述人与作品人物及内容、叙述交织、互动后得出的一个“我”之印象。

从小说叙述的角度看，主体——“我”就置身于冷静、合理的叙述准则与宣泄的快感原则之叠合处。而读者在阅读中也不断地对这个“我”进行把握、揣摩和定位。一部作品是否与我们有缘，我们能否接受它，在很大程度上是和主体这个“我”与我们是否心灵相契决定的。可以说，是创作（主动）和阅读（被动）活动的双方共同挤压、呼唤出了这个“我”之形象。也正是从这个意义上讲，主体“我”是能够用哈贝马斯的交往行动理论来加以考察的，进而言之，作品中主体行为与作品外更开阔的社会、生活世界息息相关。我在下文中将河南作家的创作纳入到地方文化及中国城市化和现代化的大背景中，其道理就在于此。

就河南作家而言，他们大多来自农村，可称为“农裔知识分子”。另就河南的历史、经济情况（一个农业大省）以及在中国的地位来看，它是不折不扣的“乡土中国”。（对此，我在下一章会有详细的论述。）这种与农民、农村及农业的血脉关联是笔者将豫籍作家的创作纳入乡土文学考察的重要原因。即使他们写的不是狭义、传统的乡土文学，仍带有浓重的乡土气息，那是与生俱来的。不仅如此，其作品里显示的自我超越与扬弃，恰是“乡土”的重要内涵与典型形态。

阎连科曾坦言：“我最初学习写小说时，就是为了逃离土地。为了离开贫穷、落后的山村，和路遥笔下的高加林一样，为了到城里去，有一个‘铁饭碗’端在手里……事实上，我也的确是通过写作最终达到了逃离土地的目的。当兵、入党、立功、提干，那一段艰辛的登山路程，我是通过发了那么几篇所谓的小说、独幕话剧和几首顺口溜一样的诗歌走完的。”在有了“铁饭碗”后，“写作的目的由逃离土地、吃饱肚子，就转化、升华到了成名作家。一切都是那样顺畅，那样自然，不需要任何的过渡与思考”。[①] 从农民到作家/知识分子，这里有一个身份和角色转换的过程，其间贯穿着主体对自我权力的争取，而写作就充当了这种争取的媒介与外化的手段。须补充说明的是，阎连科的写作目的在“文学豫军”中并非偶然。李佩甫、刘震云、张宇、刘庆邦、周大新、墨白等人都曾公开表露过自己骨子里是个农民，而就他们现在的工作乃至城市户口来看，身份的变更是不争的事实，而写作对这种变更的促进作用也是自不待言的。据朱伟的《张宇札记》记载，张宇曾说：“那时候我在厂里，打球、跳舞、搞宣传队，因为样样都行，就觉得不过瘾。因为不过瘾，就想着要搞创作。先写诗，后写小说。开始时连连失败，也可能这失败使我着魔。我生性胆大，不相信别人干了的事，俺山里娃子就不行。”[②] 这种现实动机连同好强的个性基础，使他终于如愿以偿地获得了一个体面的城市身份。由此，从宏观的角度看，对于大多数出身于农村的豫籍作家，其写作是与中国的城市化、现代化进程结合在一起的，确切地说，这种写作行为本身就是城市化和现代化的一部分。它通过主体在处理往昔与记忆时所流露出的固执与割舍，承续与断裂体现出来，一种自我与自我的关联，这构成了“中原突破”最动人的地方。一种“乡土”认同的震荡与探索。

以墨白为例，他的作品给人印象最深的是一种本体上的不谐和，仿佛自己跟自己进行着抗争。曾有论者以“穿着西装的叙述”来概括他的叙事特点，可谓切中要害。[③] 墨白最初是以“先锋派”的面目出现的，但他的文体、语言实验有着过多的现实与经验的牵绊，以致他不能真正地“先锋”起来。墨白的作品内里粗粝、单纯，很少离开乡土，但其叙述却显得

---

① 阎连科：《我为什么写作——在山东大学威海分校的讲演》，载《当代作家评论》，2004年第2期。

② 朱伟：《张宇札记》，载《当代作家评论》，1991年第6期。

③ 张宁：《墨白小说的社会学》，载《中州大学学报》，2003年第1期。

精致，充满了油画般的浓墨重彩。这种表里的割裂与错位造就了一个特殊的主体形象，与他反复渲染的“进入城市”的主题暗相呼应。主体的一只脚（内容）深深地陷在乡土里——这也是他的根基所在——另一只脚（形式）却不自主地迈向了城市。很难说这是对乡土的“背叛”，因为在最结实的内容上“我”还是“忠诚”于故乡的。

墨白笔下的主人公有很大一族是往返于城乡之间的民工，中篇《寻找乐园》是其中的代表作。小说通过民工食堂的悲惨遭遇写尽了城市的冷漠与残酷，接二连三的苦难降临在食堂头上，这是一种偶然的记述，还是出于内心激愤的一种强调性的设计？《寻找乐园》就像一篇沉痛的报告文学，看不到一丝光亮与温暖，而城市则成了不折不扣的人间地狱。这可视为主体的一种表白么？“我”的探索或曰“出轨”仅局限在形式和语言上，这是公正的评说，还是一种道德的遁词？我想，只有把主体对平庸叙事的反抗同个体身份的重构结合起来，才能解释这个问题。一切都在有意无意之间，墨白那雅致、洋派的风格某种程度上体现了一种忘却，也指示了一种模糊的向往。无论如何，主体没有试图遮掩自己暧昧的身份，对乡土他既不是决然的“忠诚”，也不是断然的否定，其间的游移与矛盾被他在叙述中敞开：以略嫌晦涩的语言来定格这种身份的不确定性，并经由老调新弹的陌生感来给予自身暂时的安慰。从主体与读者的交流来看，这或许是一种最大的诚实了。

话说回来，这种叙述或表达亦有着某种命定的成分。表面看来，主体在写作中建构着自我，包括身份与形象。但事实上，供他选择和建设的原料、方案、话语都是有限的；换句话说，在他发声的刹那，其音质和声响便被具体的历史条件和时空背景规约了。加之语言内部的干扰和影响，主体所谓的主动性、能动性都是相对而言的，而“乡土”的认同就在这主动与被动、或然与必然之间呈现出来。

第二节 1990年代以来文学“乡土”的变迁

在进一步论述河南文学之前，我们先看下1990年代乡土文学的总体状况。随着“市场”理念的全方位渗透，“乡土—中国”的认同构造日渐衰微，文学“乡土”的创作跌入了一个失重的自由空间，狂欢声、焦虑声与迷惘声兼而有之。这里主导的是带有功利性的、强劲而执著的个人化思维，追新求异成了其中的意识形态。它要求写作中呈现的主体——乡土想象的起点与最强音——须跟历史上及同时代的写作者有所区别；这种主体的自觉与敏感，让“乡土”衍化为风格竞夺的网络与场域。不仅如此，写作若要持续下去，个体亦须不断提供“可见”的变化因子，一种自我内部的竞争与分裂，来表明写作的活力与“发展”。

墨白曾说：“越来越多的理性色彩将使我们失去形象，过于强调追求风格是我们的枷锁，我们少的是对精神历程的体验，缺少浑厚的历史感，缺少一种经典意识和一种对文学的赤诚和献身精神。”[①] 这恐怕不是个别现象，其中的关键词是“历史”，随后提及的“经典意识”与之是一个意思。90年代后的乡土小说的变化与发展，整体呈现平面化的趋势，便是自动关闭与历史“对话”的结果。如同失堤的河水，四处漫溢，其冲击力与无所归依感恰成正比。其间不难感觉到某种类似商业伦理的运作，我不想以简单的“断裂”来了结这一问题，事实上，人总是在不自觉中陷入历史的覆辙。倘若承认作为想象逻辑与结果之一的乡土个人化书写并非横空出世的话，就不得不正面这一棘手的关于历史脉络的梳理工作。自然，它并非从过去到当下的线性推论或逻辑的直截引申，我在《21世纪中国乡土文学大系·序言》中曾涉及这一问题，录写如下：

> 总体上说，乡土文学的变迁跟新文学“现代”品格、质素的摸索定位、累积震荡彼此呼应。简言之，系知识分子对现代性的渴望、焦虑，酝酿创生了“乡土”。换个视角，我们亦可将文学

---

① 李庚香：《中原文化精神》，河南文艺出版社，2007年，第109页。

“乡土”的发达视为深藏的传统基因受现代语境的挤迫而迸发、反弹的结果，那弥漫的乡土依恋与赎罪心理便是证据。乡土想象的美学机制，着力于反拨现代化导致的逼仄空间以及格式化的生活与价值，一种带有乌托邦意味的审美补偿；乡土想象的功利机制，来自知识分子对“人道主义”、“平民主义”与“劳工神圣”等思潮的感应，一种启蒙理性的思维：在乡土改良的憧憬和书写中，融入改造国民性的现代实践，并构建自我的现代主体身份。上述两种乡土想象机制在效力、功用上是分裂抵牾的：前者略显“保守”，可谓现代的批判，后者则是现代的推衍与实践。由此，“乡土”集中、彰显了现代性内部的矛盾与纠结。作为根本动因，现代性在激发作家进行乡土想象的同时，亦成为一种“先验”的范式阻碍着乡土文学的深入拓展。

可以说，乡土文学此后的变化大体是在前述两种想象机制间的摆动、调整与质询。上世纪80年代后期，以莫言的“红高粱系列”为代表，掀起了一股所谓“新乡土文学”的热潮，有人宣称传统意义上的乡土文学终结了。但仔细考究，“红高粱系列”并未超脱乡土想象的美学机制，它就像一种美学语法的借鉴与突围，在世界文学的语境中（“红高粱系列”有明显的拉美文学特别是马尔克斯的风格印迹）：此前为人熟悉的温馨感伤、略带洁癖的诗性构造被浪漫恣肆、审丑暴力的野性和生命力取代，乡土的认识论基础亦由社会学、阶级论俨然变成了文化哲学与人类学，但骨子里依旧是对现代性肢解、异化人性的美学抵抗，只是更具个人风格宣喻的色彩。（用“个人”、“人性”的一套话语将以“集体”、“阶级”、“政治”为标志的革命话语排挤出局，是新时期文学的一大“功绩”。）倘若承认延安文学与十七年文学中的“乡土”是乡土想象功利机制的“登峰造极”，由于“红高粱系列”的历史铺陈明显含有解构“红色经典”的味道，乡土构造中那似曾相识的、顽强的美学机制又回来了，创作再次落入乡土想象的内部循环。

乡土文学真正面临危机是在20世纪90年代中期。笃定的城市化脚步让乡土的地盘不断收缩；同时，由市场鼓动的个人物欲与经济至上理念，在乡村伦理与文化内部引发了巨大的离心效应。一定程度上讲，世纪之交的前后20年是城市文化压倒一切的过程。农民对生活的想象被电视之类的现代传媒支配，而后者展示的大多是城市的品味与生活方式。对中国农民而言，全球化、城市化、市场化其实是一个意思，那就是城市化。因为世界过于遥远，而市场又嫌抽象了些。过得像个城里人，大概是每个普通农民的心声。如果说新文学上的“乡土”构造最早是出于在“乡土—中国”间隐喻与指涉的冲动(譬如，在“乡土”中审视国民性，叩问中国的历史，探索中国身份及命运等)，那么至此,“城市”已代替“中国”成为“乡土”关注的核心。至少,“中国”不再被视为唯一重要的历史主体，它成了一个可以内部区别的概念。乡土小说中“西部”的兴起便是一例。① 另外，历史宏大叙事的锐减也是一个征兆。即就现存的宏大叙事来看，它们的着力点也很少系单纯的中国或中国的未来，城市、当下才是它的焦灼所在。这切合了和平发展境遇中社会日益敏感的经济神经。由于“城市”比“中国”更切近、具体，亦更富侵略性，它意味着“乡土—城市”呈现的现代性问题要远比“乡土—中国”复杂，因之也更具个性。以阎连科的《受活》为例，它被称为对“乡土中国”最大胆、极致的书写，但内里的乡土已然虚化。超现实的狂想让“乡土中国”的叙述失去了支撑,《受活》很大程度上是作者“极端写作”风格的产物。②

---

① 譬如，雪漠的《猎原》、红柯的《生命树》、张学东的《跪乳时期的羊》，等等。这类作品除了浓郁的西部风情外，一个共通的特质是将乡土与生态结合起来，由此提出一种崭新的生态伦理与价值。但它们在复魅自然的同时，亦存在不同程度的价值偏颇、神秘主义与形象趋同的不足。

② 李丹梦:《流动、衍生的文学“乡土”——关于〈新世纪中国乡土文学大系〉》，载《南方文坛》，2012年第6期。

上述勾勒可与引论中文学“乡土”的符码实践彼此参照、补充。在引论里，我们见识了城市在“中国”方向的压力下从乡土整体内涵中分化、脱落的过程。纵观90年代以来乡土小说的发展，虽然枝杈横生，但总体并未跃出这一程式。由“乡土—中国”内部分层而来的城市与乡村，彼此日益割裂和客体化，犹如不相干的对峙两极。执著于当下的乡村抑或城市，而非此前希冀里的“中国”，成为文学“乡土”言说的起点。一种现代化的逻辑延承。只是，这现代化的“荣誉”当归属何方？它的发动者又在哪里？一切变得扑朔迷离。它们并不必然就是个人（享有）的，事实上，多数人的感受是被嵌入或抛掷到这不无暴力意味的“文明范式”。虽然行止动辄冠以个人的名义，但并不踏实。一种受迫性的个体化过程。80年代那个高标“人性”、锐意从毛时代尤其是“文革”时期的迷幻而残酷的乌托邦神魅中挣脱的、个人化的“主体”，在90年代已显出强弩之末的疲态。

第三节　“中国”的式微与“原子”个体

曾为“过来人”的、早期的摩罗[①]有段话颇具代表性：“80年代中期我怀有强烈的集体归属欲，一心只想成为知识分子的一员。十年之后，也就是90年代中期，我却产生了同样强烈的个体意识，一心只想成为一个个人。随着岁月的流逝和年龄的增长，我越来越感觉到了时间的重量……存在的虚无感和精神的虚妄感紧紧地缠着我，内心的那份失落和凄惶压得我喘不过气来……当我面对稿纸时，我基本上是按照80年代的思想和体验向前延伸，也就是还围绕着‘耻辱’、‘非人’等等词语说话，背后好像还有诸如‘真的人’、‘自由人’之类的信念作支撑。可当我面对内心那颗孤独的灵魂时，我对‘人’、‘生命’、‘真理’、‘正义’、‘价值’等等

① 摩罗的思想在2010年左右发生了“转向”，从（至少是表面上的）个体性的“精神战士”变为“国家主义”的信奉者。其标志是那本备受争议的著作：《中国站起来》（长江文艺出版社，2010年）。

东西全都产生了根本的怀疑。”[①] 质言之，作为绝对价值和目标祭起的“个人”，无法在其自身实现；强悍、集中的个体自觉与深刻的虚无主义，互为表里。

也就在这个意义上，作为个体认同机制的文学“乡土”重新焕发了它的魅力。如果说以往的“乡土—中国”是个体在危机时刻下想象出的集体皈依之所，一种制度化的自我构造与安置；那么今天的文学“乡土”，则呈现为**游牧式的价值落实**（过程），它显然是经典制度消退的产物。这些经典制度除了国家之外，还包括阶级、家庭与族群。主体在虚构的价值落实中歆享了短暂的安适与满足，又随手将其撇弃。阎连科的《风雅颂》是再明显不过的例子，作品杜撰了一个所谓的诗经古城。农民出身的教授，杨科，一度将其视为心灵的圣地，结果却从古城仓皇逃离了，这一结局其实不难预见。《风雅颂》原名《回家》，至于“家”（“乡土”认同的归宿）究竟在哪里，却是个未知数，作者并无求解、构建的诚心与意志，那煞有介事的诗经古城，不过是“家”或“乡土归宿”的功能借代。其效果类似《一句顶一万句》中的对心话——一个自我祭起的色彩斑斓的希望肥皂泡。藉此作者不单要诱哄读者阅读下去，同时也给自己打气提神，虽然明知它是要破灭的。由此我们触及当下文学“乡土”的书写动力。那绝非信仰的、执拗的信仰动作或仪式，显示了现代进程中，焦虑的个体对（价值）不确定性自我防护的本能拒绝。所谓“价值落实”，其反思或重构的意味相对微弱，它更多服膺于感性抒情、制造快感等实用性的需要。审美的愉悦、虚无的缓冲，均在其中。至于虚无本身，却极少被真正触动。《风雅颂》里的还乡，与其说表达的是现代人类对家园的亲近感，不如说是现代性意义上的典型的家园溃败叙事。

我们往往在“乡土—中国”与目下孤独、挣扎的个体之间，人为地划上一道分水岭，但从实利思维或利己主义的角度看，与其说二者发生了“断裂”，不如说一道个人利益的彩虹令其前后相属。毋庸讳言，“乡土—

① 摩罗：《写作的限度》，收入《耻辱者手记——一个民间思想者的生命体验》，内蒙古教育出版社，1998年，第466页。

中国”系现代功利思维的产物。有人曾以叔本华的“刺猬取暖”的寓言[①]来喻指“中国”的诞生，虽然刻薄了点，也不无道理。当“中国”从传统的“天下”观中脱落之际，便预告了自利的、原子式的个体时代终将来临；包括我们频繁提到的“市场”，也不是飞来之物，它原就内蕴在“中国”的逻辑之中。本来，中国人的国家观念一向淡薄，“天下”观倚仗儒学的家国同构与忠孝同构的原则维持着国家对个人的亲和性，它视一国如一大家庭，比国君为大宗子，称地方官为父母。此种由近及远、更引远入近的伦理亲情的推衍，在近代化中因被视为压抑人性的封建文化而遭到鄙弃。概而言之，从“天下”到“中国”，标志着一种去伦理道德、标举私的正当性、注重物质实力的富强现代性的确立与开启。毛泽东时代，个人从家庭、世系的网络中被抽离出来，在经济上依附于单位，在人身上依附于党员干部，一种集体式的个体化工程，这无疑是现代化事业的重要举措和组成部分。1978 年，政府在农村推行“责任制”与“包产到户”，宛然一个鼓励追求个体利益的信号。与之同时并举的工业改革，采用的方式无非是物质的刺激。被激发的私欲，成为推动国家现代化进程的重要力量。就内里的逻辑而言，中国、城市以至市场，是彼此连带、镶嵌的。

实际上，作为人类本性的利己主义在中国自来就有，但由于受到儒家伦理的制约，无法得到正面地表达与宣泄。倘若承认这一点，那么依常情判断，这长期压抑的私利的种子，一旦遇到适宜的环境，其生长发育的势头较之西方开化的利己主义，要猛烈、无序得多。以此检视 90 年代后乡土小说中那注重自我表现的、多元失范的态势，也就不足为奇了。文学与社会在此呈现出同样的病灶与精神互文。

1980 年代，大陆出现了一个新词“个体户”。它用来指代私营经济从业者，含有揶揄负面的意味。这一称呼或标签某种程度上亦可拿来形容

---

① 刺猬取暖的寓言大体如下：寒冷的冬日，一群刺猬紧靠在一起，借着彼此的体温取暖，但随即感觉身上之芒刺相刺痛，因而分离开来。又为了取暖，它们再度紧靠在一起，身上的芒刺再次相摩割。于是它们辗转于挨冻与刺痛之间，直到发现彼此保持一适当距离，才能相互容忍，相安无事。

90年代以来的乡土小说作者的状况，他们属于乡土认同构造里的“个体户”。二者相近的缘由除了身份的交叉重合外[①]，更为重要的方面在于他们与国家的疏离。由于诸多原因，个体户未能在国有企业或集体单位找到自己的位置。而乡土作家虽然能在作协、文联之类的公办单位供职，但微薄的薪水无法给予他们安全感。他们只得倚靠个体劳动——不断地写作小说，来实现对富足、尊严的追求，一种标准范式的现代个体价值观。这跟个体户通过出售产品来摆脱贫穷、实践农转非的梦想，本质上无异，更不必说他们都面临市场筛选与淘汰的考验了。

诸多改革措施一面让个人获得了空前的自由，一面亦给“中国”埋下了危机。如前所述，个体化工程在初期阶段有国家推动的作用，但随着这一进程的深入，个人与“中国”的矛盾开始凸显出来。个人化或个体化的另一面是公民/国民身份的腐蚀与瓦解。“公”被“私”挤兑、殖民了。就“中国”而言，它难免沦为像其他事项一样，只在利益投契、吻合的情况下，方能被个体接受。摩罗后来倒向国家主义的怀抱，把“中国”作为其虚无心灵的充填物[②]，便是生动的例证。“中国”在此成了喜怒无常的个体权宜选择的物什或歇脚地，它与其说是“爱国”的表现，不如说是对“中国”的嘲讽和贬低。这个病急乱投医的动作，亦从反面说明中国“个人”的虚弱与幼稚。像鲁迅那样“自我=意志”的“能动的虚无主义者”（伊藤虎丸语）[③]，实在凤毛麟角。

摩罗的转向虽然不属于文学的范畴，但其动机和道理，与当下乡土书写里中国叙事的窘境相通。文学“乡土”的书写核心，就是要解决个体认同和人格的统一。以前，我们把希望的赌注押在“中国”上。而当战争、

---

① 最早的个体户来自农村，他们冒险到城市出售实行家庭承包责任制之后的剩余农产品，被称为农民商贩；中国乡土小说的作者有相当一部分亦是农民出身，或因上山下乡等原因，在农村长期生活过。

② 许纪霖：《走向国家祭台的虚无主义》，收入《当代中国的启蒙与反启蒙》，社会科学文献出版社，2011年，第214—236页。

③ [日]伊藤虎丸：《鲁迅与终末论：近代现实主义的成立》，李冬木译，生活·读书·新知三联书店，2008年，第114—118页。

民族危机、冷战强加的“内聚力”相继失效后，“中国”对个人还有魅力可言么？特别是在90年代以来讲求等价交换、利益至上的市场语境中，还有什么能与之抗衡，让个人与“中国”恢复以往的牵系？这不仅事关文学“乡土”中新的认同语法的建构，更重要的是，经由探讨个人与国家关系的变化，我们能触摸到个体的现代命运。诚如一位研究者所说：“理解中国人的自我关键在于……中国人是从个体与集体的关系，而不是从作为自治与不可分的实体的角度来定义和理解个人和个体性的。”[①]个体的发展与变迁，说到底乃是个体与集体之间结构、比例与配置的变化，当然也包括新成分的加入。在此，乡土文学就像是活脱脱的中国社会个体化工程的缩影与切片。

第四节　“乡土”认同的思维结构

“您爱我们这个国家，苦苦地留恋这个国家……可这个国家爱您吗?!”白桦《苦恋》中的这句经典道白从反面证明了国家与个人之间的隔膜；在中国，只有经由“母亲”“爱”这类伦理语汇的转译与润泽，“国家”才能被理喻、感知与长久地凝视。联想到90年代以来乡土小说中出现的大量的家族叙事，如陈忠实的《白鹿原》、周大新的《第二十幕》、阿来的《尘埃落定》等，这也许并非偶然。当“中国”从价值与信仰的位置上跌落、沿着现代的方向日趋制度化工具化契约化时，通过家族——这一缩结社会与个体的中介结构来感受、把握“中国”，特别是那官方认可的、已然知识化的“中国”现代进程与历史，便带有本能反应的意味。它源于自我的识别与述说；当作者在文学“乡土”中试图释解“我是谁”时，“中国”系无可回避的元素、历史与公共记忆。虽然没有明确的认同目标，作品也未形成家国一体、彼此映射的关联——这里缺少功能上的连接点：与传统断绝的“逆子”或类似梁生宝式的方向性人物——但从不自觉地选择启用伦理的认知方式中，不难感悟传统的（家国同构）思维惯性的支

① 阎云翔：《中国社会的个体化》，陆洋等译，上海译文出版社，2012年，第370页。

配。而这本身就是历史的绽露。那错综的伦理疼痛，提示着传统幽灵式的在场：不能完整现身，却时刻让人感到它强韧而绝望的能量。

事实上，尽管文学“乡土”的书写曾经激烈地批判传统，但否定仅在事相的层面，其结构则深陷于儒学的一元论思维中。这具体表现在“乡土—X”的投射中，我们需要一个类似儒教的大一统的永恒“正确”之物，来支撑和收容作为个体的我们，接受我们的顶礼认同；并以此做标准，一揽子解决现实中的所有问题。作为对象的儒教被抛弃了，但由此出现的结构性“空缺”无论如何要有所替代。要找一个非儒教的、现代的（？）的东西，却同时要它拥有与儒教对等的整合效应。说到底，这是一体化的人格表征：嘴上说要自由，实际却恐惧自由（典型的叶公好龙态度）。在日常行止中，总希望把自己埋没在某种社会或自然当中，倾向于把自身与群体视为一个“有机的共同体”（伦理教化的理想，亦是几千年集权体制铸造的结果），如此方感自在安全。中国人喜欢“跟风”“扎堆”，鲁迅讲中国没有“个人的自大”，只有“合群的爱国的自大”，根由也在于此。90年代以来的乡土小说虽然在自我风格化上不遗余力，但总觉得避重就轻，缺乏真正的个性；那多元复杂的“混乱”动向，终究还是一种可被归纳的、常态化的“混乱”。这跟上述“合群的自大”不无关联。

与西方的宗教救赎截然不同。作为孔子的后裔，中国人深受其“不语怪力乱神”的入世理性影响，用周作人的话说，“中国固执着简单的现世主义，讲实际又持中庸……并没有什么神异高远的主张”。“中国人民生活的要求是很简单的，但也就很切迫，他希求生存，他的生存的道德不愿损人以利己，却也不能如圣人的损己以利人。”[①] 由此，乡土投射的“X”，便不能在弥赛亚或彼岸的上帝、神祇中寻找，它不具有形而上的超越品质。相反，它建基在大地上，是此岸具象的，隶属“有”的范畴（作为伦理根基的血缘，也是一种“有”）。而日常生活中的事物因内含抵牾，不符合我们对“X”永恒“正确”的一元化期待，因此无法成为乡土的最终倚赖。痛苦（亦是文学“乡土”的动力）由此而生。

---

① 周作人：《中国的思想问题》，收入《药堂杂文》，河北教育出版社，2002年，第15、16页。

相比之下，西方人似乎要幸福些。由于引入了上帝—来世的维度，他们能相对平和地看待现实生活，上帝激发出了个人平等、向上的主体性。具体说来，西人使用的是二元标准：此岸 / 彼岸，子民 / 上帝、今生 / 来世。在子民的意义上，我们是平等的；在向彼岸的眺望中，每个人都满含期待，上帝为之允诺了一个可以奋斗的美好未来。中国人则没有如此"长远"、从容的眼光，无论痛楚抑或享乐，都是一世的买卖。

《一句顶一万句》中有个让人难忘的细节，主人公吴摩西（"无摩西"的谐音）在意大利传教士老詹的遗物中发现了一幅教堂的图纸，背后写着五个蝇头小楷的黑字：恶魔的私语。这是一直吃瘪、落魄的老詹憎恨心理的流露吗？他在延津仅发展了八个信徒。无论如何，在类似圣徒的身上发掘出阴暗面是符合中国人的逻辑的。这一精妙的细节不仅让老詹的形象变得回味无穷，也兜底亮出了作者对上帝本能的怀疑与拒斥，一种不无快感的深刻，几乎称得上恶意。类似的笔法也出现在李佩甫对人间之主——呼天成（呼伯）的塑造上（《羊的门》）。小说的结尾，呼天成病得奄奄一息，听说呼伯想听狗叫，全村人便大声学起狗叫来。"在黑暗之中，呼家堡传出了一片震耳欲聋的狗咬声！"[①] 最诚挚的敬意与最促狭的挖苦汇聚在"狗咬"（注意，不是"狗叫"）一词中。这也折射出作者的态度：理性、清醒又不无暧昧。我们明明企盼人间能长出一个具有上帝功能的人物，但真到眼前了，却又抑制不住地批判与讽刺。这种构思用尼采的话说，着实是"人性的，太人性的"了。它预示了，"乡土—X"的认同构造将永无出头之日，一个不断归附又不断抛弃的过程。之前论述的乡土创作中"绝非信仰的执拗的信仰动作或仪式"，即是这种情势逼迫的结果。写来写去，似乎只是孱弱的个体寻求一体化结构的重复而已。

---

① 李佩甫：《羊的门》，华夏出版社，1999 年，第 432 页。

第五节　地方文化视角的兴起

文学“乡土”究竟会往何处去？纵观90年代以来的乡土小说，有一趋向，即地方文化的崛起（亦有谓之“地域文化”“区域文化”“地方主义”的）。1998年，北京出版社陆续推出“新时期地域文化小说丛书”，包括杨争光的《赌徒》、阎连科的《欢乐家园》、周大新的《紫雾》、刘醒龙的《黄昏放牛》、尤凤伟的《金龟》等17本，均系典型的乡土作品。在总序中，编者引用美国批评家赫姆林·加兰的话来描述“中国现今的社会文化景观”：“日益尖锐起来的城市生活与乡村生活的对比，不久就要在乡土（地域）小说中反映出来了——这部小说将在地方色彩的基础上，反映出那些悲剧和喜剧，我们的整个国家是它的背景。”[①] 言下之意，地域文化小说乃是建立在“乡土—中国”范型上的现代乡土小说发展的新形态。撇开这层编者意识，就实际的创作情形看，“新时期地域文化小说丛书”涉及的文化地域的确不少：如周大新之于南阳盆地，杨争光之于黄土高原，尤凤伟之于齐鲁大地，等等，不一而足。尤为重要的是，此处的地域文化并非为烘托人物而设的简单背景，它跟文学“乡土”的认同精神融为一体，系文本不可剥离的部分。与之相应，地域文化成为学界的研究热点，一种切入现当代文学的重要理论视角。大量的专著、论文问世，严家炎主编的“二十世纪中国文学与区域文化丛书”[②] 是其中突出的代表。

若把视线投向文学的外围，还会发现各种地域文化的书籍、词典、网站等。就书籍一项，以人类学为例，美国人格尔兹的影响越来越大，特别是那本于世纪之交推出的《地方性知识：阐释人类学论文集》[③]，仿佛是

---

① 丁帆：《新时期地域文化小说丛书·总序》，见周大新：《紫雾》，北京出版社，1998年，第14页。

② 该丛书从1995年开始由湖南教育出版社陆续出版。有吴福辉的《都市漩流中的海派小说》、朱晓进的《“山药蛋派”与三晋文化》、李怡的《现代四川文学的巴蜀文化阐释》、刘洪涛的《湖南乡土文学与湘楚文化》等十余本。

③ 参见［美］吉尔兹：《地方性知识：阐释人类学论文集》，王海龙、张家瑄译，中央编译出版社，2000年。

90年代中国人文社会科学研究整体转向的标志：从基于民族国家为单位的探讨转而发掘边缘的地方文化。格尔兹的“地方”是在“非西方”的维度中彰显的，但其描述不拘泥于“制度性素材的堆砌”，而讲求对“地方”的“深度描写”（thick description）。他的人类学力图揭示：“边缘的意义世界所取得的成就，与正在不断扩张的主流文化所取得的成就一样，具有自身的价值。”[①] 另外，各地掀起了一股编纂地方文化词典的热潮，最气派、华丽的要属中州古籍出版社的《中原文化大典》，55册，3000万字，4万余幅图片，定价高达2万元！

除了上述创作、研究之外，关于90年代的乡土作家及作品，尚有一个“地方军团”的有趣现象。继“陕军东征”[②] 之后，文坛又冒出了“文学豫军”“中原突破”“文学苏军”[③]、“湘军”等响亮的称号[④]。乍看之下仿佛近代的割据势力又复活了。尽管上述称呼多有媒体的介入与炒作成分，“标题党”的意味较浓，但或许也正由此显露了某种历史无意识。可以感受到，“乡土—中国”的粘合力正在接受“地方”的考验和挑战，而各“军团”间的竞争也是不言自明的。

随手摘录一篇关于“文学苏军”的报道：“通过实施文学精品工程、文学人才工程和文学品牌工程，全方位打造‘文学苏军’……举办第四届紫金山文学奖评奖活动，提升该奖在全国文坛的权威性。加强影视剧本创作，打造江苏文化‘新名片’。”[⑤] 这几成套话的段落表明，文学已被各地政府明确纳入地方建设（尤其是地方文化工程）的内容。文化与中

---

① 王铭铭：《“格尔兹文化论丛”译序》，见格尔兹：《文化的解释》，上海人民出版社，1999年，第18页。

② “陕军东征”是一种比喻性的说法，意指陕西作家联袂出版的长篇小说对文坛的冲击和影响。它出现在1993年，是当时甚为火爆的文学现象，陈忠实、贾平凹、高建群被称为“东征的三驾马车”。具体可见白烨：《作为文学、文化现象的“陕军东征”》，载《小说评论》，1994年第4期。

③ 参见童力、冯秋红：《“文学苏军”实现新跨越》，载《扬子晚报》，2010年1月31日。

④ 须说明的是，“苏军”“湘军”等写的并不全是乡土文学，笔者旨在从宏观错综的社会—文化语境中探讨地方文化与作为个体认同机制的“乡土”之间的互动。

⑤ 贾梦雨：《省作协多举措打造“文学苏军”》，载《新华日报》，2011年2月18日。

国间的关系——引文中是“江苏文化”与“全国文坛”——变得耐人寻味。(江苏)文化自当是中国的一部分,却并非通常推论上的特殊与一般、个性与普遍的关联,因为我们找不到一个共性本质的中国文化。“地方文化就是中国一部分”的推论,建立在“文化中国”与“政治中国”的分离上(这在毛泽东时代是难于想象的):“文化中国”多元,“政治中国”则刚性唯一。该表述在逻辑上显然不够严谨,一个关键的问题——文化中的政治性,被回避涂抹了。将其理解为意识形态松动或开明的表示,可能更为合适。

按照哈特和奈格里在《帝国》一书中的观点,国家对经济、文化控制力的减弱,是其在全球化进程中主权转型的征兆。他们以“帝国”一词来假定和指涉一种全球化的政治体制,它由一系列的国家和超国家的肌体构成,根据统治的单一逻辑加以整合。“一个无中心、无疆界的统治机器。在其开放的、扩展的边界当中,这一统治机器不断加强对整个全球领域的统合。”[①] 而“帝国”在瓦解“国家”的同时,释放出来的就是“地方”。后者是在与“国家”相对的语境下重新界定的各种区域的统称。

笔者不打算讨论这种理论对当下中国有多大的适用度,只是将其作为参照。“帝国”理论睿智地引入了一个动态的全球化视角,这对本节的立论不无启发与支持。如果承认“地方”在“中国”的崛起并非个案,而是对“全球化”原则不自觉的“呼应”,系“帝国”在全球局部的呈演与表征,那么提出地方文化正在成为文学“乡土”新的皈依之所,也就并非空穴来风,而是一个自然、合理的描述与推论。之前的例子亦是佐证。

涂尔干曾说:人不能仅靠自己形成自我(one cannot be a self on one’s own)[②]。斯言极是。它意味着,个体须先将自我嵌入一构造的“大我”或集体范畴(如伦理、国家等),方能界定某种程度的差异而构建自

---

① [美]麦克尔·哈特、[意]安东尼奥·奈格里:《帝国——全球化的政治秩序》,杨建国、范一亭译,江苏人民出版社,2003年,第2页。

② Taylor, C. *Sources of the Self, The Making of Modern Identity* (London: Cambridge University Press,1989), p.36.

身。再新异的个体，也必须回答，我是谁？我归属何方？文学“乡土”构造的根本冲动就在这里。从情理的角度揣度，地方文化较之中国，对个体显然更具“吸引力”，它拥有地缘就近的优势与历史的亲切感。此外就地方文化在中国的发展而言，它的多元走向，它与“中国”之间事实上的“和平”相处，地方文化间的竞争关系，亦跟乡土文学的发展态势呈现出一致的步调与甚为对称、吻合的结构。这些都提示我们，倘若由地方文化来替代“中国”，填补乡土构造中个体认同的结构性空位，在逻辑上应该是比较顺畅的事情。

第六节　从“寻根”到“地方”

其实，乡土文学从地方文化中寻找个体认同与支持，从1980年代就已开始。一度热闹的“寻根”文学便是地方文化兴盛的讯号。譬如，贾平凹“商州”系列中的秦汉文化因子，韩少功笔下神秘怪诞的湘楚文化(《爸爸爸》《归去来》)，阿城在云南山林中的逡巡盘桓(《遍地风流》)、郑万隆、乌热而图对东北文化宝库的发掘(《老棒子酒馆》《老人和鹿》)，李杭育对属于“吴越文化”的葛川江的抒写(《最后一个渔佬》《土地与神》)，等等。这一通常被认为是体现了中国身份自觉与民族文化更新及趋向多元的文学运动，实与1990年代的乡土个人化书写一脉相承。当时虽无“地方文化”的明确提法，但已有人敏锐地感悟到了“地方”的意义：“及至1984年，人们突然惊讶地发现，中国的人文地理版图，几乎被作家们以各自的风格瓜分了。”[①] 季红真的一席话，道破了“地方”与“个体”的关联。所谓“人文地理”可视为“地方文化”的别称，系个体“风格”的构造物。作为一种去中心化的力量，地方文化强调特殊的权力，它跟作者个体意识的伸张互为表里。

需补充的是，这并不意味着“地方文化”全然是主观的结果。就“寻根”文学而言，它的主体是知青，其下乡经历构成了“寻根”的基石。作

① 季红真：《忧郁的灵魂》，时代文艺出版社，1992年，第36页。

品中的“地方文化”呈现为记忆与想象、经验与无意识胶结、对话的过程。不存在一个预先在那里的、实体的“地方”，这跟此前“乡土—中国”的投射道理一样。换言之，地方认同并非原生性的或一成不变，而是各种冲突情感不稳定的复合体。要维系一种个人化叙事来说明区域认同，就需要不断抑制各种现代认同无可救药的多元本性。地方文化的轮廓，建立在个体释放各种不同层次的原始记忆、集体情感或依恋的基础上。就1990年代的特定时空而言，地方文化无疑还是全球化背景中人们对矛盾和不确定性采取防卫性的本能推避时，最佳的遁词与隐匿之所。

社会学家们经常指出：现代化进程产生了“社会遗忘”，大众传媒的强大力量让记忆越来越同质化，这对个体的生长、个性的发展显然不利。利益的驱动让人们的关注点集中于现在，以致过去成为了需要找回的事物。刚经历了毛时代的中国人，对此体会尤其深刻。在毛时代，各种集体记忆（如民间叙事、教育和文化等）都受到严密的监控与指导，于是乎，到了1990年代为记忆而斗争也就成为一种维系自我的奋斗与抵抗形式。18世纪波兰的犹太教领袖巴尔·谢姆·托夫（Baal Shem Tov）有句名言：救赎的秘密在于回忆。与过去达成共识，对个体至关重要，因为自我的统一，说到底是建立在过去与当下之间连续与发展的叙事上的。这亦是个体向地方归宿的动因所在。它客观上牵带出了某种“集体”，就此而言，我们可以把“地方”的兴起视为一种修复因工业化进程而引发的集体记忆断裂的方式。

追溯、皈依地方文化的过程与争取和勾勒自我的连续与统一，互为因果。很多时候，地方文化表现为心灵的习性与专注，而不为个体所觉知。当统一自我的维持愈遭到各种竞争性认同的威胁时，这种习性的反弹便愈大，个体内部的各种冲突也愈会采取一种妄想狂式的投射形式来挽留和扩张这种集体性的“地方”。这在90年代“文学豫军”的乡土创作中有着甚为生动的体现。那对于苦难、权力的敏感与不嫌重复的强迫症式的书写，便是例子。其间，地方文化与同居于记忆一角的、意识形态化的“中国”间的互动，系“乡土”个人化书写中最微妙的部分。它绝不仅是与“中国”较劲或简单的反向书写，一个争夺自我话语权的诉求潜伏其中——之前在地方军团的命名中，我们已领略了这种竞夺意识——各方都需要援引“中国”的历史与记忆，来凸显自身愿望的合法性及普范效应；或者选择构造某种地方意象，将其转变为与“中国”相关的象征物，进而参与到一场不无政治意味的符号对话与竞争中来：谁是“中国”的正宗？“地方”如何才能与“中国”“攀亲”，进而涵容“中国”？

在此，稍微梳理下“寻根”文学是有意义的。它能让我们把握到乡土书写中从“中国”到“地方”转换的踪迹。这是一个发生在中国与西方、传统与现代、“文革”与“新时期”等多重语境中的文学现象。虽然学界对“寻根”的起因尚无定论，但其受拉美魔幻文学的启发，却是不争的事实。1982 年，加西亚·马尔克斯凭借《百年孤独》荣获诺贝尔文学奖，这让改革开放不久、亟欲融入世界文学潮流的中国作家深受鼓舞。马尔克斯的非西方身份与左翼立场，以及“百年孤独”标题中透出的苍凉心境，都使中国作家心有灵犀。在此意义上，可把“寻根”视为第三世界或后发现代国家在全球化格局中民族意识复兴与身份重构的结果，它触及文学/文化的民族性表述问题。这构成了“寻根”内涵的一个面向。

激发“寻根”最重要的语境乃是“新时期”。它是文学与政治、个体与“中国”松绑后的产物。早在 1993 年，韩国学者宋寅圣就指出：“‘寻根’的本质是以文化对抗政治……是中国大陆当代文学摆脱‘文学工具论’而走向独立主体意识的重要标志。”[①] 眼光够犀利的，但“反抗”一词并不确切。作为“寻根”关键词的“文化”，它与政治、“中国”间的关系既疏离又暧昧。

郑万隆在《我的根》中说：“如若把小说在内涵构成一般分为三层的话，一层是社会生活的形态，再一层是人物的人生意识和历史意识，更深的一层则是文化背景，或曰文化结构。所以，我想，每一个作家都应该开凿自己脚下的‘文化岩层’。”[②] 这里预设了一个深度推导与比较的模式。

---

① 转引自李庆西：《寻根文学再思考》，载《上海文化》，2009 年第 5 期。

② 郑万隆：《我的根》，载《上海文学》，1985 年第 5 期。

文化，因处在内涵的“深层”，获得了较之政治意识形态更优先的价值等第。用简明的符号表示，即文化＝本质＝深刻，政治＝表象＝肤浅。而这一深度模式之所以能理直气壮地树立起来，实跟“新时期”概念中对“革命”逻辑的默许与支持分不开。“寻根”中凸显的、文学从以政治为旨归到以“文化”为核心的转换，本就内蕴在“革命”的结构与逻辑中。具体说来，急于否定和打发“文革”以及打造“新时期”的意识形态，被“寻根”文学以文化高于政治的模式呼应、铭写。后者对“政治”是语焉不详的，预先设立的文化与政治的优劣模式，封闭了对政治（在“新时期”的语境中特指“文革”）深入反思的可能，亦将自身从“对抗”政治的风险中游离出去。

以公认的“寻根”名篇《爸爸爸》为例，主人公丙崽身上承载、汇聚了两种截然相反的思路和笔触，作者一面试图兑现“寻根”的自我宣言，对这一在鸡头寨里寻到的楚文化活宝暗暗寄予希望：丙崽简单机械的语言，却具有神奇的预言功能。这是“根”的启示么？另一面则对丙崽极尽调侃讽刺，俨然继承或复活了“五四”以来“乡土—中国”框架中的“国民性”批判笔调。但就“新时期”的特殊语境来说，亦可理解为类似意识形态内的“反思文学”的惯性笔触：即正是因为有这样的“根”，才导致中国落后于西方，导致“文革”的出现。两种笔触的撕扯、拉锯，最终“成就”了丙崽这一怪物，他的丑陋、畸形乃是“寻根”思维内部冲突与分裂的表征。不存在什么高高在上的文化；作为瑰奇神秘的楚文化载体的丙崽，只有重新置于政治中国许可的言说逻辑，方才赢得他的“触目”与“深度”。就此而言，“寻根”标举的“文化”与其说是反政治的，不如说是主体力图在“政治”之外、为自身另辟的一个叙事空间与话语维度。他们选中的“根”大多在边远的山寨或少数民族居住区，一个避重就轻、息事宁人的姿态。以阿城的话讲：“寻不寻根，不是重要的，重要的就是改变你的知识结构。”① 换言之，寻根者们企图用“文化”来改变创作者以往“政治单面人”的形象，但这种知识重构对政治本身并无直接的冲击

---

① 查建英主编：《八十年代：访谈录》，生活·读书·新知三联书店，2006年，第42页。

力。他们对政治的态度大抵是和平的，不无逃避和犬儒的意味。

总体而言，我们可以把“寻根”的言说纳入由“新时期”所启动的“现代化”的逻辑范畴，特别是对“人的现代化”及“文艺现代化”的渴望与探索。从“寻根”与政治的“默契”感应以及它对拉美文学的倾慕中，应能体会到。然而，究竟该怎样理解“现代”与“根”？个人又如何“现代”？“寻根”文学并未提供明确深入的思考；它至多算是由“现代”激起的情绪化思索，其智力水准与丙崽差不多。“寻根”者们希望发掘一种边缘化的“根”来证明自己的“现代”身份并融入“现代化”的进程，这种静物式的表白与洞察，完全取消了“现代”的历史性与多元性，亦让“寻根”走入了死角。

尽管深度匮乏，但“寻根”的贡献不能抹杀。“寻根”文学的出现，是新时期文学“向内转”的重要标志。它在“政治中国”之外对主体自我形象及认同的经营与构造，它表现出的主体与“中国”之间距离、关系的控制技巧，都对90年代的乡土小说产生了极大影响。后者基本上是沿着这一思路来凸显个体性的。

在此，莫言的作品就像是一个中介或“过渡”。《透明的红萝卜》中，当那块在铁砧上被烤得玲珑剔透的红萝卜，像“一道金色的长虹”般被人投掷出去时，黑孩的身心与魂魄也随之飞了起来。这神秘、笃定的托付与飞翔，可视为“寻根”的浓缩意象，一种文学化的描绘与诠释。黑孩藉此将饥饿、性欲及历史的暴力都撇在一旁，它跟阿城在《棋王》中的设置异曲同工：王一生经由对象棋的沉迷而忘却了“命运”。这里重要的不是对“根”的阐释，而是“寻”这一动作，它纯粹为了抒情而设。较之《棋王》的简净，《透明的红萝卜》更注重直觉、通感与幻想，讲求结构的心灵化，主题的多义性。显然，莫言已走入深邃的心灵内部，就像一个偶然打开潘多拉魔盒的孩子，眼前的奇幻与暴力让他意醉神迷、欲罢不能。这令人惊讶的个人风格是通过压抑沉闷的现实政治生活的陪衬以及对这种政治的有意疏离而获得的。一种似是而非的文化深度模式，作者显然已放弃了经由文化/政治的分离、对立而凌驾政治的初衷。一切都奔着感觉而去，外界在源源不断的强力直觉中变了形，衍化为具有生命体征的浑然整体。

诚如作者所说：“我写了多年的乡村其实早就是一个虚构的乡村”，“你应该在写出你的独特人物的同时，营造出属于你的独特的环境……我想这其实就是一种边缘化的写作，或者说是一种非驴非马的写作，非驴非马就是骡子。好的文学都是骡子”[①]。

及至《红高粱》，这一“非驴非马”的“独特环境”赫然屹立了。《透明的红萝卜》中飘忽粘连的感觉在此扎实地物化为“地球上最美丽最丑陋、最超脱最世俗、最圣洁最龌龊、最英雄好汉最王八蛋最能喝酒最能爱的地方”——东北高密乡。莫言“高高举起‘东北高密乡’这面大旗，就像一个草莽英雄一样，开始了招兵买马、创建王国的工作。……这是一个文学的王国，而我就是这个王国的国王。”[②]

《红高粱》被视为“寻根文学”的终结与“新历史小说”（1990年代乡土小说的重要类型之一）的开端。它讲述了“我奶奶”等人在抗战中的个人史。“她老人家不仅仅是抗日的英雄，也是个性解放的先驱，妇女自立的典范。”这让人再次想到哈特和奈格里在《帝国》中的预言：“全球化”与“地方”结合在一起，要从民族国家中拯救“历史”，这一重新被讲述的历史可以是乡村的历史、族群的历史或者什么更小单位的历史，但一定是消解国家的历史。1990年代以来，文学“乡土”的演变轨迹也大致如此：从“中国”到“地方”，“乡土”终于找到了新的认同驿站。

---

① 莫言：《小说的气味》，收入《金美文》，石耿立编著，山东人民出版社，2009年，第246页。
② 莫言：《自述》，载《小说评论》，2002年第6期。

第二章 “中国”视域中的“河南”

第一节 豫籍作家皈依地方文化的“需要”

选择1990年代以来的河南文学来探讨中国现代化进程中文学“乡土”的变迁，最初是基于论述的需要。由于现代性在中国的发展极不平衡，一个突出的表现是空间的彼此区别、对待，人们时常挂在嘴边的南方与北方，东部、西部和中部等，便属于这种区别称谓。它不仅指向地理位置的优劣（是否靠海或交通枢纽），还包括政策的扶持力度、外资的注入量、经济基础以及教育、文化等软性积累。上述参差亦会投射到创作主体的精神内部，导致文学“乡土”不同的诉求与风格，类似人文地理的衍生格局。这意味着，若要描述和把握这种纷繁、复杂的文学态势，寻找某个在中国具有代表意义、其内部又有相对统一性的区域乡土文学，可能是个较为合适、可行的方案。

河南是农业大省，又是中国农业的起源地，具备乡土中国的基本质素；另外，1990年代活跃在文坛的河南作家大多出身农村，前文穿插提到的几位莫不如此：周大新是南阳邓州人，阎连科是豫西嵩县的，刘震云是豫北延津的，刘庆邦是豫东沈丘人，墨白是淮阳人，都是小地方出来的，并从乡村底层走向了城市。李佩甫虽生在许昌市，但童年客居乡下，中学时赶上“文革”的上山下乡，四年半的知青生涯让他重温农村生活。此外，还有乔典运、张宇、田中禾、李洱、行者、邵丽、傅爱毛、乔叶、戴来等人，情况大体不出上述两种类型。他们构成了1990年代以来“文学豫军”的主力。共同的乡村出身或乡土经验的濡染，在此至为关键，它成为豫籍作家看取世界的基本视角，并将风格彼此差别巨大的他们揽聚成一个松散又不无宿命意味的“共同体”。评论家王鸿生曾指出，对出生地的关注是河南作家的一个基本出发点。有个形象的比喻，外地作家比作品时，常常是比手法比“衣服”，豫籍作家比作品却是“脱光了衣服比肉”。这“肉”的重要内容便是乡土。

关注农民的命运、描述其喜怒哀乐与身份认同（有强烈的自我指涉意味），是豫籍作家不变的立场。虽然他们也写到城市，但那是随着农民主人公的活动而导致的“移步换景”。比如张宇《城市逍遥》中那个热爱盆景的鲁风、墨白笔下的民工、《风雅颂》中农村出身的大学教师杨科等。这些形形色色的人物为融入城市这个“新景”付出了巨大的代价，其间能感受到作为认同的文学“乡土”的迷惘、阵痛与变异。“我是乡下放进城里来的一只风筝，飘来飘去已经二十年，线绳儿还系在老家的房梁上。在城里由于夹紧着尾巴做人，二十年前的红薯屁还没有放干净。脸上贴一种纸花般的假笑，也学会对别人说你好和谢谢，但是总觉得骨子眼里还是个乡下人。”[①]

对本地历史文化的追溯、探讨及情感记忆，系河南作家构思的核心与兴奋点。80年代声名鹊起的乔典运一心开凿他的西峡“小井”[②]，周大新念念不忘“南阳盆地”，阎连科徜徉于“耙耧山”，墨白则在“颍河镇”上游荡。[③] 有人在此基础上提炼出河南作家的“村庄情结”[④]，我以为尚不够确切，它们更像是自我寻根的文学行动，即在精神上重返自己原初的生存世界，以新的目光打量它，以新的热情激活它。墨白这样描述他的颍河：“在我童年的记忆里，颍河是神秘的。12岁以前，我从没离开过镇子，我与外部世界联系的唯一通道，就是镇子那边的那条河。……在后来我弄清了颍河的地理位置和走向时，也悟出了另一层道理，这条河同时是从过

---

① 张宇：《乡村情感》，收入《活鬼》，时代文艺出版社，2001年，第72页。

② 参见乔典运：《我的小井（代序）》，收入《问天》，中原农民出版社，1994年，第1—3页。

③ 南阳盆地、耙耧山、颍河镇分别是周大新、阎连科、墨白小说中的核心意象，是作品故事的发生地或意义的载体。

④ 梁鸿：《所谓“中原突破”——当代河南作家批判分析》，载《文艺争鸣》，2004年第2期。

去流来的，她一直流到现在，她还会一直流下去。这条河流，承载着历史、现在和未来。”[①] 同样的追溯意识在李佩甫的“平原三部曲”[②] 中体现出来。李将人看作植物，着力发掘土地与人性间的关联：即万千人性如何从土壤中生长出来？《生命册》的开头，作者写道：

> 我是一粒种子。
>
> 我把自己移栽进了城市。
>
> 我要说，我是一粒成熟的种子。我的成熟是在十二岁之前完成的。我还告诉你，我是一个有背景的人。[③]

“背景”一词的运用殊堪回味。它自非通常所讲的财力、地位或人脉，而是“种子”带出的土壤、记忆和文化，由此而言的“有背景”即是一个自我历史化的过程，“背景”让生命有了来源、厚度与深度。这亦当是写作给予河南作家最高的精神馈赠。

与80年代的寻根作者相比，豫籍作家并未试图从对文化或土壤的聚焦式静描中来提粹、树立民族之“根”——他们显然缺乏这样的文学抱负与野心——其叙写或许有一定的“中国”概括力，但更多地只对自己有意义。他们擅长描写人性，那种善恶的出人意表的调配与转折，特别是对恶的层次与极致的发掘等。其中的书写态度甚是微妙：赞同？批驳？欣赏？排斥？痛恨？似乎都有点，但又颠簸颤动、左顾右盼。某种程度上，写作对豫籍作家来说就像一个自我对象化后的内部辨认、梳理与妥协的过程。人物愈是复杂，那对自身评判与价值统一的终极答案也就愈被延宕、悬搁；复杂或恶的人性背后藏匿着惘然与失措。虽口口声声地要从土地中寻找人性的理由，但并未寻到明确的东西或因果指令，至多给出一个神秘的符号：如刻在石头上的格子网图案，它在尚家命运的转折处屡屡出

---

① 墨白：《霍乱·后记》，群众出版社，2004年，第314页。

② “平原三部曲”包括《羊的门》（华夏出版社，1999年）、《城的灯》（长江文艺出版社，2003年）、《生命册》（作家出版社，2012年）。

③ 李佩甫：《生命册》，作家出版社，2012年，第1页。

现（《第二十幕》）；家族中的双指甲盖成为彼此血亲关联的天启标志（李佩甫的《李氏家族》）。文学对土地内涵的开掘明显力怯，它的特长或作为在于将人性与土地并置，让前者做无言土地的鲜活脚注，一种蒙太奇般的暗示、比附。盘桓往复的永远是厚重的人性气息，极少超拔之念。土地不仅是人性的源泉，更是包容者，所谓“坚守人类的精神家园”，看多了不无软弱、托词的意味。或许这正是文学的本质？

想起萧红的《生死场》。贫穷让金枝和母亲的关系变得淡漠而畸形，为了菜棵，母亲可以疯狂地折磨女儿。然而，当金枝在城里遭男性凌辱时，她于绝望挣扎中嘶叫的却是“娘”：“对不起娘呀！……对不起娘……”这是《生死场》中最让人动容的细节，我们很难把金枝口里的“娘”与她现实的母亲联系起来。如此面目可憎的母亲，又怎么会让危难中的女儿如神祇般的祭起、呼唤？这里没什么逻辑与理性可谈，只是本能的驱使。就金枝而言，既然被抛掷到世上做了女儿身，女儿的话语方式（包括对母亲的依赖、贞操的恪守以及失贞的罪孽感等）就是一种隐性的文化规定。人会在不自觉中按照这种话语方式来抒发情愫，释放恐惧，金枝便自然、本能地践行了这种规则。豫籍作家与土地的关系，跟金枝对娘的呼唤类似，他们需要一个“娘”似的“名”，它既是庇护又是准则，既是容让又是评判。洋洋洒洒的“平原三部曲”是以“土地”的名义展开的，这已触及“乡土”认同的核心，虽然我们讲不清楚“土地”究竟是什么。

“我老家是河南许昌的，我非常喜欢这块地域，但是我小说中的平原已经不是现实平原，是虚拟出来的，是在脑海里发酵、浸泡，长期酝酿之后再现的平原，是我生命中的平原，文学中的平原。”[①] 这是李佩甫对“土地”“平原”的解释。无独有偶，阎连科亦有一个“土地文化”的说法，“那些真正从土地的历史中产生的民族的与人群的观念、关系、血缘、宗法、制度、风俗、道德以及特有的政治形式、斗争形式、生存形式和纯属某一块土地上的音乐、文学、诗、戏剧、神话、传说等文化范畴的东西，很有可能是土地文化的主干。”他认为文学即是一个“土地文化心灵化”

① 逄春阶：《李佩甫：“平原声音”的种植者》，载《大众日报》，2012 年 4 月 20 日。

的过程，土地文化塑造了魂魄，血液里才能淌出诗情。[①]将二人的观点结合，基本上就是我们之前所讲的“地方文化”精神。它与创作主体之间呈现出彼此激发、互相支撑的动态关系。在研究区域文化时，我们不仅需要清理某些“客观”的史实与“知识”，更要分析和追踪这些“知识”的演化过程，挖掘作为“主体”的作者对这些“知识”的特殊感受、领悟与修改。这二者在论述中其实甚难分解，借用维特根斯坦形容符号的话来说：“一切符号就自身而言是死的，只有在使用时符号才是活的。”地方文化也是如此。就作家而言，他常常是不经意的。与其说作家选择了文化，毋宁说文化选择了他们。

一个作家皈依于地方文化，除了意在自我丰富和“新颖化”之外，更重要的原因恐怕还是“尊严”的需要。对于从农村底层走出、身处城市化进程的河南作家而言，这是相当自然朴素的反应。一种被城市和现代激起的情绪，就像当初在日本浸润于“世界知识”的鲁迅提出要“入于自识，趣于我执，刚愎主己”[②]的态度一样。他必须从他者处越来越退守到自身当中以便能够应付得来。河南作家笔下的“世界”虽然形态各异，不乏诡秘怪异（如墨白的“颍河镇”），但就其中的叙述语调看，大部分笃定确实。这是一个能被主体掌控、“立法”的世界。因而阴冷诡异的颍河镇在作者而言，可能反而是安全、温暖而惬意的。由“寻根”而来的地方文化及历史对个体起到了“后盾”的作用，后者意在说明：今天的“我”是合理的，有根据的，甚至是“正义”的。看豫籍作家笔下那凝重得稍嫌滞闷的苦难抒写，便有模糊、原始的“正义”感觉，一种自我赋值的行为。虽然最终在价值寻觅与信仰提升方面建树不大，但局部的伦理肯定的冲动，却始终没有消歇。

正是在这个意义上，有人指出“当现代化大潮正在冲刷着传统文化的记忆时，文学却捍卫着记忆的尊严”[③]。记忆在此意味着自我的退守与开

---

① 阎连科：《仰仗土地的文化》，载《小说选刊》，1996 年第 11 期。

② 鲁迅：《文化偏至论》，收入《鲁迅全集》（第 1 卷），人民文学出版社，1973 年，第 50 页。

③ 樊星：《当代文学与地域文化》，华中师范大学出版社，1997 年，第 21 页。

掘，跟鲁迅所说的“入于自识，趣于我执”相当。某种程度上，我们可以**把作者对地域文化的自觉追求视为记忆的技术**或主体精神建构能力的彰显，但他并不能为所欲为，刘庆邦曾感慨：“看来儿时和地域的影响对一个作者来说是决定性的，如同我们不能自由地支配梦境，改变梦境。我们用小说做成的梦，也离不开生长期时所处的环境。在生长期，人的记忆仿佛处在吸收阶段，一过了生长期，记忆吸起来就淡薄了。这大概是我们的宿命。”①

倘若把作品及作者的创作行为看作一个大的文本（text），那么地域文化就如同“元文本”或其中的“语法结构”。以福柯的话讲，地域文化当是一种“知识型”（episteme）。所谓“知识型”，是指“能够在既定的时期把产生认识论形态、产生科学，也许还有形式化系统的话语实践联系起来的关系的整体；是指在每一个话语形成中，向认识论化、科学性、形式化的过渡所处位置和进行这些过渡所依据的方式；指这些能够吻合，能够相互从属或者在时间中拉开距离的界限的分配；指能够存在于属于临近的但却不同的话语实践的认识论形态或者科学之间的双边关联”②。简言之，地域文化给出了各种主观性的位置及其调节范围。就创作而言，主体一面通过构思，为自己展开一个仿佛独一无二的存在；另一面，他又出现在地域文化重复、转换和复活的过程中：由创作所说的每个主题、每个话语包括其间的美与修饰，都神秘地建立在地域文化（“知识型”）已说过的东西上。而这个已说过的东西并非一个成形的文本（撇除了抄袭之虞），它像喘气一样飘荡无形，却由不得你不受传染。创作所说的只能是地域文化没有（明确）说出的东西的逼迫出场，一种“自身痕迹窟窿的书写”（福柯语）。

---

① 刘庆邦：《不可改变的梦境》，见《河南故事·自序》，昆仑出版社，2004年。

② [法]米歇尔·福柯：《知识考古学》，谢强、马月译，生活·读书·新知三联书店，2003年，第214页。

第二节　丑陋的“河南人”

关于河南作家与地域文化的关系暂告一段落。我已论述了豫籍作家创作同质性的一面：如乡土的身份、内容以及对土地和地方文化的自觉追求等。为了保证论题的顺利进行，尚需阐释河南文学在中国的“代表性”：明明是一个区域文学，又如何拿来作现代化进程里“中国”的标志呢？

按照萨皮尔（Edward Sapir）的说法：“文化区域是地理上相互毗连的部落群体，这些群体拥有许多共同的文化特质，并以此与其他群体相区别。”[①] 国内学者李勤德认为：区域文化“是文化的空间分类，是类型文化在空间地域中的凝聚与固定”[②]。二者的界定都强调静态空间的差别与间隔，但这种空间区划及其内部的一致与稳定是相对的，除了历史的迁变外，各地域间的交流融合亦是重要的原因。另外，由于现代国家都是在确定的领土内建立最高管辖权、并通过一套永久性机构行使政治权威的政治结合体，在这个意义上，国家亦属于地域意识，国家文化包含了其领土范围内多个地域文化的特质。对生活在一国内部的人来说，他对国家的态度、情感与认知离不开对自身地方文化的感知与认同，可以说倘若撇开后者，国家意识也就成了空洞之物。这在具有“家国同构”传统的中国尤其如此。我在上一章通过对寻根文学的梳理指出，地方文化的崛起乃是政治中国与文化中国分离的结果。这意味着“中国”系其境内所有地方文化“显在”或“缺席”的必然存在，地方文化的传承、建构与国家意识的发展并非对立，而是相辅相成的。

但这仍旧不能顺理成章地推出河南文学对中国的“代表性”，一个心理障碍必须被克服：即“河南人”现象。与豫籍作家在文坛的良好声誉不同，“河南人”是个不折不扣的贬义称呼。大约从1990年代后期开始，丑化“河南人”的段子在网络、电视上迅速蔓延。歧视“河南人”的现象越来越多，南方一些企业在招工时甚至明确注明“不收河南人”。而河南本

---

① 转引自芮内夫主编《人类学》之“文化区域”条目，商务印书馆（台北），1975年。

② 李勤德：《中国区域文化》，山西高校联合出版社，1995年，第2页。

身也确不争气，恶性事件不断曝光：洛阳大火、郑百文事件、艾滋病村、瘦肉精……让这样一个区域来代表“中国”，岂不难堪、羞愧？阎连科曾以河南的艾滋病村为背景，写过一部长篇《丁庄梦》，虽然增加了不少文学的因素，如诗性的语言，魂灵的言说，但总体并未突破新闻传媒设定的观测视角。作者自言要通过人体的艾滋病来切入到灵魂的艾滋（这正中传媒的下怀："河南人"的内心是阴暗的），要经由死亡的铺排，来表达人们对生命的执著和独有的爱的方式，但爱的灵辉实在太微弱了。[①] 某种程度上，《丁庄梦》等于把人们对“河南人”贫穷、愚昧的想象变本加厉地述说了一通，它把“丁庄人”牢牢地钉在“河南人”的耻辱柱上。

这涉及豫籍作家“内部书写”的难度，如何控制与书写对象的距离，能走入他的内心又能时时走出来？如何抗拒“被描写”（鲁迅语）[②]？作家独立视角的阙如是否与其刻画的对象一样，标志着精神的贫困呢？记得王富仁曾著文将中国文化界划分为跨国文化界、京海文化界、外省文化界、准文化界、大社会文化界等五大亚结构体，认为外省文化界的兴起是中国当代文化发展的主要标志。所谓外省文化界，“是在跨国文化界、京海文化界得到更充分发展的基础上产生的，是由被跨国文化界、京海文化界排挤或隔离在外省的知识分子构成的。”（通俗点说，外省就是一国的边缘化区域，既非政治中心，也不是经济中心。）“他们不会像跨国文化界的知识分子那样因为外国人赞扬或反对孔子而苦恼，也不会像京海文化界的知识分子那样因为赞扬或反对鲁迅而苦恼，他们的痛苦和欢乐直

---

① 阎连科：《有三种人不适合看〈丁庄梦〉》，http://book.sina.com.cn/news/a/2006-01-24/1053196129.shtml。

② 鲁迅：《未来的光荣》，收入《鲁迅全集》（第5卷），人民文学出版社，1973年，第423、424页。原文如下："我们要觉悟着被描写，还要觉悟着被描写的光荣还要多起来，还要觉悟着将来会有人以有这样的事为有趣。"鲁迅忧虑的是在以西学是上的语境中，中国人难免不屈从于西方先进的话语系统，陷入“被描写”的困厄。豫籍作家在描述与己同类的底层农民时亦有类似的主体困境：即如何从城市、现代以及商业传媒对乡村、农民的预设中挣扎出来，找到“自己的语言”，不作文化创造上的格式化“生产”或虚空践舞？说到底这只能是个人探索的事业，那种以集体名义的申述、表达，反而常常导致对个体活力与挣扎的抑制。

接来自于他们的生命的需求。"（简言之，就是比较朴实、实际。）[1]河南属于外省，这是否可以中和点"河南人"的负面印象，提振我们对河南的信心呢？虽然王富仁的划分并不严谨，但由此我们能获得一个有益的启发：即从文化地位、处境的角度来联系、比较"中国"与"河南"。

孙宝灵有段话说得很到位："中国在世界上自称'中国'，河南在中国自称'中原'，指同一种地理状态；河南在中国属于农业大省、中西部欠发达地区，中国在世界上也属于最大的发展中国家，属于同一种经济文化状态；中国是文明古国，河南是炎黄故里，都有精神胜利的资本；河南在中国被丑化，中国在世界上被妖魔化，处境同样尴尬。如果说北京、上海是中国的面子，河南则是中国的里子。在世界上，中国是一个扩大化了的河南……"[2]那些丑化河南的段子里亦从反面证实了类似的逻辑："十亿人民九亿骗，河南人民是教练。"——这分明意指坑蒙拐骗并非河南的专利，而系国民性的一部分。编段子的人不小心把自己也骂进去了。

总的来讲，"河南人"现象反映了农耕文化在遭遇商业文明并力图向后者转化、看齐的过程中发生的伦理失范、无序与溃败，以及城市文化对乡村文化的审视和贬抑。它亦是现代性在中国发展不平衡的标识。这在任何国度的现代进程中都难于避免。当经济和金钱成为社会最强力、核心的评判指标时，便容易滋生急功近利、不择手段的现象。在整体贫穷、教育程度偏低的河南[3]，因致富资料、本钱和机会的先天劣势，人更易于走上极端。不要用钱来拨弄那正在憧憬发达的穷苦人的心弦吧！河南在中国的窘迫形象与中国在世界格局中的地位是一样的；那些讽刺河南人的言论，我们能方便地从西人对中国的误解和侮蔑中找到对应的部分。譬如，河南人爱骗人 / 中国人没有诚信；河南人不懂规矩 / 中国人不守规则……质言之，河南是乡土中国现代转型的缩影与标本。由此，描述和

① 王富仁：《论当代中国文化界》，载《学术月刊》，2001 年第 11 期。

② 孙宝灵、孙云华：《官文化与精神边缘化——文学豫军笔下的村支书与河南人的官本位文化（三）》，载《学理论》，2010 年第 24 期。

③ 贫穷与教育、文化的滞后是连在一起的，因为贫穷，疏落了教育、文化；而文化愈是落后，经济愈是不能发展，形成恶性循环。

呈现1990年代以来河南文学的“乡土”变迁也就带上了“中国”的一般意味。

第三节　中原衰落的历史及原因

从历史的角度看，河南是中原文化辐射的核心区域。以《辞海》对“中原”的注释为证：“狭义的中原指今河南省一带。先秦时代已有雒邑（今河南洛阳市）和陶（今山东定陶）是天下之中的说法，其后华夏族活动范围扩大，古豫州仍被视为九州之中，故称此地为中原。”广义的中原指黄河中下游地区，或指整个黄河流域。在南北分裂时，常以中原和江东等词对举。[①] 虽然有人对以1990年代以来的河南来代表“中国”心存疑议，但倘若将“河南—中国”换成“中原—中国”，则会释然得多。其间的反应参差很耐人寻味。为什么作为“中原”代名词的“河南”跟“中国”不再般配了？

我们需要数落下历史。从地域文化发生学的角度而言，中原文化是一种内陆农耕文化。在中国文化的整体格局中，中原文化呈现出正统、兼容、原创、悠久的特质。一般认为，中原文化的发展大体可分为五个阶段：1. 史前的孕育期。传说中的“三皇五帝”大多与中原关系密切，伏羲与炎帝定都在淮阳，黄帝建都在新郑，颛顼、帝喾分葬于睢阳与内黄。都在河南！女娲文化遗存的中心亦在此地。中国人习惯称自己是炎黄子孙，体现民族血脉的中华姓氏中，有1500个姓氏起源于河南。已故的豫籍作家乔典运在被问及“河南人与别处人有什么不同”时，曾一语惊人：“河南人就是咱中国人的妈！”就历史渊源来看，他的回答并不错。（当代河南作家在作品中表现出的执著的自我寻根意识，于此亦不无干系。）除了“三皇五帝”之外，被称为中国文化滥觞的“河图”“洛书”亦发生在河南境内（孟津与洛水），它是儒家经典《周易》的来源，影响深远的中庸理论实际是《周易》辩证统一思维方式的实践与发展。另就考古发掘来看，裴

① 《辞海》，1999年版缩印本（音序），夏征农主编，上海辞书出版社，2002年，第2230页。

李岗文化、仰韶文化、龙山文化等，不仅历史悠久，且环环相扣。这一阶段河南的发展主要表现为发达的农业，它为中原文化的形成奠定了坚实的基础。2. 夏商周三代是中原文化的形成期。夏、商均以河南为政治中心，中原作为王都的地位开始确立；青铜器与甲骨文的发掘出土，显示了河南是当时最先进的文化区域。3. 两汉、魏晋是中原文化的发展与兴盛期。中国的元典文化中，道家、法家发端于中原（老子、庄子及韩非都是河南人），儒家见用于中原，[①] 释教首先落脚中原（洛阳白马寺被称为"释源祖庭"）。它们彼此错综、牵制，构成了中原文化的基本骨架，亦是中华文化认同的核心与基石。这一时期的战乱与分裂给中原文化向外传播创造了机会，中原成为中华民族融合的大舞台。4. 隋唐、五代与宋金是中原文化的繁荣与定型期。该阶段中国的政治中心虽然不断东移，但中原的政治地位依然稳固。在文学艺术领域，河南可谓群星璀璨：如吴道子、李唐、韩愈、杜甫、元稹、白居易、崔颢、岑参、李贺、李商隐、刘希夷、上官婉儿，等等。北宋时期洛阳的程颐、程颢"以儒为统，兼采佛、道"，建立了洛学，此系中原文化趋向内省与定型的标志。洛学主张的天理论、泛神论、格物致知论（"穷以物理"）、人性论、理欲观（"存天理，灭人欲"）与圣人观，构成两宋理学的典型形态。此后，中原文化多元的局面基本结束了。5. 元、明、清、民国等历史阶段是中原文化的式微期。据丁文江对"二十四史"中立有列传的历史人物籍贯的考证，西汉时期河南籍名人 39 人，占 19%，名列各省第二；东汉时期，河南籍名人 170 人，占 37%，名列各省第一；唐代，219 人，17%，名列第三；北宋，324 人，22%，名列第一；南宋，37 人，6%，名列第四；明朝，123 人，7%，名列第四。[②] 不难发

① 孔子祖籍河南，他讲学、游说的主要活动地域亦在中原。汉代将儒学政治化、经学化后，儒家成为中原文化中最具影响力的思想形态。

② 张新斌：《中原历史名人与新世纪的中原》，转引自《中原文化与现代化》，王彦武主编，大象出版社，2002 年，第 135 页。

觉，南宋是中原文化由盛而衰的转折点。[①]

其中的原因通常被归纳为如下三点：首先，靖康之难后，中国的政治中心移出了中原，河南不再享有“天子脚下好乘凉”的都城优势；其次，黄河泛滥以及其他持续的天灾人祸、社会动荡让中原丧失了它的“粮仓”与经济中心的地位；另外是人才外流，文化落后，中原失却了话语权。这三点是彼此勾连的。孟德斯鸠曾指出：“一个国家土地优良就自然地产生依赖性。乡村的人是人民的主要部分，他们不很关心他们的自由。他们很忙，只是注意他们自己的私事……因此，土地肥沃的国家常常是‘单人统治的政体’，土地不太肥沃的国家常常是‘数人统治的政体’，这有时就补救了天然的缺陷……由于中国的气候，人们自然地倾向于奴隶性的服从。”[②] 中原文化整体而言乃是建基于农耕文明的政治文化，更准确点讲，是一具有极强的政治依附性的文化，那经由中国的政治中心引发文化中心并带来经济繁荣的逻辑或“策略”，深深镌入中原人特别是河南人的集体**无意识中**，由此导致了人格独立性的匮乏以及价值观与精神的保守、畸形。

中原人的价值构建大都带有政治一统（作为）的意味，总体表现为强烈的官本位和经世致用性，用程颐的话来说，是与皇帝“同治天下”。从中可离析出崇尚权力、尊君厚生、中庸尚和等诸多内容，洛学将伦理次第与统治秩序对应，并上升为神圣本体的“天理”更是突出的例子。后者岂知不是中原衰落的另一重要原因？本体化显示了思维的极致，同时亦是其弹性、张力与包容性严重弱化的表征。

迄今在开封龙亭东侧的巷子里，依旧能见到闲坐品茶的老人津津乐道着“皇城根儿”的故事：赵匡胤、包青天、杨家将、岳飞……正所谓

---

① 另外，有人对清末民初杰出专家学者进行了统计，1644—1840 年间，江苏学者 87 人，浙江 51 人，河南 7 人；1840—1919 年间，江苏 50 人，浙江 51 人，河南 6 人。（参见张步天：《各领风骚——中国人才分布地理》，收入《南人与北人：各地中国人的性格和文化》，蔡栋编，大世界出版有限公司，1995 年，第 442—464 页。）由此能看出中国文化南移的趋势。河南风光不再，它成为中国思想落后、贫乏的省份。

② [法] 孟德斯鸠：《论法的精神》，张雁深译，商务印书馆，1961 年，第 279—283 页。

“琪树明霞五凤楼，夷门自古帝王州”①。它不仅是回忆，更是言说的起始与破闷遣怀的娱乐，虽然给人的感觉虚弱而梦幻。“南蛮子”盗宝是老人们最爱说的故事之一，他显示了正统的中原人对精明贪婪的南方人及其所代表的商业文明的戒备与恐惧。尽可以调侃得过分点，不必担心有失大度。这类乎孔乙己的辩白：“窃书不能算偷”，嘲笑“邪异”的“南蛮”算什么呢？它不在正宗礼仪或自我省察的监控范围。

第四节 河南文化精神的“造化演示”：黄河

极少有人会扪心自问：倘若中原没有那曾经“天赐”的肥沃土地、适宜气候，还会出现这样的政治中心和引以自豪的“正统”吗②？在河南，历史的反思精神（特别是对历史赖以呈现的条件、语境的思索）相当稀有，仿佛“正统”或“中心”合该永远持续下去。这种执著与相继而来的失落与耻辱对河南文学以至“中原突破”的影响是决定性的，对此，笔者在第四章会有更具体的论述。我并不赞同孟德斯鸠式的环境决定论，中国人在考察历史变迁时有个独特的字汇：叫因缘聚合，包括天时、地利与人和等，它较之单向推衍的“环境决定论”显然更加圆融。以“因

---

① ［金］李汾：《汴梁杂诗》。

② 据古地理学家和考古学家的研究，整个中原地区在距今8000—4000年左右呈现为北亚热带气候景观，温暖湿润，适宜于人类生存。而黄河冲积平原上土壤肥沃，土质疏松，易于垦殖，为原始农业的形成与发展奠定了物质基础。在仰韶文化、龙山文化中都有先民农业生产的遗迹。参见李永文主编：《河南地理》，北京师范大学出版社，2010年，第267—269页。另外，竺可桢的《中国近五千年来气候变迁的初步研究》（载《考古学报》，1972年第1期）亦可参考。竺在此文中把中国五千年的气候归纳为四个温暖湿润期与四个寒冷干燥期。总的趋势是暖期缩短，间隔变长，干燥期的时间则越来越久。就农业发展的角度，中原的气候优势逐渐减弱，而原本湿热的南方却在气候总体趋向干冷的过程中变得更适于农业生产了。另外，每当寒冷期来临，北方游牧民族的生存空间恶化，他们不得不大规模地向南方温湿地区迁徙，这使得中原时时面临战乱的侵袭。就此而言，那种认为气候日趋寒冷干旱，促进了中国“政治中心东移北上，经济中心南移”的观点，不无道理。

缘聚合”的思维而言，环境（天时、地利）与精神（人和）是一整体。在历史的绽露中，二者相互依偎、彼此映照。佛家讲，“境由心生”，“一切法从心想生”。《华严经》上还有一句话，叫“情与无情，同圆种智”。情，指有情众生，包括人、动物等有情识的生物。至于无情，是指草木金石，山河大地。为什么说二者“同圆种智”呢？在无情的分上，它有法性；在有情的分上，则称佛性。法性与佛性是一个性，只是名词不一样。这听来玄奥，但在日常感悟、用度中，我们一直在不自觉地贯彻着它。“月有阴晴圆缺，人有悲欢离合”，便是一个典型的无情与有情、法性与佛性相通统一的例子。同理，古人夜观天象，预知天下大事。这不是神话，而是事实。当代河南作家中不少人“爱”写黄河或灾荒，恐怕并非偶然。自然环境，尤其是黄河，成为极端不规则的文学经验中最可重复和倚靠的东西（绝非单纯的故事背景）。倘若要给河南人精神找个肝胆相照的自然坐标，那该非黄河莫属。它系中原文化尤其是河南文化最生动、贴切的“造化演示”。

李凖在《黄河东流去》的“后记”中这样写道：“我喜欢这些故事，他们都体现了中原一带的‘侉’味，一般人管河南农民叫‘侉子’，‘侉’是什么东西？我理解是既浑厚善良，又机智狡黠，看去外表笨拙，内里却精明幽默，小事吝啬，大事却非常豪爽。我想这大约是黄河给予他们的性格。”[①] 把中原人的个性与黄河结合起来，李凖本能的感知相当准确。**在当今的河南精神中，帝都、黄河与战争是甚为核心的语汇。帝都，牵扯着悠久的政治文化与历史；而黄河及战争，则是河南由中国中心到边缘变动中的关键因素。某种程度上，河南人的历史就是一部黄河的变迁史。**黄河下游河道迁徙变化的剧烈程度，在世界上是独一无二的。根据文字记载，黄河曾经多次改道。河道变迁的范围，西起郑州附近，北抵天津，南达江淮，纵横 25 万平方公里。黄河的灾变，自秦以来历代统治者对中原地区的过度开发，要负主要责任。仅以北宋为例：由于西北军事的需要，40 余

① 李凖：《我想告诉读者一点什么？（代后记）》，见《黄河东流去》，人民文学出版社，2005 年，第 707 页。

万军队驻扎黄河中游地区。规模空前的土地屯垦，严重破坏了森林植被。北宋的160年间，黄河在中原地区决堤泛滥高达47次，几乎每三年就发生一次。[①] 如果说对自然的利用失度是人类文明化过程中难以避免的阶段与经历，那么中原可视为中国内部文明化（现在叫现代化、城市化了）后果的最早反面典型。这种后果的影响与辐射，一直抵达当代的河南……

黄河多次改道、决口，深深地改变了河南的生态、经济与人文环境。今天回头检视，那俨然是预示河南命运转折的“天兆”：古都开封一带备受河患困扰，繁华、喧闹的朱仙镇一次次被淤泥掩埋，沦落为普通无名的村寨；隋朝开辟的大运河不断淤积，河南失去了漕运之便，曾经骄傲的“居中”变成了不折不扣的内陆缺陷；由于河流治理投入大，见效慢，元代重修运河时，索性绕过中原。洛阳、开封从中国的经济交通动脉中被甩脱出来；明初朱元璋一度想将都城迁回中原，却碍着战乱与水患终未成行……

河南大势已去。无论政治还是经济，这都是一片被中国遗忘的土地。如今的河南，其地位与黄河类似：曾经的母亲河，现在成了沙河、悬河、地上河，不识“抬举”，得防着它治理它。由于不能通航行商和直接灌溉，黄河几乎失去了作为“河”的资格（一条不“懂”商业、没有利用价值的“呆河”），就像“河南人”被看作中国的另类一般。

第五节　河南，中国现代主体的“他者”或“代表”？

在国人对“河南人”的反感里，沉淀着一层不易觉察的东西，仿佛一个自我琢磨、力争上游的现代人在公共场合突然邂逅穷亲戚时的复杂感情。记忆纷至沓来，如果说“中原—中国”代表着自我过去的辉煌，那么“河南—中国”则提示着往昔与当下的衰败与没落。“河南”与“中原”，两个本来同义的词，之所以在表征“中国”时发生如此大的接受歧义，它

① 薛铎主编：《河南生态环境的保护与建设》，河南教育出版社，1994年，第18页。

跟我们在引论中讲述的“城市”从“乡土”内涵中的脱落原则类似。本来“中原”是代表、等同于“中国”的，随着“中国”现代追求目标的清晰化（亦可称之“窄化”），它的同义词“中原”也开始了进化、等第式的分层与淘汰，那衰败的部分便从“中原”中甩脱出来，沉降为“河南”，正如“城市”被现代“中国”选中，与它原先隶属的“乡土”分道扬镳一样。

这显示了现代认同构造中的排斥性特征，一种急欲从“多产的过去”或历史记忆的包袱中脱身的欲望，我们需要一个光鲜的“背景”或“履历”。对“河南人”丑陋性的辨识与清算，亦是个体象征性进化与提纯的过程，由此打造起统一的现代身份。简言之，“河南”成为了中国现代主体的“他者”。它印证了马歇尔·伯曼的话：成为现代的，意味着永恒的分裂，“一种革故鼎新的自毁”。我们所拥有、所知道和所是的“一切坚固的东西都烟消云散了”[①]。但实际上，历史从未远离我们，丑陋的“河南”一直与我们如影随形。从“河南”与“中国”的历史亲缘以及当下那种极力与所谓“河南人”撇清的态度看，“河南”恰恰占据着“中国”“代表”的位置。可以说，每个中国人身上都栖居着一个“河南人”的幽灵。

不难体会，在开封老人讲述“南蛮”故事、“河南人”不懂规矩以及豫籍作家对城市近乎本能的排斥与不无偏执的塑造中，有一种共通的东西（绝无贬义）。它决定了他们如是说，如是思考，如是行动。我们于此清晰地感觉到存在某种“地方”文化：包括它颤动的轮廓，它的铅坠力、裹挟力与吸附力。这显然不仅是共时性的城乡与南北差异的问题，更是历史的彰显与进行。就偏重进化和发展的当下中国来说，它宛然是**不同历史时代同时并存的现象**。

黑格尔在《历史哲学》中曾提出一个“历史的地理基础”概念，即“助成民族精神产生的那种自然的联系”。他认为，“干燥的高地”是产生畜牧业文明的基础，“平原流域”（“巨川大江流过的地方”）是孕育农业文明的

---

① [美] 马歇尔·伯曼：《一切坚固的东西都烟消云散了》，徐大建、张辑译，商务印书馆，2003 年，第 112—135 页。

基础，“和海相连的海岸区域”则是成长工商业文明的地方。引人注意的是，黑格尔特别提到中国，认为中国固然“以海为界”，但在中国人看来，“海只是陆地的中断，陆地的天限；他们不和海发生积极的关系”。[①] 这话亦可用来形容中原或河南。“历史”一词的提出甚为关键，这也是黑格尔较之孟德斯鸠要高明的地方：他把“地理”与动态的历史勾连起来，这跟笔者的思路有些接近。沿用黑格尔的说法，我是把“历史的地理基础”作为文化的自我表征来释读的，前文将黄河与中原人的命运交织、互镜起来参看，便建立在视二者（环境与精神）同为历史文化表征的基础上（黑格尔那里尚有些环境决定论的逻辑色彩）。

文化与历史密不可分。去除了历史的展现，文化亦成了空洞与抽象之物。本章开始部分在论及豫籍作家李佩甫的《生命树》时，曾提到一个“自我历史化”的问题（李佩甫是用“有背景”一词来表达的），这也是地方文化存在的必然形态。确切地说：区域文化乃是人与地及人与人之间关系的历史敞现。

之前曾提到，可“把作者对地域文化的自觉追求视为记忆的技术”，这跟历史有什么关联呢？也许有人会咬住“记忆的技术”不放，以为笔者意在宣扬地域文化不过是主观运作的结果。为了避免不必要的歧义，我们须重新界定下“记忆”“集体无意识”这类词，把它们从平庸、刻板的个体心理学的解释范畴中解脱出来，将其作为有限历史存在或地方文化的一个根本特征来重新认知。确切地说，在记忆里面，似乎更多地保存着那种总是将我们变成历史存在物（或曰文化载体）的东西，即便在（写作）记忆的实践中，不是在有意地反思或制作过去，而是正在有意图地忙于完全不同的事情时，情况亦是如此。[②]

---

① [德] 黑格尔：《历史哲学》，王造时译，商务印书馆，1963 年，第 123、135 页。

② 关于“记忆”问题，在第三章“主体与话语”部分还会有所涉及。

第六节 “中国弃儿”

对豫籍作家来说，他们最抹不开的“记忆”、最深的“集体无意识”是什么呢？我以为，**大体可用“中国弃儿”概括**，它比李凖的“侉子”要更切中要害。从前文对中原历史的梳理中我们不难领会这点。“中国弃儿”，一个既笼统又深刻的记忆，它亦可作为豫籍作家集体精神与身份的命名。至于李凖讲的“侉子”，那仅是“弃儿”生存意志与智慧的演绎，其本色大抵是草根、民间的，与豫籍作家的乡土出身相应。

虽然在文学“乡土”的价值构造上建树不大，但有一点豫籍作家们却旗帜鲜明，步调一致：即生存正义。“二程”理学中强调的“修心养性”在此的回声极其微弱，几乎可忽略不计[①]。在“弃儿”们看来，它既奢侈又虚伪。他们不求中正与“内圣”，一切书写均贴着生存的地面本能地展开，以致生存成了无法穿透的石头，所有的升华与超拔之念及此都被反弹回来。

在这方面，《一句顶一万句》就像是“中国弃儿”精神信仰的寓言。意大利传教士老詹苦口婆心的上帝言说总是进不了延津民众的心眼儿。老詹说：“信主吧，信了他，你就知道你是谁，从哪儿来，到哪儿去。”延津人的回答则是：“我本来就知道呀，我是一杀猪的，从曾家庄来，到各村去杀猪。”老詹说：“主能宽恕他的仇敌。耶稣被钉在十字架上，还是他徒弟出卖的。主事先知道，也没有跑。”延津人的回话是：“死到临头还不跑，脑袋有问题呀？”“你要能让主来帮我贩茶，我就信他。”喜剧式的对话活现了宗教话语与生存话语间的隔阂与错位，“中国弃儿”是无暇念及主与拯救的，他们的人生被活或生存占满了，由此实难发展出形而上的需

① 余英时曾指出：“北宋理学家直接施教的对象是‘士’，而不是一般的‘民’。宋代的‘士’虽然都从民来，但‘民’未成为‘士’之前，理学家不但没有机会向他们讲授心、性之学，而且即使有机会，也必然徒劳无功。”（参见《宋明理学与政治文化》，广西师范大学出版社，2006年，第5页。）以此看豫籍作家对“心性之学”的淡漠、隔阂，也就顺理成章。有意味的是，在同乡冯友兰的哲学中，自我修持的色彩很浓，二者的差别便含有类似“士”与“民”的味道。总的说来，当代豫籍作家的创作是一种平民化的文学。草根、平民的出身及趣味，让他们在皈依中原文化的过程中，其选择、体现的中原特质与冯友兰是不同的。

要与思维。连老詹赠送给徒弟吴摩西的精神器物，银十字架，也被吴的老婆回了炉，打成一副水滴耳坠。

《一句顶一万句》中人物众多，大都带有流民[①]的特质。譬如，吴摩西一辈子为命运捉弄驱遣，居无定所，频换职业；勾引吴摩西老婆的老高，祖上是从山东逃荒来的；私塾教师老汪的女儿死了，老汪决意离开延津，“不为找娃，走到哪儿不想娃，就在哪儿落脚。”

流民形象似乎特别受刘震云的钟爱，尤其值得一提的是《温故一九四二》。小说通过梳理各种史料，重构了1942年发生在河南的大灾荒。作者曾说：“《温故一九四二》是我无意中写出的比较满意的一个中篇。”[②]其间“无意”和“满意”的对举，让人深思。就外观而言，“中原流民”不啻为“中国弃儿”的创造性复现。近代以来，由于战乱天灾频仍，人民颠簸迁转，河南成了流民蔓延的区域。借用河南精神中的核心语汇来表述，中原流民系肆虐的黄河与战争联手的产物。倘若念及这层背景与记忆，豫籍作家让“中原流民”充当“中国弃儿”的载体，便再自然不过。一种冥冥里的奔赴与依偎。这大概就是刘震云所谓的“无意中”的“满意”吧？小说叙事人的道白更能说明问题：“我要蓬头垢面地回到赤野千里、遍地饿殍的河南灾区。这不能说明别的，只能说明我从一九四二年起，就注定是这些慌乱下贱的灾民的后裔。”

在那些灰头土脸的流民身上，主体显然找到了某种类似集体的归宿感，它触目地表现在文中对“我们”称谓的运用上。《温故一九四二》充满了“弃儿”/流民对“中国”的悲愤与绝望，在这方面，“我”与流民“同一声气”：

---

① 此处的“流民”概念，采纳学者池子华的界定。流，是流亡、流浪、流动的意思，民，指农民。流民大体包括以下四类人：“丧失土地而无所依归的农民；因饥荒岁月或躲避战乱而流亡他乡的农民；四处乞讨的农民；因自然经济解体的推力和城市近代化的吸力而盲目流入城市谋生的农民，尽管他们有的可能还保有小块的土地。”参见池子华：《流民史话》，社会科学文献出版社，2011年，第1、2页。

② 刘震云：《温故流传·自序》，江苏文艺出版社，1996年。

> 一九四二年，中国还是有“可口的咖啡”，虽然我故乡的人民在吃树皮、柴火、稻草和使人身体中毒发肿的“霉花”，最后饿死三百万人。
>
> 中国历来政治高于人，政治是谁创造的呢？创造政治为了什么呢？
>
> 没有千千万万这些普通的肮脏的中国百姓，波澜壮阔的中国革命和反革命历史都是白扯。他们是最终的灾难和成功的承受者和付出者。但历史历来与他们无缘……
>
> 为了生存，有奶便是娘，吃了日本的粮，是卖国，是汉奸，这个国又有什么不可以卖的呢？有什么可以留恋的呢？你们为了同日军作战，为了同共产党作战，为了同盟国，为了东南亚战争，为了史迪威，对我们横征暴敛，我们回过头就支持日军，支持侵略者侵略我们。[①]

尖锐极端的声音让人想到决堤的黄河：那被人征用压榨够了又备遭冷漠白眼的“母亲河”，以不合规矩的决堤方式来宣泄它的压抑，张扬浪掷生命的能量，这跟“中原突破”的精神何其相像，几乎称得上心心相印。在《温故一九四二》里，能感受到一股与（政治）“中国”凝聚相对的强大离心力，就文学“乡土”的认同构造而言，此当是从“中国”到“地方”转化的一个显证。

对于从主流社会组织类型“脱轨”出的流民群体及相应的文化，学界向来重视不够，但我以为，它却是河南精神中相当重要的部分。在近现代的某些时期，因流民数量急剧扩张，流民精神一度构成河南文化的主流。就此而言，说当今的河南精神系由流民文化衍生、化托而来，并不过分。至于从战争中挣得自身的现代中国，流民亦是股不可小觑的潜流。[②]除了推进文化传播、群体融合的正面效应，流民亦带来了社会的震荡与失

---

① 刘震云：《温故流传》，江苏文艺出版社，1996年，第313、348、303、355页。

② 池子华：《中国近代流民》，社会科学文献出版社，2007年。

序：如农村土地荒芜、乞丐职业化、盗匪横行、城市棚户区问题……透过由乡土文学发展而来的民工小说及底层文学，我们不难感觉流民文化的影子与气息。山东作家尤凤伟的长篇《泥鳅》中的蔡义江，便是一个从农村打工者演变为城里黑帮老大的典型。与之相类的，还有刘庆邦《一个人的村庄》中的恶棍叶海洋：一个被城市放逐的打工仔回到故乡，以其对“空心”村庄的破坏来显示他的活力与能量。

流民身上集聚着中原文化或中国传统裂变的迹象与势能。具体到“中原突破”，伴随“河南”与“中国”的间离，以中庸、忠恕为代表的价值认同体系，摇坠颠簸。可以肯定，一个“新型”、另类的现代个体将从中酝酿而生。豫籍作家在文学“乡土”中呈现的主体建构便是例证。除了《一句顶一万句》《温故一九四二》外，李佩甫的《李氏家族》、阎连科的《受活》《天宫图》中亦写到流民。“弃儿”或流民式的韧性与智慧，自利与虚无，让豫籍作家相当自然地融入了90年代以来“市场”以及“个人化书写”的潮流。

仍以《一句顶一万句》为例。这部略嫌怪异、似乎找不到创作“家谱”的作品，仅就其中那看去静止、莫名的社会形态而言，其实颇有历史的渊源（殊无可怪的）。它是流民的“乡土—中国”与“市场—中国”的杂交混合，系历史意识错综的产物。在众多形象里，没有一个典型的农民。农耕社会里念念不忘的土地被删除了；连带抹去的，还有宗族家庭的教谕、伦理。吴摩西跟父兄、妻子格格不入；他仿佛是个乡村手工业者，又像自由、廉价的市场劳动力或无产者。从作品渲染的唯利是图的人心驱动来看，《一句顶一万句》的社会形态很有点市场的“现代”意味。主人公频换职业、雇主对下属说炒就炒，亦加深了上述联想。小说分上下两部：“出延津记”与“回延津记”，这貌似《圣经》“出埃及记”一类的“史诗结构”，但也仅是“貌似”而已。摩西的出埃及是为了摆脱埃及人对犹太人的奴役，成就犹太人民族独立的伟业；而吴摩西出延津是为了寻找与人私奔的老婆，而且不是他想找，是找给别人做样子的，结果连唯一能说得上话的养女也被卖老鼠药的老尤给拐跑了。一个不折不扣的《圣经》“戏仿”。没有集体的牵系、温暖，更别说民族、国家了。人与人之间的理解、认同，已降至一句可怜的“对心话”！70 年后吴摩西养女的儿子牛爱国为找私奔的老婆回延津，结果徒留找的动作。跟他的后外公吴摩西相比，这是巧合，还是轮回？《一句顶一万句》中，个人的利益、生存，个人的烦心事、窝囊事，辗转循环，跟市场社会中的“原子”个体有得一比。

在此意义上，市场理念与流民精神是彼此激发、相互澄明的。二者的交集或支点即是焦虑的自我、膨胀的个体意识。或许正是因为有流民精神“打底”，市场理念才得以深入人心，进而在中华大地如火如荼地弥漫开去。

要补充的是，所谓“中国弃儿”，不应只看作集体的记忆与身份，它亦道出了某种历史的宿命。事实上，自南宋以来，那种被遗忘与边缘化的魔咒就从未离开河南。近现代的河南，总体是一个灾害频繁、兵匪交乘的乱世。文化、教育一落千丈。1911 年辛亥革命爆发，在袁世凯紧密控制下的河南，是为数不多的没有宣布独立的省份；抗战与内战时期，河南作为鄂豫皖、豫皖苏及晋冀鲁豫根据地的一部分，其地位无法与陕西、延安相比，至多算是“中心的边缘”。河南能让人记得的，就剩下它“居中”的战略位置了。于是一有战争，甚少能漏掉河南。可谓好事挨不到，坏事处处着。各路人马（国民党新军阀、日本人、解放军）“逐鹿中原”，却只是把河南当作棋子、战场或临时补给地，鲜见培育、维护之举。1938 年 6 月，为阻日军西进，蒋介石下令在郑州花园口掘开黄河大堤，致使 1200 万人受灾，390 万人流离失所，89 万人淹死，河南首当其冲，成了汪洋泽国。可补充的是，利用黄河、“以水代兵”的做法，并非蒋的发明，此前早有“范本”：南宋建炎二年（1128 年），东京留守杜充就曾让手下决黄河挡金兵，导致黄河“由泗（水）入淮”，严重改道。800 年后历史重演，与其说是循环，不如说是停滞。质言之，河南（中原），这是一片被抛弃、忘却的土地，自南宋以来，就没有变过！任意翻开一本河南近现代史，除了战乱、就是灾疫。曾经文明繁华的中原堕入了“黑暗”期：“日落桑榆下，寒生松柏中。冥冥多苦雾，切切有悲风。”[①] 其中最罕见、惨烈的当属1941—1944年的灾荒，水灾、旱灾、蝗虫灾、风灾、雹灾交替发生。蝗虫过处，地无绿色，枯枝遍野。

南宋以后，河南没有历史！

反思1990年代以来豫籍作家笔下那考验阅读耐性的循环的苦难书写，也许能有所释然？苦难在此不仅是现实的经验，更是“记忆”转喻式的结晶，系文化阵痛的反应与寓言。李敬泽曾把“苦大师”阎连科的创作比喻为“扛千斤鼎”：“看到人竟不可自拔地深陷于欲望、罪孽、癫狂和绝望，看到阎连科把人心最深处的神与魔同时唤醒和释放，看到人在挣扎和受苦……我承认，作为读者，我的道德感是可疑的，我抱着一种隔岸观火、幸灾乐祸的态度，这是阎连科的小说通常赋予我们的特殊的乐趣。”[②] 苦难书写与阅读反应的殊不对称，一面自是写作不老练、不自然的结果，另一面不也恰恰证明了“记忆”对主体的强大吸附力么？所谓“扛千斤鼎”的沉重姿态，便是“记忆”压力下的经典造型。这或许可视为对“河南人”的隔阂、误解在文学阅读场域里的衍生，转化，系两种区域或地方历史、文化（观）经由文学相遇、碰撞产生的“时间差”，一种类似“异位空间”（heterotopia）[③] 的现象。郜元宝将阎连科的《日光流年》视为过去时代的“灾情报告”，[④] 亦是这种隔阂与“时间差”的表现。豫籍作家给人

---

① [唐] 崔融：《韦长史挽词》。

② 李敬泽：《抗千斤之鼎——阎连科短论》，载《北京文学·精彩阅读》，2001年第9期。

③ “异位空间”（heterotopia，亦有译成“异托邦”的）是福柯笔下的一个概念，指不同空间可以和其他空间发生联系，虽然它们看似毫无联系。“异位空间”假定了一个既开放又封闭的所在，它不是乌托邦式地存在于某地的彼岸，而是既在“此地”又“超出”此地。这一概念标志和开启了空间的拓扑学规定。参见福柯：《不同的空间》，收入《激进的美学锋芒》，周宪译，中国人民大学出版社，2003年，第19—29页。本文在比喻的意义上使用该词：河南身处遍奏现代旋律的中国，其格格不入宛若“异位空间”。

④ 郜元宝：《报告应该报告的真实》，载《中华读书报》，1999年6月2日。原文如下：“阎连科……的世界属于正在跨入二十一世纪的人们渐渐淡忘或不愿追想的过去。”《日光流年》“虽重复杂沓，单调郁闷，有时就等于灾情报告，与揭示灵魂的艺术还有相当距离，但毕竟以从未有过的浓烈和大胆，报告了应该报告的真实”。

的总体风格印象用一个字概括：是怪。它老派、土气、执拗、实在，又出其不意地带点“现代”。至于圆熟、精致、空灵、含蓄、优雅，则甚少与他们瓜葛。借用林毓生的话，这大概亦属于“传统的创造性转化”吧。

第七节 “中”的尴尬

本来，当陇海、京汉铁路开通后，河南的情况是有所改观的。但在经济交流的过程中，南方与沿海的优势越来越明显，现代文明的风气，与这块内陆腹地总是若即若离。与周围的省份相比，河南仿佛一块低洼、蹩脚的盆地，很难得到“中国”的青睐与眷顾。这种局面在当下依旧延续。在沿海搞活、西部大开发的政策下，“河南”又成了被遗忘的角色。我一直认为，河南这块土地是需要政治去激活的。它就像一个流落民间的“中国”太子，但是否还有刘秀那样东山再起、入主“中国”的机会呢？

一切都出在它的“中”上。这是一个常挂在河南人嘴边的字，阴平声。意思是适当、可行。在表示理解、赞赏时，河南人就会说：“中，中啊！”传说黄帝在新郑建都，曾立一石柱，柱顶刻有“天心石”三字，代表这里是天地之中心。由此开启了河南“中”的命运前程：天地之中，居土之中，中国、政治中心、文化中心、中原、内陆……几番起落，却怎么也跳不出“中”的格局：“说你中，不中也中；说你不中，中也不中。”

这个“中”字，亦是儒家哲学“中庸”的“中”，道家哲学“守中”的“中”，它包蕴着丰富的哲学内涵，潜藏着中华民族文化心理的深厚积淀。作为古老的哲学和记忆，“中”已化为一种气质，渗进了河南人的血脉里。无论如何，“中原突破”都免不了要应对这个“中”；它能够打破“中”的定势与宿命么？

豫籍现代学者嵇文甫（1895—1963）曾就中原人文兴衰有一番系统的论述：

> 河南号称中原，亦曰中州，盖自古中国文化之中心地也。夫羲皇之事，遐哉邈矣！莫可得而言。然五千年之仰韶文化，

三千年之殷墟文化，在考古学上各划一新时代，而皆在河南境内，则既信而有征矣。自周公宅洛，郁郁乎文，后世政教，概源于此。五霸之所经营，七雄之所逐鹿，大抵环绕此中心而活动者也。嗣后千余年间，屡建帝都，东汉、北宋，称尤盛焉。夫王畿帝都之所在，冠盖辐辏，人文荟萃。故巨人长德，恢宏魁硕之士，往往出乎其间，而为一世所宗仰。……河南人文之衰，其起于宋室南渡之后乎？其时北方沦陷，文化南移。七百年来，此中国古文化中心地，虽不无一二豪杰之士挺生其间，然以视昔日跄跄济济，辉煌灿烂之景色，则邈乎不相及矣。[①]

这最后几句颇有些黯然自伤的味道。从续写辉煌的角度而言，20 世纪的河南人才，分量远远不够。就此而言，文化确乎断裂了。

历数这时期的河南文化名人，总有捉襟见肘、难以为继之感。哲学方面冯友兰算得名家，他一生的学术追求与信念可用"阐旧邦以辅新命"来概括。1987 年，92 岁的冯友兰在一篇文章中再次申说此意："《诗经》有一首诗说，周虽旧邦，其命维新。我把这两句诗概括为'旧邦新命'，这几个字，中国历史发展的现阶段足以当之。'旧邦'指源远流长的文化传统，'新命'指现代化和建设社会主义。阐旧邦以辅新命，余平生志事，盖在斯矣。"[②] 冯友兰力图将程朱理学与西方的新实在论结合起来，构建一个新的哲学体系，足见其中原特色。但这带有浓重"中庸"意味的追求在破除传统、唯新是尚的现代中国并不被重视，它仅是一种有特色的学术观点而已。这种边缘化亦是中原文化现代命运的一个侧影与写照。

① 嵇文甫：《河南精神》，载《河南大学文学院学术丛刊》，1940 年第 1 卷。

② 冯友兰：《新原道：中国哲学之精神》，生活·读书·新知三联书店，2007 年，第 3 页。

第八节　河南现代文学的运命

另以文学为例，现代文坛上的河南作家寥若晨星。在《中国新文学大系》(1927—1937)的“史料·索引”卷中，编者统计了近200位作家，其中浙江29人，湖南15人，其后依次是四川、江苏、福建等，而河南作家只有4位。[①] 1950年代以前，河南本土的创作异常萧条。能举出名来的豫籍作家甚少：如徐玉诺、冯沅君、蒋光慈[②]、师陀、姚雪垠、王实味、李季等，而他们或英年早逝（王实味离世时41岁，而蒋光慈仅有30岁），或因困窘辍笔（徐玉诺），或转行他业（冯沅君转志文学史），能坚持下来并在中国有些影响力的豫籍作家大概只剩师陀、姚雪垠、李季了。

纵观现代文坛上的河南作家，有两个特点：一是“短命”（笔者指的是文学生命）。其中的原因除了穷困之外，过分执著于经验以及务实、知足的生活精神也要考虑在内。鲁迅曾委婉地以国际诗坛的轶事来暗喻冯沅君放弃文学的原因：“听说你使你的男人很幸福，我希望不至于此，因为他是苦恼的夜莺，而今沉默在幸福里了。”[③] 这跟徐玉诺因困于生计而搁笔，实属同一性质。即使像师陀、姚雪垠这样的作者，在生活优裕后，也鲜有佳作推出了。[④] 当然，我们不能把作者的创作起伏全部归咎于生活环

---

① 这四位作家是徐玉诺、冯沅君、于赓虞、曹靖华。参见阿英：《中国新文学大系·史料·索引》，上海良友图书印刷公司，1936年。

② 关于蒋光慈的出生地和祖籍，过去有种种说法，经查实，蒋的祖籍应为河南，其就读的志成小学、固始中学都在河南省固始县。蒋出生于安徽省六安地区金寨县，它与河南交界，距固始县仅有50多里。参见方铭编著：《蒋光慈研究资料》，知识产权出版社，2010年，第3、6页。

③ 鲁迅：《〈中国新文学大系〉小说二集序》，收入《鲁迅全集》(6卷)，人民文学出版社，1993年，第245页。鲁迅此处暗指：冯沅君与陆侃如美满的婚姻生活，让她失却了创作的激情与冲动。

④ 姚雪垠动笔写《李自成》始于1958年下放武汉时期，条件异常艰苦，1961年《李自成》第1卷写成（1963年由中国青年出版社出版），1965年基本完成第二卷（因“文革”，拖至1977年出版）。1979年，姚雪垠的条件彻底好转，1981年推出《李自成》第三卷，而四卷、五卷却直到1999年姚雪垠辞世后方才面世。总体看，《李自成》的写作速度越

境，它绝不仅是一个意志品质或人性弱点的问题，还有许多复杂的因素。以徐玉诺为例，这位曾被鲁迅寄予厚望、被茅盾誉为“Diana（月亮女神）型的梦想者”的青年才俊，之所以从文坛突然销声匿迹，跟其创作面的狭隘、经验的束缚不无关联，一种近乎青春爆发型的写作。[1] 在他身上，明显能感觉到文化知识储备的匮乏。当生活资源基本耗尽时，仅靠朴实的诗情与冲动，是很难维持艺术的再创造的。在徐玉诺后来的作品中，已显出重复、衰竭的迹象。这在豫籍作家中颇具代表性。他们踏上文坛大都因了某种生活经历的触动，但如何拓展和深化它，不让经验滞化为束缚；如何从一己的悲欢中生发出与人类共命运的情感、责任，一直是潜伏的棘手问题。某种程度上，徐玉诺的辍笔不失为明智之举，它至少避免了因粗制滥造而自砸招牌。

二是热衷政治。这除了现代中国的大势所趋外，中原文化内部的政治情结、中国情结亦是重要的因素。王实味留“名”于世，主要不是因为他的作品，而是作为政治错误的“牺牲品”被历史牵挂、“提名”。这让人想到岳飞的“精忠报国”。岳飞是中原文化里一个原型式的人物，那种“忠诚”或“愚忠”不仅是伦理或做人的准则，它也预示了“中原”与“中国”之间那斩不断的牵系。虽然有时候，它看上去像是滑稽的“单相思”。在政治与文学之间，豫籍作家似乎更看重前者，这使得他们的创作缺少独立与创新的质素。李季的诗是跟毛泽东人民大众的文艺路线结合在一起的，后者决定了他才华、灵感及做人的方向。按说以李季的才情，他的文学境界不该仅止于此的，但李季一生做得无怨无悔。这又怎能不说是一种“忠诚”？蒋光慈生前是著名的普罗作家，“革命文学”的先行者。其作品今天看来，“时代的幼稚病”着实明显。瞿秋白曾说蒋光慈“太没有天才”，从目下文学的准则看是有道理的。但那粗糙、粗粝的表达与革命

来越慢，最出彩的还是前两卷。关于师陀的创作情况，可参见刘增杰、潘国新：《师陀著作年表》（增定稿），收入《师陀全集》（5卷），河南大学出版社，2004年，第511—547页。师陀的作品，集中于上世纪三四十年代，此后多为游记、散文和少量历史剧，小说只有一个短篇集子《石匠》（作家出版社，1959年），质量平平。

① 关于徐玉诺的生平，可参见张永江：《徐玉诺传略》，载《新文学史料》，1981年第3期。

的激情、真诚却甚为一致。对自号“侠生”的蒋光慈来说，这不啻为表里如一的举动。他本来就不求在文学上精雕细刻，名垂青史，文学不过是行动、实践的派生物。质言之，文学不是最重要的东西，至少不是人生最可倚靠的。当初冯沅君弃文学就学术，也多少含有这种“轻视”的意思。

不管怎样，豫籍作家仍旧在勉力接续、书写着中原的“历史”。从1950年代开始，河南文坛突然出现了几个全国性的“亮点”：创作《李自成》的姚雪垠、写《谁是最可爱的人》（1951）的魏巍、《不能走那条路》（1951）、《李双双小传》（1959）的作者李凖。他们后来还凭借《李自成》《东方》[①]《黄河东流去》[②]相继获得了第一届（1982）、第二届（1985）茅盾文学奖。作为官方力捧的作家以及国家最高文学奖项的获得者，他们让“河南”赢得了“中国”的瞩目。[③]可惜，光彩照人的日子没有持续太久，由于跟“中国”（国家意识形态）的关系过于暧昧，他们的作品在其身前身后的评价差别极大。在某些持否定意见的人开来，那不过是些紧跟形势、图解政治的“过气”作品，其中不无投机的意味。念及李凖所讲的“侉”，多少有些反讽与尴尬。如今这些作品都淡出了公众的视野。所谓成也政治，败也政治；成也“中国”，败也“中国”，它再次显示了中原文化在现代社会中的尴尬与错位：河南，“中”真的是你的宿命吗？

从1980年代起，河南开始涌现大批作家，如张一弓、乔典运、张宇、周同宾、周大新、田中禾、阎连科、刘震云、齐岸青、二月河、刘庆邦、行者、杨东明、墨白、孙方友等，一种散兵游勇式的“外省”出击与探索……

1990年代，“文学豫军”在中国文坛正式登场——它又被称为“中原突破”。

---

① 魏巍写《东方》，从1959年开始动笔，1975年秋完稿。

② 李凖的《黄河东流去》，上集完成于1979年，下集完成于1984年。

③ 这种“亮点”在河南还在扩大，新世纪以来，柳建伟的《英雄时代》、周大新的《湖光山色》、刘震云的《一句顶一万句》分获第六届（2005）、第七届（2008）、第八届（2011）茅盾文学奖。与当年姚雪垠等人的获奖相似，又是一种相当密集的“集体亮相”。迄今获得茅盾奖的作家共36人，豫籍作家6人，约占17%。较之南宋以来各方统计数据中河南文化人才的惨淡，这或可视为垂暮已久的中原文化在当下上升的迹象吧？

中篇

综　论

在文学豫军风格各异的叙述尽头，奠基着一个无声的文化失范结构，这是因历史骤然变向而导致的结构性断裂与陷落，一个历史的孔洞或象征的“伤口”。它很难具体描述，可大致以中心与边缘的翻转、原本一体的“中原”与“中国”的错位间离来表示。这种逻辑倒错，让世代累积的集体文化认同模式遭到了驱逐，人们陡然发现自我的重要部分消失了，相应的“我们”亦变得摇摆不定。上述孔洞或伤口的影子弥漫在豫军的小说里，仿佛整个河南还沉浸在对过去情况的检讨中。通常所谓的“现代转型”对河南而言并不确切，它的转型从南宋迁都就已开始，却一直没有到位。所有的话语、叙述，都要追溯到那个“孔洞”。也就在“检讨”与“孔洞”对视的一刻，回忆涌向外部……

第三章　话语与方法

第一节　何谓“话语”？

在切入本章正题之前，首先要澄清一下“话语”的概念。“话语”（discourse）一词，源自拉丁文discursus，而后者又从动词discurrere衍化而来，意思是“夸夸其谈”。一个话语指一种言说，或具有不确定长度的一次谈话，其展开不受过分严格的意图的阻碍。在现代西方文论中，“话语”的意思几经变迁。新批评时期，话语被用来限定语言运用的范围，实质上就是文类的差异，譬如“小说话语”“诗话语”等，其中暗含着等级上的优劣区别：语言在诗中的运用是高于小说或散文的。曾风靡一时的新批评，其着力点便是探讨语言在各个文类中的运作。语境论、结构—肌质论等，是这方面的成果。话语在此开始跟语源处具体的言说脱离开来，带上了抽象类别及言说规律的意味。

巴赫金将话语作为语言的交际单位，其话语理论的核心是“对话性”：即讲话者与听话者之间的话语交锋，以及双方思维的相互依存与影响。巴赫金认为，通常被当做语言体系单位的句子，只是语言学“科学”自律、隔绝的假设，没有现实的意义。只有把句子与具体实境相联系，探讨特定的说者与听者的意图、反应，即把句子转变为话语，方能改变研究的窘境。这含有明显的“超语言学”[①]意味的探索导致了话语理论的转型。巴氏将

---

① “超语言学”，亦是巴赫金对自己话语理论的命名。巴氏所论的语言或话语，不在语言学的传统框架里，而是处于美学、文艺学、哲学、社会学等与语言学相交的地方，系贯通各种学科的边缘上的语言。这种研究不仅标志着语言学的社会学转向，亦带动了社会科学的“语言学转向”。

话语从个人主观主义的语言观（以洪堡为代表）以及客观主义的语言哲学（以索绪尔为首）中解脱出来，重建语言与主体、语言与现实的关联。他旗帜鲜明地倡导语言的社会性（如视语言为“意识形态的充盈物”），让被结构主义压抑、鄙弃的“主体性”和“历史性”重新回到研究视野。话语的对话性思想成为巴赫金文学研究方法论的基本支点。他认为小说是由各种杂语构成的，作为“我们时代文学发展的戏剧中的主人公”，“小说不允许独白，它坚持在现成体系所认可的文本与它所拒绝的文本之间进行对话”。[①]（言下之意，小说具有跟意识形态对抗的力量。）“在话语和所讲对象之间，在话语和讲话个人之间，有一个常常难以穿越的稠密地带，那里是别人就同一对象而发的话语，是他人就同一题目而谈的话，活生生的话语要在修辞上获得个性化，最后定型，只能是在同上述这一特殊地带相互积极作用的过程中实现。”[②]

这已带有鲜明的文化社会学意味了。巴赫金勾勒的话语互动与我们前文所讲的区域文化与创作个体的关系很接近，虽然二者出自不同的研究视角与问题意识。我以为，区域文化便沉潜在那“难以穿越的稠密地带”，一个杂语错综的所在。就创作而言，**个体对地域文化的追溯以及二者的“交流”，即表现为话语的聆听与记忆，渗透与内化，选择与阐释。**

“话语”一词虽然自古有之，但真正让它在当代文论中扎根并大放异彩的当属福柯。本书讨论的“话语形构”便是借自福柯《知识考古学》中的字汇：“discourse formation”。福柯强调话语的“物质性”（materiality），在他看来，话语本身就是“物”（thing），它既非传统语言学所认为的透明的交际工具，亦非对指涉之物的再现。较之语言与言语，话语完全是另一层面的东西。按照福柯的描述，话语的基本单位是陈述（statement），在属于同一话语形构的范围内，我们可以把话语称为一组陈述的组合。这些陈述并不形成某种修辞的或形式的、可无限重复的单位……话语乃是“能

---

① 卡特琳娜·克拉克等：《米哈伊尔·巴赫金》，语冰译，中国人民大学出版社，2000年，第360、361页。

② [俄] 巴赫金：《小说理论》，白春仁等译，河北教育出版社，1998年，第55页。

够为这些陈述确定存在条件的整体”[①]。

究竟是物质性的非话语力量决定话语，还是话语的力量决定物质性的非话语力量（包括身体、个体等）？福柯的答案是后者。话语带有秩序的意味，虽然它并不关心具体的言语内容与个体意向，却是知识赖以建构和发展的框架，是我们行动、说话和理解事物的基础。话语就像一扇扇窗户，只要你愿意，就能通过这些窗户，“看见”事物，这些话语造就了我们对自我的认知以及判断价值、真假和正误的能力。易言之，我们一向笃信不疑的主体，在福柯而言却是一个构成性的概念，主体是根据话语“窗格”大幅度变异的位子或位置（而“作者”不过是某些情况下的可能位置之一），是由陈述本身所衍生的函数（function[②]）与变量。这种对自治主体（self-governing subject）的消解和抛弃，是福柯观念中最刺激、最引人入胜的地方，尽管由是而生的困惑不安与它的刺激，旗鼓相当。在福柯笔下，思想史或知识史的展开是匿名的、无身份的，他的《词与物》便向我们勾勒了这样一幅奇异的画卷。它让人想到萨缪尔·贝克特笔下那个被话语囚禁、附体的“无名者”：“我不能继续，必须继续下去，那么我就将继续，必须说一些词语，只要还有词语，就得把它们说出来，直到它们找到我为止，直到它们对我说出来为止。”[③]

须说明的是，福柯的话语并非一个超历史的先验或普泛构造，恰恰相反，话语通体都是历史，一个不折不扣的历史事件（event）。话语是无中心的散布结构，它时刻处在局部的流变之中而自行解构。新的形构规则会取代旧的形构规则，不存在普遍不变的结构。可见，历史性是福柯话语分析的核心与灵魂。如果说《知识考古学》还带有某种结构主义式的封

① [法] 米歇尔·福柯：《知识考古学》，谢强、马月译，生活·读书·新知三联书店，2003 年，第 129 页。

② function，大多译为功能、作用，但它亦指数学中的函数。在福柯的原文中，这两种意思兼而有之，可谓“一语双关”。

③ 萨缪尔·贝克特：《无法称呼的人》，收入《等待戈多》，余中先、郭昌京译，湖南文艺出版社，2006 年，第 232 页。

闭、纯粹的特征，那么后来，特别是当福柯借鉴了尼采的系谱学[①]观念后，他笔下话语已全然是个社会实践的概念了。权力分析是系谱学的重点。在福柯那里，权力从来不是一个实体的概念，而是一个关系性的概念，要通过具体的控制与反控制来实现。福柯认为，权力与知识是一而二、二而一的。“我们应该完全抛弃那种传统的想象，即只有在命令、要求和利益之外知识才能发展……权力和知识是直接相互连带的；不相应地建构一种知识领域就不可能有权力关系，不同时预设和建构权力关系就不会有任何知识。”[②]权力—知识关系就寄寓在话语中；话语既是权力斗争的工具，又是权力斗争的结果，一个多元综合的关于意识形态再生产方式的实践概念。“在话语中，我们能听到欲望、历史、政治无意识等诸多异质成分交织起来的混响。”[③]历史上，话语如何在社会变革及各种社会力量的角逐中配置起来，成了福柯研究中至为关键的问题。

话语分析的方法跟福柯的历史观紧密结合着。他反对将所有的材料与事件根据“历史进步说”或“历史目的论”的原则整合进井然统一的线性序列；福柯认为历史是多元的、微观立体的，充满了断裂、异质和非连续性（这亦是他话语分析中的常见字汇与思考路径）。福柯无意描绘一幅宏大、整饬的历史全息图像，或再现某一历史时段的“真相”与本质，他旨在发掘某一特定时期言说的界限与思想的“可能性条件”，这也是他将自己的研究称为“知识考古学”的原因。用一个形象的比喻：即探勘生

---

① 尼采的系谱学追溯的是一种观念或实践的血统或世系，福柯部分地借鉴了他的方法。福柯的系谱学着眼于对历史进行物质的、多重的因果阐释，这弥补了考古学那带有静态的、结构性、共时性分析模式的不足，让福柯能够解释话语形构（体系）间的关联、变化（一种因果、历时的研究模式），进而让考古学与描述实践活动的效果联系起来：话语的变迁并非封闭的，它与具体的行为、体制密切相关。禁律对话语的组织、选择与重新分配，便是一例（参见福柯：《话语的秩序》，收入《西方社会学经典读本》[上册]，谢立中编，北京大学出版社，2008 年，第 789 页）。将任何“被认为是人所具有的不朽的东西”置于发展的过程中，是谱系学与考古学的交汇点。

② [法] 米歇尔·福柯：《规训与惩罚：监狱的诞生》，刘北成、杨远婴译，生活·读书·新知三联书店，2003 年，第 29 页。

③ 严锋：《现代话语》，山东友谊出版社，1997 年，第 6 页。

发历史的地质构造或“沉积层”：“每一层次都有自己独特的断裂，每一层次都蕴含着自己特有的分割”，“过去一向作为研究对象的线性联系已被一种深层的脱离连续的手法所取代”。①

这也是本文与福柯理论“相遇”的地方。在福柯的历史化思考中，有一个基本模式：即专注于空间（作为时间的对立面）和话语（作为一个自洽的系统）。以多元的空间来代替进化论的时间，这跟我们所说的区域文化颇有相通之处。河南，便是中国现代化进程中的一个特殊场域；此前的“沉积层”本质上亦是一个空间概念（跟第二章提到的“异位空间”相类）。不要误以为我们可以像地质学家那样置身其中并“亲眼看到”思想的内在结构，事实上，我们所能接触到的只是一些表层现象（如话语），需要根据这些表层现象去推测潜藏于下的结构。从另一个角度讲，话语乃是一个空间或领域自我“表达”的手段。本文在考察文学“乡土”的地方认同以及1990年代河南文学与中原文化间的互动时，采用了类似的视角与方法。

第二节　福柯的“地缘政治”与文化

在福柯的话语理论中，有浓重的地缘政治意味，虽然他并未直接打出“地缘政治”的旗号，但从他的研究中，还是能够得到不少有用的洞见。除了《知识考古学》里的“沉积层”，《临床医学的诞生》一开篇便开宗明义：“这是一部关于空间、语言和死亡的著作。”② 在《词与物》中，福柯说这部作品诞生于他阅读博尔赫斯作品时发出的笑声。博尔赫斯引用了一段中国某部百科全书的内容：“动物可以划分为：①属皇帝所有，②有芬芳的香味，③驯顺的，④乳猪……”这令人惊奇的分类“动摇了我的思想

---

① [法] 米歇尔·福柯：《知识考古学》，谢强、马月译，生活·读书·新知三联书店，2003年，第1页。

② [法] 米歇尔·福柯：《临床医学的诞生》，刘北成译，译林出版社，2011年，第1页。

(我们的思想)所有熟悉的东西，这种思想具有我们的时代和我们的**地理特征**。”[①] 换言之，它是另一地理空间与文化的产物。它携带着自己的历史信码，拥有不同的时间刻度与频率。这不就是我们所讲的“区域文化”么？尽管“区域”的参照有所不同，但文化(包括相应的知识型与话语形构)与空间交融互涉，却是无可置疑的。

随后，福柯有一段关涉文化的极其细致的论述：

> 文化的基本代码(那些控制了其语言、知觉框架、交流、技艺、价值、实践等级的代码)，从一开始，就为每个人确定了经验秩序，这个经验秩序是他将要处理的，他在里面会重新找到迷失的路。而在思想的另一端，则存在着科学理论或哲学阐释……在这两个如此遥远的区域间，还存在一个区域，虽然它的作用主要是中介，但它仍然是一个基本的区域：它较为模糊、黯淡，并且可能不易分析。正是在这里，因不知不觉偏离了其基本代码为其规定的经验秩序，并开始与经验秩序相脱离，文化才使这些秩序丧失了它们的初始的透明性，文化才放弃了自己即时的但不可见的力量，充分放纵自己以确认：这些秩序也许不是唯一可能的或最好的秩序；于是这种文化发现自身面临着一个原始事实：在其自发的秩序下面，存在着其本身可以变得有序并且属于某种沉默的秩序的物，简言之，这个事实是说：存在着秩序。似乎为了在某种程度上把自身从其语言的、知觉的和实际的网络中解放出来，这种文化在它们上面叠加了另一层网络，后者中和了前者，并通过这种叠加，同时既揭露又排斥了后者。这样，凭借这一过程，这种文化就立即发现了秩序的原始状态。正是以这个秩序为名，语言、知觉和实践的代码才得到了批评，并且

① [法]米歇尔·福柯：《词与物——人文科学考古学》，莫伟民译，上海三联书店，2001年，第1页。

部分地失效了。[①]

我认为，福柯所说的中介程序乃是文化对世界的反应与解释。比之思想另一端的“科学理论或哲学阐释”，文化的解释显得含混模糊些。我们可以把这段话与本章开头引用的巴赫金的那段关于话语与对象间的“稠密地带”对照参看（巴赫金认为“中间地带”漂泊着他人的话语）。索绪尔在《普通语言学教程》中探讨了（语言）符号表达的原则：思想本身与声音一样是无形的，必须有某物介于二者之间：即表达的系统组合。“思想按本质来说是混沌的，它在分解时不得不明确起来……这里既没有思想的物质化，也没有声音的精神化，而是指的这一颇为神秘的事实，即‘思想—声音’就隐含着区分，语言是在这两个无定形的浑然之物间制定它的单位的。”[②]又是一个“中间领域”。作为后结构主义先驱与代表人物的福柯，他那带有秩序与规则意味的话语，恐怕是由此（那在声音与思想之间的表达体系）激励的吧？福柯以话语“不能回溯为语言和言语”来标识他对索绪尔及其结构主义语言学的叛逆与决裂，也恰恰反证了这种“激励”。质言之，话语不能脱离语言及言语。倘若没有具体的表达、陈述与意愿打底，那作为言说界限的话语又何以确立呢？

在上述引文中，如果把思想一端的“科学理论或哲学阐释”置换为现代化的思想理念，另一端——文化的基本代码保持不变，1990年代以来的河南作家的小说便居于这一中间领域，透过其纷繁的言说，可以看到古老的中原文化（类似福柯说的“原始代码”）的蠕动与变异。而福柯对中间程序运作的描述则可视为区域文化在现代化压力下那极富生命力的自我协调的生动模板，由此能体味到文学“乡土”地方认同中那基于内部的微妙选择（自发秩序的下面存在着一个可能更好的“沉默的秩序的物”）、“更新”与延续（对此，福柯用的是“中和”“叠加”“批评”与“部分失效”）。此间的“文化”处在一种话语和思想、概念和词语、陈述和主题

① [法]米歇尔·福柯：《词与物——人文科学考古学》，莫伟民译，上海三联书店，2001年，第8、9页。

② 索绪尔：《普通语言学教程》，高名凯译，商务印书馆，1980年，第158页。

难分难解的交织状态，我们所谈的“话语形构”即是试图发掘与呈现其中的力量对比、权衡与秩序。

这种“置换”式的解读或许有些牵强，但我本来就没打算照搬福柯的理论。对福柯这样逃避任何固定身份、不断涂抹自我形象的“戴面具的哲学家”，一定程度的误解、肢解，可能恰恰是对他致敬的方式。此前所述是将福柯、巴赫金等作为参照，引出、渗入本书的思路与话语概念。福柯那空间式的多元历史考察以及将话语作为社会实践的观点对本文的研究有所启发，但彼此的交汇也就到此为止。我无意像福柯那样删除主体，后者在其理论的大半生涯中一直坚持主体乃是一个屈从、被动的复合过程，这为他赢得了游刃有余的阐释空间（在“什么构成了主体、又如何构成”方面），但由此也付出了重大的代价：福柯无法顺畅、逻辑地论证与解答个体解放的问题；他被自己的提问方式困住了。我以为，福柯其实一直没有放弃对完整、独立主体的追求与希冀，否则他不会说主体对他而言是“无尽的苦恼与折磨”①，而他在晚期著作中突然提倡所谓“生存美学”、转向对自我个体培养的评价，亦雄辩地说明了这一点。

第三节　主体②与话语

福柯对主体的消解是针对传统哲学中主体的形而上学性：后者认为知识是客观中性的，主体是历史与知识的起点，它为知识制定规则，控制历史的走向，并承担、维系历史与知识发展的统一与“进步”。就此而言，福柯的论述有充分的合法性，但这大可不必定型为灵活接触内在本性时所能采取的唯一方式。倘若真如福柯所说，主体乃是由话语支配的，那么福柯的观点及著述又是出自哪一种话语形构？它是否意味着只有跟福柯居于同一话语岩层，方能理解和评判他？结果显然不是这样。而福柯对

① ［法］米歇尔·福柯：《惊奇与欺骗的“双重游戏”》，收入《权力的眼睛——福柯访谈录》，严锋译，上海人民出版社，1997年，第119页。

② 关于“主体”的解释，参见本书第一章第一节。

话语宰制的揭示也恰恰证明了主体的能动性：它有能力识别这一切，并选择自身的驻留形态。也就是说，主体包括意愿、动机、心理、精神等，不能被删除。在“说”中是有一个“我”的，尽管这个“我”不等同于赤裸肉身的我，它烙刻着诸多知识、限定。但离开了这个肉身的我，又该向何处寻觅和倾听存在的音讯呢？无论福柯多么不乐意，我们还是可以将他的话语、知识型置于无意识的深处。

本文即是在这个意义上使用“记忆”一词的，我在前文数次提到过它。记忆跟主体的意愿相连，它不仅是生存的状态，亦是自我关系或自我被自我影响的枢纽。正是记忆，让主体与历史、文化连成一体。与记忆相对的并非遗忘，而是对遗忘（存在）本身的遗忘。遗忘一面预示了回归之不可能，一面又赋予记忆重新开始的必要与动力。记忆如同持存的标记，它是绝对的，无可避免的，存在由此延展、显露出来。在记忆的作用下，个体奔向或将自身嵌入一定的话语结构中。

关于记忆，阿多诺有个类似的说法：“在主体履行对自然的记忆中潜藏着所有文化未被承认的真理。”[①] 与记忆的这种两面性（它是精神与世界的彼此限定与倚靠）或枢纽效果相应，**我将“话语”界定为主体与文化及社会制度的“谈话模式”（modes of talking），这是受文化牵制又仿佛一厢情愿的模式**。话语，通过记忆的具体运作体现出来。

其实，在福柯解构性的思维、言说中，主体的问题本质上是“人的存在”。有论者曾以尼采《瞧，这个人》一书的副标题，“人如何生成他之所是”（How one become what one is），来概括福柯的哲学追求与宗旨[②]，可谓一语中的。在福柯对话语的描述中亦能感受到浓重的存在主义哲学意味。福柯说话语的基本单位是陈述，话语是一组陈述的集合。但究竟什么是陈述（statement）呢？福柯对此的阐释相当迂回。他首先从陈述的外围讲起：陈述不是句子，如图表、账册是陈述而非句子；陈述不是语言行为，后者系陈述的具体化；陈述不是符号，也不是能够直接呈现在感官

---

① Theodor Adorno and Max Horkheimer, *Dialectic of Enlightenment*, London, 1979, p.40.

② 余虹：《艺术与归家：尼采、海德格尔、福柯》，中国人民大学出版社，2005 年，第 199 页。

之前的事物。显然，福柯是在尽量避免赋予陈述明确、固定的含义，通过不断的否定与纯粹的描述，进入一个由陈述构成的、离散飘忽的话语空间。他最终将陈述定义为："一种从属于符号的功能，从而在它的基础上，我们能够通过分析或者直觉，决定陈述是否'产生意义'或者不产生意义，它们根据什么规律相互连续或者相互并列；它们是何物的符号？以及它们的表达（口头的或者书写的）实现的是什么类型。"[①] 福柯列举了陈述的几种属性：1. 陈述与其表述的对象间不是如能指与所指那样的对应关系，它跟一种指涉属性（referential）相联系。2. 陈述的主体不是通常意义上的作者、起源或意图，而是"一个确定而空白的位置，它实际上可以由不同的个体填充"[②]，而这个位置又不断变迁。3. 陈述永远属于一个系列或整体，永远在其他陈述中扮演一个角色，得到其他陈述的支助且又与它们有别……[③]

在我看来，这神秘的"陈述"接近于海德格尔的"世界"，即"关系的关联"的表达——包括前引的文化的基本代码亦可作如是理解——它们"前本体"地先于符号知识、生活形式和科学反映。无论是陈述，还是文化的基本代码，都需要一个主体，需要它的注视（regard）、专注与精神去激活与领受。只有经过这一步骤，陈述与文化的基本代码才能深刻地昭示自身：似乎它们早已在那里，默默等待着自己被言说的时刻。换言之，二者都是心灵执著的产物。虽然，这执著远观时常常显得可笑而弱智，但倘没有对执著（主体精神）的勾勒，陈述（包括由陈述组成的话语）、文化及历史也就无从谈起了。福柯说："如果能够在一定数目的陈述之间，描述这样的散布系统，如果我们能够在对象、各类陈述行为、这些概念和主题选择之间确定某种规律性的话（次序、对应关系、位置和功

---

① ［法］米歇尔·福柯：《知识考古学》，谢强、马月译，生活·读书·新知三联书店，2003年，第94页。

② 同上书，第103页。

③ 这里参考了《知识考古学》的台湾译本，参见米歇·傅柯：《知识的考掘》，王德威译，麦田出版有限公司，1994年，第205页。

能、转换)，按习惯我们会说我们已经涉及了话语的形成。”[①] 这表明，话语的识别、发掘与呈现亦离不开主体的凝视。

我在后文将 1990 年代以来的河南文学（主要是小说）分为四种话语形态（苦难、官场、底层、历史），即四种相关陈述的集合，便循了这一思路。四种话语的提炼可能不尽严谨，它们之间存在微小的交叉、错叠，但就豫籍作家的书写范围（包括主题与题材［即福柯所讲的“对象”］、构思与风格［接近福柯所说的“陈述行为”］等）而言，上述四种话语大体可以笼络住河南小说的分布与方向。学界在提及“中原突破”时，有两个名词无法回避，即“权力情结”与“村庄情结”，这已成为对河南文学总体印象及评判的一种“共识”。但权力情结、村庄情结究竟是如何生成与贯彻的，却语焉不详。笔者将在四种话语的分析中呈现这一点。我们会发现，四种话语乃是“地方”（文化）意志的构图与标记（详见第四章）。不仅如此，选择这四种话语来描述“中原突破”，能比较好地把“中原突破”纳入到中国文学“乡土”的现代发展流脉中考察。苦难、官场等四种话语跟乡土文学史上曾经的主导话语（如启蒙话语、牧歌话语等）之间，存在有趣的“对话”与“转型”（参见第五章）。发掘和呈现这种“转型”，亦是本书的要旨。

回到福柯对陈述的描述。它让人想起海德格尔的观点：存在的敞现须经此在（人）的倾听与领悟。福柯深受海德格尔的影响，这位城府极深的哲学家在临终前承认了这一点：“我在读海德格尔时的笔记，那简直是一堆山！”[②] 较之海德格尔，福柯的作品要刺激、结实得多，他把海德格尔那浸透着基督教祈祷意味的、此在对存在的倾听，变成了一种自杀式的删减定位：不断撤去自身立足的地平线，把自己从话语—权力的岩层中抽出，再不断地将自己创造出来。用福柯的独特表达，即是“把自己从自己

① ［法］米歇尔·福柯：《知识考古学》，谢强、马月译，生活·读书·新知三联书店，2003 年，第 41 页。

② 詹姆斯·米勒：《福柯的生死爱欲》，高毅译，上海人民出版社，2003 年，第 60 页。

身上分离出来”，他称此为“知识分子的伦理”[①]。福柯之所以将自己的著作称作“虚构”以及沉迷于极限的（性）体验，原因就在于此。只有在那“自由”的虚构和极端体验中，才有可能反叛、避免权力—话语的干扰，近似地成为“我”之独特所是，抵达对存在的“本真”领悟。但这远非自由、惬意的过程，其结果只是将自己一而再、再而三地织进权力的网络中。焉知那极限体验和变脸虚构的快感不是一种话语的预设？

我总忍不住把福柯的著作看成文学作品，他的一生也极其“文学化”：不断争取成为另一个人从而不真正承担任何一个人的身份（负担）。某种程度上，福柯的困境与1990年代以来文学“乡土”创作的尴尬是一类性质的危机：二者均被创新或所谓“不落窠臼”感鞭挞、驱策，这都是由于知识或思考丧失了外在参照，只能自我参照（self-reference）形成的。福柯虽然一直宣称不存在实际的主体，但他心中对主体（或言独特的我）偏偏最为在意。这让他看似学理化的杳深叙述带上了浓厚的抒情意味，早有人指出，福柯的著作犹如发人深省、光彩夺目的散文诗，但同时理论基础薄弱、充斥着事实性与阐述性的错误。我相信这种叙述对福柯有着难以自拔的诱惑，他不断寻找、描摹、涂改着自己，被自己的“丰富”魔力惊愕了，仿佛希腊神话中的自恋少年纳西塞斯（Narcissus），福柯的同性恋事实更加深了这种联想。从文学的角度讲，福柯是较为“深刻”的，因为他尽力避免“风格化”，后者正是90年代河南文学的通弊（嗣后再述）。要理解福柯，须明了他的心病。即便是海德格尔，他也无法绕过此在（人）来敞现存在。至此，我在本文将话语与主体并置的理由，已表述完毕。

笔者试图将历史社会学、符号学的方法与个体心理学结合起来，至于如何避免主体的形而上学化，这恐怕要多一点平等心、平常心。福柯最大的问题就在于把自己跟他人对立起来，从那泛化、微观的权力命名中，能体会到他内心的紧张与焦虑。福柯的去主体化思路类似佛家所讲的“无我

---

① ［法］米歇尔·福柯：《对真理的关怀》，收入《权力的眼睛——福柯访谈录》，严锋译，上海人民出版社，1997年，第145页。

相、无人相”，可惜他的“空观”结果非但没有生发出人我同体的慈悲与平等，反而强化了（孤异的）自我，这不能不说是某种遗憾。当发现自身的言行举止乃是被诸多话语—知识限制时，为什么一定要将此定名为权力，感受为负面的压抑，而不把它理解为（与他人）历史、宿命的认同联结？这种感知方式未免太僵化、太“意识形态”了吧？难道那不也是一种“大我”的依偎么？为何不能统统放下，一视同仁地去“看”和理解他人？

佛家将人、我、物、世界（自然包括文化）视为同一理体，四者因真心起妄，误生分别，才彼此区隔。这在逻辑上讲得最为通透。虽然该境界很难达到，却不妨视为言说、论证的努力方向。在言说主体时，要有一种“在其中”的整体感，前文里笔者将河南作家的创作精神与黄河比照映射，便是想打破这种间隔（在人与文化、世界之间）。主体既是名相（符号），又具有肉体性，这需要一种两端兼顾的论述。在此，倒是可以借鉴下《金刚经》中的叙述。《金刚经》中有个经典句式：“……即非……是名……”，比如：“佛说般若波罗蜜，即非般若波罗蜜，是名般若波罗蜜”，“众生众生者，如来说非众生，是名众生。”初读这些句子，有迷惑茫然感，今日看去，这实在是去执著与形而上学的智慧表述。它明明把方法讲出来了，却又不将其固化，“本来无一物”式的干净、清爽与充实。

鉴于此，本文在引论及前五章着力从文化、历史及话语的视角来阐述河南文学，作家论部分则侧重于当下，从主体精神及城市化（现代化的重要指标及内容）方面来论述，二者结合、比对，希望能达到“即非……是名”的效果。《华严经·普贤行愿品》中有句话说得极妙：“犹如莲花不著水，亦如日月不住空”，这也是本文在论述上力求抵达的境地。

第四章 “中原突破”的精神内涵

第一节 “弃儿”“寻根”与文化创伤

“弃儿”“寻根”在第二章已然出现，此处重提不仅是为了强调或梳理、呈现二者间的关系，更重要的是要将其置于另一问题中——即1990年代河南小说的四种话语分布(一种当下的共时现象）是依循了什么力量、规则而生成的呢？——探讨“弃儿”与“寻根”在此的角色与功用。如果考虑到1990年代以来文学“乡土”地方认同的内核，那么这一问题可转述为地方文化在现代语境下的应变性考察：什么被抑制或停滞了，哪些部分又通过话语集束的方式被彰显、放大或变形。简言之，我们要探究的是地方文化的现代演变机制，它通过文学“乡土”的话语选择与变迁体现出来。诚如我在之前界定的，话语乃是主体与文化、制度的“谈话模式”。

在“弃儿”与“寻根”之间，我们很容易能建立起一种述动关联。如果把苦难、官场、底层、历史四种话语视为“弃儿寻根”的结果，也未尝不可，但如此论证总觉得尚未尽意。无论“弃儿”还是“寻根”，都沾染了过多意向性与推论、演绎的色彩，它们并不究竟。我们需要寻到某种更中性、直接或客观的东西，在表述上它可能是个语义负担较轻、相对“赤裸”的词。这并非意在深刻，只是藉此尽量减少主观的偏误而已。

我想逆着“弃儿寻根”的意识回溯，看能否找到一种原初的“我思”。与人们通常认为的相反，豫籍作家远非被紊乱纷杂的精神生活之流裹挟，他们似乎具有一种基本的品质，能够时时刻刻把握住他们的任务。虽然作家们总是单独行动并总想与众不同，但结果却像是基本品质千方百计地自我达成与实践。原初的“我思”跟胡塞尔的“纯粹意识”有相似之处，但笔者不想沾染他的先验色彩。在我看来，按照现象学的还原方法，将一切经验性的内容排除，并不会蒸馏出什么“纯粹意识”，只会显露片断的符号与代码——如同福柯的“陈述”概念——把它们连成序列，并内化为生命的秩序，全然是意识执著、欲望叠积的效应。此种执著是“我思”的根本，亦是笔者力图发露的核心。在此，我们仿佛看到一个“自我”陡然从虚空中冒出来。那是人与存在最初接触的刹那，经由一种直接的统觉把握住自身。这种情形跟海伦·凯勒突然领会“water”的道理相通：“在灵光一闪的当儿，我领悟了 w–a–t–e–r 的手势，指的正是那种奇妙的、清凉的、从我手上流过的东西。”① 这个字活了，而海伦也就此走出了黑暗哑默的世界，真正成为人类共同体中的一员。她的“我”确立了。

在“弃儿寻根”的“开端”，奠基着一个无声的文化失范结构，它从南宋开始酝酿，一个历史的孔洞、空白或窟窿。如果把中原文化视为一个发展、变动的有机整体，便不难发觉这一孔洞的存在。孔洞是因历史骤然变向（由盛转衰）而导致的断裂与陷落，一种符号化的象征造型。它很难具体描述，可大致以中心与边缘的翻转、原本一体的“中原”与“中国”的错位间离，来表示。这种逻辑倒错，让世代累积的（集体）文化认同模式遭到驱逐，人们陡然发现自我的重要部分消失了，相应的“我们”变得摇摆不定，个体与本来笃定的认同归属“中国”的关系松动了。前文述及的《温故一九四二》是很明显的例子：每一个代词“我们”（流民集体）出没之处，都是自我与“中国”、历史的决裂点②。

由孔洞导致了“**原始的匮乏感**”；弃儿的身份认定，寻根的冲动均是后来附加的，多拜匮乏所赐，一种“透视性形变”。较之本来中性或“死的”文化失范构造，它们已带上了“生命”的体征：即人类独有的价值与情绪色调（屈辱、自卑等），就像海伦·凯勒对“water”欣喜若狂的领会、内化一般。

在“中原突破”的小说里，处处能感受到孔洞的影子与压迫，仿佛整个河南还沉浸在对过去情况的“检讨”中，没完没了。通常所说的“现代

---

① Helen Keller, *My Teacher*, http://ishare.iask.sina.com.cn/f/20800665.html.

② 相关引文及论述参见第二章第六节。

转型”对河南而言并不确切，它的转型从南宋就已开始，却一直没有到位。苦难话语、官场话语、历史话语、底层话语，都要追溯到那个“孔洞”。也就在“检讨”与“孔洞”对视的一刻，回忆涌向外部……

客观地讲，这种“检讨”式的记忆或“寻根”具有一定的治疗效果，可看作中原文化的自我调节：它试图填补那个孔洞，解释那段空白。然而，“检讨”也造成了相当程度的自我遮蔽。以苦难、官场、历史、底层叙述为标志的文学寻根行动，无疑与“孔洞”有关，可以说它们就是应了“孔洞”的匮乏而启动的：有的起覆盖、淡化、转移“孔洞”的作用（如历史），有的由“孔洞”激发、转喻而来（官场、权力），有的则硬结成块，变为“情结”（苦难、底层），不仅挥之不去，反而会扭曲、变形其他经验，造成偏离、越界、失序的陌生效果，并障碍整个意识活动的成熟与协调（如墨白、阎连科的小说）。然而，“孔洞”本身（包括边界、结构）却始终躲避着记忆的搜索，拒绝进入“检讨”的视域。它原封不动地潜伏在那里，运筹帷幄着所有话语、情感的生产，最终又将释放的情绪统统回收。一个抒情的黑洞，主体记忆的盲点。“文学豫军”创作的最大不足就在这里。总体而言，其作品缺少自我反思的自觉，而这几乎是“天生”的。用现象学的语式来表述：它们将意识意向着的界限“自明”为反思的本源。

在这个意义上，河南文学属于典型的文化创伤书写。从失范的结构到创伤的形成，是一个潜移默化的集体意识赋值（心理内化）过程。正所谓苦乐由心，炎凉自我；自心作业，自身受报。弗洛伊德把创伤神经症（traumatic neuroses）的病源归因于“创伤发生之时的执著”，即病人“执著”（fixed）于过去的某个时间点而无法摆脱，以至于与现在和将来发生了脱节。“一种经验如果在很短暂的时期内，使心灵受一种最高度的刺激，以致不能用正常的方法谋求适应，从而使心灵的有效能力的分配受到永久的扰乱。我们便称这种经验为创伤的”[①]。创伤的典型症候是创伤者强迫性地重现或想象过去的创伤情景；创口一面需要抚慰与道白，一面又顽

① ［奥］弗洛伊德：《精神分析引论》，高觉敷译，商务印书馆，1986年，第216页。

强地拒绝触碰。

较之弗氏的创伤理论，多米尼克·开普拉的观点更进一层。他指出：“创伤是一种经验的断裂或停顿，这种断裂或停顿使经验破碎，具有滞后效应。”“从普遍意义上说，书写创伤是一种能指活动。它意味着要复活创伤‘经验’，探寻创伤机制，而且在某种程度上说，要分析并‘喊出’过去，研制出与创伤‘经验’有限事件及其在不同组合中，以不同方式显示的象征性效应相一致的过程。”①

这种“象征性”的“一致”构造，为主体的想象预留了空间，并规划了想象的边界与结构性框架。“中原突破”的小说中带有悖论意味的“纪恶”性（如关于苦难、权力的高密度书写），原因就在于此。它既是主体与文化创伤厮守、纠缠的表现，又是“创口”（局限）自我掩饰的战栗与痉挛。对于豫籍作家而言，创伤并非透明的所在，它存有“说不出”的部分，而主体的尽力“道白”，往往一开口便落入叙事性记忆的模式与规则，或者已然是文化逻辑与诠释的一部分了。

这种文化创伤性的书写，不独河南文学或“中原突破”所有，整个的中国现代乡土文学亦是如此。我在引论中曾指出：“清末以来，中西对抗过程中‘中国’一系列的挫败、屈辱以及暴露出的黑暗与负面性成为文学‘乡土’最初的核心构造。”换种说法，之所以会诞生文学“乡土”，乃是中国在世界格局中的地位旁落所致：从“天下”之“中”到边缘的“第三世界”。这与河南文学何其相似！由是，“中原突破”里显露的创伤性反应、构造与“活力”，亦可作为全球化、现代化语境中，中国文学“乡土”在当下与未来发展的参照与缩影。

张志扬曾把对“创伤记忆”的承担与领受，视为中国现代哲学的门槛②。在我看，这恐怕亦是现代中国或中国现代的门槛：它并非一次就能

① Dominick La Capra, *Writing History*, *Writing Trauma*, The Johns Hopkins University Press, 2001, p.186.

② 参见张志扬:《创伤记忆:中国现代哲学的门槛》,上海三联书店,1999 年。该书从“记忆”的认同和“想象”的置换等角度分析了以“国家”观念为体和以“个人”生存为体的两种创伤记忆类型，并以巴金与曾卓为例，进行了详尽的个案分析。

被跨越，而是始终内蕴于“现代”的进程。在对“现代”的模棱未知、犹疑恐惧以至排斥抵制中，“我们”不约而同地在“伤口”下集结，把自我的统一、团结植根于内敛、“狭隘”又深不可测的虚空；经由笃定、任情的现代虚构与批判，我们貌似释放了诸多现实“重负”，其实不过是响应了“伤口”的召唤，上演了一幕幕生动的“匮乏”复制，一次次地把自我写入那仿佛原始的“匮乏”之中。这就是我们的故乡，我们所有的资源。用张志扬的话说，“创伤记忆，历来就是自我重复的固置形式”。以为“靠新生活的自然换代而无须经过他人与自我的深刻反省便可毫无因袭地完成自己堪与时符的现代人转型”[①]，实乃天真的童话。张志扬还断言，创伤情结化过强的民族或个人，其开拓性的原创意识定然过弱。听来颇有见地，在河南文学中的确存在上述现象。但我以为，把它当作一种容易犯错的反面经验模式可能更适宜些，毕竟人是活的，变化的。

“弃儿寻根”，是对“中原突破”精神的一个总体描述，它源于创作主体面对创伤时的匮乏反应。匮乏在身份与动作两个方面分别落实为“弃儿”与“寻根”，这几乎是不假思索的认定。而这两个词实际是一个概念，它们彼此澄清、确立。有弃儿，必有寻根；正是因为“寻根”，才让“弃儿”的身份固定下来。一个朦胧而坚执的自我认同。至于苦难、官场、历史、底层等话语的计度、生成，那是次一步的事情了。我们可以把“弃儿寻根”看作一种主动的、类似基调的东西，它萦回在四种不同的话语形构中。然而最基础的，还是要归宿于那由历史断裂、文化失范而致的“伤口”。

必须声明，中原文化创伤并非抽象、绝对的开端，相反，它通体都是历史的。英国的弗格森写过一部很畅销的学术著作：《虚拟的历史》，内中所叙全系建立在“颠倒重来”的假设与推论上：假如没有发生美国独立战争会怎样？假如社会主义阵营没有瓦解会怎样？……[②]文化创伤的存

---

① 张志扬：《创伤记忆：中国现代哲学的门槛》，上海三联书店，1999年，第5页。

② 参见［英］尼尔·弗格森：《虚拟的历史》，颜筝译，中信出版社，2012年。

在，是对这种颇具才情的书写逻辑的一个极煞风景的否决。或许敏感如弗格森者，能从中原创伤中捕捉到某些类似的微弱叹息：假若中国没有迁都，假若没有战争，假如黄河不会泛滥，那该……这种事后吉光片羽的叙述固然动人，然而现实的情况却是，无论个人、集体，抑或民族，都无法享有历史的多样性。文化“伤口”本身，系生存有限性或历史不容回旋的极端证明，它是一个族群或集体对某种逻辑与情境（如“中心”“正统”、权力、苦难等）的滞留与纪念。

从常识的角度，一种极端效应能在当下发挥作用，有赖于存在相似条件的激发与催化。我们已知，豫籍作家大多出身农村，是“农裔知识分子”。如何实现由传统向现代的转变，完成农业社会向工业社会的转移，是困扰中国已久的难题。曾经担任中国革命的主力军、为革命作出重大贡献的农民，在这一过程中身价陡跌，莫名其妙地成了“落后”与“扫尾”的部分。他们发现，取代传统士农工商社会阶层排列的，是城乡之间的鲜明差距，是以损害和牺牲农民利益为代价促进工业发展的倾斜政策。农民被忘记了！不知怎的，就心甘情愿走进了一个时代的“骗局”，犹如荒诞派的喜剧。这种个体境遇便是复活中原创伤的触媒，二者都建基在“中国”边缘的构造上，且都有辉煌的“中心”记忆。当个体通过文学来申述自生自灭的压抑和委屈，回溯到存有对应结构的中原创伤中并把它扬厉地“创造”出来，是极为自然的举动。一言以蔽之，他把文化创伤作为了确定自我主体身份（个体认同）的基础与中心任务。

回溯创伤的过程并不轻松。在具体性与普遍性、身体与符号媒介的结合点上运动，不是任何人都能驾驭的，更别说幸福自在的感觉了。就豫籍作家而言，回溯创伤的诱惑在于：他的身份痛楚与迷惘在那里有寄托了，用集体的不幸来宽慰个体的不幸，一个有力、扎实的解释“藉口”；他还找到了“我们”，哪怕是临时的或叙事策略的结盟（如刘震云笔下的流民群体），也是好的。不仅如此，经由俯瞰的、全知全能的叙述操作，个体有意无意将自己置于了一个“中心”的位置，他俨然是这一“世界”的主宰或上帝。

经由以上论述我已说明，为什么会把中原创伤视为整个河南现代文学的“开端”。“伤口”中烙刻的思维、逻辑与紊乱没有过时，河南现代文学（包括“中原突破”）是一个由潜伏的“伤口”敞开、设定并给予意义的统一序列。这或许就是中原的集体“宿命”?

必须注意文化创伤与当下情境、尤其是现代化之间的关系。这将是我在话语形构分析中的一个重点。在主体与地方文化的交谈、取舍（即话语）中，隐含着通常不自明的现代立场与态度。“现代”虽然不能任意涂抹和改写创伤，却在一定程度上激发与形塑了创伤具体化的方向（包括事项的选择、美学追求、风格化等）。事实上，倘若承认农民的边缘化处境乃是复活文化创伤的条件与构造，便已经把创伤跟现代化的重要内容，城市化，联系在一起了。就豫籍作家而言，他在主动回溯和体验文化创伤的过程中，亦将自身经历的农民身份的困惑与创痛叠印了上去……[①]

可补充的是，很多时候，某种形式或情感的重复与回归，与其说是因为后来的作者有意识地模仿和呈现过去，不如说是发源于符号本身所凝聚的引发记忆的能量。明了此点甚为关键，它能够解释创伤的代际传承与共享的疑问：即为什么后来的那些非创伤亲历者，依旧会被创伤影响与俘获？有论者曾就中国文学的创伤记忆与叙事修复，提出三种模式：加魅式记忆、加魅式失忆和杂耍式记忆，涉及修辞的谎言，蓄意制造记忆空白、剪辑的效果等。[②] 分析很细致，作者的感觉相当敏锐，但结果似乎太明确、简洁了些。须知，无论谎言、抑或空白，都是一种综合的效果，非作者能“独立”操纵得了的。

---

① 后文在涉及“创伤”或“伤口”时，若不特别说明，均指这种叠印效果的“创伤”。

② 朱大可：《国家修辞和文学记忆——中国文学的创伤记忆及其修复机制》，载《文艺理论研究》，2007 年第 1 期。

第二节 “伤口”凝视下的“中原突破”

某种程度上，我们可以把中原创伤视为一种集体无意识的“语法”。在“文学豫军”的时空想象、抒情感知与作品的深度模式中，能感受到它的存在与毛细血管般的渗透与扩张。以周大新的“南阳盆地”小说为例。作者的雄心在于“把南阳盆地人的真实而不是虚假的生存境况写出来，并不顾忌它是多么奇特多么单调多么落后多么不可理喻。”[①]但他的小说却是明白的“理喻”化过程，虽然远未给出明确的答案。在释解自己的创作时，周大新有句口头禅：“南阳盆地是个圆的”。可惜，此“圆”并非圆转圆融，了无障碍，如清人褚人获所释：“惟圆其机尝活变化出焉。”——这恰恰是其缺失、匮乏的，所谓“圆”，实际是人与人彼此折磨的痛苦怪圈与恶性循环。它是宿命的，不可解的。

譬如小说《老辙》，题目上便有“重蹈覆辙”的意味。主人公费丙成的母亲被地主柳老七凌辱后生下了他，费自小被人称作“野种”，这种身份不明的奇耻大辱却不能以直截了当的复仇方式来了结。当费知悉原委时，柳老七已死。费丙成失去对象的复仇，导向了曾经鄙视他的世人与整个世界。当他成为村中首富时，居然用和当年柳老七同样的方法去强迫和欺负为经济所困、曾经拒绝他爱意的姚胜芳。一轮复仇的循环开始了，结果尚属“喜剧”。当被迫就要献出贞操的姚胜芳提出不想怀一个“野种”时，这个词狠狠打击了费丙成。他重重摔在地上，大病一场后，变得神志不清。复仇的循环被一个纯偶然的非典型举动中止，除了表明循环的强大和作者既悲观又强烈的善良意志外，很难再有别的解释。从另一面看，复仇循环的暂时中止，又开启了另一个循环：即“野种”的身份循环。费丙成永远无法验明正身，从他出生那一刻，他就被打上了“野种”的烙印，注定走不出“野种”的“老辙”：发家后费被人称为“东家”，可惜没蹦跶几天，又跌了回去。这后一种循环我以为是作者更倾心描述的——周大新对故事的偏好和均衡用力的笔法，多少掩盖了这一点——

---

① 周大新：《笔墨之交：周大新致陈俊涛》，载《昆仑》，1988 年第 5 期。

它没有太多的历史普泛性与说服力，但让人动容的就是它。

某种程度上，费丙成的故事就像是河南作家整体处境的一个身份寓言，一个被父亲/中国遗忘的弃儿，在现实中找不到复仇/发泄的对象。他们的对象是过去在当下的投影，与生俱来，走到哪里都感觉得到，却又踩不到它。写作的困境、魅力及动力均于此展开。类似费丙成的人物还有《走出盆地》的邹艾、《香油塘畔的香油坊》里的郜二嫂等。

周大新就这样设置着人物的圆形命运，而他自己也被套了进去。“有时，一篇小说开笔前，他警告自己别写成悲剧，可到结束时一看，却仍是悲剧。”[①] 有人说周大新的盆地小说“未能用发展变化的历史眼光考察和审视人生，从历史运行的动势和递嬗演化的过程中，昭示宇宙间的真理”[②]。这恰从反面揭示了“盆地”的特质：它不再等价于那个偏安于中原大地西南角的沉陷腹地了，而成为“中原伤口”借寓。“盆地”对主体的吸附以及凌驾于理性解释之上，证明了这点。一个封闭循环、仿佛凝滞的时空体。人物乃是这时空逻辑的鲜活注释，就像有人指出的：“周大新有意无意地越过现实生活层面和作品的社会学分析，着力去探讨复仇、嫉妒、征服等古老的心理因素在时代变革中的新的表现形式。”[③] 透过人物命定的身份，以及“从哪里来，仍要回到哪里去”的命运走向，可以感觉到一个名为“盆地”、具有吞噬力的深不可测的“黑洞”或匮乏所在。唯其吞噬，方显匮乏；愈是匮乏，愈要权力与生命的殉葬。连作者也不自觉地投其所好，用悲剧来响应和“供奉”它。

所有的叙述都是关于“黑洞”的，却并非“黑洞”本体。主体从不指望穿透它，只倾向于单纯的贴近、毗邻。话语、叙述所起的功能就像是索引或一个转喻的指示牌，它要求我们看某个特定的方向，但并不告诉我们在这个方向上最终能看到什么（整体）。叙述满足于单纯的索引性，强烈

---

① 王理性：《走出盆地——记作家周大新》，载《出版广角》，1998 年第 6 期。

② 廖开顺、高佳俊：《周大新能走出“盆地”吗？——评周大新的南阳盆地系列小说》，载《南都学坛》，1992 年第 3 期。

③ 张志忠：《逃离土地的一代人——周大新小说创作漫评》，载《文学评论》，1989 年第 5 期。

敦请自我与他者间接地通过它将个体情感与联想投射到过去的某个部分上，却并不希望有人把它们（叙述）区分为直趋“黑洞”实质（假定存在这样的实质）与不作此想的。——这“黑洞”式的“盆地”不是“伤口”，又是什么呢？

除了周大新的“南阳盆地”，评论界在提及河南作家时公认的“村庄情结”与“权力情结”，亦当作如是观。权力、村庄的聚焦中有指涉历史的意味，它们让人想到曾经的帝都、悠久的农耕史；村庄与权力，就像历史残骸或遗迹中的界碑，深深地插入当下的叙事诉求中。虽然主体并未打算客观地表现以往的历史事件，这只是个不经意的构思动作，却让自己连同作品打上了标志历史滞留的“过去”戳印。至于对村庄、权力不厌其烦的抒写“情结”，则是明显的创伤反应了。

新时期以来，中国的乡土文学开始盛行“审丑”，如暴力美学、对人性恶的敏感与开掘，性欲的粗鄙化描写，等等，它体现了社会道德的混乱与个体意识的崛起。河南作家在这方面的表现绝不逊色，看下《梦游症患者》（墨白）中的酷刑，《城的灯》（李佩甫）末尾的奸杀，就会明白。连素来平和的刘庆邦在处理暴力与复仇题材时，亦毫不示弱。《五月榴花》中丈夫杀害失贞的妻子，行为残酷得让人发指：“用脚踏住她的一条胳膊，双手抓住另一条腿，像掀铡刀似的那么一掀，就把涂云从阴部那儿撕开了，撕成了两半。”集体出色的“审丑”展现除了适应时代潮流的意味外，跟“伤口”的牵动不无干系。仇杀、暴力这类过激的反应模式与举措，与中原历史上因长期被漠视、由盛转衰而形成的“伤口”之间，存在某种亲和力。正是这种亲和力导致了河南作家对“审丑”的自然接受，就像他们对权力、村庄集体执拗地“凝视”一样。**通过对“审丑”热切、激情的感受与抒写，主体不自觉地移向了“伤口”的核心地带，以致那些暴力、仇杀就如同隔着千年的“伤口”直接发出的抽搐、尖叫与嘶鸣。**

豫籍作家的创作有个共通的特点，即沉溺性。他们的兴奋点相对集中单一，一旦展开，便步步紧逼，以强劲的笔力开掘探索，很少有旁逸斜出的举动。至于像《红楼梦》里描述薛蟠那类的幽默闲笔[1]，就不要指望了。刘震云仿佛是懂幽默的，《一句顶一万句》中充满了心酸、拧巴的笑料，但幽默与笑声是紧跟主题的：人与人之间永远找不到一句对心话，说了半天还是误会隔膜，一句话成了三句话，一颗心变成了几颗心。这么个单纯意思，被刘震云铺排、演绎得煞是多姿。各色人物，各种话题，连同幽默，都动用了。从功能上看，它们就像主题的“论据”，一种论证式的叙述与思维。正面的，反面的，不同角度、层次的，其精致、细密堪比黛玉那段关于知己的玲珑心思[2]。虽然叹为观止，但未免太满了，让人透不过气。刘震云向以智慧、怪异和硬气的书写闻名，但一味在硬怪上周致、用力，便有些“女气”了。这也应了物极必反的道理。刘的幽默也属于主题的“论据”之一，精巧、准确得像一盘机器上楔入的钉子，该笑不笑，才叫怪呢。无论黛玉还是刘震云，都太在意他们的“世界”。读刘震云的作品，你必须学会耐着性子承受单调与压抑，如果要欣赏他的繁复与巧妙的话。这也成就了河南文学特有的“深度”模式。但何妨在这“世界”开个窗呢？前文说的“闲笔”与幽默便属于“开窗”思维：暂时从笔下的世界竦身跃出，自嘲一下或扮个鬼脸。这并非为了显摆潇洒或情趣——真正的幽默需要极高的勇气和智慧——而是对自我与读者的提醒与警示：“我”所书写的是个有限的东西，不管牵扯到的记忆与经验再痛，也就那么回事。

然而，这对河南作家却是可望不可即的，他们倾其心力构筑的“世

① 《红楼梦》二十五回中，凤姐拿宝黛的婚事取笑黛玉，片刻后，宝玉中邪，众人前来观望。曹雪芹突然笔锋一带：“别人慌张自不必讲，独有薛蟠更比诸人忙到十分去：又恐薛姨妈被人挤倒，又恐薛宝钗被人瞧见，又恐香菱被人臊皮——知道贾珍等是在女人身上做功夫的，因此忙的不堪。忽一眼瞥见了林黛玉风流婉转，已酥倒在那里。”对此，脂砚斋评道：“忙中写闲，真大手眼，大章法。”参见《脂砚斋重评石头记》(上)，天津古籍出版社，2006年，第209页。

② 参见《红楼梦》第三十二回。“所喜者，果然自己眼力不错，素日认他是个知己，果然是个知己。所惊者，他在人前一片私心称扬于我，其亲热厚密，竟不避嫌疑。所叹者……所悲者……况近日……你我虽为知己，但恐自不能久待；你纵为我知己，奈我薄命何！”

界”就是其“全部”。它是“圆”的，没有“此外”或“他方”。你可以感觉到主体那凝视的目光：专注、恳切，渐而眩惑、骇异，它源于观念的固执以及对与观念相应的不寻常之物的信念。在墨白的《讨债者》《幽玄之门》中，这种目光无所不在。他的“颍河镇”就是一个由“看”或“审视”创生与勘钻出的世界。那刺入骨髓的、一味的阴冷之地，是奇迹，亦是诱惑。看久了还会出现“叠影”和“眼翳”，这或许可用来指代、比喻作品中的文学性，包括那出其不意、无可名状的变形、扭曲与陌生化效应（绝无贬义，对喜欢和擅长借鉴西方现代派手法的墨白来说，其作品的怪僻和难以索解处着实不少）。主体似乎也被眼前的景致惊诧了，为了保持这类似“幻视”的感觉，他不得不更加竭尽全力，把自己投向难以把捉的符号漩涡。其间充满刺激与变数，多少有点入魔。但写作对主体的魅力，很大部分来源于此。

我把这种书写称为“抒情”，亦可用它来统称河南作家的风格。这是一个“抒情”的主体群落，虽然内部存在不小的参差，但作品给人的总体感受与倾向是：写得酣畅淋漓，为了深刻可以不遗余力，甚至无暇顾及是否直露与偏执。这种逮住不放、一触即着的抒写与创伤后的强迫反应相当类似。张宇的《疼痛与抚摸》、李佩甫的《金屋》与“平原三部曲”、刘庆邦的煤矿小说都有这样的特质。那被主体擒（噙）住的苦难、权力、村庄、底层等，作为创伤记忆中灼痛与屈辱的部分，是无可置疑的出发点，永远不能被“历史化”。而写作的过程与其说是对它们的释解，不如说是对它们的“世界化”与戏剧化。

相对而言，墨白的抒写或许有些极端，但绝非个案，行者便是一例。他的《寇家庄》《民间的故事》及《大化之书》如梦中的呓语，粘粘连连，不知所终。作者笔下经常会抛出一些古代典籍（如文人字画、诗词、佛典等）作为叙事的动因，它们成了“召唤古老亡灵的道具”，主体则充当现代祭司的角色。他的目光与心力所及，全在古老的典籍上，一种（当下）漫漶、崩溃的透视或“感受话语”的过程。发掘和解码其中“点点滴滴的梦幻的消息，唤醒我们对古老文明的记忆”[①]，成为其毕生的事业。那些被遗忘了的文化记忆还存留在我们的无意识深处，通过祭司之口向我们显现。在满心虔诚地沉浸于接收、破译古老信息的过程中，行者成了现实的“陌生人”。这个现代祭司最终把自己也作为祭品，献给了过去。可惜他带来的信息零落散漫，过去依然模糊迷离。

李洱的《花腔》是“中原突破”中智性书写的代表，里面萦绕、回荡着各种声音的喧哗与交响：除了三个基本叙述人的闪烁其词、油腔滑调之外，还有形形色色的文献、访谈、新闻、家谱等。这是来自过去的、历史深处的声响，主体小心翼翼地采撷着，唯恐遗漏了一个轻微的动静。当他纤毫毕现地释放了所有的声响后，却发现自己最终要寻找的主人公葛任（“个人”的谐音）在喧嚣中消失了。每个声音都自有一套脉络、格局，本来它们明明都是关涉葛任的，但言说的最终却“淘汰”、删除了他。只剩下葛任早年那首凄婉的诗歌《谁曾经是我》还保留着与真人的“瓜葛”，但其作用似乎仅限于鼓动起下一次注定失败的寻找或聆听。葛任是不可抵达与索解的，在此，他成为活脱脱的“伤口”标记。把葛任（个人）、自我、主体以及那首《谁曾经是我》联系起来，会体味得更清楚些。这是一部不折不扣的关于文学“乡土”的寻找、构建之作，在那源于历史与过去、作为“伤口”标记的“葛任”中，突突颤动着自我认同的碎裂、痛楚、诱惑、谜团。说不清，道不明，剪不断，理还乱，恰如《谁曾经是我》的最后一段透露的：“谁于暗中叮嘱我，谁从人群中走向我，谁让镜子碎成了一片片，让一个我变成了无数个我。”[②]

某种程度上，《花腔》就像一部创伤记忆的元小说，李洱已经意识到记忆书写的“世界”局限，但依旧不能跳出深陷“世界”的怪圈。就外观而言，主体似乎被他精心设置的声音迷阵困住了，他甘之如饴地停留在符号的漂移中，但好在并不放纵。主体不断辨识着符号的方向与起落，每一刻都战战兢兢、如临大敌，生怕被符号裹卷到“异乡”。这几乎有点福柯

---

① 张闳：《行者，或南阳梦》，见行者：《大化之书》，中国文联出版社，2000 年，第 3 页。
② 李洱：《花腔》，人民文学出版社，2002 年，第 46 页。

的味道了（那种对话语的警惕是共通的），却及不上福柯的冷峻与刻薄，也缺乏他斩钉截铁的解构意志与享受快感。李洱明明意识到了记忆与话语的乖戾与悖谬，却仍需要二者的抚慰。《花腔》的不同凡响在于，它把创伤记忆化为了一种尽管难以抑制却基本保持在可控范围的、充满断点又恍惚连续的绝望“抒情”。主体以自我囚禁的符号冒险与自虐来维系着与“葛任”的牵系，这恐怕是在不超越创伤的情况下、主体与之对话的最理性、智慧与神圣的方式了。

《花腔》让我们见识了一个被创伤笼罩的、平和而略嫌软弱的人所能做到的自控与平衡的极限，只是很少有人能理解他的苦心与挣扎。主体就像安徒生童话里化为人形的美人鱼，一般人只见她优雅时尚的步伐，殊不知每一步都像走在刀尖上。承受这精致的酷刑并失去自己的声音，是她与巫婆交易的代价。

第三节　一个典型个案：《坚硬如水》与“墓穴”记忆

在豫籍作家中，最具文化创伤征兆的要属阎连科了。为了具体阐明创伤与创作间的互动，我们可能要多费些笔墨。陈思和曾从“恶魔性”角度来切入和评判他的《坚硬如水》。所谓“恶魔性”，是指“一种宣泄人类原始生命蛮力的现象，以创造性的因素与毁灭性的因素同时俱在的狂暴形态出现，为正常理性所不能控制”。[①] 这已触到问题的实质，但论者并未解释“恶魔性”在阎连科这里是如何产生的。我以为，这是主体在跟“伤口”相对时，理性认知溃败、逃避的产物。它跟行者的梦呓、墨白“看”的勘钻类似，但更变本加厉、走火入魔。在面对“伤口”时，我们看到的是豫籍作家对暴力、死亡及非理性人生那难以言说的迷恋与迷惑。这也是前现代的中国文学“乡土”很容易向现代或后现代转化的潜质所在。有时它转得如此迅猛，让人猝不及防，以至我们不得不对它“侧目”了。

---

① 陈思和：《试论阎连科〈坚硬如水〉的恶魔性因素》，载《当代作家评论》，2002年第4期。。

《坚硬如水》的故事发生在“文革”，地点位于耙耧山的“二程”（程颐、程颢）故里，这也是作者的家乡。复员军人高爱军回乡后结识有夫之妇夏红梅，由此开启了他们革命与情欲疯狂燃烧的人生。作品的整体构思及元素配置很像1930年代以蒋光慈为代表的“革命+恋爱”的左翼小说模式，但革命与恋爱之间那带有崇高意志与自我牺牲的精神不见了，这本是维持二者必要张力的不可或缺的东西，而现在不需要它了。《坚硬如水》给我们呈现了一幅革命与恋爱彼此催化、激励的奇异图景。我们看到，革命与权欲居然有比伟哥更强效的功能，能治愈不举之症，让男女的交欢充满动力与激情。他们勇敢地革命，不停地做爱，直到因反革命罪被枪决。

《坚硬如水》里原欲的膨胀和爆炸与“伤口”的匮乏之间，构成了快节奏的充填/吸噬的互动。一个象征性的快意的做爱动作，即“强奸历史与记忆”。作品中有个细节印证了这点：高爱军与夏红梅当着夏的公公程天民的面在二程典籍上交媾。这明显的弑父、弑史的举动，表明主体着实豁出去了。他不愿再承受记忆及“伤口”的重负，而要做一个斩断历史与出身、随心所欲的“自由人”。然而，这就像坐在的椅子里的力士试图将自己举起来，结果可想而知。

最早触发我文化创伤思考的是小说里的主人公，高爱军。这是个被抽空的人物，他杀人放火，无恶不作。自始至终，其作为人的自觉意识是缺失的，犹如一个徒具人形的活动的“匮乏”装置。性爱是作品中最触目的部分，作者对性爱场面、尤其是女性身体的描述用力极猛：调动了所有的感官，声色味触全数悉上，但看下来，却既无性又无爱。革命革得僵硬，做爱亦做得乏味、污浊，不是在墓穴，就是在地道。一种上不得台面的狂欢。主人公自称患上了“革命和爱情的双魔症”，而究其实，只有权力的震慑、欲望与魔障。高爱军与夏红梅之间的调情与私房话被铺天盖地的毛语录与各种红色诗词充斥、占据；夏红梅对高爱军的阿谀奉承，其使用的吹捧手段与人们对权威的造神方法如出一辙。这意味着高对夏的性爱迷恋是作为高爱军主子欲望（即权欲）的替代性补偿出现的，性爱没有独立的价值与话语表达。不仅如此，高爱军的性爱冲动亦要权力的许可（文中以革命音乐的激励来指代）方能继续，换言之，生命的本能要纳入权力的节拍中。这是多么可怕的精神与生命真空啊！没有人、没有爱、没有温情，连基本的动物性都退化了，仅剩下权力欲望的跋扈与叫嚣，出自色厉内荏的空心人之口。这就是作者截断历史、任性潇洒的结果？

不少人感觉《坚硬如水》对“文革”及权力的反讽相当新颖、深刻，有黑色幽默之风，我以为这只是个荒凉的噱头；借助重述或反思“文革”的现代装扮，让创伤反应大肆发作。《坚硬如水》的思想状态跟它的叙述人高爱军一样荒芜。后者只是一味地发泄，哪里有反思的迹象？诚如有论者指出的：“阎连科以力比多的原欲来解释‘文化大革命’的荒诞和暴行具有过多的游戏色彩”，“《坚硬如水》中的原欲也许只能发挥出玩笑的作用而无法引导人们再进一步去探讨历史悲剧的根源。”[①] 作品本有可能揭示一种残酷、荒凉的生存本相，但疼痛却让主体闭上了眼睛。他背过身去，顾自发狠。《坚硬如水》就像一部“不及物”的抒情，写的是“文革”，意之所属却在别处。不得不说，这是位相当聪明的作者，他对公共禁忌的预判与触碰总是准确而卓有成效。这部“红的黄的都犯忌”的作品，最终在吵吵嚷嚷的舆论争鸣中脱颖而出。

一次访谈中，阎连科坦言：“中原农村的人们都生活在权力的阴影之下，在中原你根本找不到沈从文的湘西那样的世外桃源……这种对权力的敬畏与恐惧，一年一年，一辈一辈，便会扩展为你对无所不在的能够左右你的一切力量的恐惧、厌恶与敬畏。”[②] 上述个人的创伤经验与中原创伤中对权力的敏感遥相呼应，由此我们或许能理解高爱军那带有精神分裂意味的病态魔性的自我释放？他实在不愿承受这种生存之重了。把《坚硬如水》与阎连科的早年作品《中士还乡》对照阅读，会看得更清楚。

《中士还乡》属于阎连科“瑶沟系列”的作品之一，它讲述了一个退

---

① 陈思和：《试论阎连科的〈坚硬如水〉中的恶魔性因素》，载《当代作家评论》，2002年第4期。

② 阎连科、姚晓雷：《“写作是因为对生活的厌恶和恐惧”》，载《当代作家评论》，2004年第2期。

伍中士回乡后的悲苦遭遇。由于在部队没混上党票，他无缘进入乡村权力阶层，不仅被人欺负，连未婚妻也离开了他。阎连科曾说：“瑶沟系列可能是我所有小说中与日常生活经验最直接相通的小说了……现在写的小说似乎哪一方面都有些进步了，情感却没有那样质朴了，纯净了。”“瑶沟系列”可以说是来自“心灵上的伤害。我宁可写不出这样的小说，也不愿有这样的伤害”[①]。以此打量《坚硬如水》，它不啻为《中士还乡》的翻转：中士变成了高爱军，后者再回乡后便赤裸裸地要权、要女人。他已认定这世界上最重要的就是权力，女人也是认权的。狂野错乱的叙述与情爱的渲染宣泄可视为高爱军告别昨日、扬眉吐气的表现。这种转变很像周大新《老辙》里发迹后的费丙成，被权力伤害的人以恶性循环的夺权方式来证明自己和报复亏待他的人与世界。其间流露的带有破坏摧毁力的极端情绪，我以为便是陈思和所说的“恶魔性”的根底。一种创伤性的强迫与大力反弹。只是这种创伤记忆的本源或本来面目，在《坚硬如水》中被有意无意地抹掉了；正面呈现的只是意气风发的夺权与性爱。前文讲的“不及物”及“斩断历史”便由此而发。

但即便这样，创伤的意味在《坚硬如水》中依旧明显。“空心人”的设置、没头没脑的夸张发泄及“语言谵妄症”，均是创伤的症候。此外，印象最深刻的要属“墓穴”（包括与之同类的地道）了。在墓穴里上演活色生香的性爱恐怕是阎连科最大胆、瘆人的想象。在此，墓穴就像蒙克[②]、梵高画作中经常出现的对角线一样意味深长。德国艺术评论家希勒布雷希特将对角线解读为“精神分裂的语法”与自我精神的保护机制：“精神分裂者喜欢把表演场地加以分界，角色于是通过这种对角线划分与充满敌意的外界隔开，这种精神分裂对角线也出现在某些现代派绘画作品中。”[③] 在我看来，墓穴是再精妙不过的创伤装置，它就像痛苦在梦中经

① 阎连科、梁鸿：《巫婆的红筷子》，春风文艺出版社，2002年，第40—41页。

② 爱德华·蒙克（1863—1944），伟大的挪威画家，现代表现主义绘画的先驱。

③ 曼·科·希勒布雷希特：《现代派艺术心理》，陈钰鹏译，上海文艺出版社，1989年，第174页。

由意象改扮或浓缩的形式突然呈现出来，震撼了读者，也瞒过了作者的监督意识。郜元宝曾把阎连科的创作称为“历史地平线以下的遮蔽式写作”，可谓切中肯綮，且相当有预见性。[①] 具体地说，墓穴把创伤化为了一个难以攻破的封闭的终极建筑，它拒绝所有推理、逻辑等意识的融入。同时借助于无意识的分裂战略，墓穴让个体通过它可以在一个身份受到威胁、充满痛苦的处境中成就自我：于此，个体暂时得到了他歆羡的生活（地道里的权力陶醉与性爱狂欢），但也隐藏了很大的危险（高、夏二人最终的败局便跟地道的暴露有关）。

墓穴是主体对创伤的消极记忆。由于墓穴透露了个体意识中不愿面对的事，因而它总是挣扎在隐蔽与展现，变形与熟悉之间：以无意识地不规则爆发来引起注意，同时又破坏人们对它的破译与同一性的建立。记得《坚硬如水》中有个细节，高、夏在墓穴中欢愉，高正欲进入夏的身体，陡然摸到一段死尸的手指骨，“黑黑的，灰灰的……上边有无数虫蛀的小眼儿……有股寒气从我手上哗哗一下水泄般流遍了我全身，血脉中原来那急切的滚烫轰的一下冰凉了……我垮了。倒塌了。黎明前的曙光不见了。”[②] 这死尸的手指骨透露了远未了结的创伤的威胁。墓穴宛然是袭击生者的创伤的幽灵，用它冰冷的手指警示试图越轨、叛逆的“奴隶”：“别太忘形了，我的傀儡！”

墓穴或地道将世界分为地上与地下，光明与暗角两部分。高爱军虽然一度在地上夺权，但他的大部分荣光却是在地下获得的，通过夏红梅奴性十足的身体献媚。这意味着，高爱军的阶层与“档次”是跟墓穴联系在一起的，一个边缘化的小人物。从地上的眼光看去，他属于地道里的死人与贱民。墓穴中的高爱军，是在文学想象与创造魔法般的顺从于创伤意

---

① 参见郜元宝：《论阎连科的“世界”》，载《文学评论》，2001 年第 1 期。郜元宝写此文时，《坚硬如水》尚未出版。《坚硬如水》后，阎连科又推出了长篇《受活》，墓穴又是其中的核心意象。墓穴，在师陀、刘庆邦、李佩甫等人的作品中亦有体现，详见下文。

② 阎连科：《坚硬如水》，长江文艺出版社，2001 年，第 87、88 页。

志的条件下成就的独特的物质与美学形式。在他身上，主体获得了在现代充满二元对立的日常生活中没有达到的感官与精神的统一。可惜这只是个体统一的幻影。前文已述，高爱军是被创伤记忆里的权力欲望蛀空的人物，却对此毫无自觉甚至拒不认账。这让《坚硬如水》敷上了浓重的分裂与自欺色彩。主体大概认为，通过高爱军那胆大包天的言行做派，便可一扫往昔之颓势，从“创口”的局促压抑中竦身跃出。于是他把高爱军从沉闷压抑的经验世界移植到抽象而变幻莫测的符号空间，经由对符号任性地抓取拼接串联，把个体的高爱军从日常的感官约束中抽出，从而超越并废除他厌恶的自己。

高爱军到底抓取了哪些符号呢？那是一片红色的意识形态的话语海洋，他就在其中嬉戏、徜徉。这就是高爱军希冀并实现的自由吗？想起斯皮瓦克的著名文章：《贱民能否说话？》（*Can the Subaltan Speak?*），在高爱军的话语选择中，埋藏着一个模糊的信仰，即通过话语的收放吐纳，他能抵达处在（红色）话语制造源头的权力主体位置。然而，这不过是“说梅止渴”的妄想与“口瘾”罢了。无论从何种意义上讲，他都是在自戕。他像娼妇一样把自己的躯体送上去，心甘情愿地把自身变成权力能指的垃圾桶，在振振有词中与意识形态孜孜亲昵，亦在这亲昵中释放了“伤口”的疼痛。

与这种貌似英雄实则怯懦、奴性的分裂心理相呼应的，是小说的结尾：好不容易逃出监牢的高爱军、夏红梅，突然决定返回监狱，他们“打算把所有的事情和盘托出，不向党有任何隐瞒。我们决定要做一对诚实的人，要做一对高尚的人，一对纯粹的人，一对有道德的人，一对脱离了低级趣味的人，一对有益于人民的人”①。这跟他们之前的杀人放火形成了颠倒的喜剧对比。

虽然主体很想斩断历史、摆脱“伤口”的控制，但狂想的结果却让他更深地卷入了“伤口”的陷阱。墓穴的出没，高爱军的倒错分裂都说明了这一点。高尽管操着一口“大话”，实则与“瑶沟系列”里的人物并无本

① 阎连科：《坚硬如水》，长江文艺出版社，2001 年，第 313 页。

质的不同，一个小丑或贱民。高爱军就像一个后现代的卓别林，以他夸张的拾人牙慧的语言能力博得人们讶异的笑声。这恐怕是主体没有料到的吧？一种空洞又热闹的贱民叙述与美学。

在高爱军身上，我们能感觉到主体在文学“乡土”中那生硬错乱、让人绝望的构建同一性的努力。它彰显、预示了“中原突破”或“弃儿寻根”的某个值得注意的方向与创造：一个缺乏禁忌、极度夸张孤绝、分裂自大的“我”。致力于个体认同的文学“乡土”走到这一步，可谓相当“文学化”了。新意陌生的形式外表下，是精神的停滞与荒漠化。这或许也是对市场书写的适应与调整“策略”，后者本不要求创作与追求内里的和谐及自我修持、救赎结合起来，它欣赏的仅是眼球经济的“新”。不管你出哪路牌，“新”是硬道理。由此出现高爱军类的“空心人”，也就相当正常。较之自我审视的内里翻滚与煎熬，外在的“新”还是容易做到的。将流行的成见与拙朴执拗的钻研结合起来，有时确实能捅出一片天地，不管前途是否逼仄。

然而，这的确有些自暴自弃（李洱的“可贵”也在这里，虽然看去中规中矩，没有太多的“创造气”）。把高爱军的自我“妖魔化”与网上对河南人的误解与“妖魔化”对照来看，实在颇多反讽。多重的文化诉求与逻辑在此碰撞：现代的，市场的，农耕文明的，文学的，“伤口”的……不管怎样，“中原文化”的“中”字禁锢有一点被“突破”了：即中和、守中的精神。诸如“气高而不怒，怒则失于风流；力劲而不露，露则失于斤斧；情多而不暗，暗则蹶于拙钝”[①]的诗家规范，要“反其道而行之”了。这恐怕也是响应文学现代“风流”的大势所趋吧。

---

① [唐] 皎然：《诗式》。

第四节 河南现代文学里的“中国”

“中原突破”的出现，有一蓄势铺垫的过程。其中，对“中国”统一体或“中国”禁忌的打破，是关键的一步。没有它，断难出现上述执著夸张的抒写。在此，河南现代文学与中国乡土文学走的路是重合的。然而，有一点却始终是河南文学独有的保留项目：那就是“寻根”，即便在“中国性”极强的年代，“河南”依然故我。

师陀的小说集《果园城记》里最触目的词就是“中国”：“果园城，一个假想的亚细亚式的名字。”“我有意把这小城写成中国一切小城的代表，它在我心中有生命、有性格、有思想、有见解、有情感、有寿命、像一个活的人。”[①] 但读下来，他的果园实不具备涵括“中国”的能力，它并非“一切中国小城的代表”，而是如朱光潜所说：“是近代文明在侵入而尚未彻底侵入的乡村和乡镇”，系沉浸在“落寞的古老情调里”的田庄。[②] 果园城的封闭静滞，一如周大新的“南阳盆地”、阎连科的“耙耧山”；甚至还出现了一个类似呼天成（李佩甫《羊的门》里的主人公）的至高无上的“主”，魁爷（《城主》）。《桃红》里的素姑，一个寡妇的女儿，被作者称为“一个中国的在空闺里憔悴了的少女”[③]，从 12 岁起就开始给自己绣嫁衣，直绣到 29 岁，嫁衣装满了一大箱又一大箱，天光、岁月在细密的针线中捱过去了。这让人记起《百年孤独》里那个为自己织裹尸布的阿玛兰塔，白天绣，晚上拆，生命就消磨在刺绣裹尸布上了。阿玛兰塔“并不想以这种方式打破孤独，相反，想以这种方式来保持孤独”[④]。——这话亦可用来形容素姑和《果园城记》的总体格调。诸多迹象表明，《果园城记》乃是一凭吊和究诘中原“百年孤独”的“寻根”之作，师陀忧郁、诗化的笔调更强化了这种感受。

---

① 师陀：《果园城记》，收入《师陀全集 2》，河南大学出版社，2004 年，第 453、454 页。

② 孟实：《〈谷〉和〈落日光〉》，载《文学杂志》，第 1 卷 4 期，1937 年 8 月 1 日。

③ 师陀：《师陀全集 2》，河南大学出版社，2004 年，第 487 页。

④ 加西亚·马尔克斯：《百年孤独》，黄锦炎等译，上海译文出版社，1984 年，第 244 页。

师陀是河南杞县人，即“杞人忧天”故事发生的地方。他的忧郁里带着故乡天然滋养的沉重、悲观与道义，诚如刘西渭对他小说的感受：“像一场噩梦……一滩滩的大小坑，里面乌烂一团的不是泥，不是水，而是血，肉，无数苦男苦女的汗泪！”[①]

在《果园城记》中，师陀偶尔也会发出愤慨的呼声来表达他对孤独命运的不平（虽然相当微弱）：“在我们周围，广野、堤岸、树林、阳光，这些景物仍旧和我们许多年前看见的时候一样，它们似乎是永恒的，不变的，然而也就是它们加倍的衬托出了生命的无常。为什么这些年轻人，应该幸福的人，他们曾经给人类希望，……要遭到种种不幸，难道是因为这在我们的感情中会觉得更公平些吗？……从树林那边，船场上送来的锤声是不变的，痛苦的，沉重的响着，好像在钉一个棺盖。”[②]

至末一句让人想到阎连科的“墓穴”，整个果园城都弥漫着一股凝滞的墓园气息。记得在刘庆邦的小说《福利》中，棺材居然是煤矿主为窑工预设的“福利”待遇，带有以毒攻毒、以棺材的晦气冲走窑下晦气的意味。万一人在窑下遇到不测，窑主一定会把他妥妥帖帖请进棺材。结果棺材却成了流浪汉的临时住所，卖淫女的性爱欢床。显然，棺材与墓穴，属于同一类的集体记忆美学。除了师陀、阎连科、刘庆邦外，李佩甫的作品中墓穴亦频频出没：《李氏家族》中，在七奶奶的“瞎话儿”里，当村庄陷于混乱时，便是从地下请出的一位被囚禁、活埋了一年零七个月的长者，衡，一举平定乾坤。村人接受了他那来自坟墓中的经验指导，“接老人回来这天，整个村落里喜气洋洋。全族人恭恭敬敬地来到墓地，把老人从地穴里迎了出来……老人仰望苍天，喟然长叹：我还有今日么?!”[③]——相当典型的创伤记忆，一种融聚着恋旧、死亡与权威、自我遮蔽又要有所作为的复杂情绪。它印证了前文所说：“在面对‘伤口’时，我们看到的是豫籍作家对暴力、死亡及非理性人生那难以言说的迷恋与迷惑。这也是

---

① 刘西渭：《读〈里门拾记〉》，载《文学杂志》，第1卷2期，1937年6月1日。

② 师陀：《师陀全集2》，河南大学出版社，2004年，第506页。

③ 李佩甫：《李氏家族》，长江文艺出版社，2001年，第75页。

前现代的中国文学‘乡土’很容易向现代或后现代转化的潜质所在。”

回到师陀。与《百年孤独》相比,《果园城记》缺少那种自裁式的彻悟与了断。当奥雷良诺译解出羊皮纸上的家族乱伦与毁灭的寓言时,疮疤被揭开了,《百年孤独》也在痛彻骨髓后的平静中戛然而止。而《果园城记》大体还是栖居在“伤口”中的抒情,跟当代河南文学的特质一样。从师陀曾经的笔名“芦焚”(英文“暴徒”的音译[①])中亦能感受到与当下豫籍作家笔下的“复仇”类似的情绪:那找不到对象的、有力无处使的怨诉……

我并不认为师陀是想把他在果园城中的创伤、感喟“中国”化,像某些好大喜功、故作深沉的作者那样。他之所以频繁使用“中国”,除了时代情绪的感染与责任外,更多是出于把“中原”与“中国”等价起来的历史记忆与逻辑使然。

这在李季的诗中体现得更直截:“为了苦难的家乡人民,/为了母亲般的中原大地,/狠狠地打击日本侵略者,/誓死保卫抗日根据地!/保卫太行山就是保卫家乡,/为他也就是为了你。”李季一口浓重的河南腔,它是如此惹人注意,以致成了李季走南闯北中“自带的籍贯登记表”。我总觉得在李季信天游的吟唱中存在强烈的回溯故乡、贴近中原大地的移情,正是后者,支持着李季在“党的文学事业”——诗歌民族化、大众化的道路上——奉献了一生。能证明这点的是散文《乡音》,文中除了表达对乡音的挚恋外,李季还告诉我们,他对河南的鼓儿词与曲子戏极其入迷,倘非参加革命,他“很可能成为一个曲子戏的蹩脚演员”[②]。1961年,李季根据日本传说写了一首叙事诗《海誓》,少女阿初爱上了初岛上的青年右近,每夜阿初都游过大海到岛上与右近相会,却在最后一个定情夜不幸被大海吞噬。关于《海誓》,学界甚少注意。李季曾说:“我对日本人民的生活,知道得很少,明知道这些诗是写不好的。但我想作这样一种尝试。我

---

① 参见《师陀谈自己的生平与创作》,刘增杰编:《师陀研究资料》,知识产权出版社,2010年,第157页。师陀似乎很喜欢“芦焚”的笔名,1981年后他出版的著作,署名均改回“芦焚”。

② 李季:《乡音》,收入《李季文集》(第四卷),上海文艺出版社,1986年,第369—374页。

觉得这是一种很有意义的工作。”[①] 在我看来，《海誓》其实是戴着异国面纱的中原神话“精卫填海”[②]，系李季对“精卫填海”的回顾、重温和改写。这也是他明知写不好却又禁不住去写的原因。这位红色的主流诗人终于借着《海誓》的咏唱回乡了……

把“中原”与“中国”等同起来，再次证明河南作家现代思维的“滞后”，它由来已久。这固然可以让河南作家由衷地融入“中国”的事业，但并不意味“中原”与“中国”之间不存在轩轾、抵牾。后者在蒋光慈身上表现得最为戏剧化。1929 年，蒋光慈发表了长篇《丽莎的哀怨》，描述了俄国贵族少妇丽莎和她的丈夫白根十月革命后的流亡生活。他们辗转来到上海，把希望寄托于布尔什维克的内讧和英法等国的军事干涉，总以为俄罗斯还会回到贵族的手中。然而苏联无产阶级政权却日益强大起来，他们的复辟美梦破灭了。由于钱财挥霍光了，又缺乏谋生的能力，丽莎不得已靠卖淫度日，后因染梅毒投海自尽。小说以第一人称丽莎的视角展开，从她自杀时写起，回溯其流亡生活。

为什么要写这样一部作品，蒋光慈没有做明确的说明。只在小说的开头通过丽莎哀怨的口吻暗示：这是一部反映俄国贵族走向灭亡、十月革命必然胜利的作品。“现在确确实实地明白了。俄罗斯没有灭亡，灭亡的是我们这些自称为俄罗斯的爱国者。如果说俄罗斯是灭亡了，那只是帝制的俄罗斯灭亡了，那只是地主的，贵族的，特权阶级的俄罗斯灭亡了。新的，苏维埃的，波尔雪委克的俄罗斯在生长着，违反我们的意志在生长着。我们爱护的是旧的俄罗斯，但是她已经死去了，永远地死去了。”[③] 但

---

① 李季：《海誓》，作家出版社，1961 年，第 85 页。

② “精卫填海”的传说在河南方城以及山西的长治、晋城一带广为流传，这些地方在古时都属于中原文化区。方城距李季的家乡唐河极近，长治、晋城地处晋豫交界的太行山区，亦是李季熟悉的地方。相对说来，方城版的“精卫填海”更接近《海誓》的故事。参见《中国民间故事全书·河南·方城卷》，毛秀荣编，知识产权出版社，2011 年，第 5、6 页。李季自幼喜爱历史传奇和民间故事，他对“精卫填海”自然不会陌生。

③ 蒋光慈：《丽莎的哀怨》，新世界出版社，2003 年，第 6 页。

这并不能释解所有的疑问：最为关键的，为什么要选择这样一个边缘化的非主流人物？丽莎的成长经历被作者设计成失乐园的模式，她居然没有碰到启蒙者或教育者，没有悬崖勒马，重回生活的乐园，而是悲剧地投海自杀，这实在有悖当时流行的“革命+个体成长”的叙事模式。而且，作品字里行间明明表露了作者对丽莎的同情怜惜，这种情感显然用错了地方。就当时的环境而言，《丽莎的哀怨》的“犯忌”程度远甚于《坚硬如水》。1930年，蒋光慈这位红极一时的革命小说家被开除出党，《丽莎的哀怨》是重要的罪名之一。次年，蒋光慈在抑郁中病逝，年仅30岁。

学界曾从蒋光慈个人经历中的“漂泊感”来解释他对丽莎那“不恰当的移情”，我以为这只说出了一半。蒋之所以选择一个落魄的异国贵族做主人公，是要寄寓他的中原身份。由盛转衰的中原在中国的地位，不就像一个潦倒的贵族吗？主人公的俄国国籍只是障眼法。可补充的是，蒋光慈的祖籍，河南固始县，自古文风昌盛，为宦为学者极多。明清两代共出进士98名，清代出状元、榜眼各一名，民国国立河南大学曾有豫南“商城固始帮”之说。[①] 这原则上也增加了“贵族”的砝码。在开除蒋光慈党籍的通知中有这样的话：“《丽莎的哀怨》，完全从小资产阶级的意识出发，来分析白俄。”[②] 虽然尽是政治批判的语调用词，却也触到了某些真实的部分。蒋自幼聪颖，是个自视很高的人，可惜一生漂泊坎坷，在上海的生活也不尽如意。这或许是激发他从落魄的“中原”贵族中寻求认同与支持的动因，一个潜在的“寻根”？

1930年，背时背运的蒋光慈写下一首诗：“只因不做黄粱梦，海上飘零已数年。/ 寄语故人身尚健，箪瓢陋室亦安然。/ 中原到处血殷红，欲哭黄花泪无穷。/ 无力文章难化剑，浦江呜恨水空蒙。”[③] 倘若把“中原”换成俄国，这几乎可作为在海边徘徊，顷刻就要投水的丽莎的临终诵诗，真是生不逢时，“浦江呜恨”啊！以此反观《丽莎的哀怨》，它其实写的是一个

---

① 参见 http://baike.baidu.com/view/133201.htm。

②《没落的小资产阶级蒋光赤被共产党开除党籍》，载《红旗日报》，1930年10月20日。

③《蒋光慈研究资料》，方铭编，知识产权出版社，2010年，第17页。

河南人在中国现代进程中的苦恼与困惑，系“中原”对“中国”的质疑；特别是对丽莎所在的上海呈现出的工业现代化及金钱至上对人性的戕害，表达了极强的愤慨。他怀恋曾经辉煌的中原，与丽莎“爱护旧的俄罗斯”别无二致。“贵族”是其潜在的对自我及“中原”的价值肯定，一种浪漫、自卑与孤傲的混合物。高贵的“中原”系古老的“旧的”“中国”；且亦如俄罗斯，它是个“帝制”的“旧国”。

第五节 “寻根”的宿命

可见，河南现代文学中的“寻根”由来有自，从一开始它就是“地方”性的。虽然出于思维惯性、民族道义及政治表态等原因，豫籍作家也经常写到“中国”，但只要有“空隙”，他们便会不自主地回到其特有的创伤情境中，像蒋光慈、李季、师陀所做的那样。“寻根”文学在中国形成气候是在1980年代中期，我在第一章中曾经述及，它是文学“乡土”地方认同兴起的标志及个人化书写的先声。倘若承认这一点，那么素有“寻根”传统的河南文学“乡土”其实一直就走在个人化书写的道路上，只是“个人”显露的强度适时变化罢了。

也许很难找到比豫籍作家更具“个人主义”的集体了。换个角度而言，这也是拙朴与执著的表现。一朝被蛇咬，十年怕井绳，一个感觉被世界欺骗和抛弃的人，他打量周遭的眼光就是如此吧。一种自我保护的弱者哲学，它务实而犬儒。我一直认为，豫籍作家其实是不大关注“中国”的。一个明显的例证在于，河南小说中基本没有旨在正面述说或探讨中国现代前途与出路的作品，他们写的是“中原”与“中国”的最大公约数或最小公倍数：人。除了人性的喜怒哀乐，欲望痛苦，再无他物。人性，既是开启历史的钥匙，又是历史思考的终结。

不妨把周大新的《第二十幕》、刘震云的《故乡相处流传》跟《白鹿原》比较下。像《白鹿原》那样用一个村庄的历史来跟中国正史互动，并试图重写正史的冲动与抱负，在豫籍作家中相当稀缺。《第二十幕》着力发掘的是与个体关系更密切的家族的命运，《故乡相处流传》则从个体权欲心理出发，把几千年的历史漫画化了。虽然这亦属于重述历史的方式之一，但豫籍作家从未指望别人会将自己的作品当作正史的替代。他们说的仅是一家之言，仅对自己的那方世界有效。

这种发言的姿态、意识，跟河南在中国长期边缘化的处境是对称的。所谓人微言轻，索性不作正史的非分之想了。而当代陕西作家在创作中一贯的大叙事，跟陕西（延安）曾是中国的中心不无关联。它始于柳青，经路遥、陈忠实等一脉相传。《白鹿原》中历史书写的特性，须链接在陕西这一独特的地方传统上加以考察。大体上讲，胸中有一庞大的国家读者或听众群，且要设法让其接受，其言说行文大抵深沉中正，风格亦相对厚重；而只想发出自己声音的人，其言说则自由得多。或一门心思往深刻里开掘，或肆无忌惮地朝“新与异”上走。你不是要“现代”么？我可以比你更“现代”！你不是要“后现代”么？我可以比你更“后”！

以上所述并非说豫籍作家不爱国，只想表明国家这一共同体概念对他们而言似乎抽象、渺远了些；中国，只有跟个人的生计冷暖或地方文化记忆相系，才能被他们感知和具有意义。豫籍作家可以表现得很革命积极，但这大都建立在自我保全或统一的基础上，一种卑微、坚执的个体意志。

张宇在《守望中原》里曾谈到中原文化里“忠诚”精神的渐次消解。它与前文提到的豫籍作家对传统中和、守中精神的冲决一道，成为“文学豫军”破除历来笼罩在河南头顶的“中”字魔咒的现代尝试与努力。

> 岳飞的被皇帝屈杀，是一个重要的事件，重要之处就在于杀了他一个，伤了几乎所有河南人的心。河南人在岳飞死后忽然明白，不仅反抗皇帝有生命危险，而且忠于皇帝也是有生命危险的。因为生存永远是人第一性的反映，河南人在岳飞死后真正感到了进退两难，于是悄悄地在内心深处就产生自我保护的意识了。这种意识的产生，使河南人的性格结构开始发生了变化……开始出现表面上是一回事，然而内心深处是另一回事的

有趣现象，形成了起码是双重性格甚至是多重性格的性格结构。

从此，河南人变化了。

好像仍然老实憨厚和朴实善良，但是内心里却不再轻信和单纯，看上去忠厚无比，其实呢，也并不是太好打交道了。[①]

以上对皇帝的集体认知及情感变化，亦可适用于“中国”。没有神圣的物什，一切都得靠自己。“文学豫军”的作品尽管不乏想象丰富、内容深刻的，却殊少升华与宽容的气象，便跟这种自认为对世界“看透了”的感觉有关。上述引文表面拿岳飞说事，其实却是一个从农村打拼出的作者最直接、肺腑的世界观。河南人的“双重性格”或许可用来解释《坚硬如水》的分裂叙述：按照生存第一性的原则，高爱军根本无暇顾及身心是否分裂，或者，他认为那种虽然虚幻自欺却权色并享的分裂，较之憋屈沉重的人生，尚属利大于弊的优选。

这种生存意志让豫籍作家在1990年代以来个人化的文学“乡土”书写中顺风顺水，他们仿佛一下就踩中了时代的节拍。可补充的是，“文学豫军”作为一个整体被发现，“中原突破”作为不容忽视的文学现象被提出，跟文坛“寻根”的整体转向有关。大家都去找“中国”的根性，却发现谁都没有豫籍作家找得准，挖得深。

以最具“寻根”形态的《羊的门》为例，当这部著作推出之际，文坛惊诧了。大量的赞美之词无不与“中国”有关，譬如：“《羊的门》探索的是中国文化的根部，是中国人内在的灵魂，是那些埋在土里不容易被人看到的东西。”（王富仁）“《羊的门》让人大喜过望。它深刻而生动地揭示了由人际关系大网构成的中国社会独有的文化和特有的国情。”（白烨）“这是一部改变了五十年来中国乡农文学面貌的作品，一部前所未有地演绎和再现了‘封建共产主义’的特质的作品，一部对于当代中国史有着社会百科全书式的意义的作品。呼天成：一个以其丰富性和典型性将载入文学史册的人物。”（李洁非）……就李佩甫而言，这些评价多少有些阴

① 张宇：《与自己和平相处》，时代文艺出版社，2001年，第33、34页。

差阳错。李其实并无寻找“中国”之根或概括“中国”的雄心。《羊的门》里写得很清楚，呼家堡就像是历史潮流中的“孤岛”（一个跟“盆地”“墓穴”相似的创伤构造），即使在“文革”那上下一片红的日子里，呼家堡亦在按自己的节奏行事。这多少有些匪夷所思。唯一称得上与外界联系的是，呼天成极富远见地把一个被红卫兵打得半死的省委书记老高背回村里，它成为呼家堡日后发达的重要人脉资源之一。这一细节让人想起中原在历史上一贯扮演的忠臣角色，尽管现下有点变了味道。

历史在此开了个玩笑。只是朴素抒写自我创伤、探寻创伤地方根源的豫籍作家，却在1990年代歪打正着地成为了阐释“中国”根性的权威发言者。本以为“中国”已经遗忘、抛弃了这片土地，不想“中原”今日的创作却又借着二者昔日的密切关系（一种象征“中国”的历史资本）被文坛、中国瞩目。这也让“文学豫军”的“突破”带上了荒诞与悖论的意味。难道左冲右突的结果，还是要回到“中国”么？“中”的魔咒何时能破？

看来，“中原”永远甩不掉那段历史了，它无法逃离“伤口”的凝视与诱惑。这就是河南的“命”！用李佩甫的《李氏家族》的话说：“血脉不是连着的么，一代一代相连，一支一支接续下去。”①

在当代河南文学中，张宇的《活鬼》值得一提。它发表于1985年，正是“寻根”文学在国内风头正健的岁月。这是一个标志“中原突破”中文学“乡土”认同的样板性人物。侯七的身份与阿Q类似，一个乡村底层的流浪汉（文中称为“流逛蛋”），却靠着自己察言观色的聪明和机灵，在数次历史涉险中屹立不倒，并为自己积下不小的财富。一个“成功人士”，这是侯七对阿Q的最大改写。他的聪明究竟是怎样的呢？说穿了，就是不要把自己当个人看，也不要太把别人当回事。人活在世上，切记不能要脸。这样才能审时度势，活得轻松滋润。以文中的话说：人生“叫演戏，装啥像啥，才是性格演员。”对侯七来说，没有忠奸、善恶，所有的价

---

① 李佩甫：《李氏家族》，长江文艺出版社，2001年，第5页。

值都被悬置了，“活着”是唯一最高的律令。一种没有认同的认同，没有统一的统一。

然而，主体却并不像侯七那般潇洒、释然，他的题记透露了这点：“漫漫长长一生，飘飘零零一世；明明白白是一个人，又似似乎乎像一个‘鬼’。荒唐之中说荒唐，且又阴差阳错。人乎？鬼乎？鬼乎？人乎？”[①]显然，主体不能在侯七这样一个人物中全然安顿下来，他被人鬼分裂的痛楚折磨着，仍保留着做“人”的渴望：一个有尊严的、完整统一的人。

侯七式的分裂在刘震云、阎连科、墨白那里，出现了固化、高扬的趋势，我们完全可以把侯七、高爱军及刘震云笔下的流民看作一个“家族谱系”。不仅如此，侯七式的思维还渗进了文学“乡土”的整体构思、叙述策略与主体建构中，只是那分裂的疼痛感渐渐稀薄了。主体变得越来越无所顾忌，理直气壮，这多少也是受了市场伦理的激励罢。

① 张宇：《活鬼》，时代文艺出版社，2001年，第61页。

第五章 “中原突破”的话语形构

第一节 “乡土”话语的历史“索引”

中国文学“乡土”的话语变迁是与“乡土”的认同构造同步而行的，前者受后者的制约，系后者的具体实践与开展。从上世纪 20 年代“乡土”诞生开始，一直到“新时期”，这是“乡土—中国”认同居统治性的岁月。按照主体对“中国”的想象、取舍以及他在其中的功能、地位与姿态——即主体与“中国”的谈话模式，大体可析出四种话语：启蒙话语、牧歌话语、革命话语与大众话语。这种划分并非绝对，之所以聚焦于上述话语，亦考虑到现代乡土文学的发展历史以及话语本身的生产与繁殖能力。从启蒙、牧歌、革命、大众的排列中，我们能感觉到“乡土”认同构造中主体的着力点以及历史迁转的脉络，在想象“中国”现代的进程中。

启蒙话语的代表是鲁迅和由其领衔的乡土小说派。对此，我在引论中已有说明。在启蒙话语中，“中国”一系列的挫败以及暴露出的黑暗成为文学“乡土”的核心构造。这种构造着重不是要解答“乡村是怎样的”，而是要经此，让自身成为能与西方平等对峙的主体。对民众负面性或病态心理的洞察、识见愈是深刻，摆脱歧视、屈辱和自我提升的效果则愈发明显。这种启蒙角色与中国古时的尚文精神、文士优先以及“国家兴亡、匹夫有责”的儒家伦理暗合，是主体最乐于担当、扮演的角色，他们尤其心仪其中隐含的个体优越感以及那崇高、孤洁的操守。但它实际的功效却相当有限，一种类似“纸上规划”的天真与热忱。诚如启蒙战士鲁迅的自嘲：“文学文学，是最不中用的，没有力量的人讲的；有实力的人并不开口，就杀人”，但他依旧沉浸于此：“文学总是一种余裕的产物，可以表示一民族的文化，倒是真的。”[①]纵观乡土文学的发展，启蒙话语的影响、渗透可谓绵绵不绝。由此而来的启蒙主体可认为是传统儒士的现代身份转型：他们不再鞠躬尽瘁地效忠鉴谕皇上，而是以笔立骨、以墨言志，在想象中直接面对他的国家与民众。启蒙是文人知识分子独立意志的体现，只是愈到后来愈难以支持。延安时期与“十七年”中，知识者的启蒙意志受到重挫。启蒙的光芒被它启发出的“中国”折损了。直到现在，它也没有完全恢复，这跟西方压力的缺失有关。“中国”内部的诸多矛盾因外在危机、压力的消退而显露迸发，主体深陷在多重的利益纠葛里，以致启蒙成了一个不断试图靠近又始终无法抵达的“理想型”（ideal-type，韦伯语）状态。

牧歌话语的代表是京派。引论中我们着重分析了沈从文，当时用的是另一个词：乌托邦。牧歌强调那种乡村—中国的氛围、视角及幽婉、感伤的抒情格调，而乌托邦则凸显其非“事功”性的品格。二者虽然名目不同，但指向是一样的。牧歌话语的主体显然对过去和传统有着强烈的依恋情绪，这也是他们经常被认作“保守”的原因。但实际上他们既非复古派，亦非简单的调和者（在传统与现代、历史与现实之间）。与启蒙话语相比，牧歌话语中没有明显的西方参照或对抗，它基本上是本土认同与构建的产物，却又不限于此。吴福辉有个很妙的比喻，他说京派笔下的人物“皆由一个极端自重的品格支撑……似乎是中国古代侠士、隐士和现代贫民的结合体”[②]，这或许便是京派作者的主体立场与寄寓？我以为，京派或牧歌话语构造的中心词是生命。京派作家把生命、人生看得大于时代，甚至力图用生命来消化、包容时代与历史——我在引论中将其称为“乌托邦的经营与实践”。从生命的角度而言，昨与今、传统与现代是平等一如的。那被现代筛除、鄙夷的部分，亦是生命不可或缺的东西。它们与现代

① 鲁迅：《革命时代的文学》，收入《鲁迅全集》（第3卷），人民文学出版社，1973年，第421、423页。

② 吴福辉：《戴着枷锁的笑》，浙江文艺出版社，1991年，第128页。

一道，共同构成了生命的圆融、混沌与完整。这抱残守缺、“常与变”浑然一体的时空观跟崇尚进化、充满对立、处处甄别计较的现代性格格不入，沈从文在谈及“历史”时倍感惆怅的原因即在于此。他发现在现代演进的版图上，根本找不到生命的位置，现代要的只是能上手、适应的工具。京派的主体追求表达了对现代的质疑，尤其是在现代对人性的阉割方面，但它却无法提出一个针锋相对的东西（如传统）与之抗衡，这会让自身掉进现代逻辑的陷阱，有悖生命的涵容本性。由此决定或逼出了忧伤的牧歌调子：似乎有所反拨，却朦胧软弱；仿佛超然世外，又无端黯然。这种抒情、审美与判断一体化的言说，给主体带来了一种古典、笃厚的风神。

牧歌式的言说本是非常符合中国人欣赏口味的一种格式塔抒写，王德威将其称为“原乡神话”，但在1990年代后却出现了式微的趋势，具有牧歌“招牌”意味的乡村风景画、风情画、风俗画更是锐减。现代“创新”的强迫与压力于此可见一斑，凡与传统、自然相关的都在创新革命的范围内，牧歌话语中那带有士大夫气的审美洁癖与浑然天成的时空构造是着力要反拨、修理的，而由是鼓励、激发出来的，却往往为极端与病态。牧歌话语在当下可谓生不逢时，忙碌、务实的现代人没有余裕和心力来体味和消费那缓缓浸润的婉转旋律，节奏、格调不对。牧歌的式微与城市的扩张、城市化步伐的加快以及城市价值观念、思维方式、行为准则对乡村的侵蚀有直接关系，作者不甘寂寞的心态亦助长了这一点，他们很难像沈从文那样恬守于自身与生命，而是跟现代（特别是城市化）紧紧地缠缚、搏斗，悲欢喜忧俱结于此。文学干预现实的能力及深入性委实提高了，但主体也付出了高昂的代价，他失去了内里原本的饱满与来去如如的自在，生命被现代的深刻塑形、物化了。

在风景的萎缩方面，刘庆邦的《我们的村庄》就像一个寓言。由于青壮劳力大多外出打工，乡村变得空洞、萧条，只剩一个因打工失败无处可去的恶棍，叶海洋，孤独地游荡其间。小说以叶海洋焚烧麦地结束，仓促的结尾显示出主体的茫然与文学把握的无力，主体不知叶海洋将向何处发展了。残破扭曲的乡土仅剩下破坏的欲望，以此提示人们它的存在与“活力”。现实乡土（连同价值）的日益萎缩将牧歌话语式的表达推向了虚妄和奢侈的境遇，牧歌话语在很大程度上变作了主体建构的意志标记。

传统风景的消褪，弱化了乡土小说的地域性（于物化及“看”的层面），这牵涉到后发达国家在全球化语境中保持本土性的难题。不再专注风景的乡土书写，节奏加快了不少，由是契合了当下追求信息化的快速阅读心理。相对说来，风景画在豫籍作家的笔下还算突出。如周大新的《湖光山色》、田中禾的《落叶溪》、傅爱毛的《会说话的南瓜》《五月蒲艾香》等。刘庆邦的另一篇小说《梅妞放羊》可谓当下牧歌书写的典范。在由草场、河岸、芦苇点缀的祥和静谧的背景中，少女梅妞对羊羔那充满柔情、母性的喂奶举动，看得人几乎屏息。全然一幅人、物和合的原始天趣图，伦理无由生，邪念无从染。仿佛一个奇迹的瞬间被捕捉到了，虽然琢磨得晶莹脆弱了点。作者在谈到《梅妞放羊》的创作动机时说：“想通过这么一个单纯的故事，写人与自然的和谐，写‘天人合一’。”[①] 这又回到中原文化根深蒂固的道家思维“天人合一”上了。或者说正是由于这种文化思维的惯性，牵带和保留了“风景”。各地乡土书写中景致浓淡的差异，不仅是乡土意识与追求多样化的体现，一定程度上亦是现代化在中国发展不均衡的映射。“乡土中国”的称谓不再具有公约性。

在启蒙、牧歌话语中，“乡土”与“中国”之间乃是一种整体的、彼此映射的关系，简单说，“乡土”就像“中国”的“对应物”，在隐喻的思维与推理上。这种情况到革命话语和大众话语中发生了变化。它跟“中国”在现代进程中日益明晰的“前途”有关，从“革命”与“大众”的名称上，便能体会到“中国”那笃定的现代步伐。“乡土”不再能涵容“中国”了，它的意义逐渐缩小、丢失，“城市”从“乡土”中分离出来，一度为“中国”选中、青睐。我在谈及茅盾的《子夜》与农村三部曲时曾详细论述过这一点。革命话语的代表便是以茅盾为首的社会剖析派小说和以蒋光慈为中心的部分革命小说。二者都意在探讨中国的未来，并力图参与其中。在社会剖析小说中，主体扮演了一个理性客观、俯瞰全局的社会分析者的

① 刘庆邦、徐迅：《大美无言——刘庆邦访谈录》，载《山花》，2001年第11期。

角色，把自我的好恶、个性小心地收敛在“分析”的面具后。而在革命小说里，主体就像个英雄浪漫、富于牺牲的革命践行者，梦想在革命中涅槃重生。蒋光慈的《咆哮了的土地》中的主人公，李杰，便可视为主体理想投射的结果。一个出身地主家庭的青年，经过了生活习惯、个人感情、名利思想及家庭伦理的多重考验与淬炼，成长为农民自卫队长，一个坚定的革命者。就主体形象的变化来看，我们可以把社会剖析小说视为革命小说的“成熟”或“高级”版：对中国革命的忠诚依旧，但克服了革命小说的简单、空想与专注自我的夸张的罗曼蒂克，更注重去把握与呈现集体、阶级的力量。这在茅盾对蒋光慈与另一个革命小说家阳翰生的批评中表达得很清楚。如：“作品中人物的转变，在蒋光慈笔下每每好像睡在床上翻一个身，又好像是凭空掉下一个‘革命’来到人物的身上”；“在结构上，我觉得蒋光慈也太机械了些。他的作品的结构大都是用了‘反革命者与革命者的对比构成’……太单纯的对比容易陷入单调而不能引起深刻的感动”；“小资产阶级意识形态的残存……发展为很成问题的结果”[①]；“其所以失败的原因，不外乎（一）缺乏社会现象全面的非片面的认识，（二）缺乏感情地去影响读者的艺术手腕”[②]。

把上述言论翻转过来，大体就是社会剖析派的主体定位。后者讲求的客观、精确便含有对所谓“小资产阶级意识形态”的抵制与不屑意味，而他对史诗的追求以及借助“横断面”的结构和人物典型来展示“社会全体生活”的做法，亦明显汲取了革命小说里存在的“单纯机械”与“缺乏感情”的教训。这种“改进”是个信号：主体试图调整自我的立场与角色：在与革命和与集体、阶级的关系中。较之蒋光慈，茅盾的处理要低调、策略得多，也更加具有大局意识。客观的描写、铺陈不仅意味着审美的变革，更是主体身份认同的政治表达。他已深深感受到阶级力量的强大，一心要融入其中，竭力避免被视为异类或鹤立鸡群现象的发生，可又想发出

① 朱璟（茅盾）：《关于创作》，载《北斗》创刊号，1931年9月20日。

② 茅盾：《〈地泉〉读后感》，收入《阳翰生研究资料》，潘光武编，知识产权出版社，2010年，第270页。

自己的声音有所作为。怎么办？“客观”与“史诗”便是在前后掣肘的历史语境中开辟出的羊肠小路。普实克曾以“外科医生”来形容茅盾，说他“用坚定的手和准确的眼睛解剖社会结构，让一切侵蚀社会肌体的病症暴露无遗”[①]。他似乎提示革命话语中含有科学的成分与意味，但这种“解剖”跟鲁迅式的启蒙解剖已有相当不同（勿忘鲁迅是学医出身的，医学探寻病源的方法与鲁迅的启蒙及现实主义的求真意志之间存在某种“谱系”性）。前者是有预期、对象的合群动作，后者则无所依傍，他所认同的集体“中国”、完善“个我”以及自身与“中国”的关系，均在“启蒙”中不断修正、延宕和憧憬。就此而言，**革命话语既是对启蒙话语的继承，又是一种自觉的弱化**。在认准前途的情况下，“客观”地描述中国的大局走势大概是最好的既能含蓄地表达见解又能避免个群矛盾的方法了。透过这居心良苦的努力与实践，已可见出大众话语的端倪。

无论是社会剖析派，还是革命小说派，对“乡土—中国”都实行了分层解析的方法，突出的表现就是阶级的划分与对垒。“乡土”于此解析中日益坐实为“农村”，农民、地主和部分小资产阶级的居所，“城市”（一个从“乡土 / 中国”里分离的二级概念）则成为工人、市民与资本家的住地。这种做法显然有呼应十月革命以来国际共产主义运动的意味，不难体察马克思的阶级论、建立在生产力基础上的社会进化论与“拉普”（俄罗斯无产阶级作家联合会）文学思潮在其中的影响（这可视为构成革命话语的重要资源）。主体身份认同（“乡土”构造的实质）的日渐明确是跟乡土的分化、阶级的划分、空间的对峙联系在一起的，这本是一个过程。在主体看来，现代“中国”的未来方向也建基于此，它需要由从“乡土”分化、提萃出的某种“新质”（如“无产阶级”“城市”）来承担和界定。换言之，**“中国”的现代“进路”在于某种阶级特质或空间逻辑的扩张，由此带来了大量的暴力书写，一种仇恨、憎恨的美学。它将和谐恬静的牧歌话语彻底冲决瓦解，在“阶级”的阵地上，个体实现了与“中国”**

---

① [捷] 亚罗斯拉夫·普实克：《抒情与史诗》，李欧梵编，郭建玲译，上海三联书店，2010年，第134页。

的紧紧依偎。

这种建立在憎恨与暴力基础上的乡土身份认同与构造策略在90年代以来的乡土书写中波及甚广，城乡对峙仅是个最宽泛的例子。暴力与憎恨的兴起源于自我缺乏的意识或者感受到自我的不完整性；只有通过他者、障碍的构造与克服，方能凸显自我。憎恨是“乡土”认同构建的过程。憎恨能够定义自我，将自我与世界联系起来（一种消极的联系），进而在世界中确定自我的位置。就创作的过程来看，憎恨意外地成为了一个“避难所”：它推动作者通过发掘、创造和沉湎于所谓个体历史的方式，对自我加以定义并为之提供结构和意义。豫籍作家在回溯“伤口”中对权力、底层及苦难的拥抱与执著，便贯彻着这种革命而暴力的现代思维、立场与逻辑。

记得《六祖坛经》在谈及我与众生关系时，曾提出一个“心中众生”的概念，“心中众生，所谓邪迷心，诳妄心，不善心，嫉妒心，恶毒心，如是等心，尽是众生，各须自性自度，是名真度”。这种关照亦体现在我与佛的关系上。“慈悲即是观音，喜舍名为势至，能净即释迦，平直即弥陀。”且放下其中概念的具体释义，它无关宏旨。上述引文表明，佛家将他者、众生纳入胸中，视为自性平等、活泼的流露，而非对待、克服的关系。按现代的术语，这是真正的多元与平等。换言之，他者亦是我的一种可能与延伸。观音菩萨不是外在的神祇，而是我慈悲心的外化；众生也不是别人，就是我内里邪迷、诳妄等心的示现。仅此一点，较之现代那种革命斗争的、非此即彼的认同哲学，其境界已不知高出多少。若抵达此境，哪里还会有找不到“乡土”或“乡土”认同的危机呢？也许我们做不到这种心包太虚的程度，但由此能得到一个有益的启示：真正和谐的“乡土”是该回光返照，向自心寻求的（即“自性自度”）。寻找和构建“乡土”的过程亦是突破私我之心量、学会包容、人格完善的过程。至少，它应往自我与他人的“共在”或“命运与共”的指向上努力。一个简单的道理，人在紧张和对立中是得不到真正的解放、自由的，由此找到的“乡土”庇护及魅力绝不会长久；目下的现代“乡土”认同的建构，可说是条死路。

革命话语后，大众话语一度风行。后者的代表是赵树理。至此，主体终于和代表中国未来的领导阶级（工农兵）融为一体了，不仅如是思，还如是说。乡土分化到此，算是告一段落。由于大众话语跟革命话语的内部理路一脉相承，不再细述。从蒋光慈式的英雄浪漫的革命者，到茅盾式的理性社会分析者，再到赵树理的“心口如一”，我们能够感受主体个我锋芒的逐步失落与褪色，但就当事者而言，抑或认为这是自我的崇高与升华，也未可知。然凡事走向极致，即是其死亡时刻的来临。在泯除自我或自我匮乏基础上呈现的“大众”亦是一个空洞的能指。

值得一提的是，大众话语中呈现的方言写作及思维，为90年代以来的乡土书写所继承，如阎连科的《受活》、韩少功的《马桥词典》、张炜的《丑行或浪漫》、林白的《妇女闲聊录》等。但主体动机和目的已迥然不同。他们的方言借重从不指望得到农民的承认或共鸣，像大众话语的主体所期待的那样。就创作而言，也许正是旧日的乡土风景不再，才需要方言的固定与把捉。一种“乡土”（确切讲是“乡村”）不灭的证据。通过方言去追溯乡土，不单是为抵达所谓的“原生态”，更体现了寻找精神归宿以及自我统一、丰富的需要。用林白的话说：“我听到的和写下的，都是真人的声音，是口语，它们粗糙、拖沓、重复、单调，同时也生动朴素，眉飞色舞……大地如此辽阔，人的心灵也如此。我首先要做的是，把自己从纸上解救出来，还给自己以活泼的生命。”① 阎连科在谈及《受活》的方言运用时曾说：“写作《受活》时，我脑子里不断闪过‘回归’的念头，这个回归是什么意思，是什么样子，什么状态，我全都不知道，全都描绘不出来，但它是小说思想的一部分。既然如此，采用方言写作，语言就不仅仅是表达的工具，而是内容，是故事不可分的一部分。”② 《丑行或浪漫》的结尾，漂泊的刘蜜蜡对铜娃说：“让我们从今个起改说登州话吧。”从中不难体察作者明晰、深情的守望乡土的态度，但“登州话”在当下的涵括力究竟如何呢？不得不说，用方言固着、附会而来的“乡土”仍免不了那

---

① 林白：《妇女闲聊录》，新星出版社，2008年，第226页。

② 李陀、阎连科：《〈受活〉，超现实写作的重要尝试》，载《南方文坛》，2004年第2期。

种逝去的“乌托邦”意味；“乡土”在方言的考证、较真中“文化”化了。

至于1990年代以来文学“乡土”的话语究竟是怎样的分布与形态，我们将以“中原突破”来说明。如前所述，这里的“乡土”考察并不局限于传统、狭义的乡土文学，即通常所理解的乡村题材，农民小说等，而是要在此基础上，探讨一群农裔作家或曰知识分子的主体认同语法，乡村或农民是他们启动认同构造的历史的“出发地”。我尝试寻找一个能够代表和呈现中国乡土文学发展趋势的地方文学，河南文学是再合适不过的选择。它既是“地方”的，又是“中国”的；既是“乡土”的，又明明置身于“现代”的语境中。考察下在这个中国的“大乡土”中，农裔作家群在90年代后“乡土”构造，应当是件颇有意义的事情。

第二节 官场话语

一、官场与启蒙

这是“中原突破”里与启蒙话语最为接近的一种言说。无论对官场还是乡村，豫籍作家关注的都是人：人在官场上的一举一动，一言一行，人性的蜕变或异化等。这让官场话语与现代乡土文学史上批判国民性的启蒙话语具有了比较的基础，考察一下主体在其间的站位与认同是很有意思的。“官场”在此是一个借代式的命名，它指代一种权力场或权力关系，而并非通常认为的仅是关于官人或当官的小说，尽管后者亦是非常重要的部分。

什么叫权力？简单说，社会上有人发号施令，有人服从；有人将自己的意志强加给别人，有人则屈从别人的意志。如果这种关系符合社会的价值准则，前面一种人就可以说有“权力”。美国学者阿道夫·贝尔认为，权力也许是人类历史上仅次于性爱的起源最早的社会现象。豫籍作家对权力现象向来津津乐道，这跟河南历史上发达的政治文化、思维以及帝都地位旁落后的寻根情结有关，一个在回溯创伤中自然浮起的“路标”。

1980年代，乔典运的乡村政治小说一度在国内享有盛誉。它写的多是饱受“左倾”思路影响、兼跨“文革”与新时期两个阶段的“过渡”农民形象，如一日不挨整早晚心不安的王老五（《冷惊》），相信“一穷九分理”，以无私但无才作为立身之本的村干部何老十（《满票》）等。当时乔典运被评论界誉为“农民哲学家”，系鲁迅之后秉承“国民性批判”精神的杰出代表。这种对权力场中农民个性扭曲和负面心理的揭示在“中原突破”中屡见不鲜，但态度已然暧昧了许多。这一面跟1990年代以来文学日益边缘化以及启蒙缺乏明确的价值指向有关：阎连科便曾坦言：“改造国民性的愿望是不错的，但它让文学承担了太多它承担不起、也不一定要去承担的东西……鲁迅写小说，主观目的不外有两个，一个是为了批判，另一个是为了改变，改变的目的是最根本的。有一点可以肯定，这个目标是没有达到。”[①] 另一面（也是最重要的）则跟豫籍作家“从农民中来”的身份、经历有关。由于在农村以及从乡到城的经历中亲身体尝过权力的盘剥与奋斗的滋味，启蒙的态度便很难纯粹了。它牵涉到自我对待与评价的问题：因所有的聪明才智或负面心理都是人物与主体共享的，这就难免生出理解、宽容和疼痛。由此固然会折损点深度，但亦会带来某些在单纯的启蒙视角下被遮蔽或忽视的“新质”，跟启蒙愿望的言说构成一种张力。退一步讲，即使农民有错，作为权力阶梯的底层、弱者以及现代化事业的活生生的“代价”，从他们的视角看去，那出于生存而犯的错误似乎也有些“道理”“正义”的味道了。

《羊的门》中有个细节，呼国庆出于权势考虑，决意跟情人谢丽娟分手。二人有一段极为精彩的对话：

> 谢丽娟说：“我要离开这里……这是一个麻醉人的地方。它不一下子把人杀死，它是用钝刀割你，一点一点地割，一点一点地旋，它让你像傻子一样活着……它滋养的正是那种玩弄权术

① 阎连科、姚晓雷：《“写作是因为对生活的厌恶和恐惧”》，载《当代作家评论》，2004年第2期。

的小男人。”“你们这里不是有个地儿叫‘无梁’么？过去，我一直不明白‘无梁’是什么意思……现在我明白了，那就是没有脊梁的意思。你们这里的人个个都没有脊梁！”

呼国庆说：“小谢，我一人不好，不要怪罪到我们这块土地……我的祖辈，我的父辈，他们从来就没有过爱，他们也不知道什么叫爱。他们只知道一个字：活……他们是在‘将就’中活的……那是一种长久的人生。是磨出来的人生……至于权力，那是每一个地方的男人都向往的。权力是一种成功的体现。不错，在这里，生命的辐射力是靠权力来界定的……这里生长着一种念想，或者说是精神。这是一棵精神之树。气顶出去就是这样一种东西。渴望权力是一种反奴役状态。在平原，有句话叫做‘好死不如赖活着’，这里边体现的自然是一种奴性，是近乎无赖般的韧性和耐力。同时还有句话叫做‘杀人不过头点地’，这就是一种切齿的反奴役的心态。你说，这里的人怎么能不渴望权力哪……”①

像呼国庆这样把对权力的迷信说得如此正气凛然的，实不多见。从价值层面而言，它多少有些紊乱与混淆，我们大致可把谢、呼二人的争论视为中国层面上的启蒙立场与地方权力视角之间的冲撞切磋，谢丽娟口中“你们这里”的人性斥责与呼天成对“我们这块土地”的辩白，体现了这一点。这也是主体内心焦灼的两种声音，而他的立场基本是随呼国庆的。呼的话中有两组迥异对立的价值判断：一组为奴性与无赖，一组则是韧性、耐力及反奴役，二者在牵系着父辈与自我历史、经验的“活”的人生基础上“统一”起来，严格地说应是悬置并举。一旦涉及“活”与“生存”，豫籍作家的批判笔力便不自主地温和、柔软了，所有的价值和伦理准则于此都显得虚浮无当。或者说，“活”在他们看来系价值或伦理的底限与础石，对社会底层的农民而言，尤其如此。

---

① 李佩甫：《羊的门》，华夏出版社，1999年，第206、207页。

权力是生存意志的体现。那种为了生存的权力迷信或争夺是无罪的，外人无权说三道四。这大概是权力话语中最为顽强的声音。由此带来的结果是：豫籍作家一直在独善与拯救、入世与出世、超然与逃避的边缘徘徊、挣扎，难得洒脱与博大。他们虽然没有放弃启蒙式的权力批判，却无法彻底。不管采取何种叙述和思路，总要为“生存”预留一个位置或“出口”，一种事关农民利益和创伤的本能诉求与维护。在此基础上，形成了豫籍作家的各种风格与切入角度。对权力关系的聚焦是最常见的选择方案。此外，李佩甫从平原土壤中寻找人性热衷权力的理由和根据，阎连科的寓言化手段（人物在其中缩减成了符号），刘震云对权力的日常化书写与泼皮讽刺，都隐含着对生存的禁忌与尊重。他们回避或尽量不去正面触碰这一问题（对生存本身直接的价值评判），所有的渴望、矛盾与痛楚均在莫衷一是的生存地基上绽放了。

值得一提的是，这种基本的创作立场、策略与市场鼓励的实力或功利原则颇能协调，它为豫籍作家适应1990年代的市场化书写语境并于其中成功地实现“转型”提供了动力与“润滑剂”。从他们的创作实践看，不单是书写的内容或手法中存在着对生存的顾忌，就写作本身而言，亦显露了生存至上的硬道理。

二、官场书写的诱惑与诉求

1990年代以来，官场小说在中国兴盛起来。按照孟繁华的解释，这可能源于两方面的原因：“一是权力的异化导致的官僚腐败，它真实地存在于我们的生活中，文学有义务对此做出必要的反映；一是商业文化的驱使，商业文化可以消费一切，当官场腐败以文学的形式出现在文化市场的时候，事实上，它也就作为一种可供展示的奇观被消费。”[①] 其实，官场小说在中国一直其来有自，几千年封建专制的历史，成就了中国发达的政治文化。官场小说可上溯至晚清的“谴责小说”或“黑幕小说”，鲁迅曾这样评述它们：“揭发伏藏，显其弊端，而于时政，严加纠弹，或更扩充，并

---

① 孟繁华：《政治文化与“官场小说”》，载《粤海风》，2002年第6期。

及风俗。虽命意在于匡世，似于讽刺小说同伦，而辞气浮露，笔无藏锋，甚且过甚其辞，以合时人嗜好，则其度量技术制相去亦远矣。”[①] 这一评价亦可适用于90年代后的官场小说。抗战时期的国统区、解放区都出现过官场小说，如张天翼的《华威先生》、沙汀的《在其香居茶馆里》、丁玲的《在医院中》等。50年代中期，王蒙的《组织部新来的青年人》也可算作官场小说，它揭露了党内存在的官僚主义等消极因素。以上只是一个简单的历史勾勒，一般说来，官场小说出现在政治相对松动、社会转型的时期，它体现了知识分子与意识形态间的互动，尤其是知识分子关注、参与和批判政治的激情。现实主义的讽刺笔法是其通常采用的手段。

在90年代的官场小说创作中，豫籍作家系开风气之先者。其优长倒不在讽刺的力度，而是在对中国政治文化与农民文化关系的揭示上。以张宇的作品为例，他笔下的“官场”游荡着“活鬼”的幽灵，《晒太阳》中的青年县长杨润生、《瓷砖》里的宋书记，《国公墓》中的文化馆馆长、现代师爷“魏少文”，等等，俨然是穿了官服的侯七。虽然做了“官人”，但制约他们的思维与行为方式的，仍旧是乡土的人情世故与个人得失。在他们看来，官场就是人际关系场，要讲求动静结合、虚实相宜。一本人生的天书，“上边没有字，全凭悟”。悟的结果主要是保全自己，伺机升迁。至于为谁服务，单位的效益如何，那是次一步的事情了，随便他去。

《晒太阳》曾被称为大小官员必读的“官场指南”，里面确有不少“有用”的人际经验总结。譬如，做一把手的，千万不要向上级诉说二把手不好，那等于说自己无能和草包；要想入党就不能太积极向党组织靠拢，而要保持点距离。条件不成熟的把申请书交上去，人家就会研究你，努力找你的缺点，给你指出两辈子奋斗也达不到的目标……[②] 类似的心得体会在豫籍作家的笔下俯拾皆是，一到此处，作者便话锋不断，侃侃而谈，这让他们的作品带上了知识、实用和亲切的意味。有时甚至恍惚觉得读的不是小说，而是纪实作品或者一个具有文学性的综合读物，其中存在着权力

---

① 鲁迅：《中国小说史略》，收入《鲁迅全集》（第9卷），人民文学出版社，1973年，第282页。

② 张宇：《潘金莲·晒太阳》，时代文艺出版社，2001年，第394、166页。

批判与欣赏把玩的悖论。它于一定程度上迎合了读者的口味，但豫籍作家的本意却绝非单纯的市场行为。对关系的敏感与不厌其烦的描述，原因有多重。除了此系故事情节、人物刻画的有机部分外，它亦跟主体的生存焦虑与身份意识结合着：一种成长、智慧或老道的标志。这并非暗示豫籍作家有显摆、卖弄的嫌疑；相反，我相信他们是把这些作为好不容易才悟到的真知灼见告诉读者的。在他们内心，这是人生的至理。把一个可能需要形而上的钻研与参悟的生存意义的命题化整为零地落实为一个个具体的、短兵相接的人事问题，这也算是自我拯救的方式吧？一个执著于“有”的坚守与设计。其间隐含着相当质朴、单纯的信念和世界观：什么是幸福？怎样算得合理的生存？一句话，把自己打点好，活好，就什么都好了。至少，创伤那“惘惘的威胁”在稳扎稳打的人际衡量、计较中被推远了。此外，对权力关系的洞察也包含着对命运挑战与勘破的心理：“我”——再不会受你的捉弄了。

三、官场叙述的中原模式

权位的晋升常常伴随着人性的沦落与扭曲，这是豫籍作家官场话语中一个相当常见的叙述模式。它大体可归入现代化进程中的人性异化问题。即人被职务或官位绑架，成了空洞的官架子或躯壳。周大新的《向上的台阶》、李佩甫的《无边无际的早晨》、邵丽的《我的生活质量》是这方面的代表作。廖怀宝在攀登“向上的台阶”中，不惜牺牲朋友、初恋情人甚至妻子孩子（《向上的台阶》）。孤儿李治国是由大李庄的乡民集体养大的。他当上乡长后，为争取政绩，在计划生育和修路事件上，对大李庄人痛下“杀手”（《无边无际的早晨》）。这牵涉到乡土伦理道德的变异或解体。从人类的发展进程看，历史总在悲剧性的二律背反中进行；现代文明的进步需要付出道德的代价，这几乎成为共识。豫籍作家显然也意识到了这点，它表现在对李治国这类人物的处理和叙述态度上。主体一般不去直接批驳，而是通过其内心的挣扎、忏悔来暗示或达到类似的效果。一种折中的策略。在他们看来，仿佛只有自我“内部的审判与问讯”才有资格评价李治国：“这样做对不对？……面对国家的时候你是对的。

但在方式方法上，并没人要求你这样做……你仅仅使用了乡长的权力……你怕人家说你忘恩负义，总想摆脱‘黄土小儿’的压迫。于是你变压迫为压迫，用权力的大坎拦住了漫无边际的乡情。”这也是主体对自身弱点的梳理、洞察与谅解吧？在作品的结尾：“国一遍一遍地问自己：你是谁？生在何处？长在何处？你要到哪里去？”[①]它跟邵丽对《我的生活质量》的结尾书写如出一辙。这彰显了“乡土”认同的紊乱与迷失：一个生存层面的困惑（混得好与报答乡情间的抵牾），于此成为问题的核心与根底。它激发了乡土伦理的危机意识，文学的“抒情”最终亦要回到这里。但让人遗憾的是，作者的笔触刚跟生存打了个照面，叙述便戛然而止。

精神资源的匮乏与关注视野的相对狭隘是上述作品的通弊。如何在权术和生存之外，寻找和建构精神上的美好空间，已成为无解而被悬置。至于视野的问题，则牵涉到豫籍作家的思维惯性了。乔典运笔下的人物有句口头禅：“看胡子不是杨延景”。它已衍变为对“上”或权力观察的基本视角。言下之意，上面的位置被“不是杨延景”的奸坏之徒占据了，但对上下的格局、关系，却极少质疑和反思：如何形成这种关系的？又该怎样改变这种关系？这不单是个体的生存状态，更牵涉到社会、历史与未来。豫籍作家对此显然缺乏兴趣，他们的观察焦点在人与当下。一种相当自我、个人的写作，或可称之为历史“终结”后的书写？从一开始，豫籍作家就将这种格局或关系接受下来，而侯七、廖怀宝式的智慧只在于对关系精神的领悟以及如何在这一格局中站稳脚跟，谋得一个有利的“位置”。这总体属于切近、具象而务实的人情思维。从人的私欲来解释所有的问题，虽然也收到了片面的深刻与触动效果，但总觉得气象不够开阔。

其实，豫籍作家的作品已触到了“未来”，譬如，改革以来由于金钱资本的渗透而造成的权力重组与权力阶层的变动：暖暖通过金钱拉拢人心，居然打破了宗族的纽带，在乡村选举中一举获胜（周大新的《湖光山色》），从外面回来的暴发户杨如意向老村长杨书印公开叫板（李佩甫的《金屋》）……但这种本有可能通往历史前景探索的笔触在豫籍作家

① 李佩甫：《无边无际的早晨》，华夏出版社，1997年，第38、39、55页。

的笔下仅仅是一带而过，他们很快便回到人心不古的道德慨叹或人性与关系的窥测上去了。《向上的台阶》某种程度上就像陈世美故事的现代翻版；《金屋》里，作者把杨如意建造的金碧辉煌的屋子视为欲望与邪恶的象征，它让全村人都着魔了。金屋，是对乡土伦理和大地的疏离与背叛，而它的主人以及被它诱惑的村民最终受到了内心“罪”感的惩罚。这种处理虽然未尝不可，但总觉简单了点。作品缺少历史的敏感与眼光。杨如意的反叛性、金钱资本可能带来的革命性，尚未深入探讨便被大地的伦理打压了。

美国社会学家丹尼尔·贝尔认为，随着工业社会的发展，权力资源将逐步从土地向知识转化，相应地，权力手段亦将由直接控制转变为间接影响以及“技术与政治力量的平衡”①。这种观点虽然不能照搬到中国，但有一点可以肯定，豫籍作家所书写的官场人物、权力关系绝大部分是建立在“土地—权力”的模式上的。而实际的情况是，在市场的诱惑与城市化的大潮中，农民与土地的关系已经疏离了许多。根据杨继绳的调查，中国农村的阶层分化已很明显，有乡村干部、农业劳动者、农民工、农村知识分子、个体商户、私有企业主、农业经营大户、乡镇企业管理者八个类型②，权力关系可谓错综复杂。就官场书写的空间而言，尚有很大的余地。即使就人性刻画来说，那些从农村走出的官员，教育与知识对他们真的毫无作用吗？在李佩甫的《乡村蒙太奇》中有个细节，月琴家盖房，遭到村干部的刁难。后来月琴收到了大学通知书，村干部立时换了好脸色。这是否意味着知识也是一种权力资本呢？由此又会引发怎样的权力分配与心态变化？会有权力新贵产生吗？……对此，豫籍作家显然兴奋度不够，他们沉浸在自己的逻辑与记忆中。

相对于周大新、李佩甫，刘震云的权力书写要潇洒些。他甚少在作品里进行痛楚的人性慨叹或心灵拷问，这不是说他找到了精神救援的途径

---

① [美]丹尼尔·贝尔：《后工业社会的来临》，高铦等译；商务印书馆，1984年，第397页。
② 杨继绳：《中国当代社会阶层分析》，江西高校出版社，2011年，第122、123页。

或药方，而是因为他早就对人性不抱希望了。刘震云涉足官场小说较早，80年代末90年代初，他就写出了《头人》《官场》《官人》《单位》《一地鸡毛》等作品。在这些被评论界称为“新写实”的小说中，刘震云向我们显示了他旁观者的智慧和幽默。作品的世界犹如灰色的蜘蛛网，牵牵绊绊。那困在网上的蜘蛛就是各类人物，他们勤奋机械地忙碌着，看不到光亮，却也捱过来了。

《官人》围绕班子调整，记述了八个局长之间的明争暗斗。它让人想起沈从文的《八骏图》，却不似后者那般冷嘲热讽。在用词和笔力上，《官人》要含蓄平和些。主体的平和建立在对人性的彻底悲观和绝望上；并由绝望生出了“一视同仁”“平民立场”，生出了喜剧、幽默与淡淡的温情。在《官人》里，作者把权力世俗化、琐碎化、微观化了。权力不在某个实体、机构或人身上，它从关系中产生，系某种关系的呈现与布局。比如，那个打扫卫生的老头，仿佛是个底层人士，但在把握各个楼层的干净程度上却有“实权”。“领导层都在二楼，二楼的卫生就搞得比较仔细，便池的白瓷抹擦得可以照出东西”，其他楼层就马虎得多。这跟《一地鸡毛》中查水表的老头一样。别看地位不高，你还不能得罪他，他一不高兴，就敢给你整个门洞停水。你要让他不停水，就得耐心听他的高谈阔论。每个人都是关系中的一环或棋子，官人也不例外。用作者的话说：“领导也不容易，整天撕撕拽拽，需要动心思，何况他们也是人，也有七情六欲。儿不易，爹也不易；下级不易，领导也不易。”[①] 想起李佩甫在《败节草》中的一句话：“生活是一种关系呀！活在什么样的关系层面里，你就有什么样的人生。”[②] 这大体就是刘震云的官场书写思维。

然而，切勿认为主体就停止讥嘲了，从《官人》开头的厕所描绘就是证明：“二楼的厕所坏了。……屎尿涌了一地。天气太热，一天之后，屎尿就变成了一群蠕动的蛆虫。有人亲眼看见了一个大尾巴蛆，正在往厕

---

① 刘震云：《诉说衷肠》，载《中篇小说选刊》，1991年第4期。

② 李佩甫：《败节草》，收入《金鼎兽——当代官场小说精选》，漓江出版社，1999年，第49页。

所对面的会议室爬。”[1] 这种粘连龌龊的味道一直在文本中徘徊不去，一种对权力关系和官场生存况味的隐喻。就此而言，《官人》的内里实比《八骏图》尖利、刻薄。刘震云的作品愈到后来，人物愈发扁平、类型化。主体所有的心力都在洞察权力关系的运作上了。为此他甚至不惜放弃人物的形象塑造（他们仅是牵出关系的工具），牺牲文学的情感与肉体，以文本的枯涩作代价，换取对权力关系的纤毫毕现。作品由此的确达到了某种深刻或深度，但主体的内在世界也变得扁平、褊狭了，一个更深层面的权力或关系的异化物。至于此前多次提到的《一句顶一万句》，我以为那是心灵扁平的反弹，系灵魂的自我修复[2]。《一句顶一万句》让我们感觉到主体内里的荏弱与无助，他远非冷面或铁血战士，亦要寻找情感的滋润与呵护。

四、中原“头人”

《头人》是刘震云官场系列中最早的一篇小说，讲述了申村七个“头人”的统治历史。申村本来没有村长，由于县里要找个收田赋的人，“我”的祖上，一个卖盐的，阴差阳错成了申村第一任村长。刚上任时，祖上态度温和，挨门挨户收田赋，口气像求人家。排解纠纷时亦是大事化小，小事化了，赔些好话算数。后来到乡上开了几次会，经由乡公所一个伙夫的点拨和其他村长的“启蒙”，祖上学会了村长的派头：任命村丁干杂事，自己开始吃喝享乐，并发明“染头”和“封井”制度来对付村里不断上升的盗窃与男女私情案，从此天下大治。村人感觉到当村长的甜头，开始争坐其位，后来的几任村长经历大同小异，无非为自己谋利，制度上延续“染头”“封井”。

刘震云在此探讨了“官人”身份及其性格在乡间的起源。“我并没有

① 刘震云：《向往羞愧》，江苏文艺出版社，1996 年，第 259 页。

② 这一修复工程在《故乡面和花朵》的最后一卷开始显山露水，它进行得相当艰难。论述详见第十章。

让你们来做我的官，你们这个官是怎样做上去的呢？”[①] 刘认为，作为权力符号的官人身份不是乡间本身固有的，而是国家权力向乡土渗透的结果。国家试图将乡村纳入自己的权力体系中，于是便有了起衔接功能的代言者，官人。这一观点其实颇可商榷，一个有力的反证是，国家在选择地方代言人时，最先考虑的是当地的族长、大户，像“我”祖上的情况只属于特例、偶然。作者在申村诞生村长之前，预设了一个“权力真空”状态，没有等第、差别，这也让人难以信服。就作者一面而言，倒是由此透出了某种模糊的“理想”：那是一个类似老子主张的与世无争的“小国寡民”的存在。这种道家散漫无为的思想，系中原文化的精神核心。

由于“小国寡民”的社会模式跟以个体生产者为中心的自给自足的农业经济是相匹配的，它在中原乡间百姓中颇有市场。豫籍作家的笔下，除了《头人》里的申村外，在呼家堡（《羊的门》）、受活庄（阎连科的《受活》）中，我们亦能感受到“小国寡民”的特质与希冀，似乎这样便能躲避权力的辐射与迫害了。一个暧昧的文化退守姿态。在信仰匮乏的年代，豫籍作家本能地通过回溯地方文化，寻找踏实与安全感，虽然内心同时意识到这么做其实毫无前途……

《头人》写得像个寓言，可以感觉到作者对国家权力体系的排斥与不信任：祖上的好运说明，国家任命官员（村长）完全从自己的角度（只要能收来田赋）出发，并不顾及民众的利益。在官人的性格成因方面，刘震云指出，官人之所以会出现贪得无厌并采用“封井”之类的暴力措施，跟民众的自私势力、怯懦奴性密切相关，二者相辅相成。这确是一个有力的洞察，它超出了那种将官员与百姓、民众对立的一般思路。譬如，金喜当村长时，大家争着请他吃鸡，纵容他在支部办公室撒尿，及到他失势了，大家不约而同落井下石，向调查组揭发他怎么吃鸡不给钱，怎么在支部办公室撒尿，等等。明知道“封井”的滋味不好受，可一旦取消了，却又想它，希望用它来整治别人，以保自己平安。一种暴力的倾向与渴望。这让权力的高压措施带上了以暴制暴的“合理”意味。难怪作者会不无愤激

---

① 刘震云：《草木、人及官》，载《中篇小说选刊》，1989年第1期。

地说：“官是没有错误的，一切全在群众。有什么样的群众，就会产生什么样的官，我们不要责怪官。”[①] 而呼国庆对这些“群众”亦有一个贬义的称呼，叫“二不豆子”。至此，我们应该明白了，为什么刘震云能用貌似平等或“一视同仁”的目光来打量官员：一种绝望的掩饰与转化而已。

刘震云没有解释民众奴性、势力的原因，他只给出了不容怀疑的“是”，至于“何以是”，只能从文本以外的文化与历史中寻找。对这种民众人格，鲁枢元是这样解释的：中原位“中”，在历史上系兵家必争之地。因地属平原大多无险可守，交战双方你进我退，拉锯不已。在夹缝中生存的中原百姓日积月累，形成一种基于自我防卫的文化心理。[②] 从第二章对河南近现代史的勾勒中，我们也不难体会这点。河南，一个被遗忘的地方，一个人们只知道利用却从不珍惜的“中国弃儿”，难怪这片土地上会“长”出如此的民众了。质言之，自私奴性、没心没肺、包括此前提到的权力迷信、畏官爱官以及侯七式的无赖、机智等，在根底上都属于无人眷顾、地位低下者的自卫哲学，是被长久残酷的生存条件逼出来的。一种创伤后的畸形人格。

记得李佩甫《败节草》里有个细节，麻脸五爷在高粱地里奸污了幺婶。后者起初还想反抗，但麻脸五爷口中一个低沉有力的“草”字，让她彻底软了。“草”之所以有如此震慑的魔力，是因为它击中、揭开了对方心底的创疤，让她在一瞬间陡然“看”到了自己的宿命：弃儿 / 稗草 / 贱民 / 女人（一种古今创伤经验的叠印）……还折腾什么呢？

官场话语中，豫籍作家写的最出色的还是那些在当地土生土长的“头人”。如李佩甫《小小吉兆村》里的吉昌林，《受活》里的柳鹰雀，印象至深的要属《羊的门》中的呼天成。这是一个集农民智慧、传统文化、现代精神与地域特性于一体的中原悲剧英雄。不少人将《羊的门》视为单纯好读的官场小说，此间虽然存在一定的误会，但鉴于中原文化与政

---

① 刘震云：《草木、人及官》，载《中篇小说选刊》，1989 年第 1 期。

② 鲁枢元：《生态文艺学》，陕西人民教育出版社，2000 年，第 329 页。

治文化的亲缘纠葛，这种读解也不无道理。所谓政治文化，按照美国政治学家阿尔蒙德的解释，它是“一个民族在特定时期流行的一套政治态度、信仰和感情。这个政治文化是由本民族的历史和现在的社会、经济、政治活动进程所形成。人们在过去的历史中形成的态度类型对未来的政治行为有着重要的强制作用。政治文化影响各个担任政治角色者的行为、他们的政治要求内容和对法律的反应”[①]。中国两千年的封建专制史熏陶出了一套以人治为核心的政治文化，法治观念相对淡漠。即使有明文的法令，也是以人代法，人说了算。由于小农经济的散漫、自由倾向，为加强凝聚力，传统的政治文化着力打造一元化的王权主义，强调等级、尊卑，培养权力崇拜与惧怕的情感。这些对身处帝都的中原百姓产生的影响可谓深入骨髓，以此来看豫籍作家笔下那些带有强烈的权力依附性人格的民众，也就不足为奇。事实上，这种政治权力格局在中国至今亦未得到根本的扭转，这也是我们在阅读《羊的门》时为什么会产生似曾相识的惊愕的重要原因。就此而言，呼天成立志做呼家堡的“主”，是符合历史的脉动规则的，一个在传统政治文化陶染下的自然的角色定位，而非单纯的权欲熏心。他跟那些不自觉地选择依附与臣服的民众一样，都是中国政治文化的产物。

呼天成的权力运作包括两方面：对内的“治心”，树立绝对权威；对外的“种人术”，经营“人场”：只要他认为你是“朋友”，是“人才”，那么，他在感情上的栽种就是长期的，始终如一甚至不求回报。他对老秋的帮助就是证明。“文革”期间，呼天成冒着掉脑袋的危险，把被打成“省内二号走资派”的老秋背回呼家堡，在果园里藏了一年零四个月。在以后的岁月里，他一直与“老秋们”保持着特殊的亲缘关系。无论是他们遇难的时候，还是官复原职，抑或退居二线，呼家堡的礼数一样周全。呼天成奉送的是一份回忆、念想，一种叫人忘不掉的情分。藉此，呼天成在上至中央、下至市县干部中建立起了一个庞大的关系网与“人才库”。这种

① [美] 加布里埃尔·A. 阿尔蒙德：《比较政治学：体系、过程和政策》，曹沛霖等译，上海译文出版社，1987 年，第 29 页。

人情的投资、“佘债”与“增值”，是从中国传统的相人术、治心术以及讲求含蓄、厚道的礼仪文化土壤中生出的特有的“商业”运作程序，看似不讲交换，不求回报，更无等价之说，但最终还是要换的；交换的尺度不是货币，它要用心去衡量、揣度。呼家堡的“呼家面”便是在这太极式的心灵推拿、权衡中走向市场风靡全国的，一个从权力资本向货币资本的自然转化。在此，传统与现代之间出现了一个奇妙的“接榫”。

对内“治心”方面，呼天成设计了种种方案。最触目惊心的莫过于以色欲为诱饵，让孙布袋做贼“卖脸”。孙一次次做贼，又一次次被抓。通过一次次的会议批斗，呼天成完成了对村民精神的“集体洗澡”，逐步确立起自己“精神之父”的权威地位。以往谈及这一情节，一般都将其作为呼天成的人格负面性来看：此系他对村民的人格践踏与奴役，用孙布袋的话说：“我放了三十年羊，你放了三十年‘我’，人也是畜生。”这固然不错，但更深一层考察，呼天成何尝不是一只“羊”呢？他明明知道自己在做戏，可做着做着就成真的了，不得不继续、永远地做下去。支配呼天成的，就是中国政治文化中那看不见却无所不在的“第二十二条军规”[①]。后者才是真正的“主”或“上帝”。

呼天成虽然意志坚定，却完全无法跟“军规”对抗，他占据的只是一个名义上的“主”位，所做的一切不过是为了维护这条无形“军规”的有效性，保持其内部的“差序格局”，或者说，呼天成的言行早就被“军规”制定好了。没有什么“酋长”“羊群”之分，大家都是“羊”，都是服从。较之一般的村民，呼天成的出众之处在于，他明确感知到了这套规则的运作规律，主动地迎合上去并改造自己——成为“主”，一个卡理斯玛式的领袖——而不像一般村民那样懵懵懂懂、随波逐流。

呼天成的悟性来自“中原弃儿”那“从小处求活，败处求生”的体验。一个自称“玩泥蛋”的农民，我们在他身上看到，那被人弃之如履的“败节草”如何修炼成了“草精”。凭借着“草”的柔软、韧性，呼天成无

---

① 语出美国约瑟夫·海勒的长篇《第二十二条军规》。所谓“第二十二条军规”实际是一个打着规则（regulation）名义的圈套（catch），任你怎样努力也休想从它的束缚中逃脱。

师自通地解开了权力场中的规则密码。小说中练易筋经的情节虽然有点故弄玄虚，但换个角度亦可视为一个夸张、坐实的隐喻，它暗示呼天成身上那带有道家意味的阴柔特质：易筋经让他成了阉人，一个“脱胎换骨”、登峰造极的侯七。侯七做事的基本原则是绝不和规则对抗，呼天成同样如此。他的全部心力都耗在对规则的消化、领悟与应用上了。呼天成早就悟到，改变命运不是凭空的，要按规则办事。在找准你的位置后，就专心致志做个有创意的“角色演员”。

道家的阴柔性在呼天成身上体现得很多，他的人情外交颇似老子所说：“将欲歙之，必固张之；……将欲取之，必固与之。是谓微明，柔弱胜刚强。”他对村民的“洗脑”亦让人想到道家的“愚民”之说：“古之善为道者，非以明民，将以愚之。民之难治，以其智多。故以智治国，国之贼；不以智治国，国之福。”[①] 老子所讲的“愚”，本指敦厚朴实，无巧诈之心，这与村民对呼天成的迷信盲从貌合神离。但在欲望丛生的年代，从实践操作的层面，能在治理上做到这种大面积的“形似”，也算“奇迹”了。笔者并非为呼天成辩护，说到底，这是一种弱者的哲学，是农民、草根卑弱自持自卫图强的智慧。

从《败节草》到《李氏家族》以至《羊的门》，李佩甫一直在探讨“草”的生存智慧。《败节草》中的弱势村民李金魁曾以上吊相逼，威胁队长还钱，居然得逞了。一根绳子竟然有这么大的力量?! 连队长这么厉害的人物也被它降服了。李金魁“一口气跑到田野上，躺在草地上，眼望蓝天，满含热泪地高声喊道：草啊，那生生不灭的草啊！”而呼天成在《羊的门》中一出场，就是一个睡在绳床上的“草精”——可谓底层农民或贱草智慧的登峰造极。虽然呼天成的做法与道家相似，但远未达到妙合玄机的境界。农民在情感和天性上容易亲近道家，后者本是从小农经济的土壤中生长出来的，然而一旦应用到实际生活领域，道家的超然智慧便带上了强烈的权术与功利色彩，这是中原文化一个非常触目的特征。道家可以摇身转变为儒家或法家，这早在韩非的《解老》《喻老》篇中就已看

① 参见《老子》，第三十六章、六十五章。

得清清楚楚了，后者基本是从权术运作的角度来注释《老子》的。

很多评论者注意到，呼家堡这片“净土”就像当下中国社会、政治版图中的一块“飞地”，无论外面的世界如何颠簸动荡，它依然按照自己的逻辑循环。这种“飞地”意识从何而来？不少人将呼家堡与河南临颍县的南街村[①]相提并论，认为其中带有纪实的成分。诚然，这不无道理，但目光尚可放得远些。在我看来，无论是现实的南街村，还是虚构的呼家堡，都与河南近现代以来接连不断的“地方自治”实践有关。由于长年的战火灾荒及匪祸，河南民不聊生，而中央政府和省级政府对此根本无力或无暇应对，河南局部地区长期处于无政府状态，这激发了地方精英强烈的自治愿望与行动，后者可视为“中国弃儿”的自救措施。河南的地方自治始于清末民初，最富影响力的要属1930年代以别廷芳为首的宛西自治。[②]与当时梁漱溟在山东邹平实行的乡村建设实验以及晏阳初的河北定县实验相比，宛西不是一个国家认可的“合法”实验区，它自始至终都处在国家（其时的国民党政府）的怀疑与敌视之中。别廷芳凭借强大的地方武装迫使国民党势力退出了宛西，通过军事手段建立一个不受国家权力辖制的自治政府，并在它的带领下开展乡村建设实验，这使得宛西自治成为中国乡村建设运动中一个非常特殊的类型。

在南街村，民兵是重要的社会组织。南街村的年轻人要服兵役，党委书记王洪彬认为此举可以有效改变农民的散漫作风。呼家堡也有民兵，不仅如此，它的整体管理风格、理念都带有浓重的军事色彩：村民早晨听晨曲《东方红》起床，来到广场集合；钟声（后改为电铃）是工作指令。

---

① 南街村是全国十大名村之一，是集体主义经济的代名词。它坚持用毛泽东思想教育人，以雷锋精神鼓舞人，以革命歌曲激励人，营造了浓厚的集体主义氛围。全村党员干部、职工村民发扬“二百五”的“傻子”精神，实行“外圆内方”的治村方略，人人敬业爱岗、乐于奉献。在南街村，基本实现了共同富裕，社会和谐，经济平稳发展，人民安居乐业。

② 宛西自治的区域包括河南省南阳市西部的镇平、内乡（今内乡、西峡两县）、邓县、淅川四县。

单声为上工，双声是下工，三声是开会或紧急集合；奖惩法又叫“刺刀见红”。在此，能依稀瞥见当年宛西自治的影子。军事化的管理不仅是苛严的权力操作程序，还隐含着“中国弃儿”对外的紧张与不信任。多少年了，没有人去真正关心这片土地！由此，或许能够解释“呼家堡”的遗世独立？

性格方面，别廷芳与呼天成亦颇多相似之处。别廷芳一生廉洁，凡事以身作则，幼时家中三亩地，死后遗产依旧三亩地；呼天成为人低调，绝不贪图物质享受，为了做“主”，不惜掐灭欲望。豫西盛产西瓜，偷瓜者众，瓜农损失惨重，别廷芳布告四方：“偷瓜者死”。不想女婿途中口渴，于附近瓜田摘了个西瓜。此事为别廷芳知晓后，他全然不顾女儿的哭诉，即刻吩咐卫兵将女婿推出枪毙，并对女儿甩下句话：“枪毙了他，有我养你一辈子。”此举较之呼天成让孙布袋“卖脸”，更为极端。宛西的治理最终卓有成效，路不拾遗，门不闭户，跟呼天成建造的呼家堡“净土”何其相似！有时候，甚至恍惚觉得呼家堡就是宛西自治的轮回转世，经由文学的“创造”与“呼唤”。

如此对举，并非指认呼天成系别廷芳的“翻版”，只想辨认和梳理下《羊的门》中那潜伏的历史脉络。“呼家堡”不是中国的“飞地”，而恰是中原“弃儿”生存历史与处境的流露与写照。它的权力运作，有相当部分出自“地方自治”的记忆与思维。然而，又是这个“地方”，跟（传统）中国有那么久远的亲缘！《羊的门》让我们既熟悉又陌生、既惊愕又叫绝的原因就在这里。在呼天成、别廷芳身上，能感受到浓重的“清官”崇拜意味。当中原作为“地方”建立它的“王国”时，它在政权形式上相当自然地挪用了中国千年来的封建集权体制。呼天成即是呼家堡的君王，一个富有德性而天才的皇上、清官或官人。将政治的运转全部或主要维系在一个人身上，其脆弱、风险可见一斑。像呼天成这样的人，现代科班教育很难复制。他永远属于中原土壤中的“这一个”，是由中国政治文化与农民文化共同浇铸的君王“精粹”与“典型”。

第三节 苦难话语

苦难是“中原突破”书写里的重要内容。苦难观念的形成，既是经验世界给定的压抑性体历的结果，亦与个体所处的固有的文化意义结构密切相关。前文不止一次提到，苦难是中原文化给予豫籍作家的含混而深刻的记忆，一种具有“遗传性”的共通精神与身份标志。它影响到豫籍作家对苦难起源的理解，苦难过程的体历以及应对苦难的情感与实践方式。从中国文学及现代性的角度而言，由现代性确立的发展、进化的历史观在把人类生活历史化的同时，也就把苦难设定为生活的本质。这在某种程度上无疑具有客观实在性的一面，换言之，对生活本质上的苦难理解乃是现代性逻辑的基础。由此，现代性成为离苦趋乐的理性神话。20 世纪的中国文学贯穿了对现代性的追求，“在对民族—国家的想象性建构和个体自由的追求中，苦难叙事与中国现当代文学结下了不解之缘”[①]。可以说，“中国”的成型、演进有赖于对集体苦难、损伤充满情感色彩的悲痛的运用，这些集体受难的语言能够有效地动员和召唤它所需要的“人民”，并闪避开个体挑剔、反思的目光。就此而言，“国民性批判”亦可纳入广义的苦难叙事，它在对国民心灵创伤的揭示与剖解中，动用了类似的苦难修辞。

1980 年代以“伤痕”为标志，拉启了“新时期”文学的序幕。无论是“伤痕”“反思”，还是“改革”文学，都将个体苦难的追溯、呈现与国家意识形态的推进结合起来。当王晓华在母亲的灵前哭诉“女儿永远不会忘记您和我心中的伤痕是谁戳下的”(《伤痕》)时，已将苦难的怨诉指向“文革”，一个时代的错误。言下之意，随着“新时期”的到来，苦难将被克服和得到补偿。这种将个体苦难经历融入中国现代历史的大叙事、并以此来见证后者正当性的叙述，彰显的是隶属于集体的、政治性的苦难意识。它在 1990 年代的文学中逐渐式微，随之而起的是多元化的苦难书写。

---

① 吴雪丽:《现代性视野下的苦难叙事——以“文革”后小说为考察对象》，载《重庆社会科学》，2006 年第 8 期。

一、苦难的世俗化

“新写实”作品那庸常、琐屑的苦难便是突出的例证。刘震云的《一地鸡毛》《新兵连》《单位》等小说是“新写实”的“招牌”之作，写的全是凡人俗事，如夫妻争吵、菜价上涨、工作调动、住房拥挤，等等。它们在作品里被敷上了一层悲剧的色调，却跟国家或现代历史的推进很难扯上关系，如同《一地鸡毛》里小林的梦境：“上边盖着一堆鸡毛，下边铺着许多人掉下的皮屑，柔软舒服，度年如日。又梦见黑鸦鸦无边无际人群向前涌动，又变成一对对祈雨的蚂蚁。”这种苦难是指向自身的，较之伤痕中的苦难逻辑无疑是极大的反拨。虽然看去堵得慌，有些上不得台面，却更为真实熨帖。其旨在说明：苦难是生命的一部分，它维系于个人的选择与努力。套用托尔斯泰的话：“幸福的经历都是相似的，但不幸的经历却各不相同。”

主体于此表露了对平民理想的亲和与认同，一种务实的立场与世俗的苦难观。刘震云在谈及《一地鸡毛》时曾说：“我们拥有世界，但这个世界原来就是复杂得千言万语都说不清的日常身边琐事。它成了我们判断世界的标准，也成了我们赖以生存和进行生存证明的标志。这些日常生活琐事锻炼着我们的毅力、耐心和吃苦耐劳的精神。”[①] 将“吃苦耐劳”之类常用于政治动员、褒奖的语汇挪用于此，着实有些反讽。作者对“中国”的疏离，不言而喻，其中还夹杂着对现代历史进程的冷漠。无论中国现代发展的未来如何，对老百姓而言，要紧的是过日子。没有对苦难的终极思考——那太好高骛远——我们只是解决问题，经营好自己的生活。这方面，小林算是“榜样”。在《一地鸡毛》的结尾，当得知乡下的老师去世时，小林难受了一天。上次老师来城里看病，自己也没给他找个医院，但“一坐上班车，想着家里的大白菜堆到一起有些发热，等他回去拆堆散热”，小林“就把老师的事给放到一边了。死的已经死了，再想也没有用，活着的还是先考虑大白菜为好。小林又想，如果收拾完大白菜，

---

① 刘震云：《磨损与丧失》，载《中篇小说选刊》，1991年第2期。

老婆能用微波炉再给他烤点鸡，让他喝点啤酒，他就没有什么不满足的了”[①]。

对世俗性苦难的体认并将世俗性或平民性作为自己的写作立场，是1990年代以来文学“乡土”创作的一个重要特征。苦难的多元化书写，大多以此为根基在局部或形式上作调整、变换。“中原突破”也不例外。造成如此情势，与以往集体苦难过分压抑导致的自我补偿心理有关：内里的苦楚可以直抒胸臆，不必再经过集体苦难的监督筛选、编码过滤，这当是件多么快意的事情！换言之，世俗性的苦难书写是个体意识觉醒的标志，带有对自我权益追讨的意味。如果说以往的政治苦难导向的是个“我”与“中国”的结盟，那么对世俗性苦难的张扬，则让主体向着“地方”皈依了。

就刘震云而言，他的平民立场是贯彻始终的。把平民与流民、农民并置而视，三者的共性在于：它们都是权力中心之外的边缘构造，这跟“中国弃儿”的集体身份倒是形成了牵连互涉、“心心相印”的关系。说来流民亦是平民之一，只是生存的环境更窘困，行止更易偏激罢了。在流民的构成中，很大一部分是失去土地的农民（刘震云笔下的流民多指此义）。正是在三者的错综扭结上，刘震云的新写实作品（以城市平民为主人公）与他后来的“故乡系列”小说（主要人物系故乡的农民、流民）可以大致联系、统一起来。说到底，无论平民抑或流民，他们的基座都是农民。小林貌似普通市民或平民，但实际却是来自农村的留城大学生，跟《新兵连》中“老肥”“元首”等力争上游的农村兵相类。

关于苦难话语中世俗立场的凸显，从一个更大的范围考察，它显示了社会转型期间知识分子话语体系的崩解与变迁。随着市场的强力崛起，知识分子与国家意识形态间的“蜜月期”结束了。他们的地位日趋边缘，操练已久的启蒙与人道主义话语，在面对经济神经日益敏感的大众时，越来越格格不入，其言说不得不作相应的调整。在这一话语迁变的过程中，豫军对平民立场与世俗价值的肯定，与其说是追风、模仿的结果，不如说

① 刘震云：《一地鸡毛》，江苏文艺出版社，1996年，第233页。

是本能与历史的惯性使然。从前述的平民与“中国弃儿”的相通构造上，不难感受出来。刘震云正是凭着本能的驱遣，才在苦难的世俗化书写潮流中成为了“先锋”。

换个角度看，中国知识分子历来有“入仕”和“归隐”两种选择，如今“入仕”既不可得，寻觅“采菊东篱下”的归隐之地也渺茫得很，那么“泯然于大众”便成为相当自然的选择。一种与生活、他人以及作为强势话语的“市场”和解的战略。按照“大隐隐于朝，中隐隐于市，小隐隐于野”的标准，它亦可说是一种“隐”：透过小林等的忙碌与麻木，能够感受到那源于主体的不甘与挫败、迷惘与自怜。一群“祈雨的蚂蚁”，在柔软的“鸡毛与皮屑”——与个人生存休戚相关的生活处境的象征——中暂时睡去了。

必须承认，在苦难世俗化的书写中，刘震云的表现相当出挑。较之一般的苦难“新写实”，他的表达更直率凌厉，无所顾忌，对崇高的撇弃亦更加彻底，有些地方甚至不无粗鄙化。这都让人想起“中国弃儿”的历史记忆与身份：上述声腔语调，若从弃儿的口中发出，不是相当自然么？我并非批评作者不能或不该如是叙述，但它的确是带有明显人格缺陷的个性言说。读此类作品，仿佛陷入了一个冷飕飕的价值荒原。这在豫军的创作中颇具代表性，它跟中原文化对政治的强烈依附性有直接关系。在豫军对苦难根源的探讨中，“中国”的冷落是极为重要的因素。所有的价值、崇高都建立在政治（抱负）的基石上。一旦失却了意识形态的支持，则容易破罐破摔、自暴自弃。从权力与精神兼备的“贵族”到尖刻泼皮的平民、流民，仅一步之遥。这不啻为信仰崩溃的奇观了。

二、苦难的现世“管理”

“彼岸性”的缺失是苦难话语构造的根本特点，它要在对“彼岸”的抵制与排斥中建立起苦难的根基、层次与能量转换，这并不容易。由于无法提出彻底脱离苦难的方略，甚至朝此方向努力的迹象亦不多见，这使得豫籍作家的苦难叙述很难形成“深度”，它更像是萦绕或局促在某个层面的描写与复沓，与思想的归宿、提升关联不大。这在刘庆邦、墨白、阎连科的笔下都有体现，尤以《日光流年》表现最甚：“大崩溃”一章写村人卖皮，费去近 30 页，无非是说卖皮之难、卖皮之痛[①]。一种“原地踏步”的渲染与铺排，实有“水分”之嫌。众多类似的描述让《日光流年》这部长篇极易被缩写。不加节制的描写其实与原初的苦难相去甚远。它讲述得太轻易、流畅，而生活体验告诉我们，真正的痛楚是很难诉诸言表的。精简、凝练及少量的“口吃”不仅是必要的修辞，亦是对苦难真实承担的自然流露。我并非怀疑作者对苦难的真诚，只想指明苦难书写在当下语境中的内在矛盾与暧昧。因存在多方面的诉求（历史记忆的、身份的、创新的、阅读的……），表现苦难的目的、方式、动机与结果极难协调统一。苦难成为众望所归的某种“问题”“题材”，却非文学的观照所能勘破。或许从一开始，对苦难的穿透就被预设为奢望而无须在此劳神费力。

相比较而言，西方文学中的苦难叙事倾向于存在论意义上的苦难，而“中原突破”中的苦难书写更多表现为生存性苦难。它大体沿着三个方向展开，一为乡村社会变迁与权力倾轧下小人物的悲哀，《羊的门》中被村长呼天成剥夺了“脸面”的孙布袋便是一个典型。此外，周大新的家族小说，阎连科的《天宫图》《乡间故事》《瑶沟人的梦》等也涉及类似的人物与情节。其次是“进城”农民的困惑与挣扎，之前提及的刘震云的新写实作品《一地鸡毛》《单位》等便属于这一范畴。此外尚有刘庆邦、傅爱毛的煤矿小说，墨白、乔叶、周大新的民工小说，阎连科、刘震云的军旅作品等，在底层话语中我们会详加讨论。第三是以阎连科《年月日》《日光流年》等为代表的苦难寓言。三个方向中有一触目的共识：物质生活上的匮乏、窘迫，系苦难的重要依据与砝码。由贫穷与苦难一体化而来的压抑、仇恨及人性之恶，成为其叙述的核心动力。

苦难叙述向度的中西差异跟各自文化对苦难的理解和应对策略有关。西方基督教认为，苦难的根源来自人的“原罪”，承受苦难是自我拯救的必要手段，并由此创生了超越现实的十字架精神。十字架本是一种剥夺生命的极刑刑具，“然而，当耶稣被钉在十字架而受死、复活、升天并为

① 阎连科：《日光流年》，花城出版社，1998 年，第 197—223 页。

世人的罪作了挽回祭以后…… 十字架就超越了痛苦耻辱层面而成为神与人和好的福音象征。”[①] 像十字架那样将死与生、苦难记忆与人类希望连接打通的奇妙装置与思维，在中国文化中一直付之阙如。中国居传统主导地位的儒家并不重视对苦难问题形而上的追问，它强调现世原则（“未知生，焉知死”），鼓励人们抛开个人苦难，完善自我并积极投身社会实践（“先天下之忧而忧”“君子坦荡荡，小人长戚戚”“一箪食，一瓢饮，在陋巷，人不堪其忧，回不改其乐”），一种苦难的力比多转化。此外在中原古代神话精卫填海、后羿射日中，亦可看出此地先民对苦难的理解。所有的苦难都源于对生的威胁。为让稼穑正常生长，使民有所食，羿一气射杀九个日头，绝无宛转姑息的余地；女娃被大海夺去了生命，化作精卫鸟，“常衔西山之木石以堙于东海”[②]，可谓“此恨绵绵无绝期”了。

把神话中对生的执著、坚韧与儒家倡导的社会实践结合起来，或许能对豫籍作家苦难叙事里层出不穷的复仇设置有所了然。复仇，具有儒家务实、入世的特质，却缺乏后者的仁爱与自我修持。一种古朴悠久的苦难书写。其实早在后羿射日、精卫填海的传说里，便隐含着人对压迫自我的外在力量的克服与报复。不仅如此，作为复仇者的后羿与精卫还被赋予了坚毅、忍耐、勇敢等优秀品质。一切都是为了筹划、挣得现世的幸福与圆满——绝对实干型的，亦算“社会实践”了吧？跟神话相比，豫籍作家笔下的复仇，除了将报复的对象由自然（太阳、大海）换作他人，并无太大的更动、发展。说豫军的作品带有浓重的原型色彩，便由此而来。

在神话里，苦难是与具体的感官经验（太阳的灼烤、饥饿，大海中肌体的窒息）联系起来的；而豫籍作家在渲染苦难时一个重要手段或砝码就是身体化。之前提到的“卖皮”，可谓典型的例子，事实上整部《日光流年》就像身体自我折磨的癫狂想象与极限运动，这跟神话中的苦难感知逻辑相同。不存在以今生的苦难换取来世美满的念想，幸福依凭于自我当下的感觉。感觉有就是有，感觉不到即是无。由物质生活的匮乏所

① 王岳川：《苦难记忆与人类希望》，载《美术观察》，1996 年第 12 期。

② 参见《山海经·北山经》。

界定的苦难，也是感觉出的。至于感觉本身是否存在问题，却是无暇、无力顾及的，从一开始它便被置于写作的盲区（或曰安全地带）。因现世的短暂与资源的有限性，任何妨碍幸福（感觉）实现的人都有可能被当做须克服的目标或复仇的靶子。由此，苦难的呈现在豫军这里便聚焦或具象为人与人之间的对立关系，以一种类乎自然主义的叙述方式。

周大新的《紫雾》中，人类相互的敌对以家族世仇的“遗传”形式体现出来。周家与龚家本是居住在柳镇的对门街坊。周龙坤与龚老海之女絮儿相恋，因贫富悬殊，遭龚老海粗暴干涉，龙坤的两个脚趾被砍断，自此两家结下世仇。然而，就是在这两个不共戴天的家族中，注定爱情的牵连不断。下一代的周士高与龚素素，再下一代的周素与龚小枫又相恋了，他们试图跃出仇恨的沼泽，却均以失败告终。与周大新的其他家族小说的理路相似，《紫雾》意在探讨人类彼此仇视（苦难的重要表现之一）的根源以及化解仇怨的出路，但收效甚微。事实上当作者以“世仇”作载体来描述人类彼此的敌对时，内心已将这种敌对“固定”下来；“世仇”的设定表明，人与人的抵牾、仇视是从血里带来的，实难更改。值得一提的是，每当周龚两家要发生灾难时，柳镇西部的丘洞便会喷出紫雾。这一设置给苦难或仇恨抹上了天启、宿命的色彩。防范、变更苦难的希望更加渺茫了。

在一篇如同苦难论的创作谈中，周大新这样写道：“我在盆地中观察到一种现象：只要一些人在人为的痛苦中浸泡，附近就肯定有另一些人在快活地发笑；只要一个人在痛苦，那他在这之前或在这之后就肯定有欢乐的时候。我于是觉得，人世上的欢乐和痛苦实际上相等，它是悬在人类头上两个巨大的自动控制流量的水库，两个水库的流泻量永远在追求平衡，痛苦向这里流，欢乐即向那里去；欢乐在这个时候流过了，痛苦以后就要补上来。因此我想，人们得到了欢乐不要忘乎所以，人们接受了痛苦也不必寻死觅活，要相信二者早晚还要互换。”[1] 这朴素的祸福相倚、此消彼长、

① 周大新：《圆形盆地》，载《解放军文艺》，1988 年第 6 期。

总量相当的认知为浓稠的苦难书写平添了一丝超脱感，但并未将他人与自我视为一体进而发展出平等博爱、博施济众的大同格局与拯救理念，它更接近于周作人在《人的文学》中所提倡的“个人主义的人间本位主义”：“个人爱人类，就只为人类中有了我，与我相关的缘故。”[①] 对于在苦难中煎熬的人的来说，这话并不实用。即使就作者而言，亦像是找不到苦难出路的自我开脱与解嘲。

紧接着上述引文，作者写道：“既然痛苦与欢乐紧紧相连，那我只要写出了痛苦也就写出了欢乐……只写欢乐反会让人生出一种恐惧，因为欢乐过后就是痛苦；写出痛苦才会让人无忧，因为痛苦过后就是欢乐。痛苦——欢乐——痛苦——欢乐……这是一条巨大的圆形链条。”能够把苦难与欢乐不假区别、一视同仁者，已趋向圣人之列了。但对那些在自我生存里孜孜营构的众生来说，这话既空洞又无力。它是否意味着主体只打算做一个俯瞰苦难世界的旁观者呢？

《紫雾》里的周素给我们留下了一点“盼头”。这是一个受过现代教育的青年，他敢于超越家族的宿怨，到龚家开办的鞭炮烟花厂做工。周素埋头苦干，力图化干戈为玉帛，孰料已步步堕入龚老海为他设下的陷阱。先是身体被炮竹炸伤，接着心灵又遭到摧残。愤怒已极的周素策划了一场烟花大爆炸，却在最后关头动了恻隐之心。龚家人因周素的及时警报得以幸免，不想周素的恋人龚小枫却怀着与全家同归于尽的念头，重新点燃引线，将工厂夷为平地。看来解铃还须系铃人。周大新认为，要打破仇恨、苦难的循环，只能倚靠个人对自身情绪及行为的控制，包括忍耐宽容、良心仁爱、对生命的尊重和敬畏等。儒家思想中的自我完善与人格修为在此起了力挽狂澜的作用。

《无疾而终》延续、放大了类似的苦难化解策略。瞎爷之所以能在贫寒艰难的条件下活下来，全凭少欲知足。任何时候，瞎爷都能退一步想。九岁那年因病左眼盲了，他安慰爹娘：“哭啥？应该笑才对！这场病不是才弄坏了我一只眼？总比两只眼都弄坏了要好吧。”临死前还劝老伴：“我

① 周作人：《人的文学》，收入《艺术与生活》，河北教育出版社，2003年，第11页。

已经活了七十二了，不算高寿，可比起那些四五十就死的人，我不是好多了吗？”虽然是乡间农民的声气口吻，却让人想起孔子的“君子固穷”“食无求饱、居无求安”的教诲，一篇不折不扣的修身教谕小说。豁达的瞎爷俨然一个隐身民间的颜回，但也仅是俨然而已，其中含有不少无奈心酸的成分。他的养生之道可概括为：“事能知足心常惬，人到无求品自高。”虽然听去已不新鲜了，但对截断苦难却相当有效，可惜这点并未引起重视。在90年代欲望化书写大行其道的语境中，类似“少欲知足”的传统认知很难找到相应的“文学”形式，它无法用那种花头十足先锋锐利时尚轰动的文学方式抵达人心，《无疾而终》便是证明：简洁明了得像是寓言，跟我们对所谓优秀文学、小说的期待，实有距离。

倘若世人均能像瞎爷那样退一步想，苦难、对立也就不解而解了。说到底，作者塑造瞎爷式的样板，是着眼于对苦难世界的解决和“管理”的。即通过儒家式的“圣人”（带有浓重的凡人气息）示范，来协调人际关系。一种实有实际、离体（苦难本体）表用、隶属凡情俗谛的理性思维与文学构思，它成为苦难在“此岸”解决的重要路径。像曹雪芹那样看破红尘、空观了悟、放下撒手的行为，豫籍作家基本不会采纳，他们对苦难的处理，建立在个人福祉及对世间的炽热依恋上。这使得“文学豫军”的苦难书写颇具亲和力与人情味，但问题也在这里。他们不是探求、勘问对苦难的终极救赎之道，而仅是出具经验化的感悟应对。由于无法突破“私我”“生存”的框架，这让豫籍作家超越苦难的翅膀负荷极重，绝难高举翱翔，其反思苦难的力度、深度亦打上折扣。无论如何，人总是自私的，追求欲望的，大善之后必有大伪。这是他们未明说的根深蒂固的观念，一种由农耕文化长期熏陶而来的朴实的世界观。没有纯粹的圣人或博爱，每个人都是善恶共体的。呼天成（李佩甫的《羊的门》）如此，周素亦如此。

这种顽固的常识导致了周大新小说里浓重的悲观意绪，他的笔墨相当部分停留在对苦难过程中人心难测、人性反复无常的感喟、记录与戏剧化的构思上。譬如，周素一念回转，救了一家人，而小枫的一念又毁了工厂（《紫雾》）；部二嫂的丈夫是个残疾，她费尽心机让环环嫁给了自己的弱智儿子墩墩，一个苦难复仇的“圆形链条”显出雏形。孰料当二嫂的私情败露后，一场预想中的风暴却被两个女人的和解消弭了：

> “娘，我懂得，你这辈子心里也苦。”……
>
> “环儿，你和墩子离了吧！一辈子太长了……再找个人，娘给你准备嫁妆。”……
>
> “娘！”环环哽咽着扭身，抱住了二嫂的肩膀。[①]（《香油塘畔的香油坊》）

人啊人，永远说不清道不明！不断地制造和贡献困惑，发掘瞬间的理解、感动与善的光辉，这当是豫军认为的文学最本分、切实的功能了，其认知的兴奋点与局限亦于此显露。

三、拒绝思想与“自宫”的英雄

由于找不到明确的救赎之路，而动用儒家式的人格修炼来摆脱苦难又显不出“文学性”“创新气”，有些豫籍作家索性放弃了救赎的思考。墨白的《梦游症患者》就像在苦难背景下上演的一出人性恶的大曝光。亲情、友情被遗忘、践踏，儿子折磨老子，嫂子与兄弟乱伦，唯一的祥和、善良之声居然来自一个傻孩子文宝的口中，他是那么微弱、渺小。作者或许是想塑造一个善良纯洁、如同陀思妥耶夫斯基笔下梅诗金公爵那样的近乎白痴的拯救者吧，但文宝的救赎力度如此绵软，他无法与现实的堕落、丑陋形成有效的张力，只是一个救赎的符号或摆设。既然善良和拯救是跟痴傻这种非正常状态联系在一起的，那么，其潜台词也就宣告了苦难与恶的普遍性，甚至是“合理性”。

阎连科的苦难寓言中，亦带有拒绝思想的意味。《年月日》中有个细节，每逢天旱，村头便搭上一架祭台，摆上两个水缸，缸里盛满水，缸面上画上水龙王。“然后把一只狗捆在两缸之间，让狗头仰着天，渴了给它

---

① 周大新：《紫雾》，北京出版社，1998年，第321、322页。

喝，饿了给它吃，不饥不渴时就让它对着太阳狂烈地叫。”往年多则三天，少则三日，太阳就被狗吠咬退了。可是今年咬了半个月，太阳依旧炽烈。“狗的一双眼珠被太阳晒化了，只留下两眼枯井在它的额下面。”这一盲狗吠日的设置在阎连科的作品中具有构思原型的意味。**盲，不仅是身体残缺与受难的标志，更意味着理性思考的主动退却与关闭，在现实与未来的维度**。至于“吠日”，则是主体在苦难中沉醉泄愤、反抗、挣扎的表征。

由于“吠”的杀伤性并不能直接触及反抗的目标：那带有权威性质的“日头”，从“吠”一般咬牙切齿的抒写里，我们也“听”不出多少具体切实的关乎社会与历史的“日”的信息，这使得反抗（“吠日”）的效果形同“自宫”，一种掩耳盗铃、自欺欺人式的自我（身体）消耗、糟蹋与摧残。它隐瞒了最初的、实际的牺牲者与谋杀者，只剩下辨不清来路、如同历史回声或影子似的怨怼情绪在天地间冲撞。主体通过自我献祭的象征仪式将怨毒和愤怒集中放大，再一股脑地释放掉。苦难寓言的称谓，由此而生。一种去历史化的浓烈、粘滞的抒情。

杰姆逊曾把寓言界定为“从思想观念的角度重新讲或再写一个故事”，但阎连科的寓言则旨在虚构一个能盛纳愤怒情愫的故事套子。人物、情节都是次要的，重要的是抒情与宣泄。寓言构成了那种“物与意义、精神和人类的真实存在相割裂的世界的表现方式”，它对应着“颓败与破碎的历史，不再有整体性……表现了一个分崩离析的无机世界”。[①] 这跟文化创伤的书写症兆颇为吻合。

《年月日》讲述了千古大旱的一年，先爷独自留守村落，以生命来养育一棵玉蜀黍的故事。先爷的形象与盲狗彼此互涉，看下先爷对日头的诋毁与抗击便能明白：

> （先爷）把马鞭子取下来，站到空地处，对着太阳连抽了十余马鞭子，使日光如梨花一样零零碎碎地在他眼前落下一大片，

① 吴晓东：《漫读经典》，生活·读书·新知三联书店，2008 年，第 10 页。

最后气力用尽了，挂好马鞭，对着太阳嘶着嗓子道——你先爷我照样能把这棵玉蜀黍种熟结子你能咋样我先爷？①

一个“自宫”式的苦难“英雄”：他对外界压迫的反叛豪情，体现在空抽鞭子的泄愤以及对自身肉体的自由处置与惊悚恐怖的蹂躏上。记起《受活》里的绝术表演，一种以残疾为本钱的杂技节目，亦是上述自残思维的产物。先爷最后将身体做了玉蜀黍的肥料，以“捐躯”的方式实现了对太阳许下的活的赌咒。这种反叛无疑带有阿Q的色彩，但问题在于，主体对阿Q意识不仅毫无自觉，反而致力于将阿Q似的软弱人物打造成苦难世界的叛逆英雄，这让作品带上了分裂与病态的意味。它在《年月日》那“老人与海”般的自然抗争寓言中尚不明显，而当作者一旦将笔触探入社会和历史的领域，分裂便暴露无遗。《坚硬如水》里高爱军、夏红梅所犯的权力话语的“谵妄症”，便是“吠日”叙事的变形。高、夏二人在隐秘的地道里歆享着权力调侃与叛逆的快感，俨然是胆大包天的英雄，这跟先爷鞭打日头的反叛与挑衅并无二致。

我们有必要探寻下这种分裂言说的“源头”，还是从盲狗说起。先爷与盲狗的形象最早出现在《瑶沟人的梦》里。当全村人都在为名叫“连科”的“我”争取大队秘书的职务而忙碌时，盲狗无动于衷。它“没有眼睛，双眼是两个又黑又深盛满了脏物的窑洞”，却“久久凝视着天空”；九爷也兀自砍他的树根。82岁的九爷失去了孙子、儿子，后来做梦，说是灾祸起因于皂角树下最大的树根，需要将其砍断方可时来运转。这一任务完全超出了九爷老迈躯体的极限，但他却坚持不懈，直至生命结束。一种幻想里的现世征服，它跟先爷对太阳的抗争逻辑如出一辙。九爷与先爷，是同一谱系的人物。

为什么在阎连科笔下会屡屡出现“先爷＝盲狗”式的苦难主体？《瑶沟人的梦》透露了其中的精神隐秘。幻想自欺的征服源于现实抗争、努

① 阎连科：《欢乐家园》，北京出版社，1998年，第467、468页。

力的无效以及由此而生的绝望与屈辱：为了当上大队秘书，家中、队里倾其所有，“我”甚至去为支书家的母猪当“接生婆”……先爷式的抗争很大程度上来源于对上述屈辱、绝望的遮蔽与自我保护。用阎连科的话说，“写作是因为对生活的厌恶与恐惧”，那种对权力渴望与惧怕的记忆，永远刻骨铭心。[①] 在《瑶沟人的梦》中，主体已流露出明显的对九爷及盲狗精神的趋近与认同：“压根儿就不想当秘书”的“我”，“站在院子里，望着天空，就像这几天常在村前田野上盯苍茫天宇的痴狗一样，一动不动……”

就文学“乡土”在新文学史上的发展来看，苦难话语天生是与革命相连的。经由苦难的祭祀与庆典，将集体的损伤铭刻下来，以此召唤我们（受害者）与他者（敌人）。结果则是激发愤怒并要求为死难者报仇，让“通过暴力来发泄集体痛苦”的表述获得正当性。这在蒋光慈的革命小说及茅盾的社会剖析小说中表露得很明白（参见本章第一节），蒋、茅在乡村苦难的记述中凸显了阶级的分化、对垒，以及“一个阶级消灭另一个阶级”的冲动与激情。历史的演进与前途，在人群的暴力相克中逐步显山露水。

就阎连科而言，他的苦难来源应该是农民在现代化进程中的边缘化遭际，作者曾以“劳苦人”自居：“我非常崇尚甚至崇拜劳苦人三个字。这三个字越来越明晰地构成了我写作的核心。”“当你的创作和劳苦人结合起来的时候，你的作品就不可能没有愤怒，不可能没有激情……”[②] 这话意在表明其苦难的正义性与革命性；“劳苦人”一词透着阶级思维的味道，即“我”是“穷人阶级”出身的。但就实际的创作来看，他的苦难寓言却毫无历史的纵深感——此系其作品的最大“软肋”——更谈不上反思与探索了。**信誓旦旦的苦难皈依及先爷式的苦难“英雄”，是主体对自身在现代进程中的迷惘、无助境况的逆反与硬性统一。**

---

① 阎连科、姚晓雷：《“写作是因为对生活的厌恶和恐惧”》，载《当代作家评论》，2004年第2期。

② 李陀、阎连科：《〈受活〉，超现实写作的重要尝试》，载《南方文坛》，2004年第2期。

阎连科的书写大多是外向宣泄型的。除了愤怒、绝望，还是愤怒、绝望。这的确有些单调，太轻易的绝望，实与懦弱无异。曾有论者指出，市场中国苦难写作中的主体意识，“主要来源于中国本土的小农意识”，苦难形象里“所有的想象与激情都连带着自卑、自虐、仇视及破损”。[①] 观点虽有以偏概全之嫌，但就阎连科而言，却不无道理。后者对农民问题及历史的理性认知基本没有超出普通教科书的范畴。就此而言，那种情绪化的极端书写不无“扬长避短”的“策略”或无奈意味。由于苦难的“抗议”与历史、现实本源（即苦难的根由或制造方）相脱离，加之内部自省的匮乏，这让他的苦难抒写带上了自我膨胀与逃避的虚脱意味，仿佛煞有介事的悲壮“牢骚”与表演。在市场化的文学运作及消费语境中，这种“牢骚”与表演愈演愈烈。本来尚瓜带着几分历史真实的情绪几经支取，它的激进性、社会叛逆性以及情感本身的浓烈、真挚度已大大磨损，有时甚至蜕变为滑翔在生活表象或语言表面的叛逆技术。观众愈是叫好，便愈是要异想天开地编造，以满足文学生产与消费的游戏规则。

《受活》中有一个村民购买列宁墓的细节[②]，它如同一个政治笑话。苦难的渲染、强权的控诉淹没在机智聪颖的噱头里。或者说，从一开始，这二者就是彼此抵牾消解的。不仅如此，透过买列宁遗体的政治戏耍，还能隐约感受到主体对权力眷顾的渴望，哪怕这已是个死去的权威，也要把他“请”回来。这有点像《坚硬如水》中的高爱军：后者在红色话语的肆意组合、舌战行令中歆享了一通权力的“口瘾”，这到底是权威的践踏还是“意淫”？其实在“盲狗吠日 / 先爷鞭日”中亦不无类似的希冀。简单说，那就是：“太阳啊！为什么你就不能对我好些呢？”某种程度上，“盲狗吠日”可看作中原创伤记忆与抒写的绝妙的象征造型：阳光的炙烤，暗示创伤的威胁无所不在，可人却不能把它实在地把捉到，甚至没有胆量跟它直面对视。在此，盲目、绝望是彼此激发的，它们共同逼出了尖叫、“吠

① 施军：《苦难叙事的看点与立场》，载《文艺评论》，2009 年第 3 期。

② 关于《受活》，在本章第五节“历史话语”中还会有详细的评述。

日”的抒情。

阎连科曾说：“对小说应该承担什么，我总是处于摇摆状态。”[①]“我至今不知道写作的意义，也许正是因为不知道才要写作。”[②]都说阎是书写苦难悲剧的大师，殊不知这种写作本身才是不折不扣的悲剧与灾难。由于缺乏穿透历史创伤的理性与勇识，他成了一个被写作绑架与异化的“大师”。

陡然想到“河南现代文学第一人”——徐玉诺的搁笔，我们在第二章曾述及此人：“一种近乎青春爆发型的写作。在他身上，明显能感觉到文化知识储备的匮乏。当生活资源基本耗尽时，仅靠朴实的诗情与冲动，是很难维持艺术的再创造的。”徐玉诺的“昙花一现”与阎连科的“长盛不衰”具有同样的性质。

四、苦难救赎中的“父权经济学”

回到对豫籍作家苦难“救赎”的考察。有论者指出，周大新小说创作中存在一个潜在的精神向度：“寻找女人”。“在周大新的大部分作品中，男人们不是一种在场的空缺，就是一件活道具，抑或是一副没有灵魂与生命的躯壳，一种自私卑劣不忠不义的小人。而女性世界则绿意盎然充满生机与希望。周大新不受一切陈旧观念的拘囿，钟情于女人，理解女人，偏爱女人，毫不留情地剖视了男性世界的虚弱苍白，揭示了女人在家庭里与社会上孤立无援的地位和处境。”[③]这一发现其实在豫籍作家中具有相当的普遍性。歌德曾说过：“永恒之女性，引导我们飞升。”这当是在现世“解决”苦难的一种本能方略。

以《日光流年》为例，三姓村是个苦得让人窒息的地方，没有人能活过40岁。村长司马蓝认定“修渠引水”能改变厄运，他让男人卖皮，女

① 阎连科、姚晓雷：《“写作是因为对生活的厌恶和恐惧”》，载《当代作家评论》，2004年第2期。

② 参见阎连科：《中国当代作家选集丛书：阎连科》封二语，人民文学出版社，2004年。

③ 梅蕙兰：《寻找女人——周大新小说创作的潜在精神向度》，载《中州学刊》，1995年第6期。

人卖淫，凭借由此攒下的血汗钱将灵隐水导入村中，不料这水早被污染成了臭水沟。巨大惨烈的付出与结果殊不对称，作者又该如何讲述下去呢？《日光流年》回避了读者对明天的追问，它采用一种时光倒流的方式，在悠悠回溯、检视了前几任村长的苦行事迹后，最终定格在司马蓝出生的瞬间：“司马蓝就在如茶水般的子宫里，银针落地样微脆微亮地笑了笑，然后便把头脸挤送到了这个世界。”[①]

“苦海无边，回头是岸”在此得了一个极为坐实的回应与注释：所谓“回头”，不是放下，悟道，而是回到生命的诞生之际。在外面受了打击，苦得没辙了，便退归到母亲的子宫中躲避风雨。一种极为本能的行为、思路。倘若这也算得对苦难的反思或救赎的话，这种“思”是甚为原始的。从司马蓝“微脆微亮”的笑颜来看，大有再活一次或人生再来一趟的感觉。就像《天宫图》里的路六命，虽然过得凄凄惨惨戚戚，但到了阴间仍旧割舍不下，选择还阳转世。

《日光流年》在形式上设置了一个类似电影大倒片的、新颖宏伟的追溯结构，但根底却是毫无新意的、沉重庸常的活着哲学。即使之前尚有抗争的火花、思想的腾跃，亦被这活命哲学收编、抹平了。一切还需回到治病、取食这些基本的生存问题上。某种程度上，《日光流年》的内容可以用两个字来概括：苦与活。阎连科的不少小说均可如是参看。花样翻新的苦难风景，生存极限的抗争图绘。关于苦难的描述都是可见可感的；最重要的，是须满足“可视性”的原则，这与读图时代里大众的阅读心理及审美意识形态倒是相当匹配。

苦是自然常态，活的抗争亦然。越苦越要活，至于苦难本身，则作为问题原封不动地被搁置一边。女人的母体及母性成为活的庇护、开脱与能量补给之所。这在《丁庄梦》里表达得尤为切实。热病肆虐的丁庄，惨雾弥漫。结尾落脚在一个女人身上，由她带来了些许亮色，终于给单调沉闷的苦难叙述“解了围”：

---

① 阎连科：《日光流年》，花城出版社，1998年，第574页。

> 爷看见平原上一马平川的泥地里，有个女人手持柳枝去泥里沾一沾，举起柳枝甩一甩。她一甩，地上就有了好多泥人儿。……不停地沾，不停地甩，一片一片的泥人儿蹦蹦和跳跳，多得和泥地里的水泡一模样，爷就看见一个新的蹦蹦跳跳的平原了。
>
> 新的蹦蹦跳跳的世界了。[①]

这应该是个女娲式的形象。关于女娲“抟土造人”的传说在中国流布甚广，河南是女娲神话及其文化遗存的中心[②]。除了“抟土造人”之外，“补天”是女娲对世间的另一大功业。为什么要选择一个女性——女娲来补天呢？这反映了中原先民应对困难时的一种精神策略或自我说服：只有让具有强大生殖能力的女娲“补天”，才能使氏族人丁兴旺发展，并与天灾人祸抗争。概而言之，女娲“补天”及“抟土造人”神话的潜在意义，是把生殖作为一项最神圣、伟大的事业来颂扬的，其中蕴含着远古先民的生命意识及对自然的抗争。这跟《丁庄梦》貌似“团圆”“乐观”的结局，显示了同样的思维。

无独有偶，在《日光流年》中，三姓村的前任村长杜桑曾断言：“三姓村要想人丁兴旺，就得生得比死得快，就得让女人生娃儿和猪下崽儿样。”由此开启了一场用来反抗天命的生殖狂欢。可见以生殖对抗苦难的逻辑，在阎连科这里运用得多么自然。一种深刻的文化记忆！曾有论者指出，这一细节乃是影射共和国发展最乌托邦化的时期。《日光流年》因此带上了历史的涵括力与深邃感。在我看，这恐怕有些“高估”或“深刻”误读的意味。其间的情形就像一个几被遗忘的、传统原始的时空，突然肆无忌惮地曝于“现代”的天日之下。在空间的转换遭遇中，阅读和理解的错位难免发生。河南作家的“怪”就在于此。对作者来说，他想必是欢迎这类理解的错位与误读的，一种歪打正着的陌生化效果。但从写作

① 阎连科：《丁庄梦》，上海文艺出版社，2006年，第285页。

② 参见闫德亮：《中国古代神话文化寻踪》，人民出版社，2011年，第38—42页。

的实际功力而言，“深刻”的收获委实来得轻易了些。即使他有概括中国历史的初衷，这种概括也仅是一种现象的罗列、描摹与勾兑。“深刻”是对外的，与自我的反思无甚瓜葛。好在当下是个新旧杂糅的生活时代，用张爱玲的话说：“旧的东西在崩坏，新的东西在滋长”，传统与现代没有明确的分野。仰仗“中原”与“中国”的天然亲缘，以及阅读市场对“怪”的纵容与强大的消费胃口，尽可以挥洒自如、才情横溢地写去。

回到《丁庄梦》里，置身“绝境”（内容层面的）的主体，他在寻求苦难出路的构思与叙述选择上，不自觉地“斗转星移”到了先民面对天灾时的状态。一般说来，人在危机时刻的自救言行是较难作伪的，这大体可视为其本真思想的流露。就此而言，阎连科对苦难的现代反思并无新质，他基本是个靠本能反应来思考苦难的“原型”写作者。

此前引用的《丁庄梦》的结尾，作者将女娲的形象与观音结合起来，手持杨柳播洒净水明显是大慈大悲观音菩萨的形貌特征；而那“蹦蹦跳跳的世界”说白了就是平原，数代农民对土地浸透骨髓的依恋与崇敬由此自然地流淌出来，一种深沉的在世感。《年月日》里的先爷最后能够以身殉葬来保留和延续玉蜀黍的种子，亦是这种敬土与祭土意识的变相体现。无条件的文化皈依与自我毁灭诡异地绞缠在一起。女娲的形象确切地说应是地母，在包容人类、无条件地接受垦殖及孕育万物的意义上，女娲成为苦难救赎的图腾。这种情节设置，除了证明文化思维惯性的强大之外，亦透露了豫军在书写苦难时精神资源的匮乏与形而上思维的疲软，如果不是怠惰的话。

“中原突破”中以女人的母性作为苦难救赎的，还有不少。如刘庆邦《平原上的歌谣》中的魏月明，阎连科《耙耧天歌》中的尤四婆，刘震云《故乡面和花朵》中的姥娘等。一提到姥娘，刘震云的泼皮狂欢、玩世不恭、讥嘲刻薄立时收敛了。小说中有这样的话：“故乡，你在我心中的印象模糊呢。故乡只是一个背景，前边是一个活动的巨大的姥娘。和蔼可亲，慈眉善目。你是这个世界的希望……俺姥娘身体健康，故乡就长存不衰。”[1] 如此深情的笔墨在刘震云笔下相当罕见，姥娘是故乡和世界的精神支柱，她的存在，给《故乡面和花朵》这部长达二百余万字的愤世嫉俗的狂想“天书”保留了些许柔软温煦、亲和自然的气息。另外，田中禾《匪首》中的母亲值得一提。她宽容、博大、仁慈、公平，印象最深的是母亲在面对灾难时说的那句话：“洪水是天爷把人间的不平荡平。”这大概是中原民间土生土长的、能够顶住世俗的挑剔怀疑、逼迫人们接受极限的最高的在世神祇了。

在苦难救赎信仰及塑神方面，母亲的命运要比呼天成好得多。直觉和情感上，豫籍作家似乎更能够容忍和接受一个母亲式的女神，而不是让一个“天父”横亘在头顶。其中的心理殊可回味。这牵涉到救赎逻辑中的权力运行与周转。中原文化总体而言乃是建立在农业基础上的以父权为核心的政治文化，农耕文明培养鼓励的是执著务实的在世思维，父权政治则讲求严格的身份等第与伦理秩序。这无形的坚固禁忌，决定了豫籍作家的苦难救赎谋划只能是在此格局中类似调节或润滑机制的东西。具体地说，它一面要保障父权者的现时利益及权力推行，另一面又要树立具有严格公信力的神祇榜样。由于父权统治者难免与暴力、压榨瓜葛，他不再适合充任另一条件（即“公信力”）下的人选。于是在两相抵牾中，“寻找女人”的方案浮出水面。

女人的神祇性，建立在她现实生活中被压迫者的地位上。假如她是一个现实的弱者而不是一个真正具有威胁性和震慑力的目标，那就可以给她立一个“圣位”。作为苦难底层的人物，女人承受着权力与性别的双重盘剥，她的忍耐承让、对男性的生养哺育，不仅保证了男权的运作，亦让苦难中浸透的欲望、压迫与心灵“救赎”之间的力比多转化，成为可能。

其实，《年月日》中的祭狗仪式已形象地说明了这种苦难的逻辑。说到底，苦难乃是一系列压力的接受、转嫁与循环，由此形成了诸多错综复杂又精妙无比的权力体系。把正在经受的压力施加到想象出的受害人

---

① 刘震云：《故乡面和花朵》（卷 1），华艺出版社，1998 年，第 225、226 页。

身上，一种替罪羊机制，这便是苦难的发动：不存在某个确定的点，而是不同层面、不同系统的同时启动与响应。女性或动物常常作为替罪羊，充当暴力的释压机构。她（它）们成为苦难大厦的底层、础石与支撑。

豫籍作家对苦难救赎的设计中存在着“父权经济学”的意味，即用最小的代价来理顺、调息父权大厦内部的压抑、怨诉及对至善的向往。这也是主体忠实于地方文化、在照顾“此岸”的条件下解决苦难的必然结果，尽管作者对此可能并无明确、自觉的意识。相对说来，豫籍作家笔下扮演救赎角色的女人作为纯粹母性存在的并不多，更常见的是母性与妻性、女儿性的混合。此前提到的《梅妞放羊》中的梅妞便是一个天真女儿与母性的完美结合体，此外尚有《伏牛》（周大新）中的荞荞，《第二十幕》中的盛云纬，《日光流年》里的蓝四十，《疼痛与抚摸》（张宇）中的水月母女等。在水月身上，我们甚至看到了圣母、天使与尤物的“三位一体”……

李佩甫《城的灯》里的刘汉香堪称此类人物的“典范”。身为村支书女儿的刘汉香与穷小子冯家昌相恋，冯在进城后抛弃了汉香，后者却毫无怨言。不仅帮冯照看父亲和弟弟，还带领乡人把村庄建成了花镇。且不论这些情节是否站得住脚，能够看出写罢《羊的门》的李佩甫，一心要塑造一个能够取代呼天成、真正解决乡村苦难、给乡人带来福音的救赎者，这种勇气与努力无论如何值得赞赏。让人瞠目的是小说的结尾，刘汉香在六个男孩（文中称为“六头小兽”，大的17岁，小的14岁）的轮奸中死去了。场面写得甚是残酷，他们将刘汉香捆了，挑光她的衣服，在那尊“圣洁肃穆”“晶莹似雪”的胴体上极尽蹂躏。用匕首划她的肌肤，以香烟烫其乳房，最后又施以暴行。而刘汉香自始至终都在喃喃低语：“救救他们，谁来救救他们……”

这一场景比之耶稣在十字架上的受难有过之而无不及，一个母性的耶稣。**她对男性的拯救与庇护（“救救他们”）与其作为满足男性欲望或泄欲的工具，并行不悖**；其“献身说法”的场面，活现了女性神祇的上述两种功能。与西方的十字架精神相比，刘汉香的受难图带给人灵魂净化或提升的空间要狭窄得多。也许就是因为她太圣洁美好了，所以才要给她一个如此难堪悲惨的结局，就像高鹗在续写《红楼梦》时分配给妙玉的下场一样。如此，方能维持一种世俗的平衡。这里运作着极其矛盾的拯救心理。除却市场阅读与写作中流行的暴力与欲望的书写成分，在对刘汉香施暴的设置中，我们能感觉到一股强大的将飞升的女神拉回大地的企图与力量。一个低沉的声音在萦绕、轰鸣：她是人，不是神！

这跟《一句顶一万句》中那个经典细节如出一辙：在虔诚传教士老詹的遗物中发现蝇头小楷的黑字：“恶魔的私语”，主体以此中和、消弭了老詹的神圣性（参见第二章第四节）。对刘汉香的侮辱，相当于在神的身上书写、展示和强化她凡人的“胎记”或污渍。她无法像耶稣那样在七日后复活，亦无地震或“磐石崩裂”的天象震慑[①]在其死后为其鸣冤、愤怒和声讨，唯一的安慰是冯家昌兄弟在其坟前的下跪。一个逝去的、死亡的圣母牌位，树立起来。在冯家昌等的下跪中，有多少是有感于刘汉香高尚精神？又有多少是出自乡土理念中对死亡的禁忌与恐惧？或者，仅是一种负心后的愧疚？死亡的恐惧为刘汉香的圣母威信添加了几多砝码？

以上比较，并非强求作者要按照耶稣的样板来塑造和复制刘汉香，只想呈现豫籍作家在寻求苦难救赎时的那种在世与出世、此岸与彼岸、世俗与圣化的纠结。刘汉香之所以塑造得如此僵硬和概念化，就是因为作者找不到一个合乎情理的肉身依托，这一形象已超出了他现世想象的极限。让刘汉香接受轮奸，某种程度上就是要让她回到其本来的父权社会的底层位置：女人。作品在开头引用的《圣经》语录在此落到了实处：“那城内不用日月光照，因为有神的荣耀光照，又有羔羊为城的灯……”**刘汉香就是一个精神之“灯”与人间羔羊的结合，她必须经由羔羊似的自我供奉和献祭才能成为让人回味的、普照父权社会的“灯塔”。**

---

① 耶稣在十字架上死去后，出现异常天象。参见《新约·马太福音》。

第四节 底层话语

一、文学的“底层”·苦难·“阶层”

在“文学豫军”1990年代以来的小说创作中，底层话语与苦难话语是紧密相连的，其中的理路与现代文学“乡土”中大众话语与革命话语的关联相似。革命话语与大众话语都是“乡土—中国”分层解析思维的体现。随着“革命”的推进，作为主体皈依的革命主导、中国未来的主人——“大众”，开始浮出水面，就像蒋光慈断言的，革命文学必须“代表被压迫的、被剥削的群众”，“它的主人翁应当是群众”[①]，“新中国一定要有新中国的表现者，一定有新中国的歌者”[②]。主体的革命向往、责任与相应的自我改造到毛泽东的《在延安文艺座谈会上的讲话》被“制度”化了：“我们的问题基本上是一个为群众的问题和一个如何为群众的问题”，文艺“首先是为工农兵的，为工农兵而创作，为工农兵所利用”。从革命话语到大众话语的发展逻辑可延伸到苦难话语与底层话语的关系中：“底层”的彰显，缘于苦难的召唤与赋值。这种隔绝、对立的思维本就是苦难话语中的应有之义。只是相对苦难话语来说，“底层”更强调身份的归属与认同。对“底层”的言说很少寓言化，它一般借助现实主义的手法，强调和考验主体对当下的切入与把握，其思维更加“问题化”。

在上一节，我们曾提到：苦难乃是一系列压力的接受、转嫁与循环，由此形成错综复杂的权力体系。每个权力体系中都具有它的“底层”，一个承受压力的“替罪羊”。不存在绝对的、本质化的“底层”。作为一种结构性的社会存在，“底层”隶属和镶嵌在不同的言说与权力规范中。女性和动物常常成为各个权力体系或苦难大厦公共的“底层”成员，前者由性别歧视与压迫的思维而来，后者则是非人对待的结果。

“底层”是与“阶层”相系的一个次级概念。这也是“阶级”式的激

---

① 蒋光慈：《关于革命文学》，收入《“革命文学”论争资料选编》(上)，知识产权出版社，2010年，第106、107页。

② 蒋光慈：《现代中国文学与社会生活》，同上书，第68页。

进革命淡化后，文学“乡土”话语的一个转型标志。陆学艺等在《当代中国社会阶层研究报告》中提出了“以职业分类为基础，以组织资源、经济资源和文化资源的占有状况来划分社会阶层的理论框架”。“组织资源……主要指依据国家政权组织和党组织系统而拥有的支配社会资源（包括人和物）的能力；经济资源主要指对生产资料的所有权、使用权和经营权；文化（技术）资源是指社会（通过证书或资格认定）所认可的知识和技能的拥有。”[①] 以此，他们将社会分为五个等级，在这五个等级中再按职业分为十个阶层。

现代人提及“底层”，一般都会想到农民、打工者或下岗的国企职工，这跟陆学艺等人对“底层”的划分基本相同。后者认为，作为社会五个等级之一的“底层”，系“生活处于贫困状态并缺乏就业保障的工人、农民和无业、失业、半失业者”；评论界对“底层”的论述亦由此而发。很少有人能将“底层”与动物或女性联系起来。这牵涉到“底层”划分中权力的识别与侧重，陆学艺等确立的三种资源（权力）标准，是社会学、经济学层面的宏观划分，并非建基在丰富各异的生命感悟上，因而，由此离析出的“底层”与文学“乡土”的“底层”不能完全重合。

文学“乡土”之所以频频眷顾“底层”，除了作家的现实介入意识与人道主义的悲悯情怀外，更为重要的是，在1990年代中国大踏步的现代化进程中，逐渐客体化为“乡村”的“乡土”与“底层”处在相同的结构性位置：一个被“现代”遗忘或者试图克服的所在。这与中原文化在现代格局中的处境相当。不仅如此，就“文学豫军”而言，他们大多来自“底层”的农村，可称为“农裔知识分子”。边缘的记忆、体验与由此自然生发的压抑性的审美构造，让他们自然地倾向了“底层”。换言之，**“底层”能够进入豫籍作家的文学视域，与它具有的潜质——作为可能呼应集体压抑性经验的认同构造以及释放压抑情结的空间——密切相关。**

这或许可以解释为什么豫籍作家的“底层”叙事与苦难叙事充满了叠合。以刘庆邦为例，刘的创作大体分为两类：矿工题材和农村题材。前

① 陆学艺主编：《当代中国社会阶层研究报告》，社会科学文献出版社，2002年，第8、9页。

者写得酷烈，后者则温情脉脉。颇有些水火不容。刘庆邦似乎从未想过在二者之间进行调和，这让他的创作总体看来略显分裂和单一。对偏好极致化书写与酣畅“抒情”的豫籍作家来说，它不失为一种策略。就主体精神而言，矿工题材与农村题材是互补的，正是在温煦抒写中被压抑、过滤下来的否定与怀疑情绪借由矿工题材尽情地抒发出来。两个彼此纯粹、看似对立的“世界”，内里却在进行着精神的交融、依偎与支持，它们相互说明对方是不完善或脆弱的：不仅温情如此，酷烈也如此。

矿工题材让刘庆邦成了知名的“底层”作家。《走窑汉》讲述了两个矿工的仇怨故事。矿工马海洲的年轻妻子小娥被矿上干部张清侮辱，马海洲持刀伤人后入狱。小说自马海洲从狱中回到矿上写起，此时张清已下放到矿工班组，马海洲再次启动了他的复仇计划：一场漫长精细、兵不血刃的精神折磨。小娥成为这场复仇斗争的重要工具，马海洲不仅经常逼问小娥受辱的经过，让其详细地述说，还故意当着张清的面与小娥亲热，说：“我想跟书记学点见识”。最终张清不堪压力和恐惧自杀了，让人意外的是，小娥亦在同时跳楼自尽。《走窑汉》与苦难话语中常见的复仇故事并无差异，苦难来自压力的转嫁与释放，女性再次成为最终的牺牲品。表面看，马海洲是出场最多的人物，却并非小说的灵魂，隐在其身后的小娥才是《走窑汉》里分量最重的人物。她第一次被张清侮辱，接着又被自己的丈夫作为复仇工具一次又一次地当众羞辱，如果说张清的崩溃自杀乃是恶有恶报的复仇结果，那么小娥的自绝则是对男权双重侮辱后的惨烈抗议，她虽然不懂女权主义理论，却以实际行动表达了对丈夫复仇行为的质疑，显示了女性对起码的人格尊严的追求与捍卫。这跟评论界吵得沸沸扬扬的“底层如何发声”扯得上关系么？

与苦难话语中的复仇叙事相比，《走窑汉》最大的变化是更换了故事的背景或发生地：从乡村变为煤矿工地，马海洲与小娥的身份成了矿工及其家属，但二者都并非小说不可剥离的部分。马海洲与张清的仇隙与普通农民与村干部的对立并无实质的差异，它完全可以视作乡村权力倾轧下苦难复仇的“移步换景”：马海洲与小娥本来就是农民，张清在实施侮辱行为时，曾对小娥说：“每个工人的老婆来了都要做贡献，谁的贡献大就给谁迁户口。”这透露了权力压榨的信息。《走窑汉》写的依旧是农民的命运。当人们异口同声地说：中国正在变成一个“世界工厂”的时候，我们在刘庆邦的作品里看到的却是一个乡村权力机制的翻版：“工厂政体”。农民在拥有了一个新的身份——工人后，其言行举止并未带上想象中“工人阶级”的整肃与“文明”，更不要说那推动历史前进的革命性了。他们的反抗是零散的、个人泄愤式的，马海洲从未想到通过法律或工会的手段来保护、伸张自己的权益。如果有人期望从豫籍作家的“底层”小说中读到社会转型期农民的变化或者正在壮大的“工人阶级”的集体走向，他恐怕要落空了。豫籍作家关注的不是农民在市场社会的变化，而是他们的不变之处，以及这不变给他们带来的难堪、无奈与悲剧。此种抒写对于有过类似经验的豫籍作家而言，具有微妙的自我投射与释放意味。《走窑汉》的出彩处并不在于对矿工群体生存状态的揭示，文本提供的社会学意义上的“底层”识见相当有限；它之所以给人留下深刻的印象，全凭对农民（工）心理特别是人性恶的刻画与揭示，以及对情感及生命层面上“底层”的洞察与同情。这又回到了豫籍作家最擅长的领域，一种受中原历史及文化惯性牵动的创作。至于由此间接地辐射到矿工集体的生存态势以及所谓“工厂政体”的“新质”，则是“无心插柳柳成荫”的事情。

在这方面，最具代表性的要属刘庆邦的《幸福票》。所谓“幸福票”，乃是窑主奖励给窑工到歌舞厅“潇洒”的有价证券，这等于是在给窑工发小姐呢。小姐凭幸福票，到窑上账房取钱。一张幸福票顶三百元。窑工孟银孩牢牢记住了幸福票的价值：三百块钱哪！够买一亩地的麦子，一千个鸡蛋都不止。孟银孩舍不得“潇洒”，他跑到歌舞厅找小姐单独“交易”：不碰对方一根汗毛，只托她到窑上的账房把幸福票的钱兑换出来，再给她一点好处费。这种小农式的勤恳节约、精打细算的做法，遭到了嘲笑和奚落。孟银孩怎么也搞不懂窑主与歌舞厅间的奥妙；窑主也正是利用农民的这种实诚心理，对其进行美其名曰“奖励”的实质性盘剥。《幸福票》捕捉到了这种“新派”的剥削，这是商业文化对小农文化的欺瞒与戏弄。我们于此感受到历史与社会变迁、转型的征兆与信息。孟银孩虽然做了矿工，但他的经济思维依旧是小农式的。由于教育的匮乏与知识结构的落后，农民在现代化的进程中一开始便处在了尴尬、不利的位置。孟银孩的幸福票最终作废了，他几个月的勤俭克制，没有了代价。

类似的“经济”叙事还有的傅爱毛的《嫁死》、刘庆邦的《神木》。二者均围绕矿上对死亡矿工的赔偿金展开构思。死亡赔偿金对一般的矿工来说是笔不小的数字，于是便有了宋金明等人的“办点子”（《神木》）与米香的“嫁死”。“点子”是行话，指合适的活人。把他带到地处偏远的小煤窑办掉，再以“点子”亲人的名义，拿人命和窑主换钱。而“嫁死”说白了就是采取欺骗的手段，嫁给一个下煤窑的男人，等他在矿难中死掉了，自己得到一大笔赔偿金，衣食无忧地过日子。这已成为山寨女人讨生计的一种活路。米香便是讨生计大军中的一员，不成想“嫁死”却“嫁”出了感情。当深爱米香的男人得知自己身患绝症时，他决意用死来给米香母子留下笔钱。米香“如愿以偿”了，却又追悔莫及。她返回家乡，那笔26万元的赔偿金，一分也没有去领取。《嫁死》显示了人性与金钱的较量与赌注，最终人性胜出。这也是《神木》的“思路”：宋金明后来良心发现，自己做了“点子”的“点子”，希望以此抵偿之前的罪孽。《嫁死》与《神木》给沉重、苦难的“底层”书写带来了难得的亮色、温暖与浪漫。这在豫籍作家的“底层”作品中实不多见。在米香与宋金明身上，能体会到主体内心某种模糊而执著的“理想”，虽然绝不彻底、纯粹，却也是“底层”的“希望”。

杨克1994年在一首描写打工者的诗《广州》中这样写道：“由北向南，我的人民大道通天，列车的方向就是命运的方向。”这几句亦可用来形容豫籍作家在描述社会学“底层”时的着力点：他们在“底层”看到的是“我”的农民兄弟，是一个一个具体的生命、命运，是人性。至于（未来）时代“列车的方向”（包括那新式的、层出不穷的经济压迫与文化嘲弄），是“捎带”出来的；我们也只能借助人性或个体“命运”去感悟“列车的方向”了。

二、“底层”中的等第思维

在刘庆邦的煤矿小说中，《阳光》是相当特别的一篇。它的主人公——老白是窑下拉煤的一匹马，刚来时，它就像闪耀在沉沉黑夜的一道电光，让满窑生辉。“不知从何时起，老白浑身变得乌涂涂的……窑下的日子几乎把老白从白马变成了黑马。”或许窑主把老白放入窑下的那天起，就不打算让它生还了。这样的先例已经存在。老白的前任是一头骡子，在窑下整整干了一年，一头栽倒，再也没有起来。小说采用了童话或拟人的手法，以老白的视角，叙述了它在井下的所见所闻，它与矿工的相濡以沫，尤其是它对地面阳光的思念。衰弱的老白最终获准回到地面，但梦寐以求的阳光却刺瞎了它的眼睛。《阳光》在刘庆邦的小说中虽然算不得出众，却显示了豫籍作家与众不同的“底层”思维：对形式各异的、微观权力体系中“底层”生命的敏感与关注。较之通常所理解的化约、固定的社会“底层”，这无疑是种反拨。“底层”是相对的，随着权力系统的移动，一个本来属于“底层”的受压迫者能在转瞬之间变成暴君和蹂躏者。张清—马海洲—小娥的关系便是突出的例证。这牵涉到苦难书写的等第问题，底层话语即是这种等第思维明晰化的结果。

相似的例子还有阎连科的《乡间故事》、周大新的《步出密林》。《乡间故事》里处处吃瘪的主人公“连科”以杀兔泄愤。“在我第三镰刀将下时，小兔的前腿动一下，双眼射出两束清清凉凉的光，我便把镰刀朝它眼珠砍下去。从这眼珠进去，从那眼珠出来……兔腿骨在镰刀上咔咔嚓嚓，声音清脆艳丽，像支书开会时手握关节的声响……四个手指，砰砰砰砰，像四声枪响，最后大拇指‘叭！’的一响，总结了。”[①] 这最后的声音联想相当形象，它活现了苦难的等级传递，亦是底层话语关注的核心。在杀兔过程中，“我”体会到了类似支书的权威感及其施虐的快意，一种压力的模仿、转嫁与放大。真正的“底层”思维呼唤的是彻底的生命平等，就像《步出密林》中的荀儿所做的那样：虽然丈夫以驯猴、戏猴为生，但荀儿斟酌再三，还是将猴子放回山林。

在《阳光》《步出密林》这类作品中，我们能感觉到“文学豫军”里一种崭新的生态伦理的萌芽，即从地球生命的整体福利协调中重新定位

① 阎连科：《欢乐家园》，北京出版社，1998年，第67页。

人类的发展。这在某些西部作家（如红柯、张学东等）的笔下已形成了自觉的书写意识，但就豫籍作家而言，生态意识的表达与呈现还处在摸索阶段。生态意识的自觉跟西部畜牧业的发达以及伊斯兰文明中的动物图腾与崇拜有关，而中原文化主要建基在农业文明与儒家思想上，动物、女性在其中处于边缘的位置，众生平等的观念在儒家伦理及“仁”的思维中并无正面、明确的表述。然而，在豫籍作家的“底层”书写中，我们却看到了主体精神由单纯的苦难申述、诉求向生态伦理升华、廓大的迹象。

生态伦理动摇了现代理性的基石以及我们习以为常的“人”道主义，将人类的伦理关怀从人与人之间延展到人与自然之间。这对于执著自我、偏爱极致书写的豫籍作家来说，并不容易。中原人对动物的尊重与情感大概最早来自对农耕牲畜的亲近，就像周同宾在散文《牛啊牛》中写到的：牛“曾是我童年的伙伴儿，曾是我父辈的朋友，曾拉动木犁铁铧，犁出了灿烂的农耕文化”。现在“人和牛的关系，是占有和被占有的关系。人对牛的关照管理，不是出于感情，而是为了事业……牛终于和猪羊一样，只能给人提供肉食”[①]。这种对牛的深厚情感，周大新的《伏牛》中亦有流露。对牛的喜爱，跟牛作为活的、重要的农耕工具存在直接联系。它奠基在一种相当务实与经验化的思维上：依据和自身利益的密切程度、亲疏远近来分配情感；不仅对动物，对他人亦是如此。这使得中原很难形成生态伦理意义上的平等观，后者跟儒家的等级尊卑观念格格不入。而儒家的等级观向来与政权的推行融合在一起，二者彼此确认和强化。倘若我们承认苦难系压力的承受与逐级嫁祸，那么也许可以这么说，**在豫籍作家对苦难或“底层”书写偏爱的背后，等级（比较）思维的积淀、惯性，包括由此而生的焦灼茫然与力图挣脱的情绪，系重要的支持。**

西部作家红柯写过一篇小说《四棵树》，农工在与熊的搏斗中同归于尽，但最终熊与人被一视同仁为英雄。这类超出人类中心主义的自然大同思想，在中原相当罕见。即使在《阳光》中，主体对老白的情感里亦带有农具延伸的实用情感的意味（老白是驮运煤的活工具），但不管怎样，

① 周同宾：《周同宾散文（三）：远村风景》，河南文艺出版社，1999 年，第 294、300 页。

主体在试图打破这种爱的等级。就此来说，《阳光》称得上“中原突破”的象征。这种“底层”书写及思维，虽然跟某些评论者设想的、由“底层”的描述来彰显历史前进的动力与目标相去甚远，但在我看来却是不折不扣的具有历史性和思想性的文学“进步”。

三、“底层”如何发声？

《阳光》写得像个童话。让沉默的老马像人一样讲述它的悲苦喜乐，既是作品的新颖独到之处，又是其显得稚嫩的地方。就试图让沉默的“底层”发声而言，作者的目的似乎达到了。可惜老马说的并非是它自己的语言，而是温情伤感的“人”话或知识分子语言，这使得“底层”的道出略感造作和别扭。尤其在现实主义表达占据统治地位的“底层”书写中，童话、拟人的言说更是触目。它既是主体对“底层”同情与极力认同的标志，又是二者隔阂与表达无力的征兆：它仅是个童话?! 相对而言，老白的倾吐远不及“无声”的小娥诉诸自绝的行动表白更“真实”，更有力度。这涉及“底层”书写中的核心问题：如何去进入和表述“底层”，用怎样的言语？“底层”书写怎样“现实”？在其中文学何为？就主体与“底层”生命的关系而言，《阳光》算是一个将其间矛盾、曲折与微妙处崭露无遗的例子。

“底层”是否拥有自己的语言？墨白的《事实真相》在这方面做出了自己的文学解答。民工来喜在城里目睹了一场凶杀案的始末，但警察却不屑于听他的讲述。更让来喜震惊、绝望的是，那些没在场的人都能把凶杀经过讲得头头是道，而他这个货真价实的目击者却无力表达。是胆怯、教育不够？还是他人歧视的结果？作品没有明说。有意味的是，作者运用了意识流的手法，我们由此看到了来喜的内心：那么敏感、丰富而痛楚，与他表面的木讷、沉默恰成对比，甚至有些讽刺。然而，这纷涌的内心语言，却是冲着他乡下的对象，小巧，发出的。一个假想的、不在场的听众，这等于否定了“底层”语言的公共效力：它是自言自语、自我消化的无声语言。

墨白写过不少民工小说，大都讲述民工在城市里受到的侮辱与损害，

《事实真相》是最富深度的一篇。与《事实真相》构思相像的还有李佩甫的《豌豆偷树》，它叙述了贫穷的乡村教师王文英的悲剧一生，以王日记的形式展开。在日记中，每当王文英在生活中受挫时，总会出现他的妻子——梅的身影。然而小说结尾却告诉我们，王是光棍一条，梅根本不存在，她只是王屋中一幅画像上的女人。这让日记的倾诉失去了根基。一面是源源不断的“底层”的自我倾诉，一面却是听众的缺席、阙如。有谁来倾听“底层”的声音？又如何构建“底层”语言的沟通性？这是《事实真相》《豌豆偷树》等作品提出的严峻问题。

较之来喜的沉默，《坚硬如水》中的高爱军显示了“底层”的另一种“失语”状态：虽然滔滔不绝，气势逼人，但没有一句是自己的语言或经过内心的润泽。一个大活人，在功能上却形同权力话语的管道与垃圾桶。[①]

四、“底层”的“革命性”？

我们需要梳理下关于“底层”的历史。“底层”概念较早出现于葛兰西的《狱中札记》，他用“Sulbaltern”来意指欧洲社会里那些从属的、被排除在主流社会之外的社会群体，主要是指无产阶级。之所以用“Sulbaltern”来取代无产阶级，是出于对所谓阶级力量或阶级统一性的质疑。在葛兰西看来，“底层”是从属阶层，不仅在政治上，亦在文化上依附或顺从支配阶级的领导。这大体可以解释来喜等在公共场合中的“失语”与不自信；高爱军的空洞、拼贴的“振振有词”亦能从“底层”对支配阶级的文化依附中找到根源。为了打破这种局面，葛兰西创造了“sulbalternity”一词（通译为“属下”或“贱民”）来构想新的“文化领导权”和“文化革命”，他特别强调“有机知识分子”在形成统一的“Sulbaltern”意识中所发挥的作用。葛兰西的“属下”概念在斯皮瓦克的后殖民论述中得到了进一步的阐释，在著名的《贱民能否说话？》中，斯皮瓦克强调了“底层”不能发声的特征。目下关于“底层”书写或底层文

---

① 参见第四章第三节相关论述。

学的评论（特别是有关“底层表述与被表述”的讨论），受上述知识脉络的启发和影响，十分明显。

就中国的历史与现实条件而言，“底层”书写的兴起，与1990年代社会的巨大分化有关。此前的社会分层（包括由是带来的身份认定）大致是在“国家—个人”的范畴体系中展开的，如“以阶级斗争为纲”造就的政治身份，以僵化的人事制度分配的干部、群众，由城乡分割导致的工人、农民，等等。这种分层一经确定，就很难改变，宛若一个封闭的社会。就维护阶级或阶层的纯粹性来说，它应当属于“有利”的条件。这种状态在90年代市场崛起后发生了变化，分层的参照范畴从“国家—个人”的二维体系变成了“国家—市场—个人”的三维系统。市场维度的引入，让身份的流动形成可能。

以张宇为例，翻开他的自选集，会看到这样的履历：“张宇，1952年5月3日出生于河南省洛宁县大阳村。高中毕业后当过工人、县广播站编辑。河南省文联专业作家，中国作家协会会员。曾任中共洛宁县委副书记、三门峡文联主席……”2005年，张宇又出任了河南建业足球俱乐部的董事长。很难再用阶级或某个固定的阶层、身份来描述他。在身份的变动中，固然有各种具体的机缘，但个体利益的扩大诚然是最重要的因素。由此不难感觉到市场的激励与鼓动。张宇本人从乡村到城市、从平民到干部（官）、从文坛作家到商界领袖的身份变化，可视为市场机制所允诺的个人奋斗、成功神话的典范。既然到了市场经济社会，就得按照市场经济的通用标准来分层。陆学艺等在《当代中国社会阶层研究报告》中以组织资源、经济资源和文化资源的占有状况来划分社会阶层的理论框架，即是对市场维度加入后、社会形态变化的回应。现代西方学者普遍以权力、财产、名望来区分社会阶层，与此相比，陆学艺等的阶层划分基本属于理论的“挪用”。

值得注意的是，市场的介入，一面促进了现代社会阶级、阶层的流动，创造了改变命运的社会承诺与个体神话，另一面却又滋生出更加精密、苛刻的分层与各种新的压抑。这无疑是个悖论，“底层”便是这一悖论激发的结果。它将各式压抑归类，以阶层、集体命名与召唤的方式，绽露了个体奋斗神话的骗局与现代化的裂隙。

在90年代的中国，最早撕破市场公平、个人奋斗神话面纱的可能是张承志。他率先复活了“穷人”与“富人”的概念，并宣称自己是为穷人写作的作家。[①] 从《黑骏马》《西省暗杀考》，到《心灵史》，“底层”人物一直是张承志小说的主人公，而张最后一头扎进了回族的哲合忍耶宗教，可谓替穷人书写的极致“升华”版，它让我们见识了边地穷人神圣的精神力量。倘若葛兰西在世，不知会将此纳入其“文化革命”的范围否？与葛兰西的“有机知识分子”相比，张承志似乎更甘于做个一厢情愿的“歌者”，因为能理解他的穷人或回民，实在凤毛麟角。一次访谈中，张承志表露出明显的、对现实生活里穷人的叶公好龙态度；从“为穷人写作”中，他体会到自我感觉良好的充实与幸福，[②] 这种心态在90年代风行的“底层”书写中实非个案。

市场社会不断地生产与强化“穷人”与“富人”两大阶级，财富可以向权力与文化资本转化，而贫穷则让人处处被动。二者间的悬殊差异，被个人奋斗的神话掩盖起来：一个人的财富或成功往往被认为是奋斗有方的结果，反之，则被归结为“混得不行”或“没本事”，由此累积下来的压抑，当是触发“底层”诞生的重要社会心理。

在市场中国的语境里，“底层”一词带有否定的意味：它针对大肆宣扬的公平竞争、和平幸福，指向社会各类弱势群体。从文学“乡土”的精神资源与发展流脉来看，“底层”的背后，涌动、纠结着国民、劳苦大众、无产阶级、工农兵、人民等概念家族及其相连带的现代思路。就此而言，可

---

① 蔡翔、刘旭：《底层问题与知识分子的使命》，载《天涯》，2004年第3期。

② 参见赵玫、张承志：《荷戟独彷徨》，载《上海文学》，1987年第11期。张承志在其中这样说道：“我最热爱的他们是绝不可能读懂我的小说的；就象我热爱过的蒙古牧民不仅不可能品味我那么‘纯情’地写成的《黑骏马》，甚至我每天都等着他们臭骂我一样。理解向伤害的转变也许是一个恐怖的闪电，我怕它，我想躲开它，我这两年无限地崇拜种自留菜园子的老农。我总结出来的一句话就是‘我是个幸福的人’……我觉得大声地宣布我感觉到的这个人间的美好更是一件起码的事。”

将90年代的底层文学视为左翼文学在当下的反响与回声。李云雷曾指出：“‘底层’概念的提出，可以说是左翼思想面临困境的一种表现，但也预示了新的可能性。正是因为‘无产阶级’、‘人民’等概念已经无法唤起更多人的认同，无法凝聚起社会变革的力量，我们必须在新的理论与现实资源中加以整合。”他对“底层”的预期之高，可想而知。在他看来，左翼文学“也可以称之为‘革命文学’、‘社会主义文学’或‘人民文学’，其特点是追求社会平等、反抗阶级压迫、强调人民性与现实批判。”[①] 但“底层”能否在当下担当起如同昔日左翼文学的政治对抗功能，却是另一回事。

周大新的《21大厦》在体现市场中国阶层分化、对峙方面可谓典型。小说以在北京21大厦担任保安的乡下人小谭为视角，展示了现代都市人的生存状态。用作者的话说，“这本书写的只是一座大厦里的几个楼层，可我想让读者去感受社会各阶层人的心灵和生命律动；这本书里人物的活动范围限制在一座大厦里，可我想让读者由此延伸开去思考我们这个纷纷扰扰的世界”[②]。21大厦的每个楼层是彼此隔膜、提防的，它成为阶层、地位的象征。大体说来，楼层愈高，身份愈是显赫。譬如，39—47层是普通私人住宅区，“比48—58层豪华住区低了一个档次，可走廊上照样铺有地毯，楼层里照样有保安员”[③]。我们所谓的“底层”是跟地下二层联系在一起的，这里是低级保安、下岗工人、特服犯人临时工作、生活的居所。连小谭亦觉得寒碜，担心老家万一来人，看到他在地下二层做事“太不光彩”。“底层”人要晋升，单靠诚实的工作远远不够，小谭的女友、城市姑娘梅苑，便是通过傍大款与欺诈，一下子从地下二层“飞”到43层的，她跟小谭的隔阂也由此开始。《21大厦》透露出相当悲观、晦暗的社会观：在作者看来，不同阶层间的理解、沟通基本不可能，更不用说爱情了。如果说21大厦乃是对中国城市化、现代化进程一种具象化的空间构造与隐喻，那么这个构造中并没有给“底层”人预备平等、体面的

① 李云雷：《新世纪文学中的“底层文学”论纲》，载《文艺争鸣》，2010年第11期。
② 周大新、石一龙：《飞离与栖落》，载《青年文学》，2001年第11期。
③ 周大新：《21大厦》，昆仑出版社，2001年，第298页。

位置，他们是“地下”的“异类”。小谭最终从21大厦跳楼自尽，活现了“底层”绝望、死亡的“飞翔”。

阎连科的《为人民服务》讲述了农村兵吴大旺与师长夫人刘莲的性爱故事。吴本以为碰到了天上掉下的爱情童话，孰料却是跳入了早就谋划好的陷阱：他成了给患有性功能障碍的师长延嗣后代的接种工具。《为人民服务》揭示了农村兵在部队的弱势地位，带有强烈的讽刺意识形态的意味，但也仅是讽刺、挑衅而已，我们看不到“底层”革命的潜质或前景。吴大旺之所以“响应”刘莲的勾引，跟他想提干以及把老婆调进城有密切关系。在吴身上，既有被利用、欺瞒的凄苦，亦有其反利用的聪明。吴丝毫没有指责或对抗不公平制度的意思，相反，他的所作所为是以承认体制并努力融入它作为前提与目标的。这也是社会学的“底层”在中国现代化进程中地位与作用的缩影：“底层”一面受到权力的压榨，一面又因为无法抗拒现代的诱惑而主动与权力合作。这样的“底层”较之昔日的“左翼”，其激进、革新的意识要弱得多，一个“识时务”的“底层”。所谓“反抗”多是些小打小闹，瞎折腾，就像吴大旺和刘莲在表白心迹时，比赛着破坏政治圣物（毛泽东像、书和语录）一样，有浓重的阿Q色彩。其实，整部《为人民服务》的讽刺意味和构思妙处也就体现在对政治圣物，确切说是政治权力话语——“为人民服务”——的亵渎上。作者把吴大旺为师长接种，说成是“为人民服务”；吴、刘约会时以“为人民服务”的木牌为暗号；不仅如此，“为人民服务”还成了二人互相撩拨情欲的暗号；吴最后离开部队时，特地带走了这块“为人民服务”的木牌，作为他与刘莲曾经的“爱情”信物。这种讽刺、挖苦端的刻薄，但作品的内涵、精神也由之连累得“薄”了。《为人民服务》就像对一个概念或政治玩笑的文学推衍与放大，并用适合消费阅读趣味的、让人心跳脸红的性爱描写，玩世不恭的讥刺加以点缀——一幅后现代式的聪颖缭乱的“拼贴”画，其内里思想的“皱褶”实不多见。

豫籍作家的小说里，涉及反映农村兵在部队遭际的作品还有不少，如刘震云的《新兵连》、李佩甫的《城的灯》等。不再赘述。

五、“底层”实践与“个人化写作”

我以为，底层文学的出现，与创作主体的定位及话语调整直接相关。它系个体的话语策略、风格化追求与当下历史提供的契机“不谋而合”或“不期而遇”的结果。类似《为人民服务》的军旅小说与民工小说一道，拓展了文学“乡土”的空间与疆界，“乡土”叙事从一度格式化的、机械的农村题材中跳脱出来。就此而言，“底层”的浮现，乃是创作主体寻求新的“乡土”载体、疆域与文学“乡土”话语变迁的信号与讯息。另外，把底层文学跟80年代一度兴盛的讲求形式的纯文学、90年代市场中风靡的小资文学、宝贝文学、通俗文学相比，“底层”的反拨性与个体定位相当明晰：它既不愿像纯文学那样背对现实、自我陶醉，又看不惯小资文学风流轻飘的做派，“底层”的严肃性与不容置疑的社会意义为被创新压迫的主体提供了书写、想象的资源和另一面向。在时尚与消费占据生活主流的今天，描写边缘化的“底层”，恰恰是创作主体避免自身边缘化、游向话语中心地带的一种努力。李陀曾说：“上世纪80年代所谓‘纯文学’的特点是去政治化，而未来的‘纯文学’很可能是很政治化的，会对主流意识形态和商业文化提出特别强烈的批评和反驳。”① 他的预言在底层文学这里部分地实现了。

底层文学的实践，含有对90年代以来愈演愈烈的“个人化写作”的反思，有论者指出：“‘底层’回到了文学表明，社会结构视域再度替代了个体本位。文学重新开始注视社会学的一系列范畴，例如阶层，社会群体，富裕与贫困，经济利益的分化和文化资本的社会作用，如此等等。”② 此话的绝对性虽然尚可商榷，但论者对于“底层”中蕴含的历史动向的洞察相当敏锐。某种程度上，我们可以把“底层”书写与90年代初的“人文精神”大讨论、新左派与自由主义的争论视为一类性质的现象：它们彼此激发呼应，显示了主体对“公共知识分子”形象的渴望与奋斗。就“底层”书写而言，还夹带着主体对文学与作家边缘化现状的不平与抗争意

---

① 李陀：《反思“纯文学”》，载《北京日报》，2001年3月18日。

② 南帆：《底层：表述与被表述》，载《福建论坛》，2006年第2期。

味。一种不约而同的集体突围与出击。

然而总体而言，“底层”书写仍旧是一种个体化的文学行为。“底层”是压抑性经验细化、敏感与突出的结果：除了经济的压抑，还有性别的压抑，由生态伦理体系内部不公正导致的压抑与生命漠视，等等。就此来说，文学的“底层”显然是一个大于社会学“阶层”的概念。“底层”的背后，伸张着个性自觉的发达神经。知识分子惯常借他人酒杯，浇自己胸中块垒。几乎所有对底层文学寄予厚望的评论者，在面对“底层文学为谁写作，它的读者又是谁”时，都会不同程度地感到尴尬与难堪。旨在唤起底层民众的觉醒、改变或提高其精神状态的底层文学，其实并没有什么“底层”读者，因而它的现实意义、功用，包括由此提炼、发掘的“底层”革命性，可能要大打折扣。与历史上的左翼文学相比，底层文学的作者甚少考虑“底层”民众的趣味，也不指望他们的理解，像赵树理那样的“地摊家”与大众化的启蒙者，基本绝迹了。不管怎样，文学水准、艺术品味是很难放弃的。此外，尚有各种利益的斟酌与妥协。倘若承认这点，“如何为底层代言”的设问就是一个伪命题。我并不否认存在“为底层民众写作”的初衷与热忱，但就在热忱的书写里，充满了似是而非的暧昧杂色。这也是市场语境中文学书写的共通特点：没有纯粹的动机与行为。无论作品内部有多么强烈的道义与反抗之声，一旦卷入印刷与发行，仍有可能被强大的商品关系重新控制，尤其是作者试图通过大众传媒发出“声音”的时候。

2006年，阎连科反映中原艾滋病村真相的长篇小说《丁庄梦》交由上海文艺出版社出版。作者与出版方事先约定，小说出版后，双方各向艾滋病村捐5万元。该协议写入了合同。在《丁庄梦》的封面勒口上，还印有如下宣传文字：“为写作和出版这部小说，作者与上海文艺出版社捐献义款，联合进行了‘关爱生命，关注艾滋病慈善行动’，这项行动仍在继续。”这一带有公益性质、备受关注的出版事迹却在一场旷日持久的稿费官司中尴尬收场。生平第一次打官司的阎连科，声称自己走到这一步完全属于被逼无奈，他不想打官司，主要目的是要让关爱艾滋病病人的口号落在实际行动上，不能欺骗读者。而上海文艺出版社亦就捐赠事宜对阎连科提出了反诉，理由是“上海文艺出版总社是上海文艺出版社的上级主管单位……上海文艺出版社不得以自己的名义从事出版以外的民事活动，比如捐赠”，认为“所谓捐款实际上变相成为”阎连科的“收益”[①]。这里不想较真孰对孰错，引人注意的是双方都拿“底层”的艾滋病病人“说事”：一个要求对方兑现捐款的承诺，一个则认为此举违反出版规则。它们显然不是诉讼理由的全部。就出版方而言，之所以出尔反尔，《丁庄梦》遭禁是导火索。按照文艺社“含蓄”的说法：《丁庄梦》“因有关内容涉及国家荣誉，受到有关部门的注意，并向反诉人提出了批评意见”[②]。阎连科对此则完全否认。

针锋相对的辩驳中，真正的“底层”被放逐、蒸发了。它的“声音”仅剩下“讨钱”；能否出钱，成为判定是否“关爱艾滋病”的首要、核心的标准。作者坦言，当初之所以构思《丁庄梦》，就是为了给艾滋村“化点钱”，解决些吃粮浇地问题。化约、简省的逻辑既是对“底层”的莫大支持，亦隐含着对“底层”精神状态的遮蔽与漠视。简言之，“底层”等于贫困、苦难与暴力，一个无辜被动、思想荒芜、等待各类“描写”者去为之呼吁、“化斋”的群体。《丁庄梦》对艾滋村人的“呈现”并无多少超出相关纪实片的“新质”。既然要“化钱”，就必须将“底层”书写的“亮点”有效嵌入图像时代占据统治的“观赏”逻辑中，这大概也是寄望利用市场发出“声音”所必须付出的代价吧。至于鲁迅所说的要警惕“被描写”[③]，在此听来着实遥远“迂腐”“不合时宜”了。

《丁庄梦》的出版结局虽然让人遗憾，但细思之下也非全然意外。它透露出“底层”书写中个体与市场联合，向国家权力或意识形态施压、叫板的意味。作为压抑性经验、结构的具体化、社会化，“底层”将批判的

---

① 张英、邓丽江：《阎连科打官司》，载《南方周末》，2007年1月26日。

② 参见《阎连科打官司》，以下凡涉及《丁庄梦》的出版情况，如不另加注释，均出于该文。

③ 鲁迅：《未来的光荣》，收入《鲁迅全集》（第5卷），人民文学出版社，1973年，第423、424页。

矛头指向最高的权力机关与意识形态——国家，是相当自然的事情。它与其说是出于“底层”写作的叛逆性与革命性，不如说是“底层”书写的内在逻辑使然。《丁庄梦》暴露了农村干部滥用职权和国内基层管理的混乱，这种“犯忌”与敏感是引发多家出版社前去竞稿的重要因素，上海文艺社便是以高价从春风文艺社手中将《丁庄梦》的出版权“抢”回的。在现代化的进程中，由于发展和培育市场系“改革开放”与“建设有中国特色社会主义”的内涵要义之一，因此在很大程度上，市场成为隐蔽的官方意志的延伸。但二者间亦存有抵牾，《丁庄梦》遭禁，即是证明。(政治)风险与潜在的利润成正比，只是《丁庄梦》的风险没有转化为利润而已。换言之，遭禁亦是“情理”中的结果之一，否则何以叫有风险呢？市场本无所谓正义或批判，它相利而动。虽然市场的力量在中国日渐强大，但其反抗与批判的功能甚为有限，这是由市场的本性以及它与意识形态的紧密联系决定了的。有时，市场亦会刺激和鼓动某种叛逆的姿态——一种稀缺的“奇观”——这也是“底层”书写的复杂所在。当涉及“底层”呈现的真实问题和叛逆情绪时，我们不能简单化地处理。

六、如何书写“底层”?

纵观20世纪的中国文学，“底层”是个巨大的存在。对社会“底层”的关怀，是现代中国文学的一条贯穿性的暗线，其中寄寓着作家对人的解放及大同社会的渴望与筹划。在此意义上，可以说当下的“底层”书写是一个主动链接或切入历史的行为。“底层”对类似左翼文学“人民性”的复活，隐含着主体寻求自身话语合法化与历史化的努力。就沉湎于“伤口”、有强烈“弃儿”意识的河南作家而言，这种跻身历史的愿望、意图可能更加迫切：从写作的实际效果与底层话语暗含的历史化逻辑的“不对称”上(如《走窑汉》)，我们不难体会出来。

如果说苦难话语是现代文学史上的革命话语的衍生变化，那么90年代以来的底层话语则呼应着往昔的大众话语，这在周同宾的《皇天后土——九十九个农民说人生》中有清晰的体现。全书采用口述实录的体式，主人公均是普通的农民；作者放弃了知识分子俯察众生的精英姿态，将自身定位在农民百姓的忠实倾听者和记录者上。“我忠于说话人的原初表述，只作删节，不作改窜”[①]，“着力追求的是语言的质朴、自然，有生活气息，有乡土风味……要写出地道的豫西南的农民语言”，展现“生活的原生的美”[②]。这称得上是“为农民书写”的典范表白，《皇天后土》总体贯彻了上述创作旨趣。每篇均由两部分构成：一个简短的人物介绍，其中尚能感受到观察者的目光与判断，如：“屈巧儿　女，五十九岁。脸皮如蚕蛋，布满细纹儿……说话柔声细语的，却不似一般农村妇女那样啰啰嗦嗦，拖泥带水”；“张成群　男，三十七岁……看见我，一脸笑，谦卑的笑”。[③] 至于主体部分，则“纯”是九十九个被采访者的自我陈述。与另一部口述实录的代表作，张辛欣的《北京人》相比，《皇天后土》的现场感不强。被采访者的陈述中洗去了被询问、引导的痕迹，它更像“独白”，一个未经干扰的完整的心灵世界。因此，其传统意义上的“文学性”——而非“新闻性”——也更强些。在构思之初，作者抱有强烈的历史责任感，他“想把形形色色的农民，一个一个写下来，为当代做个记录，为后世留下档案。每个农民都是一篇鲜活文章，甚至都是一本厚重的书。如果写下来，并不只有文学价值”[④]。

这种“档案”标准，《皇天后土》显然达到了。较之评论家们对“底层”的预期，《皇天后土》的人物“独白”中我们看不到什么革命的力量或历史的前途，让人难忘的是一个一个卑微、琐碎的故事，这也是《皇天后土》的最吸引人的地方，它们是经验的、生活化的，虽然在格调、结构上有些雷同。九十九个被采访者里大多是穷人或老派、保守的农民，对他们来说，年年月月变换的只是日子，不变的是奔波、劳碌和难以满足的基本欲望。由此衍生的故事让人慨叹又无可奈何。这类事，听一个与听一百个的文学效果与震撼力大体相当，唯一的变换或驱动就是在故事上做

---

① 周同宾：《皇天后土·自序》，漓江出版社，2006 年，第 4 页。

② 周同宾：《忘不了父老乡亲——就〈皇天后土——九十九个农民说人生〉答记者问》，收入《皇天后土》，漓江出版社，2006 年，第 406 页。

③ 周同宾：《皇天后土》，漓江出版社，2006 年，第 3、8 页。

④ 周同宾：《皇天后土·自序》，漓江出版社，2006 年，第 2 页。

文章。既然摆定了倾听者与记录者的姿态，就不能指望讲述者提供新颖的叙述结构或历史观，这也基本断绝了升华或形而上的企图与出路。作者最终放弃口述实录的书写，我以为跟上述文本内里的单调以及它所提供的主体活动空间过于局促，有密切关系。

作者说，类似《皇天后土》的文章“还可以弄出许多篇，但我已意兴阑珊，不愿再跑了”[①]。“对象难找，有特色的人难找。比如，想找一个性格鲜明、身上又有生动故事的泥水匠，到现在还没找到。”[②]至末两句透露了采访者的选择与剪辑准则：职业上要尽量错开，人物要有个性、有故事。并不是所有农民都能进入文学的视野的，《皇天后土》显示了“文学”对“底层”的筛选，它是真实性与可读性的交集，系责任感与文学旨趣摩擦、妥协的结果。真正的“底层”关注与拯救应该是不避重复与单调的，但这在文学的场域（包括创作、阅读与流通）中很难实现。

刘庆邦的《中间人物》是篇很有意思的小说，它讲述了如何将一则“底层”新闻改编成小说的三种构思。新闻的内容如下：矿工张根水为了骗取矿上的工亡索赔，谎称身体不适，让儿子张洪涛顶替下井。张洪涛患有羊角疯病，张根水交给工友李某一个药瓶，要李某在井下吃晚饭时把它交给儿子，让儿子服药。李某照办，结果张洪涛死了。张根水向矿上提出赔偿要求，矿方觉得有诈，让警方介入，结果真相大白。围绕该新闻的小说构思有三种，一是着力描写张根水良心发现后的痛苦；二是改变结局：张洪涛察觉了父亲的阴谋，回来复仇；三是从中间人物李某入手，李某发觉药瓶不对，正嘀咕如何处理，张洪涛的一个让人嫌恶的举动使李某作了决定，他把药瓶交给张洪涛。三种构思中作者青睐最后一个，他提出了一个“底层”写作难度与新颖度的问题：“你往这里想，别人也往这里想，写起来就没劲了。我有一个观点，写小说要学会在无文处作文……要在

---

① 周同宾：《皇天后土·自序》，漓江出版社，2006年，第4页。

② 周同宾：《忘不了父老乡亲——就〈皇天后土——九十九个农民说人生〉答记者问》，收入《皇天后土》，漓江出版社，2006年，第405页。

别人认为没什么可写的地方，开辟出一片新的天地，创造出自己的文章来。这样写是难一些，是自己给自己出难题……写小说的魅力就在于不断克服困难的过程。”[①] 三种构思在主题上相差无几，它们都揭示了拜金主义对“底层”人性的扭曲。在“中间人物”的构想中，还透露了世事偶然与宿命的意味：张洪涛自找着要死，他的死亡似乎已经注定了。然而，决定底层文学高下的却并非思想的深刻，而是构思的巧妙、别致。后者在相当程度上属于文学技术层面的问题。在此，“底层”与“文学”孰轻孰重，已十分清楚。

陈晓明曾指出，在“底层”书写中，存在一个“美学脱身术”的现象：当底层“人民性”的表达无法在思想意识方面深入下去时，作者便会寻找艺术的逃脱路径，或运用突然转折的情节，或把人物性格和心理推向极端，或转向适应消费社会阅读趣味的欲望化叙事。“这是思想性向艺术性的逃离，是艺术对思想的遮蔽，但艺术却获得了意外的收获。”[②]《中间人物》的第三种构思里那个让张洪涛走上绝路的找死举动，类似陈晓明所说的转折情节。而《走窑汉》《为人民服务》等作品，则诉诸极端的人性心理及欲望化的身体来弥补、消抵对“底层”经验的隔膜及叙事、思想的乏力。可见，“底层”要长久地驻留在文学中，必须跟审美的技艺与认知形成彼此砥砺的良性循环。《皇天后土》系列的中断，便是这种循环僵滞的必然结果：当“底层”对文学的激励与贡献仅剩下“故事”一端时，也难怪作者“意兴阑珊”了。

在这个意义上，刘庆邦的《卧底》是篇极为重要的作品。原本在矿上做宣传干事的周水明到市里的记者站应聘，试用期三个月。为了拿出一份过硬的业绩，证实自己的能力，主动请缨到西部的小煤窑卧底采访，不料身份败露，被窑主关进地牢，受尽折磨。其间他曾试图用绝食、发动其

① 刘庆邦：《中间人物》，收入《女儿家》，中国文联出版社，2003年，第167页。

② 陈晓明：《“人民性”与美学的脱身术——对当前小说艺术倾向的分析》，载《文学评论》，2005年第2期。

他窑工暴动等方式来抗议窑主的暴政，但均未成功。这是一个人人自危、甘受折磨、一盘散沙的世界，没人关心周水明的死活。周最终捡了条命，回到记者站，但等到的结果却是：试用期已过，他的位置已被人顶替。

把“底层”的呈现与底层写作本身结合起来考察，是《卧底》的独到之处。它不仅揭示了“底层”民众的阴暗面，亦暴露了底层写作的诸多的问题。如写作者与“底层”民众的隔阂、碰撞：周水明以往总把小煤窑的打工者看成弱势群体，没想到刚到这里就受到窑工的排斥和欺负，真是可怜之人必有可恨之处。这可视为“底层”对知识分子格式化“描写”的绝妙讽刺；特别是底层写作本身的伦理与功利性：周水明的“卧底”与底层书写计划是为了换取人生进阶的“资本”。在深陷地牢的日子，周水明不断想象与记者站司站长相见的场景：“他应该扑向司站长怀里，和司站长拥抱一下子。他还要留一点眼泪。司站长向随行采访的记者们说：‘这就是我们的卧底英雄，他是我们记者站的记者周水明！’……会有手持话筒的记者对他进行现场采访，问他卧底多少天？看到了哪些问题？是怎样下决心卧底的？……这些问题的内容都是现成的，他会一一回答。”较之《中间人物》，《卧底》“元叙述”的意味更浓，它把对“底层”的构思渗透到“底层”体验的细部。譬如：“这样的煤窑，周水明已经为它想出了一个新名词，叫牢窑。这个牢是从画地为牢来的，把地上打个洞，把人放进去，不就成牢了。他对自己这个命名有些得意。”“这里不搞任何培训，甚至连一句注意安全的话也不讲，民工头天晚上来，第二天早上就让下窑。这一条也要写上。”[①] 残酷的现实不断修正、激发着周水明的“底层”建构，但他无论如何也想不到自身的结局：悲壮的卧底“英雄”居然被报社开掉了。这是《卧底》让人叫绝的地方：它使得“底层”的发掘者，周水明，与“底层”有了同病相怜的感觉：他们是“现代”的憧憬者、奋斗者，又同被“现代”愚弄、抛弃。

《卧底》是一则反思“底层”书写的寓言。在如何切入“底层”以及探讨“底层”书写的伦理、真实性方面，它给了我们有益的启示。“底层”

---

① 刘庆邦：《卧底》，四川文艺出版社，2007年，第43、20、21页。

于此不再是有待描写的客体、他者，它成为联系书写者与书写对象的共通命运。“底层”，就嵌在我们的内部。“底层”写作的真实性、震撼力不在于表象的浓墨重彩，它取决于态度的真诚：只有让“底层”与我们成为一个整体，这样的书写才会平等、真实。置身于这种态度中，话语和方法会自然涌出。换言之，承认、发掘我们与“底层”的命运与共，不仅是“底层”书写的重要目的，亦是其基础与前提。

第五节　历史话语

关于历史的界定与认知，向来众说纷纭。归纳起来，大致可分为两类：一是相信所谓“史实”，历史在这里等同于过去发生的事情或过去生活的实在过程，亦有人将其称之为“历史的本体”或“历史存在”；一则把历史与特定的书写、叙述结合起来，认为本质的历史并不存在，就像柯林武德所指出的：“一切历史，都是历史学家在自己的心灵中重演过去的思想。”[①] 简言之，一切历史都是（人的）思想史。对于历史事件，历史学家并非要将其“再现”或“还原”，而是企图借助这些史料来阐述过去的“意义”。没有纯粹自足的历史事实，只有当被历史学家引用的时候，这些事实才是不言自明的。对此，美国哲学家贝克尔说得更直截了当：“在历史学家创造历史事实前，历史事实对于任何历史学家而言都是不存在的。”[②]

上述两类观点大体代表了现代史学与后现代史学的关注焦点与趣味。中国历来有文史不分家的说法，司马迁“究天人之际，通古今之变，成一家之言”的《史记》抱负对后世的文学创作影响甚大，不少历史小说家都将其奉为创作的圭臬与至高境界。但究其实，文史的地位并不对等。中国的传统文化，在某种意义上可称为史官文化，煌煌二十五史即是证明。在

---

① [英]柯林武德：《历史的观念》，何兆武、张文杰译，中国社会科学出版社，1986年，第244页。

② 转引自卡尔：《历史是什么》，吴柱存译，商务印书馆，1981年，第18页。

古人心中，文是附属、服务于史的真实性与正统性的。一旦把历史明确地与叙述或叙事联系起来，相对主义、虚无主义的幽灵难免乘虚而入。詹姆逊曾说：“历史只有以文本的形式才能接近我们，换言之，我们只有通过预先的（再）文本化才能接近历史。”① 言下之意，历史不能直接呈现自身，我们认定的历史其实是一种话语形式，它受一定的权力关系与意识形态制约。这为文学涉足历史开辟了空间。

一、“新历史”书写中的地方自觉

1990年代一度盛行的“新历史小说”（我们在第一章的末尾曾提到过它）便是在现代历史观与后现代历史观共同作用下的杰作，豫籍作家在此表现不弱。由于“新历史小说”更多涉及的是虚构而非经验，是想象而非知识，是主观的诠释而非客观的事实，如此便把历史从意识形态一元化的归纳认知框架中解脱了出来。这不仅是主体个性自觉与伸张的表现，亦是“乡土”认同从“中国”转向“地方”的标志。

在豫军的“新历史”书写中有一类特殊的作品：村志小说。如刘震云的“故乡”系列、《头人》，阎连科的《受活》与《日光流年》，李佩甫的《羊的门》等。和那些“中国志”的历史作品相比，村志小说没有瞻望未来的、一统的虔诚与热忱，亦无甄别是否进步或“合目的”的冲动，像左翼小说所做的那样：后者发掘的乡村史是用来探讨中国前途用的，总要设法将其嵌入中国的现代进程、给它一个妥帖的位置才好。《子夜》里对双桥镇农民与吴老太爷的处理，便是一例。这也算是对乡村命名或“升格”的方式吧？而在豫籍作家的笔下，国家史大都被虚化处理了。

《受活》中的时间忽而民国、忽而农历，便是这种虚化策略的体现。作者对作为地方文化单元——村庄的叙述兴趣远远超出了对中国的历时性检视与记述。为保证村庄的整体性，他甚至可以忽略、抹去其内部的矛盾与其他区别性特征。村民是一致对外的，活得像一个人。受活庄、《日光流年》中的三姓村，都是如此。倘若在三姓村中给村长司马蓝增设一

① 詹姆逊：《政治意识》，王逢振、陈永国译，社会科学出版社，1999年，第70页。

个对头，让他与司马蓝的妻子竹翠有些瓜葛，《日光流年》可能会好看自然得多（就司马蓝夫妻的紧张关系而言，完全存在设置这种“对头＋情敌”人物的可能），但阎连科是不会同意的。[①] 除了叙述难度上的顾虑外，更重要的原因恐怕还是在村庄认同（地方认同的降格形式）的迫切与执著上。无论如何，不能让这种“虚构的同盟”出现裂隙。

茅枝婆一生奋斗的终点（或曰最大“报偿”）即是受活庄的成功“退社”：它从中国的行政管辖与历史进程中脱离出来，重新回到之前清寂自由、小国寡民的状态。这种“村庄”利益、身份的识别皈依，是在对“中国”（身份）认同的角逐、失望中产生的。“退社”的始末也是“地方”视角、地方认同凸显与落实的过程。“中国”成为激发村庄团结与认同的动力。透过受活人的选择，能感觉到中原乡村深刻的苦难记忆、忧患意识，以及“中国弃儿”的好强与自卑。这大概是作者信誓旦旦追求的“超越主义的现实”[②]（又称“狂想现实主义”）中最不具超越和狂想性质的部分吧？不羁的创造与忠实的“循规”糅合起来。

众多关于《受活》的评议里，曾在河南工作多年的上海评论家王鸿生的观点值得一提，他说：“从刘震云的《故乡面和花朵》到李洱的《花腔》、行者的《大化之书》直到阎连科的《受活》……河南人的写作我行我素，公然蔑视公众，顽强反抗潮流。他们的作品，越来越难懂，越来越没有章法，越来越潇洒，越来越纯粹，就像是一部部天书。”[③] 这种地方（河南人）的自觉与敏感，非出入其中者难得体会。凭借“上海—河南”的双重经历，王鸿生方有如是观察。把《受活》与当下备受误解的“河南人”联系起来，会发现某些惊人、反讽的暗合。小说中最具狂想意味的细节要属绝术表演了，它是建立在受活人天生残疾上的一套技艺：如独腿赛跑，聋子放炮，独眼纫针等。这里，残疾的天生（？）颇耐人寻味。我们自然可从

---

① 笔者曾就此问过阎连科，他的回答是“没有必要”。

② 阎连科：《寻求超越主义的现实（代后记）》，见《受活》，春风文艺出版社，2003 年，第 369—371 页。

③ 杨林：《〈受活〉——一个“现实主义”的沉思》，http://news.sina.com.cn/cl/2004-03-22/14273051758.shtml。

阎连科一贯的寓言化书写来诠释它，但这形同惯性的寓言策略的基础是什么？通过它，我们又能瞥见怎样的历史与心灵构造？

我以为，《受活》的寓言与荒诞书写，乃是中原历史"伤口"盘踞、固着的鲜活物证。生就的残疾俨然"伤口"的烙印，而绝术表演则是"伤口"逻辑突袭当下并硬性扩张的错综症兆。受活人一度寄望于绝术表演来挣钱，还想用挣来的钱购买列宁遗体以发展当地的旅游经济。这异想天开的致富谋划让人仿佛看到了舆论中"丑陋的河南人"形象：铤而走险，不伦不类；它活现了中原/河南试图现代化或融入市场中国的奋斗与尴尬。在受活人与圆全人、河南与中国他地之间，隔着厚厚的文化障壁。一种历史的滞留与错位，由此不难感觉到一种模糊而坚执的地方诉求与"抒情"。

在《受活》后记里，阎连科对现实主义手法大加挞伐，用词刻薄得让人震惊。这多少证实了前文讲的历史错位感。表面看，作者是在为他的狂想与荒诞辩护，扬言《受活》是"现实主义墓地的葬品……我将为此而自豪"[①]。而究其实，"现实主义墓地"不过是历史"伤口"与当下抵牾的产物，系"伤口"逻辑试探"现代"、企图报复"现代"却一败涂地以致恼羞成怒的结果。购买列宁遗体便带有促狭的政治报复意味：故乡由此又可成为"死亡"的政治中心了，进而通过政治中心的展览与售卖，或许还能成为旅游胜地、经济中心。这就是"伤口"逻辑与现代商业逻辑的诡异的文学接榫；狂想、荒诞的背后，闪烁着荒凉的"中心"记忆与刻骨的政治缅怀。

《受活》的末尾进一步验证了我们的想法，作者写道："以后的事情呢，也就是以后的事情了。"[②]轻描淡写的语调其实把"以后"悬置、否定了，"退社"的目的就是要回到过去的生活轨道。在主体眼中，受活庄是没有以后的，一个受制于过去、被"伤口"主宰的世界。

记得张爱玲在《自己的文章》中曾说："人是生活于一个时代里的，

① 阎连科：《受活》，春风文艺出版社，2003年，第371页。

② 同上书，第349页。

可是这时代却在影子似地沉没下去，人觉得自己是被抛弃了。为了证实自己的存在，抓住一点真实的，最基本的东西，不能不求助于古老的记忆，人类在一切时代之中生活过的记忆，这比瞭望将来要更明晰、亲切。”[①]这话用来描述豫籍作家1990年代以来的历史书写倒是相当贴合。在呈现现代生活的“新旧杂陈”方面，阎连科远不及张爱玲精致繁复，其对正史意志的反拨比之张氏更富攻击性，亦相应多了浮躁与直露，但内里的精神是相通的。

对阎连科这样的豫籍作家，最真实的东西莫过于村庄，它不仅是童年的记忆，更牵扯着古老的农耕文化，是农耕文化迟迟不肯从现代场域退隐的挣扎与表征。曾几何时的创伤，借助村庄史，幽灵般的闪现了。这确实有些淆乱历史的味道，对偏好次序和发展的人来说尤其如此。虽然作者并未打算给转型社会提供一种“新旧杂陈”的景观，但“悠久”的构思和貌似不羁的创作姿态还是让人感到了奇异和慌乱：“疑心这是个荒唐、古代的世界”[②]。名头眼花缭乱地变换，忽而“魔幻”、忽而“狂想”，但总觉得有些不对，一种促狭的时空拼贴的蒙太奇。就像葛薇龙回望其姑母家的感觉：虽然盖着花哨、绿色的琉璃瓦，却恍然是“古代的皇陵”[③]。

无独有偶，在刘震云《故乡天下黄花》的结尾，亦出现了一串“以后”的同义词——“之后”：

> 一年之后，村里死五人，伤一百零三人，赖和尚下台，卫东卫彪上台……
>
> 两年之后，卫东和卫彪闹矛盾。
>
> 一年之后，卫东下台。卫彪上台……
>
> “文化大革命”结束，卫彪、李葫芦下台……一个叫秦正文

---

① 张爱玲：《自己的文章》，载《苦竹》，1944年12月。

② 同上。

③ 张爱玲：《沉香屑——第一炉香》，收入《倾城之恋》，北京十月文艺出版社，2006年，第259页。

的人上台。

五年之后，群众闹事，死二人，伤五十五人，秦正文下台，赵互助（赵刺猬儿子）上台。①

不难体察，所谓“之后”不过是此前的延续。脸变了，名头换了，剧情却照旧。《故乡天下黄花》的故事发生在豫西马村，时间跨越民国、抗战、解放初期、“文革”。这些由意识形态命名的不同时代，却被马村人以枯燥雷同的方式充填、度过。想起鲁迅那篇著名的杂文《现代史》，通篇没有一个“史”字，却点出了历史的真髓：万变不离其宗的正是“变把戏”，历史的本性就在于此。这跟上述引文里“之后”的反复与强调，颇有异曲同工之妙。在点缀着正史年号的舞台上，往来穿梭的是不起眼的马村人。故乡人成了历史的主角，这究竟是对正史/中国的探幽、概括，还是颠覆？

就故乡与中国的关系，刘震云曾有一番意味深长的论述：

如果故乡是指一块地方，这个地方是指一个社会整体，即不但包括人、土地环境，还包括维持人、土地和环境的社会政治、经济形态及生活方式或者说作为一种社区来考察的话，在一个民族内，这块地方与另一个地方没有太大的差别。风俗习惯虽有差异，但总是在统一的政治、经济、社会制度之下；二者相比较，前者显得微不足道，无非是在吃、穿、住、行等习惯方法上的差异。但保证和维持吃、穿、住、行的方法是一样的。从这点意义上说，故乡就是国家，无论你生在哪里，都会给你身上和心上打上基本相同的烙印。如果不是从这种理智的分析的角度出发，而是从情感的角度，从作家的情感与故乡的联系来考察的话，那么这个故乡就不是完整的了。情感的好恶，对故乡的反叛或者依恋，都是和故乡中某些具体的东西相联系。我想后一

① 刘震云：《黄花土塬》，江苏文艺出版社，1996年，第353、354页。

> 种考察固然不科学，但对于考察故乡与作家关系来说，也许更贴切、实际、文学和生动。[①]

在刘震云的内心，故乡与中国的边界并不清晰，这似乎是对地方视角的否定。但若将它置于中原与中国盘根错节的历史纠葛与文化亲缘中考察，刘震云模糊、“平和”的态度其实很好理解。河南曾是中国的政治心脏所在，由它来指代中国是再合宜不过的，一种历史积累下的“老资格”。而作者书写故乡往事或中国历史时切入的角度——权力变迁，亦能从中原一贯敏感发达的政治神经与文化中寻到根基与理由。小说题目中的“天下”透露了“中原＝中国”的思维逻辑，它跟迄今开封老巷中乐于讲述当年“皇城根儿”故事的老人，心态相仿。就曾经的“中心”地位以及中国与中原的文化亲缘而言，作为故乡的马村，实可视作“天下”对待的，虽然这已是败柳“黄花”。

透过“故乡天下”的组合称谓，一个在自尊与自嘲间颠簸挣扎的地方主体，中原/河南，呼之欲出。相对于“中国”的正史逻辑与体面端方的叙述，马村人你争我抢、跛扈恣睢的生存既是颠覆，又是概括。只是这概括并非出于刻意的构思，而是由创伤后的执著所牵带出的自信。执著于河南曾经的正统地位：写河南不就是写中国么？执著于政治：历史的核心内容无非权力的争夺、掌控与运用。至于权力的主人是马村人、皇帝，抑或革命者，却是无关大体的。

按照作者的说法：“《故乡天下黄花》是写一种东方式的历史变迁和历史更替。我们容易把这种变迁和更替夸大得过于重要。其实放到历史长河中，无非是一种儿戏。”[②] 以此看前引文里“之后”的重复，那不啻是作者对历史变迁的反讽与喟叹了。

《故乡天下黄花》折射出1990年代以来豫籍作家创作里相当普遍的一种历史观：宿命与循环。二者名异实同，只有存在某种固定的“宿命”，

---

① 刘震云：《整体的故乡与故乡的具体》，载《文艺争鸣》，1992年第1期。
② 同上。

才会展演循环的时空。《受活》中采用的干支纪年，亦是循环信仰的流露。在对历史的别样阐释中，河南从当下边缘化的位置耸身而出，焕发了老道世故的风范：“天子脚下的人什么世面没见过？什么阵仗没经过？世道就这么回事！”

二、宿命的“需要”与历史溯源

阎连科曾说：“人的命运，其实是时间的跌宕和扭曲，并不是偶然和突发事件的变异……时间在根本上左右着小说……理顺时间在小说中的呈现，其实就是要在乱麻中抽出头绪来。有了头绪，乱麻会成为有意义的生命之物。”[①] 这意味着历史的呈现亦是一种自我的梳理，要将“偶然”“变异”及“跌宕和扭曲”整合进规则的时间构造中——这里已能瞥见“宿命”的端倪。

《日光流年》从村长司马蓝即将死去落笔，一直写到他的诞生：从“如茶水般的子宫里”，“把头脸挤送到了这个世界”。这如同电影倒片似的自我追溯，其实是删繁就简、自我确立与赋值的过程。司马蓝的一生虽然亦有初恋、权力争夺等私俗之事，但那仅属旁枝琐屑，可忽略不计的。在他生命中占据主导的只有一件事：给三姓村开渠引水，打破“活不过四十”的宿命。然而看下来，这与其说是在反抗历史的宿命，不如说是在与宿命“缠绵”，一种不自觉的“需要”或“相濡以沫”。宿命的规定虽然残酷苛刻，却也让人生和叙述有了方向奔头，生命因此而充实，这恐怕也是《受活》标题[②]的真正意旨吧。很难想象，去除了苦难的历史宿命与循环，阎连科还会发展什么别的语言或趣味。宿命主宰了他的人物、情节与构思：写了那么多的小说，用“受活”一词尽可提纲挈领。他的风格与自我标识仰仗宿命的支持，如果这不是“藉口”的话。

通常以为，将历史归结为“宿命”，多少带有消极的意味，殊不知这亦是自我的澄清与抚慰，它隐藏在桀骜不驯的外表下。对于想不通的创

---

① 阎连科：《一个人的三条河》，中国人民大学出版社，2012年，第198、199页。

② “受活”是豫西方言，含有苦中作乐、痛快淋漓的意思。

伤，以“宿命”名之，实在是简省感性的文学应对。**宿命的历史造型中，绞缠着两种对立的诉求：创伤的宣泄与沉默，抽搐与禁忌。**由此一面避免了对创口的直接刺探，同时又让其成为各种文学情绪——反讽的、忧伤的、愤怒的，等等——源源不断的策动之地。

祖籍河南辉县并在河南度过青少年期的柏杨，在初到台湾时曾写过一篇小说《龙眼粥》，讲述了一个今生与前世纠葛、牵系的爱情故事。男主人公世明在每月的阴历十五，总是做同一个梦：有人叫他喝龙眼粥，而他在现实中从未见过龙眼，亦不知龙眼为何物。一个偶然的机会，世明来到台湾新竹，居然亲眼见到了梦中的房屋，屋内那贫穷苍老的妇人竟是自己前世的妻子！原来，梦中有规律出现的龙眼粥乃是老妇每月十五用来祭奠她早逝丈夫的供品。这也算一种规则的时间或历史（从前世到今生）构造吧？虽然有些反讽与凄苦。如此，世明来到新竹就并非偶然了，而系冥冥中的牵引与注定。这亦当是备受漂泊之苦的柏杨自我释怀的逻辑。从世明与朋友永思（即“我”）的一段对话里，我们不难体会出来：

> “啊，永思，你知道我是什么地方人？”
> “河南，真正的中原。”
> “世明！”
> “我前世生在新竹，一直到我二十五岁那年才死去。”

作为前世信物的龙眼粥，透露了宿命的消息。虽然有些匪夷所思，但对于在飘零迷茫中煎熬的人来说，却是聊胜于无的寄寓。说到底，它是一种自我说服的技艺。用神秘的、隶属于“有”的宿命来抵御“无”的威胁，然而最终仅是短暂的情绪充实或麻醉，就像作品结尾透露的：

> 外面风暴仍在吹着，从电线上掠过时发出凄厉的呼啸，给人一种荒漠的无归宿的感觉，我出神地看着那电灯，那电灯并不能告诉我什么，我也没有想什么，我只是感伤，我离开故乡已

经太久了，在故乡，我有一个姐姐……[1]

孤苦依旧，荒芜依旧。至末一句已全然是柏杨的夫子自道，熟悉柏杨经历的人一看便知。[2]

柏杨是个宿命感极强的人。在很多方面，柏杨都表现出典型的豫籍或中原做派。除了宿命之外，他的历史感与批判意识——在《柏杨白话版资治通鉴》中最为显豁——与刘震云惊人地相似！这表明了中原文化的延续及韧性的生命力；特别是文化对创作主体的“形塑”，让人慨叹。

梁启超曾说：“史也者，人类全体或其大多数之共业所构成。”他对文化有类似的界定：“文化者，人类心能所开积出来之有价值的共业也。”[3]斯言极是！文化与历史密切相关，从地方文化的界定——文化的空间分类与展开——上不难推导出来。在很大程度上，文化与历史是重合的；谁能说那纠缠豫军的创伤仅是历史而非文化，或仅是文化而非历史？其中的区别在于，文化着重指历史积淀中对人本身有意义和价值（含积极与消极两端）的部分，有一个执取、选择的动作在里面。所谓地方文化，乃是某地人群对历史特定的记忆模式[4]，系由历史濡染而来的特有的思维构型。套用梁启超的话，地域文化系某地人类集体共业的结晶，只是身陷其中的个体甚难了然。

回到豫籍作家的“村志”小说。它们大多会给出一个时间上的起源，有点创世纪的意味。刘震云的《头人》从“祖上”开始数落申庄的历史，起笔即道：“申村的第一任村长，是我姥爷他爹。‘他爹’到现在，成了‘祖上’。大家一说起过去的事，就是‘祖上那时怎样怎样’。”[5]祖上，成

---

① 柏杨：《柏杨小说全集》（第一卷），中国社会科学出版社，1995年，第40、48页。

② 关于柏杨的一生，可参见由柏杨口述、周碧瑟执笔的《柏杨回忆录》，中国友谊出版公司，1997年。

③ 王德峰编：《梁启超文选》，上海远东出版社，2011年，第252、260页。

④ 参见第二章第五节、第三章第三节相关论述。

⑤ 刘震云：《向往羞愧》，江苏文艺出版社，1996年，第145页。

为历史坐标的原点。由此开始讲述的申村俨然是个遗世独立的所在，在行政区划上找不到它的位置。这是个性自觉及地方意志向纵深发展的标记。随着叙事的开展，个体认同朝地方历史的源头掘进；当地方的活动踪迹扩展到整个历史版图时，它的整体轮廓与自我统一便崭露无遗了。

以周大新的南阳盆地小说为例，它们奠基在三则有关盆地起源的传说上。因三则传说大同小异，我们仅举一例分析：

> 土地爷的小儿媳唐妮丧夫后难熬寂寞，与农人南阳相好。土地爷派地兵砌起伏牛、桐柏、武当诸山，禁锢二人于山围之中。后唐妮为了到外界学织布做衣，向山外走去，孰料人进山退，唐妮最后力竭而死，身子变为唐河水冲开山脚。①

传说给出了南阳地区的地理风貌（三山一河）的成因，并提供、树立了南阳祖先的形象：南阳与唐妮均和土地有不解之缘，其身份是农人。由此可以感受到盆地人那交织着情感与观念的特有的地域心理模式，它自成一统，其来有自。作为地方文化实体的南阳，浮现出来。不仅如此，周大新小说里的美好女性、爱情模式、悲剧情结以及“走出盆地”的母题亦能在传说中找到呼应的部分。邹艾（《走出盆地》）、暖暖（《湖光山色》）不正是当代的唐妮吗？三则传说中出现的母性祖先（如唐妮）较之父系的一辈（如南阳），无论细节还是形象都要丰富些，且更有开拓精神，这或许是周大新在笔下偏爱女性、其女性形象往往比男性可爱的“理由”？至少在传说中流露了如是倾向。

笔者并未查考这三则传说的真实性，姑且认定它们在南阳一带广为流传。但即便如此，以之释解当下盆地人的生存状况并由传说与现实的对应来形成一种言之凿凿、自我规劝的历史，似乎单纯了些，有循环论证的嫌疑。传说毕竟是传说，倘若以为这是朴素的原型书写，这种原型或“神话

---

① 周大新：《走出盆地》，西苑出版社，2012 年，第 103—131 页。

的复归”[1]未免太简练了。就读者一面而言，总渴望看到对历史存在的理性穿透，而这在豫籍作家的创作中相对薄弱。**传说便是对历史勘探乏力的标记。与其讲存在某个传说似的历史根由，不如说那是“无”或“空”的假托**，根由或原因实际是丢失的。**传说系主体在试图中止困惑又困惑不断之间周旋出的一个交代或名而已，一种由创伤牵动下的诉说、涂抹。**

这跟《受活》中对村庄起源的阐释相类：据传，地处耙耧山区的受活庄源自洪武至永乐年间明王朝的晋地大迁徙，祖先除了一个老盲妇是土生土长的耙耧人外，其余村民均来自移民。既是移民，其来到受活庄的原因便没必要一一给出了，它们被相当自然地放置在“湮没不闻”中。为什么会移居此地？**似乎只能归于命运了**。关于受活庄的历史叙述就此“合理”地、置若罔闻地进行下去。换句话说，豫籍作家对历史根源的探讨，一开始就隐含着不自觉地滑动与回避。移民与南阳盆地的传说，都是这种滑动、回避的思维结果：避开与“无”的直面相对，用传说或移民这类貌似周致的理由或名号把“无”遮住。如此周致的强调与极致推演，便成就了宿命与循环的历史观。

除了《受活》之外，《李氏家族》《故乡相处流传》《一句顶一万句》里亦提到移民，一种跟“中国弃儿”创伤经验相类的象征构造。作品不约而同地追溯到洪洞县的大槐树，以此作为移民的出发点与遣散地（《故乡相处流传》的第二章，题目即叫“大槐树下告别爹娘”），一个相当具体的地点、标志。但其功能却形同名胜古地招揽游客的幌子，如“华山第一松”之类。究竟是否“第一松”？到底存在这棵大槐树否，或者真的就是这棵树？实在天晓得！它们貌似雄辩地证明了一段历史，其实却是迷失了历史方向、无法走出伤口的“弃儿”梦呓，一种海市蜃楼的指认与发掘。无论如何，这就是“证据”！——这又怎能不是“证据”呢？行行好，别再问下去了。

---

[1] 这方面的论文很多，如胡平的《神话的复归——周大新盆地小说原型分析》（载《文学评论》，1994 年第 5 期），王黎君的《原型与召唤——评周大新〈第二十幕〉》（载《南方文坛》，2003 年第 5 期），等等。

对豫籍作家而言，追溯和探究历史根源，只是其创作中不甚重要的部分，他们更多的是立足于现在的困境，以此为核心，寻找、构造出可作为现在呼应的历史根由。在《一句顶一万句》中，刘震云两次述及河南腹地延津的文化起源。为什么这里会流行外省的锡剧，源头出在县长老史身上，他是福建人，却喜欢听江苏的锡剧；出身于没落官宦家的倪三总是喝醉了打更，“把一更敲成三更，把三更敲成二更；所以直到现在，延津人不论更，一论就是错的，源头就在这里”[①]。这种煞有介事的“源头”探讨其实相当随性，犹如顺手拈来的理由。所谓历史，成了当下生存状态的普泛化。不仅现在如此，从前、未来亦如是，唐妮、南阳的传说就是当下（如农民身份、走出盆地等）亘古不变、循环再来的一个历史“根据”。既然如此，现下的痛楚与落伍（河南延津与外界的“时间差”）也就能够被接受下来，它在宏大的、巨幅延展的时空中被象征性地稀释和把握住了。

当然，这并不意味着所有的历史根源在豫籍作家这里都是任意、纯粹的虚构行为或结果，“中原突破”是“在……文化”中的言说，地方文化犹如创作的“元文本”或“语法结构”。[②]不管怎样，过去是无法忘却和抵御的，它犹如现在与生俱来的影子。

念及李洱的《花腔》中，那个神秘的未出场的主人公葛任曾想写一部自传，题目就叫《行走的影子》。这恐怕不是纯粹的巧合，若考虑到葛任系“个人”的谐音，“行走的影子”不啻道出了个体的生存状态与困局。他被莫名的东西笼罩、控制着。虽然是个类似“影子”般的“个体”，却仍然试图“自由”地“行走”，这是陷溺于文化创伤的诉说与挣扎么？

前文关于南阳盆地的传说里，周大新试图将个体（唐妮）的命运与地理环境糅合起来：唐妮为山所囚禁，最后化为唐河水。由此发掘的历史“根源”不仅是人物命运的触发机关，亦把环境赖以成型的根由包容在内，此思维系典型的天人合一，而天人合一是中原文化里思维哲学的基

---

① 刘震云：《一句顶一万句》，长江文艺出版社，2009年，第111、147页。

② 参见第二章第一节相关论述。

点。老子的“天人玄同”，庄子的“天人相齐”是关于天人合一的较早表述；程颢把天人合一建立在“仁”的基础上，实现了道儒融合，为宋明道学开辟了新思路。在中原人眼中，天道与人道虽然有各自的认知领域，前者指向世界，后者指向人自身，但究其实，二者是一不是异，认识世界与认识自身是一致的。由于天人合一在本体论上表现为体用不二，它使人无法在自然之外独立审视和思考自然，只能凭直觉玄思和感悟行事。与之相应，中原人长于审美情趣和营造意境，却失于对自然及人事本身深入的、形而上的探索。

这也是周大新小说的特点。柳镇每出祸殃，其西口的石丘洞必定喷发紫雾（《紫雾》）；家风日败，为富不仁，则天火来袭（《怪火》）。天象与人祸间究竟有怎样的关联？作品没有明确说明。但二者间存在呼应，当笃定无疑。文学便萦绕在这模糊的对应中，不断氤氲、滋长着上述对应的机缘。

心存不善，天亦谴之。在天人合一的思维中，包蕴着对道德伦理及人情沦丧的质询。说来这也是天人合一这种整体思维发展的必然趋势：由于外在规范、价值的阙如及抽象思考的匮乏，天人合一极易演变成反躬慎独、洁身自好的道德修养术。以此看周大新、李佩甫作品中频频陷入的道德纠葛或拷问，就不足为奇了。

三、“无头的父亲”

在刘震云的《一句顶一万句》中，有个让人难忘的细节。吴摩西的养女巧玲被人拐走卖到山西老曹家，成了老曹的女儿。在老曹死后，巧玲（这时已叫曹青娥了）打算去趟延津找吴摩西、一个明显的带有自我（历史）追溯意味的动作，却无果而终。与此相匹配的是梦中爹的形象：她梦见老曹没头了。接着又梦见不是老曹这个爹，而是自己还是巧玲时的爹吴摩西。“曹青娥十八岁之前，常常梦见吴摩西；梦得多了，把吴摩西的面目梦没了……现在因为爹爹老曹，又重新梦见另一个爹爹吴摩西。但吴摩西的面目仍旧模糊，或像老曹一样，头干脆没了。两个爹的头都没了，一个死了，一个不知是死是活。”从延津回来后，曹青娥梦中又多了个亲爹姜虎。“这个爹有头，但无面目。”[①]

三个无头的父亲，站在自我历史的起点。主体对历史溯源的彻底绝望，由是可见。这跟他在探究延津流行锡剧和打更错乱的起源时轻松嬉皮的态度形成了鲜明对比。三个不明就里的父亲，把“中国弃儿”的身份固着下来：一个来历不明、姓氏变来变去的孩子。“无头”的形象里含有弑父、弑史的意味，但就外观而言，它更多是针对创伤的“赋形”，其中撕扯着记忆与遗忘、想象与挫败、渴望与放弃等诸多情绪。没有头的父亲，就像失了势的、断裂的中原文化；看不到父亲的脸，恰如看不清因历史骤然转向而形成的创伤“孔洞”。[②]

曹青娥对吴摩西的梦（“梦得多了，竟把吴摩西的面目梦没了”），实在是创伤抒写与记忆的绝妙写照：本来是要识认、描摹和抒发创伤的，不料愈描愈雾数（张爱玲语[③]），愈写愈糊涂，创伤成了不可解的谜团。不仅如此，在跟语言内部包蕴的诸多欲望、力量的撕拽妥协中，主体连抒写的初衷也忘记了，只剩下惯性动作的寻找，一个漫长的认同之旅。这过程跟曹青娥的儿子牛爱国去找与人私奔的老婆（一个苦痛记忆的坐标）很像：寻找的过程枝杈横生，牵出了一串人，招惹应付了一堆事，庞丽娜却被抛在脑后，

在文学艺术中，“父亲”是个特殊的语汇。它不单指向与己有血亲联系的具体的人，还代表着传统、信仰、精神支柱、规则、权威等。中国传统里，君亲师为一整体。民间信仰中的“天”，亦是一个相当于“父亲”的位格与角色。想起博尔赫斯的一首诗：“黄昏突然变得明澈……/庭院不复存在。雨濛濛的傍晚/带回了那个声音，我父亲的亲切的声音，/他

① 刘震云：《一句顶一万句》，长江文艺出版社，2009年，第270、273页。

② 参见第四章第一节相关论述。

③ “雾数”是张爱玲在《论写作》一文中独造的一个词，它从上海方言中化托而来，通常记作“污苏”，有杂乱、憋屈、不爽之意。如：天气雾数，一身汗；人难免有雾数的时候，生理的或心理的。

现在回家来了。他从没有死。”[①] 诗中充满对父亲的渴望。再叛逆不羁的人，到后来都需要一个“父亲”，这恐怕是人之本性。从寻找、投奔庇护的角度，乡土认同的构造亦可视为追寻、确立“父亲”的过程。

以此看刘震云，他把一个无头的父亲置于历史的开端，的确意味深长。“无头的父亲”不止于对中原创伤的“赋形”，更为关键的是，它透露了历史与精神之间的隐秘联系：历史想象受制于精神与信仰。这在历史溯源的构图中表现得最明显。譬如就宇宙来历的争论，回答是上帝还是星云爆炸将在很大程度上敞明你的精神立场：唯神论？唯物论？抑或天人合一论？以此类推，历史的展现其实是精神与信仰的“世界化”[②] 过程。就刘震云而言，“无头的父亲”即是其信仰状态的宣谕、表征，它在“中原突破”的小说里颇具典型。所有的乡土认同构造都是朝它而去的。

虽然没有完全取消父亲，但“无头的父亲”说到底也仅是一个“父名”。它被砍去了精神，只剩沉重的肉身，进而言之，**“无头的父亲”向我们昭告的是顽强执拗的生存意志，一种原始的历史正义，不做任何升华、救赎的奢念**。它成为刘震云历史大厦的奠基与钢筋结构，不仅占据着历史的起点，亦预言、左右了历史的走向。支撑吴摩西们浪迹四方的，仅是一句缥缈的“对心话”！信仰萎缩至此，跟“无头”又有何区别？他们不就是行走于当下与未来的“无头父亲”的翻版么？倘若将这个“肉身人”从父位上请下来的话，那也只能是个行走的形象吧？因为肉身的欲望不会自动消停，生存的意志不会坐以待毙，人注定要被肉身拖曳、行走天涯。就此而言，可以说**“无头的父亲”就是中原流民/中国弃儿的精神图腾**。

在此意义上，《一句顶一万句》跟刘震云前期的《头人》《温故一九四二》以及“故乡”系列统一起来。巧玲的姓氏不断改变，她梦中出现三个父亲，不仅表明历史的来源处歧路丛生，更是信仰溃散的隐喻。用

① 转引自王家新：《中国现代诗歌自我建构诸问题》，载《诗探索》，1997年第4期。

②“世界”一词是从梵语中来的，《楞严经》曰：“何名为众生世界？世为迁流，界为方位。”换言之，世为时间，界为空间。本文中的“世界”即取此义。

延津灾民的话来说，就是“为了生存，有奶便是娘”(《温故一九四二》)；曹丞相在位时，我们由衷地爱戴他，高呼“丞相万岁”，袁绍来了，我们立马悔过，大喊：“打败曹贼，保家卫国”(《故乡相处流传》)。

在“中原突破”的乡土历史小说中，周大新的三卷本长篇《第二十幕》是不能绕过的作品，这也是最能反映作者历史意识的著作。《第二十幕》记述了中原古城南阳一个丝织世家在20世纪的沉浮变迁，洋洋洒洒百万字的小说如同用故事连缀起的“天问”：那刻在尚家院中石柱上、由五道横竖线相交的神秘图案，即是天问的鹄的。“谁刻的这图案，为什么刻这图案，这图案的含义为何？为啥要在院中竖这块刻有图案的石头？先辈人没传下来，族志上也没有记载。”能确定的信息只有寥寥几条：“石头是从别处移来的；石质为花岗岩；图案的镌刻年代在汉唐之间。”[①] 然而就是这个意义不明的网格，竟然在作品的历史想象与时空构建中发挥了积极的作用。随着故事的开展，书中人物对任何重大事件的发生，都要从网格图案中探求解释。这多少有些“强迫”。倘若把图案视为过去的在场或遗物，那么这种强迫性的牵系，跟三姓村人与宿命的“缠绵”实属同一性质。

《日光流年》的第一卷名为“注释天意”，它似乎在暗示：三姓村人用来反抗四十宿命的诸多措施（引水、翻土、生育等）亦属于对“天意”的懵懂注释或误读，恰如《第二十幕》里各色人物对网格图案的主观释解一般。尚达志在格子网中读出了他与恋人盛云纬鸳鸯离散的命运；卓远认为图案表达的是对世界的一种认识，世界是由两种东西交汇而成的：男、女交汇的人类，苦、乐交汇的生活，成、败交汇的事业；皈依佛门的左涛以为格子网在启示人们，不仅要看到在场的东西，还要看到不在场的东西，不在场并不等于“无”。图案中的网状线条即是在场的提示，而空白格子则是不在场东西的表征。

不同的领悟与不同的性格及精神状态相匹对，且同一人在不同的时

---

① 周大新：《第二十幕》(上)，人民文学出版社，1998年，第7页。

空条件下，读解亦不相同。历史在此出现了涣散的可能，却并未分崩离析，网格图案在此起了力挽狂澜的收束作用。世间的起落升沉、歧路变迁都能在网格中照见自身，人生的所有关节、秘密也都埋伏在此了。个体奋斗的结果不过是“填格”，按照预先设定的轨迹与方式。这种“应有尽有”的网格让人再次想起中原文化中那潜伏的创口，一个不折不扣的历史“黑洞”。网格无意中充当了历史创伤的躯壳：**一个凝滞消极痛楚的创口，被改妆成了生产文学意义的活水源头。**

《第二十幕》的历史展示并非为了探询未来或完整呈现一段时空的迁变，它关注的是与过去的联系，念兹在兹要从往昔寻找认同。这折射出作者对当下状态的不满或茫然，对“现代”的质疑与不信任。至于其间究竟有多少实质性的批判，却很难说。过去对主体有着难以抵抗的依恋与魅惑，一种油然的抒情与行走，由此倾沥出的历史成为朝向过去渊薮的坠落。

与这种“天问”结构相似的还有《李氏家族》、阎连科的《风雅颂》。《李氏家族》是李佩甫在中篇《败节草》的基础上扩充而来。作者把《败节草》中关于当代农村青年李金魁的奋斗故事拆散，与涉及李家庄起源、有传说意味的“瞎话儿”糅合起来：一段过去的“瞎话儿”，一段李金魁的人生记述。如是交叉排列，直至结束。《风雅颂》则把农裔大学教授杨科的人生遭际分别嵌入由《诗经》诗歌命名的章节中：一个古雅的题目连同相关的注释考证，后接一段现代人杨科的故事……这种结构安排多少有些呆板，其意义在于逼迫读者寻找当下与过去的关联。有时候确实能找到某些相应的部分，但多数的情况是各归各。即便能说出某种联系，大体也是捕风捉影，这在《风雅颂》中尤为明显。

上述硬性的结构、布局表明，主体力图从过去寻找生存的支点。对过去的认知不仅事关自己的来历，更重要的是，此系主体自我筹划中至为关键的部分，其中隐含着对创伤的消化、抵抗与克服。就豫籍作家而言，所谓历史，即不管怎样，也要在过去和现在之间走出一条逻辑的通途。哪怕实际的结果是不通的，也要给你一个“关联”或“通”的表相。《风雅颂》《李氏家族》那生硬的对举结构，《第二十幕》的网格图案，均是“通”的坚执表现。一个不折不扣的逻辑“断桥”。

四、肯定、刚性的历史“通途”

把过去和现在置入一个能容纳和统一彼此的逻辑序列，这种历史诉求听上去并不新鲜。海德格尔曾明确指出：“历史意味着贯穿‘过去’、‘现在’与‘将来’的事件联系与‘作用联系’。”[①] 但如果考虑到中原过去的辉煌显赫，于今的贫弱边缘，这种逻辑通途的构建不免有些棘手了。所谓“通途”，用一句话来表述，即我怎么落到这步田地了？我怎么就成了这副样子？想起马克·吐温的著名小说《王子与贫儿》，一个阴差阳错的机会，王子爱德华与贫儿汤姆互换了位置，王子成了贫儿，贫儿成了王子。当爱德华四处流浪，不得不忍受贫穷、饥饿及乞丐们的欺凌和嘲讽时，他的错愕与恍惚，愤懑与纠结，便跟豫籍作家追溯历史时的心境差不多。世事迁变，沧海桑田。就豫籍作家而言，他们的症结在于如何去面对创伤（这是寻找历史通途的必由之路）：该采用怎样的态度？又如何给出一个体面的理由？

然而，因创伤导致的刺激与痛楚，效力持久而强韧，身在其中的主体实际是很难给出客观、全面的解释的。命中注定他将长久地诉说他的创伤，却永远无法将创伤完整道出。其言行如同创伤后的痉挛，主体被类似不平、不公的情绪及让人窒息的困惑淹没了。这时一个本能的举动，就是给出一个自我平复的结实理由，此即“通途”的要旨。它不啻为行将溺亡之人拼命抓住的一棵用来呼吸的空心的救命稻草。肯定、顺畅而感性，是历史“通途”的必备的特质。豫籍作家笔下的家族、连同之前提到的历史宿命，便是上述特质的汇聚或载体。

把《第二十幕》与《白鹿原》相比，会看得更清楚。二者均以家族史来透视和展现民族的历史，但叙述核心、精神侧重并不相同。《白鹿

---

① [德]海德格尔：《存在与时间》，陈嘉映、王庆节译，生活·读书·新知三联书店，1987年，第445页。

原》通过描述白、鹿家族的纠葛争斗，力图探究民族的文化命运；而《第二十幕》显然更在意维持家族意志的完整与延续。虽然周大新也对这种家族意志进行了批判——尚氏家族丝织业的繁衍兴盛是以牺牲女性、压抑个人正常的爱欲本能为代价的——但总体看去，《第二十幕》念兹在兹的是家族如何在历史流变中屹立不倒，这是历史肯定思维下结晶出的不朽“奇迹”。

周大新认为，人生下来注定要为家族“上供”，这既是宿命的压迫，又是天然的荫庇。至于民族、国家的命运前途，那是下一步的事情了；或者说国家、民族本来就包含在家族史的内部，是家族史的次生物。黑格尔在《历史哲学》中曾说，中国人家族意识的坚固性比万里长城都有过之无不及，这在豫籍作家的笔下表现得尤为突出。它跟河南历史上频繁的战乱、灾荒有关。自然条件的残酷、统治者对河南的压榨利用，促进加强了家族的凝聚：它是唯一可以指望倚靠的地方。作为一种相对私人化、足以跟国家形成竞争的认同归属，家族同盟在中国意志强盛时难免受到压抑，它让位于神圣的阶级情感、组织情谊。新时期以来，家族借助寻根文学重新回到乡土叙事的领域。要发掘文化之根，必须有个叙事的落脚点，于是亲切的家族自然充当了区域文化的缩微版。

在《第二十幕》里可以感觉到中原文化创伤思维的绵延效应。家族被作者当作联系过去和现在的一个逻辑“通途”来经营琢磨，虽然这不够理性，也远谈不上完美，但舍此似乎也别无选择了。一个忠实于经验、记忆的苦涩肯定：“时光是有限的，也是无限的；一个家庭就这么一代一代地走过来了。血脉是连着的，永远连着。”① 家族，成为孤独的个体在历史漂泊的长河中赖以寄身的诺亚方舟。无暇去顾及什么方向，也不必费劲去辨清来路；家族的繁衍本身，就是历史合理性的昭示。如此，家族方舟内的依偎与生存，成为主体思考与筹划的全部。一种经验实用、以不变应万变的历史应对。

《一句顶一万句》中有个绝妙的设置：喊丧。这是主人公杨百顺（后

① 李佩甫：《李氏家族》，长江文艺出版社，2001年，第331页。

改名吴摩西）梦想的职业，却至死也未实现。所谓喊丧，系中原乡村的一种丧葬仪式。喊丧者作为特殊的司仪，将生者召唤到葬礼前。

> “有客到啦，孝子到位啦——”
>
> 白花花的孝子伏了一地，开始号哭。哭声中，罗长礼又喊：
>
> “请后鲁邱的客奠啦——”
>
> 同时又喊：
>
> “张班枣的客往前请啊——”
>
> 后鲁邱的奠客跪叩起仰之间，张班枣的奠客已在后边排成一排。一批批奠客往前移动，罗长礼调停得纹丝不乱。[①]

这是杨百顺百看不厌的喊丧场面，罗长礼是他最歆羡的喊丧者。（可补充的是，杨百顺的名字后来几经改动，最后定格在罗长礼上，颇有“皈依”的味道。）杨百顺喜欢喊丧，跟它是乡村最古老的抒情声调有关。喊丧把生者与死者，个体与家族联系起来。它既是对死者的凭吊，又是对死亡、虚无的抗拒。一批一批的孝子、奠客往前移动，一次一次象征性地把虚无的位置填上。这就是中原乡村的历史。历史是什么？就是一家人过日子，有人死了，有人跟上，又有人生下来，再跟上……一种貌似运动、周转的停滞。虽然死亡注定是要个体独自承受的结局，但在喊丧中，死亡变得闹忙起来，它仿佛不再是孤独的个体消耗了。杨百顺在喊丧中“读”出了活下去的信念与支持。联想到他在现实生活中与父兄关系的冷落，“喊丧”不啻为对亲情伦理的绝望呼唤，系杨企盼融入血缘、家族的想象性替代。而罗长礼对丧葬仪式中人员进退的出色调停，亦让杨感受到了类似父亲的权威与尊严。这是生活中处处吃瘪的他可望不可即的，难怪他会意醉神迷了。

豫籍作家中，历史宿命或循环观最强的要属刘震云了。以《故乡相

---

① 刘震云：《一句顶一万句》，长江文艺出版社，2009年，第15页。

处流传》为例，作者通过追踪人物前世今生的命运沉浮，试图把握、呈现一种恒定的历史格局或关系。小说横跨三国、明末、清初、1950年代四个时段，每个时段中，人物古今相传，借尸还魂，身份地位却发生了变化。权贵变贱民，土匪变县官。慈禧太后的前身竟是跟剃头匠六指恋爱过的柿饼脸姑娘！这里除了挖苦嘲讽之外，亦能感觉到一丝喜剧的、字面上“民主”精神：轮回的阴差阳错，能让底层民众登台做主。虽然概率低得让人丧气，也算给灰蒙蒙的历史循环带来了些许亮色，一种**“民间的机会主义”**。对“中国弃儿”河南来说，重返中心的念头尽管缥缈，但怎么也不会全然放弃。这是在阅读豫籍作家的循环历史时不可不察的。一种笃定书写里的自慰：所谓皇帝轮流做，来世到我家。与宿命、创伤纠缠，就是有这点好处。

引人注意的是，尽管事涉轮回，《故乡相处流传》的叙述却并无敬畏、神圣之感。这也是豫籍作家90年代以来历史书写的一个触目的特征。记得《白鹿原》里有个细节，曾为恋人的白灵与鹿兆海以抛铜元的方式决定自己的党派归属，一个纯属游戏、玩笑的举动，最终决定了二人的命运。这类偶发的、造化弄人的细节在豫籍作家的笔下甚少见到。即使像《第二十幕》那样带有神秘原型书写意味的作品，也还是肯定居多，所有的偶然、变故都被那个网格图案“收编”了。网格图案成为主体力图确定历史（包括走向与性质）的标记。连同那一有意外，即向网格图案寻求解答的情节设置，亦是主体确定姿态的流露。当历史被呈现得简练、明晰时，一个具有刚性面目、男子形象的主体浮现出来。

按照我们对“新历史小说”的界定——它追求对历史的个性化阐释与语言形式，力图从历史的遗迹中“构造”出富有意味的历史氛围与故事——刘震云可谓深解其中之道，他的“故乡”系列是当之无愧的“新历史小说”。在对历史的重新洗牌、天马行空的想象及狂欢叙述方面，《故乡相处流传》做得相当充分。在作家内心，或许认为这是勇气或个体强大的表现吧？哪怕背临荒诞的悬崖、虚无的深渊，哪怕心底并未吃准，也要表现出肯定决绝的姿态。够体面、够个性的！至于那种在探究历史中不可或缺的小心谨慎、难以避免的犹疑惶惑、不期而至的敬畏，则被视为怯懦和自怜而果断地滤掉了。

对此，张新颖曾指出：“刘震云眼光太毒，看得太透，他所刻画的芸芸众生，一举一动，无不具体、实际，目标直接、干脆，不含糊，不玄虚，食色权欲，都是基本的人性人，精神、抽象、超越之类，比较起来全都矫揉做作，华而不实。更重要的是，一切的差别在这里都消失了，历史 / 现实、伟人 / 庸众、真实 / 虚假、庄严 / 嬉闹、大事业 / 小事情、表面文章 / 幕后新闻、国家战争 / 个人性欲，这一切全都搅和在一块，你中有我，我中有你。”[①] 这种把历史庸俗化，以权力欲望来结构和解释历史的方式，带有鲜明的底层农民立场。在刘震云看来，历史的宿命或循环，就是权力欲望的繁衍聚散，他通过聚焦、放大人欲来揭示历史规律，代替繁琐的历史探讨，把传统的“天人合一”中人道与天道统一互见、人道即是天道的思维推向了极致。

跟张爱玲的历史叙述相比，同样强调欲望（张爱玲的说法叫“饮食男女”，“不管由谁当家，都得吃喝拉撒”），刘震云的历史构造带有明显的男权色彩（刘是个基本不写女性、爱情的作家）。这是由中原文化的政治本性连带赋予的。在刘震云看来，也许所有的女性和爱情背后，都包藏着权力的诱惑与陷阱吧？女人是权力的报偿或附庸，只要有权，所有的女人或爱情都能“搞定”。这种思维在豫籍作家里不算少数，他们的作品中鲜见鲜活的女性，跟上述权力思维中对女性的“贱视”不无干系。李佩甫、墨白、阎连科笔下的女性就像干瘪的符号。此外，前文提到的“无头的父亲”，亦折射出政治文化与父权规范的刚性意味。**无头，不仅是精神荒芜的象征，亦是当今的“河南”对曾经的权力、“中心”地位失去的创造性铭刻与凭吊。**

在豫军的历史叙述中，有些特别的是李洱的《花腔》。我在第四章曾分析过这部作品。这是一部试图追溯、还原自我（个人）历史的作品。“某种程度上，《花腔》就像一部创伤记忆的元小说……主体以自我囚禁

---

① 张新颖：《乱语讲史，俗眼看世——刘震云〈故乡相处流传〉漫评》，载《小说评论》，1994 年第 4 期。

的符号冒险与自虐来维系着与葛任的牵系，这恐怕是在不超越创伤的情况下，主体与之对话的最理性、智慧与神圣的方式了……《花腔》让我们见识了一个被创伤笼罩的、平和而略嫌软弱的人所能做到的自控与平衡的极限，只是很少有人能理解他的苦心。”

须指出的是，《花腔》对待历史的姿态并非跟刘震云截然对立，二者是一体两面的关系。在刘震云肯定、刚性叙述的背后，隐藏着宛若《花腔》主体的软弱与恍惚，这种情绪在《一句顶一万句》中发挥得淋漓尽致；而在《花腔》的谨小慎微中，亦涌动着刘震云般的落实冲动：李洱对经验辨析的苛求便是这种冲动的体现。二者融合，即是一个为创伤所笼罩的完整生动的地方主体形象：河南。

和《花腔》相比，刘震云对历史的洞察似乎要“深刻”些，但这“深刻”亦杀死了所有的美好与偶然，主体的生命收敛成一把挑拨权力、欲望的锋刃了。有人讲，刘震云的历史书写中有反拨国家意识形态及权力的意味，它固然不错，但需补充的是，我们不能把言辞中折射的对“中国”的挑衅等同于真正的意识形态对抗，这只是赢得或换取了片刻的象征性的反叛权力和秩序的满足感，并不需要耗费太多的代价。就写作的难度而言，恣情肆意的言说较之隽永深沉的历史剖白，也要容易些。从根本上讲，对国家的批评与谴责，系地方诉求与认同的一种不可避免的表现形式；所谓“地方”（文化）意志，正是在创造性地反拨“中国”规范的可能性及其限度中来凸显自身的。

下篇

作家论

文化创伤性的书写，并非“中原突破”和河南小说独有，整个中国现代乡土文学亦是如此。之所以会诞生文学“乡土”，乃是中国在世界格局中的地位旁落所致：从“天下”之“中”到边缘的“第三世界”。这与河南文学何其相似！由是，“中原突破”里显露的创伤性反应、构造与“活力”，亦可作为全球化、现代化语境中，中国文学“乡土”在当下与未来发展的参照与缩影。为了兼顾主体抉择与文化牵制的双重效果，本书在引论及前五章着力从文化、历史及话语的视角来阐述河南小说，作家论部分则侧重于当下，从主体精神及城市化（现代化的重要指标及内容）方面来论述。

第六章 乔典运：现代中原“化石”

当一个人老了，才发现
他是自己的赝品。他模仿了
一个镜中人
而镜子正在模糊，镜中人慢慢
消失在白内障的雾里
……
现在隔着雾，他已无法阅读
当一个人老了，才发现
他的自我还没诞生

——耿占春《当一个人老了》

一

要了解乔典运创作的内里经纬，不能不看那半部自传《命运》[①]。这是老乔在得知自己大限将近时挣扎出的作品。它从老乔退伍转业回村写起，如何开始写作，如何因写作在“文革”中挨整，又如何捱到写作的春天……这种记忆的侧重、布局表明，在老乔的意识中，他的人生应该是从写作开始的。如果没有写作，他就仅是个普通的西峡县（属河南省南阳市）草民，有什么可说的？老乔在病中曾嘱咐儿子小泉：“坟地最好选在家乡荒无人烟的荒山上，碑文上啥都不写，只写上中国作家协会会员就

① 《命运》初名《别无选择》，1994年至1997年在《南阳晚报》上连载，1998年由华艺出版社结集出版，更名为《命运》。

行了。"[1]

作家，对淡泊名利的老乔究竟意味着什么？这涉及老乔写作的根本。现在知道乔典运的人越来越少了，他就像他笔下的何老十、张老七、何老五一样，成了被历史翻去的一页。是什么让老乔这个"工农兵作家"在同代人纷纷退出文学舞台的情况下，于1980年代新人辈出的文坛"返老还童"？这是老乔一生最耐人寻味之处。而它又跟老乔的作家执著紧密联系着。

《命运》写到老乔平反。出于对"大团圆"结局的钟情，我们用最简单的话将其补全：1979—1994年是老乔一生写作最辉煌的日子。小说《笑语满场》（1981）、《村魂》（1984）、《乡醉》（1986）、《满票》（1986）、《冷惊》（1987）、《黑洞》（1988）、《香与香》（1989）、《问天》（1992），让乔典运的名字享誉全国。评论界说他是"农民哲学家"，系鲁迅之后秉承"国民性批判"精神的杰出代表；县人大副主任、河南省作协副主席等一连串头衔相应飞来，直到1994年，喉癌、肺癌、淋巴癌相继发作……1997年，老乔走了。活了66岁，写作之前的25年是空白，此后的四十载磨难和荣誉大体相当，彼此消抵。仿句老乔的幽默：人一辈子活了个"0"，这才是真正的"功德圆满"。

《命运》共125章，每章记述的往事相对独立，犹如短篇的连缀。其中存在许多与老乔小说叠合的部分。那个在"文革"中把老乔整得不轻的支书老天，不正是老乔作品里所有恶支书的原型吗？连他讨厌老乔的原因也跟《香与香》中李老三恨五爷的理由一模一样。60年代初，老乔陪作家郑克西下乡深入生活，在荒山里见到了单干户陈三迁，陈的女儿大花貌美温柔，可惜长在深山人未识。《黑洞》中的女主人公也叫大花，同样是个美人坯，命运凄惨。郑克西曾说老乔没有想象力，编来编去还是生活中的事，太老实，当不了作家。这话戳到了老乔的痛处，他写道："郑作家的评点一针见血，我一直记到今天。今天我还是照抄生活，没有

① 乔典运：《命运》，华艺出版社，1998年，第223页。

长进。”[①]“文革”期间，老乔承包了本该全大队四类分子一道分担的所有打击。人们当着老乔的面商量如何盗窃集体，如何炮制某个人，甚至研究如何往死处整他，仿佛他是个石头或朽草。这全然被漠视的非人状态下的观察，跟老乔日后采用的客观型、寓言化的叙述有关吗？这是个几乎不会抒情的作者，特别是那种温煦、细腻的情绪。可以肯定，“文革”记忆是老乔毕生难以摆脱的梦魇。无论精神或肉体，都鞭辟入里。他的人物谱系（愚训型、愚忠型、愚德型、愚忌型、愚恩型、愚惧型[②]），单线埋伏、步步激化的矛盾营构，对人性恶的不无迷恋的开掘，均透出或隐或显的“文革”逻辑。以致让人觉得这是个非靠写作不足以宣泄平衡的老人。用老乔的话说：“想起过去的是是非非是痛苦的，可是入了心的事不想又忍不住。我写了出来，只是为了吐出那些憋破肚子的心病，更是为了忘却。”[③]

在《命运》与老乔的作品之间，除了上述人物、细节的牵系外，最重要的揭秘是在老乔自身：他就是那一系列“愚”字打头的人物源头。他的“穷积极”,“文革”中对老天的恐惧和巴结，都让人生起上述联想。老乔曾在不少作品中揭露人情对人性的束缚与异化，但他在人情的处理方面远谈不上洒脱。1997年除夕之夜，病入膏肓的老乔用耳语般微弱的声音给朋友打了一个又一个贺岁电话，反复说：“你好吧！你好吧……”这时距老乔去世仅剩7天。接到老乔电话的朋友想必终生难忘。老乔是个重

① 乔典运：《命运》，华艺出版社，1998年，第75页。

② 王鸿生：《乔典运和他的文化寓言》，载《上海文学》，1988年3期。原文如下：“乔典运笔下最为出色的人物，是一批正以各种文化表情向时代诀别的旧式农民，其中，尤含文化道具功能的大体可分为6种类型：1. 愚训型——丝丝恪守既往教训的何老五（《笑语满场》）；2. 愚忠型——一心信奉上级任何指令的张老七（《村魂》）；3. 愚德型——相信“一穷九分理”，以无私但无才作为立身之本的何老十（《满票》）；4. 愚忌型——一身重病却忌讳人言，愿受一世欺哄也不听一句真话的老四叔（《借笑》）；5. 愚恩型——一旦受恩或有恩于人便终生图报的刘老大（《刘王村》）；6. 愚惧型——面对权力战战兢兢，一日不挨整早晚心不安的王老五（《冷惊》）。”

③ 乔典运：《别了，昨天》，载《小说选刊》，1985年7期。

情的人，只有打发了所有的人情债，方能安心地离去。念及“人之将死，其言也善”，老乔回赠的情谊实在隆重，堪比《刘王村》中的刘老大。后者虽是个反面角色，但在人情的敏感和记取上，他和老乔有着相通的心理结构。二人均是中原农耕文明中人情文化熏陶出的典型。

可见，老乔作品中“照抄”的不是笼统的生活，而是他的心！就写作姿态而言，再找不到比老乔更谦卑的作家了。他的幽默亦像是谦卑的同义语，在自我调侃的意义上。在《西峡报》工作时，一个编辑恶作剧，他递给老乔一支裹了纸炮的烟。烟炸了，老乔挂了一脸烟丝。他吓得心惊肉跳，但随后就跟着大家乐起来，权当为人民服务了一回。老乔的幽默便有类似的意味。别人晒思想、晒新生活，老乔晒的却是纠缠折磨了他一生的惶惑与恐惧（通过塑造何老十等人），一种苦楚含泪、略嫌拧巴的笑料。在自嘲与自我调侃方面，老乔不遗余力，大智大勇。这对一个“生性胆小软弱，连杀鸡都不忍看”的人来说，并非易事。是什么让他做到这一步的？就外观而言，无畏的自嘲与“文革”中被要求的“深刻”的自我检讨呈现同样的思维路径与逻辑强迫：所谓“狠斗私字一闪念”，以及基于阶级原罪的无穷忏悔。有时候甚至觉得老乔是个好得没了自我的人。在《感觉不良》一文中，老乔这样写道：“有一段时间，表现自我很时髦，我也很想自我一下，却不知道自我在何处……”[①] 想到老乔临终前念念不忘的作家，这或许是他“自我”最后的皈依之处？

《命运》本计划写 50 万字，结果还不足 15 万。对老乔而言，写作如同“轻量级的种地”，而他就像文学园地中的“劳模”。我常会不自主地把老乔（1929—1997）和焦裕禄（1922—1964）、赵春娥（1935—1982）联系起来。三者都是河南籍，出生年岁相若，虽然职业身份不同，但克己奉公、厉行节俭的精神却如出一辙。老乔自写作伊始，便时时提醒自己，创作的主心骨不能跟上面或公家相抵：“那种想有自己思想的想法危险极

① 乔典运：《感觉不良》，载《新闻爱好者》，1993 年 12 期。

了……我铁定了一条原则，党叫怎么想就怎么想。”[①]即使在复出后那些彰显国民劣根性的作品里，他关注和批判的重点也是在跟自己有类似经历的小人物上，一种自我审视；对“上”则保持着“为尊者讳”的、点到辄止的持重与大度。这是老乔前后期写作的不变之点。涉及“上”所出现的问题，老乔或者将其聚结为偶然、具象的小人或恶势力（如《雪夜奇事》中的支书李东华，《笑语满场》中的大队长于占山等），或者从人情事态的角度来化解分析。《命运》里不乏这类经验的总结：

> 在漫长的人生路上，我夜里没做过上天的梦，白天连上树也没想过，高人自然比我高一头，见了侏儒我也要蹲下去让他比我高一头。因为想比别人高一头的人，最后一定会比别人低几头。
>
> 朋友？天下真有朋友吗？若干年后我终于悟了一点，朋友也得自己先活了才讲朋友。[②]

而塑造正面优秀的公家干部形象，老乔一直没有放弃，这对他犹似责任与义务，如《转了一圈之后》里的县委书记丁大江。有人说老乔的作品“在每一个生活面上发现污点，对每一个污点都是从人物自身心理积淀中挖掘症结……不写外部势力给他们造成的伤害”[③]。这与其说是老乔批判的笔力不逮，不如说是做人的原则与修为。在对何老十等人的透视与对“上”的观察上，老乔出具的智慧并不对等。

在《回忆父亲》一文中，乔小泉提到两个细节。老乔治病期间，医生让用点进口药，被老乔拒绝了，理由是县里经济困难，自己花得太多对不起县里；1994 年的一天，小泉陪父亲到郑州看病，返回南阳已是凌晨 1 点，他提议到宾馆开个房间，老乔却不愿浪费。结果父子二人忍受着饥饿

---

① 乔典运：《命运》，华艺出版社，1998 年，第 18 页。

② 同上书，第 34 页、116 页。

③ 王文参：《论乔典运小说的儒家文化精神》，载《小说评论》，2005 年 2 期。

与蚊虫的叮咬，在大街上徘徊到天亮……这些颇“迂”的自苦行为跟老乔在作品中的自我翻检和质询是表里相通的。老乔这辈子活得很累，说他是劳模并不过分。他和焦裕禄、赵春娥一样带病工作，最终以身殉职，满怀遗憾地离开了自己的岗位。

河南是个出劳模的地方，尤其在老乔的年代，那种对“公”的执著忠诚让人感慨。它已潜入中原大地的集体无意识。在农村合作化运动中，老乔曾把老伴私藏的半斗白面主动上交；当发现老伴偷了公社的玉谷秆时，一向和善的他狠狠打了老伴一记耳光。对此，老乔的反思是，“愚昧者的真诚是可怕的”[①]，其实这又岂是单纯的“愚昧”所能了结的？毋宁说它是一种极具中国特色的“现代”人格，即主动以国家、集体的意志来规训自我。这种将公 / 私截然对立的个性锻造工程跟国家意识形态、国人对社会主义的想象彼此互涉。毛泽东时代社会主义实践的基础和现代化事业的重要成果之一，就是把个人从家庭、世系的私人网络中抽离出来，嵌入党和国家的公共范畴，以此铸造社会主义新型主体。后者将对党和国家的忠诚置于父母、亲情之上；只有脱离了祖荫的个体，才有望成为“毛主席的好战士”，以及模范公民雷锋所说的革命机器上永不生锈的螺丝钉。这种公 / 私对立的二元思维模式中烙刻着战争里基于敌我对立思考的紧张感，最直接的动因是对西方模式的资本主义现代性的规避，而漫长的封建社会所遗留的忠君思想、等级观念则成为推动个性接受“公心”洗礼的文化远因。“公心”，跟唯上是听、唯官是从的奴性心理缠绞在一起。这在拥有几朝古都、官本位观念强烈的河南尤为典型。1958 年开始的“大跃进”中，河南在“放卫星”上独占鳌头，西平镇（就在老乔的故乡西峡县）的“卫星”系全国之冠，亩产 40 万斤。够露脸的！结果在随后的三年困难时期河南成为饥荒的重灾区，1959 年的信阳事件[②]震惊全国。这种不留退路、勒紧裤袋也要跟“公”保持一致的集体意志，跟劳模的涌现

① 乔典运：《美人泪・自序》，黄河文艺出版社，1989 年，第 2—3 页。

② 1959 年 10 月至 1960 年 4 月，信阳地区发生大批农民饿死事件。它是三年困难时期最惨烈的典型。

有关联吗？

老乔在大跃进里亦写过“卫星”民歌，他的第一本集子《西峡游记》曾在《西峡报》上连载，记录的全是大跃进中的荒唐人荒唐事。事实上，在以“公心”遏抑自我的个性实践中，“私”的意识并未泯灭。之所以向“公”，最根本的还是为了保全自己。当过河南省文联主席的南丁在《焦裕禄的悲剧》一文中写道：“焦裕禄把整个生命都交给了兰考人民。兰考人民永远怀念他。然而真正把兰考人民从饥寒中解救出来的是什么呢？恰恰是焦裕禄当年要刹住的包产到户。”[①] 所谓“包产到户”即是单干风，这种公私间的纠葛与竞夺在中原大地上演了一幕幕闹剧与悲喜剧。一面是对公心的颂扬与追求，一面是私欲的顽强涌动。某种程度上，焦裕禄就像老乔《村魂》里的张老七。后者作为公心美德共体的象征，他的死意味着一个特定崇高年代的渐行渐远。何老十（《满票》）是“张老七第二”，他得到的可怜一票是人们告别过去时代时，理性选择与感情牵系相抵触的见证。就张老七等人而言，他们的委屈不言而喻。一颗心恨不能掏出来晒干，却得不到应有的理解与回报。这是怎样的“人间”啊！

经由张老七等人，老乔触及了中原民魂里的一类“人格化石”。张老七等究竟是一心为公的楷模，还是荣誉的囚徒，人性异化的代表？答案直接触及老乔的隐痛和自我评判，他的作品里充斥、回荡着这样的呼喊：崇高与愚昧，忠诚与私利，你们的边界在哪里呀？！

二

就上述矛盾人格，鲁枢元这样解释：中原位“中”，在历史上系兵家必争之地。因地属平原大多无险可守，交战双方你进我退，拉锯不已。在夹缝中生存的中原百姓日积月累，形成一种基于自我防卫的文化心理。[②] 较之怀疑和叛逆，向“公”而动风险最小，也最俭省气力，这是无权卑微者不变应万变的生存经验与信条。若处理得好，被牺牲的私欲部分尚能

① 南丁：《南丁文选》（下），大众文艺出版社，2004 年，第 619 页。

② 鲁枢元：《生态文艺学》，陕西人民教育出版社，2000 年，第 329 页。

通过荣誉、地位上升等得到补偿，投机者和劳模均由此产生。

这种人格并非中原或河南的专利，而系中国国民性的一部分。诚如孙宝灵所指出的：“中国在世界上自称‘中国’，河南在中国自称‘中原’，指同一种地理状态；河南在中国属于农业大省、中西部欠发达地区，中国在世界上也属于最大的发展中国家，属于同一种经济文化状态；中国是文明古国，河南是炎黄故里，都有精神胜利的资本；河南在中国被丑化，中国在世界上被妖魔化，处境同样尴尬。如果说北京、上海是中国的面子，河南则是中国的里子。在世界上，中国是一个扩大化了的河南……”[①]在以欧美为主导的世界现代化历史进程中，中国不只是个被看的“他者”，还不自觉地扮演着邯郸学步的跟班角色，就像中原紧跟着政治中心北京，唯恐掉队一般。

老乔自然不是政治投机者，但在公 / 私的处理上亦不无偏执，他的命运多舛很大程度上跟劳模式的公心、上进有关。1988 年写就的中篇《黑洞》可视为老乔内心苦楚的个人寓言。大花开荒时挖到五千块钱，她以丈夫玉良的名义上交了三千元，想借此给即将入党的玉良立上一功，不想埋钱的主儿一口咬定埋了一万元。当公安人员上门询问时，单纯的大花承认自己一时糊涂留了钱，她补交了剩余的二千块。此举不仅让丈夫的党票打水漂了，还遭到各方的谩骂与攻击：婊子立牌坊，哪有既想发财又要立功的道理？连平时软语温存的玉良也撇她而去，大花疯掉了。这是一个典型的由公私纠葛触发的悲剧。问题的关键不在大花是否留了钱，而是人们对公的理解。大花与他人都是从实利的角度来看待交钱一事的。发财与立功貌似对立，但在个人利益的增长上却殊途同归。无论大花还是别人，对所谓的高尚和模范，都本能地抱有怀疑或抵触的情绪。一言以蔽之，模范是反人性的。这在面朝黄土背朝天的中原农村（乡土中国的缩影）是最本分、真实的想法。土地在教给人们“一分耕耘一分收获”的朴实外，亦在骨血里培养起坚执的物性与实有思维：讲求回报，干什么都

---

① 孙宝灵、孙云华：《官文化与精神边缘化——文学豫军笔下的村支书与河南人的官本位文化（三）》，载《学理论》，2010 年第 24 期。

要寻个土地似的有形有相的东西作支撑…… 自私由是而来。私即占有，它触到了土地的边界。可以说，朴实与自私乃并蒂莲，二者均系农耕文化的精神馈赠。

很难找到比中国农民更实际的族群了。从北魏开始的以“户”为单位的保甲统治将“家”的观念深深烙进了国人的意识。中华人民共和国建立后人民政府延续了以一家一户为生产单位的小农耕作模式。正是因为满足了农民“耕者有其田”的要求，中国共产党才获得了农民的信任及其对新生国家政权的认同。[①]家的范畴（主要是血缘、亲情的纽带）与土地的轮廓彼此映射、融合，构成农民私的核心，亦是他们认识世界的基石。《黑洞》里有许多众人对公或模范的非议：

> 模范当个屁用，解放以来模范多了，表扬罢了，停几天就没影没踪了，该穷还穷！你要把这几千块钱买成东西，早晚还有东西在！
>
> 把钱借给送给别人，人家还能承你个情，交给公家，公家可是记仇不记恩，公家有啥情！

在中国民间，很难树立起集体的意识。与之类似的“公家”“国家”“党”等概念在农民看来都太抽象、空疏，必须在“家—土地”的思维模型中加以消化和阐释方能接受。家强调的是亲情、人情原则，土地则以实惠是上。一旦不满足人情衍伸、实惠施与的原则，便会被视为虚伪。

老乔极少刻画女性，在《黑洞》里他选择女性作为抒写内心压抑的载体，可谓煞费苦心。既然大花总体的善良昭然若揭，那她身上的自私能否得到宽佑以致“合理化”？今天看，大花的行为着实不算什么，反倒是老

---

① 须补充的是，土地几近均衡的分配及允许自由买卖，给国家建设带来了负面影响。社会主义建设本质上要求消灭私有制，实行公有制。由于社会主义意识形态建设的需要，对土地私有的改造势在必行，国内先后掀起了以私有制为基础的合作化运动，以公有制为内容的人民公社运动。运动不断升级、“左倾”，最终导致现代化受挫。这是考察老乔文学及其“公私纠葛”的重要历史语境。

乔那夸张的悲剧书写透露了他内心的强迫。这是个准“模范”对内心私欲的审视和忏悔。那泼向大花的冷言恶语，是老乔的自我剖解吗？除非让大花遁入疯狂，方能赎罪与弥合内心的分裂？然而就行文结果而言，无论忏悔，还是辩白，都不彻底。无情的剖解引发了难熬的疼痛，后者要求与自剖同等力度却方向相反的申述（自我防护的本能）。两种对立的诉求在文本中僵持着，最终成就了一个折中、客观的寓言。《黑洞》也仅是一个寓言而已。

我是把大花与玉良视为一体的：捐款为了政治进步。这一点老乔并不陌生。1954 年，老乔因染肺结核从部队转业回家，得了一千块复员费。村里修水利，老乔捐了八百元，上级让他“很荣光了一番”。不料这一捐却捐出了后祸。“文革”中为此没少挨打。“为啥要捐？有啥阴谋？一百张嘴也说不清。”比之《黑洞》，不难看出其间的对应。老乔是把自己行为与困惑分摊到大花、玉良及众人身上了。一个人的连续动作（捐款，当模范）让两个人（大花与玉良）承担，一种策略性的、带有保护意味的自我书写。《黑洞》中众人的“公家记仇不记恩”等风凉话直接道出了老乔的困惑与伤口，而大花的疯狂，则是老乔脆弱的演示。

捐钱后，老乔生活没了着落，想去教小学亦被严词拒绝：“自己患肺结核，还想把肺结核传给下一代！”这让老乔“很伤面子很伤感情”。他会像大花那样后悔吗？对“公家”和上进的行为，他是否感到了价值颠覆的绝望？就这一重要的心理关节，《命运》看似一览无遗的书写出现了空白……百无聊赖的老乔开始看闲书。一本从部队带回来的《钢铁是怎样炼成的》启发了他，“不知哪一句打动了我，我就萌发了写东西的念头。”

以上是老乔走向写作的经过：退伍—捐款—贫病—写作。值得注意的，老乔没有提及参军的原因，它是作为既成事实，一种绝对“开端”，掷入“命运”的。至于捐款的动机，老乔仅以“天真”一词一笔带过。究竟为什么要参军？捐款？写作？《钢铁是怎样炼成的》到底给了老乔怎样的提示？诸多空白构成了《命运》的核心密码。

说穿了，老乔是一个视政治进步与荣誉如生命的人。也正是在此，他与保尔发生了共鸣：一个重度伤残的战士，通过写作重返人民的阵营，获得人民的肯定，这让饱受疾病与孤独困扰的返乡军人老乔，燃起了希望之火。本来参军就是要求上进的，它与捐钱、写作指向同一鹄的。《命运》中有句话：“我知道我被当成个人，是工作队看我能写几句。”[①] 卑微、彻底的表白把所有试图批驳老乔的话都堵了回去……

三

老乔后来未始没有察觉他人生追求的偏执，但已无力自拔。对政治进步的渴求跟寻觅生存安全绞缠在一起。就此而言，他实乃中原政治化人格的典型。[②] 然而自始至终老乔又有一种自省意识，它来自良心的自觉。这在他的小说中体现得甚是突出。看二大爷教育大花：“外财不富命穷人啊！人生在世，得凭良心行事，前边走过去后边才没有人捣脊梁骨。”（《黑洞》）小胜在抛弃芳芳时，他的辩白也是良心：“人们对我，一百次就有两个五十次不讲良心，为啥偏偏不准我没良心一次？”（《金斗纪事》）“良心”成了自我监管和警示他人的最高律令，尽管听上去老套而空泛。

如果说追求政治进步体现了老乔对中原文华不自觉的继承，那么在“良心”的强调和局迫中亦能感到中原民间传统伦理的强大惯性。对中国老百姓讲高尚、劳模，总觉隔阂，但说到“良心”，却容易沟通。这跟儒家思想的长期浸润有关。“良心”一词，最早出自《孟子·告子上》：“虽存乎人者，岂无仁义之心哉？其所以放其良心者，亦犹斧斤之于木也。”对此，朱熹《集注》中云：“良心者，本然之善心。”它跟民间的人情化思维融合。既是本性之善，良心便人皆有之。所以出现丢失良心（“放其良心”）的现象，是因日常行为的遮蔽和束缚而致，如同“斧斤”对“木”的

① 乔典运：《命运》，华艺出版社，1998 年，第 9 页。

② 建诸农业基础的中原文化，就历史起源看，它是由洛阳、开封等政治中心带动而起的文化。因政治优越带来（经济）利益的记忆烙印让中原文化在后来的发展中备受政治的束缚：做任何事均以政治是瞻，企盼国家意识形态的垂询与恩典。老百姓认为，与“上”一致是获取和保持利益的根本，官本位思想由此而来；而儒家安分守己、温良恭敬的等级伦理进一步强化了中原对政治的依附性。

砍伐。诉诸良心的监管，亦是着力于自性的恢复。木本茂然，性本善。良心，对私欲及政治的异化是一种克制。至于结果是否真正有效，则因人因时因地而异。在缺乏法制和集体生活的中国民间，对人际关系施以良心式的伦理协调，是与私有的农耕体制适宜相洽的。

跟五四时期知识分子从西方“借宝”来审视“国民性”不同，老乔没有那么宽的视野，他缺少异质、新鲜的思维与言说，对“良心”的频繁慨叹与皈依便是老乔思想匮乏和忠诚于自身文化的体现。他的小说就像中原文化内部一翼对另一翼挑战、冲撞的切片，注定是没有希望与出路的悲剧之行。具体说来，在农民“家—土地”的思维框架中，追求政治进步很难与功利、自私撇清干系，老乔的自我评判亦不例外。如果承认这一点，那么《命运》就是一本“赎罪”之作。作为一名曾经紧跟形势的“工农兵作家”，老乔能在80年代“返老还童”，与其片面地说是“文革”赐予的苦难与智慧所致，不如说归因于良心内曜（鲁迅语）下人格自我修复的本能。

对政治化的生存，老乔反拨的方案不是另觅他途，却是力图在既定的政治化格局中，通过自我修持与良心复萌求得人性的统一。就《命运》的书写而言，即是“晒私”，包括原谅曾经整他的人；延伸到日常生活，前述的那些自苦行为，都是老乔赎罪和致力于自我统一的表现。在老乔看来，要跳出公私纠葛与政治异化的陷阱，反叛是不济事的；切实可行的只有改变自己的心灵结构，做一个表里如一、真正高尚的人，如同《村魂》里的张老七，在上瞒下骗中，依旧坚奉诚实的准则。也许有人会说这很迂，有“顺民美德”的意味，但就个人而言，它至少避免了势利的指摘和良心的谴责，亦满足了儒家历来对“忠”“恕”的讲求与中庸的训诫（绝不诉诸极端）。换言之，做个劳模式的人物，在老乔是彻底荡涤自我、人性涅槃的结果，尽管走向劳模的初衷不那么纯粹。

对于那说不清的过去（退伍军人、“穷积极”、阶下囚等），老乔决计用他的后半生（包括写作与做人）予以“代偿”：不是要去批判、澄清或扭转什么，而是“将错就错”，通过收缩自我的棱角，一种内部改造与净化，来释解矛盾。任何打击和侮蔑到了老乔这里就像落在了海绵中，后者的承受与谅解是无条件的。一个好的没边的、“找不到自我”的人就这样在错杂抵牾的人生态势与价值体系中走出了一条人格圆融的逻辑通途。

以此来看老乔那“文化寓言”式的小说会多一层理解，他的“寓言”书写在文学上似乎失于简单粗糙，但这亦可理解为老乔的自我修炼。那永远日常化、经验性的、口语直白的诉说不正是对平和、中庸的持守吗？不要风格，撇开自我，素面朝天，坦荡示人……老乔的小说和他本人一样，让人无话可说。单从文学性的角度来要求和批评老乔，是奢侈而轻浮的。子曰：“天下国家可均也，爵禄可辞也，白刃可蹈也，中庸不可能也。”可见中庸的难度。一个能做到中庸的人首先要具备无私的品质。老乔对文学性及风格的规避，从深层看便是对自我与私的过滤，一种不无苛刻的“节操”与“洁癖”。虽然这亦会“成就”某种“风格”，但跟目下那种挖空心思、突出自我的风格焦虑迥然不同。“中庸”之“庸”者，依朱熹的解释，即平常之意。人在小说中已惯于抒情和张扬自我，这种不自觉的矫饰与文学的虚构性相得益彰。瓦特在《小说的兴起》中指出：西方小说（novel）体式的兴起跟个人主义的勃发、中产阶级的趣味密切相关；文学对“私我”观念的生产与发展，功不可没。而老乔却反其道而用之，他将内里的波澜与锋芒抑制、化解在朴素的书写中。其创作焦虑在于：如何才能平常了再平常，“大众”了再“大众”，同时还要让结果像个“小说”的样子。但这真的还叫“小说”吗？毋宁说，**老乔的创作是跟所谓“文学”“小说”搏斗、抵制的过程。**

从中国新文学史的发展来看，老乔的作品无疑是“大众化”写作和“平民文学”的典范。跟中国通常的现代知识分子相比，土生土长在乡间的老乔，没有启蒙的清高与激情，自然也谈不上向大众“屈就”的苦闷。他那口语化的言说方式与其说是“为了农民”“为了大众”，不如说是“作为农民”的本分与自律。小说写得好坏尚在其次，本分却是首要的。以胡适对白话的要求——“是戏台上说白的‘白’，是俗语‘土白’的白……是‘清白’的白，是‘明白’的白……是‘黑白’的白。白话便是干干净净没有堆砌涂饰的话”[①]，老乔的小说可谓白话文写作的摹本，一种契合了“文学的国语，国语的文学”并将其推进、扩张的“现代”文学实践。在老乔身上，看不到西方影响的焦虑，他的阅读面大多来自俄罗斯与前苏联文学（《命运》中提到的契科夫、《钢铁是怎样炼成的》……），就此而言，老乔淡定执著（另一说是“死脑筋”）的书写，一定程度上可视为冷战末期社会主义文学的“遗响”，系中国文学由“文革”阶段向“全球化”转变期间的“过渡”或“中介物”。老乔对“公”的赤诚、其作品对“私我”的克制、对“大众化”的坚守，亦是佐证。

1980 年代中国文学“向内转”及“性格组合论”等观念提出与风行的背后，已显示了明晰的西方影响与世界“参照”。所谓“新时期文学的‘内向化’趋向正好适应了当今世界文学的大走向”[②]，道出了不少人的心声和愿望。老乔却不为所动，他以“井底蛤蟆”自居，顽固守护着一方“小井”，不知西方，无论世界。虽然没有明确的“中国作风与中国气派”的追求，但自 1940 年代以来将老百姓喜闻乐见的“大众化写作”与“民族形式”混淆以至等同的思路，当给老乔的平民言说不少底气。或许应该这么说，那种所谓“正确”的、“大众”的中国“民族形式”本就包含在老乔创作的“本分”之中。

能肯定的是，老乔没有忘却“文学”，就像他无法全然抹去“我”一样，那找不到“自我在何处”的茫然便是老乔“没有忘却”的证明。他小说中明显的自传诉求，《命运》中“晒私”式的检点，亦从反面表明“我”在身心中的顽强盘踞。小说或文学，成为老乔在泯除自我过程中、最后的个性结晶。

四

现在可以谈谈老乔的作家情结了。为什么要在墓碑上镌下“中国作家协会会员”的称呼？一切尚需从老乔的地主出身说起。这点《命运》写

---

① 胡适：《论小说及白话韵文——答钱玄同》，载《新青年》，第 4 卷 1 号。

② 叶廷芳：《内向化——一种矫正片面的倾斜》，载《文艺报》，1987 年 12 月 26 日。

得相对“隐晦”。一出场，老乔便是个“带病回乡复员军人”了。仅在军人身份受到质疑时，老乔才让他的地主出身显露出来。事情起因于住队干部老李觊觎老乔的英纳格手表，劝老乔卖给他被拒。老李威胁道：“地主戴手表，是不是想高人一头呀！”这是“地主”一词在《命运》中的首度出现，之前未作任何铺垫。从老乔当时震惊的态度看，说地主身份是他的软肋当不为过，刻意“显摆”的“军人身份”只是“地主身份”的挡箭牌。老乔写信申诉，当收到“不按地主对待”的县委文件时，老乔“差点喊出万岁！”

“地主”出身，就像原罪的标志，注定了老乔一生命运的走向：必须经由政治的上进，来洗刷这一污点。如果说它也是“私”与“功利”的话，老乔最大的“私”就在这里，他的厚道、低调与自卑也由此而来。所谓“地主成分”，是打开《命运》密码的终极钥匙。从逻辑的先后上讲，它本应置于《命运》的开端，但老乔却有意无意地回避了。《命运》的编排带有重构与“净化”人生的意味。正是因为出身不好，所以要参军，揣测人民群众会由此忘记他的阶级立场；复员后的捐款亦不无这方面的考虑，即进一步取得人民群众的信任；成了模范后，他自以为属于人民内部的人了，不料群众的眼睛是雪亮的，一句“地主戴手表”就把他打回原形。至于写作，那也是为了向“人民”靠拢，保尔的榜样摆在那里，或许还夹带点出人头地的奢望和“小聪明”……

老乔啊老乔，你让人在墓碑上刻下“中国作家协会会员”几个字，是想证明你终于挣得了“人民”的身份吗？一个多么卑微而辉煌的胜利！这是通过近二十载、劳模式的苦修才挣得的自我统一的基石。在作家的头衔上，我们能感觉到老乔在向他的人生原点回归，他终于可以正视他的出身了：本来就是为了活个人样，现在达到了。人生不过如此！曾经的困惑、委屈以及虚荣、功利的指摘，均尘埃落定。作家，这个算不得官衔、功名的“雅号”，为老乔上进、奋斗的一生画上了“表里如一”的圆满句点。

根据出身来判定人等级的做法，让老乔痛苦了一辈子，而他一向逆来顺受，只在《金斗纪事》中露了点不平的“马脚”。《金斗纪事》记述了父子两代人的爱情与婚姻历程。小胜是烈士吴先生的儿子，但行径与其父判若两人。作品一开始，老乔劈头写道：“啥树底下出啥苗。这话从古说到今，说了几千年还在说，便很有点真理了。这真理到了20世纪60年代就登峰造极了，先是龙生龙凤生凤老鼠生儿会打洞，后是红五类黑五类，再后是可教育好的子女，这真理就不仅是真理而成了钦定的律条了。”然而，小胜“算什么？是龙，是鼠？是红？是黑？”这几句写得锋芒毕露，很有点挑战“钦定律条”的味道。但其余部分只在中规中矩地讲故事，缺少必要的渲染呼应。《金斗纪事》写得甚为流畅，但主旨却不易把握。涉及出身定终生的问题，老乔的文学行动变得谨慎异常，这也算是对“私”的克制吧？某种程度上，《金斗纪事》的意义即在于对主旨的遗忘。所有的忧伤、郁结与愤怒都在客观的记述中消磨掉了，留下个似乎找不到“心机”或“主心骨”的故事（“半成品”的文学），任人参详。

纵观老乔的一生，尽管从未享受到实质的地主生活，但无法变更的生来“劣迹”还是让他成了异类分子。没有人比老乔更敏感于“人民”“群众”之类词的强大与威严，他坚持文学言说的“大众化”亦可视为融入“人民”的努力，这种潜在的身份叙事延续了阶级改造与认同的惯性。

在《三百一十三个“×”》中，村混子王大嘴用“全体贫下中农”的名义写批判老支书的大字报，了解支书为人的贫农高老头咬破指头，用鲜血在大字报“全体贫下中农”的落款旁打了一个大大的“×”。这是老乔对所谓“群众”“人民”的一次正面质疑与回击，他梦想着“人民”，这一整齐划一的集合名词或“名教”，能从内部引爆。把“一根筋”的高老头跟写血书这样的英雄行为结合起来，多少有些反讽和滑稽。在老乔的构思中，似乎只有这类“一根筋”的人物方能从错综纠结的利害冲突中超脱出来，保持人性的纯净。老乔对“人民”的失望与悲观，可见一斑。“只要以群众名义出现，没理也有理，到处可以通行。即使群众知道自己被利用，每个人也会认为这个群众指的不是自己是别人。”[①]

---

① 乔典运：《命运》，华艺出版社，1998年，第204页。

《无字碑》是老乔唯一刻画群像的作品，它以“大家”（“群众”“人民”的另一称呼）的口吻写就，记述了村人对保护古碑的教书先生徐书阁的误解与迫害。没有明确的臧否，酷刑亦写得“如沐春风”：“推，捆，打，吊，跪，十八般武艺全用上了。还发明创造了第十九般武艺：拔胡子。一根一根拔。拔一根问一声，不说再拔一根，再拔一根，一根一根拔下去，老头子变成了老太婆，真好看，戏上都没有。”字里行间潜伏着绝望与阴鸷之气，好在采用了貌似轻松的笔调，让阴鸷气疏淡了不少。这种特别克制的抒情，颇有西方黑色幽默之风。只是后者的幽默是为了营造、强调荒诞的效果，一种陌生化的文学策略；而老乔的言说则是斟酌和平的表现。虽然旨在訾议“群众”，发抒抑郁，但绝不撕破脸，警惕自己由愤怒滑向极端与疯狂。一种伦理的文学，侧重在伦理，而非文学。

老乔命运的真正转机发生在 1973 年，是年珠影厂派人到西峡找老乔改剧本，就是否同意老乔写剧本搞了一次民调，结果群众“放”了老乔。《命运》在老乔“下定决心一定要把剧本改好”中戛然而止。虽说是个残本，但它的大部已然写成；老乔最想说的部分，说完了。就目下的“结尾”而言，它呼应了开头：以写作开始的“正式”人生。残缺的《命运》由此带上了“圆满”的意味。民调事件就像是老乔的“授勋”仪式，它实现了老乔初学写作时的梦想：通过写作，老乔从“地主”荣升成了“人民”。

五

老乔的“命运”和文学实践触及新时期以来文学复兴及走向的两个关键问题，其一，个人化写作。作为上世纪 1990 年代文学的核心语汇，“个人化”其实在 80 年代已经发轫。这是文学与政治、个体与“中国”松绑后的产物。老乔的公私纠葛、自我迷茫及去棱角的大众风格，只有放在这一背景中才能得到真切、全面的理解，他成为个体从阶级与国家意志中艰难浮现的鲜活注释与标本；其二，地方文化（视角）的崛起。1985 年左右开始的文学“寻根”是地方文化兴盛的讯号。这一通常被认作是体现了中国身份自觉与民族文化更新及趋向多元的文学运动，实与“个人化写作”彼此张连。地方文化的凸显与自我的伸张互为因果，民族文化的多元即是个体意识的多元。除了身体、欲望及注重感性等外在表征外，“个人化”说到底是一个个体认同的问题，它必须回答我是谁？我归属何方？涂尔干曾说：人不能仅靠自己形成自我（one cannot be a self on one's own）。斯言诚也。进而论之，个体须先将自我嵌入一构造的“大我”范畴（如传统、国家等），方能界定某种程度的差异而构建自身。地方文化填补了作为价值的“中国”在式微后所形成的个体认同的结构性空缺，就作家而言，他常常是不经意的。与其说作家选择了文化，毋宁说文化选择了他们。老乔与中原文化间的关联，便是例证。

地方文化的轮廓，建立在个体释放各种不同层次的原始记忆、情感或依恋的基础上。它显示了全球化背景下，人们对矛盾和不确定性的防卫式拒绝；追溯、皈依地方文化的过程与争取和描述自我的连续性，互为表里。其间，地方文化与同居于记忆一角的、意识形态化的“中国”间的互动，系“个人化”书写中最微妙的部分。它绝不仅是与“中国”较劲或简单的反向书写，一个争夺自我话语权的诉求潜伏其中：即谁是“中国”的正宗？哪种地方文化，能涵容“中国”？

都说老乔最了解河南人，殊不知这理解乃是建立在个人遭际与文化命运同构的基础上。从老乔被“人民”包围压迫、又力图融入“人民”的人生历程和文学实践中，可窥见居中、衰微的中原文化竭力进入“中国”主流的渴望与努力；老乔的文学就像显影液，它定格、显现了“文革”前后中原文化蠕动的轨迹。

老乔喜欢写“过时”的人物，特别是那类饱受“左倾”思路影响、兼跨“文革”与新时期两个阶段的“过渡”人物，其功能类似老舍笔下的“老派”市民。这与老乔紧跟“人民”、追求上进，却总不能“一步到位”的经历有关。再探究下去，不难发觉它和“中原”在揣摩“中国”意识形态中亦步亦趋的滞后与尴尬，呈现出互文的关联与呼应。除了熟知的何老十、张老七等“过气”的干部之外，《美人泪》里的芳芳值得一提。

芳芳是村里公认的美人儿，却因“包装”不灵在城市接连受挫。第一次因为衣料太素被嘲笑，芳芳攒了劲，靠卖苦力扛大包买了套金光闪闪的行头又进城 PK。不料城市的口味已返璞归真，芳芳再度被奚落。《美人泪》写于1980年代初，它涉及当时社会的敏感问题，即城乡的对立与矛盾，较之老乔之前的作品，可谓“新鲜”的质素。但作品并未发掘城乡对立的根源，题材上的“与时俱进”没有引发相应复杂深入的道德、价值层面的反思，像同时期路遥《人生》所做的那样[①]；毋宁说《美人泪》是老乔的“滞后”感在新时期延续的寓言化表达，只是采纳了些许时尚的符号（如城乡对立）。我们发现，老乔的“迟到”感并未随着他的平反与身份“提升”而克服，倘若把城市对乡村的挑剔与刻薄，视为翻云覆雨的意识形态对老乔（或者“中国”对“中原”）的挤兑和压抑，可能更有助于理解《美人泪》。对老乔而言，城乡对峙带来的不适远不及出身、阶级的歧视来得痛切、深刻[②]，后者成为老乔复出后其文学真正凝视的对象。在任何时候，他都能把这种基于出身的政治错位和差距制造出来。由此，芳芳的好强比拼、取悦城市的行为就跟老乔的奋斗与卑微重合了……

对作为中国现代化成果与象征的城市，老乔不存什么前瞻、预言的野心与魄力，在他的历史意识中，未来的维度极不明晰，老舍自言的“旧时代的弃儿，新时代的伴郎”亦可用在老乔身上。所谓滞后或迟到，可视为老乔看取历史和想象现代中国的立场。按照汪晖的考证：“现代性概念首先是一种时间意识，或者说是一种直线向前、不可重复的历史时间意识，一种与循环的、轮回的或者神话式的时间认识框架完全相反的历史观。”[③]如此，是否意味着老乔的文学与中国的现代想象背道而驰呢？或者，它提供了一种反思的资源？那又如何看待老乔的忠诚与上进？

在老乔的小说中，杨家将是个相当突出的意象。《村魂》中的张老七最爱看杨家将，“百看不厌，说那是忠臣戏，再停千二八百年也有看头”。小说的结尾特别把张老七的离世跟他去外村看杨家戏交错起来写，莫非老乔把张老七视作当代的杨家将了？张老七的遭际一如忠臣常有的吃瘪

① 路遥的《人生》发表于1982年，与《美人泪》属于同一时期的作品。

② 可补充的是，1958年，29岁的乔典运被组织调入《西峡报》社工作，吃上了商品粮。他对城市应该并无太多的恶感或对立情绪。

③ 汪晖：《汪晖自选集》，广西师范大学出版社，1997年，第2页。

和委屈？就村民对谎言、欺瞒习以为常的现象（一种现代反应模式），张老七出具了另类、保守的伦理提醒与参照。老乔的“现代”思维与之类似：他力图把人对世界的认知与道德修养（恰如张老七的重然诺）统一起来，典型的儒家做派。老乔认为，“现代”的演进须经过伦理道德的筛选与认同，中原对中国“现代”的预期由此生发。可以肯定，中原终会现代式的“前进”，但这“前进”乃是奠基在早熟、定型的儒家伦理体系上的，一种内部圆融或曰张力调节的结果。中原试图用传统的伦理来包容、消化“现代”，而不是相反。就此而言，它更像历史的循环而非直线的“前进”。我们不否认“现代”对儒家伦理的冲击，但在老乔这里，并无伦理体系溃退、崩盘的征兆；不仅如此，老乔的自苦行为（包括去棱角的文学）恰恰表明中原文化中儒家伦理在现代语境下强悍的自我修复与创生能力。

老乔笔下的人物有句口头禅：“看胡子不是杨延景”。它已衍变为对“上”观察的基本视角。言下之意，上面的位置被“不是杨延景”的奸坏之徒占据了，但上下的格局、秩序以及自我的“位置”，却是不容置疑的。正所谓对人不对制度，除了前文提及的“良民”心理，这总体属于切近、具象而务实的人情—伦理思维。考察“中原”与“中国”的关系，“中原”的种种举动（包括诸多出力不讨好的“囧”事）大多能在“以心换心”的人情化思维与传统的“君臣伦理”中得到解释。“中原”很少专注于将自身做大做强，一开始便把自己摆在“臣子”或“忠仆”的位置上。它不奢望引领“中国”，要求的回报亦很少，更不会讨价还价，遑论批判和挑衅？那自我糟蹋、夸张恣肆的“放卫星”，不正是“中原”对“中国”的人情传递吗？一种消极慕和的心理：“希望记住俺的情，让俺过几天安生日子，到时扶俺一把”，是其背后的潜台词。只是这种人情在讲求利益与实力博弈的现代场域中往往是最早被遗忘、牺牲的部分。老乔的滞后感也由此注定。

在老乔看来，历史所有的变迁、震荡均可纳入人性、人情的范畴加以考量。国舅爷当初迫害德成是因为妒忌，不存在体制的疏漏（《驴的喜剧》）；吴大娘用“人心不足蛇吞象”的贪婪来解释儿子才娃求富的行为，完全无视世风时移的现实（《母子情》）。不变的人情切入、是老乔构思的基点，它符合中原文化重人事（“家—土地”式的直截认知）而轻规律

（因抽象而渺远）的思维特点。老乔的文学由此从对未来的焦灼中超脱出来，淡化、回避了对历史规律的探讨。他对人心的揣度已足够透彻，但总有点一叶障目之憾。其作品徜徉在可触摸的经验层面的累加与叠积，犹如农民对土地的耙梳，少了些许穿透的力量。

和中国新文学史上的社会剖析小说（以茅盾为代表）相比，老乔明显对经济因素（推进历史现代化的关键标识）重视不够，这让人想到儒家重善恶轻功利的训诫。多数时候，老乔是把经济、金钱作为戕害人性的负面因素呈现的，但态度也有松动的时候，《香与香》便是个例外。

当爱社用钱为父亲五爷复了仇，并买回村民对五爷的尊重时，五爷默许了儿子的行为。五爷的态度即老乔的态度，创作谈《生活笑了》泄露了这一信息：“爱社，按年龄说，他和我有代沟。可我说，不知代沟在何方？他是个孝子，就凭这一条，有沟也填平了。”“我”，全然一副五爷的口吻。说到底，爱社疼的是爹，不是钱。在“孝”的动机和伦理框架中，老乔接纳、肯定了金钱的效力。小说的结尾，爱社当众烧毁了村人的借条，以此让大家对五爷的尊重永远地欠下去。在这一象征现代规则（注重契约、金钱资本化）与传统伦理（孝）角逐、对抗的时刻，老乔让后者全然胜出。其间除了明显的快意之外，还有一层模糊的意识：即钱能给像老乔这样的平头百姓、底层农民带来“民主”“民权”，这是在力求“上面”的恩泽、“群众”的信任之外，为自己挣得权益的另一种方式与“活法”。简言之，追求金钱是“反奴役”的行为。至于这是否会造成伦理底色与格局的质变，老乔想得不多。他明明意识到“经济人”似的利益思维对人的吸附与魅力，预感传统伦理前途危机，却又及时果断地折回原处。倘若老乔沿着这个路子挖掘下去①，他的文学或许会“深刻”“现代”些吧？这种独特的“前瞻”与“倒退”并行的举动，再次标志了老乔“过渡”者的身份。将爱社的行为执拗地诠释为“孝”，可看作老乔的自我说服，淳朴的理解中不无阿Q式的乐观与侥幸。中原文化在应对现代功利社会的冲击时，它

① 在这方面不乏成功的例子，贾平凹的《秦腔》可谓典型。当代文学（尤其是乡土文学）主体的文化精神正是由此走向一场空前的裂变。

的坚持与转变、执著与弹性由此可见。

六

从老乔的文学考察他对现代中国的想象，《希罕报恩》是不能绕过的作品。傻小子王希罕到水库运输队当瓦工，跟游手好闲的刘长胜搭伙。希罕任何时候都抢着干活，队长要求大家向希罕学习，每人每天的工作定额增加一倍。蜗牛风格的运输队提高了效率，而希罕却成为众人的“眼中钉”。亏得是憨子，除了挨刘长胜一顿揍，希罕没遇到太大的麻烦。最后希罕的秘密被揭开了：原来希罕的爹曾是运输队的队长，因不满队里的拖沓作风犯了众怒，被人活活整死。带头整希罕爹的就是刘长胜的爹。希罕和娘因爹的事情成了反革命家属。为了生存下去，希罕开始装疯卖傻，正所谓“天下最能的人的就是憨子，只有憨子才活得太平”！后来上级给希罕的爹平了反，希罕到工地来，就是为了代爹报答上级的恩情，同时了却爹的心愿：提高运输队的效率。

希罕的报恩举动今天看来颇有商榷之处，即使真的要报恩，也没必要定回工地。这略显执拗的构思，当是老乔决心的显露：在原先备受侮蔑、折磨的地方，播下原谅与忠诚的种子。希罕从本能的“复仇”到“了心愿”的自我修正，系关键的文学抉择。一切既往不咎，老乔不正是藉此走出了“文革”和自身的阴霾么？

值得注意的，希罕远未被塑造成独立的“个人”，他只是众人图景中的一小部分。若瓦特在世，也许会认为这是一种“前小说”（pre-novle）的形态。我们看不到希罕内心的起伏，老乔似在竭力回避对希罕进行心理分析。按洲之内彻的说法，在文学表现上，是否采取心理分析，系构成文学是否“现代”的基本标志；心理分析“对于确立现代化自我是不可缺少的，也可以说是现代化命运的归宿”[①]。面对希罕，不仅阅读期待中的痛楚与自尊落空了，通常以为对“个人”而言不可少的世俗享乐与安逸，希罕亦抱有隐隐的敌意：“当个人就是做活的……人闲着不胜个猪。”这让

① 黄修己编：《赵树理研究资料》，知识产权出版社，2010年，第405页。

人想起“劳动最光荣”的社会主义口号与集体动员令。老乔旨在构想一个“共同体”，每个人在其中都是“均质”的存在，运输队的着装与统一行动强化了上述印象。老乔对希罕的塑造摇摆在“个性”与“均质”之间，在此追讨整体中的个人自由或权益并无意义。如果认同瓦特所说的现代小说乃是奠基在个人主义上的一套想象、技术与欣赏，那么《希罕报恩》不在其例，它显示的是另一套具有东方特色的历史逻辑、社会礼仪与涵养。

依张东荪先生的观点：“在中国思想上，所有传统的态度总是不承认个人个体的独立性…… 总是把个人认作‘依存者’（Dependent Being）。”[①] 这点容后再述。透过希罕对众人的俯就和趋同，能感受到“文革”中基于阶级思维的身份清洗与暴力，希罕曾经的“反属”身份印证了上述预设。小说再次触及老乔根深蒂固的“群众”“人民”情结。在希罕爹与众人的对立、希罕与工友的摩擦中，可见出老乔“个”的站位与调整，他确实学乖了不少。懈怠、散乱的工队，隐喻“文革”后百废待兴的中国。进而言之，曾为“反属”的希罕设法让运输队提高效率，乃是出身不良的老乔在复出后对自身如何参与、融入中国现代进程的寓言化表述。

希罕隶属于老乔笔下的“忠”字人物谱系，但他同时又是一个“变革者”。70年代末到80年代中期，中国内地兴起了一股改革文学的浪潮，如蒋子龙的《乔厂长上任记》、柯云路的《新星》、张洁的《沉重的翅膀》，等等。把《希罕报恩》置于其中考察，是件饶有意味的事情。老乔对“改革”（文学）的回应很特别：把现代化的“改革”和前现代的“报恩”情绪结合，是老乔的“中原”特色。在提高运输队的效率上，希罕出具的方法原始而笨拙。赏罚机制、劳动分工、利益刺激等现代发展方略从未进入过他的脑子，希罕对此显露的无知与隔膜让人诧异（够稀罕的）。在老乔看来，这大概是属于“上面”考虑的问题吧？平头百姓“操心”不起。希罕满足于扮演一个低调、滑稽的精神榜样，很像劳模的变种。他聪明又保守，一面要改变运输队的现状，一面又显示出对“老规矩”（懒散、扯皮

① 张东荪：《理性与民主》，商务印书馆，1948年，第57页。

等）与“众人”的尊重与敬畏。两相比较，后者的分量要重得多。否则希罕不会采取那近于自虐的、丑化自身的手段。有意思的是，小说中提到历史上的王安石变法，它与希罕的“变革”相互映衬。刘长胜以王安石的下场来警告希罕不要破坏工地的规矩，希罕对此虽不以为然，但他的变革却明显有汲取历史教训的意味：不再像王安石那般树大招风，而是“泯然众人”，以和为贵，跟主导的“安定团结”也颇能协调。在没有强权加身与护佑的情况下，希罕的“智慧”把老乔对“群众”的畏惧、绝望——希罕装傻的前提——与强烈的政治忠诚与时代责任感，焊接起来。

改革本是一个涉及制度、经济、文化的系统工程，但老乔却把它变成了单纯、平面的人际智慧与关系协调。这让人既感慨，又哭笑不得。在老乔看来，改革最困难的部分也就是这种关系的缠缚与阻碍吧？“文革”是整人，改革自然也是改关系。中国老百姓对时代变革的理解一向切近而具体。如同老尼姑对阿Q的哭诉：“已经革过一革了。”（抽象的革命居然能用数词来清点、描摹，鲁迅的洞察真是尖刻到极点！）在希罕和风细雨的变革举措中，还蕴含着另一层意思：要让中国锐意改革，大步前进，除了君王般一统而下的权力能做到之外，平民百姓基本没有置喙的余地。换言之，只有强有力的权威才能打破关系的锁链与循环。而像老乔这样拥护改革的底层农民兼知识分子，似乎只能以希罕这种自苦的方式融入现代化的主潮中。对国家愈是忠诚，责任感愈是明晰，对“群众”便愈要容让，个性的收敛和压抑也愈大。人人都有理，就是自己没理。要改人家，先把自己整个够。

这种以周边关系来界定、规范自我的方式给运输队敷上了一层如同“伦理社会雏形”的色彩。所谓伦者，即伦偶，指人们彼此之相与往来。相与之间，关系遂生。用梁漱溟的话说：“每一个人对于其四面八方的伦理关系，各负有其相当义务；同时，其四面八方与他有伦理关系之人，亦各对他负有义务。全社会之人，不期而辗转互相连锁起来，无形中成为一种组织……它由近以及远，更引远而入近；泯忘彼此。”[1] 伦理本讲求人与

① 梁漱溟：《中国文化要义》，上海人民出版社，2005年，第73页。

人之间义务平等，但在表述、实践中却往往以对方为重。一个人似不以自己而存在，而仅为他人存在着。这即是张东荪所讲的“依存者”。譬如，何谓好父亲？常以儿子为重的，就是好父亲。何谓好儿子？常以父亲为重的，就是好儿子。以此类推，何谓好的改革者？常以群众为重的人，就是。这便难怪希罕的谨慎和装傻了。由于个人的欲望、诉求无法从伦理中得到正面、直截的表达，导致了隐形的压抑和禁锢，而中国的权力维系与伦理建构向来一体。这在历史悠久的中原保留得相当完整，以致所有的改革都举步维艰。

希罕的变革是由己及人的，着力于人情由近及远的感染与渗透。**一种伦理的示范与推衍，这才是希罕变革的实质**。如果撇开“改革”的现代幌子，放下姓“社”姓“资”的争论，中国社会伦理网络的底子便显露出来。它稳定、强韧，在中原尤其如此。

《希罕报恩》的结尾，老乔这样写道：“唉！这个聪明的憨子，你没看看时代不同了，何苦再憨哩！”——善意的讥嘲貌似指向希罕，其实却是针对自我窘境的机智摆脱。《命运》里，老乔装憨的人生教诲比比皆是：“想平安，你就不如人；想找死，你就比人强。”[①] 另外，就中国未来的想象而言，老乔的见解也不比希罕高明多少，良心的反复叨念、提醒即是证明，这跟希罕以身作则的人心感化又有什么质的区别？希罕聪明却不愿脱颖而出，老乔的文学睿智而大众化，中原由于承载了全部的传统文化反而在中国的版图上显不出特点，三者之间不经意的互文、呼应，让希罕成了老乔文学与中原文化最鲜活的原型。在锋芒内敛、自我摒弃的希罕身上，实现了老乔梦寐以求的个体、大众、国家的统一。

---

① 乔典运：《命运》，华艺出版社，1998年，第13页。

第七章 张宇:“软弱”与“鬼气”的叙述

一

如果把写作视为内气的运作与修炼，张宇的叙述大致从《软弱》(2000)开始渐入“佳境”。那个在《疼痛与抚摸》(1989)里喋喋不休、刨根问底、把故事折腾得支离破碎的叙述人“我”不见了，张宇克制住惯发的议论“哮喘”，一本正经地讲起了故事，用故事把自己包藏起来。从《软弱》到《表演爱情》(2003)、《蚂蚁》(2004)、《检察长》(2008)，以至最新推出的《足球门》(2010)，叙述愈来愈从容晓畅。作家的说法是“走下坡路”:“年轻时候在世俗社会里转悠，总害怕别人说自己没有学问。于是在以往的作品中就喜欢比划一些新方法来装修叙述的门面，甚至有时候还摆弄几句哲理来浅薄些深刻。现在用不着了，早就评上一级作家的职称，孬好总算混成了知识分子。”于是“放松下来，不再装神弄鬼，进入了一种休闲一样的叙述状态，写作本身也轻松和愉快起来”(《软弱·后记》)。

意思表达得很明白,《软弱》是对之前写作的一种反拨，以前跟你玩点“花活儿”是为了证明俺的实力，现在能由着性显露“真容”了，时髦的叫法是日常关怀，是大气。从宽容出发，落脚在谅解，这给人性的发展腾出了可能与想象的空间。早过了不惑之龄，天命也悟到了，横竖还有什么看不惯、瞄不透？《软弱》的叙述、构思中含有浓重的人到中年的味道，身份的外壳松动了，几成滥调的“警察与小偷”故事被张宇经营得摇曳多姿，出人意表。于富贵是顶尖的反扒高手，可在家和单位却吃瘪自卑，他的强悍与灵性只在抓人的时候闪现出来。从生命的能量守恒角度言，执行任务对于富贵更像是备受挤压的力比多的转移与释放，是创造、欣赏和激情的鼓荡，难怪搭档王海说他最离不开、最爱的是小偷了。道德、伦理、公正、规则，被张宇推向了暧昧与虚无。那场跟扒手头目秀才间的“单挑”写得惊心动魄，好不容易制服了秀才，却又肝胆相照地背着他上医院，这算哪门子警察？更有趣的是，这个生活拘谨、板正的于富贵跟自己的小姨子刘莉还有一腿子浪漫，莫非对方当时太小看走了眼？可又不是，刘莉对于富贵情深义重，为他生了孩子独自抚养不算，在消失了十几年后，突然摇身变为江洋大盗，正式走进了于富贵爱的视域。真是不偷者不爱呀！

同样的构思伎俩还体现在《表演爱情》与新作《足球门》中。女检察官江珊爱上了嫌疑犯张明亮，而这个所谓的嫌犯也真不赖，貌似一个爱国商人，讲起“三个代表”头头是道；堂堂大河足球俱乐部的掌门人李丁，跟集团总裁何剑南居然在感情上有前科，与李丁顶牛作对的下属何佳音，正是二人的私生女。这一隐秘的三角关系吊足了阅读的胃口。纷纷扬扬地说了一通球事，归根到底还要靠“情事”来提纲挈领，其中包括作者早已谙熟的官场厚黑学。足球，对《足球门》来说只是个外套，张宇感兴趣的还是人，人的生存，人与人之间的关系。从中原山区农家走出的作家，又做过县委书记，张宇对人际关系有一肚皮的心得、教训和委屈，它们在《公民》《苦吻》《瓷砖》《一笑了之》等篇中已显山露水，长篇《晒太阳》更是被称为大小官员必读的官场指南。这种“世事洞明、人情练达”的张宇式智慧贯彻到了《足球门》中，有“职场坛经”的意味。作品具备坚实的社会性、新闻性、纪实性，故事性，文学性却不大好说：是前几性的叠加，抑或一个广义的文学X？总之跟作者早先追求的纯文学的旨趣已大不相同。张宇有一个很睿智的讲法，叫“小说化”。“小说不是大说和中说，只能是小说”；它“是一种耳语，是作家与读者的耳语”。[1]这种低调的、自娱娱人的叙述是否切中了《足球门》的文学脉动呢？《足球门》原

① 马国兴：《作家张宇》，http://blog.tianya.cn/blogger/post_read.asp?BlogID=314852&PostID=4337439。

名《寻欢作乐》，一个看去有些不着边的名字。莫非正像张宇在《软弱》后记中自言的追求写作的"轻松和愉快"，"寻欢作乐"亦是一种写作状态的袒露与道白？

有论者说，从《软弱》开始，张宇写起了"人性的传奇"，这跟张爱玲的"在普通人中寻找传奇，在传奇里寻找普通人"有相通之处。说透了，是"好看"，追求常人眼中的素朴、渴望与烂漫。张宇仿佛和上了时代转型的文化节拍。我并不认为这仅是一种市场化的权宜与自我修正，张爱玲从不讳言自己是个通俗作家，然而把"通俗""媚俗"之类的名目照搬到张宇身上却有失片面。即便认定《软弱》后的作品是"媚俗"之作，这也是作家几经挣扎、抉择的结果，还原这一过程远比单纯的指摘更有意义。看张宇笔下的"人性传奇"，总想起作家钟爱的盆景。他是把"人"当成"树"来养和依傍的，这里酝酿、生长着一种念想与自我期许。人物的言行、人性的发展虽然各不相同，有的地方甚至传奇得过了头，但遵循的原则只有一个：内里的圆融与平衡。于富贵既然在"抓扒"上无人可比，那就写点他窝囊的地方。如此强、弱枝搭配、比衬后的"人性盆景"才显得生动自然。借用盆景结构的一个术语，叫"随"。包括爱的温润、恨的冷峻，也要错落、参差些才好。这种有意味的人性形式的布局、把玩，我以为是张宇将现实"小说化"的用力核心。想法固然不错，原则上也无可挑剔，但总觉得有丝丝匠气。笔下人性的转折来得太轻易、圆熟，叙述人本该有的踯躅、朴拙、疼痛及内心的热量、波澜，哪儿去了？

不要把这视为纯粹的缺点，我们碰到了张宇小说中最坚硬的部分，换个角度看亦是作家最自我的部分。《足球门》的结尾安排李丁在冲超成功后辞职，写得仓促而突兀。从作家的"小说化"思维而言，用逃跑的尾巴接续此前那个八面玲珑的李丁，能把他性格因子中硬性的果断能干的枝条软化、中和一下。然而，这是一个相当勉强的说辞。由于逃跑本身并非最佳的叙述设置，而且作者也没有把逃跑展开写，这样的结果自不能取悦读者，他们满心希望那个影绰绰的家庭三角能继续下去。如果认同上述分析，那就只剩下一种解释，逃跑是指向作者自身的，系作家生存状态和写作态度的隐喻表达。一种没有办法的结尾办法。用逃跑来维持内在及人际间的平衡，以欣赏和布局矛盾的方式来回避矛盾的解决；或者反过来，通过悬置问题（尤其是价值评判）来呈现、欣赏矛盾。

由此衍生开来，把人物当盆景来栽培，即所谓“人性的传奇”，不仅是为了“好看”或者出于小说的审美需求，它还带有自我拯救和修炼的意味，尽管有点画梅止渴、隔靴搔痒。通过对他人人性的圆融化处理来消磨火气，间接憧憬、描摹着自我统一的图景。

啥时能把自己也像个盆景似的整治整治？

二

从《软弱》到《足球门》，张宇终于觅到个稳妥、可靠的叙述位置或叫主体身份。如同栽树人，他着力于故事的架构与洞察，绝不自伤。其经验、老道和智慧，我们见识得多了，别他方面却被封闭起来。虽说也怪好看的，但就像品酒，寡淡了些。

走到这一步，亦算是对自己的一个交代和解决。张宇的智慧很周到，少的是热力和穿透劲。化用作者的一副对联，“半生劳碌半生闲，一事糊涂一事醒”，横批：“就是这”。[①] 智慧，究竟在哪里哽住了？

这种不必深究的、洒脱的写作方式，跟作家生活、身份的变化息息相关。所谓到什么山头唱什么歌，中国的小说大体如此，我们缺少为小说献身的传统。班固在《汉书·艺文志》中把小说家置于儒家、法家、道家、墨家等学派之末，释为“盖出于稗官，街谈巷语、道听涂说者之所造也”，可见对其的轻视。从中国农村走出的作家，其创作的灵感、冲动很大一部分来自乡土的记忆和教诲，沈从文如此，赵树理如此，张宇也不例外。看他早期的作品，乡村淳朴的人情（《那牛群、那草庵》）、草莽的习气（《刀客的礼物》）、贫穷苦涩的生活（《入世》《一串甜甜的泪珠》）几乎被捋个遍。倘若一辈子待在乡下做个乡间行吟诗人倒也罢了，偏偏人要往高处走，从洛宁县招工到了洛阳，又经写作成了专业作家，挣到了永久的城市户口，还客串了回县委书记、建业俱乐部董事长。身份走

---

① 安琪：《白话张宇》，载《牡丹》，2005 年第 1 期。

马灯地变换，再"提炼"地列举下：农民、工人、城里人、知识分子、官人……一个身份一个套，要立马到位，而打着乡土烙印的伦常情感、价值准则、行为方式却不能紧跟着移步换景。鲁风学城里人散步已经有模有样了，可那是从乡下人的"晒太阳"里类比、化脱来的，根子还在乡村呐（《城市逍遥》）。于是，便生出了人格分裂的痛楚与迷惘。按张宇的说法，是灵魂和外壳的冲突。他在多部作品中反复陈说："人这个单位实际上是灵魂和外壳的集体。人生有两部分组成，那就是外壳行为和灵魂行为。有时候外壳拖着灵魂行走，有时候灵魂冲动着外壳运转。在外壳主宰这个单位时，行为是平庸的，在灵魂主宰这个单位时，行为就会发生杰出的表现。"[①]（《没有孤独》）观点本身虽然毫无新意，却透露了张宇内心一个根本的郁结。它一面要在写作中得以宣泄，一面也在寻求平复、化解自身的方式。张宇笔下的人物形形色色，农民、官员、小市民、警察、商人……可大多有人格分裂的特点，这或许是自身纠结的一种映射？《疼痛与抚摸》中有处明显的表述，当李洪恩受命打死曲书仙之时，便处于外壳与灵魂的冲突中。一边是养育之恩，一边是行政命令，"他觉得他对自己打了一枪"[②]，朝自己的完整生命开枪，他分离了。这一枪使李洪恩进入了现实社会准则，成了不折不扣的无产阶级共产党员。中篇《没有孤独》（1991）的末尾，鲁杰临死前打算实施一项最伟大的科学研究。它"从探索生命的外壳和灵魂的关系开始，到任意更换或选择生命的外壳而告一段落。通过第一阶段的研究，先解决外壳问题"[③]。这应该也是张宇写作的追求与抱负吧。

以此看张宇的议论，会多一层理解。依传统的看法，在小说中频发议论是叙述的大忌，破坏了文本的含蓄不说，还免不了一面之词的单薄与强硬；也有人说这是以理性写感性，是张宇的形式创新。其实，任何文体都绝非纯粹的"装点门面"或技术考虑，它和作家的心态及精神结构对位

---

① 张宇：《没有孤独》，时代文艺出版社，2001年，第60页。

② 张宇：《疼痛与抚摸》，时代文艺出版社，2001年，第265页。

③ 张宇：《没有孤独》，时代文艺出版社，2001年，第60页。

呼应。张宇的议论中潜伏着一种不平之气。他的议论涉及面很宽，也不乏精彩的地方，却很难留下印象。掩卷沉思的结果，常常是议论的内容都忘记了，只剩下孤零零的议论动作与腔调。这在《疼痛与抚摸》中表现得最明显。感觉这个叙述人，“我”，太爱说话了！一种类似“六经注我”方式的“小说注我”，故事成了他发挥的口实，亦是必要的收束。与其说他在议论，不如说在倾诉和自言自语（别指望议论能激起什么现实的浪花，它是不及物的）。那种尖锐挣扎、步步紧逼的劲头，不正是内心郁结难以遏抑而四处出击、发泄的无意识流露吗？作者从不避讳议论的发生源：“我”，甚至经常在跟所述情节不搭界的情况下（如在陈说李洪恩在跟水月的性高潮中突然死去时）斜里发挥地谈及“我”的乡村情感、城市生活的困境，等等，也都暗暗说明了这一点。

身份的纠结，尤其是城乡身份的对立，是理解张宇小说的一个关键。从农家底层走出的作家，自打有意识起，世界在他心里便是一分为二的。长时期的城乡分治以及重工轻农、以农补工的倾斜政策，造成了农民实际地位和文化地位的低下。加上历史遗留的不合理的等级制度，常常使农民在人格上也处于一种屈辱的地位。这不能不让农民之子的张宇感到痛苦和不平。“乡村—城市”视角是张宇把握现实的切入点，也是他文学思维的基本构架。同时，写作的过程也跟作家由乡入城、证明自我的人生奋斗焊接在一起。在乡土生命体验和现代都市文明意识的冲突中，张宇一直在找一个可以融洽、契合二者的临界点。除了主体不断调整叙述身份、立场之外，小说内容——他的“人性传奇”也建立在（对立）身份的通融、解构之上，尽管未必是城市与乡村身份的照搬，但就主人公身份间的不平等及对峙的格局而言，说它们是城市与乡村关系的延伸和曲折映射，未尝不可。公检法三部曲中的警察与小偷，检察官与罪犯不必说了，《足球门》里的李刚在面对何剑南时总有点犯嘀咕：她是上级、情人、球迷，自己到底该用哪副口吻应对？不难想见，张宇在构思这类故事时的刺激和快感，他让笔下的人物以实际行动克服了他倍感痛楚的“身份纠结”，讲它们是“**身份的反动或游戏**”可能比“人性传奇”更切中要害。另外可补充一点，李刚、李丁（《表演爱情》）、于富贵（《软弱》）都是来自农村的第一代城市市民，只是对其乡村的经历和情感写得淡薄了。

读《软弱》以后的作品，有一个直觉：张宇在同城市和解。这不仅是姿态的表演，在经历了长期宣泄的写作铺垫后，和解已在心理上完成。能撇开怨尤把检察官、女老板、球迷、警长、罪犯这些城里人写得如此有人情味，说明创作主体已将其视为了同类而非对垒的一极。比较张宇90年代初写的《城市逍遥》(1990)、《枯树的诞生》(1991)、《城市垃圾》(1994)，会看得更清楚。《城市垃圾》写“我”在迁户口(从乡下迁到城区)、申请装电话以及邻里纷争中遭遇的种种窝囊事，虽然语带调侃，内里却酸辛得很。以“我”的视角看去，这是个陌生绝望的地方，所有的人都是负面的、符号化的，一群势利眼。而“我”就像那堆多余的、无人认领的“城市垃圾”，找不到自己的位置。而到了《软弱》，作家却有了明确的归属感：“在郑州生活了十多年后，我已经感到自己不再是乡下人，郑州人的意识慢慢强起来。出门在外，人家一问，我就说我是郑州人，自然而然的，连想都不想。虽然我们郑州还不是世界上最完美的城市，但是已经是我自己最热爱的城市了。”(《软弱·后记》)

从“乡下人”到“郑州人”的叙述立场的转换，连同“热爱”的情感基础，是导致张宇文风变化的关键。另一个与之呼应的构思是所谓的“艳遇”，一个来自农村在城市定居、打拼的男子，出乎意料地得到了城市女性的钟情，如李振华/于清芳(《大街温柔》)、于富贵/刘莉(《软弱》)、李丁/何剑南(《足球门》)、李刚/江珊(《检察长》)……这类情节在张宇的笔下反复出现，写得很纯、很乌托邦，至于这种情感的联系是否站得住脚，能否自圆其说，张宇似乎并不关心，他只是执著地如此写下去。我想，这绝不仅是为了通常的“好看”或“媚俗”，对作家而言，它几乎具有行动和“信仰”的意义，换言之，它恰是主体力图融入城市、与之“和解”立场的有力佐证。很多时候，“艳遇”的维系是作为既成事实甩入叙述的。没有因，只是果，就像《足球门》里李丁永远搞不懂当初身为知青的何剑南为什么会喜欢上他这样的山里娃子。在小说的帷幕拉起之际，爱已发生。这是叙述的前提，故事的边界。一个在“和解”、沟通视域中产生的小说盆景。

身份的纠结在莫衷一是的合理化叙述中得到了平衡与解答，如同张宇在《死海童话》中所感悟的：“这是一个永远不平等的世界”，那么，还冲动、愤怒个啥劲？作家有篇散文叫《与自己和平相处》（1994），题目本身便意味深长，结尾写道：“写作应该是愉快的，我不想太受罪，我想与自己和平共处。”它大体可用来描述张宇如今的写作状态。然而，这种“和解”或“和平共处”并不是写作探索中痛定思痛后的豁然开悟或境界的提升，毋宁说它是理性探索的后撤与自我保护。“软弱”不仅是笔下人物的性格特质，也渗进了叙述与构思。从对世界的质疑、否定到对世俗的照单全收，这其中多少有些犬儒式的聪明与怠惰。张宇的问题在于，之前写作中耿耿于怀的城乡身份的对立，在作家的现实生活中已得到了缓解。质言之，他已是一个“城里人”，是“城乡对峙”中既得利益的分享者。如果继续此前的怀疑和讽刺，那么将致今天的自我于何处？

在具体评价这一转型之前，不妨看看其他有过类似境遇的作家是如何选择他们的写作去路的。沈从文的《边城》是个例子。小说完成于1933年秋，这是作家最幸福的岁月。是年沈从文与追求多年的学生张兆和结婚，并当上《大公报·文艺副刊》的主编，曾口口声声自称“乡下人”的他，过起了稳定的都市中产阶级生活。《边城》算是其转型之作，沈从文出人意料地写了一个大悲剧。对此作家这样解释：“我要的，已经得到了。名誉或认可，友谊和爱情，全都到了我的身边……可是不成，我似乎还有另外一种幻想，即从个人工作上证实个人希望所能达到的传奇。我准备创造一点纯粹的诗，与生活不相粘附的诗。情感上积压下来的一点东西，家庭生活并不能完全中和它消耗它，我需要一点传奇，一种出于不巧的痛苦经验，一分从我‘过去’负责所必然发生的悲剧……这样方可使生命得到平衡。”[①] 就制造“传奇”而言，沈从文与张宇有相通之处。沈从文也试图通过写作抵达生命的“平衡”，弥合过去之我与现在之我间的裂隙。把《边城》与沈从文早期的作品相比，我们发现，作家不再刻意

① 沈从文：《水月》，收入《沈从文文集》（卷10），花城出版社，1984年，第279页。

渲染、夸大湘西的蛮力与野性，他开始构造一个城里人、乡下人都喜爱的湘西"净土"，一种摆明的"和解"策略。然而，传奇的走向却迥然不同，一个倒向对时代主流人格、软弱的认同，一个则呈现为破碎的诗意，在存在的悲哀中置放、释解自身的异化与失落。两种选择谈不上孰对孰错，但从中表露出的感悟世界的兴趣和基点却耐人寻味。我对《边城》一向有所保留，太晶莹澄澈了，便透出琢磨的意味，不大像人间的物事了。沈从文并不是一个擅长理性思维的作家（这方面张宇要强得多），但《边城》却表现出明显的超越与哲学意涵。它把翠翠的爱情悲剧化作人类生存困境的象征：成长的代价、爱情的希冀、不巧的偶然和命运在翠翠身上凝聚后，向人袭染而来，仿佛浸渍在似曾经历、体验过的不幸往事中。这种超越，跟沈从文的"不切实际"有关。《边城》写得如同一个逝去的童话，如果说普通人是在"生活"中"存在"，而沈从文却是在"梦想"中"生活"。虽然其前后的文风有所改变，但那种理想化的、在幻中求真的气质却始终如一。就此而言，他的超越不足为奇，因为叙述人本就行止在理想的国度。严格地讲，这甚至不叫超越，应该说是梦想的完善与守护、进而使之更具包容力才对。

相比而言，张宇的超越要困难得多。这跟作家生长的文化气候有关。如果说沈从文身上体现了巫楚文化中的热情浪漫与自然崇拜，那么张宇的创作则将中原文化中圆巧方便的一面发挥得淋漓尽致。确切地说，这是来自民间底层的生存意志与道家哲学中以柔克刚智慧的结晶，两相比较，其基座在生存。张宇创作对现实的贴近投入，便来源于此。他不大会外设一个理想的境界，在想象里曲折地寄寓现实的苦恼；生存的"绝对命令"逼迫他必须在此岸解决问题。对权力运作及人际关系的兴趣和洞察，便是解决的必由之路和实践操演。至于关系之外的世界，则有些无暇或无力顾及。不像路遥，张宇的现实舞蹈最终能从城乡道德的纠结与折磨中耸身而出，也得力于生存的牵掣。说得极端点，对聚焦生存的人讲，所谓善恶伦理、道德是非都是扯淡。既然不能给生存带来切实的利益，也就失去了追索的价值。

当然，张宇绝不仅是一个文化的传声筒。在题材的广泛涉猎与现代手法的娴熟运用上，这显然是个悟性很高、颇有能量的作家。然而他的悟性与能量却不足以打破心中坚固的内核：那个由底层生存经验所锻造的实利的世界观。张宇曾不止一次地试图撼动这一点，但收效不大。张宇看得很透，一切行为背后都有实利的驱动。这从他对批评者的揶揄里也看得出来：“人家不是为了把你的作家批评大起来，而是为了把人家的学问批评出来。把人家自己批评成大人物哩。”[①] 讲到底，人不为己，天诛地灭。张宇骨子里是不大相信什么崇高、浪漫与神圣的，这种思维是否是他安排李丁在《足球门》的结尾仓促逃离的原因？对自己制造的那个爱情童话，他已无法自圆其说？在致力于解决身份纠结的写作实践中，作家一直无法如其许诺的那样，“钻透形而下的洞穴”，显露“形而上的曙光”[②]。以此看《软弱》后的叙述转型，就再自然不过。那种无可无不可、和稀泥式的旁观欣赏的口吻，并不是什么“降调”或单纯的“市场化”举措，它更像本能的流露与回复。在主要矛盾——实际的生存——得到确保之后，为什么还要跟自己、跟别人过不去呢？

三

回顾张宇的创作历程，1979 年《土地的主人》让他崭露头角，其时他的作品还带有“新闻特写”“图解政治”的意味，处在创作的起步摸索期。1985 年《活鬼》的发表是个转折，小说讲述了底层农民侯七的传奇一生。他不同于逆来顺受的闰土、老通宝，自欺欺人的阿 Q，跟小二黑式的正面人物也不搭调。侯七是个“闯人物”，他信奉的原则是：“人到啥时候说啥时候的话”，“光棍不吃眼前亏，一千条、一万条，保住性命是第一条”。为生存，他可以忍辱苟且，泼皮耍刁，胆大妄为。侯七的出现，丰富和改写了中国文学对农民形象的传统书写。曾有人说，没有《活鬼》，哪来余华的《活着》？便是对《活鬼》在文学史上地位的肯定。其实，活鬼侯七的形象早在之前的金斗老汉（《桥》）、牛镢头（《鞋》）、罗

① 张宇：《与自己和平共处》，时代文艺出版社，2001 年，第 70 页。
② 张宇：《潘金莲·晒太阳》，时代文艺出版社，2001 年，第 449 页。

云山（《李子园》）身上已闪烁眉目，但并没有形成自觉。张宇写得很谨慎，小"活鬼"们只是在小说对政策的领悟以及对时代走向的主流把握、认证中充当点缀或注脚。侯七的凌厉出场是否间接得益于80年代中期文学寻根思路的鼓动，不好说；但就文学的精神而言，《活鬼》却是张宇一次不折不扣的心灵回溯与剖白。相对此前的创作，《活鬼》带有自我解嘲、反拨的况味。最明显的证据是，张宇此后对历史乃至一切宏观的东西都失了兴趣（曾几何时，这还是他写作的信仰与重点关注对象），即便在《疼痛与抚摸》这样记述家族命运、很容易上升至历史反思高度的作品中，也是如此。

刚读《足球门》的时候，曾想到茅盾的《子夜》。李丁的强悍魄力及走马灯般的活动类似吴荪甫，而他经营的大河亦是一家民营企业投资的足球俱乐部，其运作革新牵涉到社会的各个阶层和利益集团。本以为作者会把足球作为切入点，写一部当代中国民企的传奇，结果格局却远未展开，怎么看都像是《晒太阳》的翻版。虽然方方面面也涉及了不少，什么黑道、球迷、公安局的盘剥等，其中不乏独到的见解，但总体还是个华丽的"毛坯"。如果不是那个家庭"△"的钢筋撑着，真有散架的危险。有人说，《足球门》是张宇的另类述职报告，一些细节是在解释当初的难言之隐，对象是建业集团的胡葆森董事长。[①] 虽然刻薄了些，似乎也不无道理。李丁形象写得太干净，太紧巴，这恐怕不是单纯的"小说化"所能解释的。事实上，除了明知的虚构之外，很难把《足球门》当成纯粹的小说去读，它给人的感觉和兴味更像一本综合类的读物，兼有小说、报告文学、职场指南、足坛揭秘等诸多意味。什么都有一点，什么又都不是。这种浑然、"杂交"或许正是文学在边缘化后增强自我生命力的一种出路？就小说来讲，整部作品的构思与追求如同主人公李丁，有些中规中矩。张宇似乎全然卸掉了"思想""探索"之类的"包袱"（或"抱负"？），他无意探讨社会、历史变迁的"必然"或"应然"，就像小说以"偶然"（第一章的章名）开始，以"虽然"（末章名）结束所暗示的，作家只是将历史拉来

① 马国兴：《〈足球门〉：我的看法，张宇的看法》，http://book.douban.com/review/3272375/。

作背景，用以构造一个具体的情境，而人在其中的情绪反应、对策，特别是那种不变应万变的态度，才是他津津乐道的地方。

显然，这种思维方式与侯七一脉相承。侯七最大的优点便是活在当下，绝不胡思乱想。在侯七和张宇之间，存在不少交叉叠合的部分：生于豫西农村，争强好胜，机智聪颖；在人生的走向上，都呈现向上的趋势。记得周作人在一篇文章中曾说，他心中有两个鬼，“其一是绅士鬼，其二是流氓鬼”[①]，好听些叫“叛徒与隐士”。侯七与张宇的关系，与之类似。可以说，侯七就是张宇心中的“叛徒与流氓”，一个让他欲罢不能的人格投影。张宇有句话一直挂在嘴边，“都说我狡猾，试问我的狡猾真正伤害谁了？我只是用在了生活中的‘逃跑’上。我绝不和一切游戏规则对抗，那样太傻了。人最重要的，是牢记自己要做什么”[②]。听了总想笑，感觉倘若侯七在世，他的辩白当与此无异。真是越说越侯七了。

都注意到侯七作为农民形象的特殊性，却少有人体察创作侯七对张宇自身的意义。对这个来自底层、亦正亦邪的主儿，张宇的态度相当暧昧，从流水账式的、源源道来的笔法中能感受到作者的慎重：他力图把侯七作为自在的整体呈现出来，不掺和个人意见。然而仔细推究，似乎还是喜爱的成分居多。否则他不会让侯七左右逢源，这客观上有助于肯定侯七的滑头精明。一般说来，人总渴望成功，对凭个人机智打开一方局面的人多少会生些敬意。倘若“精神胜利法”可以让阿Q兜得转的话，恐怕他也不会成为愚昧的代名词了。侯七能历经劫难而不倒，除了其机灵之外，还要多亏作者赐给他的“幸运”。比如他在“文革”中能让揪斗他的造反派给他记工分，着实匪夷所思。说到底还是侯七命好，碰上一帮罕见的呆子造反派，否则一顿痛打，看他还敢不敢讨价还价？作者在构思侯七的一生时，设定了一个严格的底线：侯七的算计只用于自保而不伤及他人。在反右中被朋友王建出卖了，侯七不仅不回击，反为对方开脱，仗义

---

① 周作人：《两个鬼》，载《语丝》91期，1926年8月9日。

② 彭淑：《“活鬼”张宇》，载《南方人物周刊》，2010年第5期。

得有点过头，像是金庸笔下的韦小宝了。把它跟行文中的喜剧化倾向和去棱角的叙述语调一并考虑在内，不难发觉，一个关键的问题被淡化或回避了：侯七性格中潜在的消极影响与破坏力在哪里？正是这有意无意的回避，泄露了张宇对侯七的"感情"。

我以为，侯七是作为一种"理想"被塑造出的。一方面，侯七的存身之道昭示了一条出人头地的道路，对来自底层又没有任何背景的人来说，这是颇具感召与诱惑的"样板"；另一方面，也是最重要的，虽然侯七的形象有畸形、扭曲之嫌，但他活得怡然自得。当一个人全然以生存作为人生的鹄的，不管别人的看法，把荣誉、面子、尊严等统统丢边，身份纠缠的烦恼也就自然消灭了。张宇在侯七的智慧中是否看到了解决自身纠结的"希望"呢？《活鬼》开头有段引言："漫漫长长一生，飘飘零零一世；明明白白是一个人，又似似乎乎像一个'鬼'。荒唐之中说荒唐，且又阴差阳错。人乎？鬼乎？鬼乎？人乎？"语气中颇有些悲怆的味道，它跟正文的笃定洒脱形成了对照。看来张宇终究不能克制对侯七的评判，"是人？是鬼？"的疑问中已可见出后来外壳/灵魂的思考模式，它表明张宇无法完全认同侯七的生存方式，但侯七的生存伦理作为巨大的情感牵系及思维惯性则保留在作家的意识之中。《软弱》之后那平实求稳、自娱娱人的叙述，便有"侯七复萌"的意味。功利主义的生存至上很容易"进化"为价值模糊的犬儒智慧，虚无悲观的世界观与利己主义是二者思想的共同基础。

当生存尚处于困境时，侯七可以左冲右突、奋斗进取，而一旦现实生活指标达到一定的程度，侯七式的生存伦理则容易滑向自我封闭和怠惰，成为社会进步的无形阻力。无论侯七，还是后来的于富贵、李刚、李丁，都缺少批判性的自我审视与反思，"天生玻璃球"的聪明是对外的，对自己却换作了"毛玻璃"，停留在合理化解释的层面。这才是"软弱"的实质。生存成了一块巨大坚硬、无法穿透的石头，把所有的升华与形而上的追溯都反弹回来。

《活鬼》之后，张宇创作了一大批官场小说，在杨润生（《晒太阳》）、魏少文（《国公墓》）、宋书记（《瓷砖》）等人的身上，我们能感受到"活鬼”的幽灵，仿佛一群身穿官服的侯七在游荡起舞。张宇在此揭示了侯七式的农民文化心态与中国社会政治之间千丝万缕的联系。另外，张宇还写了一批回忆乡土及城市漂泊题材的作品。他试图超越侯七式的生存哲学，在别他方面寻求统一身份的依托，结果找到了两种方式：一是类似传统文人逃避现实、独善其身的雅趣爱好，如《城市逍遥》(1990)、《枯树的诞生》(1991)里鲁风、“我”对盆景的钟情和沉醉。鲁风正是在盆景艺术中找到了乡村生活的记忆与情致，接通了城市生活与乡村的脉络，完成了自我境界的升华。与之相类的还有《自杀叙述》(1992)里张老大对象棋的忠诚，《没有孤独》(1991)中命运多舛的鲁杰对科学研究的纯粹“态度”。在专业、爱好之外，他们唯唯诺诺，犹如行尸走肉，而一旦涉及象棋和科学，他们则任性自尊，完全进入了灵魂悠游的境界。获取身份统一的另一方法是复活乡土伦理，《乡村情感》(1990)是突出的代表。作者以动情而略嫌夸张的笔触叙述了麦生伯和“我”爹之间的生死之谊，他们在解放战争和剿匪斗争中曾立下大功，后来却自愿辞官返乡。这两个土生土长的庄稼户，足以作世人的表率。如同文末所暗示的：“也许城市感情的溪水是从乡村流过来的，乡村情感是城市感情的源头。”

从圆滑精明的世俗能人侯七到讲求精神自主的鲁风、麦生伯，我们能感受到张宇的超越和探索。说来似乎有些悖论，张宇用来反拨侯七智慧的方式恰恰透出“活鬼”的思维特点。无论是鲁风对境界的讲求，还是麦生伯对乡土的皈依，都隶属于个人解脱的范畴，显得实而传统。虽然有了灵魂的思考，但最终没有发展起类似集体、宗教、宇宙式的博大关怀与信仰。灵魂的认证说明“生命并不是只有一次”(《没有孤独》)，还是不能脱开自己“活”的执著与希望。试问，如果鲁杰生命外壳学真的取得了成果，是不是意味着要永远去获取一个有利、高贵的“外壳”？那侯七的智慧又派上用场了。最具探索意味的《疼痛与抚摸》也没有彻底拓开上述思考的格局，曾惹来争议的“渴望强奸”便是务实思维的产物。水家三代女子的爱情，作为统一人格的理想灵性的生存方式，虽然轰轰烈烈，但背后却潜藏着身体“渴望强奸”的现实需求和辎重。这就是张宇，他的深刻与升华相互抵牾，对生活愈是投入和理解，想象和升华的翅膀便愈是沉重。

之后便有了《软弱》与《足球门》的"表演"……张宇的创作至此可连成一片了。

四

有个问题如鲠在喉：生存真的是无可置疑、无法勘破的正当理由或事实吗？张宇没有正面回答它，但他在多篇小说中写到生存的反面——死亡，几乎到了迷恋的程度。其中两篇很有意思，它们都写于1987年。《开玩笑》是中篇《糊涂》中一个独立章节，素以快乐王之称的张二虎亲自给朋友和家人发出了自己的死亡通知，谁都以为这仅是个玩笑，不承想张二虎却准时自杀了。我以为在张二虎的死亡中，是隐含着张宇对侯七式生存伦理的正面抵制的：既然人可以主动结束自己的生命，那么生存就不再是"绝对命令"了；人，并不必然就是生存的奴隶。可惜这一点写得相当隐晦。"玩笑"的命名不仅表现了他人对张二虎的隔膜与误解，也显示了张宇内心的游移与软弱：他找不到一个扎实的理由来支撑自己对生存伦理的质疑，只好含糊地以"玩笑"代过。这很像《足球门》结尾的"逃跑"。本来就要逼近内心的搅动和抗争了，却又轻描淡写地划过。他无法为自己的形而上的探索和抗争找一个形而下的妥帖丰满的情节或逻辑形式，张宇创作的悲剧性就在于此。倘若作家在文本中能以"元小说"的形式适当披露一下这种构思及创作中的无力和苦楚，作品可能会更有力度些。另一篇值得一提的是《河洛人》中的《玩鸟》，伏牛山区盛行斗鸟，郭晓栓是养斗鸟的能手，有鸟王之称，但最后鸟王却被自养的鸟啄死了。又是一个死亡事件！小说写得像民间传说，主旨杳深难测。把它跟《城市逍遥》之类的作品放在一起看，《玩鸟》中是否含有对在雅趣爱好中寻求身份统一的怀疑绝望呢？郭晓栓死后变成了鸟，人们都想抓住这只由鸟王变成的斗鸟，这对郭晓栓生前以生命投入的养鸟行为构成了莫大的讥讽。一切又都回到了实利性的测度与审视中。

《开玩笑》《玩鸟》写在《城市逍遥》《乡村情感》等作品之前，我们发现，张宇对生存伦理的质疑并没有深入下去，而是走向了以《足球门》

为代表的相对轻松的叙述。其中的原因既有文本内的思维惯性，亦有现实生活的影响。老实说，张宇在写作中出现的“问题”已超出文学的范畴，它涉及人性的弱点，你我概莫能外的。就像他笔下的经典人物侯七，已绝非个案，而成为我们民族灵魂的一部分。这种彼此的勾连、牵涉也让对张宇的批评“如履薄冰”。可以肯定的是，《玩鸟》等小说的存在，表明张宇的创作潜能并没有完全释放出来，他的转型也远没有结束……

第八章　李佩甫：卑贱的神圣之旅

提及“文学豫军”，李佩甫是一个无法绕过的人物。这不仅仅是由于他那斐人的创作成就：长篇小说《李氏家族》《金屋》《羊的门》《城的灯》，中篇小说《黑蜻蜓》《无边无际的早晨》《红蚂蚱·绿蚂蚱》《豌豆偷树》《败节草》，等等，都在国内引起了强烈反响，曾先后获全国“庄重文文学奖”“飞天奖”等20余种文学奖项，部分作品译介海外；更为重要的是，李佩甫一直致力于中原人格的开掘和塑造。因此从地域写作与命名的角度来讲，李佩甫应该是属于正宗、“双料”的“文学豫军”的，即河南人写河南人。

一

所谓“一方水土养一方人”，李佩甫显然坚信这一点。他在土地和人性之间“穿针引线”，寻求内在的关联和呼应。一个目光深邃、百折不挠的“人性植物学家”。他按照植物的形象来培育和构想人的特质，就像败节草对李金魁的生命启示（《李氏家族》），以及会跑的桐树促成了冯家昌的精神早熟一样（《城的灯》）一样。这种情节设置在我看来，绝非灵机一动的偶然，而是出自一种结构[①]的深思熟虑，包括对土壤和人心两方面。此种结构的欲望和智慧在《羊的门》中达到了顶峰。“绵羊地”便是主体对豫中平原乡土世界地理特征的领悟与概括——“一块无骨的平原……可这里有气”，“它会使人不知不觉地陷进去，化入一种灰青色的氛围

① 此处的“结构”作动词解，与“解构”相对。

里”[①]——而呼天成这个“东方教主”的形象则是这土地上结出的“硕果”。过于峻急的笔法使他在承受诸多性格赋予的同时亦尖锐成了一个象征符号，我们从中能感受到一种企图把天地人三材收拢于胸、一视同仁的眼光和气魄。纵观李佩甫的小说，似乎都流露着这样的潜台词：每个人的根底都是一株植物，一棵草。木讷和欲望，高贵与卑贱就这样被拧在了一处。且惟其卑贱得彻底，才透显高贵的亮色。

> 我就是门。凡从我进来的，必然得救，并且出入得草吃。盗贼来，无非要偷盗、杀害、毁坏。我来了，是要叫羊得生命，并且得的更丰盛。——摘自《圣经·新约·约翰福音10》

> 我无处可去；我无处不在……——摘自《未来书》

> 那城内不用日月光照，因为神的荣耀光照，又有羔羊为城的灯……凡不洁净的、并那行可憎与虚谎之事的，总不得进那城。只有名字写在羔羊生命册上的才进得去。
>
> ——摘自《新约·启示录》

以上三段分别引自李佩甫的三部长篇的题记，它们是《羊的门》（1999）[②]、《城市白皮书》（2001）、《城的灯》（2003）。小说以宗教经典中的句子作为题记并不稀奇，但连续三部长篇皆是如此便值得回味了。这是不是主体一个有意无意的“着力点”？如果是的话，他的目的又何在呢？不妨具体地看一下，所截取的段落除了与内容和标题有所映照外，[③]

---

① 李佩甫：《羊的门》，华夏出版社，1999年，第20、2页。

② 括号中的数字为出版的年份，下同。

③ 对于“城的灯”这个题目，李佩甫曾说：“我整整想了一年而不得，夜不能寐啊！后来，就在稿子将要杀青的时候，我才‘借’到了一个题目。”它和《羊的门》一样，也是来自《圣经》里的一句话。而《城市白皮书》的题记中所引的话暗指了小说的叙述者，“我”——那个具有特异功能的女孩，她能随时随地看到、听到、闻到她所熟悉的人的信息，并且洞穿他们的心思。

更重要的（亦是共通的）效果在于，题记给小说罩上了一层“圣谕”的色彩。由于它们均来自至高无上的宗教典籍，由此达到、或者说召唤起一种肃然起敬的感觉应该是不言自明的。但这并不意味着主体已然皈依了基督，就小说的内容来考察，它们明显不是宗教小说，尽管其中含蓄着追索精神救赎的情绪；主体想要的似乎就是那种神圣的渲染和依托，仅此而已。如果细品的话，还能体味出一丝超拔的内涵：他希望他的小说，连同其中的人物不仅是作为单纯的故事或者形象被接受的，在宗教的牵引下，它们也具有了某种普适的禀赋。

种种迹象表明，李佩甫的写作中是带有神性[①]因素的支撑的。除了取材的神秘化（如《金屋》），故事的寓言倾向及浓重的象征意蕴外（像《李氏家族》），一个最感性、直接的证据便是：当我们试图像以往的评论通常所做的那样，从思想内涵的角度切入李佩甫时，却发现他的思想都明明白白地写在小说中了，或通过人物之口，或通过叙述人之言。（《羊的门》中大量涉及土地的议论以及人物关于中原人格的争论与表白，便是突出的例子。）然而，这种略嫌危险的直露风格并没有破坏我们的阅读胃口，相反，它让我们怦然心动。这靠的就是那“神气”的力量。就像我们读《圣经》不会觉得其直白、简陋一样，这里的坦然亦有着类似的庄严本色，而最感动我们的也正是这一点。现举一例，《羊的门》里有一段，呼国庆自食其言，离婚未果。就此，他向情人谢丽娟辩白时说道：“你可以轻看我，但不要轻看这里的男人。……不错，在这里，生命辐射力的大小是靠权力来界定的。这对于男人来说，尤其如此。这里人不活钱，或者说不仅仅是活钱，这里生长的是一种念想，或者说是精神。这是一棵精神之树。气顶出去就是这样一种东西。渴望权力是一种反奴役状态。”[②]这话不仅让谢丽娟泪流满面，也让我们体验到了震撼的感觉。你可以说其中有作秀

---

① 这里的“神性”是一个宽泛的概念，并非单纯、狭隘的宗教情感。它是一种对审美体验的描述，除了有神话、神秘的意味外，在一定程度上类似美学上的“崇高”概念；同时，它又是和主体的建构紧密联系在一起的，作动词用，一种形而上的提升、统一与抽象。这在下文会有明确的说明。

② 李佩甫：《羊的门》，华夏出版社，1999 年，第 207 页。

的成分，但绝非单纯系个人的面子与自尊，而是对生命及其存在法则的尊重和敬畏。这，就是神性。用李佩甫的话来说：“所谓神性，是一种创造性，是一种生命再现形式。”[①] 任何人，包括出身卑微的，品质龌龊的，都有他不可轻慢、不可侮的根基与气质。就像豫中平原上遍布的花草植被，植物要争取阳光、水分，人则追求、向往权力，这是一个道理，无非想给自己创造一个好的生存环境。很难想象，如果去除了这种对于存在合理性的辩护，《羊的门》还剩下什么？呼天成这个形象还有什么意义？一场波谲云诡的官场斗争，一个老奸巨猾的中原农民么？结果很可能就是如此。但实际的情况要远比它深沉和凝重，这不能不归功于神性的赋予。它提升了小说的品质，让人物回归孕育他的土壤。它有一种力挽狂澜的作用，而主体也就在这升华与返璞归真同时并举的运动中现身了。假若承认这也是一种理性的批判而并非对批判的干扰的话，那么主体的功能就在于从凡俗中提炼神奇，在琐碎里发掘、倾听自然与大地的声音。而在走向生命原生态，发掘对象中的神性因素时，主体亦体验到了崇高、庄严的神圣感，它作为一种朦胧、诱人的形象感召和约束原则，被主体不自觉地纳入了自身建构的范畴。换句话说，生存原则或曰土地哲学在此化作了和《圣经》一样的东西，一种内在、虔诚的基调，它让主体的批判（叙述）带上了神性的气质。

我不知道一般读者对于呼天成的印象是怎样的，但无疑，这是一个“主”的形象。尽管他扼杀了村民的精神自由，但的确是他，用肩膀撑起了呼家堡这一方“净土”。主体在批判呼天成负面因素的同时，亦默认、强化了某种统治（神性）的序列。秀丫的甘愿献身便是一例。这个被呼天成捡来的女人，为了呼天成，除了长期忍受肉体和精神的煎熬外，晚年还做出了一件惊人之举：把美貌的女儿作为“礼物”送给他；如果说

① 李佩甫等：《对话：文学与人的神话》，载《莽原》，1996年第3期。由此话不难看出，李佩甫是把“神性”和创作本身联系在一起的，一种主体的内在感受和自我制约。也正是在这个意义上，我在下文把“神性”纳入了主体建构的范畴。就神性，李佩甫还说道：“只有生命的再生（再创造）才具有神性意识”，所以他“试图走向‘生命本质’”，反映生命的原生态。

这只是一个（设计的）个案，那么广大村民的行为更能说明问题。他们对呼天成是顶礼膜拜的。在呼天成重病期间，大家伙忧心忡忡："如果呼伯有个三长两短，他们怎么活呢？"[①] 听说呼天成想听狗叫，一时间又找不来狗，村民们便跪下来一起学狗叫，一片震耳欲聋的狗吠……种种事例均在表明和促成呼天成那"精神之父"的地位，而他周围的人则沦为天生的臣子和奴仆。就小说作为艺术作品而言，这是纪实，或者说含有纪实的成分，现实的影子，但更多的是一种虚构和想象的"创造"（李佩甫语）。在我看来，或可谓之"神性的冲动与提炼"。试想，呼天成和耶稣之间有多大的区别呢？耶稣为人类献出了生命，而呼天成也为呼家堡奉献了一生，且牺牲了自己的性欲；呼天成剥夺了孙布袋的"脸面"，造成对方精神的压抑，但反过来说，人类在上帝面前又何曾要过脸呢？对此，为什么我们就不说上帝在控制人类、压迫人类呢？如果承认这种类比的合理性，那么，就不难发觉，一个巨大的"审父"结构[②] 贯穿了《羊的门》。所有的批判都建立在对"父亲"这一人伦结构承认的基础上，就像宗教建立在人类对上帝权威的认可与需求之上一样。这是神性写作最大的特点。与鲁迅的"国民性批判"不同，鲁迅的揭露是不达痛处誓不罢手的。人性的黑暗作为批判最终的归宿，没有指明出路便是出路所在。而神性的批判是有所保留的，它在批判的同时亦在寻找精神的寄托。破，即是立。就呼天成来看，虽然他身上存在专制、变态等诸多缺陷，但不可否认地，他以他的行为成就了一个英雄的神话和寓言。这也是主体曲折的追求所在，排斥和批判的过程也是在抚摸、创造自己的依偎。其间多少是有些自恋意味的。在呼天成那呼风唤雨、无所不能的人性塑造中，主体显示了他神话思维里那独特的圆满模式：一个"草民"经过自我磨砺，变成了英雄，一个跟上帝类似的人物。这种创世纪般的快感，一般的写作是难于体会的。回到李佩甫对神性的定义："一种创造性，一种生命再现形式"，其间那隐幽、难言的感觉（内涵）恐怕也正在于那从无到

---

① 李佩甫：《羊的门》，华夏出版社，1999 年，第 432 页。

② 这种"审父"结构事实上早在《李氏家族》里就已出现，《羊的门》只是将其延续并放大了。

有、化腐朽为神奇、变卑微为高贵的造物冲动吧。在此，呼天成身上的神性因素，主体创造的神圣情感交织在一起，究竟孰先孰后，谁为肇始、引发者，已很难分清了。

二

须说明的是，这种神性写作不是一蹴而就的；主体走到这一步，经历了一个阵痛、微妙的自我斗争的过程。就李佩甫的写作历程来看，神性中有天性使然的部分，它反映了一个乡土作家在处理记忆和情感时的本能，包括价值取向、批判立场等等。不妨回顾一下，李佩甫走上文坛并受人瞩目是从一批清新的乡土作品开始的。《红蚂蚱·绿蚂蚱》《郏魂》《乡村蒙太奇》《豌豆偷树》《画匠王》等，是其中的代表。小说均以故乡的生活为题材，整体的感觉是碎。人物进进出出，频繁更换，却终究不致散乱。作品在回忆中展开，一个长长的广角镜头。显然，故事并非叙述的重点，它只是主体记忆的片段，东一片、西一片地扯了来，揉在一起。完整有序是谈不上的，但拼凑起来也有些村落的气派和规模；人物亦不是重点，因为典型性和笔墨的专注度不够。在批判的力度方面，这些作品及不上李佩甫后来的小说。它们缺少穿透力，有些敷衍和马虎，但小说的特色也正在于此，一种散文化的含混与圆融。与其说主体在刻画人物，不如说他在捕捉某种感觉，整理某种心绪。就此，我们不难看出，那是对于土地和故乡的情感，一种无条件地亲近之、奔赴之的欲望主宰了小说的灵魂。从这个意义上讲，土地是这些作品真正的主人公，就像萧红的《呼兰河传》最终写的是故乡呼兰河镇一样，在相似的散文结构中，容纳着相通的土地意识。最能证明这一点的是李佩甫那活色生香的语言。主体仿佛是一个感觉主义者，他能看见、听见、感觉到、尝到大地的各种色彩、歌声、质地与芬芳。昆虫、作物连同人的声音和气味混在一起，经由主体那特殊的讲述方式，被赋予了全新、幻想的色泽与色调，从而引发人们对大地的亲情与渴望。而在讲述的过程中，主体也恍然变成了大地之子，沉入土地的怀抱，接受它的抚摸与亲昵。

与土地相比，人是孤单、弱小的。以《郏魂》为例，无论是骂声脆响的二奶奶，滚刀子贱嘴的王小丢，怕老婆的麻五，还是卖了一辈子响棒槌却只攒了一块六毛钱的老德，都不具备统摄全篇的能力；是村庄、土地的气息把他们笼在了一起。“土地是很宽厚的，给人吃，给人住，给人践踏。承担着生命，同时又承担死亡。土地又是很沉默的，从未抗拒过人的暴力，却一次一次地给人儆戒。”[①] 这是李佩甫对土地由衷的赞叹。事实上，土地虽然沉默，却孕育了喧腾的生命，连人性亦是土地赋予的。所有的人都活得像株植物（一种主体处理的效果），蒙着灰尘，虽然粗糙了些，却透着自在与活力。他们是大地的触须和筋络，写人亦是在呈现大地，和大地对话。由此，我们便能理解主体那批判的“马虎”了。为什么他对人物身上出现的“劣根性”点到辄止，不再深挖细究了。说到底，这所谓的“劣根性”对于广袤的大地来说，又算什么呢？人有什么权力去指责大地？既然他自己的生命也是土地给予的。在这种心态下，主体的批判不由自主地柔和了。像村民集体偷袭保松的苹果园，逼得保松悬梁自尽的情节（《乡村蒙太奇》）只是一个闪过的阴影，它显然没有激发起主体足够的批判兴奋；主体大部分的精力都用来开掘美好、淳朴的乡土人情了。诸如以身殉职的乡村教师王文英（《豌豆偷树》），代夫还债的坚强的村妇红叶（《画匠王》）等，完全是对人性善的讴歌和赞美。这种心理（批判）倾向在《红蚂蚱·绿蚂蚱》里表现得最明显。它写的是“文革”时期人们的生产和生活。类似的题材如果放在别的豫籍作家手里，一般都会着重反映农村宗法统治的黑暗，“官本位”思想的残酷，但李佩甫却恰恰相反，他写的是当官皆为民做主，一村一姓一家人。在《红蚂蚱·绿蚂蚱》里充满了亲情和天伦之乐。“在住着姥姥的村子里吃饭，是不用打饭钱的。随你走进哪家院子，叫声老舅，便有汉子亲亲地迎出来，骂声鳖儿，不消你再说，一准儿有好东西管你吃。”[②] 这里，人与人之间相濡以沫，同舟共济。大家不为争权夺势而为如何把村子搞好、

---

① 李佩甫：《在“瞎话儿”中长大》，载《中篇小说选刊》，1989 年第 4 期。

② 李佩甫：《无边无际的早晨——李佩甫中短篇小说自选集》，华夏出版社，1997 年，第 192 页。

填饱肚子而奋斗。队长舅亲自从仓房里偷了红薯，送给有“帽子”的、家里揭不开锅的文斗舅；而在选“坏分子”的事上，大家也很给队长舅面子，争着去当“坏分子”，只要给加工分就行了。于是，在灾难的岁月里，村里却像个“世外桃源”，有着安定、自足的人际关系。一片童真的大地就这样呈现出来。

我们看到，对于土地的虔敬虽然在一定程度上阻碍了主体用现代意识批判生活时本应达到的深度，但也给予了他批判的独特眼光，使他能够言人所未言，一种宽容的发现与弹性。我认为，这正是李佩甫神性写作的起源。换句话说，豫籍作家身上普遍存在的恋土情结（或曰村庄情结）某种程度上成了酝酿李佩甫神性冲动的胚胎。在此，土地已不再是那个可以耕作的、具体的、工具式的大地，而衍变成了“精神家园”的代名词。它作为某种无法穿透（确切说是不愿穿透）的部分驻留在主体批判的视野。或者说，主体也试图批判它，但批判的策略变了，从审视的剖析转为宁和的贴近。这和前文所讲的神性写作中那破立结合、有所保留的批判已然很接近了。而神性，最终作为一种形而上的肯定，使得土地、村庄摆脱了惯常有的自卑以及妄自菲薄的负面情绪，能够堂堂正正地展示自身。从形而下的对淳朴民风的描述，到对人类生存中的神性展示，可谓是李佩甫对恋土情结的一种超越。

三

必须说明的是，尽管恋土和神性之间的距离很近，但它并不意味着从前者能够直接推导出后者，这中间还需要某种契合于作家心灵的催化剂。否则，有着恋土情结的豫籍作家便都走上神性写作的道路了。而就李佩甫而言，如果只是停留在单纯的恋土上，他也就只能写写那些诸如《郬魂》之类的乡土咏唱的作品，但事实并非如此。我们看到，就在与《红蚂蚱·绿蚂蚱》等小说推出的几乎同一段时间，李佩甫又发表了《田园》《无边无际的早晨》《送你一朵苦楝花》等一系列在精神内蕴上与前类作品迥然不同的小说。如果说前者表露了主体义无反顾地走向大地的情愫，那么后者的态度就暧昧多了。出现了一群土地的叛逆者，杨金定、李治国、梅妞……其行为愈演愈烈。一种逃离土地的欲望像一棵毒草，曲折而蓬勃地生长起来。由是，光滑、圣洁的土地情结的表面开始出现裂痕，主体陷入了精神危机。说来也怪，这个一心想成为大地之子的人却流露出了对土地深刻的怀疑。如果用一句话来表示这怀疑，那便是：既然土地是伟大的，为什么你留不住你的儿女？从某种意义上讲，这也是作家对自我尴尬处境的追问：一个身居城市的乡土作家（双重身份），歌咏土地却又远离土地，这是作秀，还是真诚？我认为，正是这痛苦的自我质询激发了李佩甫的神性写作。简单地说，一方面，主体试图维护土地精神家园的地位，另一方面，他要给叛逆者的举动以及自我的双重身份寻找合理性的解释而不纯粹是道德的评判。于是，神性便被“逼迫”了出来。在神性的写作里，生存原则被当作旗帜祭起，每个人都有权选择自己的生存轨迹，这是无罪的；同时，土地的包容力和解释性亦大大地得到强化：土地不仅孕育忠诚，同时也滋生着它的叛逆。所有的人性都能在土壤里找到它的种子，它的根。我们在阅读《羊的门》时所感受到的襟怀坦荡的磁性口吻和主体魅力，其底气和原因也正在于此。

然而，在写作《田园》之类的作品时，主体显然没有找到这种底气，他只是借助主人公之口表达着一种自我撕裂式的疑问。杨金定为什么一定要离开土地？既然乡民对他如此看重和厚爱，这个村里的研究生、秀才怎么就不懂得知恩图报呢（《田园》）？对此，主体并没有直接在小说中给出答案。他只是在结尾处让杨金定“膝盖一软，扑咚一声跪了下来……扑在地上重重地磕了三个头”！（这是在请求土地对于叛逆者的宽恕么？）一句由衷的“乡人哪，乡人”！（在此，主体内心的战栗和主人公的感激与忏悔交织在一起了。）“望着生他养他的热土，望着再次给予他生命的田野、河流、村庄”，杨金定“无话可说，只有一行行热泪……而后，他转身走去”。在黑夜之中，他甚至“加快了脚步”。这毅然决然的离去让人心情沉重，也让主体陷入了茫然。尽管他没有对杨金定的行为作出解释，但就情节的设置来看，促发主人公离去的直接事件是村中的长辈七爷请他去吃“头块肉”。“那头块方肉，一向是德高望重，给村人们办过大事出过大力的人才有资格吃的。他有什么资格吃头块肉呢？”“当豌豆把头块方肉挑到木桌上时”，杨金定“忽然抖动起来了，浑身像筛糠似的抖。就在这一瞬间，他明白了，他终究是要走的。他该走了。这一步也许就不再回来了……”[①]可见，正是“吃头块肉”这莫高的“尊崇与荣耀”形成了“最后一棵稻草”，压垮了主人公的心灵防线。它让人想起一句俗话：娘家虽好，终非久留之地。在此，主体似乎是在为主人公的离去辩解：这难道是杨金定的错吗？他明明是想留下来扎根的呀！但主体也不想责怪土地，虽然他的确从土地所给予的“好”中品味出了某种期待的压迫，就像杨金定感受到心理压力一样。莫非，土地千辛万苦培养出了她的优秀儿女，就是为了把他们送到远方？这是真的，还是土地叛逆者的自我安慰？

这种困惑在《无边无际的早晨》里以一种更为尖锐的形式表露出来。当李治国这个在大李庄村吃百家饭长大的孤儿成为乡长、县长之后，非但没有报答乡亲，反而以侵害村民的利益作为自己高升的垫脚石时，主体再也无法在叛逆和土地之间寻求调和了。尽管土地与乡民这边依旧是宽容的，甚至有些逆来顺受，不仅纵容了李治国幼时的骄横，还纵容、配合其长大后的对己的欺凌——这里似乎有一丝埋怨与慨叹，但整体说来没有奴性批判的意味。我们感到，主体在微妙的摇摆后，仍把仰仗的重心放在了土地上——但李治国这边却陷入了永无止境的良心拷问：“乡亲们待你恩重如山，你怎么能下得手哪？你欠下了那么多的人情债，你该还的，可你没有还。你也知道无法偿还。那就该好好地待他们，好好给他们讲道理。再不行就给他们磕头，从村东磕到村西……可是，你却变本加厉地对待乡人，你吓唬他们，威逼他们，断人家的香火，你是有罪的呀，你罪上加罪！”小说的结尾，留下了一连串的问号：“你是谁？生在何处？长在何处？你要到哪里去？……”[②]我以为，这不仅是李治国的内心迷惘，也透露了主体对自己现实处境与身份的迷失。说得重一点，是对城市里

---

① 李佩甫：《田园》，收入《无边无际的早晨——李佩甫中短篇小说自选集》，华夏出版社，1997 年，第 378 页。

② 李佩甫：《无边无际的早晨》，同上书，第 39、56 页。

的乡土写作，这一行为本身诚信度的质疑。[①]李佩甫是真实的，我指他的迷失、质疑，包括他对城市的偏激与误解（这从李治国和他的妻子——一个城里人——间的关系中可见一斑）。这种纠结的真实通过主人公内心剖白的形式释放出来，使我们得以窥见主体灵魂的抽搐。（这多少有些失控的表达在李佩甫后期的作品里基本找不到了，取而代之的是一种冷峻与庄严。即使在描写与李治国类似的人物——如《城的灯》里的冯家昌——以及类似的心理时，也同样如此。我认为这是和作家当时的思想状态密切相关的。就李佩甫而言，他一直试图通过写作来梳理自己的心绪思想、苦恼疑问。这使得他在塑造人物时，往往不自觉地投射了自己的影子。由此来看李治国的内心独白，我们发现，虽然主人公独白的内容与主体真正所想的可能并不完全相干，但那矛盾重重的、煎熬的语调却是伪饰不来的。而李佩甫后期的作品之所以变换了“腔调”，是因为那时主体已找到了平衡自我、叛逆与土地关系的方式，即通过前文所谓之的“神性的赋予”。）值得注意的是，在李治国的内心拷问中，他自诩为“游魂，一个断了根的游魂”，“不错，你得到了乡长的职位。可你却失去了最要紧的东西，你切断了你的根。你再也无脸回大李庄了，再也无颜见乡亲父老了”[②]。这实际上是在以否定的方式承认和强调着土地的地位，它也暗暗回答了小说结尾的提问（“你是谁？生在何处？长在何处？你要到哪里去？”），尽管是以一种破裂、绝望的态度，在土地与人（叛逆者）之间。

在李佩甫早期的作品中，描写叛逆的作品（或曰以叛逆为主题的作品）并不多。仿佛被视作了某种不和谐的因子，主体一直试图将其压制下去。《豌豆偷树》《郜魂》之类的作品便可看作主体的一种自我说服

---

① 李佩甫在小说《送你一朵苦楝花》中以梅妞哥哥的口吻给叛离土地的梅妞写了一封长信，其中有一句话：“他（系梅妞哥哥的自指）思念他的小妹，却不知他的小妹身在何处。他知道，这种‘对话’是很做作的。”对李佩甫而言，这话很有些自我比况的意味。远离乡土（身居城市）的乡土写作就像此处的“哥哥”给不知所终的“小妹”写信一样，很容易陷入“做作”，一种真诚的作伪，或曰作伪的真诚。关于小说《送你一朵苦楝花》下文还有详细的论述，此处预先一提。

② 李佩甫：《无边无际的早晨——李佩甫中短篇小说自选集》，华夏出版社，1997年，第40页。

与肯定：他很努力地让自己走向土地，而不是相反。但恰恰是这为数不多的叛逆之作给人留下了深刻的印象，并直接引发了作家后期的创作。我们看到，在《田园》《无边无际的早晨》中，主体留下了一系列的疑问，却没有给出直接、明确的答复。这种情况到了《送你一朵苦楝花》时发生了转变，主体开始明确地回答了，虽然是以一种不无痛楚的猜度的方式。而主体的神性冲动也正是在这里萌芽了。

很难找到比梅妞（《送你一朵苦楝花》的主人公）更激进的叛逆方式了。她多次被家人捉回，吊打，又多次逃离。在她这里，叛逆已失去任何功利的企图（开始的时候，还有一个模糊的爱情对象在那支撑着，后来，连这对象也不复存在了），而衍变为一种生命的存在方式。换句话说，叛逆行为以自身来滋养自身，叛逆本身化作了目的。小说通过模拟梅妞哥哥的口吻写成，以“你”来指称梅妞，仿佛是“哥哥”在向“妹妹”说话、商量，行文带有强烈的抒情特质。引人注意的是，这乃是一个依靠小妹放羊、卖羊挣学费进了大学又留在城市的“哥哥”，一个城里的乡下人，与作家现实的处境和身份非常接近。那么，哥哥对妹妹叛逆行为的解释和推想中是否有着主体自身思考的影子呢？我认为是存在的。由前文的论述可知，叛逆一直是困扰主体的核心问题，他在土地和叛逆之间徘徊着，试图调和却又无法调和。这构成了某种心结性的东西，它必然想方设法寻找时机释放出来。而依据写作的连续性及其天然的抒情功能，我们完全有理由推测：小说《送你一朵苦楝花》的出现绝非偶然，这里的“哥哥”便是主体假托的宣泄“渠道”。

据我所知，这是李佩甫唯一一篇以第二人称方式写成的小说。它让人联想起周大新的一个散文化的短篇《揣度孔明》。在此，周大新对智者化身的诸葛亮在南阳生活的动机和日常情形作了一个不乏机智的揣度性的勾勒。比较两篇小说，同样的第二人称，同样是猜度的语气，却见出两种迥然不同的主体风格。前者的字里行间充满了矛盾和不确定性，一种滑中带涩的风格。“哥哥”一直在诉说，但其潜台词却是：“小妹，你看我说得对吗？”而后者虽然温文尔雅，内里却带着硬度和不容辩驳的自信。这从结尾那高瞻远瞩的叙述里可以清晰地感觉出来：“当然，那时你还不知道那条路的终点是汉中的定军山，你还不知道你的生命将在离南阳不太远的陕西画上句号……”① 主体推测的依据是一种“世事洞明，人情练达”的智慧，以不变应万变，这也正是周大新在小说中刻画人物的一种模式。很难讲这两者孰高孰低，我之所以提出来比较这两篇小说，是想指明李佩甫在观察、塑造人物时某种特殊的视角。虽然那种“滑中带涩、不确定”的语言不能代表李佩甫小说的全部风格——事实上，他后期的作品已与此大相径庭——但“不确定”的指向却是共同的：即无法用明确的人情、道德规范来推想、评价他的人物。不仅对梅妞如此，对吉昌林（《小小吉兆村》）、李大有（《李氏家族》）、杨如意（《金屋》）、呼天成更是如此。这便是李佩甫的独特之处。他常常把他的人物置于各种道德规范和人情原则错叠的焦点，以价值间的抵牾和碰撞来彰显某种深度与厚度，进而给我们带来一种阅读的新鲜感。话说回来，这也并不意味着李佩甫有多么高深的思想，实际的操作中他倒是相对朴素和单纯的。一切都源于他观察人物时那独特的“眼光”。对此，我在前文已有所透露，那便是由恋土情结所导致的“人性植物学家”的视角。他的人物往往算不上血肉丰满，但却给人印象深刻。这是因为主体不是依据人之常情或者某种道德指令来构想他的人物，而是着眼于某种更宏伟的规划，一种根基上的、深邃的对应：什么样的土，长什么样的人，所有的人性，哪怕是邪恶的甚至十恶不赦的，也都能在土壤里找到它的种子。而在找到之后，这所谓的邪恶便在一定程度上得到豁免了。这不能不说是源自大地的一种深沉的悲悯。

在《送你一朵苦楝花》里，“哥哥”便是这样看“妹妹”的。与《无边无际的早晨》不同，主体在对叛逆者的评价不再专注于道义的鞭挞（诸如从孝顺、廉耻方面），他从道德的纠缠中尽量挣脱出来；但也不是退回到《田园》里的做法，转弯抹角地为主人公辩护。在此，主体第一次把叛逆行为纳入到土地的活动之中，从土地的内涵里寻找叛逆的根源（注意，不是理由或借口）。必须说明的是，这和主体以前对叛逆的辩护有着本质的

① 周大新：《中国当代作家选集丛书：周大新》，人民文学出版社，2002年，第495页。

不同。在《田园》中，无论是主人公还是主体，都从大地的馈赠中感觉到了压迫与局促，此间或多或少是夹杂着一点对大地的埋怨的；而到了《送你一朵苦楝花》，这种压迫感消失了，主体从大地的解释中得到的是坦然与安慰，人物亦与土地融为一体。如果真的存在什么辩护的话，那倒是主体在为大地作辩护。不妨来看看小说中对叛逆的解释：

你脱去了“红兜肚儿”就脱去了家乡对你的唯一的束缚。你把那旧了的“红兜肚儿”扔在堂屋的地上，粉碎了老人那最后的希望。你去了，你没有带走家乡的一丝线，你决绝地很残忍地切断了这最后的联系。可是，我的小妹，你生在这块土地上，又怎能逃脱这块土地呢？

小妹，在咱们家族的历史上，也曾有过隔代叛逆的记录。上溯到爷爷这一代，三姑奶就是跟人私奔而逃的。据说，三姑奶年轻时长得很漂亮，也很聪明，是家族历史上最秀气的一个女人。她是跟一个唱梆子戏的男人私奔的……七天之后，又被家人捉了回来。于是双双背着大碾盘沉进了南北潭……祖爷爷下令把他俩一个沉在潭南，一个沉在潭北，那结局是很惨烈的……

小妹，在这里，我没有恫吓你的意思，也不想过多地责怪你。可我不能不说，你是幸运的，你赶上了好时候。在你一次一次出逃之后，虽然心灵上烙下了很重的鞭影儿，虽然身上仍残留着捆绑吊打的痕迹，我还要说，相比之下，时光对你是厚爱的。

我说不清这种隔代叛逆的必然根源是什么。也许刚强会导致软弱，软弱却又孕育了刚强？也许那久远的血脉在极缓慢极迟滞的流动中会突然蹦出一个活跃的血分子来？可是，在这块土地上，本该是什么种子结什么果的。爹的萎缩加上娘的懦弱，怎么就孕育出你这么一个不安分的女儿呢？[①]

---

① 李佩甫：《无边无际的早晨——李佩甫中短篇小说自选集》，华夏出版社，1997年，第148页。

当我们初看到“幸运”和“时光的厚爱”这类字眼用在梅妞身上时，也许会觉得有悖常理。但从绵延的大地的眼光看去，又何尝不是这样呢？主体借“哥哥”之口诉说了一段家族的往事，是在为梅妞野性的叛逆寻找历史的解释。结果，他找到了三姑奶，一种隔代遗传的对应。也许有人会问，这和土地有什么关系呢？要知道，历史从来不只是流逝的时光总汇，这里还有着空间的参与。而所有的空间都是建立在大地之上的，是大地提供的。进一步讲，从时间和空间那相生相赖的关系来看，我们完全有理由说是大地创造了时空，大地本身就是历史。而当主体从历史中找到梅妞“匪性”的对应时，也就意味着在土壤里找到了叛逆的种子。虽然当时的主体对此尚有些犹疑，但也明确提出了“是什么种子结什么果”。梅妞，作为一粒变异的种子所结的果，她“无法逃脱这块土地”，因为逃脱（叛逆）本身也是土地赐予的。如同植物的生长，逃脱的四面八方都在大地之上；而就逃脱的能量来看，也是大地提供的，就像植物的根部从土壤中吸收养分，供给地面上的枝蔓四处伸展的动力一样。如此一来，我们不无惊讶地发现，叛逆居然成了大地活动的一部分。然而仔细想想倒也自然，当我们讲“遗传”的时候，便已经预设或者说承认了某种不朽的东西，否则“传”什么呢？它显然不是人本身，因为人总是要死的。而李佩甫把人性和土壤对应起来，把人和植物并立、叛逆和植物的生长进行类比，并非是要贬低人类，或者重唱万物有灵的老调；而恰恰是想给叛逆一个终极的解释，让叛逆者（躁动的人性）重返大地，获得永恒。这便是我所谓之的神性写作。其间的逻辑如下：在李佩甫看来，如果人性和人的行为成为了大地的一部分，便也会随大地一样不朽了，即超脱了生死。那么，还有什么（如叛逆）值得蝇营狗苟、躲躲闪闪、郁郁难遣的呢？这也应了老子的那句古话，所谓“人法地，地法天，天法道，道法自然”是也。就这样，经由传统的恋土情结，以对叛逆的困惑作为催化剂，李佩甫辗转地推出了他的神性叙述，一种人性—植物—土壤间的探究型写作，前两者（人性与植物）之间是一种比喻或类比的关系，它体现为主体观察人物的眼光与策略；而第三者（土壤）既是前两者的来源，又是其归宿。三者的交流、往复，构成一种神性的沟通。就主体而言，这不仅是对其叛逆心结的释怀，同时也带有自我统一、救赎的意味，包括对现实的身份、处境以及那身（在城市）心（系乡土）分离的写作。

在《送你一朵苦楝花》中，我们真切地看到了上述神性写作的萌芽：那个背叛父母、为了一碗面条不惜出卖肉体的“下贱”的女孩梅妞被塑造成了一个明亮的、充满活力的“植物”，这不是神性又是什么呢？从大地、生存的角度来看，梅妞和那个忍辱负重、辛劳到死的聋女二姐（《黑蜻蜓》）一样，都是跃动的生命。不过一个张扬，一个内敛罢了。这种写作的思路在李佩甫后来的创作中延续下来，且愈演愈成熟、老辣。不仅如此，这部中篇还涉及诸多重大的主题，像金钱与人性的关系、城乡矛盾等，这些在此都还只能算是伏笔，要到以后的作品中展开了。

四

以上我对李佩甫神性写作的起源、萌芽的历程进行了梳理，应该看到，这同时也是一个主体建构的过程。曾有论者指出，李佩甫是典型的、鲁迅所开创的“国民性批判”衣钵在现代的继承者，对此，我实难苟同。就李佩甫的写作根柢来看，他更像是一个“大地故事的讲述人”，其批判的鹄的在于对神性的发现与提炼。一种游走在人性的卑微和神圣间的意识，不乏诗意与激情。

对于《送你一朵苦楝花》之后的作品，我不想详细论述了，因为其间的思路与以前的大同小异。这里只点几部重要的长篇，以期将神性叙述的发展勾勒出来。至于那部具有经典意义的《羊的门》，由于我在本章开始的时候已把它作为一个成熟的神性写作的证据、一个理解神性的体验性描述讲过了，下面也就基本略去。

80年代中期，李佩甫推出了他的第一部长篇《李氏家族》。小说以大李庄村辈分最长的七奶奶讲“瞎话儿”的形式，叙述了一个家族繁衍发展的兴衰史。一开始，我们看到了一场艰苦的家族迁徙。李氏家族的老祖宗让族人们单腿跪下，对天盟誓：“从此以后，不管走到天涯海角，凡小脚趾是双指甲盖的，就是族人的血脉。”[①] 这不无神秘色彩的指认——双指甲盖——在《红蚂蚱·绿蚂蚱》里也出现过，那是在人小却能挣高工分的狗娃舅的脚上，但当时只作为一种客观的描述一笔带过了。此番在《李氏家族》中正经地作为家族誓言的内容提出，给人的感觉是，主体似乎想对他以往所写的乡土人性作一番追根溯源的调查，或曰历史的总结，就像《送你一朵苦楝花》中“梅妞—三姑奶”的对应一样。一种神性写作的方式：人性—历史—土地。这里，历史（家族史）充当了人性与土地间的媒介，而历史与大地的关系，我们在前文已论述过，两者基本是统一的。如此，主体便又回到了他所钟情的人性与土壤的关联。随后的阅读证实了我们的上述感觉。小说由七奶奶的12个“瞎话儿”构成，而每个“瞎话儿”的结构都一样：一段历史的故事，加一两段今人的故事。主体虽然没有明确提出像梅妞和三姑奶那样的古今对应，但从结构的设置来看，这种对应是不言而喻的。结尾处更是表露得明显，既然“血脉是连着的，永远连着”[②]，那么，所有的人性都应该有着历史（大地）的前兆和依据。以三姑奶的故事为例，它出现在“瞎话儿”（三）里。除了没有出现三姑奶的名字外，这里的情节几乎和《送你一朵苦楝花》中的一样：一位本族的姑娘与跟李家有仇的张家的后生好上了。老森祖爷怒不可遏，下令将两人绑在碾盘上，沉入潭底。而与这个古人（历史）故事在“瞎话儿”（三）中并置的今人故事也有着一个同样惨烈的结局：李春生怀揣雷管，和相爱多年的刘晓霞紧拥着死在一起。这里是否有着冥冥中的对应呢？很难说，一切都在历史和大地中繁衍、变异，包括人性和命运，也是如此。

值得一提的是，在《李氏家族》中，记录了很多族长与族人、长辈与晚辈的冲突。比如嬴，他和邻族的女子相爱，为族中长辈不容。嬴逃跑了。七年后，他带着女人回来，一夜之间杀死了24位老人，并订下了一条残酷的规矩：凡是活过60岁的老人，一律活埋。从此，族中陷入了一段黑暗的岁月：乱伦、灾难，此起彼伏。我们发现，这些故事和李佩甫描

① 李佩甫：《李氏家族》，长江文艺出版社，2001年，第7页。

② 同上书，第331页。

述的那些反映现代乡村的权力斗争不同，此处牵涉到的不单单是权力的问题，更多地涉及行为与生活的准则。在这些富有传说色彩的历史纠葛中，我们能够体味出一种原始的“审父”冲动。有意思的是，在这些“父亲”们的身上，主体不仅赋予了暴力和血腥的特点，像老淼祖爷；同时也给予了他们高超的智慧。以衡的故事为例。村中出现了老鼠精，族人束手无策，最终是采纳了被活埋于地下的衡的办法才渡过难关。这场大难使人们知道了老人的用处，决定废除活埋的族规，把嬴从坟墓里接回来。“接老人回来这天，整个村落里喜气洋洋。全族人恭恭敬敬地来到墓地，把老人从地穴里迎了出来。一看见他那像雪一样的白发和足足有三尺长的飘然长须，人们仿佛见了仙人一般，纷纷跪倒在地。”[①] 这是一个非常具有象征内蕴的细节。它表明嬴的地位是和土地联系在一起的，人们对他的敬仰也正在于此。嬴是一个和土地最近的人，他在坟墓里待了一年零七个月！从这个意义上讲，他的智慧也是由土地赋予的。如此一来，“审父”的冲动又追溯到了人与土地之间的关系：人—父亲—土地，这成为主体神性写作的另一种模式。它在《羊的门》中亦有所体现，对此，我在前文已表述过了。

在《羊的门》之后，李佩甫又推出了长篇《金屋》。这是一部探讨人类如何在大地上栖居的小说。就思想内涵而言，它呼应了《送你一朵苦楝花》中“哥哥”对于金钱和人性关系的困惑；而从情节来看，它又仿佛是《李氏家族》中李大有故事的继续：李大有和老村长李海昌不和，新砌的房子给扒了，李大有重新开始了在外的流浪，他让人捎回一句话：“早晚还要回来，还要盖屋！”而一座金碧辉煌的房子一上来便在《金屋》里建成了。他的主人是从小被人唾弃的“狗儿”杨如意，一个暴发户。金屋便是他向村民炫耀、复仇的方式。这座高耸的小楼就盖在村人的脆弱、敏感的神经上，它激起人们对占有的欲望、恐惧和不能占有的仇恨。而每一个进入金屋内部的人都精神崩溃了。应该讲，这是一部反映金钱对人性腐蚀的作品，但李佩甫的处理非常独特。他的批判没有停留在金钱给人

① 李佩甫：《李氏家族》，长江文艺出版社，2001 年，第 75 页。

带来的直接的负面效应上，而是探讨金钱引入后所造成的人与大地关系的变化。在李佩甫看来，房屋不仅仅是一种建筑，它反映了人在大地上的栖居方式；正是房屋，让人，这个大地上的流浪者，获得了一个扎到土地里的根，进而建立起自身存在与大地的关系。为什么杨如意的父亲住在金屋里非但没有享清福的感觉，反而倍感煎熬而一定要搬到土房里住呢？为什么全村人都仇恨这座房子呢？究其根源，那是因为金钱的供奉造成了人与大地的疏离，事实上，这座小楼的存在本身就是金钱对于大地的公开藐视。由此，主体推出了他神性写作中的一个重要概念："罪"。究竟什么是"罪"呢？在《金屋》里，公安局一再地出现，然而，无论是挥霍放荡的杨如意，纵火的麦玲，还是铤而走险的林娃兄弟，在法律面前，他们都不承认自己有罪。杨如意用金钱买来了一往情深，两情相悦，这何罪之有呢？而对林娃兄弟来说，向杨如意这个暴发户敲诈点钱以便娶媳妇盖房又算什么罪呢？至于麦玲，她纵火只是想确认自己尚有寻找幸福的勇气，这和"罪"搭得上界吗？尘世的法律只是给出了某种行为的规范，却无法整肃人的灵魂。李佩甫认为，人类的最深沉的罪孽感不是导源于对具体的条文规范的违反，而在于切断了自身和大地的关联。《金屋》中的人物的疯狂和走火入魔便是自绝于大地的结果。一种"罪"的提醒与折磨，就看你如何领会了。"罪"的引入，解决了主体神性写作中一个潜藏的伦理危机：既然所有的人性都能在土地里找到种子，那么，这是否意味着人就可以为所欲为了呢？主体的回答是，不！这里有"罪"的底限。如果人真的要将自己从土地中连根拔起，那么土地的宽容也无济于事。虽然它不会直接惩罚人，但却能让你从自我毁灭中领略大地的威严。

至此，李佩甫的神性写作成熟了，一种理性思索与信仰兼备的风格，它让李佩甫赢得了众多读者的青睐。但必须看到，这种写作有它的局限。由于神性脱胎于恋土情结——或可谓之土地的权力诉说——它和传统的乡土理念有着千丝万缕的纠葛，因而也会不自觉地受到乡土理念中某些固执情绪的影响。比如，城乡对立的思维方式、明显的男权意识等。李佩甫小说中的女性基本上是男性的附庸，很少有自己的独立人格。秀丫

(《羊的门》)便是突出的代表，更不用说那几乎清一色的讨人嫌的城市女性了。一旦作家在笔下面对城市时，他那大地式的宽容目光就顿然消失，而陷入了善恶式的简单价值判断。这从《城市白皮书》《无边无际的早晨》里主人公对城市的感受里表露出来，一种骨子里的排斥和否定感。而那部试图弥合城乡差距、解决城乡矛盾的长篇《城的灯》基本上也是一部失败之作。就小说的内容来看，仿佛是路遥《人生》故事的改版。结尾处，冯家昌五兄弟在香姑墓前的沉重一跪，可谓意味深长。这是乡村对城市的较劲、震慑与征服。主体在经历了长期的漂移、流浪，以及身心分离后，终于求得了精神和肉体的双重回归——他把他的根依旧执著地扎在了乡村的土地上，一种不乏理想色彩的写作。但从阅读的效果而言，主体精心塑造的代表乡土价值的女性神话刘汉香（即香姑）非但没有使乡村从形而上的层面超越城市，反而由于人物的失真让乡土在城乡结构的对比中处于更加不利的地位。因为，一个圣女式的人物是无法让我们信服和认同主体的理想救赎的，这就像一个自欺欺人的幻影。在刘汉香身上，主体倾注了几乎所有的传统美德，她美丽、善良、贤惠、忍辱负重，甚至在遭人轮奸时嘴里喊的也是“救救他们……”这超出了常人想象的承受范围，刘汉香不再是个可亲可感的女人了，而成了一个神话。但这神话却不是从大地里自然生长出来的，而是主体在城乡对立的痛苦中所构想的一个大团圆式的解决方法：就在上梁村，生长起了一个物质之城与精神之城统一的“花镇”（它是香姑树立和建造的），让周围的城市自惭形秽。这或可认为是主体对于乡土力量那不乏敝帚自珍的确信和期望吧？但其间的逻辑却违背了大地的精神内髓，说到底，所谓的城市与乡村，不过是人类对大地的人为切割，在精神和地域方面；而在大地看来，它们本来就是一体的。从这个意义上讲，刘汉香是一个伪神话，她的悲剧意义也颇值得怀疑。如何让神性写作走出恋土的阴影，真正不离不弃地与大地结合在一起，是李佩甫必须认真思考的问题。

第九章　阎连科：极端化写作的命运

阎连科在豫籍作家中是个性甚为鲜明、独特的一个。这种独特性体现在他不会或者说不愿用“常态”来“说话”，像周大新那样依托于故事的、传统朴实的表达在阎连科而言是不堪忍受、难以为继的，主体一定要给自身找到某种激情的支撑（叙述的理由）才好。就阎连科所呈现的文学世界来看，天灾人祸、瞎眼瘸腿、盗棺掘墓、奸淫掠杀等“非常态”事件是屡见不鲜的，它们给小说染上了沉重、压抑乃至恐怖的氛围，从《日光流年》《坚硬如水》，到《受活》以至《丁庄梦》，皆是如此。事件大都发生在耙耧山脉中那方孤独、贫瘠的土地，听起来犹如久远、酷烈的苦难传说。（此处，地理的闭塞成了一种必要条件，它不仅让苦难的传说代代繁衍、亘古不变，同时亦与苦难的抑郁一道，给激情的迸发和突围提供了前提性的束缚。）另外，从阎连科的语言来考察，一种饱含诗性张力的偏执叙述：情绪在高烧、亢奋中前进——不失为对主体耐力的考验——几乎把故事烧成了灰。这种形式与内容互为佐证的极端化表达作为阎连科的风格识别，为他赢得了很大的声誉。

应该讲，阎连科对自己的风格定位是非常自觉的，这从他与梁鸿就“文学豫军”的对话[①]中可以体会出来。阎连科对其他豫籍作家的风格、派路非常熟悉，这里隐含着与自我的比较，换句话说，极端化写作亦是在他者挤压下、风格突围的结果，当然，这要结合主体内在的因素。我们注意到，阎连科的语言和李佩甫的非常接近，诸如，通感的运用、诗意的苛求，等等。这里似乎有着某种影响、互通的成分（阎连科的语言最初并非

① 参见《中原突破的“陷阱”——阎连科、梁鸿对话录》，载《小说评论》，2003年第1期。

如此），但最终还是在风格上分道扬镳了。究其原因，阎连科是没有神性依托的。无论是他生兹念兹的乡土，还是他现今居住的城市，都没有赢得主体终极的信赖。一种悬浮状态的生存，这是阎连科最大的问题，而极端化写作便是主体力图克服悬浮状态的一项创举。

阎连科曾说，他最喜欢李佩甫的一个短篇《桔子》，小说“写了一个人，当人把桔子扔在他脸上的时候，桔子竟在他脸上长出一棵树来，那种意象给人的震撼力非常大，让人思路大开。但是李佩甫不知为啥，没有沿着这个思路走下去”[①]。而就阎连科的写作历程来看，他恰恰是朝着“这个思路”努力的。换句话说，在小说的夸张变形、大开大阖上，他发展和“超越”了李佩甫。

关于这种极端化写作，陈思和曾以“恶魔性因素”为题加以论述。所谓“恶魔性因素”，“是指一种宣泄人类原始生命蛮力的现象，以创造性的因素与毁灭性的因素同时俱在的狂暴形态出现，为正常理性所不能控制”。作为“内心世界的一种原始情感和驱动力”[②]，它常常在天才的艺术创作过程中出现。须说明的，陈思和是就阎连科的长篇《坚硬如水》提出“恶魔性因素”的，但从阎连科写作的整体与连续性来看，我觉得“恶魔性”一词亦可用来描述主体自身，虽然不能照搬挪用。具体说来，我认同的是其中的“宣泄”感，那种蛮劲。说到底，极端化写作本身表达了主体强烈的抒情欲望，一种挣脱和反压抑的冲动。由于情绪本身难以言说，经由通常的故事营构的方式无法直接抵达，这才需要在内容和语言上作出主观的变形与调整。那么，上述情绪究竟是什么呢？它又来自哪里？

一、超越与断层：从“瑶沟”到“耙耧”

回顾阎连科的创作历程，大体可分为三个阶段，“东京九流人物系列”是他的起步、试笔阶段。它从 70 年代末期延续到了 80 年代中后期，

① 参见《中原突破的“陷阱”——阎连科、梁鸿对话录》，载《小说评论》，2003 年第 1 期。
② 陈思和：《试论阎连科〈坚硬如水〉的恶魔性因素》，载《当代作家评论》，2002 年第 4 期。

以《芙蓉》《横活》《斗鸡》为代表。人物多为乞丐、妓女、斗鸡手等底层人物，笔法清新流畅。主体深入到历史的细部，体悟、呈现小人物的生活方式、喜怒哀乐。一种忧郁感伤的情调弥漫在字里行间。看得出，这时候的阎连科还是非常传统的。“瑶沟系列”是阎连科创作的发展阶段，它大致是在80年代末至90年代中期。作家从自身的乡土记忆中提取素材，直接切入到中国乡村实在的苦难，笔法是老派的现实主义手法。代表作有《瑶沟人的梦》《瑶沟的日头》《乡间故事》等。而像《天宫图》《平平淡淡》等，虽然没有明确写到瑶沟，但从风格上看，亦可归入这一阶段。从幽远历史的小人物塑造，到乡土情怀的叙述，主体在自我抒情的直截性方面显然前进了一大步。值得一提的是，“瑶沟系列”中很多小说的主人公就叫“连科”，它表明作品中自我追溯的意味是很浓的。“瑶沟系列”之后（大约以1995年为界），阎连科进入了创作的成熟期，即“耙耧系列”阶段。我们熟知的《黄金洞》《年月日》《日光流年》《受活》等，都是在这个时期写成的，而“极端化写作”也特指这个阶段的作品。与之前比较，“耙耧系列”与“瑶沟系列”在主题上虽然有一定的承续，但在叙述风格上已判若两人，之前那基本属于平实的笔法被霸气张扬的语感取代了。

就上述创作历程的勾勒来看，阎连科的写作呈现了一个明显的由外到内的转变，即从故事整体的小心耕耘到主体日趋明朗的自我塑造，一个不可逆的变化。“东京九流人物系列”对于作家而言，只是其写作路途上的一个偶然：作家意外地读到几本笔记体写就的中州文化方面的书，便萌生了创作“人物系列”的想法。① 它类似于思古幽情，但就结果而言，亦是一种迂回的向故乡、自我的试探，尽管写作者很可能是下意识地。（历史上的东京即现在的河南开封一带，联系到阎连科豫籍作家的身份，这亦应算得“回望乡土”的抒写了。它在“文学豫军”中并不另类；对“文学豫军”而言，“回望”几乎是命定的写作姿态。）而其中的语言亦是从笔记体中借来的，典雅节制。虽然打磨、运用得还行，但终究不是自己的“母

① 关于写作“东京九流人物系列”的动机，笔者曾与阎连科进行过一次交谈，内容大致如此。

语”，运用起来隔了一层。阎连科曾说自己的语言“再也回不到那时候了”，我想原因正在于此。

从“东京人物系列”到“瑶沟系列”，是一种本能的朝向自我的跨越。这比较容易理解。写作天然的抒情倾向以及往昔涌动的记忆都敦促作家作出此种调整。那么，从“瑶沟系列”到“耙耧系列”转变的动因又是什么呢？其间的原因比较复杂，简单地说，这源于一种深刻的、多方交织的失望心理，包括对故事、传统的乡土写作（呈现）以及乡土本身。比较“瑶沟系列”与“耙耧系列”，我们会发现一系列的对比，除了语言上朴实与张扬的抵牾外，人物也一反“连科”式的窝囊与委琐，而变得像先爷(《年月日》)、尤四婆(《耙耧天歌》)一般顶天立地。虽然结局脱不了悲剧，但之前的忧伤与自怜已荡然无存。在先爷和尤四婆身上，反抗成为一种核心与主导的情绪，它盲目而激烈——极端写作的个性也正在于此——这不能不说是对“瑶沟系列”的一种矫枉过正的反拨。换种说法，正是失望激发了这种反抗；作为克服失望的一种艺术表达，极端写作最终在反抗里找到了心灵的踏实与落定。

关于这一点，我们来看一篇阎连科的中篇《欢乐家园》，它写于1994年，这恰好是“瑶沟系列”向“耙耧系列”过渡的时间。所谓的“欢乐家园”是主人公天元与娅梅夫妻正在撰写的一部书稿的名字，它讲述了山虎与菊子的传奇人生。阎连科把后者的传奇故事通过主人公之口，置入到天元与娅梅的农村日常生活之中。一种典型的“元小说”的写法，这在阎连科的诸多小说中可谓绝无仅有。它表达了作家对写作与生活关联的问题以及写作本身的诸多困惑与看法，从某种意义上讲，中篇《欢乐家园》乃是阎连科对自身创作的一次形象演绎与审视。小说中，天元是一位乡村教师，而娅梅则是一名知青（一个兼具城市与乡村两重身份的写作者）。他们的日子因为写作传奇故事“欢乐家园”而变得“厚实”起来，这里隐喻着情感的着落与寄托。用作品中的原话来讲：“《欢乐家园》使乡村的日子过得异常田园起来，连娅梅时常对郑州的思念，也淡薄了些许……县里因为她是仅有的几位在当地落户的知青，曾要调她到县教育局去……可她却毅然回绝了……究其实质，留下她的怕还不是家和孩子，也许真是那《欢乐家园》。"[1] 质言之，写作缓冲、疏解了由身份对立所导致的焦灼感，并拉近了作者与乡土的距离。此处显然有着作家自喻的味道，只是和娅梅协助丈夫写作相比，阎连科的写作更为自觉，它已成为身在异地的作家与乡村、土地之间的情感维系。说得深入些，写作不单是一种假借的外在方式与手段，而已然内化为存在本身，尽管是在虚构和想象中展开的。这也是"文学豫军"创作上的一个共通之处。从一开始，他们的写作就被命定般的嵌入了城乡对峙的文化格局之中。而无论他们意识到与否，其作品中都潜藏着对这一对峙的回应与解决。落实到主体，它变成了对于自我身份统一的追求与谋划——这也是最要害的部位——就像刘庆邦的"沉默"、周大新的"单纯"以及李佩甫的"神性"一般，其实质都是主体身份的调整。一种对于自身和谐的渴望，类似麦金太尔所说的追寻幸福与美德的写作伦理，哪怕这和谐与幸福只是朦胧的幻影。由此，主体避免了由文化冲突所导致的内心灼伤与人格分裂。回到《欢乐家园》，写作给主人公带来的统一身份是什么呢？就此，天元与娅梅之间有一段意味深长的对话：

> "原来乡下也有这样的快活。"她说。
>
> ……
>
> "乡下的快活和城里的快活终归不是一样。"
>
> 她说："比起来还是乡下的好些。"
>
> 他说："我就怕你厌了乡下娅梅。"
>
> 她说："不会。我是你的妻子，孩子的母亲。"
>
> 他说："还是老君庙小学的老师。"
>
> 她说："那倒是次要，我更喜欢的是咱们这个家，不伦不类，既不是城里的小日子，也不是农村的地道庄户，倒像穿了烂衣服的洋娃娃。"[2]

---

① 阎连科：《欢乐家园》，北京出版社，1998年，第119页。

② 同上书，第125页。

我们看到，留住娅梅的并不是道义或者责任感（“老君庙的小学老师”），而是写作所带来的一种新奇的“不伦不类”的身份（一种自我意识，通过娅梅的眼光流露出来），犹如“穿了烂衣服的洋娃娃”。对于乡土来说，它是“洋”的；而对于城市来说，它又是“土”的。事实上，这根本算不上新奇，它只是把主体在城乡之间悬浮的身份经由艺术的肯定而合法化了。也就是说，写作化解了身份对峙的窘迫与难堪，主体不仅能够坦然地停留在这种悬浮之中，还可以把其间的窘迫与难堪通过陌生化处理而加以咀嚼、回味。这也正是创作“瑶沟系列”给主体所带来的积极意义。我们发现，虽然“瑶沟系列”里的主人公连科永远是那么卑微——为了当一个小小的大队秘书，不惜到支书家做母猪的接生婆（《瑶沟人的梦》）；而未婚妻也没把他放在心上，村长小施伎俩就让她把连科甩了（《乡村故事》）——但这卑微的身份标记在小说中却通过叙述的宣泄，摆脱了妄自菲薄的阴影，进而坦荡、释然了。

然而，这种深层、和谐的认同与充实（系主体的感觉）在写作告罄之际亦宣告结束，不妨再来看一段天元与娅梅的对话：

> “娅梅，我总觉得这日子虚飘飘的。”
> “怎么了？”
> “不是城里日子，也不是乡下的日子。”
> “是我哪儿不好？”
> “《欢乐家园》整完了，我忽然觉得日子变得飘忽不定了。”
> “我也是。”……她这样说完，才猛然想起正在和丈夫做着那种事情，才看见天元被她推坐在一边，黑糊糊如同一团粘粘稠稠的泥……她说你也真的该好好洗一次澡了天元。①

同样是那“不伦不类”的日子，对主人公而言却变得难以忍受起来，这种对于悬浮处境的现实感受不啻是对之前写作的嘲弄与否定。值得注

① 阎连科：《欢乐家园》，北京出版社，1998年，第152页。

意的还有娅梅与天元之间关系的微妙变化。当初，天元是在娅梅的鼓励下开始写作传奇故事《欢乐家园》的，这里或多或少含有取悦的成分：为了让自己城里人的妻子开心，天元一直在努力地适应对方、改变自己。某种意义上讲，《欢乐家园》就是天元写给妻子娅梅看的，书名即隐含了天元对于两人关系前景的期盼和梦想，而绝大部分梦想都是建立在现实的隐忧之上的。这与阎连科的写作极为相似，尽管“瑶沟系列”写的是乡土，却也是面向城市读者的。真正的农民有几个人读小说呢？这使作者不得不考虑城市读者的阅读感受，也就是说，他同样面临城市趣味的筛选。我们发现，天元与娅梅之间其乐融融的夫妻关系在写作结束之后开始出现了裂隙：娅梅嫌天元脏了。尽管是一个极小的生活细节，却也能够感觉到来自城乡不同背景的强大习惯的冲突。种种迹象表明，阎连科是把他的写作困惑分摊在了天元与娅梅两个人物身上的。诸如，天元的乡土写作，娅梅的双重身份，以及两人关系中隐含的城乡对峙，等等，这些都有着主体自身影子的投射。如果说这仅是我们不无牵强的猜测，那么小说结尾处那场突如其来的大火——一个冷酷的情节设置——则证实了我们的预计：大火烧毁了房屋与书稿，并将娅梅这最后一位女知青送回了城市。这预告了主体与此前那种悬浮情感状态告别的意念。娅梅走了，它打消了主体对于城市的最后一丝顾盼，也让此前自我感觉良好的写作以失败告终——显然，它没有赢得城市读者的青睐。而乡土亦无亮色，到处是连科式的唯唯诺诺的、窝囊的生活。无论是城市、乡村，还是传统、写实的乡土写作，带给主体的最终都只是深深的失望。这就使得大火的出现势在必然了，一种混杂着决裂、报复的反抗情绪，燃烧起来。

二、无根的抒情

人在最失望的时候就想叫喊几声，这便是阎连科极端化写作的初衷。我在前面分析了导致主体失望的诸多环节与因素，它们在极端化写作中并没有明确体现出来，而是被有意识地隐去了（这里不无逃避的色彩）。作品中只留下了叫喊本身，一种反抗的激情和视角——也只有它是真实的——至于故事和背景，不过是为了滋生反抗或者易于为反抗所把握而临时创造和虚构出的“应景”。用作家自己的话来说：“我写小说就是为了表达内心郁闷的情绪，或者说是表现精神在现实中的挣扎和同现实的战斗。对传统文化和国民性毫无疑问触及到了，但深刻到哪一步，我自己都不知道，因为那不是我‘有意’而为之。”[①] 在“耙耧系列”里，故事大多是高度简练的，有时甚至为了简练不惜去破坏真相（这在下文会有详细说明）；而从故事与反抗之间明显的照应、合谋来看，它们又带上了寓言[②]化的色彩。对于这种极端化写作的心态，我在一篇名为《苦难的立场与策略——关于阎连科小说的一种解读》的论文中曾作过一个印象式的描述，现摘录如下：

> 在浓重的苦难里，阎连科找到了存在的真实与心灵的踏实，且不管这种实是否长久，重要的是，他找到了自己张扬审美体验的基点。他把对故乡、对土地的感性揉进“苦难”的描述，使“苦难”这个抽象名词变得毛茸茸的，富有触摸感。因此，与其说故乡是阎连科现成的“精神家园”，不如说他为自己创造了一个“家园”：苦难的“故地”。作家在苦难中回首故乡，贴近故土，进而超越故乡，遗忘了故乡……这有点类似于注射吗啡的感觉——尖利的针头刺进柔软的肌肤，在一阵疯狂而充满烈性的体验中，实现了对现实经验的颠覆与背叛。而在苦难的过滤下，城市的浮华、农村的沉闷都不复存在，这里昂扬的只是生命自身的韧性与风采……在挣脱苦难的困厄中，阎连科告别了城市，升华了故乡，最终跃出了“边缘人”的陷阱；在苦难里，阎连科“喊”出了自己的语言与风格：最好自己的每篇小说都如同一颗饱含能量的炸弹，将生命的精髓统统炸出来。[③]

① 参见赛妮亚：《阎连科访谈录》，收入阎连科：《年月日》，新疆人民出版社，2002 年，第 416 页。

② 这里的“寓言”，是指反抗情绪的寄寓。

③ 李丹梦：《苦难的立场与策略——关于阎连科小说的一种解读》，载《山花》，2002年第11期。

这里言及的苦难是阎连科极端化写作的一种突出的表现形式，亦是对作家所反复渲染、钟爱的故事氛围的一种概括。我当时是把苦难作为主体克服城乡对峙、追求自我统一的策略提出来的，“边缘人”即对应着前面所讲到的主体在城乡之间悬浮的情感状态。这是阎连科在《欢乐家园》之后竭力要摆脱的。但今天看来，极端写作虽然搅动了这种虚空不实的状态，但就最终的结果而言，它并没有让主体“跃出‘边缘人’的陷阱”；而极端化写作的实质，就是无根的抒情。本章起始部分曾说过，阎连科的最大问题在于他没有信仰，无论城市抑或乡村，都不能完全吸纳他的心灵，这在《欢乐家园》里已然证实。但反过来讲，没有信仰本身恰恰是最顽固的信仰。在阎连科小说中频繁出现的苦难复苦难的繁衍以及生命的所有努力最终都付诸流水的情节设置或构思模式，便是这种无信仰的标记。苦难挣扎中所爆发、激打出的生命火花犹如虚空中的腾越，最终还是落入了虚空（苦难）。一种深刻的循环。在此，苦难不仅是一种事件，还是无意义（作动词用）的抽象；而生命在无意义中折腾，这本身就是对于怀疑和无信仰的坚信与执守。虽然主体对自身悬浮的存在状态不满意，但他并不愿或者没有意识到从根子上去改变它，诸如通过发展某种虔信或爱的情绪等等，而只是千方百计地从外部寻找契机（虚设的苦难故事），以发泄心底莫名的怨气。这或可谓之特殊的浪漫主义：主体单纯而执拗地让自己被某种强烈的情绪所主导，穿透……它从《黄金洞》便开始了。

> 世界像粪。
>
> 我爹和到寿的老猪一样儿，哼哼着爬上山梁来。
>
> 爹把我揪到沙金的洞口，像丢一兜猪的下水样把我丢在地上。
>
> 我听见日头叽哇一声，就落进了山里。[①]

这是从《黄金洞》起始部分择录的几句话，一上来就是逼人、夸张的

① 阎连科：《欢乐家园》，北京出版社，1998年，第273、274页。

主观叙述。与“瑶沟系列”的平实文风截然不同，此处的语言不仅洗去了忧伤，行文中还呈现出决绝的姿态，一种孤注一掷的抗议与否定。问题在于，这情绪究竟发自何方？是行文中的那个“我”吗？就《黄金洞》的内容来看，它描述了二憨和他的父兄在淘金过程中所表现出的金钱、利益的纠葛以及性欲冲突。小说是以第一人称，二憨的视角展开叙述的，从二憨的言谈举止（总讲自己屙屎没屙完）、父兄对他“憨子”的称呼以及从不把他放在眼里的态度来看，这是一个弱智的、有点傻乎乎的人物，由他作为叙述人来完成整个故事且条理基本清楚又言之凿凿，这本身就是一个悖论；更不用说上述引文中所流露出的那种文学化的仇视与屈辱感了。由此不难发觉，叙述人与他的叙述之间有着明显的背离，叙述膨胀出了二憨的视角而另有所指。这便是我所谓之的主观叙述，它来自主体，体现着主体的意愿与情绪：他可不管什么悖论或背离，也恰恰是在叙述的违规、逾界中，主体才能够享受到一种刺激和尽兴的快感，像注射吗啡一样。福克纳曾说过：“小说的基础是事实加 X 或减 X，这个未知数便是小说家的性格，而这个未知数又常对事实具有修饰的作用，有时甚至可以把事实完全改变过来。”[①] 此话可用来描述阎连科的主观叙述，它构成了极端写作的基础。我们完全可以把这层主观性从故事的叙述中剥离出来而无损于《黄金洞》的完整，但这样做的结果，小说也索然无味了。因为就故事本身来看，线条很简单。两个儿子和父亲为了女人和黄金，打得不可开交。每个人的目标都明确之极，两者都要，没有回转的余地，由此也就取消了人物的丰富与细腻；如果再朴实道来，那看上去会相当无趣。这表明，小说的价值与文学特质基本上是附着在主观叙述上的，它在构成主体鲜明个性的同时，亦暗藏、孕育了一种危险的脆弱：撇除了丰富和故事的支撑，那种剑拔弩张的表情能维持多久？

须注意的是，在《黄金洞》里，阎连科选择二憨作为叙述人（视角）并非偶然，它预示了主体由“瑶沟系列”向极端写作的转型。二憨让人联想起《平平淡淡》（“瑶沟”时代的作品）中的洪家老大，同样是个傻子，

---

① 福斯特：《小说面面观》，苏炳文译，花城出版社，1984 年，第 39 页。

作品同样以诉说傻子的言行开始：洪家老大看见赵家老二强奸了苗家老四，便四处散布这个消息。但在《平平淡淡》中，我们却读不到一星半点洪老大的心理。没人相信他，连他爹洪文鑫亦往死里揍他。后来，苗赵两家为权宜起见，让赵家老二娶了苗家老四，丑事变成了喜事，还算皆大欢喜，惟有洪老大百思不解。洪文鑫唯恐再生是非，索性把儿子送进医院做了开颅脑术。我们发现，所谓的“平平淡淡”是建立在对洪老大心理压抑的基础上的，因为最有可能掀起波澜的就是洪老大。这是一个乡间的另类分子，他太较真，到了不守规矩、不识时务的地步。但主体对此并没有过多的渲染，而是把笔墨重点花在了强大的风俗习惯上；他甚至不给洪老大任何反抗的机会：结尾处洪老大再出现的时候已经是个“正常人”了，一个被乡土风俗驯化了的“傻子”。这给文本造成了一种压抑的结构，不仅《平平淡淡》如此，整个“瑶沟系列”也大都如此。主人公多是活在屈辱中的：路六命眼看着自家女人和村长在床上寻欢作乐，居然也认了（《天宫图》）。我们看不到什么反抗，连科至多也就是恶作剧地在支书家掐死几只小猪娃然后嫁祸给蠢笨的老母猪（《瑶沟人的梦》）。这种内敛、压抑的内核到了《黄金洞》开始爆发出来。最突出的表现是洪老大发声音了，通过二憨这个形象，主体将洪老大那种一根筋的、怨毒报复的声音发挥到了极致。这不仅是对《平平淡淡》的反拨，也是对整个“瑶沟系列”写作思路的反拨。进入“耙耧系列”，我们发现，像二憨那样认死理、撞了南墙也不回头的主人公（人物）比比皆是：先爷宁可跟一群耗子和一棵玉蜀黍较劲，也不愿离开村子去逃荒（《年月日》）；尤四婆宁愿穷得叮当响，且赔上自己的头骨，也要给四个痴傻的儿女找个全人的伴侣（《耙耧天歌》）；司马蓝可谓兼备大残酷与大气魄，他不惜让村人卖淫，卖皮，也要把灵隐渠的水引来（《日光流年》）；父亲坚信东南方有着太平快活的日子，他撇下老婆、孩子，一辈子朝着东南走，走得天昏地暗，山穷水尽，结果却被一支冷枪打死在黄河岸边（《朝着东南走》）……这种“非常态”的、一根筋的思路与视角主宰了“耙耧系列”。它取消了一切中间过渡朦胧的状态，故事也随之大开大阖、大起大落，就像二憨在女色和亲情之间摆动与跳跃一样。这成为极端写作的重要特征。

念及福柯的《疯癫与文明》，阎连科将二憨一类的社会异端或边缘人物放大特写，这本身就隐含着反抗与拒绝的因子。主体置身于这些另类或边缘人中，欣然与之“打成一片”。如此实践的结果不无破坏了：在“连带”得反常、偏激的“目光”中，现实被严重肢解、扭曲了。仅以“耙耧系列”提供的人与人之间的关联来看，除了性和利益，其他可能性均被封闭了；而人的情感撇开至深的“爱”（主要是性爱）与刻骨的恨，再无“此外”。若以合乎情理或严谨的准则来要求、评价这些作品，它们几乎上不了台面；[①] 但不可否认，由此也的确创造出了一派乖戾凝练与暴力充斥的审美空间。正是在上述毁坏与创造并举的行为中，我们感受到了陈思和所讲的“恶魔性”气质。

三、身体自渎与自我救赎

让人疑惑的是，虽然主体把这些以往被压抑的另类人物移到了写作舞台的中心，却并没有给他们一个真正的前途与出路。我们看到的，只是这些人被一个个具体的念想折磨着，牵着鼻子走，却又对之永远可望不可即。一种苦难无边的逻辑，它除了出于迫切的反抗宣泄外，主体是否还有别的原因或者心理需要呢？在回答这个问题之前，我们先来看《年月日》中的一段——这是阎连科极端写作中最具代表性、迄今为止也是最优秀的作品。

> 先爷躺在墓里，有一只胳膊伸在那棵玉蜀黍的正下，其余身子，都挤靠在玉蜀黍这边，浑身的蛀洞，星罗棋布，密密麻麻，比那盲狗身上的蛀洞多出几成。那棵玉蜀黍棵的每一根根须，都如藤条一样，丝丝连连，呈出粉红的颜色，全都从蛀洞中长扎在先爷的胸膛上、大腿上、手腕上和肚子上……先爷身上的每一节骨头，每一块腐肉，都被网一样的玉蜀黍根须网串在一起，

---

① 这也是让阎连科甚为恼火的“软肋”，他后来之所以在《受活·后记》中对现实主义大加鞭挞，对极端化风格的自我“保护”系重要的原因。

通连到那棵玉蜀黍秆上去。[①]

以上摘自《年月日》的结尾部分。先爷以自己的身体作肥料，换得了玉蜀黍的青枝绿叶。在阎连科的情节设置中，这算得上是一种颇为惨烈和颇具共性的奔赴念想的方式。先爷终于和他的念想（玉蜀黍）融为一体了，但却是以死亡作为代价的，一种意味深长的"貌合神离"：与其说先爷抓住、实现了他的理想，不如说理想吞噬了先爷的生命。一切又回到苦难的循环里。这里谈不上什么舍生取义或杀身成仁，因为它本来就没有公约的道义可言。你完全可以说它是无意义的——先爷太傻，太顽固了！他为什么不离开村子呢？趋利避害不是人的本能么？——但却无法嘲笑这种（存在）方式。相反，你被震撼了，甚至有点瞠目结舌。我以为这便是无意义的价值与魅力。先爷以他"一根筋"式的执拗收获了我们的瞩目和仰视；他的荒诞不经、无理取闹、胡搅蛮缠最终为他赢得了倘若正常活着将难以想象亦无从获取的尊严与体面。这种"荣誉"感很大程度上来自"外面人"（有读者，自然也包括城里人，《受活》中还发明了另一个"外面人"的称谓："圆全人"）的目光。正是"外面人"的惊愕、肯定（或许还夹带着些许钦佩与赞许：够狠！够爷们儿！），给予了先爷悲壮的尊严感受。除了前文所说的满足主体反抗式的宣泄行为外，极端写作孜孜以求的，也许就是对尊严的需要。较之"瑶沟系列"人物的窝囊憋屈，先爷的形象可谓一扫颓势，但总有一种不安、怪异的感觉：这该不会是阿Q式的英雄主义吧？

《年月日》中有个细节：当再也找不到能吃的东西时，先爷以抛铜钱的方式来决定自己和盲狗谁先死去。他对狗说："生死由命吧，我把这铜钱往天上一扔，落下来有字的涩面朝上，你就把我埋在这坑里做肥料，有字的涩面朝下，我就把你埋在这坑里做肥料。"结果先死的是人，这也应了他的名号——先爷了。事情并没有结束，待村人回来，在先爷的尸体——就是前引文中那个满是蛀洞的恐怖的身体——边，发现了一枚铜

---

① 阎连科：《中国当代作家选集丛书：阎连科》，人民文学出版社，2004年，第530页。

钱：居然两面都是字！这说明先爷老早就打定主意，他要舍己为“狗”。这固然让人感动，但倘若真是此想，那抛铜钱的一幕也就没必要做了。别说是盲狗，就算是眼明的好狗、聪明狗，也很难理解人类这种死亡赌博的契约吧？一个矛盾重重、似乎冗赘又煽情的细节。它让先爷的死具有了轰动、高尚的外表，但悲剧的纯粹性、作品内里的诚实度也就此打上折扣。质言之，抛铜钱当是一个用力过猛的构思与情节设置，它无意地透露了小说中第三者（即“外面人”）的存在。后者虽然没有现身，但他们“看”的目光却无所不在。“看”牵动、主导着先爷的行动，那抛铜钱的一幕便是对“看”发出的人心征服的讯号。当人们被“铜钱两面都是字”的结果感动时，先爷“死得其所”。这就是乡里人荒诞自裁的意义、尊严！先爷的英雄出演可以圆满落幕了。

《年月日》的故事让人想起阎连科早期作品《瑶沟人的梦》：82 岁的九爷在九天内连续失去了独生的孙子、儿子，后来九爷做了一梦，梦中说他家的灾祸均由门口那棵粗大的老皂角树所起。要杜绝后患，九爷须在每月的初九、十九、二十九，用镰刀砍半个时辰的皂角树根。什么时候树根断了，家里也就时来运转了。九爷信了这个梦。当全村人都在为连科去当大队秘书而焦灼、忧虑时，九爷仍安详、执著地砍着树根，直到死在树下。九爷的形象在“瑶沟系列”中非常触目。虽然算不得主要人物，但和唯唯诺诺的村民相比，九爷身上有一种少见的叛逆光彩。他摆脱（或曰逃避）了具体的物是人非，把全部的痛楚和压抑通过“砍”这一动作释放出来。尽管不会取得什么实质性的结果，但却让自己捱过了无望的日子。那皂角树根就和先爷所面对的玉蜀黍一样，系绝望之人为自己心造的幻象，它成为外界压抑的替代。这里存在着微妙的心理转换机制：在生活中饱受侮辱、反抗无门的小人物把精力从外部折回自身，通过靠拢、征服幻象来完成对现实的假想式的超越，一种想象的个人尊严的确立，亦算是对自我的犒劳与安慰吧。与阿 Q 的精神胜利法不同，这里的安慰需要付出高昂的代价：现实对人的压迫变成了人对自我身体的折磨（另一种心理转换。说阎连科的写作是一种苦难写作，其原因就在于此。他笔下的苦难充满了原欲和原生态的描写，而由以上的分析可知，这种苦难与其说是对现实的真实反映，不如说是主体对外界压力的一种笼统的感觉，系心理转换过程中的一种虚设）。本来用镰刀砍树根就有以卵击石之感，这任务连青壮年也难以为继，更别说是82岁的九爷了，而先爷对身体的摧残更是到了无以复加的地步。从这个意义上讲，先爷是对九爷的放大与重写，九爷的反叛精神和自尊意识在先爷这里得到了高强度的曝光。这也是主体最心仪、最认同的地方。从九爷到先爷，身体自渎与自我救赎浑然一体的方式成为了阎连科极端写作所遵循的一种深刻而悖论式的逻辑：人要拯救自己，须从折磨、戕害自身开始；且折磨、自渎得愈是彻底、残忍（像先爷那般蛀洞累累的身体），获救的希望就愈是明朗，心灵也愈发充实，也愈能赢得人的尊敬。这充满魔鬼气质的拯救在文本中化作了弥漫性的苦难氛围和一系列切断历史、社会联系的身体独舞，两者互相支持，互为条件。它们作为主体的思想形态或曰身体伦理，贯穿了阎连科极端写作的历程。

不妨看下的他的几部重要长篇。《日光流年》讲述了三姓村的四代村长带领村人反抗"活不过四十岁"的宿命的故事。村长们出具的解决方法表面看来虽然各不相同，但都建立在对身体极限的考验上。杜拐子试图用多生育的办法与死亡抗争，"只要村里的女人生娃和猪下崽一样勤，就不怕活不过四十"。于是司马叶的男人将刚刚做好月子的司马叶绑在床上强奸，把对死亡的恐惧转嫁在女人的难产和早衰上——一种生殖的身体；司马笑笑的种油菜、战蝗灾，蓝百岁的翻土要求的是高强度的劳动——一种劳力的身体；司马蓝带领村人义无反顾地修建"灵隐渠"，为了集资，他让男人卖皮女人卖肉。这明明是在考验身体对疼痛的承受力——一种痉挛、挣扎的身体。某种意义上讲，如果不考虑背后曲折的反抗与宣泄情绪，《日光流年》就是一部对于身体自虐的近乎癫狂的想象。同样的身体伦理，同样夸张的表达，使得《日光流年》的卷与卷之间有了雷同、重复的嫌疑——这也是阎连科极端写作的一个通病——事实上，我们在读完第一卷司马蓝的故事之后，阅读的热情便开始减退，接踵而至的沉重意象已把人砸得知觉麻木了。《坚硬如水》则宕开了此种沉重的框架，我们哭笑不得地看到，每个人似乎都患上了一种语言谵妄症，把芝麻大点的事振振有词地说成了具有世界历史意义。这多少让人有些诧异，仿佛不是那个力举千斤鼎的沉痛的阎连科了，他变得轻松、嬉皮。但就核心情节的发展来看，身体的呈现与“翻新”仍旧是叙事的主要动力。苛刻一点地说，整部《坚硬如水》的基础乃是建立在对女性身体（夏红梅）的妄想与附会上，它是阎连科极端写作逻辑中对身体聚焦的放大与走火入魔。而那一泻千里的语言也大都是在高爱军与夏红梅的性事中展开的，充满了颠覆与夸张的激情。这在结尾处表现得尤为明显。高爱军与夏红梅在即将被枪决之际，不顾一切地拥抱在一起，疯狂地亲吻。“我们把头昂在审判台的半空里，她的嘴唇挤着我的嘴唇冰凉如火，我的舌尖勾着她的舌尖似火如冰。革命情烧尽千层雪，战友爱融化万丈冰。”[①] 在此，身体的狂欢和抚慰抵挡、淹没了对死亡的恐惧，而主体亦借机戏拟、强奸了一段干枯、乏味的历史——“文革”。总体说来，《坚硬如水》的灵魂仍旧是极端写作漩涡中的身体独舞。只是外界压力的替代由苦难转变成了历史，主体内在的反叛与宣泄是一样的。用作家自己的话来说：“我讲了一个严肃的、革命的‘爱情故事’，借以排遣自己对爱情与革命的敬畏与害怕。”[②] 实际上在《坚硬如水》中，我们已看不到什么严肃历史或“文革”的影子了，它们在滔滔不绝的主观叙述中滑稽化了。

在《坚硬如水》之后的长篇《受活》里，阎连科又回到了苦难的老路。又是在耙楼山，出现了一个古老的受活庄。而主体对于身体的执著则演变成了受活人匪夷所思的绝术表演，一种经由残疾而获得的供人观赏的技艺。值得一提的是，在阎连科的所有小说中，要属《受活》时间跨度最大。从明朝的移民大迁徙形成受活庄，一跃至 1930 年代，红四军解散，女兵茅枝来到受活村。沉寂二十载后，她领着受活人加入了合作社；然后为了退社，她抗争到死。其间最轰轰烈烈的举动是她在生命的最后一年，

---

① 阎连科：《坚硬如水》，长江文艺出版社，2001 年，第 325 页。

② 阎连科：《我为什么写作——在山东大学威海分校的演讲》，载《当代作家评论》，2004 年第 2 期。

带领受活人到各地进行绝术表演。为了换回受活庄的“自由”，她答应县长柳鹰雀，演出的绝大部分收入作为“购列款”[①]上交。应该讲，这是一个在时间脉络上非常明晰的故事，而阎连科却用了一种复杂的、词典释义的方式层层曲折地传达出来。从分层的情况来看，作者似乎是想让茅枝的经历退归为背景（絮言），绝术表演的始末才是作品舞台的中心（正文）。由此，小说的叙述又回到了作家最擅长的身体独舞与苦难叙事：绝术团被圆全人欺侮、凌辱，伤痕累累地回到故乡。这种做法虽然增加了叙述的便利，但就读者的感受而言，人物与其背景（时空限制）完全被割裂开了。我们发现，尽管阎连科在确切的时间上总是闪烁其词，忽而用民国纪年，忽而用农历纪年，但絮言中的“红四”“社教娃”等词一直在暗示着人们事件的时间坐标。而且，在茅枝的年龄上，阎连科也毫不含糊。她离开红四军的时候，是15岁，死时是71岁。如此推算一下的话，绝术表演应该是在90年代初，即苏联解体后不久。联系到正文中的“购列款”，不难发觉，阎连科在对时间段的截取上是明显“设计”过的。然而，我们很难觉察到时间的作用。整部《受活》就像一个不动的平面，被矛盾与妄念涂满了，让人无法感触内在的流动与温暖。就绝术表演这一核心情节来看，由于它是一个纯粹虚拟的集体行为，完全可以存在于无时间的一般性之中。对此，我们不妨在脑中大胆地假设、预演一下：绝术表演保留，将“红四”改为“义和团”，将“合作社”所对应的“大跃进”时期换为辛亥革命，将“购列款”变为“购买慈禧墓”，结果，我们发现，故事依旧完整，意义也不逊色，只要在“絮言”里交代清楚即可。这说明了什么呢？显然，绝术表演（苦难叙述）是可以从小说“整体”中孤立出来的。由此，我们可进一步推断：小说的人物（绝术团成员）、事件（绝术表演）与其背景之间并无必然的关联，“絮言”的写法更加剧了这种分离感。背景可以置换，意义取决于拼贴、组合的效果；至于其间是否存在因果的意味，则要看作者如何自圆其说了。

话说回来，不管这种组合是否轻率，它至少显示了一种努力：较之以

---

① 所谓“购列款”，是指购买列宁遗体所需要的款项，这是《受活》中虚构的一个情节。

前的作品，主体试图在《受活》中摆脱身体/苦难话语的单一性。为此，他引入了“红四”“入社”等政治话语，以期增加苦难的社会性与真实感。然而，这只是一种硬性的“联姻”。主体的兴奋点并不在瞬变的时间上，而是集中于绝对无时间可言的抽象事件或者确切地说是身体表演和苦难演示上。在他的审美逻辑中，时间之轮搅拌出的永远是长久适用的苦难寓言。在此，苦难与身体成了作家逃避历史叙事的个性化标记。

从《黄金洞》到《年月日》，再到《受活》，我们发现，阎连科的变化并不大。他基本上还是那个反叛的、宣泄式的个体抒情者——这也是他竭力想保持、维护的主体形象——只是他的激情已在对苦难和孤立身体的反复咀嚼中褪色了。一种疲劳的自然反应。毕竟，激情是要消耗能量的，长此以往，谁也经不起这样的折腾。如果没有坚固的思想和信仰支撑，激情与夸张本身亦会蜕变成伪饰与作秀。这在阎连科的长篇创作中已然流露出来——诸如，《受活》中的“购买列宁遗体”就是玩了一个政治话语的噱头，与内容主体的苦难并不搭界——而作家近来反复自问的“我为什么写作”[①] 亦是这种信仰匮乏的征兆。在读阎连科的作品中，我一直有种感觉，这个作家缺少对世界真诚的热忱和兴趣，其极端化写作对人性丰富的阉割就是突出的表现，他只是单纯地致力于个人内心的宣泄，否定与怨毒的情绪占了绝大部分。而无论其表达多么剑拔弩张、富有力度，也难脱自怜与自恋的虚弱。这和极端化写作的天生不足有关。我在前文已分析过，极端化写作的实质乃是无根的抒情，它是主体对自身在城乡之间悬浮状态的一种假想式的超越与抚慰。说到底，这种表达依旧是城乡对立下二元思维的结果。中间状态的取消以及字里行间弥漫的怨气和爱意的缺乏，等等，都让我们感受到二元对立的紧张与明晰；包括主体在文本中树立的那个伤痕累累的身体，亦带有着一种模糊的挑衅意味。

① 参见阎连科：《我为什么写作——在山东大学威海分校的演讲》，载《当代作家评论》，2004年第2期。在此，阎连科明确写道：“说实在话，我现在，最近几年，写作的目的越来越模糊，越来越迷惘，越来越不明白自己为什么要这样不停地写作。”

也许，这就是历史和现实对表达的制约吧，任何“声音”都不会是纯粹的个性使然。

至于《丁庄梦》，它写的是艾滋病村里的人性败落，包括乱伦与内讧等。语言客观了些，但仍旧脱不了极端写作的模式：无涯的苦难与挣扎的身体。主体仿佛多了一点批判的眼光，它针对的是非常规背景下（艾滋病村）的人性表露，这可能便于主体鞭挞出人类共通的阴暗心理吧？就批判本身而言，并无不妥。但如果将这种批判策略置放于阎连科的写作历史中，就不能不让人产生困惑与质疑了：作家似乎丧失了对生活常态的塑造与表达，一种惊人的“失语”。这是极端化写作的特色，还是陷阱？从1995年《黄金洞》的发表开始，阎连科一直坚持着他的极端化写作，但就创作的实绩来看，内在的重复与衰竭之相甚是明显。事实表明，阎连科应该到了对他所钟爱的写作路数进行超越的时候了。

附：
面对心灵的“乡土”
——论阎连科的《风雅颂》

当今的写作越来越流于风格的竞技。争相炫耀顽念、怪癖、奇特之处，却极少在意内里的修持与完善。“你可以不喜欢它，但不能说它没有个性”，已成为很多作家响当当的座右铭，评论对此亦不乏撺掇与鼓励。我们善于容忍、鉴赏和放大怪异，用陌生化的评论语汇将其阐释、装点得门面辉煌而深刻——这在某些文化批评的文本中演绎得更为得心应手——然而，为什么不问问情感的反应？在整饬为理性的阐释之前，那更为直接的情绪反应？这并非鼓吹廉价的感动或感激，而是对真诚、真情甚至诚实的鉴别、感悟与共鸣。个性不等于魅力，实际的情况是，若能连续看当代某人两部以上的长篇而无厌腻之感，我几乎要向他脱帽致敬了！此处绝无排斥和压抑怪癖之念，只要它是心灵自然萌生的部分。但如今的文坛怪癖混杂了太多的伪饰与作秀，如不加区分地欣赏、宽宥，会无意助长急功近利的行为。而它最终亦会毁了作者，在怪癖的面具下把才华扭曲地浪掷。仿佛患了“怪癖侏儒症”，心智在全力供养怪癖的生长中，丧失了恣情的伸展动力与空间。当然，人不可能每次都重起炉灶，但必须提防沦为自己精心创造的某种风格的“异化物”。能够认识并做到此的人并不多，对那些能走出面具光环的作品，我们不该吝惜自己的赞语。它裸露了作者曾极力遮蔽的、残酷的真实，尽管读后可能不以为然，甚至颇为失望，但就创作而言却是境界开拓的必经阶段。本文对《风雅颂》的阅读感受便生发于此。

阎连科的长篇新作《风雅颂》自江苏人民出版社 2008 年推出以来，已激发不少批评。最大的“罪状”是两条：影射北大，诋毁高校知识分子及人文传统。前者招来愤青的耻辱烧书，后者引发了“因为不懂，所以放肆”的质疑。且不论这种议论和举措适当与否，对图书而言，却预示了一个“火红的开局”。阎连科似乎是个天生的“刺头”，《受活》里的“绝术表演”，《丁庄梦》的艾滋病村，《坚硬如水》中令人咂舌又哭笑不得的革命性爱，《日光流年》里的割皮卖淫，他的每本书都带点“出格儿”，而评论界也对这表象的“出格”倾注了极大的精力，仿佛一招一式都有其深意。这中间是否存在某种灵犀的“互动”，颇值得回味。反正阎连科是执著地“出格”下去了。《风雅颂》突然变换乡土的家数，剑指知识分子“丑陋的裤裆”，其中是否有“故挑事端”的嫌疑和默契？夸张的语言，奇崛的想象，大开大阖的情节，成为阎连科“三斧子”式的优长，又是一种难言的病症。自 1997 年《年月日》的发表为其赢得“苦难大师”的美誉后，阎连科作品里再也找不出一个可爱、鲜活的人物。虽不能以此判定小说的优劣，却是一个信号：作者似乎丧失了日常言说的能力，那种细致亲和的、生活化的言说，一种意味深长的“失语”。这是理解阎连科的关键，我在一篇文章中把它称为“极端化写作”，阎连科对现实主义的偏激态度亦由此而来。如果承认语言和心灵的密切关联，甚至前者就是心灵的符码和结构，那么上述失语不能不说是一种精神的缺憾，它指向文中弥漫的怨怼与仇视。关于这种情绪的根由，小说并未正面说明。叙事主体只是被怨怼驱迫着寻找滋生它的情境，如天灾人祸，瞎眼瘸腿，奸淫掠杀等，这让随后而来的个人反抗变得虚妄不实。所谓反抗，只是借他人的举动暂时地满足了怨怼的一次出击与宣泄，并没有根本解决怨怼主体自身的危机。一种“不及物的抒情”（这也是《风雅颂》试图超越之处）。就文学是“关于”抒情的这种说法的最好、最纯粹、最复杂的意义上讲，阎连科的小说是关于情绪的，而并非思想。力图从阎连科的作品中挖掘社会学或政治学等方面的意味，我以为都是深刻的误读。（上述对《风雅颂》的批评，亦是如此。它们高估了阎连科写作的现实包容力和渗透性。）随着怨怼之气被文学过度倚仗、支取与耗费，这种情绪本身的坚持也变得可疑、可憎起来。说到底，除非找到新的精神资源，否则仇恨将是一柄双刃剑，在阉割了世界的丰富性之后，亦将导致自我的厌弃。《风雅颂》便体现了这种深沉的厌弃感。

《风雅颂》里有两个触目的词：“知识分子”和“耙耧山”。其间的关系非常微妙，虽然表面看去有些不伦不类。后者很容易让人联想到阎连科的“耙耧”系列小说，那么“知识分子”的反复闪现是否意味着作者在题材上的转型呢？目前评论界在这个问题上浪费了太多唇舌，这和我们对新颖与深刻的期待有关。小说中“知识分子”和“耙耧山”最初是作为两种对峙的身份提出的，它们纠缠在主人公杨科，一个农家出身的大学教授身上。就杨科在两种身份间的挣扎、掣肘而言，任何指责作品对“知识分子”的评价——扭曲、诋毁也好，妖魔化也好——都不应忽视“耙耧”的牵制。换言之，“知识分子”与“耙耧”乃是一整体。小说的叙事结构也证实了这一点。既然以第一人称，杨科的视角敷叙成篇，那么，所有对知识分子或高校的“污言秽语”，只有在“我”的语境中方具效力。一种主观型的叙事。与其说它们道出了外界的真伪、事实，不如说真实地泄露了“我”与世界甚至“我”与自身之间无可救药的对立关系。这在杨科为村人的孩子摸顶时的表现得最为直白：

> 我一个一个地摸，心里一遍一遍地说，你如萍不爱我，清燕大学不爱我，京城不爱我，甚至连京郊的精神病院也不爱我杨科教授，可玲珍爱我呀，耙耧山脉爱我呀，县城和城里的天堂街那儿的每一个人都在爱我呀。[①]

村人因杨科“教授”的身份对其礼遇有加，“耙耧”的这种青睐反过来加深了主人公与京城、如萍等的隔阂、对立。（此后，杨科曾以炫耀在天堂街的辉煌性史来试图打击与副校长通奸的妻子如萍。）“知识分子”和“耙耧山”在此已超越单纯的身份标签，它折射着“我”的今天与过去，两种不同的情感逻辑（“不爱”与“爱”）与记忆。值得深思的是，如果去除“耙耧”的重量，那么“我”对知识分子的批判是否还存在呢？若回答是否定的，那么说《风雅颂》单纯致力于讽刺当代的知识分子就是一个冠冕堂皇的伪命题。在杨科的意识中，“知识分子”是一枢纽，它辐射到“清燕大学”“京城”“精神病医院”以及李广智、赵如萍等人物，而“耙耧山”则牵带出“前寺村”“天堂街”“县城”以及付玲珍、小敏、妓女、村民等人，由此构成书中的两条主线。我们发现，两条线索的交汇、触碰以“知识分子”和“耙耧”的抵牾关系体现出来，但背后却瓜葛着古老的城乡矛盾，这正是“知识分子”与“耙耧”纠缠不休的实质与根源。一个巨大、难堪的隐痛！它造成了杨科的精神分裂和自卑，一个悬浮在城乡之间的“边缘人”。杨科出场时，目睹妻子与人“坦诚”而卧、那没头没脑地“惊天一跪”（原文是我“晴天霹雳地在他面前跪下去，[我跪得猛烈而有力，像倒下的一棵树要征服一座山]”），便是由潜意识里的农民自卑所致。我不打算接受诸如“知识分子天性懦弱”这类的精致说辞，它太避重就轻。事实上只有从城乡对立、边缘人苦闷爆发的角度来理解杨科的举动，上述场面才不致流于莫名的滑稽。这也更符合全书自我剖白的基调。说

---

① 阎连科：《风雅颂》，江苏人民出版社，2008 年，第 139 页。

白了，所谓“知识分子”与“耙耧”的身份危机不过是城乡对立的一种换喻式思维。要证明这一点并不难，不妨看看杨科与村民的精神沟通与维系方式。在乡人眼中，杨科是耙耧山脉第一个到京皇城里的读书人。“不仅在京皇城里读了书，还留在皇城的大学教了书。”而杨科在向村人自我介绍时，亦不忘在“教授”的头衔前加一个“从皇城回来”的定语。这里，“京城”对“教授”并非只是简单的修饰与限定，“教授”或“知识分子”所唤起的崇拜与景仰是建立在城市对乡村的（权力）压抑与吸附上的。对一个乡民来说，“知识分子”与“城市”所激发的是同质的情感逻辑与格局。“知识分子”犹如长在“城市”这棵参天大树上的一颗曜曜的果实，倘若只是乡间的一个教书匠，“摸顶”之类事也就免谈了，杨科的内心分裂也不会如此火烧火燎，不可收拾。

将《风雅颂》还原为一个城乡边缘人挣扎、沉沦的心灵史，可能让那些对此书寄予厚望或猛烈攻击的人感觉不快和煞风景，智力追索的结果居然是一个老套的格局。然而文学的魅力不就是一遍一遍让我们领略和重新思考古老的主题（或原型）吗？在处理这些看似老生常谈实则与心灵利害攸关的主题时，往往最见作家的功力与诚实。让古老的主题焕发日久弥新的光彩，需要作家虔诚的心灵探险，必要时甚至要置身于精神的炼狱。舍此，仅就形式上斟酌、求异，则一钱不值。基于上述理由，可以说《风雅颂》是一个具有醒目意义的文本。虽然在文学境界上它远未臻于完美，但其难度和隐含的主体剖白却让人感怀不已。我认为，《风雅颂》标志着阎连科写作的一个极大转型，不是由乡土转向知识分子，而是努力转向“失语”的自身。一次“及物”的抒情。就此而言，《风雅颂》是阎连科创作中真正具有“前进”意义的作品，而此前的小说一直在变换花样地“隔靴搔痒”。杨科身上标记的、因城乡对峙而起的人格分裂与撕扯，是阎连科这辈乡土作家共有的精神软肋与尴尬，但少有人像他这样披露得如此猥琐、怯懦、没有意义。这说来容易，但实践中因涉及自尊、敏感及语言的惯性会举步维艰，以致阎连科也不得不做某种变通的腾挪闪移。不管怎样，《风雅颂》于作者一方似乎已抵达了诚实的极限，我对此深表敬意。正是这自我挣扎、跌打的诚实赋予《风雅颂》一种别样的光彩，亦是全书最耐人咀嚼、回味的部分。它证实了我对阎连科极端化写作精神危机的判断。我们的乡土文学将走向何方？《风雅颂》做了一次有益的尝试。也许有人会说，在一个农村日渐消失、城市化进程如火如荼的国度，一个争谈“后现代”、连“现代”意识都认为落伍而巴不得甩脱的时代，再来描绘城乡“边缘人”是否迂腐了？这种看法太拘于表象，杨科的意义是在更深的层面，他指向一个尖锐的问题：农村可以消失，乡土可以城市化得不留痕迹，然而精神的“乡土”呢？我们如何去面对心灵的“农村”？这显然并非单靠时间便能抚平。现实中的任何一桩事、一个人都可能成为触发我们“乡土”认同的由头。不可理喻的世界，陌生的环境，让我们无所适从、张皇失措，犹如村民立在城市的摩天大楼顶。“乡土”在此已成为精神的隐喻，一种自卑和阴暗的渊薮，其内涵、所指因时因地变动不居。

我把《风雅颂》视为阎连科的精神忏悔，这在书的后记中得到了证实：“我在《风雅颂》中写的是‘我的大学’，‘我的乡村’。”“我只是写我。我只是描写了我自己飘浮的内心；只是对自己做人的无能与无力，常常会感到一种来自心内的恶心。”值得一提的，阎连科一连为此书追写了三篇后记，足见他的重视和顾虑。后记里涉及作者的真实观和写作状态，他预料到可能的误读与纠纷（主要是“知识分子”），于是未雨绸缪地预先澄清。然而，后记的“周到”并没有避免《风雅颂》卷入舆论的漩涡（不久前阎连科以“精神自传”的提法息事宁人。原本老实的夫子自道，啼笑皆非地带上了“被迫”的色彩），反而加剧了小说文本“精神分裂”的意味：它居然需要累牍的附文来指导和确保意义的统一。一个至深的印象：与正文的小说相比，后记显见得更朴实率真。我无意说作者心口不一，两面做法，只是他的忏悔初衷在进入文本时贯彻得极不顺畅。一个有力的证据是，后记里的绝望感和自我批判意识在正文体现得并不充分，它不断受到干扰而转变方向，一个交织着剖析、疑虑、自恋、侥幸的混型。就此而言，后记成了对小说扭曲、折扣（做动词用）情感的提示。强烈而让人痛心的挫败感，激荡在正文与后记之间。（我常想，如果作者能把这种笔力不逮、心笔不齐的写作状态敞开一部分，以“元小说”的方式嵌入正文，效果是否会真实、动人些呢？）作者无力杜绝歧义的发生，相反，他需要（创造）歧义来平衡、转移自我袒露的尴尬和难堪。比较而言，卢梭的《忏悔录》要坦荡、自然得多，这与后者标举个性自由的思想体系有关。卢梭不觉得暴露弱点和隐私乃是苦刑，倒是深信这是一个伟大的创举而颇为自诩。阎连科没有如此豪气，他对自我的失望也让他无从提起自信的精气神。在逼近自我灵魂内部的过程中，强烈的自我剖白欲望与同样强烈的遮蔽企图纠结在一起，结果以放纵歧义的方式为人性的弱点辟出了隐蔽之所。

以此来看《风雅颂》中的信誓旦旦的“知识分子”，可能会有些不同的了悟。我在前文分析了诋毁知识分子这一主题的虚妄性。明眼人一看便知作者驾驭知识分子时的隔膜，但这并不仅是一个细节失真、“不像”的问题，值得思考的是：作者是如何“硬性”地把对知识分子的批判整合、纳入到自我忏悔的逻辑框架中的？我们发现，叙事人“我”（杨科）老是不厌其烦地提醒读者注意他知识分子（教授）的身份，近乎精神的强迫。是不自信？自怜？还是有其他心理动因抑或兼而有之？考察杨科提及“知识分子”之处，往往是在他产生负面情绪、心起阴霾之际。或软弱绝望：如开头的下跪，看到妻子与副校长偷情，“我以一个知识分子的名誉，……跪下来请求你们下不为例好不好”[①]；或怨毒凶狠：如在妒恨中掐死小敏的丈夫，“谁要以为教授、专家、知识分子好欺负，想在知识分子头上拉屎就是这结果”[②]；或自暴自弃：逃亡中，“掏出我的丑物（再也不像教授了），朝着正东的天地撒了一泡尿……大声地对着东方的天空扯着嗓子唤——我是杨科我是教授我是了不起的专家你们知道不知道”[③]；或虚张声势：为体面地离开耙耧山，假冒清燕大学的校长给村长打电话：“他是我们大学最有学问、最有威望的名教授，我们在大年初二要召开一个国际学术会

① 阎连科：《风雅颂》，江苏人民出版社，2008年，第27页。

② 同上书，第265页。

③ 同上书，第270页。

议，必须让他回来做重点发言"[1]……如果说这是对知识分子的刻薄讥嘲，那么作为讥刺"肇始鹄的"的杨科对此理应照单全收。这自我忏悔、批判的理路原本十分了然，但阅读时却容易忽略。反复宣称的"知识分子"在此成了分散注意的障眼物，一种旁逸斜出的歧义保护。而"我"所以能平静地袒露"劣迹"，很大程度上也是倚仗了"知识分子"名相的中介：他以一个共名的称呼荷担了本该个体独立承受的丑陋，由此，一个披露"我"与自身（杨科）之间紧张关系的忏悔理路被改造（或曰"改善"？）成了一个"我"—知识分子—杨科之间的三角情结（见下图）。

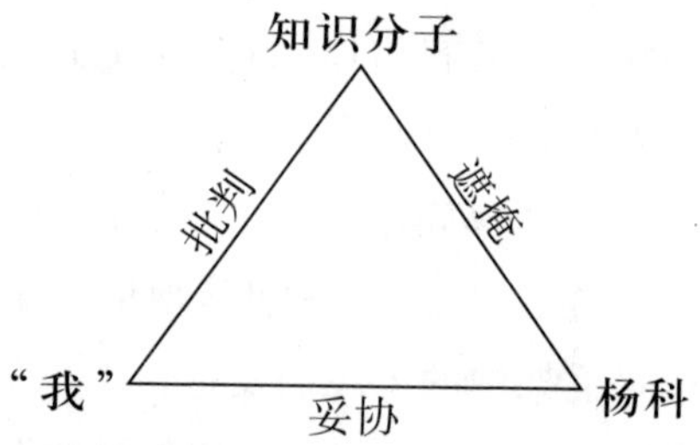

借着对知识分子的批判，叙事人一面尽情发泄着对自我的厌憎，一面又将自身的阴暗置于了某种"安全"之境（相对忏悔直截的逼视和剖析而言）。由于知识分子的介入，缓冲、减弱了刻薄讥嘲的"火力"，痛楚的自我检视化作了振振有词的他者批判。

或许有人对我把杨科、叙事人、知识分子三者"离析"的论述不以为然，以为小题大做，吹毛求疵，而他们本来就是一个人嘛。但依照这样的诠释思路，除了把《风雅颂》变为一部毫无个性的"知识分子自我批判"的大杂烩外，将一无所得。其中隐含着对写作者努力和痛楚的无视与麻木，这不是对创作的宽容，而恰恰是矜持的贬低与嘲讽。我们可以把杨科、"我"、知识分子视为一体，但要附加必要的前提：作品必须揭示为什么杨科要把自己的丑行掷向"知识分子"？为什么叙事人"我"偏偏抓住

① 阎连科：《风雅颂》，江苏人民出版社，2008 年，第 175 页。

“知识分子”（而不是别的什么名词）来担待杨科的罪孽？在把“恶言污语”泼向“知识分子”时，为什么“我”与杨科都不自主地感觉舒畅和快意？只有澄清了上述关系，才能实现“我”、杨科、知识分子之间的圆融无碍，三者尽归心灵的统一体。由于文本对此采取了回避与沉默的态度，它成为忏悔不究竟的标记。仿佛一个黑洞，引发了叙事的分裂和脆弱。纵使不怀疑知识分子批判和自我忏悔的真诚和沉痛，仍然无法抹去两者间的抵牾、拼凑与彼此消解。可推敲之处颇多：杨科在遭遇了明显的不公后，为什么不据理力争，而要折回老家？这似乎不是一般知识分子的思路行止。耙耧的出现如此突兀，它的意义在哪里？（顺带一提的，对杨科在耙耧的施舍、捐助、开发诗经古国等善举，阅读时总免不了一种好奇：他的钱袋从哪儿来？这可不是笔小数字。愿上帝宽恕我们的不洁和功利想法吧！但说学校给一个旷工已久的教师源源不断地发薪水，理由委实不堪一击。）杨科神经质般地念叨“知识分子”，后者究竟是他的救命符咒，还是附身的魔鬼？由于所因不明，杨科的举动成了忏悔的仪式与表演。依稀觉得疼痛，却看不到伤口；体味到自嘲，却不知它从何而来。忏悔本该有的深度、力度及感染性，失落了。

看来，杨科对“知识分子”怀有潜在的敌意，否则他不会把施诸自身的诅咒和危机转嫁到“知识分子”的名头上，以求取假想的洗脱。知识分子在此成了“我”的“替罪羊”。依据常识，人在激动中的言行由于理性的松懈，往往能反映内心深处的真实想法。如果说杨科对知识分子心存怨恨的推论言之成理，那又如何解释他在村民面前的竭力标榜？如此绝望的自相矛盾和性格分裂缘何而起？我以为，这只有从农裔“知识分子”和城市之间的换喻关系中得以说明。具体而言，杨科对“知识分子”的暧昧态度指向他对城市爱恨交织的复杂情绪。杨科的问题在于，他一直不能面对自己城乡边缘人的身份。由是累积的自卑和怨尤为了正当地宣泄自身，创造了一套隐蔽、体面的能指编码。在此，城乡对立，城市人与农民身份的抵牾变作了“我的大学”与“我的乡村”的关系，个体的忏悔与抗争以一个内部歧义、涣散的所谓“知识分子的自我批判”表现出来。至于杨科在京城和耙耧间一意孤行的奔走，则显露了一个城乡边缘人弥合自我分裂的本能自救。

杨科试图在两种身份之间营构某种和谐的人格，然而反讽的是，与自救的本意南辕北辙，杨科的所作所为徒然贯彻、强化了“知识分子”和“耙耧”间的精神等阶：面对大学（城市）的不公，他下跪退缩，显尽了耙耧的卑微与窝囊，甚至甘愿被打入疯子的另类；得知乡下的初恋情人玲珍与吴德贵有染，他竭尽心理折磨，冷酷高慢地蹂躏了一派痴情；在县里天堂街的妓院中，他又摇身变为劝人从良的“救世主”，把知识分子的羞涩高洁、乐于奉献（被宰）演绎得淋漓尽致……不难体察，城乡对立的格局已内化于杨科的灵魂中，在此，杨科的形象具有了某种文化人格的意味。他的自救不再致力于内里的统一或平衡，而恰以彰显分裂与破碎为要旨。这让贯彻始终的作为家园象征与精神皈依的《诗经》显得缺乏必要的诚意，仿佛一个出于叙事便利的空架子。如果把《诗经》换为《楚辞》或别的古籍，加以必要的过渡，小说的整体精神并不受损害，只是附庸风雅的意味没有《诗经》来得直接罢了。而最后出现的诗经古国的乌托邦性社会，除了显示淆乱秩序的、虚弱的破坏冲动外，并无实质的精神建构。杨科在诗经古国的表现，让人气馁地冷漠、镇定。须得感谢作者的仁慈，他让杨科及时离开，保住了精神的“晚节”，由是也失去了一个极好的进驻杨科内心的机会。如果把诗经古国作为探寻杨科精神秘道的路标挖掘下去，文本的肌质会富于张力和弹性得多，而不是现在这般稀松如泥。

在上述遗憾和矛盾处，我们能够感受到自卑（作为情绪主体）的宣泄欲望。其特点在于，拒绝一切升华和终极意义的识别企图，以复制自身的结构（分裂、对立）、然后自我投射于中为乐。在煞有介事的展示与铺排身赴“险境”中，自卑确立了自己的主体性。这与忏悔的内敛和深入是相悖的。表面看来，像杨科这样袒露个人的劣迹，似乎已具备了相当的忏悔诚意，然而实际并未和盘托出。由于自卑潜藏于忏悔的言说中，它的外向和散射活力让忏悔回溯内心的计划受到遏制。《风雅颂》里多为倾吐宣泄的笔调，缺乏冷静有力的分析笔触（这对忏悔而言不可或缺），便是突出的证明。不少章节在高潮与悬念中戛然而止，似乎要引人思考，但频繁的使用则透露了写实的力不从心：一种自我戏剧化的忸怩，而舍此，竟没有更有效的手段让忏悔切入和面对自身。（这不仅是杨科的悲剧，更是阎连科写作困境的提示：他找不到准确的笔触来表现自己，冲入歧路成为坦呈自身的命运。比之杨科的故事，这似乎更让人动容伤感。）对话描写基本没有自然的、一问一答的段落，大都为单方（“我”）连绵不绝乃至咄咄逼人的发问与陈说，由此营构出开诚布公的新颖印象，同时也导致了不乏自恋、武断的、一面之词的嫌疑，犹如透明的墙壁。忏悔和自卑在此达成妥协：忏悔的推进，以封存自卑的历史与记忆为前提。

必须说明的是，本文从城乡边缘人的苦痛与挣扎的角度来解释《风雅颂》，并不是无视文学的复杂性，把作品简单了结，但想给出一个把握文本的基点：在此，作品内部运作的错杂冲动能聚拢、统一起来。这对理会文本的复杂性和思想意义不无益处。就杨科的经历及精神苦痛而言，我们很容易想到 1980 年代初那本脍炙人口的《人生》。杨科俨然是进城的高加林（仿杨科的口吻：大家都是知识分子）。他乡下的恋人玲珍，亦如巧贞的翻版。在被杨科抛弃后，玲珍到县城开了间耙耧酒家。至于这个小女子是如何起家致富的，作品写得扑朔迷离：一说她是攀着老板吴德贵用身体做本钱上去的；一说她全凭个人苦斗有了今天，吴德贵只是她的厨师；又说吴德贵偷了她的钱，让她大病一场；等等。这里隐含着一个农村女子的心酸和血泪。比之巧贞，玲珍多了层女强人的禀赋。但这只是推论意义上的，玲珍的实际表现与巧贞无异，我们看不到干练、精明的痕迹。和杨科重逢时，玲珍已是四十出头的中年人，依她在商场的跌打历练，居然识不破杨科虚伪的把戏，委实让人讶异。此后她对杨科的忍让及逆来顺受，活现了纯情少女的行径。一种心理的停滞，这不得不归结于自恋、自卑导致的文本奇迹。它让一度被激起的、对玲珍复杂性的期待、想头偃旗息鼓。如果设置玲珍戳穿杨科的伪装，杨科由是遁入诗经古国，主人公的分裂和绝望可能更具说服力。然而由于自卑的牵制，《风雅颂》目前的忏悔框架无法容纳一个复杂的玲珍，只能削足适履地将其改造为巧贞式的纯情的“单面人”。在玲珍或巧贞一往情深的背后，沉淀着乡土的自惭形秽及对文化人、城里人的景仰。《风雅颂》里有一细节，当玲珍决意委身杨科时，她说：“我把身子给了你，你这辈子就是当了县长、省长、教授都得记住耙耧山脉后寺村”，“我这辈子也没有白白和一个读过书的人订过一场婚”。[①] 这大概是杨科对知识分子最刻骨铭心的记忆吧？杨科与高加林都以成为知识分子（读书）的手段抵达了城市，而这一身份也立时为他们赢得了爱情的“利益”。杨科的知识分子强迫症在此获得了某种类似病源性的解释。

《风雅颂》就像《人生》的精神续篇。主人公杨科把高加林的形象现代化了，这是《风雅颂》的一个贡献。虽然杨科绝口不提他的农民身份，但与高加林一样，其精神病痛的根源来自城乡对立而致的文化分裂。新时期以来，我们的文学在城乡对立的主题下倾注了太多的痛楚、屈辱和怨诉。这种叙述和情感的模式可追溯到《人生》。当我们称某人是农民或带有农民意识时，总会引发愤怒、侮蔑和羞耻之感。这过激的情绪反应一直为乡土文学恪守，于是源源不断地在乡村和城市之间编织某个怨尤的故事。本来这种叙述也无可厚非，但趋同的背后却透露了思想匮乏与怠惰的信号：对城乡问题究竟该如何把握？文学的超越性又体现在哪里？在此，《风雅颂》中精神忏悔的写法显得卓尔不群：究其根底，城乡对立乃是一个心理现象，而非物理事实。设若人光心霁月，坦荡磊落，对他而言哪里有什么城市与乡村，更遑论高贵与低贱，城里人与农民？造成精神伤害和痛苦的，并非外在的城市和乡土，而是人自身的弱点。系人的贪婪、自私和占有的欲望，导致了城乡的分野与对峙。当我们指责城乡对立、被此压迫得手足无措的时候，是否只是徒现了杨科恼恨知识分子时的怯懦与“失真”？从个体心灵的隐秘中寻找和把握城乡对立的根源，这是《风雅颂》给人的最大启示。虽然它是无意中抵达这一点的。

---

① 阎连科：《风雅颂》，江苏人民出版社，2008 年，第 108 页。

第十章　刘震云：权力与人性的角逐

就刘震云的创作历程来看，这是一个自我跨越极大的作家。从早期以《塔铺》（1987）为代表的道德激情化叙事，到《一地鸡毛》（1990）般的冷静、客观型写作，又及“故乡”系列（包括《故乡天下黄花》《故乡相处流传》《故乡面和花朵》，理论界曾谓之“新历史小说”）的主观、戏谑与狂欢，主体形象一直处在一种不安分的、颠簸震荡的状态。就其间出现的人格断裂——系自我否定的标记——而言，主体似乎走上了一条不归路。那个饱含真情与道义的“我”已不复存在；[①] 不仅如此，主体的自我统一性也在全面兜底的言说意志中趋于分裂。这突出地表现在《故乡面和花朵》（1998）里。洋洋洒洒 200 多万字，求变与自我突围的冲动贯彻始终，但义无反顾里又透着凄惶：自己究竟该在哪里栖身呢？主体的建构应在何处扎下根基？如果说“我眼中常含着泪水（系严肃、正宗的形象暗示）是因为这玩笑开得过分”[②]，那么，玩笑的面具（将正经融于嬉皮，一种主体存在的方略）什么时候能够脱下呢？也许，我们该这样理解，作为一种变相、否定的提示（有故作潇洒的意味），玩笑透露了主体内在的绝望；当笑与泪对峙地呈现在脸上时，它表明内里的分裂已无可救药了。

上述主体形象的变动不居让刘震云成为了“文学豫军”中一个非常

---

① 刘震云在《整体的故乡与故乡的具体》（载《文艺争鸣》，1992 年第 1 期）中曾说：“《塔铺》是我早期的作品，里面还有些温情。这不能说明别的，主要说明我对故乡还停留在浅层认识上。”这可视为主体建构中自我扬弃的表白。

② 此系《故乡面和花朵》（华艺出版社，1998 年）的题记。

独特的现象。而要理解、体察这种变化与选择，我们尚需进入具体的文本——作为精神实践的结果，它们蕴含了诸多关涉主体内心的、丰富而隐秘的信息。摩罗曾将刘震云誉为中国的“大作家”，是就他对“人类精神生活”独到而深刻的切入而言的。刘震云揭示了“奴隶的卑贱感和耻辱感”[①]，摩罗如是说。问题在于，这种卑贱与耻辱的感觉是如何形成的？又是如何通过小说的形式予以体现的？我以为，所谓的卑贱是与刘震云作品里的平民立场（一贯的风格）以及形而下的视角紧密联系在一起的。摩罗道出了这种低平叙事背后的真实心态，但附加了一层崇高的悲剧色彩。与其说这是刘震云作品本身的魅力，不如说它是评论者摩罗对于悲剧的阅读期待。我本人也曾有过这样的期待，但却在对刘震云的追踪阅读中一次次落空了。他奉献给我们的只是一摊悲剧的“毛坯”，无法作为一个丰蕴的世界树立起来。不仅如此，崇高还是主体竭力避免的；在刘震云看来，所谓的崇高或悲剧不过是一种形而上的、老套的叙述阴谋与骗局罢了。这片面悲观又不乏刻薄的理念是难以接通“人类精神生活”的气息的，人性的复杂与温暖在此被慷慨地抛弃了——这关涉到主体叙事与批判的策略，我将在下文予以论述——从这个意义上讲，刘震云的作品更多体现的是一种个体的悲剧与宿命。而他打动我们的，也正是这一点。

一、刘震云的关键词

理解刘震云有三个关键词：故乡、权力、历史。首先来看“故乡”。与一般的豫籍作家不同，城乡对立的焦灼感在刘震云身上并不突出，但这并不意味着他找到了调和二者的有效方式（如李佩甫的神性），或者开辟了第三条出路（像阎连科的极端化写作，一种虚妄的抒情），而是源于主体一视同仁的否定眼光。天下乌鸦一般黑，故乡如是，城市亦如是。之所以会产生如此负面的情绪，是与刘震云独特的人生经历分不开的。出于生计方面的原因，1958 年出生仅 8 个月的刘震云被送到河南乡下（即延津）由外祖母抚养。仿佛一个城市的“弃儿”，从开始记忆之际，刘震

① 摩罗、杨帆：《刘震云：奴隶的痛苦与耻辱》，载《当代作家评论》，1998 年第 4 期。

云就备尝了亲情的寡淡与疏远。仿刘震云的话讲：亲情也是要有经济基础的。在延津，他度过了自己的童年与少年时代。其间适逢三年自然灾害和“文化大革命”，饥饿、贫穷、死亡，以及畸形岁月里权力的肆虐，等等，绝大部分的记忆都不愉快。刘震云曾说过：“故乡在我脑子里的整体印象，是黑压压的一片繁重和杂乱……我对故乡的感情是拒绝多于接受。我不理解那些歌颂故乡或把故乡当作温情和情感发源地的文章或歌曲。因为这种重温旧情的本身就是一种贵族式的回首当年和居高临下的情感的表露。”[①] 这显然受了记忆的影响与左右；刘震云的小说缺乏光亮，总透着一层灰蒙蒙的底色与基调，也是和这种记忆相吻合的。但若就此便把刘震云定位于“城市与乡村的双重的局外人”身份，[②] 我认为也不确切。事实上，主体一直是在“故乡”中的，虽然他没有将其处理成神圣的精神家园，心中也无甚乡愁的缭绕，但就小说构思、叙事的逻辑与推理而言，主体却是个不折不扣的“故乡”的维护者，这或许是刘震云始料不及的。换言之，叙事的结果对作家口口声声所讲的“拒绝故乡”构成了反动。在此，“故乡”显然已超越了某个具体的实存，而衍变、抽象成了一种类似“世界观”般的逻辑力量。刘震云的小说无论题材如何变换，其内在的精神空间总嫌逼仄了些，流于封闭的循环，像《单位》《官场》类的小说便是故乡空间逻辑的体现。至于《故乡天下黄花》《故乡相处流传》，从题目本身来看，“故乡”就有着放诸四海皆准的扩张与普及的欲望。而当故乡的逻辑流传到各处，像黄花一样飘洒到天下时，故乡便成为了历史。刘震云曾说过这样一段话：

---

① 刘震云：《整体的故乡与故乡的具体》，载《文艺争鸣》，1992年第1期。

② 参见贺仲明：《放逐与逃亡——论刘震云创作的意义及其精神困境》，载《中州学刊》，1997年第3期。贺仲明指出：“假如说城市是刘震云的‘生父’，乡村是刘震云的‘养父’，那么，刘震云同二者之间的关系都是不和谐的。他不是简单地逃离这一个而亲近那一个，也不是简单地回归这一个的怀抱而弃另一个远去，他对二者都怀着双重的矛盾态度，既有同情相亲，但更多隔膜和拒斥。这种对生父与养父的双重矛盾态度，使刘震云常陷入情感与理智的巨大困惑和缠绕之中，最终导致他以双重的局外人身份对城市和乡村进行冷峻的审视与批判，并进而挖掘出城乡共同的灰色的人生和变形的灵魂。”

> 如果故乡是指一块地方，这个地方是指一个社会整体，即不但包括人、土地环境，还包括维持人、土地和环境的社会政治、经济形态及生活方式或者说作为一种社区来考察的话，在一个民族内，这块地方与另一个地方没有太大的差别……从这点意义上说，故乡就是国家。无论你生在哪里，都会给你身上和心上打上基本相同的烙印。[①]

这里的“国家”和“历史”一样，均是带有普适意义的词。从“故乡”到“国家”，较之从“故乡”到“历史”，其间的推衍、思路基本相同。事实上，在上面这段引文中，如果我们将“国家”一词换为“历史”，也未尝不可。刘震云的历史观属于典型的循环主义，在《故乡天下黄花》中，历史被章节人为地分作了四段：“民国初年”“鬼子来了”“翻身”和“文化”。然而，我们感受不到时间内在的流动和沧桑，看不到时间坐标上的任何实质的发展和变化。虽然人换了一茬又一茬，但依旧是马村的生活方式，马村的权力斗争。历史在此已蜕变成了一个地方社会政治、生活方式的凝固表达。若把它和刘震云讲的“国家”相比，会发现两者的意义在内涵和外延上已没有太大的区分。须说明的是，从“故乡”到“历史”，并不是一个单纯的越界、升华或者形而上的过程。刘震云有他的抱负与雄心，却不在此处。确切地说，不完全在此。我们发现，刘震云的创作愈到后来，“故乡”的实存意义愈是缥缈。在《故乡面和花朵》里，“故乡”则完全变成了一处蓄满话语山洪的湖泊，似乎任何复杂微妙甚至不着边际的情绪都可纳入“故乡”的语义系统。在“故乡何谓”两章里，关于“故乡”的定义就不下数种：“白蚂蚁说，故乡是他家棚子里隔年的蜘蛛网，上边扯着几只干化的苍蝇、蚊子和蠓虫；网子是固定和陈年不变的，苍蝇、蚊子和蠓虫是偶尔撞上去的；棚子是不变的，人就像网上的苍蝇、蚊子和蠓虫一样只不过是匆匆的过客罢了。”搞生灵关系的郭老三说：“故乡是什么？故乡就是我的母牛，母牛没有了，我哪里还有故乡呢？故乡是

① 刘震云：《整体的故乡与故乡的具体》，载《文艺争鸣》，1992年第1期。

什么？故乡竟成了梦中的温柔富贵，所以我要背井离乡。"而对于叙述人"我"（即小刘儿或白石头）来说："故乡只是一个背景，前边是一个活动的巨大的姥娘。和蔼可亲，慈眉善目。你是这个世界的希望。"①诸多释义让"故乡"的内涵在急剧膨胀中瓦解和崩溃了，与之相连（或曰相对？）的"历史"也同样如此。不难发觉，"历史"与"故乡"仅是一个由头，引发个人的话语才是主体真正的目的。在随意牵扯、比附的语言施虐中，"历史"和"故乡"化作了一块可任意揉搓的面，二者间的界限也模糊难辨了。一种清醒而不乏冷酷的"一视同仁"，与之前所述的主体对待"乡村"和"城市"的态度一样。一种共通的难以遏制的反叛情绪。

为什么会出现这种情况？难道主体仅仅是为了颠覆"历史"和"故乡"吗？我以为并非如此，当主体对"故乡"和"历史"同时开弓、出拳打击的时候，他的目标其实另有所指。这里，"故乡"和"历史"成了替罪羊式的"映射"，某种类似于衍生的"谓语"的东西。它们真正的主语乃是主体对于权力的记忆。在豫籍作家中，很难找到比刘震云的权力情结更深的人了。并非那种心向往之的情结，而是要千方百计地摆脱之，反拨之。作为儿时梦魇记忆的内容之一，权力（包括贫穷）原本是和故乡往事联系在一起的，隶属于个人的情感和经验域。但由于它对主体的影响和留下的印象实在太强烈了，以致从故乡的整体中脱落下来——就主体而言，则是心灵强迫般的区分与专注——化作了一股弥漫而霸气的力量。无论走到哪里，面对何种事物，刘震云都能感受到其背后闪烁的权力的眼睛。这是作家的个体悲剧，也是我们理解其作品的关键。刘震云的偏执在于，他放弃了对典型环境中典型人物的塑造与刻画，而倾心于权力规则的洞察和反拨。权力成为联系故乡—历史的枢纽，它发端于故乡的世界却又与之分野，成为无往不胜、无坚不摧的控制者——既是关系，又是规则；既有逻辑推理的味道，又含带天然的命令权威。一句话，权力才是刘震云作品的真正主人公。

---

① 刘震云：《故乡面和花朵》（卷1），华艺出版社，1998年，第215、282、225页。

二、权力、主体与人性

如何将权力引入作品，又如何处理自我与权力的关系，贯穿了刘震云的创作始终。从他早期的作品来看，尽管笔法尚嫌稚拙，但对权力和贫穷母题的关注已露出端倪。在《瓜地一夜》（1979）里，队长喜堂可以堂而皇之地到瓜地里吃瓜、用布袋拿瓜，因没钱给卧病在床的老母买瓜而无奈偷瓜的李三坡却落得一个罚款的下场。值得注意的是瓜地负责人——老肉，他的职务虽不大，但多少是个官。在对待李三坡时，他“铁面无私”，振振有词：“人再穷，手不能长。三只手，到哪儿也不叫人爱戴”；而在喜堂面前，却忙不迭地杀瓜款待，“凉凉儿的，全当喝水”，原则性荡然无存。究其原因，原来老肉能当上瓜地负责人，是沾了侄女的光：他家侄女嫁给了队长喜堂的本家兄弟。一种官官相护的网状的权力格局就此被简洁地勾勒出来：每个人都是权力格局中的一个棋子，老肉能欺负李三坡，是因为他占据着瓜地负责人的位置，而他又受制于更大的权力，队长喜堂便是这上一级权力的代表与象征。我们看到，所谓道德的谴责（诸如盗窃、淫乱等）只是针对贫穷、无权的人（如李三坡），对于掌权者则网开一面。由此可见，道德不过是权力用以普及自身的一种借口和话语罢了。这在《罪人》（1985）里体现得最明显。贫困的牛秋、牛春兄弟两度面临“一个女人两个筐”的尴尬而不得已凭抓阄来决定花落谁家，牛秋还因为与嫂子的一次乱伦而陷入原罪般的良心折磨，但乡书记的儿子、牛秋的同学“狗蝎”走马灯似的更换老婆却心安理得。刘震云的作品中充满了这样的对比：穷人较之富人，贫贱者较之权贵者，其道德意识要敏感、自觉得多。这与其说是对人性高贵与修为的向往，不如说是对权力的愚昧和无知。道德让贫贱者安于贫贱，自我羁绊和折磨，而一旦面对权力一方，其约束力便自行消解。当郑四看到自己以前的恋人青子和李主任婚后日子过得那样优裕时，居然连一句责备的话也说不出了：“他原来还为青子不嫁自己生气，现在看，有什么可气的呢？自己有三百多块钱……能让青子那样打扮吗？能让她不下田，到干净、不忙的书店去工作吗？能解决青子和小猫头的户口吗？”（《被水卷去的酒帘》）显然，郑四不具备向权力发起道德进攻的智慧和话语权，他谅解青子即意味着默认了自己在权力格局中的卑下地位。具体说来，郑四虽然挣得了三百元钱，能兑现当初向青子许下的诺言——买自行车和缝纫机——了，但和李主任相比，他仍是个穷人。一种普遍贫困中的相对贫困，以及权力的分割和利益的交换（爱情也是交换的内容之一）就这样成为了刘震云创作的兴奋点。

通过描述小人物在权力体制中的不幸遭遇来展开对权力的质询是刘震云早期应对权力的策略，类似批判现实主义的写法。但总体说来，权力的主体地位尚不突出。原因在于，这里的人性描写与权力揭示没有完全重合。此时的主体还保留着一种天真、痛切的理想主义，他不自主地希冀、寻找着权力控制中的人性意外。红玉嫁给了暴发户李明生，却终因顾念旧情而自杀（《栽花的小楼》）。贫穷拆散了秋荣和小水，小水死了，秋荣嫁给了富人李发。但在迎亲的路上，新娘却绕道小水的坟旁。于是我们看到了那幅触目的挽联："献给你　水，你的未婚妻　秋荣"。这义无反顾的真情流露明显是在权力结构之外的，人不单单是权力棋盘上的棋子，他有血肉，有情感；成银没有照权力运作的规则把老龟高价卖出，他在龟背上刻下"成银　于爱花是夫妻"几个字后将其放生，从而保持了一份难得的洒脱与超然（《乡村变奏》）。在《塔铺》里，"我"的初恋情人李爱莲虽然因为家庭的压力嫁给了暴发户吕奇，但爱情并没有因此而褪色，反而由于双方的分离变得更加神圣而炽烈。结尾处，李爱莲对"我"的表白把这种理想色彩推向了高潮："哥，上了大学，别忘了，你是带着咱们俩一块上的大学。""以后不管干什么，不管到了天涯海角，是享福，是受罪，都不要忘了，你是带着咱们两个。"[①] 我们发现，一方面权力对人性造成了损伤与戕害，另一方面人性也以其天然的对于真善美的追求（一种话语）来抵抗着权力的格式化。李爱莲的婚姻便可视为对这种格式化的阳奉阴违之举。这透露了主体与权力的关系：他把童年时代对于权力那刻骨铭心的苦涩和压抑的记忆转移和投射到人物对权力的反抗上，一种基于自我体验的本能反应，即把对权力的揭示和批判引渡到人性的阈限。

① 刘震云：《一地鸡毛》，长江文艺出版社，2004年，第29页。

这便是评论界所谓的刘震云早期的道德激情化叙事。主体的立场非常鲜明，对小人物的天然同情和对“官”的本能的不信任导致了他对权力的拒绝和贬斥，一种感性的充满疼痛的批判切入。而就人物偶有逸出权力规则之外的举措和行为来看，人性不能被权力完全涵盖。它不是权力的附庸或者纯粹的解说性述语；相反，权力是包含在人性之中的，它经由人物扭曲的顺从体现出来。其间同时生出的痛苦与失落则构成了对权力的承担与抗拒——这一点非常重要，它成为人性从权力阴影中脱颖而出的独立性标记，而这种独立性在刘震云后来的创作中却越来越模糊了。从《塔铺》中的“我”到《单位》《一地鸡毛》中的小林，再到《故乡相处流传》《故乡天下黄花》里的小刘儿，人物变得愈来愈没心没肺，泼皮无赖。该如何来看待和解释这种现象呢？不可否认，刘震云的写作是日渐“成熟”了，但“成熟”却是以牺牲人性的独立意义为代价的。这是出于写作的必然呢，还是因为主体另有苦衷？

对此，胡河清在《王朔、刘震云：京城两利嘴》一文中指出：

> 刘震云有中国历史学家的慧眼，把中国社会中人与人的关系看得透彻得了不得，这是他的优长。但这种优长也伴随着一种弱点，就是他只懂得权力关系对人的影响，而对种种高度个人性的人性范畴……基本上了解得还非常肤浅。
>
> ……刘震云的人物都像是一些活动权力关系网络中的简单符号，从中破译不出什么复杂的文化生命信息。
>
> 其实这也就是中国传统文学的局限……“大凡中国之君子，明于礼义而陋于知人心。”礼义指的是社会关系、权力关系，而人心就是指纯个人化的生命信息了。读中国最纯正的古典小说，如《水浒》、《儒林外史》之类，都会发现这个弱点的：知礼义透而知人心浅。[①]

① 胡河清：《胡河清文存》，上海三联书店，1996年，第21页。

胡河清把刘震云对人物的漫画式处理视为一种写作的局限。他认为刘震云对人性洞察的功夫不够，并从中国传统文学的发展脉络上寻找这种局限的根源。如果我们承认他的探索，即“大凡中国之君子，明于礼义而陋于知人心”，那么，何以会发生此种共性的偏差呢？胡河清把刘震云的作品与《水浒》《儒林外史》并置，他从中感受到了共同的“君子之风”，这应该归属于主体建构的范畴。而所谓“君子”，在我看来不仅是自我形象的暗示与向往，更体现了一种基本的写作立场，系主体自我与世界的关系的结晶。任何作家，无论他意识到与否，在写作中必须解决两个问题：第一，人应该如何面对他生存于其中的外部世界？第二，他该怎样面对自己的生命（内部世界）？由于作家的敏感，他比一般人更容易产生对世界的失望与迷惘情绪。在这种情况下，他是鼓起勇气，采取担纲、进取的态度来卷入这个世界呢？还是抽身而退，放弃对世界意义的追寻？就刘震云的创作来看，他选取的显然是第二种方式。主体并非不想对人性进行深入的勘查——早期的道德激情化叙事即显示了他在这方面的努力——只是缺乏相应的精神力量来承受向世界进取时给自身带来的痛苦与伤害。这便是胡河清所谓的“君子之风”。它在中国传统文学中具有相当的代表性，一种主体人格、立场的趋同选择。具体讲，君子，在主体与世界之间建立了一种平衡。它首先是出于主体保护自我的需要。我们在读刘震云后期作品时能明显感受到其间的疼痛感和早期的作品相比已然锐减甚至消失——人物的没心没肺是这方面突出的表现——便可作为上述自我保护意识的证明。不仅如此，在“君子之风”的原则下，整个写作用力的方向发生了转变：作家不再探索、奢望世界的意义——这无异于自寻烦恼——相反，他承认世界是无意义的，只要把这无意义的秩序勾勒出来即可。

明白了这一点，我们对于刘震云在道德激情化叙事之后的转变就会有一个基本的理解与把握。大约在1988年，刘震云的创作风格发生了首次比较大的变化，出现了《新兵连》《单位》之类的所谓“新写实”作品，这种写法在《一地鸡毛》（1990）、《新闻》（1994）中达到了高峰，刘震云由此声名鹊起。对这些作品，评论界有诸多评论，例如，以冷静、客观的描写取代传统的乌托邦叙述；创作主体退出文本，任其以“生活流”的方式自动呈现，等等，这里不再赘述。值得探讨的是这种叙述精神的起因，即究竟是什么缘故导致了主体批判意识的妥协乃至萎缩？有人指出，“新写实”的叙述体现了“知识分子的身份危机”[①]。在中国，知识分子一直是一个“遭威胁”的身份，其独立性颇值得怀疑。五六十年代至“文革”期间，知识分子处于政治权力话语的压抑下，不自主地向政治倾斜；进入 80 年代以来，知识分子在经济上变得相对贫困，他们的付出与所得不成比例。由于经济地位决定人的社会地位，知识分子的市民化便成为了一种无可奈何、身不由己的选择。这种解释我认为对刘震云而言并不准确，他通过考大学从农村进入城市（北京）并留下来，其间并没有经历什么富足的阶段。比较起来，进入 80 年代后，刘震云的生活还有所改观。他大学毕业，在报社工作，有一份固定的收入，写作也逐渐被认可。应该讲，对知识分子因相对贫困而萌生的不平、郁闷及无奈情绪，刘震云的感受并不深刻。之所以会采用“新写实”的写法，乃是源于一种深谋远虑的较量心理。随着写作的推进，权力作为主体批判的鹄的日益明确。但由于权力的杀伤性无处不在，要彻底地揭露、打击它，主体首先要保证自己不受伤害。于是，作为一种叙述策略，冷静被逼迫出来。主体不能被他人的不幸分了神，陷入没完没了的感伤和痛苦，这种“移情”在某种程度上无异于暴露自身的软弱和怯懦。而如果在此不作精神的消耗与承担，一切就会轻松得多。当然，轻松并不意味着无所事事。实际上当精神回退之后，智慧的神经便迅疾地发达起来。一种力比多式的转换，结果成就了刘震云小说中深刻而不无偏激的智慧。我们感到，主体的目光是那样专注且具有穿透力，以致文本在某种程度上化作了一种“无人之境”。确切地说，主体要捕捉的是权力的触须和圈套，在他看来，一切均可还原为权力的运作，连人性也不例外。

---

① 参见郭宝亮、倪素梅：《诗性消解：主体的隐匿与人的沉沦——刘震云“新写实”系列小说新论》，载《华北电力大学学报》（社会科学版），2000 年第 2 期。

三、“新写实”的权力质询

《新兵连》（1987）是刘震云由道德激情化叙事向“新写实”过渡的作品，它讲述了一群来自故乡——延津的农村兵的故事。同乡之谊并没有使他们在军营里和睦相处，为了争先进、有一个好的分配前途，元首、老肥之间展开了激烈的竞争。“他人即是我的地狱”在这里得到了充分的演示。“因为大伙总不能一起进步，总得你进步我不能进步，我进步你不能进步；你抢了扫帚，表现了积极，我就捞不着表现。”[①] 于是元首违背了诺言，把老肥犯羊角风的情况捅给上面，导致后者被退回原籍，自杀身亡。一幅可怕的异化景象。按照马克思的理论，异化是指人的一种生存状态。在这种状态里，人不再感到他是自身世界的中心，是其行为的发出者；相反，他被他的行为和目标所控制和占有。班长李上进就是在入党上进的愿望驱策下从积极分子沦为阶下囚的。当几番努力遭到拒绝后，他向指导员开了黑枪。与之前的作品相比，《新兵连》在人性的刻画方面显示出逻辑的单纯和齐整：异化在此成了一种必然的结局，人物所有的行为包括爱情都逃不出异化的陷阱：李上进的对象和他结婚的前提是他一定要解决组织问题，这究竟是爱人，爱组织，还是爱“党票”？老肥的自杀表面看似乎是自主的抗议，实则是想接受异化而不得的奴性举动。不仅如此，就死亡的非自然性而言，自杀也是一种异化行为。主体仿佛是想告诉我们，所有的反抗皆系无效，因为反抗本身（一种敌对的情绪）已然在心随境转的异化之途。《新兵连》取消了人物的自主性，而当人真的成了一个物、一个目标得以实现的工具时，权力便充分现身了，它的运作规则高清晰度地呈现出来。从这个角度而言，与其说刘震云“知礼义透而知人心浅”，不如说这是他有意为之的叙事选择和战略取舍，即以浅近的人心描写（一种战略的牺牲）来逼近权力，定义权力。质言之，刘震云是把人心作为权力的一部分或者衍生物来处理的。这也是《新兵连》与刘震云早期作品的最大不同。可以感受到，在将人性推向被动和虚无的过程

---

① 刘震云：《一地鸡毛》，长江文艺出版社，2004年，第37页。

中，主体始终眺望着权力。一种“心猿意马”的写作。人性已不是他关注的重点，或者说，他只关注人性中与权力相关联的部分，只有这部分人性才对他有意义。这导致了异化的绝对性，一种执著的构思。此间的置换在于，写人物的异化亦是在揭示权力的运作规则，而后者才是主体真正要描述的对象。如此一来，小说虽然在刻画人性的丰富上有所下降，但在权力主题的集中性表达以及对权力规则揭示的力度方面却大大加强了。就结果而言，主体不仅抒写了自己的权力情结，还成功地避免了权力对自身可能造成的戕害。这一点我们能够从小说中“我”（既是叙事人，又是人物之一）的身上感觉出来。尽管“我”也同情同乡们的遭遇，但在叙述上却冷静、节制了许多，内心感伤的波澜由于主体对权力的强迫性专注（一种自我要求）而被分散、掩饰了。另外，小说结尾部分交代：“全班比较，还数我分得比较好：到教导队去学习。”于是，无论就叙述的姿态，还是实际的结局而言，“我”都不属于受害者。一种表白和强调，其间折射出的自我保护意识是不言而喻的。

在刘震云的创作历程中，《新兵连》是一个转折点。它不仅透露了技术层面的变革：不自伤的写作策略，更预示了一种特有的主体风格：从激情型写作走向智慧型写作。作家把悲剧的情愫融于喜剧的氛围——我们能在老肥、元首、李上进们的忙碌的异化行为中体会到一种丑态百出的好笑，便归功于这种写作的立场——既让自己从压抑的心灵阴影中解放出来，也让读者轻松了不少。在对人物命运的原生态般的展示中，悲剧的写作让位给了客观的存在主义的关怀。

《新兵连》之后，刘震云又推出了《单位》《一地鸡毛》等“新写实”名篇，基本上是《新兵连》的写作路数的延续：人无可选择地异化，只不过异化的地点从军营移向了日常生活领域，又从公共场域的“单位”渗入了私人空间的家庭（《一地鸡毛》）。从这个意义上讲，小林和李上进们并无实质的不同。同样的农村出身，同样抱着跳农门的目的，李上进们参了军，而小林则上了大学，留在了城市。这不禁让人想起《塔铺》里的“我”：那个千辛万苦考进大学、让李爱莲牵挂不已的“我”进城之后究竟怎么样了呢？在“我”与李上进以及“我”与小林之间，我们能够感受到构思的连续性，一种自然的逻辑演进。事实上，这三者都有主体自身影子的投射。刘震云也是从农村出来的，在服了五年兵役后，考入大学。就此，我们可以把小林的故事视为《塔铺》的延续，只是其中的人生况味和境界已迥然不同了。如果说《塔铺》时代对应的是刘震云创作的青年期：它富含朝气又多愁善感，那么《单位》和《一地鸡毛》则反映了一种中年的创作心态：见怪不怪，喜怒不形于色。在我看来，道德激情化写作和"新写实"之间的联系也即在于此。就刘震云而言，所谓的"新写实"笔法乃是脱胎于"塔铺"时代对故乡和权力的苦涩记忆；从激情写作到"新写实"，对应着主体的成长和代价。换言之，"新写实"中的主体退隐并不是一蹴而就的，它反映了成长的必然，一种别无选择的务实之举，就像主人公小林一样。刚进单位时，小林还有些特立独行的个性味道。迟到早退、上班穿拖鞋不说，对女老乔好心的入党提示，也潇洒地一口回绝："目前我对贵党还不感兴趣。"然而短短的三年时间，小林就像换了一个人。当意识到"钱、房子、吃饭、睡觉、撒尿拉屎，一切的一切，都指望小林在单位混得如何"时，他潇洒不起来了。于是上班准时，不再穿拖鞋，穿平底布鞋，不与人开玩笑，积极打扫卫生。从排斥"贵党"到打入党报告，从讨厌女老乔、厌恶她的狐臭，到"一月一次挨着她的身子与她汇报谈心"，想方设法与她搞好关系，刘震云令人信服地描摹出了人的异化与沉沦。一种存在的迷失，海德格尔曾谓之以"常人（das man）专政理论"。即每个人都是按照公众意志而不是本己的意志行事，这难以名状的暴君就是无人称的主体"常人"。在日常生活里，"常人展开了他的真正独裁，常人怎样享乐，我们就怎样享乐，常人对文学艺术怎样阅读怎样判断，我们就怎样阅读怎样判断——这个常人不是任何确定的人，而一切人（却不是作为总和）都是这个常人"[1]。说穿了，所谓"常人"，就是社会的权力游戏规则，你必须按照规则行事，否则就会受到惩罚。在《单位》和《一地鸡毛》里，刘震云向我们展现了权力是如何把一个有理想、

---

① 海德格尔：《存在与时间》，陈嘉映、王庆节译，生活·读书·新知三联书店，1987年，第156页。

有抱负的小林改造成了循规蹈矩、婆婆妈妈的模样。在刘震云看来，权力无所不在，这并非因为它有特权让万物巩固在它战无不胜的整体之下，而是因为它能够不断地产生出来，大到世界，小至局部和点，在每一层细微的关系中我们都能与权力照面。不仅老婆调动工作、孩子入托，你要求助于权力，想办法认识权力，讨好权力，甚至在听查水表的老头讲他年轻时给大领导喂马，你也能感到某种权力的威胁。你不能不耐烦，不能因为他是查水表的，就得罪他。因为“他一不高兴，就敢给你整个门洞停水。老头子手里就提着管水闸门的扳手。看着他手里的扳手，你就得听他讲喂马”[①]。

把《单位》《一地鸡毛》和《新兵连》相比，我们发现，同样是描写权力导致的人的异化，但这里的异化更琐碎，更日常，也更加无孔不入。特别值得注意的是，主体对于异化的态度有了微妙的变化。它几乎没有遭到什么抵抗，无论是故事的主人公，还是主体，都从善如流般的接受了它。如果说《新兵连》里还保留着悲剧的底蕴，主体对权力还秉持着一种愤慨的话——诸如，当听说表面和蔼可亲的军长是个“大流氓”，“不知玩了多少女护士”时，“我不禁既伤心，又失望，眼里不知不觉流下了泪”，便可作为这种愤慨的表现与证明——那么到了《单位》和《一地鸡毛》，这种沉痛的悲剧意味则几乎被忘却了。相反，喜剧因素得到了放大。处处可见那种夸张的、小题大做的笔法，即用故作庄严的腔调把小事当成大事来写，从而达到叫人忍俊不禁的效果。譬如，《一地鸡毛》的开头：“一斤豆腐变馊了”，这本是桩小事，但在工薪阶层的小林家却成了大事，它居然引发了一场家庭内战。“老婆把怒气对准了小林，说你不买豆腐也就罢了，买回来怎么还让它在塑料袋里变馊？你这存的是什么心？”[②] 又如，在《单位》里，老婆听同事说他们的孩子常吃虾，回来便向小林哭诉：“我们对不起孩子，明天就是把毛衣卖了，也要给孩子买一坨虾吃吃；看孩子这小头发黄的，头上净是疙瘩，不是缺钙是什么？……小林当时也落泪

---

① 刘震云：《一地鸡毛》，长江文艺出版社，2004 年，第 162 页。

② 同上书，第 161 页。

了，哭着说对不起妻子和孩子，怪自己工资太低。而工资要提高，就得在单位提级。而要提级，不在乎是不行的。”[①] 由吃虾，到缺钙，再到流泪、提级，一切都是上纲上线的思路。这看来似乎好笑，但却反映了沉沦者的真实心态。正所谓旁观者清，当局者迷，喜剧乃是一种局外的提炼，人在其中是绝不自知的。由此显出了主体的高明和优越。较之此前的激情写作，这或许是“新写实”给予主体的最大报偿了：他不仅保全了自己，还能和权力平起平坐，静观其变。

在阅读小林故事的过程中，一直有这样的感觉，即主体仿佛是带着微笑完成对小林异化的创作的。他不再悲伤，愤怒，反而从中挖掘出了某种趣味而津津乐道；对于人物的异化，主体已从《新兵连》中那同情的理解或理解的同情，发展到了一种不乏欣赏的赞同。这是非不明的暧昧态度曾引起了一些论者的不满，如于杰就认为，“一地鸡毛”压垮了刘震云的精神。究竟该如何来理解这种变化呢？我想，我们不能用鲁迅式的批判风格来要求每一个作者，这在某种程度上暴露了我们对于知识分子的想象过于贫乏和呆板。即便说批判是知识分子不可推卸的天职，但批判的表现形式也应该被允许是多种多样的。就刘震云来讲，他的批判里一直存在着一种顾忌，即不能让权力的锋芒危及自身。我在前文已然说明，这种顾忌心理作为一种促动，在刘震云从激情写作到“新写实”的转变中扮演了很重要的角色。而要真正地解决这种顾忌，就不能再简单地用冷静的面具来回避和遮掩自身的软弱了，主体必须找到或借到某个坚固的依托或基础，这便是《一地鸡毛》中趣味发掘的动因。在刘震云看来，日常生活尽管有它的腐蚀性，但也不失为一个不错的归宿。换种说法，尽管异化导致了人非本真的存在，但不可否认它的确也给我们带来了愉悦和快感。如果我们一直能抱着一种好玩、有趣的心态来投身异化，卷入异化，那就永远不会受到权力的伤害了。从另一个角度讲，既然权力无所不在，异化无从避免，那么，对权力的反抗也只能在异化中产生。也就是说，快乐的异化本身即蕴含着对权力的反拨，就像《一地鸡毛》的结尾——小

① 刘震云：《一地鸡毛》，长江文艺出版社，2004年，第123页。

林的梦境所预示的那样：“半夜做了一个梦，梦见自己睡觉，上边盖着一堆鸡毛，下边铺着许多人掉下的皮屑，柔软舒服，度年如日。”一种世俗的反抗与自我救赎。这在刘震云对于杰的回击中也得到了证明。他说：“我当然希望于杰不要被‘一地鸡毛’的生活压垮。但说‘一地鸡毛’会压垮人们的精神，我认为这是没看懂我的作品……人们的生活虽然非常琐碎、重复，但的确有一种趣味感，这是一种很了不起的情感。比如在菜市场上，买卖双方讨价还价，往往为几分钱喋喋不休，但最后他们谈成了，获胜了，于是就在这几分钱中，体现出他们活着的趣味。在我看来，这几乎就是一种生命的辉煌。我觉得我找到了生命的支点，从这个意义上讲，‘一地鸡毛’叫做‘一地阳光’也未尝不可。”[①] 很明显，“一地鸡毛”的写作对于主体来说是具有拯救意义的。你可以说他自欺欺人，有阿 Q 色彩，但日子就是这么过下去的。不再被动地咂摸、承受权力所带来的异化痛苦，而是**主动地去享受异化，欣赏异化**，这便是刘震云在小林的故事里对待权力的批判策略。

在创作《一地鸡毛》的同一时期，刘震云又推出了《头人》(1988)、《官场》(1989)、《官人》(1991)等系列小说。如果说《一地鸡毛》是从小人物的日常生活里探寻权力的运作秘密，即权力的日常化和世俗化，那么《头人》等小说则直接把矛头对准了权力斗技场上的主角——“官人”。在此，主体解析权力游戏规则的意图更加明显。金全礼之所以能够从众多的县委书记中脱颖而出，被提升为副专员，是因为他和省委书记许年华是老相识。这是任人唯亲的干部选拔原则；而上任后抓纪检工作的他，对老丛、老周等人的盖房问题却网开一面，这可归结为权力场上的人情原则(《官场》)。老张在任副局长的时候，朋友秃头许诺给他副总经理的职务，“什么时候来，什么时候当”，而等老张成了待分配的闲人、真的求上门去时，秃头的许诺却一笔勾销了。这是典型的权益交换原则；副局长老赵本以为老袁大势已去，开始巴结老王，后来看到老袁缓过来了，又调头巴结老袁。这则是官场上的尔虞我诈、见风使舵原则(《官人》)。在《官人》

---

① 参见沈浩波：《刘震云访谈》，载《东方艺术》，1999 年第 2 期。

这类可谓之“现代官场现形记”的小说中，刘震云拉下了官人高高在上的神秘面纱，将其还原成了普通的俗人。说到底，金全礼们和小林并没有什么不同，当官依旧是为了自己的吃穿用度。包括他们联络感情的手段：吴老之所以力荐金全礼，是因为他在自己病中的时候亲自给自己买鱼、送鱼。这与小林为了入党送香油给女老乔又有什么实质的区别呢？一样的异化与沉沦。只是较之小林，官人的异化程度更深，人性的萎缩更甚罢了。在刘震云看来，人一入官场，必定唯利是图。老袁觉得老赵不够朋友，在危难的时候落井下石，但如果把他放在老赵的位置上，他又何尝不会墙倒众人推呢？他在上任后对以前的“盟友”老方的处置便充分地证明了这一点。官场上没有什么道德和友谊可谈，利益驱动和权力平衡是最大的原则。话讲回来，主体将官人变成俗人并不纯然是为了讽刺人物，事实上我们在其中分明感受到了一种同情与宽容。这不能不说和刘震云一以贯之的平民立场有关。他早年的激情叙事里对弱小者的同情，以及后来在小林的故事里试图从日常生活中寻找归宿和依托，都应该归因于这种立场。刘震云认为，在世俗的层面上，人与人之间是平等的，官人也自不例外。而**原谅官人的缺点，某种程度上也是和自身（的弱点）达成和谐**。因为如果把“我”放在官人的位子上，“我”也不见得高尚到哪里去。这便又回到了刘震云写作中的不自伤原则，其间的逻辑是一脉相承的，包括他所创造的以快乐的异化来对抗权力，肇始的动因也应是这种不自伤的心理。

与《一地鸡毛》一样，在《官人》等小说里，主体真正的目的是要暴露人物背后那无形的权力之手：即权力是如何操作、如何传递的？又是如何把人玩弄于股掌之间的？只要把这些揭示出来了，就能起到打击权力的效果。为此，刘震云不惜使用了删繁就简、攻其一点不及其余的策略，人性的丰富被彻底放逐了。《官人》《官场》和《头人》都有这样的特点。官场的明争暗斗主宰了官人们的全部情绪，喜怒哀乐皆系于此。就他们的称呼——老张、老袁等——来看，只存一个泛泛的姓，却没有具体的名字。这似乎也是一种暗示：官场里是没有个性或者说是泯灭个性的，人要生存，就必须顺应权力的游戏规则。于是，生命无可挽回地符号化了。同时我们看到，为了强化权力的规则，重复、类比被主体大量引入了情节的设置与构思中。这在《头人》和随后的“故乡系列”里体现得尤其明显。

《头人》描述了申村权力更迭的故事，从20世纪初“我”姥爷他爹稀里糊涂当了第一任村长，一直写到80年代末木工出身的贾祥出任第七届村长。我们发现，他们的统治并没有什么实质的不同。无论谁上台，都先给自己找个帮手、打杂的，如路村丁、路村丁的儿子小路、村务员三筐等。在维护秩序方面，除了第五任村长新喜推出的看高粱和坐飞机（两种体罚方式）有点“新意”外，其他人都照搬了姥爷他爹遗留下的法宝：“封井”和“染头”，且一用即灵。就被统治的民众一方而言，自始至终，其态度都是一致的。谁上台我支持谁，谁势力大我向着谁。如果碰到两派争斗，势均力敌，那就两边都不得罪。他们看明白了，每个村长都是俗人，对食色性无一例外地有着浓厚的兴趣：第四任村长老孙本是个要饭的，他热衷于吃自是情理中的事；新喜喜欢吃鸡，他的后继者恩庆则爱吃兔子。恩庆私底下和第三任村长宋家掌柜的后裔美兰好上了，而恩庆死后，美兰却成了贾祥的二房……透过这诸多“年年岁岁花相似”的对称和重复，我们能感受到主体强烈的结构权力的冲动：每一种重复都对应着他的一种解释、剖析或结论，就权力的组织、贯彻以及权力的诱惑，等等。重复成为了主体构思的核心，而故事则呼应、凸现了重复的格局。这在造成集中表达的陌生化效果的同时，文本也多少失之单薄和单调。流水账的笔法进一步强化了后种印象：仿佛一种单纯的理念的敷衍。看来，主体不仅放逐了人性，连对故事本身也失去了耐性。整个《头人》就像是刘震云借用小说形式写就的关于权力的个人阐释，其中的大部分观点在后来的“故乡”系列里得到了延续。而就情节的框架来看，《头人》亦可算是《故乡天下黄花》的微型版。像在后者中出现的土匪枪杀、吃夜草等细节，我们都能在《头人》里找到原型。

引人注意的是，在《头人》里，刘震云首次明确地把权力、故乡和历史并置，试图理出其间的关系。在记述姥爷他爹的统治时，刘震云探讨了乡村权力的起源。本来申村是没有村长的，县上派了个伙夫来收田赋，伙夫又把这差事推给了姥爷他爹。于是“托一个伙夫的福，祖上成了一百多口子的头人”。刚当村长那会儿，祖上还是比较淳朴的。挨门挨户收田赋，“口气很气馁，像求人家”。后来还是受了伙夫的点拨，又到乡上开过几次会，祖上才学会了当村长。在刘震云看来，权力乃是由外部移植（或曰侵入）乡村的一种关系形式，且不论这种观念是否正确，单就作家把权力与故乡分离这一举动来看，它和作家的记忆并不相符。前文我们曾谈到，刘震云对于权力的最初也是最深刻的体验和感受都来自故乡的往事，也就是说，故乡和权力是浑然一体的。而有意地将二者分离则显示了一种将权力予以客体化的欲望。对主体来说，权力已成为一股活生生的势力，需要他全力以赴地去应对。而他也的确是如此处理的。在《头人》里，我们看到，权力在故乡的空间维度和历史的时间维度里施展、肆虐，人变了，故乡也变了。祖上从不想当村长，到离不开村长一职，乃至为了村长的职务大打出手，大开杀戒，以往的祥和、安宁一去不返。权力主宰了故乡和历史，它构成了故乡和历史的主题和本质。

四、权力的戏谑："故乡"系列

在“头人”系列之后，刘震云进入了他“故乡”系列的写作，即主观戏谑的叙事阶段。关于这个系列的三部作品，评论界谈得很多，而我感兴趣的是作家何以会保持如此长久的热情和耐心来书写故乡（整个系列的写作持续了八年），既然坦陈“对故乡的感情是拒绝多于接受”？我以为在新写实之后，主体滑入“故乡”系列是有某种必然性的，除了以更为激进的方式延续对权力的质询和批判外（这一点我在本章起始部分论述故乡与权力的关系时已然提及），还有主体自身出于人格完善的需要。从“新写实”到主观叙事，我们再次感受到了一种隶属于主体的可贵的棱角和锋芒——它在刘震云初期的道德激情叙事阶段曾出现过——尽管被“故乡”系列里自嘲、泼皮的语气磨去了部分亮泽，但较之新写实那一团和气的、无可无不可的写作毕竟是一种反拨。事实上“新写实”那莫衷一是的宽容也并非主体人格的自然流露——他远没有达到这种境界——而仅仅是一种矜持的修饰和策略。其间的问题在于，当主体为了呈现权力的运作而牺牲人性的丰富和复杂时，亦封闭、切断了与自身（内心）的关联。一种敉平敏感、锐气和疼痛的叙述——这诸种情绪曾是刘震云早期作品中最为动人的部分——我们看到的是一张宠辱不惊的、虚脱的模式化笑脸。而当所有的情绪都要通过笑的方式来表达时，这种写作状态是多少有些失真的，甚至是精神分裂的。这里不单是一个信仰匮乏的问题——像某些论者指出的那样——它对应着新写实的深度取消，更重要的是主体陷入了伦理的危机。对刘震云来说，他并不试图找到一个终极的信仰来一劳永逸地解决所有的问题，而只想回归自然、和谐的人性。那里除了冷峻的智慧以外，还有天真与痴傻；不仅有批驳，还有讴歌；不仅有怨恨，更有爱情。概言之，刘震云需要的是一种“德性的拯救”（麦金太尔语）。而“故乡”系列的写作即是这种自救的觉悟与表达。在此，故乡已不再是一个单纯的精神家园的代名词，它凝聚着“我”的记忆，代表着“我”的过去，走向故乡即意味着走向自我——故乡和“我”都处于权力的压抑和包围中，同病相怜的弱势地位及命运也强化了这种走向自我的联想与逻辑——某种程度上讲，我们可以把“故乡”系列的写作视为主体向早期道德激情叙事的一种似是而非的追溯。主体试图在过去之我与现在之我之间建立起桥梁与通途，结果却失败了。这成为刘震云最深刻的悲剧所在。换种说法，他无法在写作与自我构建之间建立起平衡、健康的互动关系；相反，写作对自我造成了压抑和伤害：一个遭权力挤压的扁平、贫弱的灵魂。而早期的作品尽管笔法稚嫩，但透出的主体人格却是饱满而丰盈的。

不妨重提一下《塔铺》。在这部被作者本人视为幼稚的甚至不堪回首的作品里[①]，出现了一个光彩夺目的名字——李爱莲。相对于磨桌、耗子（《塔埔》）、许锅妮、赵刺猬（《故乡天下黄花》），柿饼脸、沈姓小寡妇（《故乡相处流传》），冯·大美眼、孬妗（《故乡面和花朵》）等，“李爱莲”可能是刘震云作品里最不具符号色彩的称呼了。而我在意的是其中所隐含的主体态度。透过这略嫌土气的名字，我们能够触摸到一种向往与痛惜，它们充满了《塔埔》的文本：

① 参见刘震云：《整体的故乡与故乡的具体》，载《文艺争鸣》，1992年第1期。

> 我这时才颤抖着全部身心的力量，对世界喊了一声：
>
> “妹妹……”但我喊出的声音其实微弱。
>
> “进家吧。这是妹妹的家。”
>
> ……
>
> 走了二里路，我向回看，李爱莲仍站在河堤上看我。她那身影，那被风吹起的衣襟，那身边的一棵小柳树，在蓝色中透着苍茫的天空中，在一抹血红的晚霞下，犹如一幅纸剪的画影。[①]

这抒情而伤感的笔调在刘震云的创作中犹如流星一般一闪即逝。作为自我成长以及风格成熟的代价，此种情绪在以后的创作中被主体小心翼翼地过滤了（并非完全消失）。在李爱莲之后，我们在刘震云的作品里再也找不到一个可爱的女性，文本内在的肌理也相应地趋向干燥、粗糙，色调则偏于灰暗。可以说，刘震云的写作是非常男性化的，即使称不上男权。这在豫籍作家中也具有相当的代表性。记得拉康曾将男性的写作与阴茎乃至权力联系在一起，它触到了刘震云的根子。对权力的过于专注导致了主体人格的畸形，即（权力）理性的发达与爱的匮乏。人长期停留在此种状态显然是不适宜的。因为就本性而言，每个人都渴望温情和爱意，无论他表现得多么强大；而写作作为此在于想象、虚构中一种自我筹划，尤其如此，它天然具有人格修复与完善的功能。具体到刘震云，在权力之下为自我个性寻觅一个释放、圆满的途径，构成了他创作“故乡”系列的初衷。

回顾此前的《一地鸡毛》等“新写实”小说，我们发现一个有趣的现象：对爱情的回避。这让《塔铺》中的浪漫故事变成了一种“绝响”。记得“新写实”的宿将池莉有一部中篇就叫《不谈爱情》，它在刘震云第二阶段的作品里得到了共鸣。主体在对生活无限贴近的过程中，爱情消失了；确切地讲，它在“一地鸡毛”的琐屑日子里世俗化、甚至庸俗化了，

---

① 刘震云：《一地鸡毛》，长江文艺出版社，2004年，第28、29页。

就像小林和妻子的关系一般——此处的爱情并非狭义的男女之情，还包括了所有诗意、美好的情愫——那么，这是否意味着主体已将爱情从内心抹除干净了呢？事实表明并非如此。在“故乡”系列里，爱情再次回归了，包括与之相连的疼痛感。尽管是以一种隐晦、破碎甚至扭曲的方式现身，但主体毕竟显示了对完善人格的需求和希冀。它让我们记起遥远的《塔埔》，一种回归自我的努力。这成为“故乡”系列与“新写实”的最大不同。

以《故乡天下黄花》为例，在“鬼子来了”一章中，伴随马村各派势力的打打杀杀，穿插了一个爱情故事，它发生在李小武和许锅妮之间。两人青梅竹马，又在一起读书，彼此都有好感。“一次礼拜天从开封回村，两人还悄悄在铁塔集合，一块结伴回家。路上有条小河，李小武还将许锅妮背了过去。”只是碍于李许两家的世仇关系，二人不便公开表现得过于热络。这段感情随着李小武参加国民党、许锅妮的干哥孙屎根当了八路军而渐渐冷淡下来。其间村里爆发了一次闹剧般的混战，孙屎根成了李小武的俘虏，这恰好被许锅妮撞见。小说这样写道：

> 走到村北小河边……李小武突然看见他开封一高的同学，曾经感情非常亲近的许锅妮，仍在河边洗衣服，拿个棒槌在石头上一上一下地砸。今天村子里几支队伍打了一天，她还在这安心洗衣服，这让李小武感到十分奇怪。他也顾不得以前李文武的告诫，大声喊：
>
> “锅妮，别洗了，日本人说话就过来了，你赶紧躲躲吧！”
>
> 许锅妮听到李小武的话，倒仍不吃惊，扔下棒槌就向这支队伍走来……许锅妮看了看马上的李小武，看了看浑身血污、嘴里堵着棉花的孙屎根，说：
>
> “屎根哥，小武，咱仨在开封一高上过学，现在看，咱这书是白念了！”
>
> 说完，扭头走了。这叫李小武和孙屎根都吃了一惊，半天

没有说话。[1]

在许锅妮简短的话里，我们重新感受到了人与人之间那久违的情感、情谊。虽然不及《塔埔》那般浓墨重彩，但作为一种潜在的价值标准，情感在许锅妮心里显然超出了党派的利益争斗（李小武身不由己的提醒中也暗含着这样的意思），后者可视为权力支配下的历史逻辑。由此通过许锅妮，主体撕开了权力网中的一角，实现了人性的突围。这对于主体那被压抑已久的心灵来说，不啻为一种释放、抒怀之举。事实上，也正由于情感的包容性，让《故乡天下黄花》超越了《头人》那简单的权力逻辑的演绎，而变得更为真实、丰满与浑然。许锅妮和李小武的爱情是主体与权力斡旋、争斗的成果，在对爱情克制的描写里透出主体的自我说服与摇摆。这是“年年岁岁花相似”的重复的历史逻辑（一种权力运作的方式）无法涵括的——类似许锅妮和李小武的爱情故事在《故乡天下黄花》的四章（亦是四个阶段）中仅此一例——换句话讲，爱情处在权力之外，人性凭借自身的力量向权力发出了质疑和挑战。这不是向道德激情叙事的回归，又是什么呢？

除了许锅妮，《故乡天下黄花》里还出现了一个重要人物：许锅妮的父亲，许布袋。小说不止一次地借助这父女二人的言行，来维护亲情的底线和人性的统一。孙毛旦和日本人勾上了，“许锅妮虽然知道那叫‘汉奸’，但他是跟自己玩惯的叔叔，也就恨不起来，见面还打闹。只是许锅妮在一高时跟干哥孙屎根也很好，现在孙屎根当了八路军，与孙毛旦成了两支队伍，这让许锅妮心里有些别扭。”对此，许布袋也有同感，“这是啥鸡巴年头，人弄得四分五裂的，毛旦跟了日本人，屎根当了八路，一家人，成了拿枪的仇人了！算是把我挤在当中了！”当他看到女儿的惨死时，跺着脚高声骂道：“老日本、李小武、孙屎根、路小秃，我都 × 你们活妈！”这“眉毛胡子一把抓”式的痛斥显示了对于权力阉割、分裂人性（亲情）的本能抗拒与愤怒。尤其让人难忘的是许布袋之死，他死在大荒洼沼泽

---

① 刘震云：《黄花土塬》，江苏文艺出版社，1996 年，第 164 页。

地的铁笼子里。老头是被冻死的。死前，他突然喊了声：“爹呀，你生我……”，下边就说不出来，头一硬就死了。这喊声让人怦然心动，它让我们得以窥见许布袋的另一面：一个天不怕、地不怕的粗人，居然也会如此委屈、脆弱和恐惧？然而对这另一面，主体并没有深挖下去，在面临心灵的深渊之际，他退却了。许布袋的喊叫牵带出了灵魂的抽搐与疼痛，但由于此前缺乏必要的铺垫，多少显得有些突兀。包括许锅妮与李小武的爱情也是这样，来去匆匆的，尚未展开便草草收场了。许锅妮遭鬼子强奸而死，死得惨而狼狈，纯洁的感情至此画上了一个污浊、血腥的句号。从隐喻的层面而言，许锅妮作为一个不安分的人性象征被历史所吞噬，这表明权力再次占据了上风。在她死后，小说又回到了按部就班的关于马村权力更迭的叙述中。爱情被遗忘了，它仅是权力流程中一个偶然溢出的浪花；连当事者李小武也没有表露出丝毫伤感。主体把内心的疼痛掩饰起来，只在许布袋临终的叫喊中闪露了一下又马上收敛回去。与其说这是一种叙事策略，不如说它更像是心灵的障碍。我们能够感受到有两种人格特质在主体身上胶着、对峙，一个为由来已久的权力情结，一个则是健康的人性需求，它突出地表现在对爱的渴望上。权力与爱情（广义的）相互抵牾、怀疑，爱情反抗着权力的控制，权力干扰着爱情的发展，使其不能善始善终。而这一切都以主体与自身的抗争和消耗表露出来：一方面，他试图通过创造爱情来回归自我，打通自我；另一方面又不断怀疑爱情、拆解爱情，就像许布袋死去的地点大荒洼——一个荒唐、荒诞的场所，让人想起《红楼梦》中的大荒山无稽崖——所暗示出的对于爱情的不信任那样，这使得他的回归永远处在了出发的位置上。

此种自相矛盾的、分裂的叙述在《故乡相处流传》中化作了一种戏谑的精神。这种精神在《故乡天下黄花》里已然出现，在此更是泼辣到了极致，发展成一种独（毒）到的视角和形而下的锐利：面对任何权贵或权力阶层，主体一眼便能瞅出其卑贱的“私处”：或者烂脚丫，长大包，或者搞女人，玩政治猫腻。在肉体和食色性的层面否定、瓦解了所有的高贵。此外，小说的结构上亦可见出戏谑的用心。作品贯穿了三国、明初、清末、1950 年代，时空错杂，张冠李戴。而人物古今相传，由官变匪，由贵而贱。尽管角色变换了，但自始至终都受权力欲望的摆布。欲望代替了人成为历史的主角，在历史的舞台上张牙舞爪。于是不再有永恒的价值，伦理、秩序也瞬间颠覆。儿子打老子，臣子杀皇上，乱哄哄你方唱罢我登场。其间，笑谑的意味是很明显的。从现有的关于刘震云的评论来看，大多数论者都是从这个角度来理解戏谑的，即把它作为主体批判权力的一种策略来看待，很少有人考虑过戏谑对于主体本身的意义。我以为，就戏谑中所具有的凌厉和锋芒来看，它有着早期道德激情叙事的记忆参照，系主体对自己长期以来在对抗权力中所积习下来的四平八稳的性格的矫正。换言之，主体需要某种尖锐来拯救和释放自己，以期从权力的禁锢中挣脱出来；一种自我宣泄。经由此，主体试图收获中和、平衡与圆满的人性。也就是说，戏谑乃是主体通达自我、沟通自我的一种方式。那么，他的目的达到了吗？从最终的结果看，显然并不理想。如果说新写实中主体的冷漠与平稳乃是受权力控制的结果，那么为了摆脱权力、回归自我而升发出的戏谑依然没有走出权力情结的魔障。戏谑中所包含的夸张与刻毒表明它并非平和人性的自然流露；与此前的冷漠一样，戏谑亦是由权力所诱发出的一种偏激甚至畸形的人格质素。其间的错误在于，主体对权力看得太重，怨毒太深，他一直想通过单方面的调整自己（诸如改变叙述方式与情绪等）来抵达人性的佳境，却从不曾想改变一下他和权力的关系，我指的是那种仇视和对立的情绪。这使得他所有人格建构的努力都难以逃脱异化的漩涡，一种不及物的内在消耗与折腾：表面看来它指向健康、完美的人性，实质上所有的喜怒哀乐都已为权力所掌控。就这样，一个向来以揭示人类存在的异化状态为高明的作者，自己也深深陷入了异化之中，这不能不说是刘震云写作的悖论。刘震云一直想从权力的沼泽中打捞出自我，那么，他的自我究竟在何方呢？

在《故乡相处流传》中，戏谑的运用让我们想起刘震云初出茅庐时的愤激与热切，但也仅仅是想起而已。时过境迁，一切都已走了样。戏谑犹如一把双刃剑，它不但瓦解了权力，也淘空了主体的内涵与价值。在小说涉及的两千年的历史中，居然找不到一个可敬、可爱之人。这与其说是实际的情况，不如说它暴露了主体内在的偏执。虽然我并不想提倡、鼓吹什么理想主义，但为什么就不能有美好、可爱呢？这种价值层面的单调让文学失去了它对生活、存在的看护和熨帖，而变成了主体的一面之词，其内在的苍白与无力和“新写实”并无二致。当叙述人“我”（小刘儿）举起右手，向别人炫耀他给曹丞相捏脚而留下的黄水时，我们并没有感受到任何的痛楚与揪心，一切均被戏谑轻轻带过而玩笑化了。

> “你真是在给曹丞相捏脚吗？”
>
> 我马上举起右手：
>
> “看这手，看这黄水！”
>
> 大家看我的黄水与曹丞相的黄水真有些相似，便相信了。曹丞相的黄水，是人们争相保存的雨露。装在透亮的试管里。当晚，便有人给我爹送猪杂碎吃。我爹吃着猪心说：
>
> “丞相（省去姓，显得随便与亲切）可喜欢娃了，听说还要认他做干儿呢！”[①]

一种赏鉴痛苦，将肉麻当好笑的写法，这便是戏谑的本质。当它用来讥刺权力时，能给人凌厉畅快之感，可一旦用于自身，便有些自渎的味道了。我所讲的戏谑对主体的杀伤性也正在于此。虽然自渎带来了陌生化的阅读效果，但主体亦为之付出了惨重的代价：他丧失了颇为珍贵的神秘感，进而背离了人格构建的初衷；主体非但没有争取到自我人性的丰富与和谐，反而无可救药地向着偏激的渊薮坠落。最能证明这一点的是其中关于六指爱情的叙述。朱元璋用猫腻的手段动员百姓大迁徙，让六指与他心爱的柿饼脸姑娘分离了。迁徙途中，队伍被黄河阻挡，六指向朱元璋提出，只要允许他返回和柿饼脸团聚，他能让人马渡过黄河。朱元璋将信将疑，结果六指大显神通，他“举起自己右手的六指，接着埋下头，拼命往自己指头里吹气，这时第六个无用的指头，竟被越吹越大，越长越粗壮，最后吹起了一个擎天柱，一条巨龙，充斥天地之间。”这个细节成为小说中最奇特也最具想象色彩的部分，然而这大胆的想象非但没有引出一个

① 刘震云：《故乡相处流传》，江苏文艺出版社，1996年，第5页。

浪漫的感情故事，反而愈演愈滑稽。“等六指赶回潞、泽两州老家，柿饼脸姑娘已经变了心，嫁给了一个卖屎壳螂的土财主。”“看来，耐心等待过去的爱情，一成不变的姑娘，只能是一种神话。”如果说在《故乡天下黄花》中主体尚捕捉、寻觅到了一些天真、自然的爱情痕迹的话，那么到了《故乡相处流传》，爱情已被权力肢解得面目全非，只剩下些飘忽、碎裂的意绪保持着对过去（之我）的念想；人性（包括主体的和人物的）再次沦为权力的附庸。及到六指在清代再次与柿饼脸相聚时，柿饼脸已摇身变作慈禧太后，昔日的爱情全然变了味，成为权贵一种放松的时髦。作者不失时机地指出，“在激烈的政治斗争中，忙中偷闲会一下过去的情人，这在古今中外历届领袖中，是有先例的。无非地点不同”。这种对权力的讽刺可谓一针见血，但也让主体回归自我的愿望陷入了僵局。戏谑没有让主体从权力的控制中为自己挣得一席之地，他的自我（人格）依旧是扁平的，一种外表张扬而内里虚弱的贫乏。

继《故乡相处流传》，刘震云又推出了《故乡面和花朵》，这部作品我在前文已然论及，这里不再展开。毫无疑问，《故乡面和花朵》是刘震云迄今为止最难进入的长篇。它情节荒诞、语言冗长繁复，对此，作家本人有一个解释：“《故乡面和花朵》写的不是物质生活和物理世界，而是人脑子里的胡思乱想。一般大家总会认为‘胡思乱想’是一个不好的词，其实这个胡思乱想对生命的支撑起着很重要的作用，因为一个人脑子里有5%是用来应付物理世界，95%都是在胡思乱想，而这种‘胡思乱想’跳跃的速度和日常的物理世界逻辑跳跃的速度是不一样的。”[①] 在我看来，主体在《故乡面和花朵》里依旧延续了权力与人性角逐的写作路数，所谓“胡思乱想”不过是想发掘一种“全面的说话精神”，让心灵和自我的人格从权力的阉割中恢复活力与生机。又一次执著而绝望的自我拯救！这在小说的结构安排上得到了证明。在经过了前三卷漫无边际的诉说后，主体把时间牢牢地定在了1969年。他回到了11岁风风光光骑自行车接煤车的岁月，回到了与太阳花嫂相恋、偷窥面瓜哥哥与牵牛嫂子房事的日子。显

① 参见张洁：《刘震云：手机的“语速”》，载《人民论坛》，2004年第3期。

然，主体是想通过感情的追忆——特地把它摆在最后，却又称之为“对大家回忆录的共同序言”——来解决自己的精神危机。作家这样写道：

> 我要在这张扬的《故乡面和花朵》飞舞和飘动了三卷之后——你是三个大气球吗？现在要坠一个现实的故乡一个固定年份的规定性考察为铅铊。或者哪怕它是一个空桶呢，现在要在这空桶里装满水，去坠住那在天空中任意飘荡的三个气球或是干脆就是风筝，不使它们像成年之后的人一样过于张扬和飞向天外或魂飞天外，自作主张或装腔作势——那就不知道自己吃几碗干饭或家里或狗窝里还剩下几块干馍喽。[①]

其间自我救赎的意识非常明显。所谓避免“魂飞天外、自作主张或装腔作势”，无非是要寻找心灵的落定，即“一个现实的故乡”。而“1969”便成为一棵孤注一掷的救命稻草。“这和当时中国正在发生的文化大革命并没什么联系。我们所以要把时间定在1969年，纯粹是因为那个时候是我们的变声期。”[②] 此处的“变声期”乃是一个比喻的说法，它指向身体以及微妙、丰富的生命感受。于是，那熟悉的疼痛又回来了，它才是主体性情的本真流露。举个例子，当11岁的少年看到麻六嫂的裤子被人扒掉时，他的世界受到了重创：

> 当一个成年女人的大白屁股中间还夹杂着一团阴毛这时看上去就像是一张隔夜的油饼突然第一次展现在一个11岁少年面前的时候，给他目光和心理的感觉就是一种烈日当头的晕眩和迷离。如果事情仅仅做到这里，这个少年晕眩后还能把握住自己，但是这群成年男女，接着又随手捡起地上的一根胡萝卜，插在了她的屁股和两股之间。这就让这个少年对这个世界从晕眩到达了一种绝望的地步。过去在他的心里，成年女人的屁股是

---

① 刘震云：《故乡面和花朵》（卷四），华艺出版社，1998年，第1629页。
② 同上书，第1635页。

多么的神圣啊。现在一切都完了。一切的屁股顷刻之间都在这个世界上消失殆尽。[①]

一种泥沙俱下的叙述。虽然它不够含蓄，甚至夹杂着惯性的戏谑，但其中的脆弱和痛楚已经把我们击中了。不难发现，这种疼痛感充满了《故乡面和花朵》的第四卷，它和卷二中因姥娘之死而形成的情感“断裂”一道，变成了一种实在的主题，一种灵魂的渴望与人性的甘霖，这便是我在前面所说的“德性的拯救”。具体说来，在第四卷，主体撕开了戏谑的“硬痂”，向我们出示了他内心的软弱。这种情绪虽然在现实中容易为人嘲笑，但在艺术领域对于僵硬的主体人格却具有润泽、中和的作用，它让主体变得可亲而富有人情味。换言之，软弱抚慰了灵魂的骚动，让主体真正回归了自我。

然而，必须指出的是，这种回归只是片断和局部的。就《故乡面和花朵》的整体来看，前三卷与第四卷无论就形式抑或内容而言，都是割裂的。虽然作者想通过第四卷对情感的追溯来给前三卷一个盖棺论定的辩白与总结，但从篇幅来看，第四卷并不具备这种分量，它被笼罩在一个巨大的玩笑之中，情感本身也面临被玩笑解体的危险。一种自新写实以来愈来愈严重的人格分裂的叙述，就像题记中所表白的那样：“为什么我眼中含着泪水是因为这玩笑开得过分”，这张含泪的笑脸把人性与权力的角逐凝固了，成为刘震云创作宿命的象征。

五、自我的“德性拯救”：《一句顶一万句》

对刘震云来说，及得上“德性拯救”的，要待到11年后出版的《一句顶一万句》（2009）了，这是一部围绕“说话”构思的奇书，一部敞现农裔知识分子内心虚无孤独的书。那脆弱的、人性化的情绪被主体压抑了太久，太久，所以他才会让吴摩西和牛爱国去寻找那句能“对上心”的话，不惜浪迹天涯，虚度一生。一个不无浪漫的故事内核，裹在弯弯绕的

① 刘震云：《故乡面和花朵》（卷四），华艺出版社，1998年，第1645页。

叙述里。小说中用的最多的一个句式就是“不是……而是……”，这亦成为主体叙述与构思的特色和着力点：有些拧，有些强迫，有些紧张，尽管外表口吻轻松幽默。通过“不是……而是”的人性探微，来发掘那“顶一万句的一句”，捕捉心灵相遇融合的刹那。故事由此敷衍出来。初读时略有流水账的感觉，但很快这种感觉便被人物性格、命运的相似和重复抵消了——刘的冷幽默在此也贡献不小——流水账成了杳深旋进的微雕，出其不意地透出了精致、巧妙的味道。虽然那神奇的一句话最终没有找到，但刘震云却由此呈现和实践了他“全面说话”的形式：什么都说到、点到、刺探到了，却又赋予故事一个亲和可感的序列与形式。较之《故乡面和花朵》中东拉西扯自说自话的“胡思乱想”，这无疑是自我调整与改进的信号。主体试图跟读者沟通——这跟小说中人物对理解沟通的渴望一脉相承——让读者走进他曾经层层设防的内心，看到那不大为人知晓的软弱、孤独的一面；经由绽露和抒写内里的孤独与荒芜——这种情绪在《一句顶一万句》中是如此密集！——那个与权力周旋、对峙得僵化的主体开始了强力的自我心灵修复。这是懦弱对智慧与戏谑的中和、矫正，但仍不彻底。

牛爱国为什么硬要跟不爱他的老婆庞丽娜待在一起：“说起来也不是怕庞丽娜，还是怕离开她；也不是非跟她在一起，而是离开她，连话和说也没有了。怕的原来是这个。”[①] 这绕来绕去、披荆斩棘的自我分析具有浓重的知识分子气，系典型的刘震云的思维与口吻，它已触到人生虚无的边缘。牛爱国对庞丽娜的“依赖”让人想到沈从文对湘西及张兆和的态度（参见引论），虽然湘西和张兆和算不上完美，但这就是沈从文的“我”的全部，“我”的根基，倘若否定了他们，“我”还在哪里呢？马克思将人的现实性归结为社会关系的总和，中国人从“五伦”的角度来界定人，二者的思路异曲同工。它们均表明关系对人的重要。把这些铅坠着“我”的诸多关系都归诸或视为权力的“皮影”，那无异于把自己推向虚无的渊薮。一种“自杀式的删减定位”。主体的虚无感跟小说里人物的符号化、扁平

---

① 刘震云：《一句顶一万句》，长江文艺出版社，2009年，第282页。

化是想相辅相成的；当他对所有的（人际）关系都给予权力剖解式的“去魅”时，就像不断撤去自身立足的地平线。本以为由此可以挣得与权力平起平坐的自由、大写的“我”，孰料自己全然腾空——这真是“生命中不可承受之轻”了——以致他需要创造牛爱国、吴摩西这样的“窝囊废”来支持和说服自己。后二者都是体验到了“存在之轻”并在其中倍感煎熬、痛楚的人——牛爱国对自我和庞丽娜关系的分析就像个地道的存在主义哲学家，这多少有些失真。但惟其如此，他方能成为主体的“同类”，进而支撑他温暖他。对主体而言，这不啻于重构自己的生存地基（一种同病相怜的关系构建）；而牛爱国和吴摩西对所谓“对上心”的话的执著和痴迷，亦是主体渴望重新回到人与人彼此牵连的和谐状态（一种关系共同体）的表征。他已不奢望什么天长地久，只要一句“对心”话、一个闪亮温暖的词，就够了！

如此说来，沈从文的“懦弱”反倒是明智之举了？且慢，这么说容易引起歧义，以为沈从文聪明绝顶，其实他根本没有去设法变得明智、聪明的念头。对于牵扯着“我”的存在根系（故乡、爱人，等等），除了努力包容和爱护之外，还能有别的方式吗？这不是相当自然的动作么？或者说，这才是我们的本来面目，用沈从文的话讲：叫“赤子之心”。他曾坦言：“我生命中虽还充满了一种童心幻念，在某些方面还近于婴儿状态，事实上却快八十岁了。”[①] 正是由于“赤子之心”始终不失，沈从文才免除了写作的异化，保持了本真完整的自我。

刘震云曾将沈从文的“包容与爱”释读作“懦弱”，认为这“导致了沈从文永远成为二流作家的悲剧”，[②] 岂料自己将来亦会需要这种“懦弱”的润滑与抚慰？这的确有些反讽。我在绪论中将“河南”与沈从文对举，认为二者息息相通，原因就在于此。后者是“被‘河南’或忽略遗忘、或压抑遏制的、尚未焕发的一种可能”。对于“懦弱”的“包容与爱”，沈从文全然凭着本能在实践，而刘震云则经历了“智慧”的几多“迂回”，方

① 沈从文：《沈从文全集》（第16卷），北岳文艺出版社，2009年，第395页。

② 刘震云：《读鲁迅小说有感：学习和贴近鲁迅》，载《中国现代文学研究丛刊》，1991年第3期。

才近似地抵达。上述对牛爱国与庞丽娜的关系的分析便是抵达的讯号，一种无条件的爱的依恋，不管这背后是否存在权力的运作与陷阱。仿牛爱国的口吻：“我只要跟我老婆在一起，管她有小三没小三，我都认了。”但主体仍然有些举棋不定，他犹抱琵琶式地“端着”，“不是……而是”地拧着、辩者，就是不让懦弱全然裸露。这恐怕还是碍着此前“硬派”“智慧”书写的“面子”，哪能就这么轻易地“软”下去了？另外，“深刻”思维的惯性也要负不小的责任。

当被迫出延津的吴摩西丢了唯一能“说上话”的养女巧玲时，作者写道：

> 猛地醒来，眼前仍是一片河滩；不闻巧玲唤“叔”声，但闻黄河流水鸣溅溅。仰起头来，满天星斗，都眨着眼睛看吴摩西。吴摩西想起自己这些年的遭遇，从做豆腐起，到杀猪，到染布，到信主破竹子，到沿街挑水，到去县政府种菜，到“嫁”给吴香香，到吴香香和老高出事，没有一步不坎坷；但所有的坎坷加起来，都比不上巧玲丢了。吴摩西跟牧师老詹当徒弟时，老詹讲起主来，吴摩西大半听不懂，只觉得主高深莫测，似在跟人下棋；现在不由对天长叹：
>
> “老天，你这跟我下的是哪一出啊？”①

至末一句让人想到许布袋（《故乡天下黄花》）临死前撂下的半截子话：“爹呀，你生我……”某种程度上，可以说整部《一句顶一万句》都是从这半截话里引申出的，是在注释、填补和抹平省略号后的空白：生存的意义在哪儿？“我”该向何处皈依、认同呢？这又让人想到老詹劝说延津人信主的话：“信吧！信了主，你就知道你是谁，从哪儿来，到哪儿去。”可惜中国人顽固地不信主，吴摩西几经打击，于绝望中重新思量“主”，也只是得出了一个似是而非的概念：“天”。在“天”的背后，我们可以拉出一串“家族相似”的词汇，老天，天意，天命，宿命……从“天意不可违”

---

① 刘震云：《一句顶一万句》，长江文艺出版社，2009年，第200、201页。

的民谚中，不难体察这是一个由民间权力思维衍生出的权威概念。我承认拗不过老天的大腿，我服了。但这显然不是信仰；对天的折服，其效力只是徒增了生命、生存的疼痛与无奈。人仍旧被锁在自我的世界，生命、活着是要锱铢必较、全心投入、百折不挠的，哪里得空又何处有方去寻升华与拯救呢？“天”，意味着权力神经与思维的暂时休歇或中断，但倘若再往前走——譬如，拉出主的范畴——那智慧的洞悉与怀疑将再度复苏、昂扬——主？这后面又在要什么权力“猫腻”？——这几乎是一定的。

另就故事的构思来说，把摆脱孤独、自我救赎寄托在一句话上，说到底，只是骗骗老实人用的，主体连自己也说服不了。“一句顶一万句”出自林彪宣扬的个人崇拜：“毛主席的话，句句是真理，一句顶一万句。”把这个带有强烈的政治反讽气息、逻辑明显错误的语汇跟个体的救赎结合起来，其虚无感不言而喻。以此看“不是……而是”的叙述，那就是一种必然的结果。它把绝望和虚无不断地推拒、延宕（那“不是”！），把主体执持的对权力的智慧洞悉和其对神祇、救赎无可救药的渴望，包容起来，让二者彼此妥协，相互眷顾。这恐怕也是惯于“智慧”抒写的主体进行自我拯救的极限动作了。

至此，我对刘震云的主体成长和创作历程进行了一番比较详细的勾勒。我认为，在刘震云理性叙述的背后隐藏、贯穿着对完善人性的渴望——一种高尚的企图，它可归结到主体建构的范畴——也许有人不同意这种看法，我也预备接受相应的批驳，但就写作本能的抒情倾向以及它在作者与读者之间的沟通特质而言，我的观点应该不无道理，而它确实也给了我一个独特的视角来切入刘震云的创作世界。我发现，在刘震云小说文本的虚构和主体的自我塑造之间存在着微妙的互动关联，如果读者能够在我的论述中体会到这种互动，那我的目的也就达到了。

第十一章　李洱：反抒情的自我抒写

在豫籍作家中，李洱是颇具“异数”色彩的一个。这不仅体现在他在题材方面对村庄情结的有意疏离上——自起步阶段起，李洱便以善写知识分子而著称——更重要的，是他的表达和叙述方式。李洱的叙事形态系其写作内容（包括主题）的不可或缺的一部分，从主体建构的角度讲，前者的重要性甚至远远超出后者。我指的是那种冷静的温情和机智的从容：虽然免不了些许匠气与做作，但也透出了让人适宜的“民主”气息。《花腔》里各种话语的兼收并蓄便是突出的例子，与其说这是对意识形态话语控制的颠覆与反抗，不如说它反映了主体宽容的心态，一种相对主义的善意。尽管这宽容肇始于个体的焦虑与彷徨，但毕竟在满目沉重的审美氛围里捅出了一丝轻松的亮色。

较之其他豫籍作家，李洱的文本显示了一种稀缺的向常态回归的精神和勇气；主体内里也在寻觅着（风格的）突破，但表面却力避促迫与煽情。他的表达是日常化的，有些松散而随意。就叙述本身而言，李洱的文体在“文学豫军”中，其征服的欲望也许是最弱的。它既没有周大新的故事魅惑，也没有李佩甫的神性企图，至于阎连科式的夸张和较劲，那就更谈不上了。一种对于形而上的警惕，结果细节成了叙述的重点。李洱的小说因此极大地免除了急功近利的色彩，这不能不说和主体的反拨与自省意识息息相关。

从前面几章的论述中我们体会到，形而上的渴望是与主体建构中的“自我同一性”交织在一起的，它构成了作品叙事的伦理边界。在边界以内，主体是自由的，挥斥方遒的。不难看出，形而上的诉求中包含着主体或明或暗的对于话语权力的争取，就像神性让李佩甫获得了言说／虚构的意志，苦难的营造使阎连科的极端写作成为可能一样。一种构建自身的谋划与企图。而李洱的特别之处在于，他放弃了这种整合性的权力经营，代之以莫衷一是的面目现身。他的情节表述是那样细腻，局部信息达到了“高密度”，却拢不出一个明晰、完整的意义轮廓。从这个角度而言，李洱在“文学豫军”的人格地理图上处在了一个极为微妙的位置。

二

探讨李洱的叙述方式是一件饶有意味的事。它无疑带有先锋的特色，但更多的却是源于天性与时代的相遇和较量。李洱是 1960 年代出生的，关于这代人，李庚香曾有一番精辟的描述：“对于 60 年代出生的知识分子来说，我们缺少的不是知识，而是对信仰、恐惧、痛苦、责任、权利的体认。从尼采到海德格尔，从波普尔到福柯，从现代主义到后现代主义，我们这一代人浮游在各种观点的碎片之间，成为‘日常生活’和‘知识生活’的俘虏。在社会发展史上，60 年代出生的这批人，是处于社会发展‘中间地带’或‘断裂地带’的一类人。面对时代‘转折’和社会‘转型’，这一代人的‘复杂性’或‘二重性’十分突出，其话语建构（‘声音’）及其表达也十分困难，如果说我们的前一代人的价值观属于‘英雄主义’，我们下一代人的价值观属于‘人文关怀’，我们这一代人由于没有自觉的英雄主义价值观做人生框架，没有自觉的文化话语建构，虽然接受了西方社会复杂的话语资源，却找不出话语发展的‘规律性’或‘意向性’走向。”[①] 这种特质在李洱的作品里得到了有力的呼应和支持。以《午后的诗学》为例（这是公认的李洱的代表作之一），其中的主人公费边便是这样的性格典型。小说描述了曾经凌空高蹈的诗人费边与爱好诗歌的杜莉从相恋到结为夫妇，然后一步步滑向凡庸生活的过程。费边博学多才又不胜浅薄，一个当代的罗亭，却远没有罗亭那样的先驱意识和悲剧韵味。他的妙语连珠是为了掩饰、填补内心的空虚，类似幌子的运作，又仿佛是语

① 李庚香：《文化视野中的意识形态话语建构——对李洱〈花腔〉的文化批评》，载《文艺争鸣》，2003 年第 2 期。

言的强迫。结果知识成为谈资而被卖弄，神圣在滔滔不绝里被替换和亵渎。这在费边与杜莉初次做爱时即表露出来：

> 接下来要发生什么事，费边当然是清楚的。不但清楚，也还要预先作点分析。在任何时代，性和真理都像麻花一样扭在一起。性的游戏就是真理的游戏，真理的游戏也就是性的游戏。他的分析没能更好地深入下去，因为，他的手等不及了，把门突然打开了。没有必要的过渡，他们就像费边刚才想过的那种麻花那样，很快扭到了一起……
>
> 他说这番话的时候，“借口”这个词像一个磁性的亮点似的，在他的脑子里飞快地移动了起来。如果找不到借口，她说不定就不上来了，谈情说爱需要借口，开枪需要借口，干什么都离不开借口。借口往往被当成历史必然性上空飘的花絮，可是，如果这样的花絮飘满整个天空，遮天蔽日，挡住了所有的光亮，你还有什么理由否认历史和人本身就是一种借口。费边起身去给杜莉拿酒的时候，脑子仍在快速地转动着。他想到了诗学问题。“借口”，这个词放到诗歌里面，你甚至很难找到另外的词和它押韵。它是一个异物。它只能靠自我重复，来凑成拙劣的韵律。它被诗学排除在外，可它却构成了历史诗学。许多天之后，在一张酒桌上，当费边提到他对“借口”这个词的分析的时候，朋友们都拍案叫绝。朋友们当然不可能想到，他那灵感的火花最初是这样闪耀出来的。①

我们发现，当性、做爱这类日常行为与“真理”“历史必然性”及“历史诗学”这类抽象的语汇相勾连时，并非源于主体潜在的形而上的冲动，而恰恰是要暴露这种冲动的虚伪与尴尬。这也是李洱与墨白不同的地方。主体并不想以升华的方式从现实中抽身逃离，相反，他就是要安于暧昧和

① 李洱：《午后的诗学》，山东文艺出版社，2004 年，第 134、135 页。变体字为引文本身所有。

破碎，以一种戏谑和喜剧的方式。很难讲这是妥协、勇气还是智慧，但我们的确经由这种方式领略了一种不乏虚脱的真实。费边作为知识分子的代表，他的问题在于语言的异化，一个语言的巨人却没有自己的语言。任何事情他都能分析得头头是道，入木三分，却不能正常、自然地言述、表达自身，直抒胸臆在费边这里成了可望不可即的梦想。在满足舌头快感的同时，费边也沦为了语言的管道。拾人牙慧的背后乃是人性的虚无和存在的迷失。或者应该这样说，正是由于对虚无的恐惧，才导致了语言的超水平发挥。一切均以倒错的形式表现出来：虚无没有将“我”吞没，相反，通过语言的装入与吐出的反复，“我”把虚无制作出来。不仅如此，在说话的过程中，虚无的恐惧还转变成了快乐的享受，欲望的幻觉；欠缺的空洞感在语言象征层面被置换为其他对象、能指而被“我”追求。这是费边的存在困境，也指向整个知识阶层的尴尬境遇和精神危机，他们在表达自我（抒情）时遭遇了无法逾越的语言障碍。李洱推出费边这样一个人物并非偶然，它源于作家和人物共通的历史与记忆资源，一种心有灵犀的体验。费边与李洱年岁相近，他们一道对应了李庚香关于60年代出生的人“缺乏历史方向感和生存‘根性’”的描述。而这种缺乏落实到文本中，便化作了我上面所讲的虚无感。它不单是人物独有的，也包蕴在主体的人格范畴内。质言之，虚无构成了创作的“前语境”，它直接激发了李洱的写作。

由此再来看费边，这就不仅是一个60年代出生的知识人的性格典型了，更重要的，他代表了一种抒情的范式（与其性格互为表里）。具体说来，对于先天缺乏自身话语的一代人来说，命运注定他们只能依靠语言的借用、嫁接及拼贴来抒写自身；由于没有找到“话语发展的‘意向性’走向”，所有的抒写都是芜杂、漂浮的，一种无望的寻找自我的挣扎。在此，真诚与伪饰，抒情与卖弄已无法区分。我把这称为经由反抒情的方式来达到的抒情效果。

这种反抒情的言说不仅属于费边，亦主宰了整部《午后的诗学》。小说以第一人称的方式写成。在呈现费边的言谈和思维方式时，主体采取了一种独特的“镶嵌体”（见前引文）：把主人公的严肃思绪（代表形而上学）与正文（系日常状态的代表）用不同字体区别开来，于是作品在表达形式上也陷入了语言异化的精致迷途。就呈现主人公在语言中的异化生存而言，形式和内容在此达到了深层的同构与互文，《午后的诗学》因而成了一部反抒情的杰作，连叙述主体“我”也染上了异化的征兆。由行文来看，“我”和费边乃是一对精神的难兄难弟，两人在心灵上处于“你中有我，我中有你”的胶着状态。“我”甚至对费边和杜莉做爱的两种版本也都了然于胸，由于“我本人喜欢速战速决，所以我没跟他商量，就决定用他的第一个版本来叙述故事”[①]。这种“亲密无间”感从80年代末（一个激情逐渐蜕变的时代）“我”和费边在济水河边的小广场相识那一刻起就开始了（小说开头的情节）。当时费边在广场上朗诵马拉美的《焦虑》，而“我正和一个刚认识不久的女人在街上走着”。正是这种共同的焦虑，让“我”和费边“惺惺相惜”。马拉美的《焦虑》本是一首描述罪愆、灵魂风暴和人性高贵的诗篇，与焦虑的情感/主题无关，但这种背离和错位恰恰点明了焦虑的实质：一代人的抒情困境。他们在找寻自我语言的过程中陷入了语词的随波逐流，所谓真诚只能寄望于语言的歪打正着。而人很可能一辈子都碰不到这样的机会，只是在恶性循环的讲述和表达中离自身越来越远。我们看到，朗诵完《焦虑》，费边紧接着作秀般甩出了一句“诗性的迷失就是人性的迷失”，它似乎证实了上述抒情（朗诵）的悖论性质。如果说这仅是我们的猜测，那么小说的结尾则强化了这种印象：在鲁姗姗的生日晚会上响起了一首通俗歌曲，歌词是根据费边的一首短诗改的，名叫《声音》，而费边却缺席了。这种“声音”与人（身体）分离的状态以一种形象的方式映照了篇首的“焦虑”，暗示出一代人的苦恼（即“焦虑”的内涵）：他们没有自己的“声音”，语言是外在于身体的；而为了抒情，他们不得不让身体充当了各种“杂音”的通道。“所说的”并不是自己“想说的”，而真正“想说的”却又说不出来。譬如，费边从不提自己的父亲。他的父亲，老费，曾是一个右派，但右派的名号却没有进入档案。多年后，别的右派都平反了，只有老费无反可平。于是

① 李洱：《午后的诗学》，山东文艺出版社，2004年，第134页。

在生命的最后几年，他一直在为右派帽子而奋斗，到后来帽子没争到手，人却累死了——又是一个语言异化的悲剧！对此费边表白，之所以不想提它，是因为“这故事有点老套，没什么新意”。而所谓的“新意”追溯到底，是和语言的规则联系在一起的。也就是说，由于不符合语言的约束，连人与人之间的亲情也陷于沉默。语言对人的异化之深刻可见一斑。

二

在《午后的诗学》里，“声音”成了一个敏感而重要的意象，这可推衍到李洱的全部创作，诸如《喑哑的声音》《饶舌的哑巴》《花腔》等。人物与主体陷入了一种迷狂的对于自我声音的找寻中。他们不停地发声、讲话，但话语里又没有连贯、明确的意义，或者说不是他们真正想表达的意义。这似乎应了加缪的那句名言：“真正的无言不是沉默而是说话”。也正是在这个意义上，李洱触及了日常状态里一种沉重、尴尬的真实。在此，“声音”隐喻着主题与文本的抒情方式，它和语言的选择乃至主体建构牵扯在一起。

《喑哑的声音》讲述了一个费边式的人物孙良与济州交通广播电台的情爱热线主持人邓林的一段“准婚外恋”故事。之所以如此称呼它，是因为与大多数煽情的婚外恋题材的小说相比，《喑哑的声音》显得平淡无奇，它的浪漫度不够。小说在骨子里天然地有一种解构浪漫的质素，这也是主体的人格定位所在。他戳穿浪漫的方法很简单，将“声音”与身体剥离。作品揭示了一种无法控制的言不由衷，这便是恋爱中人的存在方式。日常所谓的浪漫效果亦由此产生。我们发现，维系孙良与邓林情爱的并非身体，而是“声音”。邓林给孙良的最初印象是她在广播里传出的富有诱惑力的声音，而当孙良亲眼看到这声音让宾馆的女服务员感动得掉泪时，才萌生了所谓“轻松迷人的猎艳”计划。与其说这是一个情爱的阴谋，不如说它是一次声音的冒险。主体感兴趣的、或者说他希望考量的乃是声音（语言）与人性（身体）的统一程度。结果孙良没费什么周折就将邓林俘获了。当他看到这个在播音室里口齿伶俐的女人在自己面前突然变得磕磕巴巴时（又是语音的诱惑），产生了一种前所未有的“新鲜迷人”的熨帖感。这与浪漫已相去不远。接着邓林谎称自己的手脏让孙良看她的手——一个言不由衷的理由，终于让两人抱在了一起。但这种浪漫的关系并没有维持多久，结尾的地方，邓林对孙良说，她的那些听众非常可爱，也非常可怜，因为他们从来听不到她真正的声音。这让由邓林的听众转变为其情人的孙良陷入了尴尬的境地，也宣告了浪漫的终结。虽然邓林也安慰孙良，说他不同于普通的听众，毕竟他还是听到了自己真正的声音。但这又怎样了呢？他们相互之间居然连一句直截了当的“我爱你”都说不出来，浪漫已无可挽回地褪去。邓林在哭泣，这哭泣是在履行形式，还是发自内心？孙良发现她的声音和平时一样喑哑，难道这就是他所痴迷的真正的声音？至此，《喑哑的声音》把我们带进了一个无情可抒或者说是无法抒情的年代。这不仅是孙良和邓林的处境，也暗示出当下写作那进退维谷的宿命。当写作者（主体）试图抒写内心纠结的焦灼的情愫时，却发现自己已站在了虚无的边缘。他所有的资源，无论是来自记忆还是经验，只是一派荒芜的情感。由此我们来反观李洱的文体——包括他对细节的精雕细刻以及对形而上学的抵制——或许会萌生一种怦然心动的宽容：一种破碎的、永在途中的、不及物的抒情方式。这里有抗争的因子，亦有着出于宿命的无奈。

《饶舌的哑巴》表达的是与《喑哑的声音》及《午后的诗学》一样的主题。它发表在1995年，算是李洱早期的作品。主人公费定是大学里教现代汉语的老师。小说里有一个让人难忘的细节。费定在给学生讲授句子成分时举了一个例子：“讲台上站着费定”，他说这句话无法用主谓宾来分析，“因为我不是宾语，我怎么会是宾语呢？我显然是主语，但我又不像是主语，我是个中心词……”他的话题绕来绕去，到最后，他连他是谁都不知道了，反问下面的学生：“我是什么？”在这个仿佛是笑话的情节里，透露出了人类存在的荒谬信息。李洱很早就注意到语言（声音）对人（存在）的遮蔽与肢解，不是人在利用语言，而是语言在统治、支配人类。费定的“我是什么”的发问显示的是一种深刻的存在迷失。一个现代汉语的老师却无法冲破语言的屏障，他字斟句酌的“素养”延续到日常生活中演变为一种饶舌的、神经质的言谈方式，让人难以忍受；甚至在见到了自己日思夜想的爱人范梨花后，他也不敢当面相认。这是人性的障碍，还是语言的障碍？虽然费定深爱着范梨花，但他写给范梨花的信永远是那么牛头不对马嘴："眼下，桂花盛开。桂花的颜色、形状都与梨花相似。桂花也叫木樨。有一道菜就叫木樨肉，即把鸡蛋炒得星星点点的，放到熟木耳和金针花之上……"[①]一种无望的、碎裂的抒情方式，它主宰了费定的灵魂，也成为李洱写作精神的象征。

三

由此我们来看《花腔》，对于其中那百科全书式的驳杂文体也许会多一层理解。如果说《午后的诗学》《暗哑的声音》和《饶舌的哑巴》表达了人类抒情的悖谬，是对抒情本身的哲学思考和形象化书写——事实上，它们的哲学意味是如此之强，以致无论是费边的夸夸其谈，还是孙良、费定的爱情方式，都带上了理念化的硬度（一种修整的痕迹）而略嫌隔膜——那么，《花腔》则是对这一悖谬的抒情方式的展开与运作。主体不由自主地、深深地卷进了这种抒情之中；在此，抒情不再是一个思考的、有待描述的客体与异物，而成了主体自身的存在方式及证明。在我看来，这也是"花腔"命名的真正内涵：虽然有着模仿、生硬的痕迹，但总的说来，"花腔"式的歌唱乃是出自存在的必然，"花腔"幽深、错叠的形式本身即是主体生存结构性的呈现与绽放。

与此前论及的三篇小说的不同之处在于，长篇《花腔》里出现了一个让主体心仪、热爱的人物葛任（与"个人"谐音），这使得他无法再像处理费边那样超然世外。而由于缺乏一种贴近的、直截有力的语言，主体又面临了与费边、费定同样的困境：如何用破碎的话语方式来表达神圣与热爱？这不乏乌托邦色彩的情感，怎样在远离乌托邦的时代语境中描摹出来？显然，他不能像费边那样旁征博引，这会失之油滑；也不能像费定那样信马由缰地写来，让人不知所云，必须考虑文本的可交际性。从这个角度讲，《花腔》的写作是如履薄冰的，它要求主体必须在其随意的天性（对

---

① 李洱：《午后的诗学》，山东文艺出版社，2004年，第356页。

应着总体风格的走向）中，收敛、克服他散漫的言说惯性。换句话说，既要保持天性，又要抑制天性；心无挂碍又心有所系，这明显矛盾、抵牾的指令注定了《花腔》文本的内在精神是妥协而焦灼的。也正是在这个意义上，《花腔》的诞生对主体具有了拯救的味道。那动辄掣肘的言说对未成型的话语系统而言无疑是一种挑战与考验，而经受住了则表明主体自身尚拥有爱的表达能力，尽管煞费周折，还是护佑、创造了一份纯粹。

《花腔》里的声音是纷繁驳杂的。小说由正文和副本两部分构成，二者相互穿插；作家分别用“@”和“&”标出，以示区别。单就正文而言，围绕葛任生生死死的历史，就出现了三个不同的叙述者（声音）：受田汉委派从延安去大荒山白陂镇执行特殊使命的白圣韬医生；曾打入国民党军统、后在“文革”时期沦为劳改犯的赵耀庆；曾在国民党军统任职、后为著名法学家的范继槐。他们同为葛任历史的当事者，但由于身份、阅历、性格、与葛任的关系以及讲述之际的时代情境各异（三人讲述的时间分别为：1943 年、1970 年、2000 年），其叙述中便带上了不同的腔调和色彩。不仅如此，他们所讲的内容还相互抵触，真伪难辨。应该说，这种由不同人物讲述同一事件的叙述策略在小说创作中已算不得新鲜，而李洱在《花腔》中对此策略的“平移”除了通常的想打破叙事的单一话语（一种文本的意识形态），以多声部的合唱来贴近历史的丰富与多元外，在我看来，还有更重要的一点原因。与其说它是主动选择的策略，不如说它更多地系抒情的局限所致，就像费定写给范梨花的信永远无法切入正题一样。当自己真正在意、挚爱的人或事成为小说叙述的鹄的时，主体却表露了深刻的失语。确切地说，他无法用一种正面、简洁、直接的方式来言说他，而只能借助他者的话语（三个叙述人便是他者的现身）。这种“迂回”源于主体对语言的警觉。一路摸索的写作历程已让作家看清了一个事实：语言是有自身的逻辑的，它对其使用者有着强大的吸附力和导向性。就像费边的语言迷失一样，人无法逃脱语言的陷阱，换言之，他不具备与之对抗的实力。在语言的常规中，存在的不仅是一个单纯的意识形态的问题，还运作着整个社会、历史及文化的惯性。当我们试图用语言来抒写内心所爱之时，却发现自己无可避免地被语言所挟持；感觉一说出来就变了味，抒情蜕变作了矫情，甚至成了对爱的背叛和亵渎。如此一来，保持与对象爱的关联的最佳方式就是不说，回避直抒胸臆的抒情。但感觉又要靠语言来传达，如何解决这个矛盾呢？借用他者的语言就此被逼迫了出来，一种和语言既肌肤相亲又保持距离的陈述。其间的策略成分在于，他说不等于我说，我尽可以在他者的头衔下神情放松地满足语言的常规——类似现实主义的描摹——但又在他说之中凝视、眺望着我的所爱。一种不无痛楚的喧嚣的沉默。在《花腔》中，主人公葛任始终没有正面发声，他安处于被言说的地位，既不是一个具有鲜明特征的形象，也不是一个实际的行为动作者和推动叙事情节向前发展的动力，这使得《花腔》整体的叙事犹如一场没有主人公的宴会。

然而，恰恰是这种实体阙如的言说保持了爱之对象的美好与饱满，它没有被语言扭曲、戕害，而始终处在一种呼之欲出的、趋于到场的状态。在此，主体和语言展开了暗地的角逐与较量，既服从之，又戏拟之。具体地说，正文前冠以“@”符号即暗示了一种语言态度。由于“@”即英文中的“at”，中译为“在”，存在的“在”，它表明主体已从“应然”的探究叙事跃向了“是”的呈现，一种承认语言、乐于与之合作的倾向。而就三个叙述者的讲述来看，的确也证实了这一点。与费定、费边那茫无头绪的言说不同，三人的声音都相对连续和单纯。这实现了文本传达信息的需要，葛任的故事也就此间接地透露出来。当然，这并不意味着三人的讲述就严丝合缝，恰恰相反，里面遍布破绽，而主体似乎也以暴露这种破绽为乐趣。以白圣韬为例，他是在1943年由白陂至香港的途中向范继槐讲述葛任的，其话语中打上了40年代特有的革命烙印，显示出政治思想统领一切的历史氛围。诸如：“我受党教育多年，早该学会站在毛驴的立场上思考问题：那些毛驴，口料已经一减再减，可为了革命事业，还是坚持拉磨、拉炭、犁地。它们的肚子本来已经够空了，但是为了响应拾粪运动，它们有条件要拉，没有条件创造条件也要拉，不容易啊！”[①] 他反复念叨“有甚说甚”，却并没有和盘托出，“有甚说甚”恰恰是害怕听话方“有

---

① 李洱：《花腔》，人民文学出版社，2002年，第17页。

甚知甚”。由此造就了一个人格分裂的腔调，其中有多少真实的成分也就可想而知了。至于人犯赵耀庆，他的叙述油滑、荒诞，还有点沉重的味道，而在这沉重里又不时冒出些阿Q式的黑色幽默让人哑然失笑。“文革”的时代背景以及劳改犯的身份让赵耀庆的叙述中充满了见风使舵的“诚实”痕迹，如“俺这样说行吗？好，那俺就接着说”“说吧，要俺讲啥？”“还是从头讲起？”等等。显然，他想讲述一个投其所好、按需供货的历史，并以此获得香烟、饭菜乃至减刑等现实利益。这使得其话语带上了鲜明的自我解构的意味。与白、赵二人的压抑和看人脸色的叙述迥然相异的是范继槐的话语，这是一场极为轻松的、有调侃色彩的讲述。范继槐的八面玲珑、左右逢源在话语中显示出来。当他得意时会冒一个“OK”，不高兴时则吐出一个“Fuck”，忘记了摆谱的时候就来一句土语“姥姥”。一切都向人暗示着他的权力和地位，以及那不乏做作的从容大气。至于其中究竟有多少系自我的炫耀，又有多少归属于事实，那就很难判定了。

总的说来，白圣韬、赵耀庆和范继槐的叙述都极具个性色彩，而这种个性是通过主体对其话语的“实录”来体现的。须说明的是，此处的“实录”乃是就最终的效果而言的，而并非操作层面的真正实录。其间蕴藏着主体小心翼翼的语言反拨，质言之，“实录”是为了“引蛇出洞”，让语言在他人的话语中自现原形。在三个叙述人流畅而迷离的讲述中，我们发现，原来看似强大、铁板一块的语言内部居然矛盾重重，充满了对峙与抗争，就像白圣韬讲述中革命话语的干扰，赵耀庆话语的自我解构以及范继槐的“彼此彼此”的莫衷一是一般。而当我们对这个性化的叙述报以会心的笑容时，即表明我们已勘破了语言的破绽，主体潜在的语言反拨的目的也就实现了。这么说或许有些费解，但如果我们仔细探究的话，就会发觉，引人发笑的肇始者的确是语言的漏洞，而所谓的个性不过是经由语言漏洞的发掘与串联而造成的幻影罢了。没有语言，撇开了讲述，哪来的个性呢？换句话讲，个性的感觉在逻辑上是处在语言的领悟之后的，只是我们对此习焉不察而已。

这种语言反拨的感觉在《花腔》的副本中得到了强化，一套与正文并峙的话语系统。它以“&”符号引领、标示，由葛任的惟一后人——“我”收集的各类回忆录、访问记、书信、诗歌等众多引文构成。上过网的人都知道，“&”即英文中的“and”，表示关联、互文。但这并不是副本与正文关系的全部。我们看到，在《花腔》里，副本与正文交叉重叠，除了相互映照、补正外，还彼此消解、对峙。而相对说来，对立的部分要远远多于映照的部分。在副本里，正文中那含蓄的语言反拨得到了放大，通过“我”对引文的搜求、分析，一种类似学术考证的行为，透露出了知识分子式的怀疑、质询和嘲谑的态度——就李洱的创作整体来看，这乃是他孜孜以求的主体形象——这种态度不仅是针对三位叙述者的讲述的，更是针对语言本身的。如对胡安的考证：“诗中果然没有出现胡安的名字……从诗学角度讲，把‘胡安’、‘造假’这类字眼放到里面，还真是‘不好押韵’。由此看来，曾外公胡安的死，既在历史之外，又在诗学之外。”①

就这样，经由语言在他者话语中的自我暴露（正文）和语言外部的分析（副本），主体实现了他语言反拨的潜在目的，完成了那悖反的不说之说，并以此抵达了他所爱的抒情目标。在《花腔》里，没有一句直抒胸臆的“我”（主体）的话语，全是他者的言谈，侧面的描述与分析。一种反抒情的自我抒写。具体说来，在历史语境、个体想象与文本记忆等多种力量的制约与牵涉下，“我”更多地作为了一种“声音”的希冀，这是作家在这个麻木时代对抒情的最后退守。厌倦了高分贝的情感喧哗与做作的自我剖白，抒情之声变得趋于喑哑与碎裂，需要你全神贯注的倾听与捕捉。换言之，抒情的言说调转了频率，以期唤醒你麻痹已久的诗性之耳。这里，个体的成熟与情感的流畅、丰沛似乎是成反比的，由此造成了一种天然的悲剧色彩：“我”永远无法坦呈自身，愈是追求纯粹，愈是谨慎、克制；为了抗拒怀疑和闪避矫情，走向自我变相成了陈述他者的远征。在王顾左右而言他中，“我”的“声音”方能趋于“到场”。尽管式微了些，却是抒情得以延续的力量。

作者在回忆《花腔》写作时这样写道：“三年的写作过程，实在是一

---

① 李洱：《花腔》，人民文学出版社，2002 年，第 241 页。

次精神的历险。对我来说，书中的每个细节都是一次临近寂灭的心跳，每声腔调都是一次躲闪之中的出击。因为葛任先生的死，因为爱的诗篇与死亡的歌谣总在一起唱响，我心中常常有着悲愤和绝望，而随着时光的流逝，写作的继续，这悲愤和绝望又时常会变成虚无的力量。虚无的力量是那样大，它积极的一面又是那样难以辨认，以致你一不小心就会在油腔滑调中变成恶的同谋。我必须对此有大的警惕。感谢《花腔》的主人公葛任先生，是他把自我反省的力量带给了我，并给了我一种面对虚无的勇气。他虽然死了，但他还是提醒我不要放弃希望。对我来说，这就像一个自我疗救的过程。那微薄的希望虽然是倒映在血泊之中的，但依然是一种希望。我凝望着那希望就像站在地狱的屋顶上凝望花朵。”①

关于这种抵抗虚无的微弱的抒情之声，葛任早年写的那首诗《谁曾经是我》值得一提，虽然它在《花腔》中出现的次数不多，但却是理解葛任坎坷一生的钥匙：

> 谁曾经是我，/ 谁是我镜中的一天，/ 是山中潺潺流淌的小溪，/ 还是溪边浓荫下的蚕豆花？
>
> 谁曾经是我，/ 谁是我镜中的春天，/ 是筑巢于树上的蜂儿，/ 还是树下正唱歌的恋人？
>
> 谁曾经是我，/ 谁是我镜中的一生，/ 是微风中的蓝色火苗，/ 还是黑暗中开放的野玫瑰？
>
> 谁于暗中叮嘱我，/ 谁从人群中走向我，/ 谁让镜子碎成了一片片，/ 让一个我变成了无数的我？②

在此，葛任对自我的追寻定位和主体对葛任的追溯重合了。“谁让镜子碎成了一片片，/ 让一个我变成了无数的我？”这似乎是在暗示葛任追求的破灭，亦可理解为抒情的宿命：永远的迷失和破碎。说来也怪，这首

① 李洱：《我与〈花腔〉》，http://www.china.com.cn/chinese/RS/117751.htm。

② 李洱：《花腔》，人民文学出版社，2002 年，第 46 页。

不乏稚嫩的诗是我在读《花腔》过程中印象最深刻的部分。那清纯、透明的诗句让人想起遥远的、已逝去的自然抒情之声，它萦绕在花腔式的繁复叙述中，其声音虽然微弱，却有一种奇特的渗透力。诸多的杂音非但没有将其吞没，反而激发了我去探究这首诗的深义。这或许就是喑哑的抒情魅力吧。

四

从《饶舌的哑巴》到《喑哑的声音》《午后的诗学》，再到《花腔》，李洱终于找到了他的“声音”，一种反抒情的抒情与言说方式。这给小说的写作开辟了一个别样的叙述空间，《花腔》里那不说之说的驳杂文体便是。在看似零落的、顺手拈来的抒写中，小说的外延被扩大了，每一个片断里都隐伏、伸张着小说的毛孔。由此暗示了一种小说的立场：即立足于日常，发掘小说的质素。具体说来，李洱作品里那平实、简洁的语言、片断的拼接以及生活场景的设置便是日常化精神的象征。而细节的丰富、局部信息的扎实与意向性的迷失和缺乏也暗合了日常生活的状态。由此，李洱的小说连同他的抒情方式带上了时代的文化品格。它是个人的，又是公约的；它是优雅的，又是时尚的。

关于我们所面临的历史情境有很多归纳与描述，“平民化”便是其中之一。而平民化的核心即日常生活，它关注细节，讲求实际，倾向于轻松和快餐式的阅读，对崇高和诗意天然地怀疑和排斥。这类日常生活的美学在李洱的作品中都有所体现。事实上自李洱走上写作道路之际，便试图以小说这种形式对日常生活作出回应和把握。如何让小说与日常不离不弃又自成一格，怎样让个人声音与公共声音建立联系又能脱颖而出，一直是李洱思考的问题。回到本章的论题，反抒情的自我抒写，这“反抒情”在我看来即是对日常审美习惯的顾忌与遵守。主体不想表现得异于常人，在他对自我形象的构想中，是摒弃了传统知识分子的那种铁肩担道义以及真理殉道者的性格因子的，而代之以幽默、趣味、优雅、节制。一种有教养的知识阶层的模样，这不能不说是世俗取向和平民精神熏陶、习染的结果。如果承认这是一种新型的知识分子写作，那么它的批判空间和特色又在哪里呢？

纵观李洱的写作，有一个非常鲜明的印象，那就是沉重的轻化表达，一种庄重与谐趣并置的文风。李洱属于那种表面不太正经实则骨子里非常严肃的作家。这从他的处女作《导师死了》就已经表露出来。小说以第一人称的方式描述了导师吴之刚晚年的一段“极不清晰”的日子。吴陷入了情感的纠葛，死得不明不白。应该讲，这是一个让人同情的人物，他在琐屑的日常生活中所感受到的绝望与恐惧在知识分子中是颇具代表性的。一种源于生存困境的恐惧。然而，《导师死了》却不属于悲剧，至少算不得严格意义上的悲剧。作品里诸多的情节设置说明了这一点。比如，吴之刚本来没什么病，到了疗养院却成了大病号，这让人对他最后的自杀产生了不伦不类、啼笑皆非的感觉。另外，就吴之刚的婚姻生活来看，他与妻子缪芊之间形同陌路，各有新欢；吴爱上了他的导师常同升的女儿常娥，而常同升又对缪芊产生了非分之想。这荒诞的、颇有些促狭意味的情感归属与配对弱化了悲剧的严肃性。而结尾处的交代——“我”（吴之刚的学生）与常娥结了婚并且获得了副教授的职称——进一步削弱了悲剧的义涵。就小说的整体而言，结尾似乎显得有点突兀、不协调，预期中悲剧的抒情走向发生了断裂，但这却是主体有意为之的。由此宣告了一种写作风格的诞生：从一味的沉重中耸身跃出，重新站在了平民化的立场上。或者准确地说，这本来就是在日常生活中的言说，所有的批判都带上了平民式的怀疑与中庸色彩。具体到《导师死了》，主体想告诉我们的即是，吴之刚这类的知识分子再怎么可怜，到底还是个俗人。所谓的沉重或悲剧，不过是一种极端的表达罢了。

这种喜剧的或曰谐趣的成分在李洱后来的创作中保留下来。《午后的诗学》就不必说了，即使在《花腔》这样本质极为深情、沉痛的作品里，我们亦能从赵耀庆等三位叙述者的插科打诨中体会到类似的幽默气息。而在长篇《遗忘》里，这种喜剧的因子发展到了极致，成为一种漫画式的讽刺。就小说的内容而言，它表现的仍旧是知识分子的日常生活，人物关系也延续了《导师之死》中的导师（侯后毅）、师母（罗宓）和学生（冯蒙、曲平）。不仅如此，在情节的构思上亦有类似之处：导师在外有了

“花头”：情人嫦娥；学生冯蒙和师母通奸，最终杀死了导师。原本是俗而又俗的情感纠葛，但由于和煞有介事的神话典籍的学术考证搅在一起，而透出了荒诞的意味。这里，将嫦娥奔月的神话引入日常情境是关键的一笔，每个人都在神话中为自己的感情越轨寻找借口。以侯后毅为例，他口口声声宣称自己是夷羿（神话中嫦娥的丈夫）转世，并让学生冯蒙在博士论文中考证出这一点，这样他和嫦娥的婚外恋便有了堂而皇之的理由。我们发现，主体引入神话并非是要给文本增加神圣的因素，而恰恰是为了消解神话。这似乎响应了日常生活的美学原则，但更重要的是呈现了一种反讽的语言策略（我在前文中谓之“语言的反拨”）。它的大量运用让小说文本的创作变成了类似德里达在广义书写理论中所提到的“一手书写，一手擦去”的吊诡行为，这是就信息接受的角度而言的。简单说，作家一方面在构建语言，即“书写”；一方面又对构建出的语言加以反驳，或者从另外的意义向度上发展它，这在接受层面造成了断裂感，即谓之“擦去”。当然这并非完全的“擦去”，就像《花腔》里范继槐提到的那个洋葱的比方：“你一层层剥下去，却什么也没找到……洋葱的中心虽然是空的，但这并不影响它的味道，那层层包裹起来的葱片，都有着同样辛辣的味道。”写下的语言便如同剥下的洋葱片，它不是反讽所能彻底消解的。关于这种由反讽而导致的文本运作，我在分析《花腔》时已然说明。这里我想补充的有两点：首先，反讽的灵魂是消解。一种语言的解构冲动，它对应了日常美学与平民智慧中的对形而上的怀疑精神。由于所有形而上的东西都要在语言中栖居、呈现，反讽的意义便不再局限于语言内部了，换言之，它不再单纯地是一种语言反应；在“书写”“擦去”的反讽操作中，容纳的是批判的反思。传统的知识分子的批判功能在反讽行为里得到了新的展现。另外，从抒情的角度而言，由反讽所引发的话语建立和消解的循环让文本靠近了主体原初的情愫，一种类似的“元书写”：内心珍贵的情感没有被宣泄的话语所破坏，主体从而接近了始发的直抒胸臆的理想状态。即用一种反抒情的书写来抵达了抒情的本源。

由以上的分析可见，反讽的话语策略是主体在平民化立场和个体抒情（纯粹的表达）之间的一种平衡。它天然地具有一种平民式的幽默、喜剧的精神。正是这种精神，让李洱的沉重（包括他对“声音”的找寻以及知识分子存在困境的揭示）没有遁入哲学的玄思，滑进悲剧的渊薮，而始终带着日常（感觉）的亲切与随和。一种温情脉脉的观照与批判。这在《石榴树上结樱桃》中充分地体现出来。

《石榴树上结樱桃》是李洱继《遗忘》《花腔》之后推出的又一部长篇。它讲述了河南一个普通村庄——官庄村的村级选举的经过。现任村长孔繁花精明强干，本可稳稳当当地连任。不料就在选举前夕横生枝节，关乎繁花上下台的计划生育工作出现了漏洞。一个名叫雪娥的农村妇女计划外怀孕并失踪了。繁花的棋局被打乱，她决心查个水落石出。结果在追查中，她发现村委会班子里的几个人背着她暗地里到处拉选票，连她最信任的接班人小红也在其中。最后，也正是这个小红，落井下石，夺走了村长的位置。

从故事的表层来看，《石榴树上结樱桃》应该归属于反映当下乡村政治的一类小说。但在对权力的处理上，李洱显然有别于大多数的豫籍作家。他并非单纯地批判和否定，而是引入了一贯的反讽思维。就整体的构思框架而言，将村长的权力与女性结合并不多见。繁花是一个精明但不乏风情的女人，让这样一个女村长去搞计划生育，显然含着反讽的意味。一个不无喜剧色彩的情境，让人兴味盎然。此外，反讽还渗入了文本的细部：小说中充满了和题目类似的颠倒话，人物的对话里也是各类话语杂陈，诸如口语 / 英语 / 书面语，生活用语 / 军事用语 / 政治用语，等等。它们之间构成了彼此对峙、消解的关系。这种看似错乱、混合的语言，实则歪打正着地捕捉到了当今农民颠倒、变化、振荡的思维方式，创造性地揭示了农民与时代的关联。具体说来，在反讽的语言里，集中、形象地反映了各种文化形态在农村的博弈冲突，在此语言内部的沟壑成了现实矛盾的映照。一个现代化进程中的农村图景就这样展现在我们面前。不妨举个例子：庆林家养了一只公狼，专门让它和狗交配生狼狗，以此挣钱。于是便有村民庆茂出来总结了：“那不是狼，那是庆林家最先进的生产力。”村委会还有人向繁花提议：“养狼是保护生态环境，属于精神文明范畴，庆林是物质文明精神文明双丰收，应该选为‘双文明户’。”我们发现，“生产力”和“生态环境”是科学用语，“物质文明”和“精神文明”则属政治话语，它们被村人出于功利的目的提出来，产生了一种让人忍俊不禁的反讽气息。而最终这些时髦的话语在引出各自的历史背景和内涵后，也都消融在农民的生活哲学里了。这不能不说是主体平民立场的胜利。如果我们仍旧同意用乡村政治小说来指称《石榴树上结樱桃》的话，那么在此，政治显然没有异化乡村的生活，反倒是农民用自己的生活同化了政治。

在《石榴树上结樱桃》中，反讽的语言除了造成上面所讲的幽默效果外，还推动了小说情节的发展。它有着神奇的衍生性：不同的意义层面在语言中汇聚后，又朝不同的向度展开，每一层面都牵扯出一种情境和韵味，携带出情节与故事的契机。诸如，村民的玩笑与权力、工作之间的错综纠缠让繁花费尽思量、疲于应付，就是一个很好的例子。在此，反讽显然已不再是单纯的语言策略了，它渗进了小说的构思、内容和形式。一种深思熟虑的抒情表达：既不是公共话语，也不是私人话语，而是经由反讽的双向消解造就的一个介于个人声音和公共声音之间的“中间地带”，一种反抒情的自我抒写。它让主体跳出了自恋和形而上的陷阱，接近地成为了一个带有探究意识和真正客观精神的知识分子。

参考文献

一　论著类

陈继会等:《中国乡土小说史》，安徽教育出版社，1999年。

陈思和:《新文学传统与当代立场》，山东教育出版社，1999年。

池子华:《中国近代流民》，浙江人民出版社，1996年。

崔志远:《乡土文学与地缘文化》，中国书籍出版社，1998年。

丁帆:《中国乡土小说史》，北京大学出版社，2007年。

樊星:《当代文学与地域文化》，华中师范大学出版社，1997年。

贺桂梅:《新启蒙知识档案：80年代中国文化研究》，北京大学出版社，2010年。

李庚香:《中原文化精神》，河南文艺出版社，2007年。

李健吾:《咀华集·咀华二集》，复旦大学出版社，2005年。

李欧梵:《现代性的追求》，人民文学出版社，2010年。

李勤德:《中国区域文化》，山西高校出版社，1995年。

李泽厚:《论语今读》，生活·读书·新知三联书店，2008年。

梁鸿:《外省笔记——20世纪河南文学》，社会科学文学出版社，2008年。

梁启超:《中国历史研究法》，江苏文艺出版社，2008年。

梁漱溟:《中国文化要义》，上海人民出版社，2005年。

流心:《自我的他性——当代中国的自我谱系》，上海人民出版社，2005年。

摩罗:《耻辱者手记——一个民间思想者的生命体验》，内蒙古教育出版社，1998年。

王德威:《想象中国的方法》，生活·读书·新知三联书店，2003年。

严锋:《现代话语》，山东友谊出版社，1997年。

阎云翔:《中国社会的个体化》，陆洋等译，上海译文出版社，2012年。

姚晓雷:《乡土与声音——“民间”审视下的新时期以来河南乡土类型小说》，山东教育出版社，2010年。

余英时:《宋明理学与政治文化》，广西师范大学出版社，2006年

张志扬:《创伤记忆：中国现代哲学的门槛》，上海三联书店，1999年。

赵汀阳：《论可能生活——一种关于幸福和公正的理论》，中国人民大学出版社，2004 年。

赵园：《论小说十家》，生活 · 读书 · 新知三联书店，2011 年。

[德] 黑格尔：《历史哲学》，王造时译，商务印书馆 1963 年。

[德] 乌尔里希 · 贝克等：《自反性现代化》，赵文书译，商务印书馆，2004 年。

[俄] 巴赫金：《小说理论》，白春仁等译，河北教育出版社，1998 年。

[法] 孟德斯鸠：《论法的精神》，商务印书馆 1961 年。

[法] 米歇尔 · 福柯：《词与物——人文科学考古学》，莫伟民译，上海三联书店，2001 年。

[法] 米歇尔 · 福柯：《规训与惩罚：监狱的诞生》，刘北成、杨远婴译，生活 · 读书 · 新知三联书店，2003 年。

[法] 米歇尔 · 福柯：《临床医学的诞生》，刘北成译，译林出版社，2011 年。

[法] 米歇尔 · 福柯：《知识考古学》，谢强、马月译，生活 · 读书 · 新知三联书店，2003 年。

[加] 查尔斯 · 泰勒：《自我的根源：现代认同的形成》，韩震等译，译林出版社，2001 年。

[捷] 亚罗斯拉夫 · 普实克：《抒情与史诗》，郭建玲译，上海三联书店，2010 年。

[美] 赫姆林 · 加兰：《破碎的偶像》，刘保端译，生活 · 读书 · 新知三联书店，1984 年。

[美] 吉尔兹：《地方性知识：阐释人类学论文集》，王海龙、张家瑄译，中央编译出版社，2000 年。

[美] 马歇尔 · 伯曼：《一切坚固的东西都烟消云散了》，徐大建、张辑译，商务印书馆，2003 年。

[美] 麦克尔 · 哈特、[意] 安东尼奥 · 奈格里：《帝国——全球化的政治秩序》，杨建国、范一亭译，江苏人民出版社，2003 年。

[美] 约瑟夫 · 列文森：《儒教中国及其现代命运》，郑大华、任菁译，广西师范大学出版社，2009 年。

[日] 伊藤虎丸：《鲁迅与终末论：近代现实主义的成立》，李冬木译，生活 · 读书 · 新知三联书店，2008 年。

[英] 安德鲁 · 海伍德：《政治学》，张立鹏译，中国人民大学出版社，2006 年。

[英] 柯林武德：《历史的观念》，何兆武、张文杰译，中国社会科学出版社，1986 年。

二 作家作品集

李洱:《花腔》,人民文学出版社,2002年。

李洱:《石榴树上结樱桃》,江苏文艺出版社,2004年。

李洱:《午后的诗学》,山东文艺出版社,2004年。

李洱:《遗忘》,漓江出版社,2002年。

李佩甫:《城的灯》,长江文艺出版社,2003年。

李佩甫:《城市白皮书》,人民文学出版社,2001年。

李佩甫:《金屋》,长江文艺出版社,2000年。

李佩甫:《李氏家族》,长江文艺出版社,2001年。

李佩甫:《生命册》,作家出版社,2012年。

李佩甫:《无边无际的早晨》,华夏出版社,1997年。

李佩甫:《羊的门》,华夏出版社,1999年。

刘庆邦:《别让我再哭了》,上海文艺出版社,2003年。

刘庆邦:《家园何处》,上海文艺出版社,2003年。

刘庆邦:《女儿家》,中国文联出版社,2003年。

刘庆邦:《平原上的歌谣》,上海文艺出版社,2003年。

刘庆邦:《少年时代》,新疆人民出版社,2002年。

刘庆邦:《响器》,上海文艺出版社,2003年。

刘震云:《故乡面和花朵》,华艺出版社,1998年。

刘震云:《刘震云文集》(四卷),江苏文艺出版社,1996年。

刘震云:《一地鸡毛》,长江文艺出版社,2004年。

刘震云:《一句顶一万句》,长江文艺出版社,2009年。

墨白:《爱情的面孔》,花山文艺出版社,2000年。

墨白:《霍乱》,群众出版社,2004年。

墨白:《梦游症患者》,河南文艺出版社,2002年。

墨白:《事实真相》,四川文艺出版社,2001年。

墨白:《欲望与恐惧》,长江文艺出版社,2002年。

墨白:《重访锦城》,长江文艺出版社,2000年。

沈从文:《沈从文全集》,北岳文艺出版社,2009年。

阎连科:《丁庄梦》,上海文艺出版社,2006年。

阎连科:《风雅颂》,江苏人民出版社,2008年。

阎连科:《欢乐家园》,北京出版社,1998年。

阎连科：《坚硬如水》，长江文艺出版社，2001年。

阎连科：《日光流年》，花城出版社，1998年。

阎连科：《受活》，春风文艺出版社，2003年。

阎连科：《中国当代作家选集丛书：阎连科》，人民文学出版社，2004年。

张宇：《检察长》，河南文艺出版社，2008年。

张宇：《蚂蚁》，人民文学出版社，2004年。

张宇：《张宇文集》（七卷），时代文艺出版社，2001年。

张宇：《足球门》，人民文学出版社，2010年。

周大新：《21大厦》，昆仑出版社，2001年。

周大新：《第二十幕》，人民文学出版社，1998年。

周大新：《湖光山色》，中国工人出版社，2009年。

周大新：《紫雾》，北京出版社，1998年。

周大新：《走出盆地》，西苑出版社，2012年。

周同宾：《皇天后土——99个农民说人生》，漓江出版社，2006年。

三　资料汇编

程有为、王天奖主编：《河南通史》，河南人民出版社，2005年。

刘增杰、王文金主编：《精神中原——20世纪河南文学》，河南大学出版社，2002年。

陆学艺主编：《当代中国社会阶层研究报告》，社会科学文献出版社，2002年。

孙广举主编：《河南新文学大系·理论批评卷》，河南大学出版社，1996年。

汤志钧编：《章太炎政论选集》，中华书局，1977年。

谢立中编：《西方社会学经典读本》，北京大学出版社，2008年。

杨玉厚主编：《中原文化史》，文心出版社，2000年。

查建英主编：《八十年代：访谈录》，生活·读书·新知三联书店，2006年。

张京媛主编：《新历史主义与文学批评》，北京大学出版社，1993年。

庄汉新、邵明波主编：《中国20世纪乡土小说论评》，学苑出版社，2001年。

四　主要论文

陈思和：《试论阎连科的〈坚硬如水〉中的恶魔性因素》，载《当代作家评论》，2002年第4期。

陈晓明：《"人民性"与美学的脱身术——对当前小说艺术倾向的分析》，载《文学评论》，2005年第2期。

郜元宝：《论阎连科的"世界"》，载《文学评论》，2001年第1期。

茅盾：《关于乡土文学》，载《文学》第6卷第2期，1936年2月1日。

孟繁华：《百年中国的主流文学——乡土文学/农村题材/新乡土文学的历史演变》，载《天津社会科学》，2009年第2期。

南帆：《启蒙与大地崇拜：文学的乡村》，载《文学评论》，2005年第1期。

孙犁：《关于“乡土文学”》，载《北京文学》，1981年第5期。

孙荪：《文学豫军论》，载《河南大学学报》（社会科学版），2002年第7期。

王富仁：《论当代中国文化界》，载《学术月刊》，2001年11期。

五 英文文献

Cathy Caruth. *Trauma: Exploration in Memory*, Baltimore: The Johns Hopkins University Press, 2001.

La Capra, Dominick. *Writing History, Writing Trauma*, Baltimore: The Johns Hopkins University Press, 2001.